BERNARD CORNWELL
Arthurs letzter Schwur

Buch

Trügerische Ruhe liegt über Britannien. Doch der Sieg forderte einen hohen Preis: Arthur scheint ein gebrochener Mann, seine Ehe ist zerstört, und viele seiner Getreuen sind in den Schlachten getötet worden. Die Ideen des Friedensfürsten sind seinem Volk suspekt. In einer letzten Geste der Resignation läßt er Merlin das Schwert Excalibur, das zeitlose Symbol der Macht, übergeben, damit dieser es in einer heiligen Zeremonie seiner rechtmäßigen Bestimmung zuführen kann: der Beschwörung der alten Götter Britanniens. Nach langen Jahren des Suchens hat der intrigante Druide damit endlich die dreizehn heiligen Schätze Britanniens versammelt. In der Nacht, in der die Toten auf Erden wandeln, will er die alten Götter wieder auf die Insel zwingen. Mit Feuer und einem königlichen Blutopfer: dem Sohn von Arthur und Guinevere. Da aber holt Arthur zu einem letzten überraschenden Schlag aus ...

Autor

Bernard Cornwell, in London geboren und in Wessex aufgewachsen, arbeitete lange Jahre erfolgreich als Reporter für das BBC-Fernsehen. 1980 folgte er seiner amerikanischen Frau nach Cape Cod, wo er bis heute lebt und schreibt. In USA und England feierte Cornwell bereits Triumphe mit der *Sharpe*-Krimiserie und mehreren Romanen über den amerikanischen Bürgerkrieg, doch die Artus-Trilogie gilt als bisheriger Höhepunkt seines literarischen Schaffens.

Von Bernard Cornwell ist bereits erschienen

Der Winterkönig. 1. Band der Artus-Trilogie (35027)
Der Schattenfürst. 2. Band der Artus-Trilogie (35148)

BERNARD CORNWELL

Arthurs letzter Schwur

Ein Artus-Roman

Aus dem Englischen
von Gisela Stege

BLANVALET

Die Originalausgabe erschien unter dem Titel
»Excalibur« bei Michael Joseph Ltd.,
The Penguin Group, London.

Umwelthinweis:
Alle bedruckten Materialien dieses Taschenbuches
sind chlorfrei und umweltschonend.
Das Papier enthält Recycling-Anteile.

Blanvalet Taschenbücher erscheinen im Goldmann Verlag,
einem Unternehmen der Verlagsgruppe Bertelsmann

Taschenbuchausgabe April 2000
Copyright © der Originalausgabe 1997 by Bernard Cornwell
Copyright © der deutschsprachigen Ausgabe 1998
by Blanvalet Verlag, München,
in der Verlagsgruppe Bertelsmann GmbH
Umschlaggestaltung: Design Team München
Umschlagmotiv: Waterhouse
Druck: Elsnerdruck Berlin
Verlagsnummer: 35236
MD · Herstellung: Heidrun Nawrot
Made in Germany
ISBN 3-442-35236-3

1 3 5 7 9 10 8 6 4 2

Arthurs letzter Schwur
ist John und Sharon Martin gewidmet

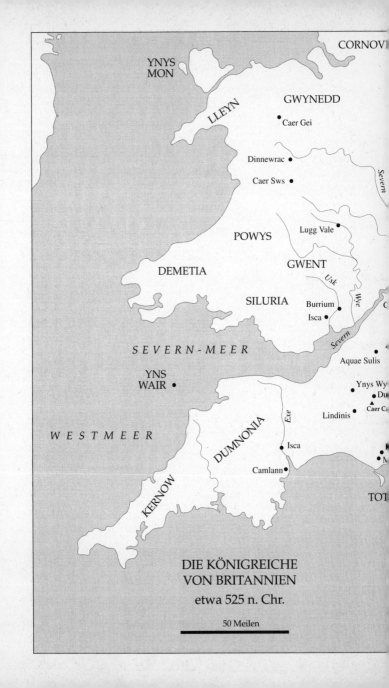

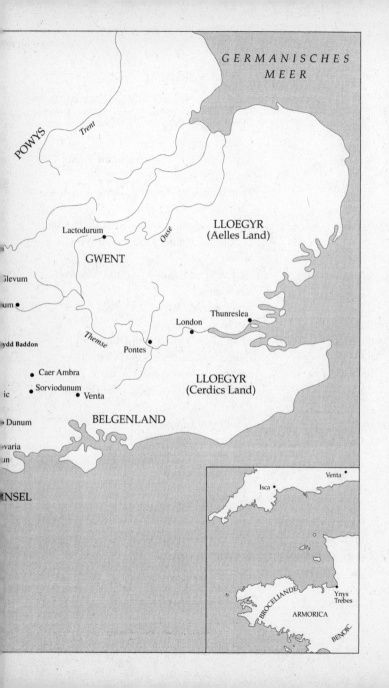

Dramatis Personae

Aelle	Ein Sachsenkönig
Agricola	Kriegsherr von Gwent
Amhar	Arthurs illegitimer Sohn und Loholts Zwillingsbruder
Argante	Prinzessin von Demetia, Oengus mac Airems Tochter
Arthur	Uthers illegitimer Sohn, Kriegsherr von Dumnonia, später Gouverneur von Siluria
Arthur-bach	Arthurs Enkel, Gwydres und Morwennas Sohn
Balig	Bootsmann, Derfels Schwager
Balin	Ein Krieger Arthurs
Balise	Ehemaliger Druide von Dumnonia
Bors	Lancelots Champion und Cousin
Brochvael	König von Powys nach Arthurs Zeit
Budic	König von Broceliande, vermählt mit Arthurs Schwester Anna
Byrthig	König von Gwynedd
Caddwg	Bootsmann und ehemaliger Diener Merlins
Ceinwyn	Cuneglas' Schwester, Derfels Gefährtin
Cerdic	Ein Sachsenkönig
Cildydd	Magistrat von Aquae Sulis
Clovis	König der Franken
Culhwch	Arthurs Cousin, ein Krieger
Cuneglas	König von Powys
Cywyllog	Ehemalige Geliebte Mordreds, eine Dienerin Merlins
Dafydd	Der Schreiber, der Derfels Geschichte übersetzt

Derfel	*(ausgesprochen Derwel)* Der Erzähler, einer von Arthurs Kriegern, später Mönch
Diwrnach	König von Lleyn
Eachern	Einer von Derfels Speerkämpfern
Einion	Culhwchs Sohn
Emrys	Bischof von Durnovaria, später Bischof von Isca in Siluria
Erce	Eine Sächsin, Derfels Mutter
Fergal	Argantes Druide
Galahad	Lancelots Halbbruder, einer von Arthurs Kriegern
Gawain	Prinz von Broceliande, König Budics Sohn
Guinevere	Arthurs Gemahlin
Gwydre	Arthurs und Guineveres Sohn
Hygwydd	Arthurs Schildknappe
Igraine	Königin von Powys nach Arthurs Zeit, vermählt mit Brochvael
Issa	Derfels stellvertretender Befehlshaber
Lancelot	Exilierter König von Benoic, inzwischen Verbündeter von Cerdic
Lanval	Ein Krieger Arthurs
Liofa	Cerdics Champion
Lladarn	Bischof in Gwent
Loholt	Arthurs illegitimer Sohn, Amhars Zwillingsbruder
Mardoc	Mordreds und Cywyllogs Sohn
Merlin	Druide von Dumnonia
Meurig	König von Gwent
Mordred	König von Dumnonia
Morfans	»Der Häßliche«, ein Krieger Arthurs
Morgan	Arthurs Schwester, vermählt mit Sansum
Morwenna	Derfels und Ceinwyns Tochter, vermählt mit Gwydre

Niall	Befehlshaber und Argantes Schwarzschildgarde
Nimue	Merlins Priesterin
Oengus mac Airem	König von Demetia, Führer der Schwarzschilde
Olwen, die Silberne	Anhängerin von Merlin und Nimue
Perddel	Cuneglas' Sohn, später König von Powys
Peredur	Lancelots Sohn
Pyrlig	Derfels Barde
Sagramor	Befehlshaber von einer Kriegshorde Arthurs
Sansum	Bischof von Durnovaria, später Bischof im Kloster Dinnewrac
Scarach	Issas Gemahlin
Seren (1)	Derfels und Ceinwyns Tochter
Seren (2)	Gwydres und Morwennas Tochter, Arthurs Enkelin
Taliesin	»Leuchtende Stirn«, ein berühmter Barde
Tewdric	Ehemaliger König von Gwent, jetzt christlicher Einsiedler
Tudwal	Mönch im Kloster Dinnewrac
Uther	Ehemaliger König von Dumnonia, Mordreds Großvater, Arthurs Vater

Orte

Die mit * gekennzeichneten Orte sind erfunden.

Aquae Sulis	Bath, Avon
Beadewan	Baddow, Essex
Burrium	Usk, Gwent
Caer Ambra*	Amesburry, Wiltshire
Caer Cadarn*	South Cadbury, Somerset
Camlann	Realer Ort unbekannt; hier Dawlish Warren, Devon
Celmeresfort	Chelmsford, Essex
Cicucium	Römische Festung bei Sennybridge, Powys
Corinium	Cirencester, Gloucestershire
Dun Caric*	Castle Cary, Somerset
Dunum	Hod Hill, Dorset
Durnovaria	Dorchester, Dorset
Glevum	Gloucester
Gobannium	Abergavenny, Monmouthshire
Isca (Dumnonia)	Exeter, Devon
Isca (Siluria)	Caerleon, Gwent
Lactodurum	Towcester, Northamptonshire
Leodasham	Leaden Roding, Essex
Lindinis	Ilchester, Somerset
Lycceword	Letchworth, Hertfordshire
Mai Dun	Maiden Castle, Dorset
Moridunum	Carmarthen
Mynydd Baddon	Realer Ort unbekannt; hier Little Solsbury Hill bei Bath
Sorviodunum	Old Sarum, Wiltshire
Steortford	Bishop's Stortford, Hertfordshire
Thunreslea	Thundersley, Essex

Venta	Winchester, Hampshire
Wicford	Wickford, Essex
Ynys Wair	Lundy Island, Bristol Channel
Ynys Wydryn	Glastonbury, Somerset

ERSTER TEIL

Die Feuer von Mai Dun

Frauen. Wie stark sie diese Erzählung bestimmen!

Als ich begann, Arthurs Geschichte aufzuschreiben, dachte ich, es werde eine Erzählung von Männern werden, eine Chronik der Schwerter und Speere, gewonnener Schlachten und neu gezogener Grenzen, gebrochener Verträge und vernichteter Könige, denn ist das nicht die Art, wie Geschichte erzählt wird? Wenn wir die Genealogie unserer Könige aufsagen, nennen wir nicht die Namen der Mütter und Großmütter, sondern sagen Mordred ap Mordred ap Uther ap Kustennin ap Kynnar und so fort, bis ganz zum großen Beli Mawr zurück, der unser aller Vater ist. Die Geschichte ist ein Bericht, der von Männern erzählt und von Männern gemacht wird, in dieser Erzählung von Arthur jedoch leuchten die Frauen wie das Aufschimmern der Lachse in pechdunklem Wasser.

Männer machen Geschichte, und ich kann nicht leugnen, daß es Männer waren, die Britannien den Niedergang brachten. Zu Hunderten waren wir allesamt mit Leder und Eisen bewehrt, mit Schild und Schwert und Speer bewaffnet, und wir glaubten, Macht über Britannien zu besitzen, denn wir waren Krieger; und dennoch bedurfte es eines Mannes und einer Frau, um Britanniens Niedergang herbeizuführen, und von den beiden war es die Frau, die den größeren Schaden anrichtete. Sie sprach einen Fluch aus, und ein ganzes Heer ging zugrunde, und diese Erzählung ist von nun an ihre Geschichte, denn von nun an war sie Arthurs Feindin.

»Wer?« wird Igraine wissen wollen, wenn sie dies liest.

Igraine ist meine Königin. Sie ist schwanger, und das bringt uns allen große Freude. Ihr Gemahl ist König Brochvael von Powys, unter dessen Schutz ich heute im kleinen Kloster Dinnewrac lebe und Arthurs Geschichte aufschreibe. Ich schreibe auf Verlangen Königin Igraines, die zu jung ist, um den Kaiser, den Imperator, gekannt zu haben. So nennen wir Arthur nämlich, den Kaiser, *Amherawdr* in der britannischen Sprache, obwohl Arthur selbst diesen Titel kaum jemals benutzte. Ich schreibe in der sächsischen Sprache, weil ich erstens ein Sachse bin und weil Bischof Sansum, der Heilige, der über unsere kleine Gemeinschaft in Dinnewrac wacht, mir niemals erlauben würde, Arthurs Geschichte aufzuschreiben. Sansum haßt Arthur, schmäht sein Andenken und bezeichnet ihn als Verräter; deswegen haben Igraine und ich dem Heiligen erklärt, ich schriebe ein Evangelium unseres Herrn Jesus Christus in der sächsischen Sprache, und da Sansum weder Sächsisch spricht noch überhaupt lesen und schreiben kann, ist uns die Täuschung bisher gelungen.

Die Geschichte wird jetzt trauriger und schwieriger zu erzählen. Manchmal, wenn ich an meinen geliebten Arthur denke, sehe ich seine Glanzzeit wie einen strahlend sonnigen Tag zur Mittagsstunde, aber wie schnell doch die finsteren Wolken kamen! Später haben sich die Wolken, wie wir sehen werden, geteilt, und die Sonne erhellte wieder seine Landschaft; dann jedoch senkte sich die Nacht hernieder, und seitdem haben wir keine Sonne mehr gesehen.

Es war Guinevere, welche die Mittagssonne verdunkelte. Es geschah während des Aufstands, als Lancelot, den Arthur für seinen Freund gehalten hatte, den Thron von Dumnonia an sich zu reißen versuchte. Hilfe erhielt er dabei von den Christen, denen von ihren Anführern, darunter Bischof Sansum, eingeredet wurde, es sei ihre heilige Pflicht, das Land von den Heiden zu befreien und die Insel Britannien so auf die Wiederkehr des Herrn Jesus Christus im Jahre 500 vorzubereiten. Außerdem bekam Lancelot vom Sachsenkönig Cerdic Hilfe, der im Tal der Themse einen bedrohlichen Angriff führte, um Britannien zu teilen. Hätten die Sachsen das Severn-Meer erreicht, wären die britannischen Königreiche des Nordens von denen des Südens abgeschnitten worden, doch durch die Gnade der Götter besiegten wir nicht nur Lancelot und seinen christlichen Pöbel, sondern außerdem Cerdic selbst. Bei diesem Sieg entdeckte Arthur jedoch Guineveres Verrat. Er fand sie nackt in den Armen eines anderen Mannes, und damit war seine Lebenssonne vom Himmel verschwunden.

»Ich verstehe das nicht«, sagte Igraine eines Tages im Spätsommer zu mir.

»Was versteht Ihr nicht, liebe Lady?« fragte ich sie.

»Arthur hat Guinevere doch geliebt, nicht wahr?«

»Das hat er.«

»Warum konnte er ihr dann nicht verzeihen? Ich habe Brochvael diese Nwylle ja auch verziehen.« Nwylle war Brochvaels Geliebte gewesen, hatte sich aber eine Hautkrankheit zugezogen, die ihre Schönheit entstellte. Ich selbst argwöhnte – ohne sie jemals danach zu fragen –, daß Igraine einen Zauber benutzt hatte, um ihrer Rivalin die Krankheit anzuhängen. Meine Königin bezeichnet sich zwar als Christin, aber das Christentum ist keine Religion, die ihren Anhängern den Trost der Rache gönnt. Dafür muß man zu den alten Weibern gehen, die wissen, welche Kräuter man pflücken und welche Zaubersprüche man unter dem abnehmenden Mond aufsagen muß.

»Ihr habt Brochvael verziehen«, bestätigte ich, »aber hätte Brochvael Euch auch vergeben?«

Sie erschauerte. »Natürlich nicht! Der hätte mich lebendig verbrannt, aber so lautet das Gesetz.«

»Arthur hätte Guinevere auch verbrennen lassen können«, sagte ich, »und es gab viele Männer, die ihm genau das geraten haben, aber er liebte sie, liebte sie leidenschaftlich, und deswegen vermochte er sie weder zu töten noch ihr zu verzeihen. Jedenfalls anfangs nicht.«

»Dann war er ein Narr!« behauptete Igraine. Sie ist noch jung und verfügt über die wundervolle Gewißheit der Jugend.

»Er war sehr stolz«, erklärte ich, aber wenn Arthur deswegen ein Narr war, dann waren wir anderen ebenfalls Narren. Nachdenklich hielt ich inne. »Er wollte so vieles«, fuhr ich fort. »Er wollte ein freies Britannien, er wollte die Sachsen besiegen, in seiner Seele jedoch wollte er ständig von Guinevere hören, daß er ein guter Mann sei. Und als sie dann mit Lancelot schlief, war das für Arthur der Beweis dafür, daß er weniger wert war als dieser. Das war natürlich nicht die Wahrheit, aber es schmerzte ihn dennoch. Und wie es ihn schmerzte! Noch nie habe ich einen Mann gesehen, der so schrecklich litt. Sie hat ihm das Herz zerrissen.«

»Und dann hat er sie gefangengesetzt?« fragte Igraine.

»Dann hat er sie gefangengesetzt«, bestätigte ich und dachte daran, wie er mich gezwungen hatte, Guinevere in den Schrein zum Heiligen Dornbusch zu bringen, wo Morgan, Arthurs Schwester, ihre Gefängniswärterin wurde. Die eine war Heidin, die andere Christin, und der Tag, an dem Guinevere auf dem Gelände des Heiligtums eingesperrt wurde, gehörte zu den wenigen Gelegenheiten, da ich sie jemals weinen sah. »Sie wird dort bleiben«, sagte Arthur zu mir, »bis zu dem Tag, an dem sie stirbt.«

»Männer sind Narren«, behauptete Igraine und warf mir einen kurzen Blick zu. »Seid Ihr Ceinwyn jemals untreu geworden?«

»Nein«, antwortete ich aufrichtig.

»Hättet Ihr es je gern getan?«

»Aber ja! Die sinnliche Begierde hört nicht auf, und wenn man noch so glücklich ist, Lady. Außerdem – wieviel ist die Treue wert, wenn sie nie auf die Probe gestellt wird?«

»Ihr findet, daß Treue wertvoll ist?« erkundigte sie sich, und ich fragte mich, welcher junge, hübsche Krieger im Caer ihres Gemahls ihre Aufmerksamkeit erregt hatte. Ihre Schwangerschaft würde vorerst natürlich jegliche Dummheiten verhindern, aber ich fürchtete das, was danach eventuell geschah. Vielleicht geschah ja gar nichts.

Ich lächelte. »Wir wünschen uns, daß die, die wir lieben, uns treu sind, Lady; ist es daher nicht durchaus verständlich, daß sie dasselbe von uns erwarten? Treue ist ein Geschenk, das wir denjenigen geben, die wir lieben. Arthur gab sie Guinevere, sie aber vermochte sie nicht zu erwidern. Sie wollte etwas anderes.«

»Was denn?«

»Glanz und Ruhm. Arthur aber hielt nichts davon. Er errang zwar Ruhm, sonnte sich aber nicht darin. Sie wünschte sich eine

Eskorte von eintausend Reitern, bunte Banner, die im Wind flatterten, und daß ihr die ganze Insel Britannien zu Füßen lag. Alles was er wollte, war jedoch Gerechtigkeit und gute Ernten.«

»Und ein freies Britannien, und den Sieg über die Sachsen«, hielt Igraine mir ironisch vor.

»Das auch«, räumte ich ein. »Aber er wünschte sich noch etwas anderes. Und zwar mehr als alles übrige.« In der Erinnerung daran mußte ich lächeln, dachte mir dann jedoch, daß dieser letzte von Arthurs Wünschen vermutlich am schwierigsten zu erfüllen war und daß die wenigen von uns, die seine wahren Freunde waren, niemals glaubten, daß dieser Wunsch sein sehnlichster war.

»Nur weiter«, forderte Igraine, die fürchtete, ich sei eingenickt.

»Er wünschte sich ein Stück Land«, sagte ich, »eine Halle, ein bißchen Vieh, einen eigenen Schmied. Ein ganz normaler Mensch wollte er sein. Er wünschte sich, daß andere Männer sich um Britannien kümmerten, während er sein persönliches Glück suchte.«

»Das er niemals fand?« erkundigte sich Igraine.

»Er hat es gefunden«, versicherte ich ihr. Doch nicht in jenem Sommer nach Lancelots Aufstand. Das war ein Blutsommer, eine Periode der Vergeltung, eine Zeit, da Arthur Dumnonia zu zähneknirschender Unterwerfung zwang.

Lancelot war südwärts in sein Land der Belgen geflohen. Arthur hätte ihn nur allzugern verfolgt, doch Cerdics sächsische Eroberer waren vorerst die größere Gefahr. Gegen Ende des Aufstands waren sie bis nach Corinium vorgedrungen und hätten auch diese Stadt eingenommen, hätten die Götter nicht eine Seuche gesandt, die ihr Heer dezimierte. Die Eingeweide der Männer entleerten sich unaufhörlich, sie spien Blut und wurden so schwach, daß sie sich nicht mehr aufrecht halten konnten. Und dann, als die Seuche auf dem Höhepunkt war, fielen Arthurs Streitkräfte über sie her. Cerdic versuchte noch, seine Männer zu sammeln, aber die Sachsen waren überzeugt, daß alle Götter sie verlassen hatten, und stürzten sich Hals über Kopf in die Flucht. »Aber sie werden wiederkommen«, versicherte mir Arthur, als wir inmitten der blutigen Überreste von Cerdics besiegter Nachhut standen. »Im nächsten Frühjahr werden sie wiederkommen«, sagte er. Dann reinigte er Excaliburs Klinge mit seinem blutbesudelten Mantel und stieß das Schwert in die Scheide zurück. Er hatte sich einen Bart stehen lassen. Der Bart war grau und ließ ihn älter, viel älter wirken, während der Schmerz über Guineveres Verrat sein langes Gesicht hohlwangig gemacht hatte, so daß Männer, die Arthur vor diesem Sommer noch nie gesehen hatten, seine Erscheinung einschüchternd fanden. Aber er tat nie etwas, um diesen Eindruck ein wenig zu mildern. Früher war er ein geduldiger Mensch gewesen, nun aber lauerte sein Zorn unmittelbar unter der Haut und konnte bei der kleinsten Provokation ausbrechen.

Es war ein Blutsommer, eine Periode der Vergeltung, und Guineveres Schicksal war es, in Morgans Heiligtum eingesperrt zu sein. Arthur hatte seine Gemahlin dazu verurteilt, lebendig begraben zu sein, und seine Wachen hatten Befehl, sie dort auf ewig gefangenzuhalten. Guinevere, eine Prinzessin von Henis Wyren, war für die Außenwelt verloren.

»Sei nicht albern, Derfel!« fuhr Merlin mich eine Woche später an. »In zwei Jahren wird sie wieder draußen sein! In einem, vermutlich! Wenn Arthur wollte, daß sie aus seinem Leben verschwindet, hätte er sie den Flammen übergeben, und genau das hätte er mit ihr tun sollen! Es gibt doch nichts, was das Verhalten der Frauen so positiv beeinflußt wie ein schöner Scheiterhaufen, aber erzähl das mal Arthur! Genausogut könnte man gegen Wände reden. Dieser Schwachkopf liebt die Frau! Und er ist wahrhaftig ein Schwachkopf. Denk doch mal nach! Lancelot lebt noch, Mordred lebt noch, Cerdic lebt noch, und Guinevere lebt noch! Jeder, der auf dieser Welt ewig leben will, scheint gut beraten zu sein, wenn er sich Arthur zum Feind macht. Mir geht es den Umständen entsprechend gut. Danke der Nachfrage.«

»Ich habe Euch zuvor schon danach gefragt«, antwortete ich geduldig, »aber Ihr habt mich ignoriert.«

»Ach ja, mein Gehör, Derfel! Fast ganz weg.« Er schlug sich aufs Ohr. »Taub wie ein alter Eimer. Das ist das Alter, Derfel, nichts als das Alter. Ich verfalle zusehends.«

Er tat natürlich nichts dergleichen, sondern sah besser aus, als er seit langer Zeit ausgesehen hatte, und sein Gehör war bestimmt noch genauso scharf wie seine Augen, und die waren, obwohl er über achtzig war, noch immer so scharf wie die eines Falken. Merlin verfiel nicht, sondern schien über eine ganz neue Kraft zu verfügen, eine Kraft, die von den Kleinodien Britanniens stammte. Diese dreizehn Kleinodien waren alt, so alt wie Britannien, und jahrhundertelang verloren gewesen, aber Merlin hatte sie wiedergefunden. Die Kraft der Kleinodien sollte dazu dienen, die alten Götter nach Britannien zurückzuholen. Diese Kraft war noch nie auf die Probe gestellt worden, doch nun, im Jahr des Aufstands in Dumnonia, wollte Merlin sie benutzen, um einen gigantischen Zauber zu wirken.

Ich hatte Merlin am selben Tag aufgesucht, an dem ich Guinevere nach Ynys Wydryn brachte. Es hatte schwere Regenfälle gegeben, und ich hatte den Tor in der Hoffnung erklommen, Merlin auf seinem Gipfel zu finden, mußte jedoch feststellen, daß die Hügelkuppe leer und verwaist war. Früher einmal hatte Merlin auf dem Tor eine große Halle besessen, mit einem Traumturm an einem Ende, aber die Halle war niedergebrannt worden. Ich hatte in den Ruinen des Tor gestanden und dabei eine tiefe Niedergeschlagenheit empfunden. Arthur, mein Freund, war zutiefst verletzt. Ceinwyn, meine Frau, war weit fort in Powys. Morwenna und Seren, meine beiden Töchter, waren bei Ceinwyn, während Dian, meine Jüngste, in der Anderwelt weilte, wohin sie einer von Lancelots Schwertkämpfern geschickt hatte. Meine Freunde waren tot oder in weiter Ferne. Die Sachsen rüsteten sich, um im neuen Jahr gegen uns zu kämpfen, mein Haus lag in Schutt und Asche, und mein Leben kam mir trostlos vor. Vielleicht hatte mich Guinevere mit ihrer Traurigkeit angesteckt, aber an jenem Vormittag auf Ynys Wydryns regengepeitschtem Hügel fühlte ich mich einsamer denn jemals zuvor in meinem Leben. Also kniete ich in der schlammigen Asche der Halle nieder und betete zu Bel. Ich bat den Gott, uns zu retten, und flehte Bel wie ein Kind um ein Zeichen an, daß wir den Göttern nicht gleichgültig waren.

Das Zeichen kam eine Woche später. Arthur war nach Osten

geritten, um die sächsische Grenze zu berennen, während ich auf Caer Cadarn geblieben war, um auf die Heimkehr von Ceinwyn und meinen beiden Töchtern zu warten. Irgendwann in jener Woche begaben sich Merlin und Nimue, seine Begleiterin, in den großen, leeren Palast bei Lindinis, in dem ich gelebt hatte, während ich unseren König Mordred erzog; und als Mordred großjährig wurde, hatte man Bischof Sansum den Palast gegeben, der ihn in ein Kloster umwandelte. Inzwischen waren Sansums Mönche wieder vertrieben, von rachsüchtigen Speerkämpfern aus den weiten römischen Hallen hinausgejagt worden, so daß der riesige Palast abermals leerstand.

Es waren die Einheimischen, die uns verrieten, daß sich der Druide im Palast aufhielt. Da sie von Erscheinungen erzählten, von wunderbaren Zeichen und Göttern, die in der Nacht wandelten, ritt ich zum Palast hinunter, wo ich jedoch keinerlei Spuren von Merlin fand. Draußen vor dem Palast kampierten zwei- bis dreihundert Menschen, welche begeistert die Geschichten von den nächtlichen Visionen bestätigten, und als ich das hörte, wurde mir das Herz schwer. Dumnonia hatte gerade den Irrsinn eines Christenaufstands hinter sich, der von einem nicht weniger wahnwitzigen Aberglauben genährt worden war, und nun schien es, als wollten die Heiden die Raserei der Christen noch übertreffen. Ich stieß das Tor des Palastes auf, durchquerte den weiten Innenhof und schritt durch die leeren Hallen von Lindinis. Ich rief Merlins Namen, erhielt aber keine Antwort. In einer der Küchen entdeckte ich einen warmen Herd, in einem anderen Raum Zeichen dafür, daß er kürzlich ausgefegt worden war, nichts davon wies aber darauf hin, daß sich dort noch etwas anderes aufhielt als Ratten und Mäuse.

Und dennoch versammelten sich im Lauf des Tages immer mehr Menschen in Lindinis. Sie kamen aus allen Teilen Dumnonias, und ihre Gesichter sprachen von einer erschütternden Hoffnung. Sie brachten ihre Krüppel und ihre Kranken und warteten geduldig bis zur Abenddämmerung, dem Zeitpunkt, da das Palasttor aufgestoßen werden würde und sie in den äußeren Hof gehen, hinken, kriechen und getragen werden konnten. Ich hätte schwören können, daß sich bis dahin niemand im Palast aufgehalten hatte, und doch mußte irgend jemand das Tor geöffnet und die großen Fackeln entzündet haben, von denen die Bogengänge des Hofes erleuchtet wurden.

Ich folgte der Menge, die sich in den großen Hof drängte. Begleitet wurde ich von Issa, meinem stellvertretenden Befehlshaber, und wir beide blieben in unseren langen, dunklen Mänteln gleich innerhalb des Tores stehen. Nach meiner Einschätzung bestand die Menschenmenge aus Leuten vom Land. Sie waren ärmlich gekleidet und hatten die dunklen, abgezehrten Gesichter jener, die schwer arbeiten müssen, um dem Boden eine magere Ernte abzuringen, doch im Schein der Fackeln sah ich in diesen Gesichtern die Hoffnung leuchten. Arthur hätte das Ganze gehaßt, denn er war stets dagegen gewesen, leidenden Menschen Hoffnung auf übernatürliche Rettung vorzutäuschen, aber wie sehr brauchten all diese Menschen die Hoffnung! Frauen hielten kranke Säuglinge empor oder schoben verkrüppelte Kinder vor sich her, und alle lauschten begierig den wunderbaren Erzählungen von Merlins Erscheinungen. Da dies die dritte Nacht der Wunder war, wollten inzwischen so viele Menschen die Wunder sehen, daß der Hof nicht alle faßte. Manche hockten sich auf die Mauer hinter mir, andere drängten sich im Toreingang, doch niemand wagte es, die Arkade zu betreten, die sich an drei Seiten um den Hof zog, denn dieser von Säulen gestützte und überdachte Gang wurde von vier Speerkämpfern bewacht, welche die Menge mit ihren langen Waffen in Schach hielten. Diese vier Krieger waren Schwarzschilde, irische Speerkämpfer aus Demetia, Oengus mac Airems Königreich, und ich fragte mich, was sie so weit von ihrer Heimat entfernt zu suchen hatten.

Das letzte Tageslicht wich aus dem Himmel, und Fledermäuse schossen über die Fackeln dahin, während die Menschen sich auf den Steinplatten niederließen und erwartungsvoll auf die Haupttür des Palastes starrten, die dem Hoftor genau gegenüberlag. Von Zeit zu Zeit stöhnte eine Frau. Kinder weinten und wurden zum Schweigen gebracht. Die vier Speerkämpfer hockten sich an den Ecken der Arkaden nieder.

Wir warteten. Es kam mir vor, als warteten wir stundenlang, so daß meine Gedanken abschweiften und ich an Ceinwyn und meine tote Tochter Dian dachte, als im Palast plötzlich ein lautes metallenes Dröhnen ertönte – fast so, als hätte jemand mit einem Speer gegen einen Kessel geschlagen. Die Menge keuchte auf, einige Frauen erhoben sich und wiegten sich im Fackelschein. Sie schwenkten die Hände in der Luft und riefen die Götter an, doch keine Erscheinung zeigte sich, und die riesige Palasttür blieb geschlossen. Ich berührte das Eisen an Hywelbanes Heft, und das Schwert verlieh mir Sicherheit. Die wachsende Erregung der Menge war beunruhigend, aber längst nicht so beunruhigend wie die Umstände dieses Ereignisses selbst, denn ich hatte noch nie erlebt, daß Merlin für seine Magie Publikum brauchte. Im Gegenteil, er verachtete die Druiden, die große Volksmengen um sich versammelten. »Jeder Scharlatan kann Schwachköpfe beeindrucken«, pflegte er zu sagen; aber hier und heute hatte ich den Eindruck, daß er es war, der die Schwachköpfe zu beeindrucken versuchte. Sein Publikum war bereit, es stöhnte erregt und wiegte sich, und als das tiefe, metallische Dröhnen abermals ertönte, erhoben sich die Menschen und begannen laut Merlins Namen zu rufen.

Dann flogen die Flügel der Palasttür auf, und die Menge wurde allmählich still.

Ein paar Herzschläge lang gab es in der Türöffnung nichts anderes zu sehen als ein schwarzes Loch; dann tauchte aus der Dunkelheit ein junger Krieger in voller Kampfrüstung auf und blieb auf der obersten Stufe des Bogengangs stehen.

Er hatte nichts Magisches an sich, höchstens vielleicht seine Schönheit. Ein anderes Wort gab es nicht dafür. In einer Welt der verkrümmten Gliedmaßen, der verkrüppelten Beine, kropfigen Hälse, vernarbten Gesichter und müden Seelen war dieser Krieger schön. Er war groß, schlank, goldblond und hatte ein ruhiges Gesicht, das man eigentlich nur als freundlich, ja sanft beschreiben konnte. Seine Augen waren von einem auffallenden Blau. Da er keinen Helm hatte, fiel ihm das Haar, so lang wie das eines Mädchens, bis weit über die Schultern herab. Er trug einen glänzend weißen Brustpanzer, weiße Beinschienen und eine weiße Schwertscheide. Seine Rüstung wirkte kostbar, und ich fragte mich, wer er war. Ich glaubte die meisten Krieger von Britannien zu kennen – jedenfalls jene, die sich eine solche Ausrüstung wie die des jungen Mannes leisten konnten –, aber er war mir unbekannt. Er lächelte den Menschen zu, hob dann beide Hände und bedeutete uns, niederzuknien.

Issa und ich blieben stehen. Vielleicht war es die Arroganz der Krieger, vielleicht wollten wir auch nur über die Köpfe der anderen hinwegsehen können.

Der langhaarige Krieger sprach kein Wort, aber sobald die Leute auf den Knien lagen, lächelte er ihnen dankend zu; dann wanderte er den Bogengang entlang und löschte die Fackeln, indem er sie aus ihren Halterungen nahm und in bereitstehende Wasserfässer tauchte. Das Ganze war, wie mir auffiel, eine wohleinstudierte Inszenierung. Immer dunkler wurde es auf dem Hof, bis nur noch die beiden Fackeln rechts und links von der großen Palasttür Licht spendeten. Da es kaum Mondenschein gab, war die Nacht ungemütlich dunkel.

Der weiße Krieger stand zwischen den beiden letzten Fackeln. »Kinder Britanniens«, sagte er mit einer Stimme, die zu seiner Schönheit paßte, einer sanften, von Wärme erfüllten Stimme, »betet zu euren Göttern! Die Kleinodien Britanniens befinden sich innerhalb dieser Mauern, und bald schon wird ihre Macht entfesselt werden; doch damit ihr diese Macht erkennt, werden wir erst einmal die Götter selbst zu uns sprechen lassen.« Damit löschte er die letzten beiden Fackeln, und im ganzen Hof herrschte Dunkelheit.

Nichts geschah. Die Menschen murmelten; sie riefen Bel an, Gofannon, Grannos und Don und baten sie, ihnen ihre Macht zu beweisen. Ich bekam eine Gänsehaut und packte Hywelbanes Heft fester. Konnte es sein, daß uns die Götter umschwebten? Ich blickte zu einer Gruppe von Sternen hinauf, die zwischen den Wolken hindurchglitzerten, und stellte mir die großen Götter dort oben, in diesen hehren Höhen vor, als Issa plötzlich hörbar die Luft anhielt. Ich ließ meinen Blick nach unten wandern.

Und dann hielt auch ich hörbar die Luft an.

Denn aus dem Dunkel war ein Mädchen aufgetaucht, kaum mehr als ein Kind an der äußersten Schwelle zur Frau. Ein zierliches Mädchen, bezaubernd in seiner Jugend und sehr graziös in seiner Schönheit – und so nackt wie ein neugeborener Säugling. Sie war schlank, mit kleinen, hohen Brüsten und langen Beinen, und trug in der einen Hand einen Strauß Lilien und in der anderen ein Schwert mit schmaler Klinge.

Sprachlos starrte ich sie an. Denn in der Dunkelheit, der kalten Dunkelheit, die auf den wärmenden Schein der Fackeln gefolgt war, leuchtete sie. Sie leuchtete wirklich. Sie glänzte wie ein schimmerndes weißes Licht. Es war kein helles Licht, es blendete nicht, es war einfach da wie Sternenstaub auf ihrer weißen Haut. Es war ein ungleichmäßiges, pudriges Leuchten, das von ihrem Körper ausging, von ihren Beinen, Armen und Haaren, doch nicht von ihrem Gesicht. Die Lilien leuchteten, und auch auf der langen, schlanken Klinge ihres Schwertes strahlte der Glanz.

Das leuchtende Mädchen schritt durch die Arkaden. Sie schien die Menschen im Hof nicht zu bemerken, die ihr ihre verdorrten Glieder und kranken Kinder entgegenstreckten. Sie beachtete sie nicht, sondern schritt leicht und zierlich, das überschattete Gesicht den Steinen zugewandt, durch den Säulengang. Ihre Schritte waren federleicht. Sie schien in sich gekehrt, in ihre eigenen Träume versunken zu sein, während die Menschen stöhnten und nach ihr riefen, aber sie hatte keinen Blick dafür. Sie ging einfach weiter. Das seltsame Licht schimmerte auf ihrem Körper, auf ihren Armen und Beinen und auf ihrem langen schwarzen Haar, das ihr tief ins Gesicht hing, ein Gesicht, das wie eine schwarze Maske inmitten dieses unheimlichen Leuchtens stand, und doch spürte ich irgendwie – instinktiv vielleicht –, daß ihr Gesicht schön war. Sie kam fast ganz bis dorthin, wo Issa und ich standen, und dann hob sie auf einmal diesen pechschwarzen Schatten ihres Gesichts, um in unsere Richtung zu blicken. Ich roch etwas, das mich ans Meer erinnerte, doch dann war sie, so unvermittelt, wie sie aufgetaucht war, blitzschnell durch eine Tür verschwunden, und die Zuschauer seufzten auf.

»Was war das?« fragte Issa mich flüsternd.

»Ich weiß es nicht«, gab ich zurück. Ich hatte Angst. Dies war kein Wahn, sondern etwas Reales, denn ich hatte es deutlich gesehen. Aber was war es? Eine Göttin? Doch warum hatte ich das Meer gerochen? »Vielleicht war es einer von Manawydans Geistern«, sagte ich zu Issa. Manawydan war der Meeresgott, und dessen Nymphen würden zweifellos nach salziger Meeresluft riechen.

Wir mußten sehr lange auf die zweite Erscheinung warten, und als sie kam, war sie weit weniger eindrucksvoll als die leuchtende Meeresnymphe. Auf dem Palastdach tauchte eine Gestalt auf, eine schwarze Gestalt, die sich langsam als bewaffneter Krieger entpuppte. Er trug einen Mantel und einen monströsen Helm, der vom Geweih eines starken Hirsches gekrönt war. Der Mann war im Dunkeln kaum zu sehen, doch als eine Wolke den Mond freigab, erkannten wir, was er war, und die Menge stöhnte auf, als er mit ausgebreiteten Armen über uns stand, während sein Gesicht von den Wangenstücken des riesigen Helmes verborgen war. Er trug Speer und Schwert. Sekundenlang blieb er da stehen, dann verschwand auch er, obgleich ich schwören könnte, gehört zu haben, wie bei seinem Verschwinden ein Ziegel von der hinteren Seite des Daches rutschte.

Gerade als er verschwand, tauchte das nackte Mädchen wieder auf, nur schien es diesmal, als materialisiere sie sich auf der obersten Stufe des Bogenganges. Eben war noch alles dunkel gewesen, dann stand plötzlich ihr langer, schlanker Körper da, still, aufrecht und leuchtend. Wieder blieb ihr Gesicht im Dunkeln verborgen, so daß es wie eine Schattenmaske wirkte, die von lichtdurchglänztem Haar gerahmt wurde. Ein paar Sekunden lang stand sie still; dann vollführte sie einen langsamen Tanz, setzte die Füße zierlich auf den Zehenspitzen in einem verschlungenen Muster, das sich auf derselben Stelle hin und her und im Kreis bewegte. Beim Tanzen blickte sie ständig zu Boden. Mir schien, als sei dieses unirdische Leuchten auf ihre Haut gemalt worden, denn wie ich entdeckte, war es an einigen Stellen intensiver als an anderen, aber von Menschenhand stammte es sicherlich nicht. Issa und ich lagen jetzt auch auf den Knien, denn dies mußte ein Zeichen der Götter sein. Es war Licht in der Dunkelheit, Schönheit inmitten von versunkenem Glanz. Die Nymphe tanzte, während das Leuchten ihres Körpers allmählich verglomm, und dann, als sie nur noch die Andeutung einer schimmernden Schönheit im Schatten der Arkaden war, hielt sie inne, spreizte, uns zugewandt, Arme und Beine und war verschwunden.

Unmittelbar darauf wurden zwei brennende Fackeln aus dem Palast gebracht. Inzwischen lärmte die Menge, rief laut ihre Götter an und verlangte Merlin zu sehen. Und schließlich erschien auch er in der Tür des Palastes. Der weiße Krieger trug eine der brennenden Fackeln, die einäugige Nimue die andere.

Merlin kam an die oberste Stufe und blieb dort in seinem langen, weißen Gewand stehen. Er ließ die Menge ungestört weiterrufen. Sein grauer Bart, der ihm fast bis an die Taille reichte, war zu Zöpfen geflochten, die mit schwarzen Bändern umwickelt waren; die langen, weißen Haare hatte er ebenfalls geflochten und umwickelt. In der Hand trug er seinen schwarzen Stab, den er zum Zeichen, daß die Leute still sein sollten, nach einer Weile würdevoll anhob. »Hat es eine Erscheinung gegeben?« erkundigte er sich neugierig.

»Ja, ja!« riefen die Zuschauer. Und Merlins altes, schlaues, boshaftes Gesicht nahm einen Ausdruck freudiger Überraschung an, ganz als hätte er nicht gewußt, was möglicherweise im Hof passiert war.

Er lächelte; dann trat er beiseite und winkte mit seiner freien Hand. Zwei kleine Kinder, ein Junge und ein Mädchen, kamen aus dem Palast; zwischen sich trugen sie den Kessel von Clyddno Eiddyn. Die meisten Kleinodien Britanniens waren geringe Gegenstände, ja sogar alltägliche, der Kessel dagegen war ein echtes Kleinod und dasjenige, das von allen dreizehn die größte Macht besaß. Es handelte sich um eine riesige Silberschale, die mit einem goldenen Muster aus Kriegern und Hirschen geschmückt war. Die beiden Kinder schwankten unter der schweren Last des Kessels, doch es gelang ihnen, ihn neben dem Druiden abzusetzen. »Ich bin im Besitz der Kleinodien von Britannien!« verkündete Merlin, und als Antwort seufzte die Menge auf. »Bald schon, sehr bald«, fuhr er fort, »wird die Macht der Kleinodien entfesselt, wird Britannien wiederhergestellt werden. Und unsere Feinde werden zerbrochen werden!« Hier hielt er inne, um die Jubelrufe im Hof verklingen zu lassen. »Heute abend habt ihr die Macht der Götter gesehen, doch was ihr gesehen habt, ist eine Kleinigkeit, etwas ganz Unbedeutendes. Bald schon wird es ganz Britannien erleben, doch wenn wir die Götter rufen wollen, brauche ich eure Hilfe!«

Die werde er bekommen, riefen die Menschen, und Merlin lächelte sie strahlend an. Dieses wohlwollende Lächeln machte mich mißtrauisch. Ein Teil von mir spürte, daß er seinen Scherz mit den Menschen trieb, aber selbst Merlin, sagte ich mir, kann ein Mädchen nicht im Dunkeln leuchten lassen. Ich hatte die Kleine gesehen; ich wollte so unendlich gern glauben, und die Erinnerung an diesen biegsamen, schimmernden Körper überzeugte mich davon, daß uns die Götter nicht verlassen hatten.

»Ihr müßt nach Mai Dun kommen!« sagte Merlin streng. »Ihr müßt kommen, solange ihr noch fähig dazu seid, und ihr müßt Lebensmittel mitbringen. Wenn ihr Waffen habt, müßt ihr sie mitbringen. In Mai Dun werden wir arbeiten, und die Arbeit wird lang und schwer sein, aber an Samhain, wenn die Toten wandeln, werden wir die Götter zusammenrufen. Ihr und ich!« Er hielt inne und richtete die Spitze seines Stabes auf die Menge. Der schwarze Stock zögerte, als suche er jemanden in dem Gedränge, bis er schließlich auf mich gerichtet wurde. »Lord Derfel Cadarn!« rief Merlin.

»Lord?« antwortete ich voller Verlegenheit, weil ich aus der Masse hervorgehoben wurde.

»Du wirst bleiben, Derfel. Die anderen können jetzt gehen. Kehrt in eure Häuser zurück, denn vor Samhain werden die Götter nicht wiederkommen. Kehrt in eure Häuser zurück, kümmert euch um eure Felder, und dann kommt nach Mai Dun. Bringt Äxte mit, bringt Lebensmittel mit und macht euch bereit, eure Götter in all ihrem Glanz zu sehen! Und nun geht! Geht!«

Gehorsam wandte sich die Menge zum Gehen. Viele hielten inne, um meinen Mantel zu berühren, denn ich gehörte zu den

Kriegern, die den Kessel von Clyddno Eiddyn aus seinem Versteck auf Ynys Mon geholt hatten, und das machte mich – wenigstens für die Heiden – zum Helden. Auch Issa berührten sie, denn auch er war ein Krieger des Kessels, doch als sich die Menge verlaufen hatte, wartete er am Tor, während ich zu Merlin ging. Ich begrüßte ihn, aber er winkte ab, als ich mich nach seinem Befinden erkundigte, und fragte mich statt dessen, ob mir die seltsamen Geschehnisse des Abends gefallen hätten.

»Was war das?« fragte ich ihn.

»Was war was?« fragte er unschuldig zurück.

»Das Mädchen im Dunkeln«, sagte ich.

In gespieltem Erstaunen riß er die Augen auf. »Sie war also wieder da, ja? Wie interessant! War es das Mädchen mit den Flügeln oder das Mädchen, das leuchtet? Das leuchtende Mädchen! Ich habe keine Ahnung, wer sie ist, Derfel. Ich kann nicht jedes Rätsel der Welt lösen. Du hast zuviel Zeit mit Arthur verbracht, daher glaubst du, genau wie er, daß es für alles eine ganz normale Erklärung gibt, aber die Götter lassen sich nur selten dazu herbei, sich klar auszudrücken. Könntest du dich nützlich machen und den Kessel hineintragen?«

Ich hob den riesigen Kessel an und schleppte ihn in die von Säulen getragene Halle des Palastes. Als ich den Raum vor ein paar Stunden betreten hatte, war er leer gewesen, jetzt aber standen da ein Ruhebett, ein niedriger Tisch und vier Eisenständer mit Öllampen. Vom Ruhebett her lächelte mir der junge, hübsche Krieger in der weißen Rüstung entgegen, dessen Haare so lang waren, während Nimue in einem schäbigen schwarzen Gewand mit einer dünnen, brennenden Wachskerze die Runde bei den Lampen machte.

»Dieser Raum war heute nachmittag noch leer«, sagte ich vorwurfsvoll.

»Das mag dir so vorgekommen sein«, gab Merlin leichthin zurück, »aber vielleicht wollten wir uns dir nur nicht zeigen. Hast du Prinz Gawain schon kennengelernt?« Er deutete auf den jungen Mann, der sich erhob und grüßend vor mir verneigte. »Gawain ist der Sohn von König Budic von Broceliande«, erklärte mir Merlin, »und somit Arthurs Neffe.«

»Lord Prinz«, begrüßte ich Gawain. Ich hatte schon von ihm gehört, ihn aber noch nicht persönlich kennengelernt. Broceliande war das britannische Königreich hinter dem Meer in Armorica, und da die Franken in letzter Zeit seinen Grenzen schwer zusetzten, waren Besucher aus diesem Reich selten geworden.

»Es ist mir eine Ehre, Euch kennenzulernen, Lord Derfel«, sagte Gawain höflich. »Euer Ruhm hat sich weit über Britannien hinaus verbreitet.«

»Sei nicht albern, Gawain«, fuhr Merlin ihn an. »Derfels Ruhm hat sich nirgends verbreitet, es sei denn vielleicht in seinem Dickschädel. Gawain ist hier, um mir zu helfen«, erläuterte er.

»Wobei?« wollte ich wissen.

»Die Kleinodien zu beschützen, natürlich. Wie ich gehört habe, ist er ein gewaltiger Speerkämpfer. Stimmt das, Gawain? Bist du gewaltig?«

Gawain lächelte nur. Er wirkte nicht besonders gewaltig, denn er war ein noch sehr junger Mann, von etwa fünfzehn, sechzehn Sommern und mußte sich noch nicht rasieren. Das lange blonde Haar verlieh seinem Gesicht einen mädchenhaften Ausdruck, während sich die weiße Rüstung, die vorhin so kostbar auf mich gewirkt hatte, aus der Nähe als eine Schicht Kalktünche auf schlichtem Eisen entpuppte. Wären da nicht seine Selbstsicherheit und sein unbestreitbar gutes Aussehen gewesen, hätte man über ihn lachen können.

»Also, was hast du so getrieben, seit wir uns zum letztenmal gesehen haben?« fragte mich Merlin, und dann erzählte ich ihm von Guinevere, woraufhin er mich höhnisch fragte, wie ich denn glauben könne, daß sie sich ihr Leben lang einsperren lasse. »Arthur ist ein Schwachkopf«, behauptete er. »Guinevere mag klug sein, aber er braucht sie nicht. Er braucht etwas Schlichtes, Einfältiges, etwas, das sein Bett warmhält, während er sich um die Sachsen kümmert.« Er saß auf dem Ruhebett und lächelte, während die beiden Kinder, die den Kessel in den Hof hinausgetragen hatten, ihm einen Teller mit Brot und Käse und eine Flasche Met brachten. »Abendessen!« sagte er fröhlich. »Leiste mir Gesellschaft, Derfel, denn wir wollen mit dir reden. Setz dich! Du wirst feststellen, daß der Boden recht bequem ist. Setz dich neben Nimue.«

Ich gehorchte. Bis jetzt hatte mich Nimue ignoriert. Die Höhle ihres fehlenden Auges, das ein König ihr herausgerissen hatte, war mit einer Klappe bedeckt, und ihre Haare, die sehr kurz geschnitten worden waren, bevor wir südwärts zu Guineveres Seepalast zogen, waren nachgewachsen, wenn sie auch immer noch so kurz waren, daß sie ihr ein knabenhaftes Aussehen verliehen. Sie schien zornig zu sein, aber Nimue wirkte immer zornig. Sie hatte sich einer einzigen Sache verschrieben, der Suche nach den Göttern, und sie verachtete alles, was sie von dieser Suche ablenkte; daher hielt sie Merlins ironische Witzeleien vermutlich für Zeitverschwendung. Sie und ich waren zusammen aufgewachsen, und ich hatte ihr in den Jahren seit unserer Kinderzeit mehr als einmal das Leben gerettet, sie ernährt und sie gekleidet. Und dennoch behandelte sie mich immer noch, als sei ich ein unbedarfter Junge.

»Wer regiert Britannien?« fragte sie mich unvermittelt.

»Falsche Frage!« fuhr Merlin sie mit unerwarteter Heftigkeit an. »Das ist die falsche Frage!«

»Nun?« hakte sie nach, ohne sich um Merlins Zorn zu kümmern.

»Niemand regiert Britannien«, antwortete ich.

»Richtige Antwort«, warf Merlin rachsüchtig ein. Seine üble Laune hatte Gawain verwirrt, der hinter Merlins Ruhebett stand und Nimue besorgt musterte. Er hatte Angst vor ihr, aber das konnte ich ihm nicht verdenken. Die meisten Menschen hatten Angst vor Nimue.

»Und wer regiert Dumnonia?« fragte sie mich.

»Arthur«, gab ich zurück.

Nimue warf Merlin einen triumphierenden Blick zu, aber der Druide schüttelte den Kopf. »Das Wort ist *rex*«, sagte er, »*rex*, und wenn einer von euch auch nur die geringste Ahnung von Latein hätte, so wüßtet ihr, daß *rex* König heißt, und nicht Kaiser. Das Wort für Kaiser ist *imperator*. Sollen wir alles aufs Spiel setzen, nur weil ihr ungebildet seid?«

»Arthur regiert Dumnonia«, behauptete Nimue.

Merlin beachtete sie nicht. »Wer ist hier der König?« fragte er mich.

»Mordred, natürlich.«

»Natürlich«, wiederholte er. »Mordred!« Er spie in Nimues Richtung. »Mordred!«

Sie wandte sich ab, als langweilte er sie. Ich war verwirrt, begriff nicht im geringsten, was diese Diskussion sollte, und hatte auch keine Gelegenheit, danach zu fragen, weil die beiden Kinder wieder durch die verhangene Türöffnung kamen, um uns noch mehr Brot und Käse zu bringen. Als sie die Teller auf den Boden setzten, nahm ich eine Andeutung von Meeresgeruch wahr, denselben Duft nach Salz und Tang, der die nackte Erscheinung begleitet hatte, doch dann verschwanden die Kinder wieder durch den Vorhang, und mit ihnen war auch der Geruch verschwunden.

»Also«, wandte sich Merlin mir mit der zufriedenen Miene eines Mannes zu, der bei einer Diskussion gewonnen hat, »hat Mordred Kinder?«

»Mehrere, vermutlich«, antwortete ich. »Der hat doch ständig Mädchen vergewaltigt.«

»Wie es die Art der Könige ist«, bestätigte Merlin obenhin. »Und der Prinzen. Hast du Mädchen vergewaltigt, Gawain?«

»Nein, Herr.« Die Frage schien Gawain zu schockieren.

»Mordred war schon immer ein Vergewaltiger«, sagte Merlin. »Darin kommt er nach seinem Vater und seinem Großvater, obwohl ich sagen muß, daß sie beide sehr viel sanfter waren als der junge Mordred. Uther konnte niemals einem hübschen Lärvchen widerstehen. Oder auch einem häßlichen, wenn er in der entsprechenden Laune war. Arthur dagegen neigte nie zu Vergewaltigungen. Darin ist er wie du, Gawain.«

»Freut mich zu hören«, sagte Gawain, und Merlin verdrehte in gespielter Verzweiflung die Augen.

»Was wird Arthur also mit Mordred machen?« wandte der Druide sich wieder an mich.

»Er wird hier gefangengehalten werden, Lord«, sagte ich mit einer Geste, die den Palast umfaßte.

»Gefangengehalten!« Merlin schien belustigt zu sein. »Guinevere eingesperrt, Bischof Sansaum hinter Gittern, wenn es so weitergeht, werden bald alle Menschen in Arthurs Leben gefangengehalten werden! Wir werden alle von Wasser und verschimmeltem Brot leben müssen. Wie töricht dieser Arthur doch ist! Das Hirn aus dem Schädel prügeln sollte er Mordred!« Mordred war noch ein Kind gewesen, als er den Thron erbte, und während der Junge heranwuchs, hatte Arthur die königliche Macht ausgeübt; doch als Mordred großjährig wurde und Arthur getreu dem Versprechen, das er Großkönig Uther gegeben hatte, Mordred das Königreich übergab, hatte Mordred diese Macht mißbraucht und sogar Arthurs Tod geplant. Diese Verschwörung hatte Sansum und Lancelot in ihrem Aufstand bestärkt. Jetzt sollte Mordred gefangengehalten werden, obwohl Arthur fest entschlossen war, Dumnonias rechtmäßigen König, in dessen Adern das Blut der Götter floß, mit allen Ehren behandeln zu lassen. Nur Macht sollte ihm nicht wieder zugestanden werden. Er sollte in diesem schönen Palast unter Bewachung leben, jeden Luxus erhalten, den er sich wünschte, aber nie mehr Unruhe stiften können. »Du meinst also«, fragte mich Merlin, »daß Mordred Kinder hat?«

»Dutzende, denke ich.«

»Falls du überhaupt jemals denkst«, fuhr Merlin mich an. »Nenn mir einen Namen, Derfel! Nenn mir einen einzigen Namen!«

Ich überlegte einen Moment. Ich kannte Mordreds Sündenregister besser als jeder andere, denn ich war während der Kinderzeit sein Vormund gewesen, eine Aufgabe, die ich ebenso zögernd wie unzulänglich erfüllt hatte. Es war mir nie gelungen, ihm den Vater zu ersetzen, und obwohl sich Ceinwyn große Mühe gegeben hatte, ihm eine Mutter zu sein, hatte auch sie versagt. Der unglückselige Knabe war zu einem mürrischen und bösartigen Mann herangewachsen. »Es gab da mal eine junge Dienerin«, sagte ich. »Mit der war er ziemlich lange zusammen.«

»Ihr Name?« verlangte Merlin, den Mund voll Käse.

»Cywyllog.«

»Cywyllog!« Der Name schien ihn zu belustigen. »Und du sagst, er habe dieser Cywyllog ein Kind gemacht?«

»Einen Knaben«, bestätigte ich. »Falls er von ihm war, was aber vermutlich doch so ist.«

»Und diese Cywyllog«, fuhr er messerwedelnd fort, »wo könnte die sich jetzt aufhalten?«

»Vermutlich irgendwo in der Nähe«, antwortete ich. »Sie ist jedenfalls nicht mit uns in Ermids Halle umgezogen, und Ceinwyn hat eigentlich immer vermutet, daß Mordred ihr Geld gegeben hat.«

»War er ihr zugetan?«

»Ich glaube schon, ja.«

»Wie beruhigend zu wissen, daß wenigstens etwas Gutes in diesem gräßlichen Knaben steckt. Cywyllog, was? Meinst du, daß du sie finden kannst, Gawain?«

»Ich werd's versuchen, Lord«, versicherte Gawain eifrig.

»Nicht nur versuchen – tun!« fuhr Merlin ihn an. »Wie hat sie ausgesehen, Derfel, dieses Mädchen mit dem seltsamen Namen Cywyllog?«

»Klein«, sagte ich, »mollig, schwarze Haare.«

»Bis jetzt ist es uns gelungen, die Suche auf jedes Mädchen in Britannien zu reduzieren, das unter zwanzig ist. Könntest du ein bißchen deutlicher werden? Wie alt müßte das Kind inzwischen sein?«

»Sechs«, antwortete ich. »Und wenn ich mich recht erinnere, hatte er rötliche Haare.«

»Und das Mädchen?«

Ich schüttelte den Kopf. »Nicht häßlich, aber auch nicht weiter bemerkenswert.«

»Alle jungen Mädchen sind bemerkenswert«, korrigierte Merlin mich von oben herab, »vor allen die mit dem Namen Cywyllog. Geh sie suchen, Gawain!«

»Warum wollt Ihr sie unbedingt finden?« fragte ich Merlin.

»Stecke ich meine Nase in deine Angelegenheiten?« fragte Merlin zurück. »Komme ich zu dir und stelle dir törichte Fragen über Speere und Schilde? Belästige ich dich ununterbrochen mit idiotischen Erkundigungen nach der Art, wie du Recht sprichst? Kümmere ich mich um deine Ernte? Kurz gesagt, bin ich dir jemals lästig gefallen, indem ich mich in dein Leben eingemischt habe, Derfel?«

»Nein, Lord.«

»Also zügle bitte deine Neugier hinsichtlich des meinen. Es ist der Spitzmaus nicht gegeben, das Verhalten des Adlers zu verstehen. Und jetzt iß Käse, Derfel!«

Nimue wollte nichts essen. Sie brütete düster vor sich hin, verärgert über die Art, wie Merlin ihre Feststellung abgetan hatte, daß Arthur der wahre Herrscher in Dumnonia sei. Merlin hatte sie ignoriert und es vorgezogen, Gawain zu hänseln. Mordred erwähnte er nicht noch einmal und wollte auch nicht über das reden, was er in Mai Dun plante; nur als er mich zum Außentor des Palastes begleitete, wo Issa immer noch auf mich wartete, sprach er schließlich von den Kleinodien. Der schwarze Stab des Druiden klopfte aufs Steinpflaster, als wir den Hof überquerten, auf dem die Menschenmenge gesehen hatte, wie die Erscheinungen kamen und gingen. »Weißt du«, sagte Merlin, »ich brauche Menschen, denn wenn die Götter gerufen werden sollen, ist sehr viel zu tun, und Nimue und ich können das unmöglich allein schaffen. Wir brauchen etwa hundert Mann, vielleicht sogar mehr!«

»Wozu?«

»Das wirst du schon sehen. Magst du Gawain?«

»Er scheint recht willig zu sein.«

»O ja, willig ist er; aber ist das so bewundernswert? Hunde sind willig. Er erinnert mich an Arthur, als der noch jung war. All dieser Eifer, Gutes zu tun.« Er lachte.

»Lord«, sagte ich, auf eine Erklärung hoffend, »was wird in Mai Dun geschehen?«

»Wir werden natürlich die Götter rufen. Das ist ein kompliziertes Verfahren, und ich kann nur beten, daß ich es richtig mache. Natürlich fürchte ich, daß es nicht klappt. Nimue ist, wie du wohl schon gemerkt haben wirst, der Meinung, daß ich alles falsch mache, aber wir werden sehen, wir werden sehen.« Ein paar Schritte legte er schweigend zurück. »Doch wenn wir es richtig machen, Derfel, wenn wir es richtig machen – welch eines Anblicks werden wir da teilhaftig! Götter, die in all ihrer Macht erscheinen! Manawydan, der nackt und herrlich aus dem Meer geschritten kommt. Taranis, der den Himmel mit Blitzen teilt. Bel, der Feuer vom Himmel regnen läßt, und Don, die mit ihrem Feuerspeer die Wolken durchschneidet. Das müßte den Christen einen gehörigen Schrecken einjagen, was?« Vor Freude legte er ein paar ungeschickte Tanzschritte aufs Pflaster. »In ihre schwarzen Roben werden die Bischöfe pissen, was?«

»Aber Ihr seid Eurer Sache nicht gewiß«, warf ich, Erklärung heischend, ängstlich ein.

»Sei nicht albern, Derfel! Warum verlangst du immer Gewißheit von mir? Ich kann nur das Ritual ausführen und hoffen, daß ich es richtig mache! Du hast heute abend doch etwas gesehen, nicht wahr? Hat dich das denn nicht überzeugt?«

Ich zögerte, fragte mich, ob all das, was ich gesehen hatte, nicht doch ein Trick gewesen war. Mit welchem Trick aber konnte man die Haut eines Mädchens im Dunkeln zum Leuchten bringen? »Und werden die Götter gegen die Sachsen kämpfen?« wollte ich wissen.

»Deswegen rufen wir sie ja zu uns, Derfel«, erklärte mir Merlin geduldig. »Wir wollen Britannien so wiederherstellen, wie es in den alten Zeiten war, bevor Sachsen und Christen kamen und es in den Dreck zogen.« Er blieb am Tor stehen und starrte auf die dunkle Landschaft hinaus. »Ich liebe Britannien«, sagte er, und seine Stimme klang urplötzlich bedrückt. »Ich liebe diese Insel so sehr! Sie ist etwas ganz Besonderes.« Er legte mir die Hand auf die Schulter. »Lancelot hat dein Haus niedergebrannt. Und wo lebst du jetzt?«

»Ich werde mir ein Haus bauen müssen«, sagte ich und dachte dabei, daß ich es bestimmt nicht auf den Ruinen von Ermids Halle errichten würde, wo meine kleine Dian gestorben war.

»Dun Caric steht leer«, sagte Merlin. »Ich werde es dir zur Verfügung stellen – allerdings nur unter der Bedingung, daß ich, wenn mein Werk getan ist und die Götter wieder bei uns sind, zu dir kommen und in deinem Haus sterben darf.«

»Ihr dürft kommen und dort leben, Lord«, widersprach ich.

»Ich will dort sterben, Derfel, sterben! Ich bin alt. Ich habe nur noch eine Aufgabe zu erfüllen, und das werde ich in Mai Dun versuchen.« Seine Hand lag immer noch auf meiner Schulter. »Meinst du, ich kenne das Risiko nicht, das ich eingehe?«

Plötzlich spürte ich die Furcht in ihm. »Welches Risiko, Lord?« fragte ich hilflos.

Der Schrei der Eule kam aus dem Dunkel und Merlin lauschte mit geneigtem Kopf auf einen zweiten Schrei, aber es kam keiner. »Mein Leben lang«, sagte er nach einer Weile, »habe ich versucht, die Götter nach Britannien zurückzuholen, und nun habe ich die Mittel dazu, aber ich weiß nicht, ob es funktionieren wird. Oder ob ich der richtige Mann bin, um die Riten zu zelebrieren. Oder ob ich es überhaupt noch erlebe.« Seine Finger krampften sich um meine Schulter. »Geh, Derfel«, sagte er. »Geh. Ich muß schlafen, denn morgen muß ich gen Süden ziehen. Aber komm zu Samhain nach Durnovaria. Komm und sei Zeuge der Götter.«

»Ich werde dort sein, Lord.«

Er lächelte und wandte sich ab. Benommen kehrte ich zum Caer zurück, von Hoffnung erfüllt und von Furcht geplagt, und fragte mich, wohin die Magie uns nun führen werde, ob sie uns überhaupt irgendwohin führen konnte außer zu den Sachsen, die im Frühling kommen würden. Denn wenn Merlin die Götter nicht zu rufen vermochte, war Britannien endgültig dem Untergang geweiht.

Wie ein zur Ruhe kommender Teich, der aufgewühlt worden war, bis er dunkel und trübe wurde, breitete sich wieder Frieden in Britannien aus. Lancelot hatte sich aus Angst vor Arthurs Rache in Venta verkrochen. Mordred, unser rechtmäßiger König, kam nach Lindinis, wo man ihm alle Ehren erwies, ihn aber von Speerkämpfern bewachen ließ. Guinevere weilte in Ynys Wydryn unter Morgans harten Blicken, während Sansum, Morgans Gemahl, in den Gästeräumen von Emrys, dem Bischof von Durnovaria, gefangen saß. Die Sachsen zogen sich hinter ihre Grenzen zurück, aber sobald die Ernte auf beiden Seiten eingebracht worden war, würden Sachsen wie Briten Raubzüge im jeweiligen Feindesland unternehmen. Sagramor, Arthurs numidischer Befehlshaber, bewachte die sächsische Grenze, während Culhwch, Arthurs Cousin und jetzt wieder einer seiner Kriegsführer, von unserer Festung bei Dunum aus Lancelots belgische Grenze beobachtete. König Cuneglas von Powys, unser Verbündeter, hatte hundert Speerkämpfer unter Arthurs Befehl zurückgelassen, bevor er in sein Königreich zurückkehrte. Auf dem Rückweg begegnete er Prinzessin Ceinwyn, seiner Schwester, die sich auf dem Heimweg nach Dumnonia befand. Obwohl sie geschworen hatte, sich niemals zu vermählen, war Ceinwyn meine Frau, so wie ich ihr Mann war. Sie kam im Frühherbst mit unseren beiden Töchtern, und ich muß gestehen, daß ich erst richtig glücklich sein konnte, als sie wieder bei mir war. Ich ritt ihr auf der Straße südlich von Glevum entgegen und hielt sie lange in den Armen, denn es hatte Momente gegeben, da dachte ich, daß ich sie niemals wiedersehen würde. Sie war eine Schönheit, meine Ceinwyn, eine goldhaarige Prinzessin, die früher einmal, vor langer Zeit, mit Arthur verlobt gewesen war; nachdem er jedoch auf die geplante Heirat verzichtet hatte, um mit Guinevere zusammenzusein, war Ceinwyns Hand einigen anderen großen Fürsten versprochen worden, doch sie und ich, wir waren zusammen davongelaufen, und ich muß sagen, daß wir beide recht daran getan hatten.

Wir hatten jetzt ein neues Haus in Dun Caric, nicht sehr weit nördlich von Caer Cadarn. Dun Caric bedeutet »Hügel am hübschen Bach«, und es war ein treffender Name, denn es war ein hübsches Fleckchen Erde, wo wir, wie ich meinte, glücklich werden konnten. Die Halle auf der Hügelkuppe war aus Eiche gebaut, mit einem Dach aus Roggenstroh, und hatte ein Dutzend Nebengebäude sowie eine heruntergekommene Holzpalisade. Die Leute, die das kleine Dorf am Fuß des Hügels bewohnten, waren überzeugt, daß es in der Halle spukte, denn Merlin hatte Balise, einem uralten Druiden, erlaubt, dort seinen Lebensabend zu verbringen, doch meine Speerkämpfer hatten die Nester und das Ungeziefer nach draußen geräumt und alle rituellen Gegenstände, die Balise gehört hatten, hinausgeschafft. Die Kessel, Dreifüße und anderen Dinge, die von Wert waren, hatten sich trotz ihrer Angst vor der alten Halle zweifellos die Dorfbewohner geholt, so daß wir nur noch die Schlangenhäute, alten Knochen und eingetrockneten Vogelleichen loswerden mußten, die alle dick mit Spinnweben überzogen waren. Viele Knochen stammten von Menschen, ganze Berge gab es davon, die wir überall verteilt begruben, damit die Seelen der Toten sich nicht wieder zusammenfügen und uns später heimsuchen konnten.

Arthur hatte mir Dutzende von jungen Männern geschickt, die ich zu tüchtigen Kriegern ausbilden sollte, und so lehrte ich sie den ganzen Herbst hindurch den Umgang mit Schwert und Schild, und einmal die Woche besuchte ich, eher als Pflichtübung denn zum Vergnügen, Guinevere im nahen Ynys Wydryn. Ich brachte ihr Lebensmittel und, als es kälter wurde, einen dicken Umhang aus Bärenfell. Manchmal nahm ich auch ihren Sohn Gwydre mit, aber sie fühlte sich nicht so recht wohl in seiner Gegenwart. Seine Erzählungen vom Angeln im Bach von Dun Caric oder von der Jagd in den Wäldern langweilten sie. Früher war sie selbst gern auf die Jagd gegangen, doch da ihr dieses Vergnügen nicht mehr erlaubt war, beschränkten sich ihre Leibesübungen auf lange Spaziergänge auf dem Gelände des Heiligtums. Ihre Schönheit verblaßte nicht, im Gegenteil – das Elend verlieh ihren großen Augen eine Leuchtkraft, die sie zuvor nicht besessen hatten. Aber sie würde nie zugeben, daß sie traurig war, denn dazu war sie viel zu stolz. Ich allerdings merkte durchaus, daß sie ziemlich unglücklich war. Morgan reizte sie, belästigte sie mit ihren christlichen Predigten und beschuldigte sie ständig, die scharlachrote Hure Babylon zu sein. Guinevere ertrug das geduldig und beschwerte sich mir gegenüber im frühen Herbst, als die Nächte länger wurden und der erste Nachtfrost die Senken weiß färbte, nur darüber, daß ihre Gemächer nicht warm genug seien. Arthur änderte das, indem er befahl, Guinevere so viel Brennholz zu geben, wie sie es wünschte. Er liebte sie immer noch, ertrug es aber nur schwer, wenn ich ihren Namen erwähnte. Was dagegen Guinevere betraf, so wußte ich nicht, wen sie liebte. Sie fragte mich immer wieder nach Arthur, erwähnte Lancelot aber mit keinem Wort.

Arthur war ebenfalls ein Gefangener, aber seiner eigenen Qualen. Sein Heim, falls er denn eines hatte, war der Königspalast von

Durnovaria, aber er zog es vor, in Dumnonia herumzureisen, von einer Festung zur anderen zu ziehen und uns alle auf den Krieg gegen die Sachsen vorzubereiten, der im neuen Jahr mit Sicherheit kommen würde. Nur einen Ort gab es, an dem er sich häufiger aufhielt als an allen anderen, und das war bei uns in Dun Caric. Wir sahen ihn von unserer Hügelhalle aus kommen, und wenn seine Reiter gleich darauf durch den Bach stoben, ertönte der Ruf eines Horns. Gwydre, sein Sohn, lief ihm dann immer entgegen, und Arthur beugte sich von Llamreis Rücken hinunter und zog den Knaben zu sich herauf, bevor er auf unser Tor zusprengte. Gwydre, ja allen Kindern gegenüber zeigte er große Zärtlichkeit, den Erwachsenen gegenüber wahrte er eine kühle Zurückhaltung. Den alten Arthur, den Mann der fröhlichen Begeisterung, gab es nicht mehr. Nur Ceinwyn ließ er in seine Seele blicken und führte, wenn er nach Dun Caric kam, stundenlange Gespräche mit ihr. Sie sprachen von Guinevere, von wem sonst. »Er liebt sie immer noch«, berichtete mir Ceinwyn.

»Er sollte wieder heiraten«, sagte ich.

»Wie kann er das?« fragte sie mich. »Er denkt doch nur an sie.«

»Was rätst du ihm?«

»Daß er ihr verzeihen soll, natürlich. Ich glaube kaum, daß sie noch einmal Dummheiten machen wird, und wenn sie die Frau ist, die ihn glücklich macht, sollte er seinen Stolz schlucken und sie zu sich zurückholen.«

»Dazu ist er viel zu stolz.«

»Offensichtlich«, bestätigte sie mißbilligend. Sie legte Rocken und Spindel hin. »Ich glaube fast, daß er zuvor Lancelot töten muß. Das würde ihn glücklich machen.«

Genau das versuchte Arthur in jenem Herbst. Er führte einen unerwarteten Angriff auf Venta, Lancelots Hauptstadt. Lancelot erhielt jedoch Kenntnis von dem Angriff und floh zu Cerdic, seinem Beschützer. Dabei nahm er Amhar und Loholt mit, Arthurs Söhne von seiner irischen Geliebten Ailleann. Die Zwillinge hatten Arthur nie verziehen, daß sie Bastarde waren, und sich mit seinen Feinden zusammengetan. Arthur konnte Lancelot nicht finden, brachte dafür aber reiche Beute in Gestalt von Getreide mit, das dringend gebraucht wurde, weil der Aufstand im Sommer natürlich unsere Ernte beeinträchtigt hatte.

Mitte des Herbstes, zwei Wochen vor Samhain und kurz nach seinem Überfall auf Venta, kam Arthur wieder nach Dun Caric. Er war noch magerer geworden, und sein Gesicht wirkte noch hohlwangiger. Er war nie ein Mann gewesen, der anderen angst machte, jetzt aber wurde er so zurückhaltend, daß niemand mehr wußte, was er dachte, und diese Zurückhaltung verlieh ihm eine geheimnisvolle Aura, während die Trauer in seiner Seele ihm eine gewisse Härte verlieh. Er war nie aufbrausend gewesen, jetzt aber fuhr er bei der geringsten Provokation sofort auf. Dabei richtete sich sein Zorn vor allem gegen ihn selbst, da er sich für einen Versager hielt. Seine beiden ältesten Söhne hatten ihn verlassen, seine Ehe war in die Brüche gegangen, und Dumnonia hatte ebenfalls versagt. Er hatte geglaubt, ein perfektes Königreich schaffen zu können, einen Hort der Gerechtigkeit, der Sicherheit und des Friedens, aber die Christen hatten das Schlachten vorgezogen. Er machte sich Vorwürfe, weil er nicht vorhergesehen hatte, was kommen würde, und nun, während der Ruhe nach dem Sturm, zweifelte er an seinem eigenen visionären Traum. »Wir müssen uns auf die kleinen Dinge beschränken, Derfel«, sagte er mir an jenem Tag.

Es war ein herrlicher Herbsttag. Da der Himmel mit Wölkchen betupft war, jagten Sonnenflecken über die gelbbraune Landschaft dahin, die sich westlich von uns erstreckte. Arthur suchte ausnahmsweise nicht Ceinwyns Gesellschaft, sondern führte mich zu einem Grasflecken unmittelbar außerhalb von Dun Carics geflickter Palisade, um von dort aus düster zu dem Tor hinüberzustarren, der am Horizont aufragte: zu Ynys Wydryn, wo Guinevere weilte. »Die kleinen Dinge?« fragte ich ihn.

»Den Sieg über die Sachsen, selbstverständlich.« Er verzog das Gesicht, denn natürlich wußte er, daß ein Sieg über die Sachsen bestimmt nicht zu den kleinen Dingen zählte. »Sie weigern sich, mit uns zu verhandeln. Wenn ich Unterhändler schicke, werden sie sie töten. Das haben sie mir letzte Woche erklärt.«

»Sie?« fragte ich ihn.

»Sie«, bestätigte er grimmig und meinte damit sowohl Cerdic als auch Aelle. Normalerweise gingen sich die beiden Sachsenkönige gegenseitig an die Gurgel, eine Tatsache, die wir durch gezielte Bestechung förderten; jetzt aber hatten sie anscheinend die Lektion, die Arthur den britannischen Königreichen so gründlich erteilt hatte, ebenfalls gelernt: die Lektion, daß der Sieg nur in der Einigkeit liegt. Die beiden Sachsenherrscher vereinten ihre Streitkräfte, um Dumnonia zu vernichten, und ihr Entschluß, keine Unterhändler zu empfangen, war sowohl ein Zeichen für ihre Entschlossenheit wie auch eine Maßnahme zum Selbstschutz. Arthurs Boten brachten womöglich Bestechungsgelder, die ihre Häuptlinge schwach werden ließen, und alle Unterhändler, so aufrichtig sie auch Frieden suchten, dienen zugleich als Spione beim Feind. Cerdic und Aelle wollten kein Risiko eingehen. Sie hatten sich vorgenommen, ihre Streitigkeiten beizulegen und sich zusammenzutun, um uns zu vernichten.

»Ich hatte gehofft, die Seuche würde sie schwächen«, sagte ich.

»Aber jetzt sind neue Männer gekommen, Derfel«, gab Arthur zurück. »Wie wir hören, landen jeden Tag weitere Boote, und jedes Boot ist voll hungriger Seelen. Sie wissen genau, wie schwach wir sind, deswegen werden sie im nächsten Jahr zu Tausenden und Abertausenden kommen.« Arthur schien in dieser bedrückenden Vorstellung zu schwelgen. »Eine Kriegshorde! Vielleicht ist es uns bestimmt, so zu enden, Derfel. Zwei alte Freunde, Schild an Schild, niedergemacht von barbarischen Axtschwingern.«

»Man kann schlimmere Tode sterben, Lord.«

»Und bessere«, sagte er kurz. Er starrte zum Tor hinüber; ja, immer wenn er nach Dun Caric kam, setzte er sich an diesen westlichen Abhang, niemals auf den östlichen oder den südlichen, von dem aus man Caer Cadarn sehen konnte, sondern immer nur an den Abhang mit dem Blick über das weite Tal. Ich wußte, was er dachte, und er wußte, daß ich es wußte, aber er wollte ihren Namen nicht aussprechen, denn er wollte mir gegenüber nicht eingestehen, daß er an jedem Morgen mit dem Gedanken an sie erwachte und jeden Abend um Träume von ihr betete. Dann spürte er plötzlich meinen Blick und sah auf die Felder unten hinab, wo Issa junge Knaben zu Kriegern heranzog. Die Herbstluft hallte wider vom Geklapper aufeinanderprallender Speerschäfte und Issas rauher Stimme, mit der er seine Schüler aufforderte, die Klingen tief und die Schilde hoch zu halten. »Wie sind sie?« erkundigte sich Arthur und nickte dabei zu den Rekruten hinüber.

»Wie wir vor zwanzig Jahren«, antwortete ich. »Und damals haben die Älteren uns erklärt, wir würden niemals Krieger werden. Und in zwanzig Jahren werden genau diese Knaben ihren Söhnen dasselbe sagen. Sie werden bestimmt gut. Eine einzige Schlacht wird sie reifen lassen, und dann werden sie genauso brauchbar sein wie jeder andere Krieger in Britannien.«

»Eine Schlacht«, wiederholte Arthur grimmig. »Vielleicht haben wir nur eine einzige Schlacht. Wenn die Sachsen kommen, Derfel, werden sie uns zahlenmäßig weit überlegen sein. Selbst wenn Powys und Gwent all ihre Männer schicken, werden sie uns überlegen sein.« Damit sprach er eine bittere Wahrheit aus. »Merlin sagt, wir sollen uns keine Sorgen machen«, fuhr Arthur ironisch fort. »Sein Vorhaben in Mai Dun werde den Krieg überflüssig machen. Wart Ihr schon einmal dort?«

»Noch nicht.«

»Hunderte von Narren schleppen Brennholz auf den Gipfel. Wahnsinn!« Er spie aus. »Ich setze mein Vertrauen nicht in Kleinodien, Derfel, sondern in Schildwälle und scharf geschliffene Speere. Und eine Hoffnung habe ich noch.« Er hielt inne.

»Und die wäre?«

Er wandte sich zu mir um. »Wenn wir unsere Feinde noch ein einziges Mal entzweien könnten«, sagte er, »hätten wir immer noch eine Chance. Wenn Cerdic allein kommt, können wir ihn besiegen, solange Powys und Gwent uns helfen, aber Cerdic und Aelle gemeinsam kann ich unmöglich bezwingen. Das könnte ich vielleicht, wenn ich fünf Jahre hätte, um unser Heer wieder aufzubauen, aber bis zum nächsten Frühling ist mir das unmöglich. Unsere einzige Hoffnung, Derfel, ist es, daß sich unsere Feinde entzweien.« Das war unsere alte Art, Krieg zu führen: den einen

Sachsenkönig zu bestechen, damit er gegen den anderen kämpfte. Aber nach allem, was Arthur mir berichtet hatte, waren die Sachsen sehr darauf bedacht, daß so etwas in diesem Winter nicht geschah. »Ich werde Aelle dauernden Frieden zusichern«, fuhr Arthur fort. »Er kann alles Land, das er bis jetzt besitzt, behalten, und dazu alles Land, das er Cerdic abnehmen kann, und er und seine Nachkommen dürfen für immer über dieses Gebiet herrschen. Versteht Ihr mich? Ich überlasse ihm das Land auf ewig, wenn er sich nur in dem bevorstehenden Krieg auf unsere Seite stellt.«

Eine Zeitlang sagte ich nichts. Der alte Arthur, der Arthur, der vor jener Nacht im Isistempel mein Freund gewesen war, hätte diese Worte niemals gesprochen, denn sie waren nicht ernst gemeint. Niemand würde britannisches Land an die Sais abtreten. Also log Arthur in der Hoffnung, daß Aelle ihm diese Lüge glauben würde, und dann würde Arthur nach ein paar Jahren sein Versprechen brechen und Aelle angreifen. Das wußte ich, aber ich wagte es nicht, ihm diese Lüge vorzuhalten, denn dann konnte ich nicht mehr so tun, als glaubte ich sie selbst. Statt dessen erinnerte ich Arthur an einen alten Eid, der neben einem weit entfernten Baum unter einem Stein vergraben worden war. »Ihr habt geschworen, Aelle zu töten«, hielt ich ihm vor. »Habt Ihr jenen Eid vergessen?«

»Eide kümmern mich jetzt nicht mehr«, entgegnete er kalt, doch dann brach sich sein Ärger Bahn. »Warum sollten sie denn auch? Hat irgend jemand einen Eid gehalten, den er mir geschworen hat?«

»Ich schon, Lord.«

»Dann seid mir gehorsam, Derfel«, sagte er kurz angebunden, »und geht zu Aelle.«

Ich hatte mit diesem Auftrag gerechnet. Anfangs ließ ich mir Zeit mit der Antwort und beobachtete statt dessen, wie Issa seine Knaben zu einem schiefen und krummen Schildwall formierte. Dann wandte ich mich Arthur zu. »Ich dachte, Aelle hätte all Euren Abgesandten den Tod versprochen.«

Arthur mied meinen Blick. Statt dessen starrte er wieder zu dem fernen grünen Hügel hinüber. »Die alten Männer werden sagen, daß es in diesem Jahr einen harten Winter gibt«, gab er zurück. »Und ich will Aelles Antwort, bevor der erste Schnee fällt.«

»Ja, Lord«, sagte ich.

Er mußte gemerkt haben, wie unglücklich ich war, denn wieder wandte er sich mir zu. »Aelle wird seinen eigenen Sohn nicht töten.«

»Das wollen wir hoffen, Lord«, sagte ich leise.

»Geht zu ihm, Derfel«, verlangte Arthur. Nach allem, was er wußte, hatte er mich damit zum Tode verurteilt, aber er ließ sich kein Zeichen des Bedauerns anmerken. Er erhob sich und klopfte sich die Grashalme vom weißen Mantel. »Wenn wir Cerdic nur vor dem kommenden Frühjahr besiegen können, Derfel, können wir Britannien neu erschaffen.«

»Ja, Lord«, sagte ich. So, wie er es sagte, klang es ganz leicht: einfach die Sachsen schlagen und dann Britannien wieder aufbauen. Ich dachte daran, daß es eigentlich immer so gewesen war: noch eine einzige, letzte, große Aufgabe, dann würde ewige Freude folgen. Irgendwie aber hatte es sich niemals so ergeben. Doch jetzt, in der Verzweiflung, und auch, um uns eine letzte Chance zu sichern, mußte ich zu meinem Vater reisen.

Ich bin Sachse. Erce, meine sächsische Mutter, wurde damals, als sie schwanger war, von Uther gefangengenommen und zur Sklavin gemacht. Kurze Zeit später wurde ich geboren. Als kleines Kind wurde ich meiner Mutter weggenommen, aber zuvor hatte ich noch die sächsische Sprache gelernt. Später, viel später, unmittelbar vor Lancelots Aufstand, fand ich meine Mutter wieder und erfuhr, daß Aelle mein Vater war.

Ich trage also rein sächsisches Blut in mir, und überdies sogar halb königliches, obwohl ich, weil ich bei den Britanniern aufgewachsen bin, den Sachsen gegenüber keine verwandtschaftlichen Gefühle hege. Wie für Arthur und alle anderen frei geborenen Britannier sind die Sachsen für mich eine Plage, die vom Ostmeer zu uns herübergetragen wurde.

Woher sie kamen, weiß niemand so richtig. Sagramor, der weiter gereist war als jeder andere von Arthurs Befehlshabern, behauptet, das Sachsenland sei ein fernes, nebelverhangenes Land voller Sümpfe und Wälder, aber er gibt zu, noch niemals dortgewesen zu sein. Er weiß nur, daß es irgendwo hinterm Meer liegt, und meint, die Bewohner verlassen es, weil das Land der Britannier besser sei, obwohl ich auch gehört habe, daß das Heimatland der Sachsen von anderen, sogar noch seltsameren Feinden belagert werde, die vom hintersten Ende der Welt kommen. Doch was auch immer der Grund sein mag, seit hundert Jahren kommen die Sachsen übers Meer, um uns das Land wegzunehmen, und haben inzwischen ganz Ostbritannien besetzt. Wir nennen dieses gestohlene Territorium Lloegyr, die Verlorenen Lande, und im freien Britannien gibt es keine einzige Menschenseele, die nicht davon träumt, die Verlorenen Lande zurückzuholen. Merlin und Nimue glauben, daß das Land nur durch die Götter zurückerobert werden kann, während Arthur es lieber mit dem Schwert versuchen will. Meine Aufgabe war es nun, unsere Feinde zu entzweien, um entweder den Göttern oder Arthur die Aufgabe zu erleichtern.

Ich brach im Herbst auf, als sich die Eichen bronzen, die Buchen rot färbten und die Kälte den Tagesanbruch weiß überhauchte. Ich ritt allein, denn falls Aelle die Ankunft eines Boten tatsächlich mit dem Tod belohnte, war es besser, wenn nur ein einziger Mann sein Leben verlor. Ceinwyn flehte mich an, eine Kriegshorde mitzunehmen, aber wozu? Eine Horde konnte es an Kampfstärke nicht mit Aelles gesamtem Heer aufnehmen, und so zog ich, während der Wind die ersten gelben Blätter von den Ulmen riß, mutterseelenallein gen Osten. Ceinwyn hatte mich überreden wollen, bis nach Samhain zu warten, denn falls Merlin in Mai Dun mit seinen Beschwörungen Erfolg hatte, war es überflüssig, Unterhändler zu den Sachsen zu schicken, doch Arthur duldete keinen Aufschub. Er hatte alles auf Aelles Verrat gesetzt und wollte eine Antwort von dem Sachsenkönig, also brach ich auf und hoffte nur, daß ich überleben und am Abend vor Samhain wieder in Dumnonia sein werde. Ich trug mein Schwert und hatte mir den Schild auf den Rücken gehängt; davon abgesehen hatte ich jedoch auf andere Waffen sowie auf meine Rüstung verzichtet.

Ich ritt nicht direkt nach Osten – denn diese Route hätte mich gefährlich nahe an Cerdics Land herangeführt –, sondern zunächst nördlich nach Gwent und dann erst ostwärts, so daß ich die sächsische Grenze dort erreichte, wo Aelle regierte. Anderthalb Tage lang zog ich durchs Ackerland von Gwent, an Villen und Gehöften vorbei, aus deren Dächern durch Löcher Rauch emporstieg. Die Felder waren von den Hufen der Rinder, die für das Winterschlachtfest in Hürden gesperrt waren, zu Schlamm zertreten worden. Das Muhen der Tiere begleitete meine Reise wie eine melancholische Melodie. In der Luft lag ein erster Hauch von Winter, und am Morgen hing die angeschwollene Sonne tief und bleich in den Nebelbänken. Stare schwärmten über den kahlen Feldern.

Während ich nach Osten ritt, veränderte sich die Landschaft. Da Gwent christlich war, kam ich zunächst an großen, kunstvoll erbauten Kirchen vorbei, am zweiten Tag jedoch waren die Kirchen schon sehr viel kleiner und die Gehöfte weniger stattlich, bis ich schließlich die mittlere Region erreichte, das Ödland, wo weder Sachsen noch Britannier regierten, wo aber beide ihre Schlachtfelder hatten. Auf den Feldern, die früher ganze Familien ernährt hatten, wuchsen nun Eichenschößlinge, Weißdorn, Birken und Eschen, die Villen waren Ruinen ohne Dach und die Hallen vom Feuer zerstörte Gerippe. Dennoch lebten hier noch Menschen, und als ich einmal in einem nahen Wald jemanden laufen hörte, zog ich Hywelbane, weil ich mich vor den herrenlosen Männern fürchtete, die in diesen wilden Tälern Zuflucht gesucht hatten, aber niemand näherte sich mir – bis mir am selben Abend eine Grupppe von Speerkämpfern den Weg verstellte. Es waren Männer aus Gwent, die, wie alle Soldaten von König Meurig, Reste römischer Uniformen trugen, Brustpanzer aus Bronze, Helme mit einem Busch aus rotgefärbten Roßhaaren und rostrote Mäntel. Ihr Anführer, ein Christ namens Carig, lud mich in ihre Festung ein, die in einer Lichtung auf einer hohen, bewaldeten Erhebung stand. Carigis Aufgabe war es, die Grenze zu bewachen, deswegen erkundigte er sich barsch, was ich hier zu suchen habe; doch als ich ihm meinen Namen nannte und erklärte, ich sei für Arthur unterwegs, fragte er mich nicht weiter aus.

Carigs Festung bestand aus einer schlichten Holzpalisade und ein paar Hütten voll vom dichten Rauch ihrer offenen Feuer. Ich wärmte mich daran, während Carigs zwölf Männer an einem Spieß, den sie aus einem eroberten Sachsenspeer gefertigt hatten, eine Wildkeule brieten. Ungefähr einen Tagesmarsch von der Festung entfernt gab es ein Dutzend weiterer Befestigungsanlagen, allesamt nach Osten gerichtet, um das Land vor Aelles Plünderern zu schützen. Dumnonia hatte ganz ähnliche Vorsichtsmaßnahmen getroffen, bei uns stand jedoch ein ganzes Heer dicht an der Grenze. Die Kosten für ein solches Heer waren exorbitant – sehr zum Ärger jener, die mit ihren Abgaben von Korn, Leder, Salz und Fellen für die Truppen bezahlen mußten. Arthur war stets bemüht gewesen, gerechte Steuern zu erheben und die Menschen möglichst wenig zu belasten, jetzt aber, nach dem Aufstand, erlegte er allen reichen Männern, die sich Lancelot angeschlossen hatten, rigoros empfindliche Geldstrafen auf. Diese Strafen trafen einen unverhältnismäßig hohen Anteil an Christen, so daß Meurig, der christliche König von Gwent, bei Arthur Protest eingelegt hatte, den Arthur prompt ignorierte. Carig, ein treuer Anhänger König Meurigs, behandelte mich mit einer gewissen Zurückhaltung, gab sich jedoch größte Mühe, mich vor dem zu warnen, was mich hinter der Grenze erwartete. »Wißt Ihr, Lord«, sagte er, »daß die Sais sich weigern, irgend jemanden über die Grenze zu lassen?«

»Das hörte ich, ja.«

»Vor einer Woche sind zwei Händler hinübergegangen. Sie hatten Töpferwaren und Schafsvliese mitgebracht. Ich habe sie gewarnt, aber« – er hielt inne und zuckte die Achseln – »die Sachsen behielten Töpfe und Wolle und schickten nur zwei Totenschädel zurück.«

»Wenn mein Schädel zurückkommt, schickt ihn an Arthur«, sagte ich. Nachdenklich beobachtete ich, wie das Fett des Wildbrets ins Feuer tropfte und aufflammte. »Kommen auch Reisende aus Lloegyr?«

»Seit Wochen nicht mehr«, antwortete Carig. »Aber im nächsten Jahr wird man bestimmt viele sächsische Speerkämpfer in Dumnonia sehen.«

»In Gwent nicht?« fragte ich ihn.

»Aelle liegt nicht im Streit mit uns«, erklärte Carig entschieden. Er war ein sehr nervöser junger Mann, dem seine exponierte Position an Britanniens Grenze nicht besonders gefiel, der aber trotzdem gewissenhaft seine Pflicht erfüllte, und seine Männer waren, wie ich bemerkte, sehr diszipliniert.

»Ihr seid Britannier«, hielt ich Carig vor, »und Aelle ist Sachse. Reicht das nicht für einen Streit?«

Carig zuckte die Achseln. »Dumnonia ist schwach, Lord, das wissen die Sachsen. Gwent ist stark. Euch werden sie angreifen, nicht uns.« Seine Worte klangen erschreckend selbstzufrieden.

»Aber wenn sie Dumnonia besiegt haben«, fuhr ich fort, während ich das Eisen am Heft meines Schwertes berührte, um das Übel abzuwehren, das sich in meinen Worten andeutete, »wie lange wird es dann noch dauern, bis sie nordwärts nach Gwent hineinmarschieren?«

»Jesus Christus wird uns beschützen«, behauptete Carig fromm und schlug das Kreuz. An der Wand seiner Hütte hing ein Kruzifix, und einer seiner Männer leckte sich die Finger, um damit die Füße des leidenden Christus zu berühren. Abergläubisch spie ich ins Feuer.

Am folgenden Morgen ritt ich gen Osten. Im Laufe der Nacht waren Wolken aufgezogen, und die Morgendämmerung begrüßte mich mit einem feinen, kalten Regen, der mir ins Gesicht schlug. Die aufgebrochene und von Unkraut überwucherte Römerstraße führte durch einen feuchtkalten Wald, und je weiter ich ritt, desto düsterer wurde meine Stimmung. Alles, was ich in Carigs Grenzfestung gehört hatte, ließ darauf schließen, daß Gwent nicht für Arthur kämpfen würde. Meurig, der junge König von Gwent, war von jeher ein recht unwilliger Krieger gewesen. Tewdric, sein Vater, hatte gewußt, daß sich die Britannier gegen den gemeinsamen Feind vereinigen mußten, aber Tewdric hatte auf den Thron verzichtet; er lebte als Mönch am Fluß Wye, und sein Sohn war kein Kriegsherr. Ohne Gwents gut ausgebildete Truppen war Dumnonia dem Untergang geweiht, es sei denn, eine nackte, leuchtende Nymphe sagte ein wunderbares Eingreifen der Götter voraus. Oder Aelle glaubte mir Arthurs Lügen. Aber würde Aelle mich überhaupt empfangen? Würde er mir überhaupt glauben, daß ich sein Sohn war? Bei den wenigen Gelegenheiten, da wir uns getroffen hatten, war der Sachsenkönig relativ freundlich zu mir gewesen, aber das bedeutet nicht viel, denn ich war immer noch sein Feind, und je länger ich unter diesen riesigen, nassen Bäumen durch den bitteren Regen ritt, desto größer wurde meine Verzweiflung. Ich war sicher, daß Arthur mich in den Tod geschickt hatte, und was noch schlimmer war, daß er es mit der Gefühllosigkeit eines Glücksspielers getan hatte, der am Verlieren ist und alles auf einen letzten Wurf auf dem Wurfbrett setzt.

Mitte des Vormittags endete der Wald, und ich ritt auf eine breite Lichtung hinaus, durch die ein Bach plätscherte. Die Straße führte quer durch das schmale Gewässer, doch neben der Furt stand auf einer hüfthohen Erhebung eine abgestorbene Tanne, die mit Weihgaben behängt war. Da diese Magie mir völlig fremd war, hatte ich keine Ahnung, ob der geschmückte Baum die Straße bewachte, den Bach beschwichtigte oder nichts als das Spielwerk von Kindern war. Ich ließ mich vom Rücken meines Pferdes gleiten, und dann entdeckte ich, daß es sich bei den Gegenständen, die an den spröden Zweigen hingen, um Knochen aus der Wirbelsäule eines Menschen handelte. Kein Kinderspiel, dachte ich, aber was dann? Um das Böse abzuwenden, spie ich vorsichtshalber neben den Hügel und berührte das Eisen an Hywelbanes Heft. Dann führte ich mein Pferd durch die Furt.

Dreißig Schritte hinter dem Bach begann wieder der dichte Wald, aber ich hatte diese Entfernung noch nicht mal zur Hälfte zurückgelegt, als aus den Schatten unter den Ästen eine Axt auf mich zugewirbelt kam und sich im Flug um sich selbst drehte, so daß das graue Tageslicht von der sausenden Klinge reflektiert wurde. Es war ein schlechter Wurf, der gute vier Schritte weit an mir vorbeiging. Niemand rief mich an, aber es kamen auch keine weiteren Waffen aus dem Wald.

»Ich bin Sachse!« rief ich auf sächsisch. Noch immer meldete sich niemand, aber ich hörte Stimmengemurmel und das Knacken von Zweigen. »Ich bin Sachse!« rief ich abermals und fragte mich, ob die verborgenen Beobachter möglicherweise gar keine Sachsen waren, sondern ausgestoßene Britannier, denn ich befand mich noch immer auf dem Ödland, wo sich herrenlose Männer aller Stämme und Länder vor dem Gesetz versteckten.

Gerade wollte ich auf britannisch rufen, daß ich nichts Böses im Schilde führe, da rief mir eine Stimme aus dem Waldschatten auf sächsisch zu: »Werft Euer Schwert hierher!«

»Ihr dürft herkommen und mir das Schwert abnehmen«, gab ich zurück.

Eine Pause entstand. »Euer Name?« fragte die Stimme.

»Derfel«, antwortete ich, »Aelles Sohn.«

Ich hatte meines Vaters Namen als Herausforderung gerufen, und tatsächlich schien er zu verwirren, denn wieder hörte ich leises Stimmengemurmel, bis kurz darauf sechs Männer durch das Brombeergestrüpp auf die Lichtung herauskamen. Alle waren in jene dicken Pelze gehüllt, die von den Sachsen als Rüstung bevorzugt wurden, und alle führten Speere mit. Einer von ihnen trug einen gehörnten Helm, und dieser – offensichtlich der Anführer – kam am Straßenrand auf mich zugeritten. »Derfel«, sagte er, als er ein halbes Dutzend Schritte entfernt von mir halt machte. »Derfel«, wiederholte er. »Den Namen hab' ich schon mal gehört, aber es ist kein sächsischer Name.«

»Es ist mein Name«, antwortete ich, »und ich bin Sachse.«

»Und ein Sohn von Aelle?« Er war mißtrauisch.

»Ja.«

Einen Moment lang musterte er mich. Er war ein hochgewachsener Mann mit einer dichten Mähne brauner Haare, die er sich unter den gehörnten Helm gestopft hatte. Der Bart reichte ihm fast bis zur Taille, und seine Schnurrbartenden hingen bis auf den oberen Rand seines ledernen Brustpanzers herab, den er unter dem Pelzumhang trug. Ich vermutete, daß er ein einheimischer Häuptling war oder ein Krieger, der beauftragt war, seinen Grenzabschnitt zu bewachen. Mit der freien Hand zwirbelte er eins seiner Schnurrbartenden; dann ließ er den Strang wieder los. »Ich kenne Hrothgar, Aelles Sohn«, sagte er nachdenklich, »und Cyrning, Aelles Sohn, nenne ich meinen Freund. Penda, Saebold und Yffe, Aelles Söhne, habe ich in der Schlacht gesehen. Aber Derfel, Aelles Sohn?« Er schüttelte den Kopf.

»Jetzt seht Ihr ihn«, gab ich zurück.

Da er bemerkte, daß mein Schild noch immer am Sattel meines Pferdes hing, wog er nachdenklich seinen Speer in der Hand. »Derfel, Arthurs Freund, von dem habe ich gehört«, sagte er vorwurfsvoll.

»Den seht Ihr auch«, antwortete ich, »und er hat etwas mit Aelle zu besprechen.«

»Kein Britannier hat etwas mit Aelle zu besprechen«, behauptete er, und seine Männer stimmten ihm grollend zu.

»Ich bin Sachse«, wiederholte ich.

»Was habt Ihr dann zu besprechen?«

»Das geht nur meinen Vater und mich etwas an. Euch betrifft es nicht.«

Er wandte sich um und deutete auf seine Männer. »Wir sorgen dafür, daß es uns betrifft.«

»Euer Name?« erkundigte ich mich.

Er zögerte, entschied aber wohl, daß es nicht schaden konnte, wenn er seinen Namen nannte. »Ceolwulf«, sagte er, »Eadbehrts Sohn.«

»Nun gut, Ceolwulf«, gab ich zurück. »Glaubt Ihr etwa, mein Vater werde Euch belohnen, wenn er erfährt, daß Ihr mich aufgehalten habt? Was erwartet Ihr von ihm? Gold? Oder ein Grab?«

Es war ein Bluff, aber er funktionierte. Ich hatte keine Ahnung, ob Aelle mich in die Arme schließen oder umbringen würde, doch Ceolwulfs Angst vor dem Zorn seines Königs war so groß, daß er mir widerwillig den Weg frei machte und außerdem eine Eskorte von vier Speerkämpfern mitgab, die mich immer tiefer in die Verlorenen Lande hineinführten.

Und so kam ich dann durch Orte, an denen sich seit einer Generation nur wenige freie Britannier aufgehalten hatten. Dies war das Herzstück des Feindeslandes, und ich ritt zwei Tage lang hindurch. Auf den ersten Blick wirkte das Land kaum anders als das britannische, denn die Sachsen hatten unsere Felder übernommen und sie auf fast dieselbe Art beackert wie wir, obwohl mir auffiel, daß ihre Heuhaufen höher und eckiger waren als unsere und daß sie ihre Häuser fester bauten. Die römischen Villen lagen zum größten Teil verlassen, nur hier und da schien ein Anwesen noch genutzt. Christliche Kirchen gab es hier nicht; ich entdeckte überhaupt keine Heiligtümer, obwohl wir einmal an einer britannischen Götterstatue vorbeikamen, zu deren Füßen kleine Opfergaben niedergelegt worden waren. Hier lebten tatsächlich noch immer britannische Männer und Frauen, und einige von ihnen besaßen sogar noch Land, die meisten jedoch waren Sklaven oder mit sächsischen Männern vermählt. Die Orte waren umbenannt worden, und meine Eskorte wußte nicht einmal, wie sie geheißen hatten, als die Britannier noch hier herrschten. Wir kamen durch Lycceword und Steortfort, durch Leodasham und Celmeresfort, allesamt fremdartige sächsische Namen, aber allesamt blühende Ortschaften. Dies waren keine Heimstätten und Gehöfte von Eindringlingen, sondern Ansiedlungen fest niedergelassener Leute. Von Celmeresfort aus wandten wir uns nach Süden, durch Beadewan und Wicford, und meine Begleiter machten mich stolz darauf aufmerksam, daß wir nunmehr durch Ackerland ritten, das Cerdic Aelle im Lauf des Sommers zurückgegeben hatte. Das Land, erklärten sie mir, sei der Preis für Aelles Loyalität in dem bevorstehenden Krieg, der diese Leute quer durch Britannien bis zum Westmeer führen würde. Meine Begleiter waren fest davon überzeugt, daß sie den Krieg gewinnen würden. Sie alle hatten gehört, wie schwach Dumnonia durch Lancelots Aufstand geworden war, und daß die Revolte die Sachsenkönige veranlaßt hatte, sich zu vereinigen, um gemeinsam das ganze südliche Britannien zu erobern.

Aelles Winterquartier befand sich an einem Ort, den die Sachsen Thunreslea nannten. Es war ein großer Hügel inmitten flacher Schlammfelder und dunkler Moore, so daß man von der flachen

Hügelkuppe aus über die breite Themse südwärts bis zu dem nebligen Land blicken konnte, in dem Cerdic herrschte. Auf dem Plateau stand eine weitläufige Halle, ein massiver Bau aus dunklem Eichenholz, an dessen steilen, spitzen Giebel Aelles Symbole, ein mit Blut bemalter Stierschädel, genagelt war. In der Dämmerung ragte die einsame Halle schwarz und riesig empor: Es war ein wahrhaft unheimlicher Ort. Im Osten lag hinter ein paar Bäumen ein Dorf, wo ich unzählige Feuer flackern sah. Zu dem Zeitpunkt, da ich in Thunreslea eintraf, schien dort eine Art Zusammenkunft stattzufinden, und die Feuer zeigten an, wo die Leute kampierten.

»Es ist ein Fest«, erklärte einer meiner Begleiter.

»Zu Ehren der Götter?« erkundigte ich mich.

»Zu Ehren von Cerdic. Er ist gekommen, um mit unserem König zu sprechen.«

Meine Hoffnungen, die ohnehin schon sehr gering waren, fielen nun ganz in sich zusammen. Aelle gegenüber hatte ich wenigstens eine winzige Chance zu überleben, aber wenn Cerdic dabei war, gab es nicht einmal die. Cerdic war ein eiskalter, harter Mann, während Aelle eher gefühlvoll, ja sogar großherzig veranlagt war.

Ich berührte Hywelbanes Heft und dachte an Ceinwyn. Ich betete zu den Göttern, sie möchten zulassen, daß ich sie wiedersah, und dann war es Zeit, vom Rücken meines erschöpften Pferdes zu steigen, meinen Mantel zurechtzuziehen, den Schild vom Sattelknopf zu nehmen und vor das Angesicht meiner Feinde zu treten.

Wohl an die dreihundert Krieger saßen auf dem binsenbestreuten Boden der hohen, kahlen Halle auf dem feuchten Hügelplateau und ließen es sich schmecken. Dreihundert rauhe, fröhlich lärmende Männer mit Bärten und roten Gesichtern, die im Gegensatz zu den Britanniern nichts dabei fanden, ihre Waffen in die Festhalle eines Lords mitzunehmen. Drei riesige Feuer brannten in der Mitte der Halle, und der Rauch war so dicht, daß ich anfangs die Männer nicht sehen konnte, die an der langen Tafel am fernen Ende der Halle saßen. Niemand nahm Notiz von mir, als ich eintrat, denn mit meinen langen blonden Haaren und dem dichten Bart sah ich wie ein sächsischer Speerkämpfer aus; doch als ich an den lodernden Feuern vorbeigeführt wurde, entdeckte ein Krieger den fünfzackigen weißen Stern auf meinem Schild und erinnerte sich wohl daran, diesem Symbol in der Schlacht begegnet zu sein. Und plötzlich stieg inmitten des Stimmengewirrs und Gelächters ein bedrohliches, tiefes Grollen auf. Es verbreitete sich, bis jeder einzelne Mann in der Halle auf mich einbrüllte, während ich auf das Podium zuschritt, auf dem die Hohe Tafel stand. Die brüllenden Krieger stellten ihre Ale-Hörner ab und begannen mit den Händen so heftig auf den Boden oder gegen ihre Schilde zu trommeln, daß das hochgewölbte Dach von diesem tödlichen Rhythmus bebte.

Das Krachen einer Schwertklinge, die auf den Tisch geschlagen wurde, machte dem Lärm ein Ende. Aelle hatte sich erhoben, und er war es auch, der mit dem Schwert Splitter aus dem langen, rauhen Tisch geschlagen hatte, an dem ein Dutzend Männer hinter vollgehäuften Tellern und gefüllten Trinkhörnern saßen. Unmittelbar neben ihm saß Cerdic, und neben Cerdic Lancelot. Doch Lancelot war nicht der einzige Britannier hier. Bors, sein Cousin, hockte unmittelbar neben ihm, während Arthurs Söhne Amhar und Loholt am Ende der Tafel saßen. Sie alle waren meine Feinde. Ich berührte Hywelbanes Heft und betete um einen guten Tod.

Aelle starrte mich an. Er kannte mich, aber wußte er auch, daß ich sein Sohn war? Lancelot wirkte, als sei er verwundert, mich zu sehen, und errötete sogar ein wenig. Er winkte einem Dolmetscher, sagte etwas zu ihm, woraufhin sich der Dolmetscher zu Cerdic beugte und dem Monarchen etwas ins Ohr flüsterte. Cerdic kannte mich ebenfalls, doch weder Lancelots Worte noch die Tatsache, daß er einen Feind vor sich hatte, änderten etwas an seiner ausdruckslosen Miene. Es war das Gesicht eines Federfuchsers, glattrasiert, mit schmalem Kinn und einer hohen, breiten Stirn. Seine Lippen waren schmal, sein schütteres Haar straff zu einem Knoten am Hinterkopf zurückgekämmt, aber sein eigentlich wenig bemerkenswertes Gesicht beeindruckte durch seine Augen. Es waren blasse Augen, unbarmherzige Augen, die Augen eines Mörders.

Aelle schien zu verblüfft, um etwas zu sagen. Er war viel älter als Cerdic, ungefähr ein, zwei Jahre über fünfzig, und das machte ihn zum alten Mann, aber er wirkte immer noch einschüchternd. Er war hochgewachsen, mit breiter Brust, flachem, hartem Gesicht, schiefer Nase, narbengeschmückten Wangen und einem dichten schwarzen Bart. Bekleidet war er mit einem scharlachroten Gewand, am Hals trug er einen dicken Goldtorques und weiteres Gold an den Handgelenken, aber kein Schmuck konnte die Tatsache kaschieren, daß Aelle zuerst und vor allem Krieger war, ein gewaltiger Bär von sächsischem Krieger. An seiner rechten Hand fehlten zwei Finger, verloren in einer längst vergangenen Schlacht. Wofür er sich, wie ich vermutete, blutig gerächt hatte. Endlich fragte er mich: »Ihr wagt es, hierher zu kommen?«

»Um Euch zu sehen, Lord König«, antworte ich und ließ mich auf ein Knie nieder. Ich verneigte mich vor Aelle und dann vor Cerdic. Lancelot dagegen ignorierte ich, denn er war für mich ein Niemand, nichts als ein Vasallenkönig Cerdics, ein eleganter britannischer Verräter, auf dessen dunklem Gesicht sich Abscheu vor mir malte.

Mit einem langen Messer spießte Cerdic ein Stück Fleisch auf und hob es an den Mund; dann zögerte er. »Wir empfangen keine Abgesandten von Arthur«, sagte er wegwerfend, »und alle, die so töricht sind herzukommen, werden von uns getötet.« Er schob sich den Fleischbrocken in den Mund und wandte sich dann ab, als wäre ich eine triviale Angelegenheit, die er somit abgetan hatte. Seine Männer verlangten heulend nach meinem Tod.

Wieder brachte Aelle die Halle zum Schweigen, indem er mit seiner Schwertklinge auf die Tischplatte schlug. »Kommt Ihr von Arthur?« fragte er mich.

Ich entschied, daß die Götter mir eine Unwahrheit verzeihen würden. »Lord König«, sagte ich, »ich bringe Euch Grüße von Erce und den Respekt von Erces Sohn, der zu seiner Freude auch der Eure ist.«

Cerdic bedeuteten diese Worte nichts. Lancelot, welcher der Übersetzung gelauscht hatte, flüsterte wieder eindringlich mit seinem Dolmetscher, und der flüsterte abermals mit Cerdic. Ich bezweifelte keinen Moment, daß er verlangt hatte, was Cerdic nun aussprach. »Er muß sterben!« Er sprach gelassen, als sei mein Tod eine Bagatelle. »Wir haben eine Vereinbarung«, mahnte er Aelle.

»Unsere Vereinbarung lautet, daß wir keine Botschafter von unseren Feinden empfangen«, sagte Aelle, der mich immer noch anstarrte.

»Was soll er denn sonst sein?« fragte Cerdic, der nun doch ein wenig Unmut erkennen ließ.

»Er ist mein Sohn«, sagte Aelle ruhig, und die ganze Halle hielt hörbar die Luft an. »Er ist mein Sohn«, wiederholte Aelle. »Nicht wahr?«

»Ja, Lord König.«

»Ihr habt mehrere Söhne«, sagte Cerdic desinteressiert zu Aelle und zeigte auf ein paar bärtige Männer, die an Aelles linker Seite saßen. Diese Männer – ich vermutete in ihnen meine Halbbrüder – starrten mich nur verständnislos an. »Er bringt eine Botschaft von Arthur!« beharrte Cerdic. »Dieser Hund« – dabei deutete er mit seinem Messer auf mich – »dient immer Arthur.«

»Bringt Ihr mir eine Botschaft von Arthur?« fragte mich Aelle.

»Ich bringe die Worte eines Sohnes für seinen Vater«, log ich abermals. »Sonst nichts.«

»Er muß sterben«, wiederholte Cerdic kurz, und seine Anhänger in der Halle bekundeten grollend ihre Zustimmung.

»Ich werde meinen eigenen Sohn nicht töten«, sagte Aelle, »nicht in meiner eigenen Halle.«

»Darf ich es dann vielleicht?« erkundigte sich Cerdic bissig. »Wenn ein Britannier zu uns kommt, muß er dem Schwert anheimfallen.« Mit diesen Worten wandte er sich an die ganze Halle. »So wurde es zwischen uns abgemacht!« erklärte Cerdic, während seine Männer begeistert brüllten und mit den Speerschäften auf ihre Schilde schlugen. »Dieses Ding da«, sagte Cerdic und wedelte mit der Hand in meine Richtung, »ist ein Sachse, der für Arthur kämpft! Er ist Ungeziefer, und Ihr wißt, was man mit Ungeziefer macht!« Die Krieger riefen nach meinem Tod, und ihre Hunde fielen heulend und bellend in den Lärm ein. Lancelot beobachtete mich mit steinerner Miene, während Amhar und Loholt es offenbar gar nicht abwarten konnten, bis ich dem Schwert überantwortet wurde. Loholt hegte einen besonderen Haß auf mich, denn ich hatte seinen Arm festgehalten, während sein Vater ihm die rechte Hand abschlug.

Aelle wartete, bis sich der Tumult gelegt hatte. »In meiner Halle«, sagte er und betonte das Possessivpronomen, um zu zeigen, daß er hier regiere und nicht Cerdic, »stirbt ein Krieger mit dem Schwert in der Hand. Gibt es hier einen Mann, der Derfel töten will, während er sein Schwert trägt?« Suchend sah er sich in der Halle um. Als sich niemand meldete, blickte Aelle auf seinen königlichen Nachbarn hinab. »Ich werde keinerlei Vereinbarung mit Euch brechen, Cerdic. Unsere Speere werden miteinander marschieren, und nichts, was mein Sohn sagt, wird unseren Sieg verhindern.«

Cerdic zog eine Fleischfaser zwischen den Zähnen hervor. »Sein Schädel«, sagte er und zeigte auf mich, »wird ein schönes Feldzeichen für die Schlacht abgeben. Ich will, daß er stirbt.«

»Dann müßt Ihr ihn töten«, sagte Aelle verächtlich. Die beiden mochten Verbündete sein, aber viel hatten sie nicht füreinander übrig. Aelle verachtete den jüngeren Cerdic als Emporkömmling, während Cerdic fand, der Ältere lasse an Härte zu wünschen übrig.

Cerdic begrüßte die Herausforderung mit einem schiefen Lächeln. »Nicht ich«, gab er gelassen zurück, »sondern mein Champion.« Er blickte in die Halle hinab, entdeckte den Mann, den er meinte, und zeigte mit dem Finger auf ihn. »Liofa! Hier gibt es Ungeziefer! Töte es!«

Wieder jubelten die Krieger. Sie genossen die Vorfreude auf den Kampf, und bevor der Abend vorüber war, würde das Ale, das sie tranken, zweifellos mehr als nur ein paar tödliche Raufereien auslösen; aber ein Kampf auf Leben und Tod zwischen dem Champion eines Königs und dem Sohn eines Königs war als Unterhaltung weit interessanter als jede alkoholselige Schlägerei und weit besser als die Melodien der beiden Harfenistinnen, die vom Rand der Halle aus zusahen.

Ich wandte mich zurück, um meinen Gegner anzusehen, der sich, wie ich hoffte, als halb betrunken und daher leichte Beute für Hywelbane erweisen würde, aber der Mann, der durch die Feiernden stieg, war ganz und gar nicht das, was ich erwartet hatte. Ich hatte gedacht, es würde ein großer, mächtiger Mann sein, ähnlich wie Aelle, doch dieser Champion war ein schlanker, wendiger Krieger mit ruhigem, eher freundlichem Gesicht, das keine einzige Narbe aufwies. Während er seinen Mantel abwarf, schenkte er mir einen gelassenen Blick; dann zog er ein langes Schwert mit schmaler Klinge aus der Lederscheide. Er trug nur wenig Schmuck, nichts als einen schlichten Silbertorques, und seine Kleidung hatte nichts von jenem Prunk an sich, den die meisten Champions bevorzugen. Alles an ihm sprach von Erfahrung und Selbstsicherheit, während sein narbenloses Gesicht entweder auf ein unglaubliches Glück oder eine außerordentliche Geschicklichkeit schließen ließ. Und er wirkte erschreckend nüchtern, als er auf den freien Raum vor der Hohen Tafel trat und sich vor den Königen verneigte.

Aelle zog eine besorgte Miene. »Der Preis für ein Gespräch mit mir«, erklärte er mir, »ist ein Kampf mit Liofa. Das, oder Ihr könnt Euch jetzt gleich verabschieden und unbeschadet nach Hause ziehen.« Die Krieger quittierten diesen Vorschlag mit Hohngelächter.

»Ich möchte mit Euch sprechen, Lord König«, sagte ich.

Aelle nickte und setzte sich. Er wirkte noch immer unglücklich, woraus ich schloß, daß Liofa einen einschüchternden Ruf als Schwertkämpfer besaß. Er mußte gut sein, sonst wäre er nicht Cerdics Champion, doch irgend etwas in Aelles Miene sagte mir, daß Liofa mehr war als nur einfach gut.

Aber auch ich hatte einen Ruf, und das schien Bors zu beunruhigen, der eindringlich in Lancelots Ohr flüsterte. Sobald sein Cousin geendet hatte, winkte Lancelot dem Dolmetscher, der wiederum mit Cerdic sprach. Der König lauschte; dann warf er mir einen finsteren Blick zu. »Woher wissen wir«, fragte er laut, »daß dieser Euer Sohn, Aelle, keinen Zauber von Merlin an sich trägt?«

Die Sachsen hatten Merlin schon immer gefürchtet, daher begannen sie bei dieser Frage zornig zu grollen.

Aelle runzelte die Stirn. »Tragt Ihr einen, Derfel?«

»Nein, Lord König.«

Cerdic war nicht überzeugt. »Diese Männer würden Merlins Magie erkennen«, behauptete er und zeigte auf Lancelot und Bors. Er sprach mit dem Dolmetscher, der seine Befehle an Bors weitergab. Bors zuckte die Achseln, erhob sich, ging um den Tisch und stieg vom Podium herab. Als er sich mir näherte, zögerte er, ich aber breitete die Arme aus, als wolle ich ihm zeigen, daß ich keine Gefahr für ihn sei. Bors untersuchte meine Handgelenke, vermutlich nach Strängen von verknotetem Gras oder einem anderen Amulett und löste anschließend die Verschnürungen an meinem Lederwams. »Hütet Euch vor ihm, Derfel«, sagte er leise auf britannisch, und so erkannte ich zu meinem Erstaunen, daß Bors doch nicht zu meinen Feinden zählte. Er hatte Lancelot und Cerdic nur überzeugt, daß ich durchsucht werden müsse, um mir seine Warnung zuflüstern zu können. »Er ist flink wie ein Wiesel«, fuhr Bors fort, »und kämpft mit beiden Händen. Und seid besonders vorsichtig, wenn dieser Bastard auszurutschen scheint.« Er sah die kleine Goldbrosche, die einst ein Geschenk von Ceinwyn gewesen war. »Ist das Magie?« fragte er mich.

»Nein.«

»Ich werde sie dennoch für Euch aufbewahren«, erklärte er, löste die Brosche und zeigte sie der ganzen Halle. Die Krieger brüllten vor Zorn darüber, daß ich vielleicht einen verborgenen Talisman an mir getragen hatte. »Und gebt mir Euren Schild«, sagte Bors, denn Liofa hatte auch keinen.

Ich zog den linken Arm aus den Lederschlingen und überreichte Bors den Schild. Er nahm ihn, lehnte ihn ans Podium und legte Ceinwyns Brosche auf den oberen Rand des Schildes. Er warf mir einen Blick zu, um sich zu vergewissern, daß ich gesehen hatte, wohin er sie legte, und ich nickte.

Cerdics Champion ließ sein Schwert durch die rauchgeschwängerte Luft sausen. »Ich habe im Zweikampf achtundvierzig Männer getötet«, sagte er mit fast gelangweilter Stimme zu mir, »und jene, die mir in der Schlacht zum Opfer gefallen sind, kann ich nicht mehr zählen.« Er hielt inne und berührte sein Gesicht. »Bei all diesen Kämpfen habe ich keine einzige Narbe davongetragen. Wenn Ihr einen schnellen Tod sterben wollt, solltet Ihr Euch mir jetzt gleich ergeben.«

»Ihr solltet mir Euer Schwert übergeben«, erwiderte ich. »Das würde Euch eine kräftige Tracht Prügel ersparen.«

Dieser Austausch von Beleidigungen war eine reine Formalität. Als Antwort auf meine Aufforderung zuckte Liofa nur die Achseln und wandte sich an die Könige. Abermals verneigte er sich, und ich tat dasselbe. Zehn Schritt voneinander entfernt, standen wir in der Mitte des freien Platzes zwischen dem Podium und dem ersten der drei großen Feuer; die übrige Halle war auf beiden Seiten mit hektisch erregten Männern gefüllt. Ich hörte das Klingen von Münzen, als überall Wetten abgeschlossen wurden.

Zum Zeichen seiner Erlaubnis, daß der Kampf beginnen könne, nickte Aelle uns beiden zu. Ich zog Hywelbane, hob das Heft an meine Lippen und küßte die kleinen Schweineknöchelchen, die ich selbst dort eingelassen hatte. Die beiden Splitter waren meine eigentlichen Talismane und weit wirksamer als die Brosche, denn sie waren einst Teil von Merlins Magie gewesen. Diese Knochensplitter verliehen mir zwar keinen magischen Schutz, aber ich küßte das Heft dennoch ein zweites Mal. Dann wandte ich mich Liofa zu.

Unsere Schwerter sind schwere, unhandliche Waffen, die in der Schlacht ihre Schärfe nicht bewahren und daher bald kaum noch mehr sind als große Eisenknüppel, die zu schwingen ein beträchtliches Maß an Kraft kostet. Ein Schwertkämpfer hat nichts Elegantes, erfordert aber große Gewandtheit. Diese Gewandtheit liegt in der Täuschung, liegt in der Kunst, den Gegner glauben zu machen, daß ein Schlag von links folgen werde, um dann, wenn er diese Seite schützt, von rechts zuzuschlagen, obwohl die meisten Schwertkämpfe nicht durch derartige Kunstgriffe gewonnen werden, sondern durch brutale Kraft. Sobald der eine Mann schwächer wird, kann man seine Abwehr durchbrechen und das Schwert des Siegers wird kraftvoll zuschlagen und ihn töten.

Liofa aber kämpfte ganz anders. Ja, weder vorher noch nachher habe ich jemals gegen einen Mann wie Liofa gekämpft. Ich spürte den Unterschied, als er sich mir näherte, denn seine

Schwertklinge war zwar so lang wie Hywelbane, aber weitaus schlanker und leichter. Er hatte auf Gewicht verzichtet, um an Schnelligkeit zu gewinnen, und mir wurde klar, daß dieser Mann so schnell sein würde, wie Bors gesagt hatte: blitzschnell. Im selben Moment, da mir das klar wurde, griff er mich auch schon an, nur daß er, statt seine Klinge in weitem Bogen zu schwingen, einen Ausfall machte und dabei versuchte, mir die Spitze quer durch die Muskeln des rechten Armes zu ziehen.

Ich wich dem Stoß aus. All diese Dinge geschehen jeweils so schnell, daß man später, wenn man sich an die Passagen des Kampfes zu erinnern versucht, kaum jeden einzelnen Schlag und Gegenschlag aufzählen kann. Ich hatte ein Aufflackern in seinem Auge entdeckt, hatte gesehen, daß er mit dem Schwert nur vorwärtszustoßen konnte, und bewegte mich genau in dem Moment, da er mich angriff. Ich tat, als sei Tempo seines Stoßes keine Überraschung für mich gewesen, parierte auch nicht, sondern ging einfach an ihm vorbei. Und dann, als ich mir dachte, daß er aus dem Gleichgewicht geraten sein müsse, stieß ich ein Knurren aus und schwang Hywelbane mit einem Rückhandschlag, der normalerweise einen Ochsen aufgeschlitzt hätte.

Keineswegs aus der Balance geraten, sprang er zurück und breitete die Arme aus, so daß mein Schlag sechs Zoll an seinem Bauch vorbeizischte. Er erwartete, daß ich abermals zuschlagen werde, statt dessen aber wartete ich auf ihn. Die Männer schrien, forderten Blut, aber ich hatte keine Ohren für sie. Ich hielt meinen Blick fest auf Liofas ruhige, graue Augen gerichtet. Er wog das Schwert in der rechten Hand, ließ es vorschnellen, um meine Klinge zu berühren, und schlug dann zu.

Ich parierte mühelos und konterte gleich darauf seinen Rückhandschlag, der so natürlich folgte wie der Tag auf die Nacht. Laut klirrend trafen die Schwerter aufeinander, aber ich spürte, daß Liofas Schläge nicht mit echter Anstrengung geführt wurden. Er bot mir den Kampf, den ich vielleicht erwartet hätte, taxierte mich aber gleichzeitig, während er vorwärtsdrängte und Hieb auf Hieb führte. Ich parierte die Schläge, spürte es sofort, als sie härter wurden, und gerade als ich erwartete, daß er wirklich Kraft hineinlegen würde, bremste er einen Schlag ab, ließ das Schwert mitten in der Luft los, fing es mit der Linken auf und ließ es senkrecht auf meinen Kopf herabsausen. Das geschah mit dem Tempo einer zustoßenden Viper.

Hywelbane fing den Hieb ab. Ich weiß nicht, wie mein Schwert das fertiggebracht hat. Ich hatte einen seitlichen Schlag pariert, und dann war plötzlich kein gegnerisches Schwert mehr da, sondern nur noch der Tod über meinem Schädel; und doch war meine Klinge irgendwie an der richtigen Stelle. Sein leichteres Schwert glitt bis zu Hywelbanes Heft empor, und ich versuchte die Parade in einen Gegenstoß zu verwandeln. Aber es lag keine Kraft in meiner Reaktion, und er sprang leichtfüßig rückwärts. Ich stieß nach, schlug, wie er geschlagen hatte, diesmal aber mit ganzer Kraft, so daß jeder einzelne meiner Hiebe ihn aufgeschlitzt hätte, und das Tempo sowie die Kraft meiner Attacken ließen ihm keine andere Wahl als den Rückzug. Er parierte die Schläge so mühelos, wie ich die seinen pariert hatte, aber es lag kein echter Widerstand in den Paraden. Er ließ mich zuschlagen, und statt sich mit dem Schwert zu verteidigen, schützte er sich, indem er ständig weiter zurückwich. Außerdem ließ er mich meine Kraft an der leeren Luft erschöpfen, statt an Muskeln, Blut und Knochen. Ich lancierte einen letzten, massiven Hieb, hielt die Klinge mitten im Schwung an und drehte mein Handgelenk, um ihm Hywelbane in den Bauch zu stoßen.

Sein Schwert fuhr meinem Stoß entgegen und sauste gegen mich zurück, während er zur Seite trat. Ich vollführte denselben schnellen Seitenschritt, so daß wir beide nicht trafen. Statt dessen stießen wir Brust an Brust zusammen, und ich konnte seinen Atem riechen. Obwohl er keineswegs betrunken war, glaubte ich, einen leichten Hauch von Ale wahrzunehmen. Einen Herzschlag lang erstarrte ich; dann zog er höflich seinen Schwertarm zur Seite und sah mich fragend an, als wolle er vorschlagen, daß wir uns trennten. Als ich nickte, traten wir beide, die Schwerter weit zur Seite gestreckt, ein paar Schritte zurück, während die Zuschauer aufgeregt diskutierten. Sie wußten, daß sie einem besonderen Kampf beiwohnten. Liofa war bei ihnen berühmt, und ich möchte behaupten, daß auch mein Name nicht unbekannt war, aber ich wußte, daß ich wohl unterlegen war. Meine Fähigkeiten, so ich denn Fähigkeiten besaß, waren die eines Soldaten. Ich wußte, wie man einen Schildwall durchbricht, ich wußte, wie man mit Speer und Schild oder mit Schwert und Schild kämpfte, aber Liofa, Cerdics Champion, besaß nur eine einzge Fertigkeit, und das war die Kunst, Mann gegen Mann mit dem Schwert zu kämpfen. Er war tödlich.

Wir zogen uns sechs bis sieben Schritte zurück, dann sprang Liofa, so leichtfüßig wie ein Tänzer, plötzlich wieder vor und führte einen schnellen Hieb gegen mich. Hywelbane fing den Schlag kraftvoll ab, und ich sah, wie er vor dieser wuchtigen Parade mit einem leichten Zusammenzucken zurückwich. Ich war schneller, als er erwartet hatte, aber vielleicht war er auch langsamer als sonst, denn selbst eine geringe Menge Ale kann einem Mann das Tempo nehmen. Manche Männer kämpfen nur, wenn sie betrunken sind, doch jene, die am längsten leben, kämpfen nüchtern.

Ich dachte über dieses Zusammenzucken nach. Er war nicht verletzt worden, aber ich hatte ihn eindeutig beunruhigt. Ich schlug nach ihm, er sprang zurück, und dieser Sprung gab mir wieder einen Moment Zeit zum Überlegen. Wieso war er zusammengezuckt? Dann fiel mir die Schwäche seiner Paraden ein, und mir wurde klar, daß er es nicht wagte, seine Klinge gegen die meine einzusetzen, denn sie war zu leicht. Wenn es mir gelang, diese Klinge mit all meiner Kraft zu treffen, würde sie vermutlich brechen, also schlug ich abermals drein, nur hörte ich diesmal nicht auf zu schlagen und brüllte laut, während ich auf ihn zustapfte. Ich verfluchte ihn in der Luft, im Feuer und im Meer. Ich nannte ihn ein altes Waschweib, ich spie auf sein Grab und auf das Hundegrab, in dem seine Mutter lag, und die ganze Zeit äußerte er kein einziges Wort, sondern kreuzte nur sein Schwert mit dem meinen, wich aus und zog sich zurück, während er mich mit seinen blassen Augen beobachtete.

Dann stolperte er. Sein rechter Fuß schien auf einem Binsenbündel auszugleiten, und das Bein rutschte unter ihm weg. Er fiel rückwärts und streckte die linke Hand aus, um sich abzustützen, während ich laut nach seinem Tod schrie und Hywelbane hoch in die Luft reckte.

Dann trat ich schnell von ihm zurück, ohne auch den geringsten Ansatz zum Todesstoß zu machen.

Bors hatte mich vor diesem Ausrutscher gewarnt, und ich hatte darauf gewartet. Es war wunderbar anzusehen, und er hätte mich fast getäuscht, denn ich hätte schwören können, daß der Ausrutscher ein Unfall sei, aber Liofa war nicht nur Schwertkämpfer, sondern auch Akrobat, und der scheinbar zufällige Ausrutscher verwandelte sich urplötzlich in eine leichte, flinke Bewegung, mit der das Schwert genau dort hinfuhr, wo meine Füße gewesen wären. Ich höre immer noch das Zischen, mit dem die lange, schlanke Klinge nur wenige Zoll über den Binsenbündeln auf dem Boden vorüberpfiff. Der Hieb hätte meine Knöchel durchschneiden, mich also verkrüppeln sollen, aber plötzlich war ich nicht mehr da.

Ich war zurückgewichen und beobachtete ihn gelassen. Kleinlaut hob er den Blick. »Steht auf, Liofa«, sagte ich, und meine Stimme klang ruhig, was ihm zeigte, daß meine furchtbare Wut nur vorgetäuscht gewesen war.

Da wußte er, glaube ich, daß ich wirklich gefährlich war. Er blinzelte ein-, zweimal; ich vermutete, daß er seine besten Tricks angewandt hatte, aber keiner davon hatte gefruchtet, und nun war sein Selbstbewußtsein angeschlagen. Nicht aber seine Wendigkeit, denn er kam schnell und kraftvoll vorwärtsgestürmt, um mich mit einer verwirrenden Folge kurzer Stöße, flinker Ausfälle und unvermittelter Schwünge zurückzutreiben. Die Schwünge ließ ich unpariert durchgehen, während ich die anderen Angriffe abwehrte, so gut es ging, und dabei versuchte, seinen Rhythmus zu stören, schließlich aber wurde ich doch von einem Hieb getroffen. Ich fing ihn mit dem linken Unterarm ab; der Lederärmel dämpfte die Wucht des Schlags weitgehend, aber ich mußte mich anschließend noch fast einen ganzen Monat lang mit einer Prellung herumschlagen. Die Zuschauer seufzten. Sie hatten den Kampf aufmerksam verfolgt und waren begierig auf das erste Blut. Liofa zog die Klinge quer über meinen Unterarm und versuchte, durch das Leder bis auf den Knochen zu sägen, aber ich riß den Arm zur Seite, stieß mit Hywelbane zu und trieb ihn zurück.

Er wartete darauf, daß ich den Angriff erwiderte, doch diesmal war ich es, der mit Tricks arbeitete. Statt ihn zu attackieren, ließ ich mein Schwert ein paar Zoll sinken und atmete schwer. Ich schüttelte den Kopf, um die schweißnassen Haare aus der Stirn zu bekommen. Es war heiß neben dem großen Feuer. Liofa beobachtete mich aufmerksam. Er sah, daß ich außer Atem war, er sah mein Schwert herabsinken, aber er hatte nicht achtundvierzig Männer getötet, indem er Risiken einging. Um meine Reaktion zu testen, führte er einen kurzen Schlag gegen mich, der eine Parade erforderte, sich aber nicht wie eine Axt in mein Fleisch zu bohren drohte. Ich parierte zu spät, absichtlich zu spät, und ließ es zu, daß die Spitze von Liofas Schwert meinen Oberarm berührte, während Hywelbane klirrend auf den dickeren Teil seiner Klinge traf. Ich knurrte, täuschte einen Schlag vor und zog meine Klinge zurück, während er mühelos zur Seite wich.

Wieder wartete ich auf ihn. Er stieß zu, ich schlug sein Schwert beiseite, doch dieses Mal machte ich keinen Versuch, seinen Ausfall mit einem eigenen Angriff zu erwidern. Die Zuschauer waren verstummt, schienen zu spüren, daß der Kampf dem Ende zuging. Liofa wagte einen weiteren Stoß, und abermals parierte ich. Er bevorzugte den Ausfall, denn damit konnte er töten, ohne seine kostbare Klinge zu gefährden. Mir war klar, wenn ich diese schnellen Stöße oft genug parierte, würde er mich statt dessen auf die altmodische Art töten. Er versuchte noch zwei weitere Ausfälle. Den ersten schlug ich bewußt ungeschickt beiseite, vor dem zweiten wich ich zurück und wischte mir dann mit dem linken Ärmel die Augen, als brenne mir darin der Schweiß.

Dann schlug er zu. Zum erstenmal stieß er einen lauten Schrei aus, als er zu einem mächtigen Hieb von hoch oben ausholte, der schräg nach unten auf meinen Hals zielte. Ich parierte mühelos, stolperte aber, während ich seinen Schlag über dem Kopf mit Hywelbanes Klinge abfing; dann ließ ich sie ein wenig sinken, und er tat, was ich von ihm erwartet hatte.

Er führte mit aller Kraft einen Rückhandschlag. Er tat es schnell und präzise, aber ich kannte seine Geschwindigkeit inzwischen und brachte Hywelbane bereits zu einem Gegenschlag hoch, der nicht weniger Tempo besaß. Ich hatte das Heft fest in beide Hände genommen und legte meine ganze Kraft in diesen scharfen Aufwärtshieb, der nicht auf Liofa zielte, sondern auf sein Schwert.

Die beiden Schwerter trafen senkrecht aufeinander.

Nur gab es dieses Mal kein Klirren, sondern ein Knacken.

Denn Liofas Klinge war zerbrochen. Die unteren beiden Drittel brachen sauber ab und fielen auf die Binsen, während er nur noch den Stumpf in der Hand hielt. Er war entsetzt. Dann schien er einen Herzschlag lang versucht, mich mit dem Rest seines Schwertes anzugreifen, aber ich trieb ihn mit zwei schnellen Hieben zurück. Jetzt erkannte er, daß ich alles andere als müde war. Und sah ein, daß er ein toter Mann war. Dennoch versuchte er Hywelbane mit seiner zerbrochenen Waffe abzuwehren, aber mein Schwert schlug den hilflosen Metallstumpf mühelos beiseite. Dann stach ich zu.

Und hielt die Klinge unmittelbar über dem Silbertorques an seiner Kehle an. »Lord König?« rief ich, ohne den Blick von Liofas Augen zu wenden. Tiefe Stille lag über der Halle. Die Sachsen hatten gesehen, wie ihr Champion geschlagen wurde, und das schien ihnen die Sprache verschlagen zu haben. »Lord König!« rief ich abermals.

»Lord Derfel?« antwortete Aelle.

»Ihr habt mich gebeten, gegen König Cerdics Champion zu kämpfen, Ihr habt mich nicht gebeten, ihn zu töten. Ich bitte Euch um sein Leben.«

Aelle zögerte. »Sein Leben gehört Euch, Derfel.«

»Ergebt Ihr Euch?« fragte ich Liofa. Er antwortete nicht sofort. Sein Stolz verlangte noch immer nach dem Sieg, doch während er zögerte, ließ ich Hywelbanes Spitze von seiner Kehle zu seiner rechten Wange wandern. »Nun?« drängte ich ihn.

»Ich ergebe mich«, sagte er und warf den Stumpf seines Schwertes zu Boden.

Ich stieß mit Hywelbane gerade eben fest genug zu, um ihm Haut und Fleisch vom Wangenknochen zu schneiden. »Eine Narbe, Liofa«, sagte ich, »damit Ihr Euch stets daran erinnert, daß Ihr gegen Lord Derfel Cadarn gekämpft habt, Aelles Sohn, und daß Ihr den Kampf verloren habt.« Ich ließ ihn blutend stehen. Die Zuschauer jubelten. Männer sind seltsame Geschöpfe. Eben noch hatten sie nach meinem Blut geschrien, jetzt brüllten sie Beifall, weil ich ihrem Champion das Leben geschenkt hatte. Ich holte mir Ceinwyns Brosche, dann griff ich nach meinem Schild und blickte zu meinem Vater empor. »Ich bringe Euch Grüße von Erce, Lord König«, sagte ich.

»Sie sind mir willkommen, Lord Derfel«, antwortete Aelle. »Sie sind willkommen.«

Er wies auf den Sessel zu seiner Linken, den einer seiner Söhne freigemacht hatte. So gesellte ich mich zu Arthurs Feinden an ihrer Hohen Tafel. Und feierte mit ihnen.

Nach dem Ende des Festes nahm mich Aelle in sein Privatgemach mit, das sich hinter dem Podium an die Halle anschloß. Es war ein großer Raum mit hoher Balkendecke, in dessen Mitte ein Feuer brannte. An der Giebelwand stand ein Bett aus Fellen. Er schloß die Tür, vor der er Wachen postiert hatte; dann winkte er mir, ich solle mich auf eine Holztruhe an der Wand setzen, während er ans andere Ende des Raumes ging, seine Hose löste und in ein Abflußloch im Erdboden urinierte. »Liofa ist schnell«, sagte er zu mir, während er pißte.

»Sehr schnell.«

»Ich dachte, er würde Euch schlagen.«

»Aber nicht schnell genug«, entgegnete ich, »oder das Ale hat ihn verlangsamt. Und jetzt speit hinein.«

»Wo hinein?« wollte mein Vater wissen.

»In Euren Urin. Um das Unglück fernzuhalten.«

»Meine Götter achten weder auf Pisse noch auf Spucke, Derfel«, erklärte er mir belustigt. Dann ließ er Hrothgar und Cyrning, zwei seiner Söhne, hereinkommen, die mich neugierig musterten. »Also, wie lautet Arthurs Botschaft an mich?« fragte Aelle.

»Warum sollte er Euch eine schicken?«

»Weil Ihr sonst nicht hier wärt. Glaubt Ihr, ein Dummkopf hätte Euch gezeugt, Sohn? Also, was will Arthur von mir? Nein, nein, sagt nichts, laßt mich raten.« Er schnürte das Band seiner engen Hose und nahm in dem einzigen Sessel im Raum Platz, einem römischen Armsessel aus schwarzem, mit Elfenbein eingelegtem Holz, bei dem sich ein großer Teil des Elfenbeinmusters schon aus der Fassung gelöst hatte. »Er bietet mir die Sicherheit meines Landes, stimmt's?« fragte Aelle. »Und zwar, wenn ich im nächsten Jahr Cerdic angreife.«

»Ja, Lord.«

»Die Antwort lautet nein«, grollte er. »Dieser Mann bietet mir, was ich bereits besitze! Was für ein Angebot soll das sein?«

»Ewiger Frieden, Lord König«, erklärte ich ihm.

Aelle lächelte. »Wenn ein Mann etwas auf ewig verspricht, spielt er mit der Wahrheit. Nichts dauert ewig, Sohn, überhaupt nichts. Sagt Arthur, daß meine Speere im nächsten Jahr für Cerdic marschieren.« Er lachte. »Ihr habt Eure Zeit verschwendet, Derfel, aber es freut mich, daß Ihr gekommen seid. Morgen werden wir über Erce sprechen. Wollt Ihr eine Frau für die Nacht?«

»Nein, Lord König.«

»Eure Prinzessin wird nichts davon erfahren«, neckte er mich.

»Nein, Lord König.«

»Und so was nennt sich mein leiblicher Sohn!« Aelle lachte, und seine Söhne stimmten in das Lachen ein. Sie waren beide hochgewachsen, und obwohl ihre Haare dunkler waren als meine, vermute ich, daß sie mir ähnlich sahen, genau wie ich argwöhnte, daß sie in das Gemach geholt worden waren, um Zeugen des Gesprächs zu sein und den anderen Sachsenführern Aelles glatte Absage weiterzugeben. »Ihr könnt vor meiner Tür schlafen«, sagte Aelle, und winkte seinen Söhnen, den Raum zu verlassen. »Dort seid Ihr sicher.« Er wartete, bis Hrothgar und Cyrning hinausgegangen waren; dann hielt er mich mit einer Hand zurück. »Morgen«, sagte mein Vater leise zu mir, »zieht Cerdic nach Hause, und Lancelot nimmt er mit. Cerdic wird mißtrauisch sein, weil ich Euch am Leben gelassen habe, aber ich werde sein

Mißtrauen überleben. Morgen unterhalten wir uns, Derfel, dann werde ich eine ausführlichere Antwort für Euren Arthur bereit haben. Es wird nicht die Antwort sein, die er sich wünscht, aber vielleicht doch eine, mit der er leben kann. Geht nun, ich erwarte Besuch.«

Ich schlief in dem schmalen Raum zwischen dem Podium und der Tür meines Vaters. Mitten in der Nacht schlüpfte ein junges Mädchen an mir vorbei zu Aelle ins Bett, während die Krieger in der Halle sangen und stritten und tranken und schließlich einschliefen, obwohl schon der Morgen dämmerte, bevor der letzte Mann zu schnarchen begann. Zu dem Zeitpunkt erwachte ich bereits und hörte die Hähne auf Thunresleas Hügel krähen; ich gürtete mich mit Hywelbane, nahm Mantel und Schild und trat an der glühenden Asche der Feuer vorbei in die rauhe, frische Luft hinaus. Das Hochplateau war von Dunst eingehüllt, der sich weiter unten, wo die Themse ins Meer mündete, zu Nebel verdichtete. Von der Halle aus schlenderte ich zum Rand der Hügelkuppe, von wo aus ich in das weiße Nebelmeer über dem Fluß hinabstarrte.

»Mein Lord König«, sagte eine Stimme hinter mir, »hat mir befohlen, Euch zu töten, sobald ich Euch allein anträfe.«

Als ich mich umwandte, entdeckte ich Bors, Lancelots Cousin und Champion. »Ich schulde Euch Dank«, sagte ich.

»Wegen der Warnung vor Liofa?« Bors zuckte die Achseln, als sei die Warnung eine Bagatelle. »Er ist schnell, nicht wahr? Schnell und tödlich.« Bors trat neben mich; dabei biß er in einen Apfel, entdeckte, daß er mehlig war, und warf ihn fort. Er war auch ein großer Krieger, auch ein vernarbter, schwarzbärtiger Speerkämpfer, der in zu vielen Schildwällen gestanden und zu oft gesehen hatte, wie Freunde niedergemacht wurden. Er rülpste. »Es hat mir nichts ausgemacht zu kämpfen, damit mein Cousin auf Dumnonias Thron gelangt«, sagte er, »aber für einen Sachsen habe ich niemals kämpfen wollen. Und ich wollte nicht zusehen, wie ihr zu Cerdics Belustigung niedergemacht werdet.«

»Aber im nächsten Jahr«, wandte ich ein, »werdet Ihr für Cerdic kämpfen.«

»Werde ich das?« fragte er mich. Er klang belustigt. »Ich weiß nicht, was ich nächstes Jahr tun werde, Derfel. Vielleicht segle ich auf und davon nach Lyonesse? Wie ich hörte, sollen die Frauen dort die schönsten von der Welt sein. Sie haben Haare aus Silber, Körper aus Gold und keine Zungen.« Er lachte, holte einen weiteren Apfel aus dem Beutel und polierte ihn an seinem Ärmel. »Mein Lord König allerdings«, sagte er und meinte Lancelot, »wird für Cerdic kämpfen, aber was bleibt ihm schon anderes übrig? Arthur wird ihn nicht mit offenen Armen empfangen.«

Da wurde mir klar, worauf Bors hinauswollte. »Mein Lord Arthur«, sagte ich bedächtig, »hat nichts gegen Euch.«

»Und ich hab' nichts gegen ihn«, sagte Bors kauend. »Also werden wir uns vielleicht wiedersehen, Lord Derfel. Zu schade, daß ich Euch heute morgen nicht finden konnte. Mein Lord König hätte mich reich belohnt, wenn ich Euch getötet hätte.« Er blickte mich grinsend an und ging davon.

Zwei Stunden später sah ich Bors und Cerdic aufbrechen; sie stiegen den Hügel hinab bis dahin, wo letzte Nebelschwaden wie Fetzen im roten Herbstlaub der Bäume hingen. Einhundert Mann zogen mit Cerdic. Die meisten litten noch unter den Folgen der Festnacht – genau wie Aelles Männer, die eine Eskorte für die scheidenden Gäste bildeten. Ich ritt hinter Aelle, dessen Pferd geführt wurde, während er neben König Cerdic und Lancelot einherschritt. Unmittelbar hinter ihnen marschierten zwei Standartenträger, der eine mit Aelles blutbepinseltem Stierschädel auf einer Stange, der andere mit Cerdics rotbemaltem Wolfsschädel, der mit der abgezogenen Haut eines Toten behängt war. Lancelot beachtete mich nicht. Früher am Morgen, als wir uns unerwartet in der Nähe der Halle begegneten, hatte er einfach durch mich hindurchgesehen, und auch ich hatte die Begegnung ignoriert. Seine Männer hatten meine jüngste Tochter ermordet, und ich hatte zwar die Mörder getötet, hätte Dians Seele jedoch immer noch gern an Lancelot selbst gerächt, aber Aelles Halle war nicht der richtige Ort dafür. Jetzt beobachtete ich von einer grasbewachsenen Erhebung über dem schlammigen Ufer der Themse aus, wie Lancelot und seine wenigen Gefolgsleute zu Cerdics wartenden Schiffen schritten.

Nur Amhar und Loholt wagten es, mich herauszufordern. Die Zwillinge waren mürrische junge Männer, die ihren Vater haßten und ihre Mutter verachteten. In ihren eigenen Augen waren sie Prinzen, doch Arthur, der nichts von Titeln hielt, weigerte sich, ihnen diese Ehre zuteil werden zu lassen, und das hatte ihren Groll auf ihn noch verstärkt. Sie fühlten sich um den Königsrang, um Landbesitz, Reichtum und Ehre betrogen und würden für jeden kämpfen, der Arthur zu besiegen suchte, weil sie ihm die Schuld an ihrem Unglück zuschrieben. Der Stumpf von Loholts rechtem Arm trug eine Stulpe aus Silber, an der er ein Paar Bärenklauen befestigt hatte. Und Loholt war es auch, der sich zu mir umwandte. »Nächstes Jahr sehen wir uns wieder«, verkündete er.

Ich wußte, daß er einen Kampf zu provozieren suchte, blieb aber ruhig. »Ich freue mich jetzt schon auf das Treffen.«

Um mich daran zu erinnern, daß ich seinen Arm festgehalten hatte, als sein Vater mit Excalibur zuschlug, hob er seinen silberumkleideten Armstumpf empor. »Ihr schuldet mir eine Hand, Derfel.«

Ich antwortete nicht. Amhar war neben seinen Bruder getreten. Sie hatten beide das grobknochige Gesicht und das lange Kinn ihres Vaters, ihre Züge waren jedoch so verbittert, daß sie nichts von Arthurs Kraft erkennen ließen. Statt dessen wirkten sie hinterlistig, ja, nahezu verschlagen.

»Habt Ihr mich nicht gehört?« fragte Loholt.

»Seid froh, daß Ihr noch eine Hand habt«, antwortete ich. »Und was ich Euch schulde, Loholt, werde ich mit Hywelbane zurückzahlen.«

Die beiden zögerten, doch da sie nicht sicher sein konnten, daß Cerdics Krieger sie unterstützen würden, wenn sie ihr Schwert zogen, begnügten sie sich schließlich damit, mich anzuspucken, bevor sie sich abwandten und an das schlammige Ufer hinabstolzierten, wo Cerdics Schiffe warteten.

Die Küste unterhalb von Thunreslea war ein ziemlich elender Ort, halb Land und halb Meer, ein Ort, an dem Fluß und Meer eine öde Landschaft aus Schlammbänken, Untiefen und einem Gewirr von Salzwasserprielen geschaffen hatten. Möwen schrien, als Cerdics Speerkämpfer über das matschige Küstenvorland stapften, in den flachen Priel hineinwateten und sich über die Holzreling ihrer Langschiffe hievten. Ich sah, wie Lancelot den Saum seines Mantels hob, als er sich vorsichtig einen Weg durch den übelriechenden Schlamm suchte. Loholt und Amhar folgten ihm, aber sobald sie das Schiff erreicht hatten, wandten sie sich um und zeigten mit dem Finger auf mich, eine Geste, die Unglück bringen sollte. Ich beachtete sie nicht. Die Segel der Schiffe waren bereits aufgezogen, doch da nur ein leichter Wind wehte, mußten die beiden Schiffe mit dem hochragenden Bug aus dem schmalen, ablaufenden Priel mit langen, von Cerdics Speerkämpfern geschwungenen Riemen hinausgewuchtet werden. Sobald die mit Wolfsschädeln besetzten Bugenden der Schiffe aufs offene Wasser hinauszeigten, stimmten die Krieger-Ruderer ein Lied an, das ihren Schlägen Rhythmus verlieh. *Hwaet* für deine Mutter«, sangen sie, »und *hwaet* für dein Mädchen, und *hwaet* für dein Liebchen, das du *hwaet* auf dem Boden.« Bei jedem *hwaet* sangen sie lauter und zogen ihre langen Riemen durchs Wasser, und beide Schiffe wurden schneller, bis sich der Dunst schließlich um ihre Segel kräuselte, die mit groben Zeichnungen von Wolfsschädeln geschmückt waren. »Und *hwaet* für deine Mutter«, begann der Gesang noch einmal von vorn, mittlerweile vom Nebel gedämpft, »und *hwaet* für dein Mädchen.« Die flachen Bootskörper begannen im Dunst zu verschwimmen, bis sie schließlich ganz verschwanden. »Und *hwaet* für dein Liebchen, das du *hwaet* auf dem Boden.« Der Gesang schien jetzt aus dem Nirgendwo zu kommen, und dann verklang er mit dem Klatschen der Riemenblätter.

Zwei von Aelles Männern hoben ihren Herrn aufs Pferd. »Habt Ihr geschlafen?« fragte er mich, während er sich im Sattel zurechtsetzte.

»Ja, Lord König.«

»Ich hatte Besseres zu tun«, erklärte er kurz. »Und nun folgt mir.« Er gab seinem Pferd die Hacken und dirigierte es an der Küste entlang, wo sich, während das Wasser ablief, die Priele kräuselten und gluckosten. An diesem Vormittag hatte Aelle sich zu Ehren seiner scheidenden Gäste als Kriegerkönig herausgeputzt. Sein

Eisenhelm war mit Gold besetzt und von einem Fächer aus schwarzen Federn gekrönt, sein lederner Brustpanzer und die langen Stiefel waren schwarz gefärbt, während er um die Schultern einen langen, schwarzen Bärenfellumhang trug, der sein kleines Pferd winzig erscheinen ließ. Ein Dutzend seiner Männer folgte uns zu Pferde. Einer von ihnen trug das Stierschädel-Feldzeichen. Genau wie ich war Aelle ein eher unbeholfener Reiter. »Ich wußte, daß Arthur Euch schicken würde«, sagte er plötzlich, und als ich nicht antwortete, wandte er sich zu mir um. »Ihr habt also Eure Mutter gefunden?«

»Ja, Lord König.«

»Wie geht es ihr?«

»Sie ist alt«, antwortete ich aufrichtig. »Alt, fett und krank.«

Als er das hörte, seufzte er. »Anfangs, als junge Mädchen, sind sie alle so schön, daß sie einem ganzen Heer von Männern das Herz brechen könnten, aber sobald sie ein paar Kinder in die Welt gesetzt haben, werden sie alt, fett und krank.« Nachdenklich hielt er inne. »Aber irgendwie hatte ich wohl gedacht, daß Erce so etwas nicht passieren würde. Sie war so schön!« sagte er wehmütig. Dann grinste er. »Aber zum Glück gibt es ständig Nachschub an jungen Mädchen, was?« Er lachte und schenkte mir noch einen Blick. »Als Ihr mir damals den Namen Eurer Mutter sagtet, wußte ich sofort, daß Ihr mein Sohn seid.« Er hielt inne. »Mein erstgeborener Sohn.«

»Euer erstgeborener Bastard«, widersprach ich.

»Na und? Blut ist Blut, Derfel.«

»Und ich bin stolz darauf, von Eurem Blut zu sein, Lord König.«

»Das solltet Ihr auch, mein Sohn, obwohl Ihr es mit vielen anderen teilt. Mit meinem Blut habe ich nie gegeizt.« Er kicherte; dann ritt er auf eine Schlammbank hinaus und trieb das Tier den schlüpfrigen Hang empor bis dahin, wo eine Schiffsflotte am Strand lag. »Seht sie euch an, Derfel!« befahl mir mein Vater, zügelte sein Pferd und deutete auf die Schiffe. »Seht sie Euch an! Jetzt nutzen sie uns nichts, aber nahezu jedes einzelne davon ist in diesem Sommer gekommen, und jedes einzelne war bis an den Rand mit Menschen gefüllt.« Wieder trat er mit den Hacken zu und ritt langsam an der traurigen Reihe an Land gezogener Schiffe entlang.

Ungefähr achtzig bis neunzig Boote schienen auf der Schlammbank zu liegen, alles elegante Doppelender, die aber allmählich verfielen. Die Planken waren grün von Schleim, die Bilgen standen unter Wasser, und das Holz war dunkel vom Moder. Einige Boote, die schon länger als ein Jahr hier lagen, waren nur noch schwarze Gerippe. »Sechzig Menschen in jedem Boot, Derfel«, sagte Aelle, »mindestens sechzig, und jede Flut brachte mehr von ihnen. Jetzt, da die Stürme auf dem offenen Meer toben, kommen keine mehr, aber es werden weitere Boote gebaut, und die werden im Frühling eintreffen. Und nicht nur hier, Derfel, sondern entlang der ganzen Küste!« Er machte eine ausholende Armbewegung, welche die ganze Ostküste Britanniens umfaßte. »Schiffe über Schiffe! Voll besetzt mit unseren Leuten, die sich alle ein Heim schaffen, die alle Land besitzen wollen.« Die letzten Worte stieß er sehr heftig hervor; dann wendete er sein Pferd, ohne auf meine Antwort zu warten. »Kommt!« rief er laut, und ich folgte seinem Roß über den von der Flut geriffelten Schlamm eines Priels, ein Kiesufer empor und anschließend durch Dorngestrüpp den Hügel hinauf, auf dem seine große Halle stand.

An einer Hügelflanke zügelte Aelle sein Pferd und wartete auf mich. Als ich ihn erreichte, zeigte er stumm auf einen Bergsattel hinab. Dort lagerte ein Heer. Ich konnte sie nicht zählen, so viele Männer waren in diesem Tal versammelt, und sie waren, wie ich wohl wußte, nur ein Teil von Aelles Heer. Die sächsischen Krieger standen in dichter Menge, und als sie ihren König auf dem Berg entdeckten, brachen sie in lautes Jubelgebrüll aus und schlugen mit den Speerschäften gegen ihre Schilde, so daß der graue Himmel von ihrem schrecklichen Hämmern erfüllt war. Erst als Aelle die verstümmelte Rechte hob, legte sich der Lärm. »Seht Ihr, Derfel?« fragte er mich.

»Ich sehe, was Ihr mir zu zeigen geruht, Lord König«, antwortete ich ausweichend, denn ich wußte genau, welche Botschaft er mir durch die gestrandeten Schiffe und die Masse der Bewaffneten suggerieren wollte.

»Ich bin jetzt stark«, erklärte mir Aelle, »und Arthur ist schwach. Kann er auch nur fünfhundert Mann versammeln? Das möchte ich bezweifeln. Die Speerkämpfer von Powys werden ihm zwar zur Hilfe eilen, aber wird das genügen? Das möchte ich bezweifeln. Ich habe eintausend ausgebildete Speerkämpfer, Derfel, und doppelt so viele hungrige Männer, die eine Axt schwingen würden, um einen einzigen Meter Boden zu erobern, den sie ihr eigen nennen können. Und Cerdic hat noch mehr Männer, viel mehr Männer, und er braucht Land sogar noch dringender als ich. Wir brauchen beide Land, Derfel, wir brauchen beide Land, und Arthur hat es. Und Arthur ist schwach.«

»Gwent hat eintausend Speerkämpfer«, wandte ich ein, »und wenn Ihr nach Dumnonia eindringt, wird Gwent uns zu Hilfe kommen.« Dessen war ich keineswegs sicher, aber es konnte Arthurs Sache nicht schaden, wenn ich Überzeugung heuchelte. »Gwent, Dumnonia und Powys«, fuhr ich fort, »werden alle zusammen kämpfen, und außerdem gibt es noch andere, die zu Arthurs Fahnen strömen werden. Die Schwarzschilde werden für uns kämpfen, und Speerkämpfer werden aus Gwynedd und Elmet und sogar aus Rheged und Lothian kommen.«

Aelle lächelte über meine Prahlerei. »Eure Lektion ist noch nicht beendet, Derfel«, erklärte er. »Also kommt.« Damit trieb er sein Pferd wieder hügelaufwärts, jetzt aber Richtung Osten, auf ein kleines Wäldchen zu. Dort saß er ab, bedeutete seiner Eskorte zu bleiben, wo sie war, und führte mich einen schmalen, feuchten Pfad zu einer Lichtung empor, auf der zwei kleine Holzhäuser standen. Eigentlich waren sie kaum mehr als Hütten mit Spitzdächern aus Roggenstroh und niedrigen Wänden aus unbehauenen Baumstämmen. »Seht Ihr?« fragte er und deutete auf den Giebel der näher gelegenen Hütte.

Ich spie aus, um das Böse abzuwenden, denn dort, hoch auf dem Giebel, prangte ein Holzkreuz. Hier, im heidnischen Lloegyr, war dies wohl das letzte, was ich jemals zu sehen erwartete: eine christliche Kirche. Die zweite Hütte, ein wenig niedriger als die Kirche, diente offensichtlich als Unterkunft für den Priester, der auf unsere Ankunft reagierte, indem er durch die niedrige Tür seiner Behausung gekrochen kam. Er trug die Tonsur, eine schwarze Mönchskutte und einen struppigen braunen Bart. Als er Aelle erkannte, verneigte er sich tief. »Der Herr sei mit Euch, Lord König!« rief der Mann mit starkem Akzent auf Sächsisch.

»Woher kommt Ihr?« fragte ich ihn auf britannisch.

Als er in seiner Muttersprache angesprochen wurde, schien er überrascht zu sein. »Aus Gobannium, Lord«, antwortete er mir. Die Frau des Mönchs, eine verschmutzte Kreatur mit haßerfüllten Augen, kam ebenfalls aus der Hütte gekrochen und stellte sich neben ihren Mann.

»Was macht Ihr hier?« fragte ich ihn.

»Jesus Christus, der Herr, hat König Aelle die Augen geöffnet, Lord«, antwortete er. »Deswegen hat er uns gebeten, seinem Volk die Botschaft Christi zu bringen. Ich bin mit meinem Priesterbruder Gorfydd gekommen, um den Sais das Evangelium zu predigen.«

Ich sah Aelle an, der listig lächelte. »Missionare aus Gwent?« fragte ich ihn.

»Schwächliche Kreaturen, nicht wahr?« Mit einer Geste scheuchte Aelle den Mönch und seine Frau in ihre Hütte zurück. »Aber sie glauben, daß sie uns davon abhalten können, Thunor und Seaxnet anzubeten, und ich bin geneigt, sie in diesem Glauben zu lassen. Vorerst.«

»Weil König Meurig versprochen hat, Waffenstillstand zu bewahren, solange Ihr seinen Priestern gestattet, zu Eurem Volk zu kommen?«

Aelle lachte. »Ein Narr, dieser Meurig. Er interessiert sich mehr für die Seelen meiner Leute als für die Sicherheit seines Landes, und zwei Priester sind ein geringer Preis dafür, daß Gwents eintausend Speerkämpfer tatenlos herumsitzen, während wir Dumnonia erobern.« Er legte mir den Arm um die Schultern und führte mich zu den Pferden zurück. »Seht Ihr, Derfel? Gwent wird nicht kämpfen – nicht solange sein König glaubt, er könne seine Religion unter meinem Volk verbreiten.«

»Und, verbreitet sie sich?« wollte ich wissen.

Er schnaufte verächtlich. »Bei ein paar Sklaven und Weibern, aber nicht vielen, und sie wird sich nicht sehr weit verbreiten. Dafür werde ich schon sorgen. Ich habe gesehen, was diese Religion aus Dumnonia gemacht hat, und werde das hier nicht zulassen. Wir haben an unseren alten Göttern genug, Derfel, warum also sollten wir neue brauchen? Das ist ein Teil des Problems bei den Britanniern. Sie haben ihre Götter verloren.«

»Merlin nicht«, protestierte ich.

Das ließ Aelle aufhorchen. Er wandte sich in den Schatten der Bäume, und ich erkannte die Sorge in seinem Gesicht. Vor Merlin hatte er sich schon immer gefürchtet. »Ich hörte Gerüchte«, sagte er unsicher.

»Die Kleinodien Britanniens«, sagte ich.

»Was ist das?« wollte er wissen.

»Nicht viel, Lord König«, antwortete ich aufrichtig, »nur eine Sammlung alter, ramponierter Gegenstände. Höchstens zwei von ihnen sind wirklich wertvoll, ein Schwert und ein Kessel.«

»Habt Ihr sie gesehen?« erkundigte er sich finster.

»Ja.«

»Was bewirken sie?«

Ich zuckte die Achseln. »Arthur glaubt, daß sie gar nichts bewirken, aber Merlin behauptet, sie rufen die Götter herbei, und wenn er zum richtigen Zeitpunkt die richtige Magie anwende, würden die alten Götter Britanniens seinem Befehl Folge leisten.«

»Und diese Götter wird er auf uns loslassen?«

»Ja, Lord König«, antwortete ich. Und das würde bald schon, sehr bald geschehen, doch davon sagte ich meinem Vater nichts.

Aelle krauste die Stirn. »Wir haben auch Götter«, sagte er.

»Dann ruft sie herbei, Lord König. Sollen die Götter gegen die Götter kämpfen.«

»Die Götter sind nicht dumm, Sohn«, knurrte er. »Warum sollten sie gegeneinander kämpfen, solange die Menschen das für sie übernehmen können?« Er ging weiter. »Ich bin jetzt alt«, erklärte er mir, »und in all meinen Jahren habe ich niemals die Götter gesehen. Wir glauben an sie, aber schenken sie uns überhaupt Beachtung?« Er warf mir einen besorgten Blick zu. »Glaubt Ihr an diese Kleinodien?«

»Ich glaube an Merlins Macht, Lord König.«

»Aber an Götter, die auf Erden wandeln?« Er überlegte eine Weile und schüttelte dann den Kopf. »Und wenn Eure Götter kommen, warum sollten die unseren nicht kommen, um uns zu beschützen? Selbst Euch, Derfel« – sein Ton wurde wieder ironisch – »würde es schwerfallen, gegen Thunors Hammer zu kämpfen.« Als er mich aus dem Schatten der Bäume herausführte, entdeckte ich, daß unsere Eskorte mitsamt den Pferden verschwunden war. »Wir können zu Fuß gehen«, sagte Aelle. »Dann werde ich Euch alles über Dumnonia berichten.«

»Ich weiß alles über Dumnonia, Lord König.«

»Dann wißt Ihr auch, Derfel, daß sein König ein Narr ist und daß sein Herrscher nicht König sein will, nicht einmal ein – wie nennt Ihr das noch – ein Kaiser?«

»Ein Imperator«, berichtigte ich.

»Ein Imperator«, wiederholte er, indem er sich mit seiner Aussprache über das Wort lustig machte. Wir gingen auf einem Pfad am Waldrand entlang. Nirgends war ein Mensch zu sehen. Zu unserer Linken senkte sich der Boden zu den dunstigen Ebenen der Themsemündung hinab, während im Norden die tiefen, feuchten Wälder standen. »Eure Christen sind rebellisch«, faßte Aelle seine Argumentation zusammen, »Euer König ist ein verkrüppelter Dummkopf und euer eigentlicher Herrscher weigert sich, diesem Dummkopf den Thron zu nehmen. Mit der Zeit, Derfel, und zwar schon bald, wird ein anderer Mann Anspruch auf diesen Thron erheben. Lancelot hätte ihn fast usurpiert, und es wird nicht lange dauern, bis ein besserer Mann als Lancelot einen neuen Versuch wagt.« Er hielt inne, runzelte die Stirn. »Warum hat Guinevere die Beine für ihn breit gemacht?« fragte er mich.

»Weil Arthur nicht König werden wollte«, antwortete ich bedrückt.

»Dann ist er ein Narr. Und nächstes Jahr wird er ein toter Narr sein – es sei denn, er nimmt einen Vorschlag von mir an.«

»Welchen Vorschlag, Lord König?« erkundigte ich mich und blieb unter einer tiefroten Blutbuche stehen.

Er blieb ebenfalls stehen und legte mir beide Hände auf die

Schultern. »Sagt Arthur, er soll Euch den Thron überlassen, Derfel.«

Fassungslos sah ich meinem Vater in die Augen. Einen Herzschlag lang dachte ich, er mache einen Scherz, aber dann erkannte ich, daß er es so ernst meinte, wie es nur möglich war. »Mir?« fragte ich verwundert.

»Euch«, bestätigte Aelle. »Und dann leistet Ihr mir einen Treueeid. Ich werde Land von Euch fordern, aber Ihr könnt Arthur sagen, daß er Euch den Thron geben soll, dann könnt Ihr in Dumnonia herrschen. Meine Leute werden sich auf dem Land niederlassen und es bewirtschaften, und Ihr werdet sie regieren – aber als mein Vasallenkönig. Wir bilden eine Föderation, Ihr und ich. Vater und Sohn. Ihr regiert Dumnonia, und ich regiere Angeland.«

»Angeland?« fragte ich, denn der Ausdruck war mir fremd.

Er nahm die Hände von meinen Schultern und deutete mit ausholender Bewegung auf die Umgebung. »Hier! Ihr mögt uns Sachsen nennen, aber Ihr und ich, wir sind Angeln. Cerdic ist Sachse, doch Ihr und ich, wir sind anglisch, und unser Land ist Angeland. Dies ist Angeland!« Er sagte es stolz, während er sich auf der nassen Hügelkuppe umblickte.

»Was ist mit Cerdic?« fragte ich ihn.

»Ihr und ich, wir werden Cerdic töten«, erklärte er freimütig; dann nahm er meinen Ellbogen und setzte sich wieder in Bewegung, aber jetzt führte er mich auf einen Pfad, der zwischen den Bäumen hindurchführte, wo Schweine im frischen Laub nach Bucheckern wühlten. »Erklärt Arthur meinen Vorschlag«, sagte Aelle. »Sagt ihm, wenn er will, kann auch er den Thron haben, aber welcher von euch beiden ihn sich auch nimmt, er wird ihn in meinem Namen nehmen.«

»Ich werde es ihm sagen, Lord König«, sagte ich, obwohl ich wußte, daß Arthur nur Verachtung für seinen Vorschlag haben würde. Ich glaube, Aelle wußte das ebenfalls, aber sein Haß auf Cerdic hatte ihn zu diesem Vorschlag getrieben. Wenn er und Cerdic gemeinsam den ganzen Süden Britanniens erobern sollten, würde es, wie er wohl wußte, dennoch einen weiteren Krieg geben müssen, um zu entscheiden, welcher von ihnen der Bretwalda werden sollte, das ist ihre Bezeichnung für den Großkönig. »Angenommen«, sagte ich, »Arthur und Ihr würdet statt dessen im nächsten Jahr gemeinsam gegen Cerdic kämpfen?«

Aelle schüttelte den Kopf. »Cerdic hat zuviel Gold an meine Häuptlinge verteilt. Sie werden nicht gegen ihn kämpfen – nicht solange er ihnen Dumnonia als Beute bietet. Aber wenn Arthur Euch Dumnonia gibt, und Ihr gebt es mir, dann brauchen wir Cerdics Gold nicht mehr. Sagt Arthur das.«

»Ich werde es ihm sagen, Lord König«, wiederholte ich, obwohl mir immer noch klar war, daß Arthur diesem Vorschlag niemals zustimmen würde, denn damit bräche er den Eid, den er Uther geleistet hatte, den Eid, Mordred zum König zu machen, und dieser Eid war die Wurzel für alles, was in Arthurs Leben geschah. Ja, ich war so sicher, daß er diesen Eid nicht brechen würde, daß ich trotz meiner Worte nicht sicher war, ob ich den Vorschlag Arthur gegenüber überhaupt erwähnen würde.

Nun brachte Aelle mich auf eine weite Lichtung, wo mein Pferd auf mich wartete und überdies eine Eskorte berittener Speerkämpfer. In der Mitte der Lichtung lag ein etwa mannshoher rauher Stein, und obwohl er ganz anders war als die großen, behauenen Sandsteinblöcke in Dumnonias alten Tempeln oder die flachen Steine, auf denen wir unsere Könige akklamierten, war nicht zu übersehen, daß es ein heiliger Stein sein mußte, denn er lag ganz allein in seinem Rund aus Gras, und keiner der sächsischen Krieger wagte sich in seine Nähe, obwohl sie eines ihrer eigenen Idole, einen dicken, von seiner Rinde befreiten Baumstamm mit einem grob geschnitzten Gesicht, nicht weit davon in den Boden gerammt hatten. Zu diesem Stein führte mich Aelle, blieb aber kurz davor wieder stehen und fingerte in einem Beutel herum, der an seinem Schwertgurt hing. Daraus zog er ein kleines Ledersäckchen, das er öffnete, um etwas in seine Handfläche zu schütteln. Als er mir den Gegenstand zeigte, sah ich, daß es sich um einen winzigen Goldring handelte, in den ein kleiner, abgestoßener Achat eingelassen war. »Das hier hatte ich Eurer Mutter geben wollen«, erklärte er mir, »aber bevor ich Gelegenheit dazu bekam, hatte Uther sie schon gefangengenommen. Ich habe ihn all die Zeit aufbewahrt. Nehmt ihn.«

Ich nahm den Ring. Es war ein sehr einfaches Schmuckstück, eine Art bäuerliche Kunst, und weder mit den Arbeiten der Römer zu vergleichen, deren Edelsteine hervorragend gefertigt sind, noch mit denen der Sachsen, denn die bevorzugten schweren Schmuck; nein, der Ring war vermutlich von irgendeinem armen Britannier gefertigt worden, der einer Sachsenklinge zum Opfer gefallen war. Der grüne Stein war quadratisch und nicht einmal gerade eingesetzt, und dennoch besaß dieser winzige Ring einen seltsam zarten Zauber. »Eurer Mutter konnte ich ihn nicht geben«, sagte Aelle, »und wenn sie fett ist, kann sie ihn jetzt auch nicht tragen. Also schenkt ihn Eurer Prinzessin von Powys. Wie ich hörte, ist sie eine gute Frau.«

»Das ist sie, Lord König.«

»Gebt ihn her«, bat Aelle«, »und sagt ihr, wenn es tatsächlich zum Krieg zwischen unseren Ländern kommt, werde ich die Frau verschonen, die diesen Ring trägt – sie und ihre ganze Familie.«

»Ich danke Euch, Lord König«, sagte ich und steckte das Ringlein in meinen Beutel.

»Ich habe noch ein letztes Geschenk für Euch«, fuhr er fort, legte mir einen Arm um die Schultern und führte mich zu dem großen Stein. Ich hatte ein schlechtes Gewissen, weil ich ihm kein Geschenk mitgebracht hatte, ja, in meiner Angst vor dem Ritt nach Lloegyr war ich überhaupt nicht auf diesen Gedanken gekommen; Aelle jedoch übersah diesen Fehler. Neben dem Felsblock blieb er stehen. »Dieser Stein gehörte einst den Britanniern«, erklärte er mir. »Er war ihnen heilig. Er hat ein Loch, seht Ihr? Kommt mit auf die andere Seite, mein Sohn. Seht nur!«

Ich folgte ihm auf die andere Seite des Steins und sah, daß dort tatsächlich ein großes schwarzes Loch ins Herz des Steins führte.

»Einmal habe ich mich mit einem alten britannischen Sklaven unterhalten«, berichtete Aelle, »und der hat mir gesagt, wenn man etwas in dieses Loch hineinflüstert, kann man mit den Toten reden.«

»Aber Ihr glaubt nicht daran – oder?« fragte ich ihn, weil mir die Skepsis in seinem Ton auffiel.

»Wir glauben daran, daß wir durch dieses Loch mit Thunor, Woden und Seaxnet sprechen können«, antwortete Aelle. »Aber Ihr? Vielleicht könnt Ihr tatsächlich die Toten erreichen, Derfel.« Er lächelte. »Wir werden uns wiedersehen, mein Sohn.«

»Das hoffe ich, Lord König«, gab ich zurück. Und dann erinnerte ich mich an die seltsame Voraussage meiner Mutter, daß Aelle von seinem eigenen Sohn getötet werde. Ich versuchte dies als Geplapper einer verrückten Alten abzutun, aber nicht selten benutzten die Götter gerade derartige Frauen als ihr Sprachrohr, und auf einmal wußte ich nichts mehr zu sagen.

Aelle umarmte mich und drückte mein Gesicht dabei fest in den Kragen seines weiten Pelzumhangs. »Hat Eure Mutter noch lange zu leben?« fragte er mich.

»Nein, Lord König.«

»Begrabt sie mit den Füßen nach Norden«, bat er mich. »So ist es bei unserem Volk üblich.« Dann umarmte er mich ein letztes Mal. »Ihr werdet sicher nach Hause begleitet werden«, versprach er und trat dann zurück. »Wenn Ihr mit den Toten sprechen wollt«, setzte er heiter hinzu, »müßt Ihr dreimal um den Stein schreiten und dann vor dem Loch niederknien. Gebt meiner Enkelin einen Kuß von mir.« Er lächelte, erfreut über mein Erstaunen angesichts seiner so intimen Kenntnisse meines Lebens; dann machte er kehrt und ging davon.

Die wartende Eskorte sah aufmerksam zu, wie ich dreimal um den Stein wanderte, niederkniete und mich dem Loch zuneigte. Auf einmal war mir nach Weinen zumute, und meine Stimme klang erstickt, als ich den Namen meiner Tochter flüsterte. »Dian?« wisperte ich ins Herz des Steins, »meine geliebte Dian? Warte auf uns, mein Liebling, wir werden zu dir kommen, Dian.« Meine tote Tochter, meine bezaubernde Dian, ermordet von Lancelots Männern. Ich sagte, wie sehr wir sie liebten, ich sandte ihr Aelles Kuß; dann lehnte ich die Stirn an den kalten Fels und dachte an ihren kleinen Schattenkörper, der so ganz allein in der Anderwelt weilte. Gewiß, Merlin hatte uns erklärt, daß die Kinder fröhlich unter den Apfelbäumen von Annwn spielten, aber ich weinte dennoch, als ich mir vorstellte, wie sie plötzlich meine Stimme vernahm. Blickte sie auf? Oder weinte sie vielleicht wie ich?

Ich ritt davon. Drei Tage brauchte ich bis nach Dun Caric, und dort gab ich Ceinwyn den kleinen Goldring. Sie hatte schon immer die einfachen Dinge geliebt, und dieser Ring gefiel ihr weit besser als irgendein kostbarer Römerschmuck. Sie trug ihn am kleinen Finger der rechten Hand, dem einzigen Finger, an den er paßte. »Ich glaube trotzdem nicht, daß er mir das Leben retten wird«, gestand sie wehmütig.

»Und warum nicht?« wollte ich wissen.

Den Ring bewundernd, lächelte sie. »Welcher Sachse wird sich die Zeit nehmen und nach einem Ring suchen? Erst wird vergewaltigt, dann geplündert – lautet nicht so das Motto der Speerkämpfer?«

»Du wirst nicht hier sein, wenn die Sachsen kommen«, versuchte ich sie zu beruhigen. »Du mußt nach Powys zurückkehren.«

Sie schüttelte den Kopf. »Ich werde bleiben. Ich kann nicht jedesmal, wenn Probleme auftauchen, zu meinem Bruder gelaufen kommen.«

Ich ließ ihr Argument vorerst durchgehen und schickte statt dessen Boten nach Durnovaria und Caer Cadarn, um Arthur zu melden, daß ich zurückgekehrt sei. Vier Tage später kam er nach Dun Caric, wo ich ihm von Aelles Weigerung berichtete. Arthur zuckte die Achseln, als hätte er nichts anderes erwartet. »Es war einen Versuch wert«, erklärte er lässig. Von Aelles Angebot an mich sagte ich ihm kein Wort, denn in dieser finsteren Laune würde er vermutlich annehmen, daß ich versucht sei, das Angebot anzunehmen, und mir nie wieder vertrauen. Auch daß Lancelot in Thunreslea gewesen war, erzählte ich ihm nicht, weil ich wußte, wie sehr er es haßte, wenn dieser Name auch nur beiläufig erwähnt wurde. Dafür berichtete ich ihm von den Priestern aus Gwent, und bei dieser Nachricht zog er ein finsteres Gesicht. »Ich werde Meurig einen Besuch abstatten müssen«, sagte er kalt, während er auf den Tor starrte. Dann wandte er sich wieder an mich. »Wußtet Ihr, daß Excalibur eins der Kleinodien von Britannien ist?« fragte er mich.

»Ja, Lord«, gestand ich. Das hatte mir Merlin schon vor langem anvertraut, aber ich hätte ihm schwören müssen, daß ich es geheimhielt, weil er fürchtete, Arthur würde das Schwert zerstören, nur um zu beweisen, daß er nicht abergläubisch sei.

»Merlin hat verlangt, daß ich es zurückgebe«, sagte Arthur. Er hatte immer gewußt, daß dies eines Tages geschehen würde, von jenem fernen Tag an, da Merlin dem jungen Arthur das Zauberschwert überreicht hatte.

»Werdet Ihr es ihm zurückgeben?« fragte ich besorgt.

Er verzog das Gesicht. »Wenn ich es nicht tue, Derfel – werde ich damit Merlins Unsinn ein Ende setzen?«

»Wenn es denn ein Unsinn ist, Lord«, wandte ich ein. Dabei dachte ich an das nackte, leuchtende Mädchen und redete mir ein, daß sie ein Vorbote ganz wundervoller Ereignisse sei.

Arthur löste das Wehrgehänge mit der kreuzweise geschmückten Schwertscheide. »Bringt Ihr es ihm, Derfel«, sagte er widerwillig, »bringt Ihr es ihm.« Damit schob er mir das kostbare Schwert in die Hand. »Aber sagt Merlin, daß ich es zurückhaben will!«

»Das werde ich, Lord«, versicherte ich ihm. Denn wenn die Götter am Vorabend von Samhain nicht zu uns herabkamen, würde Excalibur wieder gezogen und gegen das Heer aller Sachsen getragen werden müssen.

Aber der Vorabend von Samhain stand nahe bevor, und in dieser Nacht der Toten sollten die Götter herabbeschworen werden.

Am Tag darauf trug ich Excalibur gen Süden, damit es auch wirklich so geschehe.

Mai Dun ist ein großer Hügel südlich von Durnovaria, auf dem früher einmal die größte Festung von ganz Britannien gelegen haben muß. Er besitzt eine weite, sanft gewölbte Kuppe, die sich von Westen nach Osten erstreckt, und um die Kuppe herum haben die Alten drei riesige Wälle aus steil ansteigenden Grassoden errichtet. Niemand weiß, wann diese Festung erbaut wurde, ja, nicht einmal wie, und manche meinen, die Götter selbst hätten die Anlage aufgetürmt: Zu hoch scheint der dreifache Wall zu sein, und seine Gräben zu tief, als daß sie von Menschenhand stammen könnte, obwohl weder die Höhe der Wälle noch die Tiefe der Gräben die Römer daran gehindert haben, die Festung zu erobern und ihre Besatzung dem Schwert zu überantworten. Seit damals war Mai Dun leer geblieben, bis auf einen kleinen Mithrastempel aus Stein, den die siegreichen Römer am östlichen Ende des Gipfelplateaus erbaut hatten. Im Sommer ist die alte Festung ein lieblicher Ort, wo Schafe an den steilen Hängen weiden und Schmetterlinge über Gras, wilden Thymian und Orchideen dahinflattern, im Spätherbst jedoch, wenn die Nacht früh hereinbricht und aus Westen der Regen über Dumnonia hinwegfegt, kann die Kuppe eine eisige, kahle Höhe sein, wo der Wind bitterkalt und unbarmherzig beißt.

Der Hauptzugang zum Gipfel führt an das wie ein Irrgarten anmutende Westtor, und als ich Excalibur zu Merlin brachte, war der Pfad glitschig vom Schlamm. Hinter mir kam eine Schar einfacher Leute, manche mit dicken Feuerholzbündeln auf dem Rücken, andere mit Lederschläuchen voll Trinkwasser, während wieder andere Ochsen antrieben, die schwere Baumstämme schleppten oder Schlitten voll zurechtgeschnittener Äste zogen. Mit blutüberströmten Flanken mühten sich die Ochsen mit ihrer schweren Fracht den steilen, gefährlichen Pfad empor bis zum äußersten Graswall hoch über mir, wo ich Speerkämpfer Wache stehen sah. Die Gegenwart dieser Speerkämpfer bestätigte mir, was man mir schon in Durnovaria gesagt hatte: daß Merlin Mai Dun für alle bis auf jene geschlossen halte, die kamen, um dort zu arbeiten.

Zwei Speerkämpfer bewachten das Tor. Beide waren irische

Schwarzschildkrieger, ausgeliehen von Oengus mac Airem, und ich fragte mich, wieviel Merlin von seinem Vermögen dafür ausgab, diese trostlose Grasfestung auf die Ankunft der Götter vorzubereiten. Die Männer, die erkannten, daß ich nicht zu den Leuten gehörte, die auf Mai Dun arbeiteten, kamen mir den Hang herab entgegen. »Habt Ihr hier oben etwas zu tun, Lord?« erkundigte sich der eine höflich. Ich trug keine Rüstung, doch ich hatte Hywelbane dabei, dessen Scheide genügte, um mich als Herrn von Rang und Stand auszuweisen.

»Ich muß mit Merlin sprechen«, antwortete ich.

Der Schwarzschildkrieger wich nicht zur Seite. »Viele Leute kommen hierher, Lord«, sagte er, »und behaupten, sie müßten mit Merlin sprechen. Aber muß Lord Merlin mit ihnen sprechen?«

»Sagt ihm«, entgegnete ich, »daß Lord Derfel ihm den letzten Schatz bringt.« Ich versuchte meinen Worten eine angemessene Würde zu verleihen, aber das schien die Schwarzschilde nicht zu beeindrucken. Der jüngere Mann stieg mit der Nachricht den Hang empor, während der ältere mit mir plauderte. Wie die meisten von Oengus' Speerkämpfern schien er ein fröhlicher Spitzbube zu sein. Die Schwarzschilde kamen aus Demetia, einem Königreich, das Oengus an Britanniens Westküste gegründet hatte, und obwohl sie als Eroberer gekommen waren, waren Oengus' irische Speerkämpfer bei der Bevölkerung nicht so verhaßt wie die feindlichen Sachsen. Die Iren kämpften gegen uns, sie bestahlen uns, sie versklavten uns und nahmen uns unser Land, aber sie sprachen eine Sprache, die der unseren ähnlich war, ihre Götter waren unsere Götter, und wenn sie nicht gegen uns kämpften, mischten sie sich zwanglos mit den eingeborenen Britanniern. Manche, wie etwa Oengus selbst, wirkten inzwischen eher britannisch als irisch, denn ihre Heimat Irland, die immer so stolz darauf gewesen war, nie von den Römern erobert worden zu sein, hatte sich jetzt der Religion unterworfen, welche die Römer mitgebracht hatten. Die Iren hatten das Christentum angenommen, während die »Lords hinter dem Meer«, irische Könige wie Oengus, die in Britannien Land erobert hatten, noch an den älteren Göttern festhielten. Und wenn es Merlin mit seinen Riten nicht gelingt, die Götter zu unserer Hilfe herabzubeschwören, dachte ich mir, werden diese Schwarzschildkrieger im nächsten Frühjahr zweifellos für Britannien gegen die Sachsen kämpfen.

Es war der junge Prinz Gawain, der vom Gipfel herabkam, um mich abzuholen. In seiner weißgetünchten Rüstung schritt er den Pfad herunter, doch all die Pracht war plötzlich dahin, als seine Füße auf dem schlammigen Pfad unter ihm wegglitten und er ein paar Meter weit auf dem Hinterteil rutschte. »Lord Derfel!« rief er, während er sich aufrappelte. »Lord Derfel! Kommt, kommt! Herzlich willkommen!« Als ich mich näherte, strahlte er übers ganze Gesicht. »Ist es nicht furchtbar aufregend hier?« fragte er mich.

»Das kann ich noch nicht sagen, Lord Prinz.«

»Ein Triumph!« schwärmte er begeistert, während er sorgsam um die Schlammpfütze herumtrat, die seinen Sturz verursacht hatte. »Ein großartiges Werk! Beten wir darum, daß es nicht vergebens sein wird!«

»Ganz Britannien betet darum«, behauptete ich, »nur vielleicht die Christen nicht.«

»In drei Tagen, Lord Derfel«, versicherte er mir, »wird es keine Christen mehr in Britannien geben, denn bis dahin haben alle die wahren Götter gesehen. Das heißt«, setzte er ein wenig beunruhigt hinzu, »solange es nicht regnet.« Voll Sorge blickte er zu den unheilverkündenden Wolken empor und schien plötzlich den Tränen nahe zu sein.

»Regen?« fragte ich ihn erstaunt.

»Nun ja, vielleicht sind es auch die Wolken, die uns die Götter vorenthalten. Entweder Regen oder Wolken, da bin ich nicht sicher, und Merlin ist sehr ungeduldig. Er weigert sich, etwas zu erklären, aber ich glaube, daß der Regen unser Feind ist, aber es können auch die Wolken sein.« Mit bedrückter Miene hielt er inne. »Vielleicht auch beides. Ich habe Nimue gefragt, aber die mag mich nicht.« Das klang tieftraurig. »Deswegen bin ich nicht sicher, aber ich flehe die Götter um einen klaren Himmel an. Denn in der letzten Zeit ist es ziemlich wolkig gewesen, *sehr* wolkig sogar, und ich argwöhne, daß alle Christen um Regen beten. Habt Ihr wirklich Excalibur mitgebracht?«

Ich nahm das Tuch von dem Schwert in seiner Scheide und reichte ihm den Griff. Sekundenlang wagte er nicht, es zu berühren, dann griff er vorsichtig zu und zog Excalibur heraus. Ehrfürchtig blickte er auf die Klinge hinab und berührte mit dem Finger die in den Stahl eingravierten Spiralen und Drachen. »Geschmiedet in der Anderwelt«, sagte er mit ehrfürchtiger Stimme, »von Gofannon persönlich.«

»Wohl eher in Irland geschmiedet«, berichtigte ich ihn hartherzig, denn in Gawains Jugend und Gutgläubigkeit lag etwas, das mich herausforderte, seine fromme Unschuld zu verletzen.

»Nein, Lord«, versicherte er mir sehr ernst, »es wurde in der Anderwelt geschmiedet.« Damit drückte er mir Excalibur wieder in die Hände. »Kommt, Lord«, sagte er und versuchte mich zur Eile anzutreiben, rutschte aber nur abermals im Schlamm aus und kämpfte wild rudernd um sein Gleichgewicht. Seine weiße Rüstung war zwar aus der Ferne beeindruckend, aus der Nähe aber ziemlich schäbig. Der weiße Anstrich, jetzt voller Schlammstreifen, blätterte bereits ab, er selbst jedoch verfügte über eine unbezwingbare Selbstsicherheit, die verhinderte, daß er lächerlich wirkte. Die langen goldenen Haare hatte er zu einem lockeren Zopf geflochten, der ihm bis ins Kreuz hinunterhing. Während wir den Eingangsweg durchmaßen, der sich zwischen den hohen Grashängen dahinschlängelte, fragte ich Gawain, wie er Merlin kennengelernt habe. »Ach, Merlin kenne ich schon mein Leben lang!« antwortete der Prinz fröhlich. »Er kam oft an den Hof meines Vaters, wißt Ihr, in letzter Zeit allerdings nicht mehr so häufig. Doch als ich noch klein war, da war er eigentlich immer da. Er war mein Lehrer.«

»Euer Lehrer?« Ich war überrascht, aber Merlin war immer verschwiegen gewesen und hatte Gawain mir gegenüber niemals erwähnt.

»Nicht im Lesen und Schreiben«, sagte Gawain. »Das habe ich von den Frauen gelernt. Nein, Merlin hat mich gelehrt, mein Schicksal zu erkennen.« Er lächelte schüchtern. »Er hat mich gelehrt, rein zu sein.«

»Rein zu sein?« Ich warf ihm einen neugierigen Blick zu. »Keine Frauen?«

»Keine, Lord«, gestand er unschuldig. »Darauf besteht Merlin. Jedenfalls nicht jetzt; nachher dann allerdings wohl doch.« Seine Stimme verklang, und er errötete.

»Kein Wunder, daß Ihr um klaren Himmel betet«, stellte ich fest.

»Aber nein, Lord, nein!« protestierte Gawain. »Ich bete um einen klaren Himmel, damit die Götter herabkommen können! Und wenn sie das tun, werden sie Olwen, die Silberne, mitbringen.« Abermals errötete er.

»Olwen, die Silberne?«

»Ihr habt sie gesehen, Lord. In Lindinis.« Sein hübsches Gesicht wirkte fast vergeistigt. »Ihr Schritt ist leichter als der Hauch des Windes, ihre Haut leuchtet im Dunkeln, und in ihren Fußspuren wachsen Blumen.«

»Und sie ist Euer Schicksal?« erkundigte ich mich, während ich bei dem Gedanken an das leuchtende, geschmeidige Geistwesen, das dem jungen Gawain gehören sollte, eine böse, kleine Anwandlung von Eifersucht unterdrückte.

»Sobald die Aufgabe erfüllt ist, soll ich sie zur Gemahlin nehmen«, erklärte er mir ernst. »Aber zunächst ist es meine Pflicht, die Kleinodien zu bewachen. In drei Tagen jedoch werde ich die Götter willkommen heißen und sie gegen den Feind führen. Der Befreier Britanniens werde ich sein!« Er verkündete diese unerhörte Prahlerei völlig gelassen, als handle es sich um eine ganz gewöhnliche und alltägliche Aufgabe. Ich schwieg dazu und folgte ihm an dem tiefen Graben vorbei, der sich zwischen Mai Duns Mitte und den inneren Wällen hinzieht; dabei entdeckte ich, daß dieser Graben mit kleinen, provisorischen Unterständen aus Zweigen und Stroh gefüllt war. »In zwei Tagen werden wir diese Unterstände abreißen«, erklärte Gawain, der sah, wohin mein Blick gewandert war, »und sie den Feuern überantworten.«

»Den Feuern?«

»Ihr werdet sehen, Lord. Ihr werdet sehen.«

Vorerst jedoch konnte ich aus dem, was ich sah, als wir den Gipfel erreichten, nicht schlau werden. Den Gipfel von Mai Dun bildet ein langgestrecktes, grasbewachsenes Plateau, auf dem in

Kriegszeiten ein ganzer Stamm mitsamt allem Vieh Unterschlupf finden könnte; jetzt aber war das westliche Ende des Hügels von einem komplizierten Arrangement trockener Hecken überzogen. »Da!« sagte Gawain stolz und zeigte auf die Hecken, als seien sie sein ganz persönliches Werk.

Die Leute mit dem Brennholz wurden zu einer der Hecken in der Nähe dirigiert, wo sie ihre Last abwarfen und davonstapften, um sofort neues Holz herbeizuschaffen. Dann sah ich, daß die Hecken in Wirklichkeit große, zum Verbrennen aufgestapelte Holzwälle waren. Sie waren mehr als mannshoch und schienen sich meilenweit hinzuziehen. Erst als Gawain mich auf den innersten Graswall führte, vermochte ich das Schema der Hecken zu erkennen.

Sie erfüllten die ganze westliche Hälfte des Plateaus. In der Mitte waren fünf Holzstöße aufgeschichtet, die im Zentrum eines leeren Platzes von etwa sechzig bis siebzig Schritt Durchmesser einen Kreis bildeten. Dieser leere Platz war von einer spiralförmigen Hecke umgeben, die sich dreimal um den Platz wand, daß die Spirale samt Zentrum über einhundertundfünfzig Schritte breit war. Außerhalb der Spirale lag ein leerer Grasring, gesäumt von sechs Doppelspiralen, die sich jeweils von einem kreisförmigen Platz aus entrollten und um einen weiteren einrollten, so daß in dem komplizierten äußeren Rand zwölf feuerumringte Kreise lagen. Die Doppelspiralen berührten einander, so daß sie einen Feuerwall rings um das gesamte Muster bilden würden. »Zwölf kleinere Kreise für dreizehn Kleinodien?« fragte ich Gawain.

»Der Kessel, Lord, wird im Mittelpunkt stehen«, erklärte er ehrfürchtigen Tones.

Es war eine schier übermenschliche Aufgabe. Die Hecken waren hoch, weit höher als ein Mann, und alle bestanden aus gepacktem Brennholz; tatsächlich muß auf jener Hügelkuppe genug Brennholz zusammengetragen worden sein, um die Feuer von Durnovaria über neun bis zehn Winter in Gang zu halten. Da die Doppelspiralen am Westende der Festung noch nicht ganz fertig waren, konnte ich zusehen, wie Männer das Holz festtrampelten, damit es nicht nur kurz aufflammte, sondern lange und heiß brannte. Zwischen den aufgeschichteten Ästen warteten ganze Baumstämme auf die Flammen. Es würde, dachte ich, ein Feuer werden, welches das Ende der Welt kennzeichnete.

Und in gewisser Hinsicht sollte das Feuer wohl genau das markieren. Es würde das Ende der Welt sein, die wir kannten, denn wenn Merlin recht hatte, würden die Götter von Britannien zu diesem hochgelegenen Ort herabkommen. Die geringeren Götter würden sich zu den kleineren Kreisen im äußeren Ring begeben, während Bel ins feurige Herz von Mai Dun hinabsteigen würde, wo ihn schon sein Kessel erwartete. Der große Bel, das Oberhaupt der Götter, der Lord von Britannien, würde mit einem heftigen Luftstoß herabfahren, in dem die Sterne umherwirbelten wie Blätter im Sturm. Und dort, wo die fünf einzelnen Feuer das Herz von Merlins Flammenkreisen markierten, würde Bel wieder Ynys Prydain betreten, die Insel Britannien. Auf einmal bekam ich eine Gänsehaut. Bis zu diesem Moment hatte ich noch nicht richtig begriffen, wie gewaltig Merlins Traum war, doch nun war ich fast von ihm überwältigt. In drei Tagen, in nur drei Tagen würden die Götter unter uns weilen!

»Hier an den Feuern arbeiten über vierhundert Leute«, erklärte mir Gawain ernst.

»Das glaube ich gern.«

»Und die Spiralen haben wir mit Zauberseil markiert«, fuhr er fort.

»Womit?«

»Mit einem Seil, Lord, das aus den Haaren einer Jungfrau geflochten und nur eine Strähne dick ist. Nimue stand in der Mitte, ich schritt um den Kreis herum, und mein Lord Merlin markierte meine Schritte mit Elfensteinen. Die Spiralen mußten vollkommen sein. Das hat eine Woche gedauert, denn das Seil riß immer wieder, so daß wir jedesmal wieder von vorn beginnen mußten.«

»Vielleicht war es doch kein Zauberseil, Lord Prinz«, neckte ich ihn.

»O doch, das war es, Lord«, versicherte mir Gawain. »Es wurde aus meinen eigenen Haaren geflochten.«

»Und am Abend vor Samhain«, fragte ich ihn, »entzündet Ihr die Feuer und wartet?«

»Drei mal drei Stunden, Lord, müssen die Feuer brennen, und in der sechsten Stunde beginnen wir mit der Zeremonie.« Und irgendwann danach würde die Nacht zum Tag werden, würde sich der Himmel mit Feuer füllen, und die rauchige Luft würde von den gewaltigen Schwingen der Götter aufgewirbelt werden.

Gawain hatte mich am nördlichen Wall der Festung entlanggeführt, doch jetzt zeigte er auf den Mithrastempel östlich der Brennholzringe. »Ihr könnt dort warten, Lord«, sagte er. »Ich werde inzwischen Merlin holen.«

»Ist er weit fort?« fragte ich, weil ich dachte, Merlin halte sich vielleicht in einem der provisorischen Unterstände am Ostende des Hügelplateaus auf.

»Ich weiß nicht genau, wo er ist«, gestand Gawain, »aber ich weiß, daß er Anbarr holen wollte, und glaube zu wissen, wo das sein könnte.«

»Anbarr?« erkundigte ich mich. Ich kannte Anbarr nur aus Geschichten, in denen er ein Zauberroß war, ein nicht zugerittener Hengst, der angeblich genauso schnell über Wasser wie über Land galoppieren konnte.

»Ich werde Anbarr an der Seite der Götter reiten und mein Banner gegen den Feind tragen«, erklärte mir Gawain stolz. Er zeigte auf den Tempel, an dessen niedrigem Ziegeldach eine riesige Fahne lehnte. »Das Banner von Britannien«, setzte Gawain hinzu und führte mich zum Tempel hinunter, wo er die Standarte entrollte. Sie bestand aus einem riesigen Quadrat aus weißem Leinen, das mit dem kühnen roten Drachen Dumnonias bestickt war. Die Bestie bestand fast nur aus Klauen, Schwanz und Feuer. »Im Grunde ist es das Banner Dumnonias«, räumte Gawain ein, »aber ich glaube nicht, daß die anderen britannischen Könige etwas dagegen haben würden. Was meint Ihr?«

»Nicht, wenn Ihr die Sachsen ins Meer treibt«, antwortete ich.

»Das ist meine Aufgabe«, sagte Gawain feierlich. »Mit Hilfe der Götter, natürlich, und mit dem hier.« Dabei berührte er Excalibur, das ich noch immer unterm Arm trug.

»Excalibur?« Ich war erstaunt, denn ich konnte mir nicht vorstellen, daß ein anderer Mann als Arthur die magische Klinge trug.

»Was sonst?« fragte mich Gawain. »Ich werde Excalibur führen, Anbarr reiten und die Feinde aus Britannien vertreiben.« Er lächelte freudig; dann zeigte er auf eine Bank neben der Tempeltür. »Wenn Ihr dort warten wollt, Lord, werde ich Merlin suchen gehen.«

Der Tempel wurde von sechs Schwarzschildkämpfern bewacht, doch da ich in Gawains Begleitung gekommen war, machten sie keine Anstalten, mich zurückzuhalten, als ich durch die niedrige Tür schlüpfte. Ich wollte das kleine Gebäude erkunden – nicht aus Neugier, sondern weil Mithras zu jener Zeit mein Hauptgott war. Er war der Gott der Soldaten, ein geheimer Gott. Die Römer hatten seinen Kult nach Britannien gebracht, und obwohl sie selbst schon lange fort waren, wurde Mithras von den Kriegern noch immer bevorzugt. Dieser Tempel war winzig. Er bestand nur aus zwei kleinen Räumen – ohne Fenster, um an die Höhle zu erinnern, in der Mithras geboren war. Der äußere Raum stand voller Holzkisten und Weidenkörbe, die, wie ich vermutete, die Kleinodien von Britannien enthielten, aber ich hob keinen einzigen Deckel an, um nachzusehen. Statt dessen kroch ich durch die innere Tür ins pechschwarze Heiligtum selbst hinüber, und dort sah ich, im Dunkeln schimmernd, den großen silbern-goldenen Kessel von Clyddno Eiddyn. Hinter dem Kessel, gerade noch sichtbar in dem schwachen grauen Licht, das durch die beiden niedrigen Türen hereindrang, stand der Mithrasaltar. Um die Aufmerksamkeit des Gottes abzulenken, hatte entweder Merlin oder Nimue, die sich beide über Mithras lustig machten, einen Dachschädel auf den Altar gelegt. Ich fegte den Schädel beiseite; dann kniete ich neben dem Kessel nieder und sprach ein Gebet. Ich bat Mithras, unseren Göttern zu helfen, und betete, er möge nach Mai Dun herabkommen und der Schlacht gegen unsere Feinde Schrecken verleihen. Mit Excaliburs Heft berührte ich seinen Stein und fragte mich, wann wohl an diesem Ort zuletzt ein Stier geopfert worden war. Ich stellte mir vor, wie die römischen Soldaten den

Stier in die Knie zwangen und ihn dann, indem sie von hinten schoben und von vorn an seinen Hörnern zogen, durch die niedrigen Türen quetschten, bis er sich im inneren Heiligtum erhob und vor Angst brüllte, weil er in der Finsternis nichts witterte als die Speerkämpfer. Und dort, in der schreckenerregenden Dunkelheit, würden sie ihm die Kniesehnen durchschneiden. Wieder würde er brüllen, würde zusammenbrechen, mit seinen schweren Hörnern aber immer noch nach den Mithrasjüngern stoßen, die ihn überwältigen und ausbluten lassen würden, und so würde der Stier allmählich sterben, während der Tempel sich mit dem Gestank von Blut und Dung füllte. Dann würden die Versammelten Mithras zu Ehren das Blut des Stiers trinken, wie er es uns befohlen hat. Die Christen hatten, wie man mir sagte, eine ganz ähnliche Zeremonie, behaupteten aber, daß bei ihren Riten kein Lebewesen getötet werde, obwohl nur wenige Heiden ihnen das glaubten, denn der Tod ist der Zoll, den wir den Göttern für das Geschenk des Lebens schuldig sind.

Im Dunkeln lag ich auf den Knien, ein Mithraskrieger, der zu einem der vergessenen Tempel des Gottes gekommen war. Und als ich dort betete, nahm ich auf einmal den gleichen Meeresgeruch wahr, den ich aus Lindinis kannte, jenen Duft nach Tang und Salz, den wir gerochen hatten, als Olwen, die Silberne, so schlank und zart und lieblich durch die Arkaden von Lindinis schritt. Einen Augenblick dachte ich, ein Gott sei anwesend, oder Olwen, die Silberne, sei persönlich nach Mai Dun gekommen, aber nichts rührte sich; es gab keine Vision, keine nackte Haut, sondern nur den schwachen Salzgeruch und das sanfte Wispern des Windes vor der Tempeltür.

Durch die innere Tür kehrte ich in den Vorraum zurück, und dort wurde der Salzgeruch spürbar stärker. Ich öffnete Kistendeckel, hob Sackleinen von Weidenkörben und glaubte die Quelle des Meeresgeruchs gefunden zu haben, als ich entdeckte, daß zwei Körbe mit Salz gefüllt waren, das in der feuchten Herbstluft schwer und klumpig geworden war; aber der Meeresgeruch kam nicht von dem Salz, sondern von einem dritten Korb, der mit nassem Blasentang gefüllt war. Ich berührte den Tang, leckte meinen

Finger ab und schmeckte Salzwasser. Neben dem Korb stand ein großer, mit einem Stopfen versehener Tonkrug, und als ich den Stopfen herauszog, entdeckte ich, daß der Krug mit Meerwasser gefüllt war, vermutlich, um den Seetang feucht zu halten. Also wühlte ich in dem Seetangkorb und fand gleich unter der Oberfläche eine Schicht Muscheln. Diese Meersfrüchte hatten lange, schmale, elegante doppelseitige Schalen und sahen ein bißchen wie Miesmuscheln aus, aber sie waren größer als Miesmuscheln, und ihre Schalen waren grauweiß statt schwarz. Ich hob eine heraus und schnupperte daran, da ich vermutete, daß es sich nur um eine Delikatesse handelte, wie Merlin sie gern aß. Die Muschel, von meiner Berührung wohl nicht sehr angetan, öffnete sich ein wenig und spritzte mir eine Flüssigkeit auf die Hand. Ich legte sie in den Korb zurück und bedeckte die Schicht lebender Schalentiere wieder mit Seetang.

Gerade wandte ich mich wieder der Außentür zu, um draußen zu warten, als mir etwas an meiner Hand auffiel. Sekundenlang starrte ich darauf und glaubte meinen Augen nicht zu trauen, doch in dem matten Licht, das durch die Außentür fiel, konnte ich mich nicht vergewissern; also schlüpfte ich wieder in den zweiten Raum, wo der große Kessel vor dem Altar wartete, und dort, im finstersten Teil des Mithrastempels, hob ich meine rechte Hand vor die Augen.

Und sah, daß sie tatsächlich leuchtete.

Ich war sprachlos. Ich wollte nicht glauben, was ich sah, aber meine Hand leuchtete! Sie leuchtete nicht von innen heraus, aber auf meiner Handfläche lag ganz zweifellos eine gewisse Helligkeit. Ich zog einen Finger durch den nassen Fleck, den die Muschel hinterlassen hatte, und zeichnete damit einen dunklen Streifen auf die schimmernde Fläche. Also war Olwen, die Silberne, doch keine Nymphe, keine Götterbotin gewesen, sondern ein Menschenmädchen, das mit dem Saft einer Muschel eingerieben worden war. Und die Magie kam nicht von den Göttern, sondern von Merlin, und all meine Hoffnungen schienen in dieser dunklen Kammer zu zerstieben.

Ich wischte mir die Hand am Mantel ab und kehrte dann ans

Tageslicht zurück. Ich setzte mich auf die Bank neben der Tempeltür und blickte zum inneren Wall hinüber, wo eine Gruppe kleiner Kinder ausgelassen herumtobte. Plötzlich kehrte die Verzweiflung wieder zurück, die mich auf meiner Reise nach Lloegyr verfolgt hatte. Ich wollte so gern an die Götter glauben, wurde aber von Zweifeln geplagt. Was machte es schon, redete ich mir ein, daß es ein Menschenmädchen ist, und daß ihr überirdisch leuchtender Schimmer einer von Merlins üblichen Tricks ist? Die Kleinodien wurden dadurch nicht entwertet, doch jedesmal, wenn ich an die Kleinodien gedacht hatte und geneigt war, ihre Macht zu bezweifeln, hatte ich bei der Erinnerung an jenes leuchtende, nackte Mädchen Trost gefunden. Doch nun war sie anscheinend gar keine Botin der Götter, sondern lediglich eine von Merlins Illusionen.

»Lord?« Eine weibliche Stimme störte mich in meinen Gedanken. »Lord?« fragte sie abermals, und als ich aufblickte, sah ich eine rundliche, dunkelhaarige junge Frau vor mir stehen, die mich unsicher anlächelte. Sie trug ein einfaches Gewand mit Umhang, hatte sich ein Band in die kurzen, dunklen Locken geflochten und hielt einen kleinen rothaarigen Jungen an der Hand. »Ihr erinnert Euch nicht mehr an mich, Lord?« fragte sie enttäuscht.

Dann fiel mir ihr Name ein. »Cywyllog«, sagte ich. Sie war eine unserer Dienstmägde in Lindinis gewesen, wo sie von Mordred verführt worden war. Ich erhob mich. »Wie geht es dir?« fragte ich sie.

»So gut, wie es nur gehen kann, Lord«, antwortete sie, hocherfreut, daß ich mich an sie erinnerte. »Und das hier ist der kleine Mardoc. Kommt nach seinem Vater, findet Ihr nicht?« Ich musterte den Knaben. Er war etwa sechs bis sieben Jahre alt, untersetzt, hatte ein rundes Gesicht und genauso widerspenstige, drahtige Haare wie sein Vater Mordred. »Aber innerlich nicht, da kommt er nicht nach seinem Vater«, versicherte Cywylog. »Er ist ein guter Junge, das ist er wirklich, ein richtiger Goldjunge, Lord. Macht niemals Ärger, nicht wirklich – nicht wahr, mein Liebling?« Sie bückte sich und gab Mardoc einen Kuß. Dem Knaben war dieser Liebesbeweis peinlich, aber er setzte ein tapferes Grinsen auf. »Wie geht's Lady Ceinwyn?« erkundigte sich Cywyllog.

»Sehr gut. Sie wird sich freuen, daß wir uns begegnet sind.«

»Sie war immer freundlich zu mir«, sagte Cywyllog. »Ich wäre ja mitgegangen in Euer neues Zuhause, Lord, aber ich hab einen Mann kennengelernt und bin jetzt vermählt.«

»Wer ist es?«

»Idfael ap Meric, Lord. Er dient jetzt unter Lord Lanval.«

Lanval war der Befehlshaber der Wache, die Mordred in seinem goldenen Käfig bewachte. »Wir dachten, du hättest unseren Haushalt verlassen, weil Mordred dir Geld gegeben hat«, gestand ich Cywyllog.

»Der? Mir Geld geben?« Cywyllog lachte. »Eher werden die Sterne vom Himmel fallen, Lord. Ich war ja so dumm damals«, gestand mir Cywyllog fröhlich. »Natürlich wußte ich nicht, was für ein Mann Mordred ist, und er war ja eigentlich gar kein Mann, damals noch nicht. Ich glaube, er hat mir den Kopf verdreht, weil er der König war, aber ich war nicht das erste Mädchen, oder? Und ich glaube, ich werde auch nicht das letzte sein. Aber für mich ist alles gut ausgegangen. Mein Idfael ist ein guter Mann und hat nichts dagegen, daß der kleine Mardoc ein Kuckucksei in seinem Nest ist. Genau das bist du, mein Liebling«, sagte sie. »Ein Kuckucksei.« Dann bückte sie sich und herzte Mardoc, der in ihren Armen zappelte und plötzlich laut zu lachen begann, weil sie ihn liebevoll kitzelte.

»Was machst du hier?« fragte ich sie.

»Lord Merlin hat uns gebeten herzukommen«, erklärte Cywyllog stolz. »Er ist dem kleinen Mardoc zugetan. Richtig verwöhnen tut er ihn! Immer gibt er ihm was zu naschen! Bald wirst du richtig fett sein, jawohl, richtig fett wie ein kleines Ferkel!« Wieder kitzelte sie den Jungen, der kicherte, zappelte und sich endlich losriß. Aber er lief nicht weit weg, sondern blieb in sicherer Entfernung stehen, von wo aus er mich mit dem Daumen im Mund beobachtete.

»Merlin hat euch gebeten herzukommen?« fragte ich sie erstaunt.

»Er brauchte eine Köchin, Lord, jedenfalls hat er das gesagt, und ich möchte meinen, daß ich nicht schlechter bin als andere, und bei dem Geld, das er uns angeboten hat, na ja, da hat Idfael gesagt, ich müßte annehmen. Nicht, daß Lord Merlin sehr viel ißt. Der mag am liebsten seinen Käse, und dafür braucht er schließlich keine Köchin – oder?«

»Ißt er Muscheln?«

»Er mag Herzmuscheln, aber davon kriegen wir hier nicht viel. Nein, er ißt fast immer nur Käse. Käse und Eier. Nicht wie Ihr, Lord, Ihr wart immer ein großer Fleischesser, nicht wahr?«

»Bin ich noch«, gestand ich.

»Das waren schöne Zeiten«, sagte Cywyllog. »Der kleine Mardoc hier ist genauso alt wie Eure Dian. Ich habe oft gedacht, daß sie gute Spielkameraden werden könnten. Wie geht es ihr?«

»Sie ist tot, Cywyllog«, antwortete ich.

Ihre Miene wurde traurig. »O nein, Lord! Sagt, daß das nicht stimmt!«

»Sie wurde von Lancelots Männern getötet.«

Sie spie ins Gras. »Böse Männer, alle zusammen. Es tut mir sehr leid, Lord.«

»Aber sie ist glücklich in der Anderwelt«, versicherte ich ihr. »Und eines Tages werden wir sie alle dort wiedertreffen.«

»Das werdet Ihr, Lord. Und die anderen?«

»Morwenna und Seren geht es gut.«

»Das ist gut, Lord.« Sie lächelte. »Werdet Ihr für die Beschwörung hierbleiben?«

»Die Beschwörung?« Diesen Ausdruck hörte ich zum erstenmal. »Nein«, antwortete ich, »man hat mich nicht dazu aufgefordert. Ich dachte, ich könnte sie mir von Durnovaria aus ansehen.«

»Das wird was ganz Besonderes«, erklärte sie mir. Sie lächelte, dankte mir dafür, daß ich mit ihr gesprochen hatte, und tat dann, als wolle sie Mardoc fangen, der quietschend vor Vergnügen davonlief. Ich freute mich, daß ich ihr begegnet war, blieb sitzen und fragte mich, was für ein Spiel Merlin trieb. Warum hatte er sich bemüht, Cywyllog zu finden? Und warum stellte er eine Köchin ein, obwohl er bis dahin noch nie jemand gebraucht hatte, der ihm Mahlzeiten zubereitete?

Hinter den Wällen war ein Tumult entstanden, der mich aus meinen Gedanken riß und die spielenden Kinder auseinanderstieben ließ. Gerade als ich mich erhob, tauchten zwei Männer auf, die an einem Strick zogen. Gleich darauf erschien auch Gawain, und schließlich, am anderen Ende des Stricks, ein großer, wilder schwarzer Hengst. Das Pferd versuchte sich loszureißen und hätte die beiden Männer fast wieder vom Wall heruntergezogen, aber sie packten den Strick fester und zerrten das verschreckte Tier vorwärts, bis das Roß plötzlich den steilen Innenhang hinabstürmte und die Männer hinter sich herschleifte. Gawain schrie ihnen zu, sie sollten vorsichtig sein; dann folgte er dem großen Tier halb rutschend und halb laufend den Wall hinunter. Merlin, offenbar kaum von diesem kleinen Drama berührt, folgte den anderen zusammen mit Nimue. Er beobachtete, wie das Pferd zu einem der östlichen Unterstände gebracht wurde, dann kam er mit Nimue zum Tempel herunter. »Ah, Derfel!« begrüßte er mich lässig. »Du siehst so mißmutig aus. Hast du Zahnschmerzen?«

»Ich habe Euch Excalibur gebracht«, erklärte ich steif.

»Das sehe ich. Ich habe ja Augen. Ich bin nicht blind, weißt du. Ein bißchen schwerhörig, manchmal, und die Blase ist schwach, aber was kann man in meinem Alter schon erwarten?« Er nahm mir Excalibur aus den Händen, zog die Klinge ein paar Zoll aus der Scheide und küßte den Stahl. »Das Schwert von Rhydderch«, sagte er ehrfürchtig, und sekundenlang erschien ein fast ekstatischer Ausdruck auf seinem Gesicht. Unvermittelt schob er das Schwert wieder zurück und ließ es sich von Nimue abnehmen. »Du warst also bei deinem Vater«, wandte sich Merlin dann wieder an mich. »Magst du ihn?«

»Ja, Lord.«

»Du warst schon immer ein gefühlsduseliger Bursche, Derfel«, sagte Merlin. Er sah zu Nimue hinüber, die Excalibur aus der Scheide gezogen hatte und die blanke Klinge fest an ihren mageren Körper preßte. Aus irgendeinem Grund schien Merlin sich darüber zu ärgern, denn er entriß ihr die Scheide und versuchte sich dann das Schwert zurückzuholen. Nimue wollte es aber nicht loslassen, und nachdem Merlin einen Moment mit ihr gekämpft hatte, mußte er es aufgeben. »Wie ich hörte, hast du Liofa verschont«, sagte er, wiederum an mich gewandt. »Das war ein Fehler. Ein äußerst gefährlicher Kerl, dieser Liofa.«

»Woher wißt Ihr, daß ich ihn verschont habe?«

Merlin sah mich vorwurfsvoll an. »Vielleicht war ich eine Eule im Dachgebälk von Aelles Halle, Derfel, oder auch eine Maus in den Binsen auf dem Boden.« Er warf sich auf Nimue, und dieses Mal gelang es ihm, ihr das Schwert zu entreißen. »Wir dürfen die Magie nicht schwächen«, murmelte er, während er die Klinge ungeschickt in die Scheide zurückschob. »Hatte Arthur nichts dagegen, das Schwert aus der Hand zu geben?« fragte er mich.

»Warum sollte er, Lord?«

»Weil Arthur gefährlich nahe an der Skepsis ist«, antwortete Merlin und bückte sich, um Excalibur durch die niedrige Tür in den Tempel zu schieben. »Er glaubt, daß wir auch ohne die Götter auskommen können.«

»Dann ist es nur schade«, sagte ich voll Ironie, »daß er nicht gesehen hat, wie Olwen, die Silberne, im Dunkeln leuchtet.«

Nimue zischte mich wütend an. Merlin hielt inne. Langsam wandte er sich um, richtete sich von der Türöffnung auf und warf mir einen verdrossenen Blick zu. »Warum, Derfel, soll das schade sein?« fragte er in gefährlichem Ton.

»Weil er, wenn er sie gesehen hätte, Lord, bestimmt an die Götter glauben würde, nicht wahr? Natürlich nur, solange er Eure Muscheln nicht entdeckt.«

»Das ist es also«, sagte er. »Du hast herumgeschnüffelt, wie? Du hast deine dicke Sachsennase in Dinge hineingesteckt, die dich nichts angehen, und hast meine Piddocks gefunden.«

»Piddocks?«

»Die Muscheln, du Schwachkopf, werden Piddocks genannt. Wenigstens das vulgäre Volk nennt sie so.«

»Und die leuchten?«

»Ihr Saft besitzt Leuchtkraft, ja«, gab Merlin von oben herab zu. Ich merkte, daß er sich über meine Entdeckung ärgerte, sich aber größte Mühe gab, seinen Ärger zu verbergen. »Plinius erwähnt dieses Phänomen, aber der erwähnt so vieles, daß es schwerfällt zu entscheiden, was man davon glauben soll. Die meisten seiner Vorstellungen sind natürlich ausgesprochener Unsinn. All dieser Quatsch über Druiden, die am sechsten Tag nach Neumond Mistelzweige schneiden! Nie, niemals würde ich das tun! Am fünften Tag, ja, und zuweilen am siebenten – aber am sechsten? Niemals! Außerdem empfiehlt er, wenn ich mich recht erinnere, sich bei Kopfschmerzen das Brustband einer Frau um den Schädel zu binden, aber das nützt nicht das geringste. Wie denn auch? Die Magie liegt in den Brüsten, nicht im Band, daher ist es natürlich weitaus wirksamer, den schmerzenden Kopf zwischen die Brüste selbst zu betten. Diese Kur hat bei mir noch nie versagt, soviel steht fest. Hast du Plinius gelesen, Derfel?«

»Nein, Lord.«

»Ja, richtig, ich habe dich nie Latein gelehrt. Wie nachlässig von mir! Nun, die Piddocks erwähnt er; er schreibt, daß die Hände und Lippen derjenigen, die diese Muscheln gegessen haben, hinterher leuchten, und ich muß gestehen, daß mich das faszinierte. Wen wohl nicht? Anfangs zögerte ich, das Phänomen genauer zu untersuchen, denn ich hatte schon zuviel Zeit auf Plinius' glaubwürdigere Erkenntnisse verschwendet; diese jedoch stellten sich als zutreffend heraus. Erinnerst du dich an Caddwg? Den Bootsmann, der uns von Ynys Trebes gerettet hat? Der ist jetzt mein Piddockexperte. Die Muscheln leben in Felslöchern, und das ist ziemlich unbequem von ihnen, aber ich bezahle Caddwg gut, und er holt sie so beharrlich heraus wie ein gelernter Piddocksammler. Bist du jetzt sehr enttäuscht, Derfel?«

»Ich dachte, Lord …«, begann ich, unterbrach mich aber, weil ich wußte, daß er sich nur über mich lustig machen würde.

»Oho! Du dachtest, das Mädchen kommt aus dem Himmel!« beendete Merlin den Satz für mich und johlte vor Lachen. »Hast du das gehört, Nimue? Derfel Cadarn, der große Krieger, hat unsere kleine Olwen für eine Erscheinung gehalten!« Er zog das Wort »Erscheinung« in die Länge und verlieh ihm damit eine unheimliche Bedeutung.

»Das sollte er doch auch glauben«, gab Nimue sarkastisch zurück.

»Wenn man es recht bedenkt, sollte er das«, räumte Merlin ein. »Ein guter Trick, nicht wahr, Derfel?«

»Aber nur ein Trick, Lord«, entgegnete ich, ohne meine Enttäuschung verbergen zu können.

Merlin seufzte. »Du bist albern, Derfel, einfach albern. Wenn man sich eines Tricks bedient, heißt das noch lange nicht, daß man damit die Magie ausschließt, doch die Magie ist uns nicht immer von den Göttern gegeben. Kannst du denn überhaupt nichts begreifen?« Die letzte Frage klang verärgert.

»Ich weiß, daß ich getäuscht wurde, Lord.«

»Getäuscht! Getäuscht! Sei doch nicht so ein Jammerlappen! Du bist ja noch schlimmer als Gawain! Ein angehender Druide könnte dich am zweiten Tag seiner Ausbildung täuschen! Unsere Aufgabe ist es, das Werk der Götter zu verrichten, Derfel, und nicht, deine kindische Neugier zu befriedigen.

Und diese Götter haben sich weit von uns entfernt. Sehr weit! Sie verschwinden, verschmelzen mit der Dunkelheit, fahren in den Abgrund von Annwn hinab. Sie müssen beschworen werden, und um sie zu beschwören, brauchte ich Arbeiter, und um Arbeiter anzulocken, mußte ich ihnen ein bißchen Hoffnung machen. Glaubst du, Nimue und ich hätten diese Feuer ganz allein bauen können? Wir brauchten Menschen! Hunderte von Menschen! Und indem ich ein junges Mädchen mit Piddocksaft eingeschmiert habe, habe ich sie zu uns gelockt. Aber du kannst ja nur herumjammern, daß du getäuscht wurdest. Wen kümmert's, was du glaubst? Warum gehst du nicht hin und schluckst einen Piddock? Vielleicht wird dich das endlich mal erleuchten!« Er versetzte Excaliburs Heft, das immer noch aus dem Tempel ragte, einen kräftigen Tritt. »Wie ich vermute, hat dieser Schwachkopf Gawain dir alles gezeigt.«

»Er hat mir die Feuerringe gezeigt, Lord.«

»Und nun willst du wissen, wozu die dienen, ja?«

»Ja, Lord.«

»Jeder Mensch mit durchschnittlicher Intelligenz könnte von selbst darauf kommen«, behauptete Merlin überheblich. »Die Götter sind weit fort, das liegt auf der Hand, sonst würden sie uns nicht ignorieren, aber vor vielen Jahren schenkten sie uns die Mittel, mit denen wir sie rufen können: die Kleinodien. Inzwischen sind die Götter so tief in Annwns Abgrund hinabgestiegen, daß die Kleinodien allein nicht mehr helfen. Also müssen wir die Aufmerksamkeit der Götter erregen, und wie tun wir das? Ganz einfach! Wir schicken ihnen ein Signal in den Abgrund hinunter, und dieses Signal ist nichts als ein großes Muster aus Feuern. In die Mitte dieses Musters legen wir die Kleinodien, und dann tun wir noch ein, zwei andere Dinge dazu, die wirklich nicht sehr wichtig sind. Danach kann ich dann in Frieden sterben, statt so lächerlich gutgläubigen Schwachköpfen wie dir die einfachsten Dinge erklären zu müssen. Nein«, setzte er hinzu, bevor ich einen Laut herausgebracht, geschweige denn eine Frage gestellt hatte, »du darfst am Abend vor Samhain nicht hier oben sein. Ich will nur die um mich haben, denen ich vertrauen kann. Und wenn du noch einmal herkommst, werde ich den Wachen befehlen, deinen Bauch für ihre Speerübungen zu benutzen.«

»Warum zieht Ihr nicht einfach einen Geisterzaun um den Hügel?« fragte ich ihn. Ein Geisterzaun war eine Linie aus Totenschädeln, besprochen von einem Druiden, die niemand zu überschreiten wagte.

Merlin starrte mich an, als hätte ich den Verstand verloren. »Einen Geisterzaun? Am Abend vor Samhain? Das ist die einzige Nacht, in der die Geisterzäune nicht funktionieren, du Schwachkopf! Muß ich dir denn wirklich alles erklären? Ein Geisterzaun, du Idiot, wirkt nur, weil er die Seelen der Toten einspannt, um die Lebenden abzuschrecken, am Abend vor Samhain aber wandern die Toten frei umher und können somit nicht eingespannt werden. Am Abend vor Samhain nützt ein Geisterzaun der Welt nicht mehr als dein Verstand!«

Ich nahm diesen Vorwurf gelassen hin. »Ich hoffe nur, daß keine Wolken aufziehen«, sagte ich statt dessen, um ihn zu beschwichtigen.

»Wolken?« fuhr Merlin mich an. »Warum sollte ich mir über Wolken Gedanken machen? Ach so, ich verstehe! Gawain, dieser Dummbeutel, hat mit dir gesprochen, und der versteht nun wirklich alles falsch. Wenn Wolken aufziehen, Derfel, werden die Götter dennoch unser Signal sehen, weil sie, im Gegensatz zu uns, auch durch die Wolken sehen können, aber wenn zu viele Wolken aufziehen, wird es wahrscheinlich regnen, und«, so fuhr er in dem Ton fort, in dem ein Erwachsener einem kleinen Kind etwas sehr Einfaches erklärt, »und heftiger Regen wird all unsere großen Feuer löschen. Also, war das wirklich so schwer zu verstehen, daß du nicht selbst darauf kommen konntest?« Zornig funkelte er mich an. Dann wandte er sich ab und blickte zu den Ringen aus Brennholz hinüber. Er stützte sich auf seinen schwarzen Stab und dachte über das gigantische Werk nach, das er auf Mai Duns Gipfel geschaffen hatte. Er schwieg sehr lange und zuckte dann unvermittelt die Achseln. »Hast du je darüber nachgedacht«, fragte er mich, »was wohl geschehen wäre, wenn es den Christen gelungen wäre, Lancelot auf den Thron zu setzen?« Sein Zorn war wie weggeblasen, statt dessen wirkte er melancholisch.

»Nein, Lord«, gestand ich.

»Ihr Jahr 500 wäre gekommen, und sie hätten allesamt darauf gewartet, daß ihr alberner angenagelter Gott in Glorie herabsteigen würde.« Beim Sprechen hatte Merlin den Blick nicht von den Ringen gewandt, nun aber drehte er sich zu mir um. »Und wenn er nicht gekommen wäre?« fragte er mich. »Angenommen, die Christen hätten alle bereitgestanden, alle in ihren besten Mänteln, sauber gewaschen und geschrubbt und ins Gebet versunken, und dann wäre gar nichts passiert?«

»Dann«, antwortete ich, »hätte es im Jahr 501 keine Christen mehr gegeben.«

Merlin schüttelte den Kopf. »Das möchte ich bezweifeln. Es ist die Aufgabe der Priester, das Unerklärliche zu erklären. Männer wie Sansum würden sich einen Grund ausdenken, und die Leute würden ihnen glauben, weil sie ihnen unbedingt glauben wollen. Nach einer Enttäuschung geben die Menschen die Hoffnung nicht auf, sie verdoppeln ihre Hoffnung. Was für Schwachköpfe wir doch alle sind!«

»Ihr habt also Angst«, stellte ich mit einem kleinen Anflug von Mitleid für ihn fest, »daß an Samhain nichts geschehen wird?«

»Natürlich habe ich Angst, du Schwachkopf! Nimue nicht.« Er sah zu Nimue hinüber, die uns mit verdrossener Miene beobachtete. »Du bist ganz sicher, meine Kleine, nicht wahr?« spöttelte Merlin, an sie gewandt. »Ich aber, Derfel, wünschte, daß das hier nicht notwendig gewesen wäre. Wir wissen ja nicht mal, was geschehen soll, wenn wir die Feuer entzünden. Vielleicht werden die Götter kommen, aber vielleicht warten sie auch erst einmal ab.« Er warf mir einen hitzigen Blick zu. »Wenn nichts passiert, Derfel, so heißt das nicht, daß nichts passiert ist. Begreifst du das?«

»Ich glaube schon, Lord.«

»Das möchte ich bezweifeln. Ich weiß ja nicht mal, warum ich mir die Mühe mache, meine Erklärungen an dich zu verschwenden! Genauso könnte man einen Ochsen über die feineren Punkte der Rhetorik belehren wollen! Ein absolut alberner Mensch bist du. Du kannst jetzt gehen. Du hast mir Excalibur ausgehändigt.«

»Arthur will das Schwert zurück«, sagte ich, als mir mein Gespräch mit ihm wieder einfiel.

»Natürlich will er das, und vielleicht kriegt er es zurück, sobald Gawain es nicht mehr braucht. Aber vielleicht auch nicht. Was spielt das für eine Rolle? Hör auf, mich mit lächerlichen Kleinigkeiten zu belästigen, Derfel. Und auf Wiedersehen!« Damit stapfte er, schon wieder zornig, einfach davon. Nach ein paar Schritten blieb er jedoch stehen und rief Nimue zu sich. »Komm her, Mädchen!«

»Ich werde dafür sorgen, daß Derfel verschwindet«, erklärte Nimue, ergriff meinen Ellbogen und führte mich auf den inneren Festungswall zu.

»Nimue!« rief Merlin.

Sie ignorierte ihn und zerrte mich den Grashang bis zu dem Pfad auf dem Wall empor. Ich starrte auf den komplizierten Ring aus Brennholzhecken. »Eine Menge Arbeit, die ihr da geleistet habt«, sagte ich unsicher.

»Und alles verschwendet, wenn wir nicht die richtigen Rituale anwenden«, sagte Nimue giftig. Merlin war zwar zornig auf mich gewesen, aber sein Zorn war zumeist vorgetäuscht und kam und ging blitzschnell. Nimues Wut dagegen war tief und mächtig und hatte ihr weißes, keilförmiges Gesicht verzerrt. Sie war nie schön gewesen, und der Verlust ihres Auges hatte ihrem Gesicht einen einschüchternden Ausdruck verliehen, aber es lag eine Wildheit und Intelligenz in ihren Zügen, die sie unvergeßlich machten, und jetzt, auf diesem hohen Wall im kalten Westwind, wirkte sie auf mich einschüchternder denn je.

»Besteht denn die Gefahr, daß das Ritual nicht richtig ausgeführt wird?« fragte ich.

»Merlin ist genau wie du«, behauptete sie zornig, ohne auf meine Frage zu antworten. »Er ist gefühlsbetont.«

»Unsinn!« entgegnete ich.

»Was weißt du denn schon, Derfel!« fuhr sie mich an. »Mußt du dir seine Großtuerei gefallen lassen? Mußt du dich mit ihm herumstreiten? Mußt du ihn beschwichtigen? Mußt du zusehen, wie er den größten Fehler aller Zeiten macht?« Sie spie mir diese Fragen regelrecht ins Gesicht. »Mußt du zusehen, wie er all seine Mühe verschwendet?« Mit ihrer mageren Hand winkte sie zu den Feuern hinüber. »Du bist ein Narr«, setzte sie bitter hinzu. »Wenn Merlin furzt, glaubst du, er gibt Weisheiten von sich. Er ist ein alter Mann, Derfel, und hat nicht mehr lange zu leben, und außerdem verliert er seine Macht. Macht, Derfel, kommt von innen.« Mit der Faust schlug sie sich zwischen die kleinen Brüste. Sie war auf dem Kamm des Festungswalls stehengeblieben und wandte sich nun zu mir um. Ich war ein kraftstrotzender Krieger und sie eine winzige, dürre Frau, und dennoch war sie stärker als ich. So war es immer schon gewesen. In Nimue wohnte eine Leidenschaft, so tief, dunkel und stark, daß so gut wie gar nichts ihr standzuhalten vermochte.

»Warum sind Merlins Gefühle eine Gefahr für das Ritual?« wollte ich wissen.

»Sie sind es einfach!« behauptete Nimue, machte kehrt und ging weiter.

»Sag's mir«, verlangte ich.

»Niemals!« fuhr sie mich an. »Du bist ein Schwachkopf.«

Ich ging hinter ihr. »Wer ist Olwen, die Silberne?« erkundigte ich mich.

»Ein Sklavenmädchen, das wir in Demetia gekauft haben. Sie wurde von Powys gefangengenommen und hat uns über sechs Goldstücke gekostet, weil sie so hübsch ist.«

»Das ist sie«, bestätigte ich und dachte an ihren graziösen Schritt in der stillen Nacht von Lindinis.

»Das findet Merlin auch«, antwortete Nimue verächtlich. »Er zittert schon, wenn er sie nur sieht, aber er ist jetzt viel zu alt, und außerdem müssen wir wegen Gawain so tun, als wäre sie noch eine Jungfrau. Und dieser arme Narr glaubt uns! Aber der würde uns alles glauben. Er ist ein Vollidiot!«

»Und wenn alles vorüber ist, wird er sich dann mit Olwen vermählen?«

Nimue lachte. »Das haben wir dem Schwachkopf versprochen, aber sobald er erfährt, daß sie als Sklavin und nicht als Geist geboren ist, wird er seine Meinung vermutlich ändern. Also werden wir sie weiterverkaufen. Möchtest du sie vielleicht erwerben?« Sie warf mir einen schiefen Blick zu.

»Nein.«

»Ceinwyn immer noch treu?« fragte sie spöttisch. »Wie geht es ihr?«

Es geht ihr gut«, antwortete ich.

»Und wird sie nach Durnovaria kommen, um die Beschwörung mitzuerleben?«

»Nein«, antwortete ich.

Nimue wandte sich um und schenkte mir einen argwöhnischen Blick. »Aber du kommst?«

»Ich werde zusehen, ja.«

»Und Gwydre?« fragte sie weiter, »Wirst du ihn mitbringen?«

»Er möchte mitkommen, ja. Aber zuvor muß ich die Erlaubnis seines Vaters einholen.«

»Sag Arthur, er soll ihn mitkommen lassen. Jedes Kind in Britannien sollte die Ankunft der Götter miterleben. Es wird ein Anblick sein, den niemand je vergessen wird, Derfel.«

»Dann wird es also geschehen?« fragte ich sie. »Trotz Merlins Fehler?«

»Es wird geschehen«, sagte Nimue boshaft. »Merlin zum

Trotz. Es wird geschehen, weil ich dafür sorgen werde, daß es geschieht. Ich werde diesem alten Narren geben, was er sich wünscht, ob es ihm paßt oder nicht.« Sie blieb stehen, wandte sich um und ergriff meine Linke, um mit ihrem Auge auf die Narbe in meiner Handfläche hinabzublicken. Diese Narbe verpflichtete mich durch einen Eid, zu tun, was sie wünschte, und ich spürte, daß sie jetzt etwas von mir verlangen würde. Doch dann schien eine impulsive Vorsicht sie zurückzuhalten. Sie holte tief Luft, starrte mich an und ließ meine vernarbte Hand fallen. »Von hier aus findest du selbst den Weg«, erklärte sie bitter und ging davon.

Ich stieg den Hügel hinab. Noch immer schleppten die Leute ihre Feuerholzlasten den Hang zum Plateau von Mai Dun empor. Neun Stunden lang, hatte Gawain gesagt, müßten die Feuer brennen. Neun Stunden, um den Himmel mit Flammen zu füllen und die Götter auf die Erde herabzurufen. Aber wenn die Riten nicht richtig ausgeführt wurden, würden die Feuer gar nichts bewirken.

In drei Nächten würden wir es erfahren.

Ceinwyn wäre gerne nach Durnovaria gekommen, um die Beschwörung der Götter mitzuerleben, aber in der Nacht vor Samhain wandeln die Toten auf der Erde, und sie wollte unbedingt Geschenke für Dian niederlegen und fand, der geeignete Ort dafür sei jener, an dem Dian gestorben war. Also gingen wir mit unseren beiden lebenden Töchtern zu den Ruinen von Ermids Halle, und dort ließ sie in der Asche einen Krug mit verdünntem Met, etwas gebuttertes Brot und eine Handvoll der mit Honig überzogenen Nüsse zurück, die Dian immer so gern gegessen hatte. Dians Schwestern legten ihr ein paar Walnüsse und hartgekochte Eier in die Asche. Dann suchten sie alle Unterschlupf in der nahen Hütte eines Waldhüters, die von meinen Speerkämpfern bewacht wurde. Dian selber sahen sie nicht, denn die Toten zeigen sich am Abend vor Samhain niemals, doch ihre Gegenwart zu ignorieren würde Unglück bringen. Am nächsten Morgen waren die Speisen, wie Ceinwyn mir später erzählte, verschwunden, und der Metkrug war leer.

Ich selbst war in Durnovaria, wo Issa mit Gwydre zu mir stieß.

Arthur hatte seinem Sohn erlaubt, die Beschwörung zu beobachten, und Gwydre war entsprechend aufgeregt. Elf Jahre war er in jenem Jahr und platzte vor Lebenslust, Freude und Neugier. Er war genauso schlank wie sein Vater, das gute Aussehen hatte er jedoch von Guinevere, denn er hatte ihre lange Nase und ihre kühnen Augen geerbt. Er hatte etwas Mutwilliges an sich, war aber nicht bösartig, und sowohl Ceinwyn als auch ich hätten uns gefreut, wenn die Voraussage seines Vaters sich bewahrheitet hätte und er mit unserer Morwenna vermählt worden wäre. Diese Entscheidung konnte allerdings frühestens in zwei bis drei Jahren getroffen werden, und bis dahin würde Gwydre weiterhin bei uns leben. Er wäre gern auf dem Gipfel von Mai Dun gewesen und war enttäuscht, als ich ihm erklärte, daß niemand dort oben anwesend sein dürfe als jene, welche die Zeremonie ausführten. Sogar die Leute, die die großen Feuer aufgeschichtet hatten, wurden im Lauf des Tages davongeschickt. Wie die Hunderte von Neugierigen, die aus ganz Britannien herbeigeströmt waren, wurden auch sie von den Feldern unterhalb der uralten Festung aus beobachtet.

Arthur kam am Vormittag vor Samhain. Mir fiel die Freude auf, mit der er Gwydre begrüßte. Der Junge war in jenen dunklen Tagen seine einzige Freude. Culhwch, Arthurs Cousin, kam mit einem halben Dutzend Speerkämpfer aus Dunum. »Arthur sagte, ich soll nicht kommen«, berichtete er mir grinsend, »aber ich würde mir so was doch nicht entgehen lassen!« Culhwch hinkte zu Galahad hinüber, der die letzten Monate bei Sagramor verbracht hatte und mit ihm die Grenze vor Aelles Sachsen bewacht hatte. Da Sagramor Arthurs Befehl, auf seinem Posten zu bleiben, befolgen mußte, hatte er Galahad gebeten, nach Durnovaria zu gehen, um seinen Truppen dann später von den Ereignissen dieser Nacht zu berichten. Diese hohen Erwartungen machten Arthur Sorgen, denn er fürchtete, daß seine Anhänger furchtbar enttäuscht sein würden, wenn nichts geschah.

Die Erwartungen steigerten sich noch, denn an jenem Nachmittag ritt König Cuneglas von Powys in die Stadt ein und brachte ein Dutzend Männer mit, darunter seinen Sohn Perddel, inzwischen ein schüchterner junger Mann, der nach Kräften versuchte, sich einen Schnauzbart wachsen zu lassen. Guneglas war Ceinwyns Bruder, und man hätte sich keinen anständigeren, ehrlicheren Mann vorstellen können. Auf dem Weg in den Süden hatte er Meurig von Gwent besucht und bestätigte nun, daß der Monarch zögerte, gegen die Sachsen zu kämpfen. »Er glaubt, sein Gott werde ihn beschützen«, sagte Cuneglas grimmig.

»Das tun wir auch«, sagte ich und zeigte vom Fenster des Palastes in Durnovaria zu den unteren Hängen von Mai Dun hinüber, die schwarz von Menschen waren. Sie alle wollten möglichst nahe bei dem sein, was diese folgenschwere Nacht uns bringen würde. Viele hatten versucht, die Hügelkuppe zu erklimmen, doch Merlins Schwarzschildkämpfer hielten sie alle auf Distanz. Auf dem Feld unmittelbar nördlich der Festung betete eine tapfere Gruppe Christen geräuschvoll zu ihrem Gott, er möge Regen senden, um die heidnischen Riten zu verhindern, aber die zornige Menge hatte sie schnell verjagt. Als eine Christin bewußtlos geschlagen wurde, schickte Arthur seine eigenen Krieger hinüber, um dafür zu sorgen, daß alles friedlich blieb.

»Und was soll heute nacht nun geschehen?« fragte mich Cuneglas.

»Möglicherweise gar nichts, Lord König.«

»Dann wäre ich von so weit hergekommen, um nichts zu sehen?« grollte Culhwch. Er war ein untersetzter, kampflustiger Mann, der gern zotige Reden führte, den ich jedoch zu meinen besten Freunden zählte. Seit ihm eine Sachsenklinge in der Schlacht gegen Aelles Sachsen außerhalb von London tief ins Bein gefahren war, hinkte er zwar, aber er machte kein Aufhebens um seine Verletzung und behauptete, als Speerkämpfer so furchteinflößend wie eh und je zu sein. »Und was tut Ihr hier?« forderte er Galahad heraus. »Ich dachte, Ihr seid ein Christ!«

»Das bin ich.«

»Dann betet Ihr also auch um Regen, ja?« warf Culhwch ihm vor. Es hatte schon zu regnen begonnen, während wir uns unterhielten, aber es war nicht mehr als ein leichtes Nieseln, das vom Westen herüberwehte. Manche der Männer glaubten, daß auf diesen Nieselregen schönes Wetter folgen werde, die unvermeidlichen Pessimisten sagten jedoch einen Wolkenbruch voraus.

»Wenn es heute nacht gießt«, neckte Galahad Culhwch, »werdet Ihr dann endlich zugeben, daß mein Gott größer ist als der Eure?«

»Die Kehle werde ich Euch durchschneiden«, knurrte Culhwch, der so etwas, genau wie ich, natürlich niemals getan hätte, denn auch er war seit vielen Jahren ein guter Freund Galahads.

Curneglas ging zu Arthur hinüber. Culhwch verschwand, um nachzusehen, ob ein gewisses rothaariges Mädchen noch immer in einer Taverne am Nordtor von Durnovaria ihrem Gewerbe nachging, während Galahad und ich mit dem jungen Gwydre in die Stadt zogen. Die Atmosphäre war fröhlich. Ja, es war, als hätte ein großer Herbstmarkt die Straßen von Durnovaria so überflutet, daß sich die Menschenmassen auf die umliegenden Wiesen ergossen. Händler hatten ihre Stände aufgeschlagen, die Tavernen machten gute Geschäfte, Jongleure verblüfften die Zuschauer mit ihrer Geschicklichkeit, und eine Handvoll Barden gab Lieder zum besten. Ein Tanzbär trottete unterhalb von Bischof Emrys' Haus den Hügel von Durnovaria hinauf und hinunter und wurde, weil ihm die Leute Schalen mit Met anboten, allmählich immer gefährlicher. Ich sah, wie Bischof Sansum durch ein Fenster zu dem riesigen Tier hinausspähte, als er mich jedoch entdeckte, zuckte er zurück und zog hastig den Holzladen zu. »Wie lange wird er noch als Gefangener leben müssen?« fragte mich Galahad.

»Bis Arthur ihm verzeiht«, antwortete ich, »und das wird er mit Sicherheit tun, denn Arthur verzeiht seinen Feinden immer.«

»Wie überaus christlich von ihm!«

»Wie überaus dumm von ihm«, korrigierte ich ihn, nachdem ich mich vergewissert hatte, daß Gwydre nicht in Hörweite war. Aber er war davongegangen, um sich den Bären anzusehen. »Nur daß Arthur deinem Stiefbruder verzeiht, das kann ich mir nicht vorstellen«, fuhr ich fort. »Ich hab' ihn erst vor einigen Tagen gesehen.«

»Lancelot?« fragte Galahad verwundert. »Wo?«

»Bei Cerdic.«

Galahad bekreuzigte sich, ohne auf die finsteren Blicke zu achten, mit denen er bedacht wurde. In Durnovaria wie in dem meisten anderen Städten von Dumnonia war ein Großteil der Bevölkerung christlich, heute aber waren die Straßen voll Heiden aus dem Umland, und manche warteten nur darauf, einen Streit mit ihren christlichen Feinden vom Zaun zu brechen. »Glaubst du, daß Lancelot für Cerdic kämpfen wird?« gab ich bissig zurück.

»Er kann kämpfen.«

»Nun, wenn er überhaupt jemals kämpfen sollte, dann für Cerdic«, behauptete ich.

»Dann werde ich beten, daß mir Gelegenheit gewährt wird, ihn zu töten«, sagte Galahad, der sich noch einmal bekreuzigte.

»Wenn Merlins Plan aufgeht«, sagte ich, »wird es keinen Krieg geben. Nur eine Schlacht, die von den Göttern geführt wird.«

Galahad lächelte. »Sei ehrlich, Derfel. Wird er aufgehen?«

»Um das zu erleben, sind wir hier«, antwortete ich ausweichend, und plötzlich kam mir der Gedanke, daß eine ganze Menge sächsischer Spione in die Stadt gekommen sein mußten, um das ebenfalls zu erleben. Diese Männer waren vermutlich Anhänger von Lancelot, Britannier, die in der erwartungsfrohen Menge, welche den ganzen Tag über noch anwuchs, nicht auffallen würden. Wenn Merlin versagt, dachte ich, werden die Sachsen Mut fassen, und die Frühjahrskämpfe werden noch härter werden.

Nachdem der Regen jetzt stärker zu fallen begann, rief ich Gwydre zu mir, und wir liefen zu dritt zum Palast zurück. Gwydre bat seinen Vater um Erlaubnis, die Beschwörung von den Feldern dicht unter Mai Duns Wällen beobachten zu dürfen, aber Arthur schüttelte den Kopf. »Wenn es so stark regnet«, erklärte ihm Arthur, »wird ohnehin nichts geschehen. Du würdest dir nur eine Erkältung holen, und dann ...« Er unterbrach sich. Und dann wird deine Mutter zornig auf mich sein, hatte er sagen wollen.

»Dann wirst du Morwenna und Seren mit deiner Erkältung anstecken«, sagte ich, »und die werden mich anstecken, und dein Vater wird sich bei mir anstecken, und wenn die Sachsen kommen, wird das gesamte Heer nur noch niesen.«

Gwydre dachte kurz darüber nach, entschied, daß ich Unsinn

geredet hatte, und griff nach der Hand seines Vaters. »Bitte!« sagte er.

»Du kannst mit uns allen von der oberen Halle aus zusehen«, erklärte Arthur.

»Darf ich dann wieder gehen und mir den Bären ansehen, Vater? Er wird immer betrunkener, und gleich werden sie die Hunde auf ihn hetzen. Ich bleibe auch in einem Toreingang stehen, damit ich nicht naß werde. Ganz bestimmt! Bitte, Vater?«

Arthur ließ ihn gehen, und ich schickte Issa mit, damit er aufpaßte; dann stieg ich mit Galahad in die obere Halle des Palastes hinauf. Vor einem Jahr, als Guinevere diesen Palast noch hin und wieder aufgesucht hatte, war er elegant und blitzsauber gewesen, jetzt aber war er vernachlässigt, verstaubt und verlassen. Guinevere hatte versucht, das römische Bauwerk zu seinem alten Glanz zu erwecken, doch Lancelots Truppen hatten es bei dem Aufstand geplündert, und niemand hatte versucht, den Schaden zu reparieren. Cuneglas' Männer hatten auf dem Fußboden der Halle ein Feuer gemacht, so daß die Mosaiksteinchen sich unter der Hitze der Holzkloben wölbten. Cuneglas selbst stand am großen Feuer und blickte düster über die Stroh- und Ziegeldächer von Durnovaria hinweg zu den Hängen von Mai Dun, die hinter dem dichten Regenvorhang fast nicht mehr zu erkennen waren. »Er wird doch nachlassen, nicht wahr?« fragte er uns fast flehend, als wir eintraten.

»Er wird vermutlich noch zunehmen«, entgegnete Galahad, und in eben diesem Moment grollte im Norden kräftiger Donner, und der Regen wurde zusehends stärker, bis die Tropfen vier bis fünf Zoll von den Dächern hochsprangen. Das Brennholz auf der Kuppe von Mai Dun würde naß werden, bisher aber waren wohl nur die äußeren Schichten durchnäßt, während das Holz im Inneren der Feuerstöße vermutlich noch trocken war. Dieses innere Holz würde selbst in einem so starken Regen noch eine Stunde oder länger trocken bleiben, und trockenes Holz im Herzen eines Feuers kann die Nässe der Außenschichten sehr schnell verdampfen lassen, doch wenn der Regen die ganze Nacht hindurch fiel, würden die Holzstöße niemals richtig in Flammen aufgehen.

»Wenigstens werden die Betrunkenen vom Regen nüchtern«, stellte Galahad ironisch fest.

Bischof Emrys erschien an der Tür zur Halle. Der schwarze Saum seiner Priesterrobe war völlig durchnäßt und stark verschmutzt. Er schenkte Cuneglas' furchterregenden heidnischen Speerkämpfern einen besorgten Blick und kam eilig zu uns herüber, um sich mit uns ans Fenster zu stellen. »Ist Arthur hier?« erkundigte er sich bei mir.

»Arthur ist irgendwo im Palast«, antwortete ich; dann machte ich Emrys und König Cuneglas miteinander bekannt und setzte hinzu, der Bischof sei einer der guten Christen.

»Ich denke, daß wir alle gut sind, Lord Derfel«, sagte Emrys und verneigte sich vor dem König.

»Für mich«, gab ich zurück, »sind gute Christen jene, die sich nicht am Aufstand gegen Arthur beteiligt haben.«

»War es denn wirklich ein Aufstand?« fragte Emrys. »Ich glaube vielmehr, es war ein Wahn, Lord Derfel, herbeigeführt durch eine fromme Hoffnung, und ich wage zu behaupten, daß Merlin heute genau das gleiche beabsichtigt. Vermutlich wird er enttäuscht werden, genau wie viele von meinen armen Leuten im letzten Jahr enttäuscht wurden. Doch bei der Enttäuschung in dieser Nacht – was könnte da nicht alles geschehen? Deswegen bin ich hier.«

»Was könnte denn geschehen?« wollte Cuneglas wissen.

Emrys zuckte die Achseln. »Wenn Merlins Götter nicht erscheinen, Lord König – wem wird man wohl die Schuld daran in die Schuhe schieben? Den Christen. Und wen wird der Mob abschlachten? Die Christen. Emrys schlug das Kreuz. »Ich möchte Arthurs Zusicherung, daß er uns beschützen wird.«

»Die wird er Euch bestimmt mit Freuden geben«, warf Galahad ein.

»Für Euch, Bischof, wird er das sicher tun«, ergänzte ich. Emrys hatte sich Arthur gegenüber immer loyal verhalten, und außerdem war er ein guter Mann, selbst wenn seine Ratschläge so schwerfällig waren, wie sein alter Körper sich bewegte. Genau wie ich war der Bischof Mitglied des Kronrats, jener Körperschaft, die Mordred angeblich mit Rat und Tat zur Seite stand; nun aber, da unser König als Gefangener in Lindinis lebte, trat dieser Kronrat kaum noch zusammen. Arthur besprach sich mit den Kronräten persönlich, um dann seine eigene Entscheidung zu treffen, aber die einzigen Entscheidungen, die wirklich getroffen werden mußten, waren jene, die Dumnonia auf die sächsische Invasion vorbereiten sollten, und wir alle waren es zufrieden, daß Arthur diese Last für uns auf sich nahm.

Ein gegabelter Blitz zischte zwischen den grauen Wolken hindurch, und gleich darauf donnerte es so laut, daß wir uns alle unwillkürlich duckten. Der Regen, bis jetzt schon schwer, wurde unvermittelt noch stärker; wütend hämmerte er auf die Dächer und schäumte das schmutzige Wasser auf, das durch Durnovarias Straßen und Gassen lief. Auf dem Boden der Halle bildeten sich Pfützen.

»Vielleicht«, sagte Cuneglas säuerlich, »wollen die Götter nicht beschworen werden.«

»Merlin sagt, daß sie weit von uns entfernt sind«, entgegnete ich. »Deswegen kann dieser Regen gar nicht von ihnen kommen.«

»Was doch bestimmt beweist, daß ein größerer Gott hinter dem Regen steckt«, behauptete Bischof Emrys.

»Auf Euer Gebet hin?« erkundigte sich Cuneglas giftig.

»Ich habe nicht um Regen gebetet, Lord König«, antwortete Emrys sanft. »Aber wenn es Euch beruhigt, werde ich darum beten, daß der Regen aufhört.« Damit schloß er plötzlich die Augen, breitete die Arme aus und legte den Kopf im Gebet zurück. Die Feierlichkeit dieser Geste wurde allerdings durch einen Tropfen Regenwasser gestört, der durch die Dachziegel drang und dem Bischof direkt auf die tonsurierte Stirn fiel; dennoch beendete er sein Gebet und schlug fromm das Kreuzeszeichen.

Und wie durch ein Wunder begann der Regen im selben Moment, da Emrys' mollige Hand auf seinem schmutzigen Gewand das Kreuzeszeichen machte, allmählich nachzulassen. Ein paar kräftige Schauer wurden noch vom Westwind herangetragen, aber das Trommeln auf dem Dach hörte unvermittelt auf, und die Luft zwischen unserem hochgelegenen Fenster und Mai Duns Hügelkuppe begann aufzuklaren. Der Hügel lag immer noch finster unter den grauen Wolken, und in der alten Festung war nichts zu sehen außer einer Handvoll Speerkämpfer, die die Wälle bewachten, und weiter unten ein paar Pilger, die sich so hoch, wie sie es irgend wagten, auf dem Hügelhang niedergelassen hatten. Emrys wußte nicht recht, ob er über die Wirksamkeit seines Gebetes erfreut oder davon bedrückt sein sollte; wir übrigen waren jedoch beeindruckt, vor allem als die Wolkendecke im Westen aufriß und ein wäßriger Sonnenstrahl die Hänge von Mai Dun grün aufleuchten ließ.

Sklaven brachten uns gewärmten Met und kaltes Wildbret, aber ich hatte keinen Appetit. Statt dessen beobachtete ich, wie die Nachmittagssonne tiefer sank und die Wolken sich in Fetzen auflösten. Der Himmel wurde klar, und im Westen über dem fernen Lyonesse verwandelte er sich in eine riesige rote Flammenhölle. Der Vorabend von Samhain zog herauf, und in ganz Britannien, ja, sogar im christlichen Irland stellten die Menschen Speisen und Getränke für die Toten hinaus, die auf der Schwerterbrücke den Abgrund von Annwn überquerten. In dieser Nacht kam die geisterhafte Prozession der Schattenkörper zu Besuch auf die Erde, auf der sie einst geatmet, geliebt und den Tod gefunden hatten. Da viele auf Mai Dun gestorben waren, würde der Hügel heute nacht von ihnen wimmeln, und dabei dachte ich natürlich auch an Dians kleinen Schattenkörper, der zwischen den Ruinen von Ermids Halle umhergeisterte.

Arthur kam in die Halle hinauf, und unwillkürlich dachte ich, wie anders er doch aussah, wenn Excalibur nicht in der kreuzweise verzierten Scheide an seiner Seite hing. Als er sah, daß es aufgehört hatte zu regnen, knurrte er etwas; dann hörte er sich Bischof Emrys' Bitte an. »Meine Speerkämpfer werden auf den Straßen auf und ab gehen«, versicherte er dem Bischof, »und solange Ihre Leute die Heiden nicht belästigen, wird ihnen niemand etwas antun.« Von einem Sklaven ließ er sich ein Horn voll Met geben und wandte sich wieder an den Bischof. »Ich wollte ohnehin mit Euch sprechen«, sagte er und erzählte dem Bischof von den Sorgen, die er sich wegen König Meurig von Gwent machte.

»Wenn Gwent nicht kämpft«, warnte Arthur Emrys, »werden die Sachsen uns überlegen sein.«

Emrys erbleichte. »Gwent wird Dumnonia doch nicht im Stich lassen!«

»Gwent ist bestochen worden, Bischof«, mischte ich mich ein und berichtete ihm, daß Aelle Meurigs Missionare auf sein Gebiet geholt hatte. »Solange Meurig glaubt, es gäbe eine Chance, die Sais zu bekehren«, fuhr ich dann fort, »wird er nicht das Schwert gegen sie erheben.«

»Bei der Vorstellung, die Sachsen zu bekehren, sollte ich jubilieren«, sagte Emrys fromm.

»Lieber nicht«, warnte ich ihn. »Sobald diese Priester ihren Zweck erfüllt haben, wird Aelle ihnen die Kehle durchschneiden.«

»Und anschließend uns«, setzte Cuneglas grimmig hinzu. Er und Arthur hatten beschlossen, dem König von Gwent gemeinsam einen Besuch abzustatten, und Arthur drängte Emrys, sich ihnen doch anzuschließen. »Auf Euch wird er hören, Bischof«, sagte Arthur, »und wenn Ihr ihn überzeugen könnt, daß die Sachsen eine größere Gefahr für Dumnonias Christen sind als ich, wird er seine Meinung vielleicht revidieren.«

»Ich werde mit Freuden mitkommen«, erklärte Emrys. »Mit Freuden!«

»Aber wenigstens«, sagte Cuneglas grimmig, »wird man den jungen Meurig überreden müssen, mein Heer durch sein Gebiet ziehen zu lassen.«

Arthur blickte beunruhigt auf. »Könnte er das verweigern?«

»Das sagen jedenfalls meine Informanten«, antwortete Cuneglas und zuckte die Achseln. »Doch wenn die Sachsen wirklich kommen, Arthur, werde ich sein Gebiet durchqueren, ob er mir die Erlaubnis gibt oder nicht.«

»Dann kommt es zum Krieg zwischen Gwent und Powys«, stellte Arthur bitter fest, »und das wird niemandem helfen als den Sais.« Er erschauerte. »Warum hat Tewdric nur auf den Thron verzichtet?« Tewdric war Meurigs Vater, und obwohl er ein Christ war, hatte er seine Männer stets an Arthurs Seite gegen die Sachsen geführt.

Der letzte rote Lichtschimmer im Westen verblaßte. Für kurze Zeit hing die Welt zwischen Licht und Dunkelheit, dann verschluckte uns der Abgrund. Vom Wind ausgekühlt, standen wir am Fenster und beobachteten, wie die ersten Sterne durch die Löcher in den Wolken blinkten. Der zunehmende Mond stand tief über dem südlichen Meer; sein Licht leuchtete hinter einer Wolke hervor, die sich vor den Kopf des Sternbilds der Schlange geschoben hatte. Die Nacht brach herein am Vorabend von Samhain, und die Toten waren im Anmarsch.

In den Häusern von Durnovaria wurden ein paar Feuer entzündet, das Land draußen lag jedoch in tiefer Finsternis, und nur ein Mondstrahl versilberte eine Baumgruppe am Hang eines fernen Hügels. Mai Dun war nichts als ein dräuender Schatten im Dunkeln, eine schwarze Form im schwarzen Herzen der tiefen Nacht. Die Dunkelheit wurde dichter, weitere Sterne erschienen, und der Mond jagte wild durch die zerfetzten Wolken. Die Toten strömten jetzt über die Schwerterbrücke und waren unter uns, obwohl wir sie nicht sehen und hören konnten, aber sie waren da, hier im Palast, auf den Straßen, in jedem Tal, jeder Stadt, jedem Haus von Britannien, und auf den Schlachtfeldern, wo so viele Seelen aus ihren irdischen Körpern gerissen worden waren, versammelten sie sich in Scharen so dicht wie Schwärme von Staren. Dian wandelte unter den Bäumen von Ermids Halle, und immer noch zogen die Schattenkörper über die Schwerterbrücke, um die Insel Britannien zu füllen. Eines Tages, dachte ich mir, werde auch ich in dieser Nacht herkommen, um meine Kinder, ihre Kinder und Kindeskinder zu sehen. Denn für alle Zeiten, dachte ich, wird meine Seele am Vorabend von Samhain auf der Erde wandeln.

Der Wind legte sich. Wieder war der Mond von einer dichten Wolkenbank verdeckt, die über Armorica hing, aber der Himmel über uns war klar. Die Sterne, bei denen die Götter wohnten, funkelten im leeren Raum. Culhwch war in den Palast zurückgekehrt und kam zu uns ans Fenster, wo wir uns drängten, um die Ereignisse der Nacht zu beobachten. Gwydre war aus der Stadt nach Hause gekommen, fand es aber nach einiger Zeit langweilig zu starren, und ging hinaus, um seine Freunde bei den Speerkämpfern des Palastes zu besuchen.

»Wann sollen die Riten beginnen?« erkundigte sich Arthur.

»Noch lange nicht«, warnte ich ihn. »Bevor die Zeremonie beginnt, müssen die Feuer sechs Stunden lang brennen.«

»Und wie wird Merlin die Stunden zählen?« wollte Cuneglas wissen.

»In seinem Kopf, Lord König«, antwortete ich.

Die Toten befanden sich in unserer Mitte. Der Wind hatte sich ganz gelegt, und in der Stille heulten die Hunde in der Stadt. Die Sterne, von silbergerandeten Wolken umrahmt, wirkten unnatürlich hell.

Und dann flammte in dem Dunkel inmitten der tiefen Dunkelheit der Nacht auf Mai Duns breitem, wallgekröntem Gipfel urplötzlich das erste Feuer auf: Die Beschwörung der Götter hatte begonnen.

Sekundenlang schlug jene erste Flamme hell und rein über Mai Dun empor; dann breitete sich das Feuer aus, bis das weite, von den sanft abfallenden Graswällen der Festung eingeschlossene Rund von einem matten, rauchigen Licht erfüllt war. Ich stellte mir vor, wie die Männer ihre Fackeln tief in die hohen, breiten Hecken stießen, um dann mit der Flamme weiterzulaufen und den Brand bis in die Spirale in der Mitte oder zu den äußeren Ringen zu tragen. Das Brennholz fing zunächst nur langsam Feuer; die Flammen kämpften gegen die zischende Nässe der Hölzer über ihnen, doch allmählich brachte die Hitze die Nässe zum Verdampfen, und der Schein der Flammen wurde immer heller, bis das Feuer zuletzt die ganze, riesige Anlage ergriffen hatte und gigantisch und triumphierend in die Nacht emporloderte. Die gesamte Hügelkuppe war jetzt ein Flammenmeer, ein kochender Aufruhr von Bränden, über dem der Rauch, rot gefärbt, in den Himmel aufstieg. So hell leuchteten die Feuer, daß sie ihre flackernden Schatten bis nach Durnovaria schickten, wo die Straßen von Menschen wimmelten; manche waren sogar auf Dächer geklettert, um die Feuersbrunst besser betrachten zu können.

»Sechs Stunden?« fragte Culhwch ungläubig.

»Das hat Merlin mir gesagt.«

Culhwch spie aus. »Sechs Stunden! Ich sollte wieder zu meinem Rotschopf gehen.« Aber er ging nicht, keiner von uns verließ seinen Platz; statt dessen beobachteten wir alle den Tanz der Flammen über dem Hügel. Vor uns sahen wir den Scheiterhaufen Britanniens, das Ende der Geschichte, die Beschwörung der Götter, und wir beobachteten ihn in gespanntem Schweigen, als erwarteten wir, daß sich der dunkelgraue Rauch durch das Herabsteigen der Götter teile.

Es war Arthur, der die Spannung durchbrach. »Essen«, sagte er barsch. »Wenn wir sechs Stunden warten sollen, können wir genausogut essen.«

Es gab kaum Gespräche während der Mahlzeit, und wenn, dann drehten sie sich um König Meurig von Gwent und die gefürchtete Möglichkeit, daß er seine Speerkämpfer aus dem bevorstehenden Krieg heraushalten werde. Falls es, so dachte ich immer wieder, überhaupt zu einem Krieg kommt. Immer wieder sah ich zum Fenster hinaus auf die lodernden Flammen und den wallenden Rauch. Ich versuchte den Ablauf der Stunden zu schätzen, in Wirklichkeit hatte ich jedoch keine Ahnung, ob eine Stunde oder zwei vergangen waren, als wir die Mahlzeit beendet hatten und wieder an dem großen, offenen Fenster standen, um zu Mai Dun hinüberzublicken, wo zum allererstenmal alle Kleinodien Britanniens zusammengetragen worden waren. Da war der Korb von Garanhir, eine weidengeflochtene Schale, die vielleicht einen Laib Brot und ein paar Fische faßte, obwohl das Geflecht inzwischen so ausgefranst war, daß jede Hausfrau, die auf sich hielt, den Korb schon lange den Flammen übergeben hätte. Das Horn von Bran Galed war ein Ochsenhorn, schwarz vor Alter und an den mit Blech eingefaßten Rändern abgestoßen. Der Streitwagen von Modron war im Lauf der Jahre zerbrochen und war so klein, daß höchstens ein Kind in ihm fahren konnte – falls es überhaupt möglich war, ihn wieder zusammenzusetzen. Das Halfter von Eiddyn war ein Ochsenhalfter aus zerfransten Stricken und rostigen Eisenringen – so verkommen, daß nicht einmal der ärmste Bauer es noch benutzt hätte. Der Dolch von Laufrodedd war stumpf, mit breiter Klinge und einem zerbrochenen Holzgriff, während der Schleifstein von Tudwal so abgeschürft war, daß jeder Handwerker sich schämen würde, so etwas sein eigen zu nennen. Der Mantel von Padarn war fadenscheinig und geflickt, das Kleidungsstück eines Bettlers, aber immer noch in besserem Zustand als der Umhang von Rhegadd, der seinem Träger Unsichtbarkeit gewähren sollte, jetzt aber nur noch aus Spinnweben zu bestehen schien. Die Schale von Rhygenydd war eine flache Holzplatte mit so vielen Rissen, daß sie kaum noch benutzt werden konnte, während das Wurfbrett von Gwenddolau ein altes, verzogenes Stück Holz war, auf dem die Spielmarkierungen kaum noch zu erkennen waren. Der Ring von Eluned sah aus wie ein ganz gewöhnlicher Kriegerring, ein einfacher Metallreif, wie die Speerkämpfer sie sich aus den Waffen ihrer gefallenen Feinde schmieden, aber wir alle hatten besser erhaltene Ringe weggeworfen als den Ring von Eluned. Nur zwei der Kleinodien besaßen wirklichen Wert. Das eine war Excalibur, das Schwert von Rhydderch, von Gofannon persönlich in der Anderwelt geschmiedet, das andere war der Kessel von Clyddno Eiddyn. Und nun waren sie alle, wertlose wie wertvolle, von Feuer umgeben, um als Signal für die fernen Götter zu dienen.

Der Himmel klarte weiter auf, obwohl sich am südlichen Horizont noch ein paar Wolken türmten, und während wir tiefer und tiefer in die Nacht der Toten hineingingen, flammten Blitze auf. Diese Blitze waren das erste Zeichen der Götter, und weil ich Angst vor ihnen hatte, berührte ich das Eisen an Hywelbanes Heft; doch diese hellen Blitze waren noch weit, weit entfernt, vielleicht über dem fernen Meer, vielleicht sogar noch weiter über Armorica. Eine Stunde oder länger zuckten die Blitze über den südlichen Himmel, immer aber völlig lautlos. Einmal schien sich eine ganze Wolke von innen zu entzünden, und wir alle keuchten angstvoll auf, während Bischof Emrys das Kreuzeszeichen machte.

Die fernen Blitze verblaßten, und nur das große Feuer tobte weiterhin in den Wällen von Mai Dun. Es war ein Signal zum Überqueren des Abgrunds von Annwn, eine Feuersbrunst, die bis in die Finsternis zwischen den Welten leuchten sollte. Was werden die Toten wohl denken, fragte ich mich. Drängte sich eine Horde von Schattenseelen rings um Mai Dun, um Zeuge der Beschwörung der Götter zu sein? Ich stellte mir vor, wie die Spiegelung dieser Flammen auf den Klingen der Schwerterbrücke flackerte und vielleicht sogar bis in die Anderwelt selbst hinüberdrang, und muß gestehen, daß ich Angst hatte. Die Blitze waren verloschen, und im Moment schien es nichts weiter zu geben als das Lodern der großen Feuer, und dennoch waren wir uns alle, glaube ich, dessen bewußt, daß die Welt schaudernd vor einer Veränderung stand.

Und irgendwann im Verlauf dieser Stunden kam das nächste Zeichen. Es war Galahad, der es als erster entdeckte. Er bekreuzigte sich, starrte zum Fenster hinaus, als wollte er seinen Augen nicht trauen, und zeigte hinauf, hoch über die dicke Rauchwolke, die einen Schleier über die Sterne legte. »Seht ihr das?« fragte er uns, und wir alle drängten uns ans Fenster, um zum Himmel emporzublicken.

Und ich sah, daß die Lichter des Nachthimmels gekommen waren.

Wir alle hatten derartige Lichter schon gesehen, wenn auch nur selten, aber daß sie in dieser Nacht auftauchten, war zweifellos bedeutungsvoll. Anfangs war es nichts als ein blauschimmernder Dunst im Dunkeln, langsam jedoch wurde der Dunst kräftiger und heller, und zu dem Blau gesellte sich ein roter Feuervorhang, der wie ein gekräuseltes Tuch zwischen den Sternen hing. Merlin hatte mir erklärt, daß solche Lichter im hohen Norden alltäglich seien, diese jedoch hingen bei uns im Süden, und dann wurde der ganze Raum über unseren Köpfen unvermittelt und prachtvoll von blauen, silbernen und karmesinroten Kaskaden durchschossen. Um besser sehen zu können, liefen wir alle in den Hof hinunter, wo wir ehrfürchtig stehenblieben, während der Himmel leuchtete. Vom Hof aus konnten wir die Feuer von Mai Dun nicht mehr sehen, aber ihr Licht erfüllte den südlichen Himmel, während sich die unheimlicheren Lichter wunderschön über unseren Köpfen wölbten.

»Glaubt Ihr nun, Bischof?« fragte Culhwch.

Emrys schien kein Wort hervorbringen zu können. Er erschauerte und berührte das Holzkreuz, das auf seiner Brust hing. »Wir haben noch nie die Existenz anderer Mächte bestritten«, erklärte er leise. »Wir glauben nur, daß unser Gott der einzig wahre Gott ist.«

»Und was sind die anderen Götter?« forderte Cuneglas ihn heraus.

Anfangs schien Emrys nicht antworten zu wollen und krauste die Stirn, die Aufrichtigkeit zwang ihn jedoch zum Sprechen. »Die sind die Mächte der Finsternis, Lord König.«

»Die Mächte des Lichtes, zweifellos«, sagte Arthur andächtig, denn sogar er war tief beeindruckt. Arthur, dem es lieber gewesen wäre, wenn die Götter uns niemals berührten, sah, wie sich ihre Macht am Himmel offenbarte und war von tiefem Staunen erfüllt. »Und was geschieht nun?« erkundigte er sich.

Seine Frage war an mich gerichtet, aber Bischof Emrys antwortete. »Es wird Tote geben, Lord«, sagte er.

»Tote?« fragte Arthur, der glaubte, nicht recht gehört zu haben.

Emrys hatte sich unter die Arkade gestellt, als fürchte er sich vor der Kraft der Magie, die so hell vor den Sternen einherflackerte und -floß. »Alle Religionen benutzen den Tod, Lord«, erklärte er schulmeisterlich, »selbst die unsere glaubt an Opfer. Nur war es im Christentum der Sohn Gottes, der getötet wurde, damit nie wieder ein anderer auf einem Altar erstochen werden muß, aber mir will keine Religion einfallen, die den Tod nicht als Teil ihrer Mysterien benutzt. Osiris wurde getötet...« Urplötzlich fiel ihm ein, daß er über den Isiskult sprach, den Fluch in Arthurs Leben, und fuhr hastig fort: Auch Mithras mußte sterben, und sein Kult erfordert den Tod von Stieren. Alle unsere Götter sterben, Lord«, sagte der Bischof, »und alle Religionen außer dem Christentum wiederholen diesen Tod als Teil ihrer Rituale.«

Wir Christen sind über den Tod hinausgegangen«, warf Galahad ein. »Ins Leben.«

»Gottlob sind wir das«, bestätigte Emrys und schlug das Kreuz, »Merlin dagegen nicht.« Die Lichter am Himmel waren heller geworden: riesige bunte Vorhänge, die von zuckenden weißen Lichtern durchwebt waren wie Fäden in einem Wandteppich. »Der Tod ist die allermächtigste Magie«, fuhr der Bischof mißbilligend fort. »Ein gnädiger Gott würde ihn nicht dulden, und unser Gott hat ihm durch den Tod seines eigenen Sohnes ein Ende gesetzt.«

»Merlin benutzt den Tod nicht«, behauptete Culhwch zornig.

»Doch, das tut er«, widersprach ich leise. »Bevor wir auszogen, den Kessel zu holen, hat er ein Menschenopfer dargebracht. Er hat es mir selber erzählt.«

»Wen?« verlangte Arthur scharf zu wissen.

»Ich weiß es nicht, Lord.«

»Er hat vermutlich Märchen erzählt«, warf Culhwch ein und blickte zum Himmel empor. »Das tut er gern.«

»Oder er hat die Wahrheit gesagt«, sagte Emrys. »Die alte Religion hat sehr viel Blut verlangt, und fast immer Menschenblut. Wir wissen natürlich nur sehr wenig darüber, aber ich erinnere mich, wie der alte Balise mir erzählt hat, daß die Druiden vorzugsweise Menschen töteten. Gewöhnlich waren das Gefangene. Manche wurden bei lebendigem Leib verbrannt, andere in die Todesgruben geworfen.«

»Und einige sind entkommen«, ergänzte ich leise, denn ich war als kleines Kind in die Todesgrube eines Druiden geworfen worden, und meine Flucht aus diesem Grauen von sterbenden, zerschlagenen Leibern hatte dazu geführt, daß Merlin mich adoptierte.

Emrys ignorierte meine Bemerkung. »Bei anderen Gelegenheiten war natürlich ein wertvolleres Opfer erforderlich«, fuhr er fort. »In Elmet und Cornovia sprechen die Menschen immer noch von dem Opfer, das im Schwarzen Jahr stattfand.«

»Was für ein Opfer war das?« erkundigte sich Arthur.

»Vielleicht ist es nur eine Sage«, sagte Emrys, »denn es ist schon so lange her, daß die Überlieferung nicht mehr so zuverlässig ist.«

Der Bischof sprach von jenem Schwarzen Jahr, in dem die Römer Ynys Mon erobert und der Druiden-Religion damit ihren Mittelpunkt entrissen hatten, ein schreckliches Ereignis, das sich vor mehr als vierhundert Jahren zugetragen hatte. »Aber die Menschen in jenen Landesteilen sprechen noch heute von König Cefydds Opfer«, fuhr Emrys fort. »Es ist lange her, daß ich diese Sage gehört habe, aber Balise hat immer daran geglaubt. Cefydd stand natürlich dem Heer der Römer gegenüber, und es war so gut wie sicher, daß er besiegt werden würde. Also opferte er das, was ihm das Liebste war.«

»Und das war?« fragte Arthur. Er hatte die Lichter am Himmel vergessen und starrte den Bischof gebannt an.

»Sein Sohn natürlich. So ist es doch immer gewesen, Lord. Unser eigener Gott hat Jesus Christus, seinen Sohn geopfert und sogar gefordert, daß Abraham Isaak tötet, obwohl er dann von seiner Forderung Abstand nahm. Cefydds Druiden jedoch überredeten den König, seinen eigenen Sohn zu töten. Natürlich hat es nichts genützt. Wie die Geschichte berichtet, brachten die Römer Cefydd und sein Heer um und zerstörten sodann die Haine der Druiden auf Ynys Mon.« Ich spürte, daß der Bischof versucht war, seinem Gott für diese Zerstörung zu danken, aber Emrys war nicht Sansum und daher so taktvoll, diesen Dank unausgesprochen zu lassen.

Arthur ging zu den Arkaden hinüber. »Was geschieht auf jenem Hügel da drüben, Bischof?« fragte er mit leiser Stimme.

»Das kann ich Euch unmöglich sagen, Lord«, antwortete Emrys ungehalten.

»Aber Ihr glaubt, daß jemand getötet wird?«

»Ich halte es für möglich, Lord«, bestätigte Emrys voll Nervosität. »Ja, ich halte es sogar für wahrscheinlich.«

»Wer?« verlangte Arthur zu wissen, und der harte Ton in seiner Stimme bewirkte, daß sich alle von dem Schauspiel am Himmel abwandten und ihn anstarrten.

»Wenn es das alte Opfer ist, Lord, und das größte«, sagte Emrys, »dann wird es der Sohn eines Herrschers sein.«

»Gawain, Budics Sohn«, sagte ich leise. »Und Mardoc.«

»Mardoc?« Arthur fuhr zu mir herum.

»Ein Sohn Mordreds«, erklärte ich. Plötzlich begriff ich, warum sich Merlin bei mir nach Cywyllog erkundigte, warum er das Kind nach Mai Dun mitgenommen, warum er sich dem Kind gegenüber so freundlich verhalten hatte. Warum hatte ich das nicht schon längst begriffen? Jetzt schien es auf der Hand zu liegen.

»Wo ist Gwydre?« fragte Arthur plötzlich.

Ein paar Herzschläge lang antwortete niemand; dann wies Galahad zum Torhaus hinüber. »Während wir zu Abend aßen, war er bei den Speerkämpfern«, sagte er.

Dort aber war Gwydre inzwischen nicht mehr, und auch nicht in dem Zimmer, in dem Arthur schlief, wenn er in Durnovaria war. Er war überhaupt nirgends zu finden, und niemand konnte sich erinnern, ihn seit der Abenddämmerung gesehen zu haben. Auf einmal vergaß Arthur die magischen Lichter und begann hastig den Palast zu durchsuchen, suchte von den Kellern bis zum Obstgarten, ohne eine Spur von seinem Sohn zu entdecken. Ich dachte an das, was Nimue auf Mai Dun zu mir gesagt hatte, wie sie mich ermutigt hatte, Gwydre nach Durnovaria mitzubringen, und ich dachte an ihren Streit mit Merlin in Lindinis über die Frage, wer wirklich in Dumnonia regierte. Ich wollte meinen Verdacht nicht glauben, konnte ihn aber auch nicht ignorieren. »Lord!« Ich zupfte Arthur am Ärmel. »Ich glaube, er ist auf den Hügel gebracht worden. Nicht von Merlin, sondern von Nimue.«

»Aber er ist kein Königssohn«, wandte Emrys beunruhigt ein.

»Gwydre ist der Sohn eines Herrschers!« rief Arthur laut. »Will irgend jemand das bezweifeln?« Das tat niemand, und plötzlich wagte auch niemand etwas zu sagen. Arthur wandte sich zum Palast um. »Hygwydd! Schwert, Speer, Schild, Llamrei! Sofort!«

»Lord!« mischte sich Culhwch ein.

»Ruhe!« schrie Arthur. Er war jetzt voll Zorn, und ich war derjenige, gegen den sich seine Wut richtete, denn ich hatte ihn ermutigt, Gwydre nach Durnovaria mitzunehmen. »Wußtet Ihr, was hier geschehen würde?« fragte er mich.

»Natürlich nicht, Lord. Und ich weiß es immer noch nicht. Glaubt Ihr, ich würde Gwydre etwas antun?«

Arthur starrte mich grimmig an und wandte sich ab. »Keiner von euch braucht mitzukommen«, rief er über die Schulter, »aber ich werde jetzt nach Mai Dun reiten und mir meinen Sohn zurückholen!« Mit langen Schritten ging er quer über den Hof zu Hygwydd, seinem Schildknappen, der Llamrei hielt, während ein Pferdeknecht die Stute sattelte. Galahad folgte ihm schweigend.

Ich muß gestehen, daß ich mich einige Sekunden lang nicht rühren konnte. Nicht rühren wollte. Ich wollte, daß die Götter kamen. Ich wollte, daß all unseren Problemen vom Schlagen riesiger Schwingen und dem Wunder von Beli Mawrs Rückkehr ein Ende gesetzt wurde. Ich wollte Merlins Britannien.

Dann aber dachte ich an Dian. War meine jüngste Tochter in jener Nacht im Hof des Palastes? Ihre Seele muß auf Erden geweilt haben, denn es war der Vorabend von Samhain, und plötzlich standen mir Tränen in den Augen, weil ich mich an den Schmerz über den Verlust eines Kindes erinnerte. Ich konnte nicht im Palasthof von Durnovaria stehenbleiben, während Gwydre starb und Mardoc litt. Ich wollte nicht nach Mai Dun reiten, aber ich würde Ceinwyn nie wieder unter die Augen treten können, wenn ich nichts unternahm, um den Tod eines Kindes zu verhindern. Also folgte ich Arthur und Galahad.

Culhwch hielt mich zurück. »Gwydre ist der Sohn einer Hure«, warnte er mich so leise, daß Arthur es nicht hören konnte.

Ich wollte mich nicht auf einen Disput über die Abstammung von Arthurs Sohn einlassen. »Wenn Arthur allein reitet«, antwortete ich statt dessen, »wird er zu Tode kommen. Auf diesem Hügel da drüben warten vierzig Schwarzschilde!«

»Wenn wir mitreiten, werden wir uns Merlin zum Feind machen«, warnte mich Culhwch.

»Wenn wir nicht mitreiten«, entgegnete ich, »werden wir uns Arthur zum Feind machen.«

Cuneglas trat an meine Seite. »Nun?«

»Ich reite mit Arthur«, antwortete ich ihm. Ich wollte nicht, aber ich konnte nicht anders. »Issa!« rief ich laut. »Ein Pferd!«

»Wenn Ihr reitet«, knurrte Culhwch, »werde ich wohl mitkommen müssen. Nur um dafür zu sorgen, daß Euch nichts geschieht.« Und auf einmal riefen wir alle nach Pferden, Waffen und Schilden.

Warum wir ritten? Ich habe oft über jene Nacht nachgedacht. Ich sehe immer noch die flackernden Lichter, die den Himmel erschütterten, rieche den Rauch, der von Mai Duns Gipfel herübertrieb, und spüre das Gewicht der Magie, die auf Britannien lastete, und dennoch ritten wir. Ich weiß, daß ich in jener flammendurchtosten Nacht völlig verwirrt war. Die Trauer über den Tod eines Kindes trieb mich an, die Erinnerung an Dian und meine Schuldgefühle darüber, daß ich Gwydre zugeredet hatte, nach Durnovaria zu kommen, vor allem aber meine Liebe zu Arthur. Und was war mit meiner Liebe zu Merlin und Nimue? Ich glaube, ich hatte nie das Gefühl, daß die beiden mich brauchten, aber Arthur brauchte mich, und als Britannien in jener Nacht zwischen den Feuern und dem Licht gefangen war, ritt ich aus, um seinen Sohn zu suchen.

Wir ritten zu zwölft. Arthur, Galahad, Culhwch, Derfel und Issa aus Dumnonia, die übrigen waren Cuneglas und seine Männer. Wenn man die Geschichte heute überhaupt noch erzählt, dann bringt man den Kindern bei, daß Arthur, Galahad und ich die Vernichter Britanniens seien, in Wirklichkeit aber waren wir in jener Nacht der Toten zwölf Reiter. Wir trugen keine Rüstung, nur unsere Schilde, doch jeder Mann hatte einen Speer und ein Schwert dabei.

Die Menschen in den vom Feuer erleuchteten Straßen wichen angstvoll zur Seite, als wir auf das Südtor von Durnovaria zusprengten. Das Tor stand offen wie an jedem Vorabend von Samhain, um den Toten Einlaß in die Stadt zu gewähren. Wir duckten uns unter den Querbalken des Tores hindurch und galoppierten süd- und westwärts zwischen den Feldern hindurch, auf denen dichtgedrängt die Menschen standen und wie gebannt zu der Mischung aus Flammen und Rauch emporstarrten, die von der Hügelkuppe herabströmte.

Arthur legte ein so erschreckendes Tempo vor, daß ich mich an meinen Sattelknauf klammern mußte, weil ich befürchtete, sonst abgeworfen zu werden. Die Mäntel flatterten hinter uns her, die Schwertscheiden schlugen auf und ab, und der Himmel über uns war voll Rauch und Licht. Ich roch das brennende Holz und hörte das Knistern der Flammen, lange bevor wir die Hänge des Hügels erreichten.

Niemand versuchte uns aufzuhalten, als wir die Pferde hügelauf trieben. Erst als wir das komplizierte Labyrinth des Torwegs erreichten, wollten uns ein paar Speerkämpfer den Weg versperren. Arthur kannte die Festung gut, denn als er mit Guinevere in Durnovaria lebte, waren sie im Sommer häufig auf den Gipfel hinaufgestiegen, daher führte er uns sicher durch die gewundenen Passagen, und dort wurden wir von drei Schwarzschilden mit ihren Speeren aufgehalten. Arthur zögerte keine Sekunde. Er rammte Llamrei die Fersen in die Flanken, legte seinen langen Speer ein und ließ Llamrei losgaloppieren. Die Schwarzschilde wichen zur Seite und stießen hilflose Rufe aus, während die kraftvollen Pferde vorüberdonnerten.

Die Nacht bestand jetzt nur noch aus Lärm und Licht. Der Lärm kam von den mächtigen Feuern, in deren Kern ganze Baumstämme zerbarsten. Rauch verhüllte die Lichter am Himmel. Von den Wällen aus schrien Speerkämpfer auf uns ein, doch keiner hielt uns auf, als wir durch den inneren Wall auf das Gipfelplateau von Mai Dun sprengten.

Und dort wurden wir endlich aufgehalten – nicht von Schwarzschilden, sondern von einem Schwall sengender Hitze. Ich sah, wie Llamrei sich aufbäumte und vor den Flammen zurückscheute, sah, wie Arthur sich an ihre Mähne klammerte, und sah ihre Augen, in denen sich rot die Flammen spiegelten. Die Hitze war so stark wie von tausend Schmiedefeuern, eine brüllende Wand aus glühender Luft, so daß wir alle zusammenzuckten und zurückwirbelten. Im Innern der Flammen vermochte ich nichts zu erkennen, denn das Zentrum von Merlins Anlage war hinter den wallenden Flammenwänden verborgen. Arthur dirigierte Llamrei zu mir zurück. »Wohin?« schrie er mir zu.

Ich muß wohl die Achseln gezuckt haben.

»Wie ist Merlin da hineingekommen?« wollte Arthur wissen.

Ich mußte raten. »Auf der anderen Seite, glaube ich, Lord.« Weil der Tempel auf der Ostseite des Feuerlabyrinths lag, vermutete ich, daß dort eine Passage durch die äußeren Spiralen freigelassen worden sei.

Arthur packte seine Zügel und zwang Llamrei den Hang des inneren Walles bis zu dem Pfad auf seiner Krone empor. Die Schwarzschilde zogen sich zurück, statt sich ihm zu stellen. Wir anderen erklommen ebenfalls den Wall, und obwohl unsere Pferde furchtbare Angst vor dem großen Feuer zu ihrer Rechten hatten, folgten sie Llamrei durch die fliegenden Funken und den wirbelnden Rauch. Ein breiter Feuerabschnitt brach in sich zusammen, als wir vorbeigaloppierten, und mein Pferd wich vor dem Inferno ganz bis an die Außenkante des inneren Walls zurück. Sekundenlang dachte ich, es werde in den Graben hinunterstürzen, und beugte mich, die Linke in seine Mähne gekrallt, verzweifelt weit aus meinem Sattel, doch irgendwie gelangte es wieder auf festen Boden, kehrte auf den Pfad zurück und galoppierte weiter.

Hinter der Nordspitze des großen Feuerrings wandte sich Arthur wieder auf das Gipfelplateau selbst hinab. Ein Stückchen glühende Asche landete auf seinem weißen Mantel und brachte die Wolle zum Schwelen. Ich lenkte mein Pferd neben ihn und schlug das winzige Feuer aus. »Wohin?« rief er mir zu.

»Dorthin, Lord!« Ich zeigte auf die Flammenspiralen, die dem Tempel am nächsten lagen. Ich konnte dort zwar keine Lücke entdecken, doch als wir näher kamen, war deutlich zu sehen, daß es eine Lücke gegeben hatte, die mit Brennholz verschlossen worden war, obwohl das neue Holz bei weitem nicht so dicht gestapelt zu sein schien wie der Rest, so daß es ein schmales Stückchen gab, wo das Feuer, statt acht bis zehn Fuß hoch zu sein, nicht höher reichte als bis an die Taille eines Mannes. Hinter dieser niedrigen Barriere lag der freie Raum zwischen den äußeren Spiralen und der inneren und in diesem Raum sahen wir weitere Schwarzschilde warten.

Im Schritt ritt Arthur mit Llamrei auf die Lücke zu. Er beugte sich vor und redete der Stute gut zu, fast so, als wolle er ihr erklären, was er von ihr verlangte. Sie hatte Angst. Sie legte die Ohren an und machte ganz kleine, nervöse Schritte, aber sie scheute nicht vor den tobenden Flammen zurück, die auf beiden Seiten des einzigen Weges prasselten, der ins Herz des Feuers auf dem Hügel führte. Einige Schritte vor der Lücke hielt Arthur sie an, um sie zu beruhigen, aber sie warf immer wieder den Kopf herum und ihre Augen waren geweitet. Er ließ sie die Lücke genau betrachten; dann tätschelte er ihr den Hals, redete ihr nochmals gut zu und machte kehrt.

Er ritt einen weiten Kreis, spornte sie zum Leichtgalopp und spornte sie abermals, als er auf die Lücke zusteuerte. Sie warf den Kopf herum, und ich dachte schon, sie werde scheuen, doch dann schien sie einen Entschluß zu fassen und flog nur so auf die Flammen zu. Cuneglas und Galahad folgten Arthur. Culhwch fluchte über das Risiko, das wir eingingen und dann trieben wir alle unsere Pferde an, um Llamrei zu folgen.

Arthur saß tief über den Hals der Stute gebeugt, als er auf das Feuer zudonnerte. Er ließ Llamrei selbst das Tempo bestimmen, und sofort wurde sie wieder langsamer. Ich dachte schon, sie würde den Gehorsam verweigern, dann sah ich jedoch, daß sie sich für den Sprung durch die Lücke sammelte. Um meine eigene Furcht zu kaschieren, stieß ich einen lauten Schrei aus. Llamrei sprang, und ich verlor sie aus den Augen, weil der Wind einen Vorhang aus flammendem Rauch vor die Lücke wehte. Galahad war der nächste. Cuneglas' Reittier scheute zurück. Ich galoppierte dicht hinter Culhwch, während die Hitze und der Lärm des Feuers die bebende Luft erfüllten. Ein wenig hoffte ich fast, glaube ich, daß mein Pferd den Sprung verweigern würde, da es aber nicht stehenblieb, schloß ich einfach die Augen, als mich Flammen und Rauch einhüllten. Ich spürte, wie das Pferd abhob, hörte es wiehern; dann setzten wir innerhalb des äußeren Flammenrings auf, und ich verspürte eine so ungeheure Erleichterung, daß ich am liebsten triumphierend aufgeschrien hätte.

Da ritzte ein Speer meinen Mantel unmittelbar hinter der Schulter. Ich war so intensiv darauf fixiert gewesen, das Feuer zu überstehen, daß ich vergessen hatte, was uns innerhalb des Flammenrings erwartete. Ein Schwarzschild hatte mich angegriffen und verfehlt, jetzt aber kümmerte er sich nicht weiter um seinen Speer, sondern versuchte mich aus dem Sattel zu zerren. Da er mir zu nahe gekommen war, um die Spitze meines eigenen Speers einzusetzen, schlug ich ihm einfach die Stange über den Schädel und spornte mein Pferd weiter. Der Mann packte meinen Speer. Ich ließ ihn los, zog Hywelbane und schlug einmal zu. Wie ich sah, drehte sich Arthur auf Llamrei im Kreis und teilte rechts und links Schwerthiebe aus. Ich machte es ihm nach. Galahad trat einen Mann ins Gesicht, traf einen anderen mit dem Speer und ritt davon. Culhwch hatte einen Schwarzschild bei der Helmzier gepackt und zerrte den Mann auf die Flammen zu. Der Mann versuchte verzweifelt, seinen Kinnriemen zu lösen; dann schrie er laut auf, als Culhwch ihn ins Feuer warf, bevor er selbst weiterritt.

Jetzt war auch Issa durch die Lücke gekommen, genau wie Cuneglas und seine sechs Gefolgsleute. Die überlebenden Schwarzschilde waren in Richtung auf das Zentrum des Flammenlabyrinths geflohen und wir trabten zwischen zwei züngelnden Feuerwänden hinter ihnen her. Das geborgte Schwert in Arthurs Hand schimmerte rot vom Flammenschein. Er spornte Llamrei, die zum Leichtgalopp ansetzte, und die Schwarzschilde, die wußten, daß wir sie erwischen würden, liefen zur Seite und warfen zum Zeichen, daß sie nicht mehr kämpfen wollten, die Speere von sich.

Wir mußten halb um den Kreis herumreiten, um den Eingang zur inneren Spirale zu finden. Der Raum zwischen dem inneren und dem äußeren Feuerring betrug kaum mehr als dreißig Schritt, war also gerade eben breit genug, daß wir reiten konnten, ohne bei lebendigem Leib gebraten zu werden; der Raum zwischen den Windungen der inneren Spirale war jedoch weniger als zehn Schritte breit, und hier tosten die größten und wildesten Feuer, so daß wir alle am Eingang zögerten. Was im Kreis in der Mitte geschah, vermochten wir noch immer nicht zu sehen. Wußte Merlin, daß wir da waren? Wußten es die Götter? Ich blickte auf, erwartete fast einen rächenden Speer, der aus dem Himmel auf uns herabgeschleudert wurde, sah aber nur den wallenden Rauchvorhang, der den vom Feuer gequälten, mit Lichtkaskaden bedeckten Himmel verbarg. Also ritten wir in die letzte Spirale hinein. Wir ritten schnell und konzentriert, galoppierten in einer immer engeren Kurve zwischen der brüllenden Wut der lodernden Flammen. Unsere Nase füllte sich mit Rauch, während glühende Asche uns das Gesicht versengte, doch Runde um Runde gelangten wir näher ans Zentrum des Mysteriums heran.

Der Lärm der Feuer überdeckte das Geräusch unserer Ankunft. Ich glaube, Merlin und Nimue hatten keine Ahnung, daß ihrem Ritual gleich ein Ende bereitet werden würde, denn sie konnten uns nicht sehen. Statt dessen sahen uns die Wachen im Mittelpunkt des Kreises, stießen Warnrufe aus und liefen herbei, um uns aufzuhalten, doch dann brach Arthur, in Rauch gehüllt wie ein Dämon, aus den Feuern hervor. Selbst seine Kleider zogen Rauchstreifen hinter sich her, als er einen Schlachtruf ausstieß und Llamrei gegen den hastig und nur halb geformten Schildwall der Schwarzschilde anrennen ließ. Allein durch sein Tempo und sein Gewicht durchbrach er den provisorischen Schildwall, und wir folgten ihm mit geschwungenem Schwert, während die Handvoll getreuer Schwarzschilde in alle Winde auseinanderstob.

Gwydre war dort. Und Gwydre lebte.

Er befand sich in den Händen zweier Schwarzschilde, die den Jungen sofort freiließen, als sie Arthur zu Gesicht bekamen. Während Gwydre schluchzend zu seinem Vater eilte, kreischte Nimue uns geifernd an und schickte Flüche über den inneren Ring aus fünf Feuern. Arthur griff hinunter und hob seinen Sohn mit starkem Arm zu sich in den Sattel. Dann wandte er sich um und sah zu Merlin hinüber.

Merlin, dessen Gesicht schweißüberströmt war, blickte uns gelassen an. Er stand in halber Höhe auf einer Leiter, an eine Art Galgen aus zwei Baumstämmen gelehnt, die senkrecht in den Boden gerammt waren, während ein dritter oben quer über sie gelegt war. Das Ganze befand sich im Mittelpunkt der fünf Feuer, die den mittleren Ring bildeten. Der Druide war mit einem weißen

Gewand bekleidet, dessen Ärmel von den Handgelenken bis zu den Ellbogen rot von Blut waren. In der Hand trug er ein langes Messer, auf seinem Gesicht aber erkannte ich, und das schwöre ich, flüchtig einen Ausdruck unendlicher Erleichterung.

Der Knabe Mardoc lebte, hätte aber nicht mehr sehr lange zu leben gehabt. Das Kind war bereits nackt – das heißt, bis auf einen Tuchstreifen, den man ihm um den Mund geknotet hatte, um seine Schreie zu ersticken – und hing an den Füßen vom obersten, quergelegten Baumstamm. Neben ihm, ebenfalls an den Füßen aufgeknöpft, hing ein bleicher, magerer Körper, der im Flammenschein sehr weiß wirkte, nur daß die Kehle des Toten fast bis zur Wirbelsäule durchtrennt und das gesamte Blut des Mannes in den Kessel gelaufen war. Es tropfte noch immer von den strähnigen, rotleuchtenden Enden der langen Haare des armen Gawain. So lang waren seine Haare, daß die blutigen Enden bis unter den goldenen Rand des golden-silbernen Kessels von Clyddno Eiddyn reichten, und nur an diesen langen Haaren erkannte ich, daß dort Gawain hing, denn sein hübsches Gesicht war mit Blut bedeckt, unter Blut versteckt, mit Blut übergossen.

Merlin, noch immer mit dem langen Messer in der Hand, mit dem er Gawain getötet hatte, schien wie vom Donner gerührt über unsere Ankunft. Der erleichterte Ausdruck verschwand von seinem Gesicht, und nun vermochte ich seiner Miene überhaupt nichts mehr zu entnehmen; Nimue dagegen schimpfte noch immer laut kreischend auf uns ein. Sie hob ihre linke Handfläche, jene mit der Narbe, deren Zwilling ich an meiner linken Handfläche trug. »Töte Arthur!« schrie sie mir zu. »Du bist mein narbenverschworener Mann, Derfel! Töte ihn! Wir dürfen jetzt nicht aufhören!«

Plötzlich glitzerte eine Schwertklinge vor meinem Bart. Galahad hielt sie, und Galahad lächelte mir feundlich zu. »Keine Bewegung, mein Freund!« befahl er mir. Er kannte die Macht eines Treueschwurs. Aber er wußte auch, daß ich Arthur nicht töten würde, wollte mir aber Nimues Rache ersparen. »Wenn Derfel sich rührt«, rief er Nimue zu, »werde ich ihm die Kehle durchschneiden!«

»Tut es doch!« schrie sie. »Dies ist die Nacht, um Königssöhne zu töten!«

»Nicht meinem Sohn«, sagte Arthur.

»Ihr seid kein König, Arthur ap Uther«, meldete sich endlich Merlin zu Wort. »Habt Ihr geglaubt, ich würde Gwydre töten?«

»Warum sollte er sonst hier sein?« fragte ihn Arthur. Er hatte einen Arm um Gwydre gelegt, während er mit der anderen Hand sein blutiges Schwert umklammerte. »Warum ist er hier?«

Zum erstenmal fehlten Merlin die Worte, und Nimue antwortete. »Er ist hier, Arthur ap Uther«, sagte sie höhnisch, »weil der Tod dieser elenden Kreatur möglicherweise nicht genügt.« Sie zeigte auf Mardoc, der hilflos am Galgen zappelte. »Er ist zwar der Sohn eines Königs, nicht aber der rechtmäßige Erbe.«

»Dann hätte Gwydre also sterben müssen?« fragte Arthur.

»Und wäre wieder zum Leben erwacht!« sagte Nimue kampflustig. Um trotz des Lärms der großen Feuer gehört zu werden, mußte sie schreien. »Kennt Ihr die Macht des Kessels denn nicht? Legt man die Toten in den Kessel von Clyddno Eiddyn, werden die Toten wieder gehen, wieder atmen, wieder leben.« Wahnsinn glomm in ihrem einen Auge, als sie sich Arthur näherte. »Gebt mir den Knaben, Arthur!«

»Nein.« Arthur zog Llamreis Zügel an, und die Stute machte einen Satz, der sie von Nimue entfernte. Nimue wandte sich an Merlin. »Tötet ihn!« schrie sie und zeigte auf Mardoc. »Wir können's wenigstens mit ihm versuchen. Tötet ihn!«

»Nein!« schrie ich.

»Tötet ihn!« kreischte Nimue, und als Merlin sich nicht rührte, stürzte sie hektisch auf den Galgen zu. Merlin schien reglos erstarrt zu sein, dann jedoch wendete Arthur Llamrei abermals, um Nimue den Weg abzuschneiden. Er rammte sie mit seinem Pferd, so daß sie auf den Rasen fiel.

»Laßt das Kind leben«, sagte Arthur zu Merlin. Nimue drang mit ihren Klauen auf ihn ein, aber er stieß sie von sich, und als sie abermals mit gebleckten Zähnen und zu Krallen gekrümmten Händen auf ihn losging, schwang er sein Schwert so dicht an ihrem Kopf vorbei, daß sie ob seiner Drohung ruhiger wurde.

Merlin machte mit der glitzernden Klinge eine Bewegung, die sie dicht vor Mardocs Kehle brachte. Trotz seiner bluttriefenden Ärmel und der langen Klinge in seiner Hand wirkte der Druide fast liebevoll. »Glaubt Ihr, Arthur ap Uther, daß Ihr die Sachsen ohne die Hilfe der Götter besiegen könnt?« fragte er.

Arthur ignorierte seine Frage. »Schneidet den Jungen los!« befahl er.

Nimue fuhr zu ihm herum. »Wollt Ihr wirklich verflucht werden, Arthur?«

»Ich bin verflucht«, antwortete er bitter.

»Laßt den Knaben sterben!« rief Merlin von der Leiter herunter. »Er bedeutet Euch doch nichts, Arthur. Das uneheliche Balg eines Königs, ein Bastard, geboren von einer Hure.«

»Und was bin ich anderes«, rief Arthur zurück, »als das uneheliche Balg eines Königs, ein Bastard, geboren von einer Hure?«

»Er muß sterben«, erwiderte Merlin geduldig, »denn sein Tod wird die Götter zu uns holen, und wenn die Götter hier sind, Arthur, werden wir seinen Leichnam in den Kessel legen, damit der Odem des Lebens in ihn zurückkehren kann.«

Arthur deutete auf den gräßlichen, leblosen Leichnam seines Neffen Gawain. »Ist ein Tod denn nicht genug?«

»Ein Tod ist niemals genug«, verkündete Nimue. Sie war um Arthurs Pferd herumgelaufen, um zu dem Galgen zu gelangen, wo sie Mardocs Kopf stillhielt, damit Merlin ihm die Kehle durchschneiden konnte.

Arthur trieb Llamrei dichter an den Galgen heran. »Und wenn die Götter nach diesen beiden Toten nicht kommen, Merlin?« erkundigte er sich. »Wie viele müssen dann noch sterben?«

»So viele, wie nötig«, antwortete Nimue.

»Und jedesmal«, sagte Arthur laut, damit wir ihn alle hören konnten, »wenn es in Britannien Probleme gibt, jedesmal, wenn es einen Feind gibt, jedesmal, wenn es eine Seuche gibt, jedesmal, wenn Männer und Frauen sich fürchten – jedesmal werden wir ihre Kinder aufs Schafott bringen?«

»Wenn die Götter kommen, wird es weder Seuchen noch Angst, noch Kriege geben«, behauptete Merlin.

»Aber werden sie kommen?« fragte Arthur.

»Sie werden kommen!« kreischte Nimue. »Seht doch!« Mit ihrer freien Hand wies sie nach oben, und wir alle sahen, daß die Lichter am Himmel matter wurden. Die leuchtenden Blautöne verblaßten zu Schwarzviolett, die Rottöne wurden rauchig und vage, und die Sterne kamen hinter dem sterbenden Vorhang hervor. »Nein!« jammerte Nimue. »Nein!« Und sie dehnte diesen letzten Schrei zu einer Klage aus, die nie mehr aufzuhören schien.

Arthur hatte Llamrei direkt zum Galgen gelenkt. »Ihr nennt mich den *Amherawdr* von Britannien«, sagte er zu Merlin, »und ein Imperator muß regieren oder aufhören, Imperator zu sein. Aber ich will nicht in einem Britannien regieren, in dem Kinder getötet werden müssen, um das Leben von Erwachsenen zu retten.«

»Seid doch nicht albern!« protestierte Merlin. »Das ist reine Gefühlsduselei.«

»Ich will, daß man sich an mich als einen gerechten Mann erinnert, und es klebt schon jetzt viel zuviel Blut an meinen Händen.«

»An Euch«, spie Nimue ihm entgegen, »wird man sich als Verräter erinnern, als Zerstörer, als Feigling!«

»Die Nachkommen dieses Kindes werden anderer Ansicht sein«, entgegnete Arthur freundlich, hob den Arm und durchtrennte mit einem Schwerthieb das Seil, das Mardocs Füße fesselte. Nimue schrie auf, als der Knabe fiel; dann sprang sie Arthur abermals mit ihren Klauenhänden an, doch Arthur versetzte ihr mit der flachen Schwertklinge einen so harten Rückhandschlag gegen den Kopf, daß sie benommen zurückflog. Die Wucht dieses Schlages war deutlich über das Knistern der Flammen hinweg zu hören. Nimue stolperte mit offenem Mund und wirrem Blick; dann fiel sie zu Boden.

»Das hätte er mit Guinevere machen sollen«, knurrte Culhwch neben mir.

Galahad hatte meine Seite verlassen, war abgesessen und befreite Mardoc von seinen Fesseln. Sofort begann das Kind nach seiner Mutter zu rufen.

»Lärmende Kinder hab ich noch nie gemocht«, verkündete Merlin milde und rückte die Leiter ein Stück weiter, so daß sie neben dem Seil stand, an dem Gawains Leichnam hing. Langsam kletterte er die Sprossen empor. »Ob die Götter nun gekommen sind«, sagte er, während er emporstieg, »kann ich nicht sagen. Ihr alle habt zuviel erwartet, und vielleicht sind sie ja bereits hier. Wer weiß? Aber wir werden das Ganze ohne das Blut von Mordreds Sohn beenden.« Damit sägte er ungeschickt an dem Seil herum, das Gawains Füße hielt. Erst schaukelte der Leichnam so stark, daß das blutgetränkte Haar gegen den Rand des Kessels schlug, dann riß das Seil, und der Leichnam fiel schwer in sein eigenes Blut, das so hoch aufspritzte, daß es den Rand des Kessels befleckte. Merlin stieg langsam von der Leiter herab; dann befahl er den Schwarzschilden, welche die Auseinandersetzung schweigend beobachtet hatten, die großen Weidenkörbe voll Salz zu holen, die nur wenige Meter entfernt standen. Die Männer schaufelten das Salz in den Kessel und packten es fest um Gawains verkrümmten, nackten Leichnam.

»Und nun?« fragte Arthur und steckte sein Schwert in die Scheide.

»Nichts«, antwortete Merlin. »Es ist vorbei.«

»Wo ist Excalibur?« erkundigte sich Arthur.

»In der südlichsten Spirale«, antwortete Merlin und zeigte hinüber. »Obwohl Ihr vermutlich abwarten solltet, bis die Feuer niedergebrannt sind, bevor Ihr Euch das Schwert zu holen versucht.«

»Nein!« Nimue hatte sich soweit erholt, daß sie wieder zu protestieren vermochte. Sie spie Blut aus der Innenseite ihrer Wange, die von Arthurs Schlag aufgerissen worden war. »Die Kleinodien gehören uns!«

»Die Kleinodien«, sagte Merlin müde, »sind versammelt und eingesetzt worden. Jetzt sind sie wertlos. Arthur kann sich sein Schwert holen. Er wird es brauchen.« Damit wandte er sich um, warf sein langes Messer ins nächste Feuer und wandte sich den beiden Schwarzschilden zu, die den Kessel voll Salz packten, das sich rosa färbte, als es Gawains gräßlichen Leichnam bedeckte. »Im Frühling«, sagte Merlin, »werden die Sachsen kommen, und dann werden wir sehen, ob hier heute nacht Magie geschehen ist.«

Nimue kreischte uns schon wieder an. Sie weinte, sie tobte, sie spie und fluchte; sie verhieß uns den Tod durch Luft, Feuer, Land und Meer. Merlin beachtete sie nicht, aber Nimue war noch nie bereit gewesen, sich mit Halbheiten zu begnügen, deshalb wurde sie in der Nacht zu Arthurs Feindin. In jener Nacht begann sie an den Flüchen zu arbeiten, mit denen sie sich an jenen Männern rächen würde, die es verhindert hatten, daß die Götter auf Mai Dun herabkamen. Sie bezeichnete uns als Zerstörer Britanniens und verhieß uns grauenvolle Schrecken.

Wir blieben die ganze Nacht auf dem Hügel. Die Götter kamen nicht, und die Feuer brannten so heiß, daß Arthur sich Excalibur erst am folgenden Nachmittag holen konnte. Mardoc wurde zu seiner Mutter zurückgebracht, aber ich hörte später, daß er in jenem Winter an einem Fieber starb.

Merlin und Nimue zogen mit den restlichen Kleinodien ab. Ein Ochsenkarren war mit dem Kessel und seinem grusigen Inhalt beladen. Nimue ging voraus, während Merlin ihr wie ein gehorsamer alter Mann folgte. Anbarr, Gawains unbeschnittenen, uneingerittenen schwarzen Hengst, und das große Banner von Britannien nahmen sie mit, aber wohin sie zogen, das wußte keiner von uns. Wir vermuteten nur, daß es sich um einen wilden Ort im Westen handelte, wo Nimues Flüche durch die Winterstürme noch schärfer zugeschliffen wurden.

Bis die Sachsen kamen.

Rückblickend ist es seltsam, daran zu denken, wie verhaßt Arthur damals war. Im Sommer hatte er die Hoffnungen der Christen zunichte gemacht, und nun, im Spätherbst, hatte er die Träume der Heiden durchkreuzt. Und wie immer schien er sich darüber zu wundern, daß er bei allen so unbeliebt war. »Was hätte ich denn sonst tun sollen?« fragte er mich. »Meinen Sohn sterben lassen?«

»Cefydd hat es getan«, gab ich – wenig hilfreich – zurück.

»Aber Cefydd hat dennoch die Schlacht verloren!« erwiderte

Arthur scharf. Wir ritten gen Norden. Ich wollte heim nach Dun Caric, während Arthur mit Cuneglas und Bischof Emrys unterwegs war nach Gwent zu einem Treffen mit König Meurig. Das Treffen war alles, was Arthur interessierte. Er hatte sich niemals darauf verlassen, daß die Götter Britannien vor den Sais retteten, rechnete sich aber aus, daß acht- bis neunhundert gutausgebildete Speerkämpfer aus Gwent die Waagschale zu seinen Gunsten senken könnten. Den ganzen Winter über hatte er sich mit Zahlen beschäftigt. Dumnonia, so rechnete er, konnte sechshundert Speerkämpfer einsetzen, von denen vierhundert schlachterfahren waren. Cuneglas würde weitere vierhundert mitbringen, die Schwarzschild-Iren nochmals einhundertfünfzig, und dazu konnten wir noch etwa einhundert herrenlose Männer rechnen, die von Armorica oder den nördlichen Königreichen kommen würden, weil sie auf Beute aus waren. »Sagen wir, zwölfhundert Mann«, schätzte Arthur, dann jedoch versuchte er die Zahl, je nach seiner Stimmung, hinauf- oder hinunterzurechnen. Und wenn er optimistisch war, wagte er es zuweilen sogar, achthundert Mann von Gwent dazuzuzählen, womit wir auf eine Gesamtzahl von zweitausend Mann kamen, aber selbst das, behauptete er, sei möglicherweise noch nicht genug, denn die Sachsen würden vermutlich ein noch größeres Heer aufstellen können. Aelle brachte mindestens siebenhundert Speere auf, dabei war seins das schwächere der beiden sächsischen Königreiche. Cerdics Speere schätzten wir auf eintausend, und es gingen Gerüchte um, daß Cerdic Speerkämpfer von Clivis einkaufte, dem König der Franken. Diese Söldner wurden mit Gold bezahlt, und weiteres Gold wurde ihnen versprochen, wenn der Sieg ihnen den Schatz von Dumnonia einbrachte. Außerdem berichteten unsere Spione, daß die Sachsen bis nach dem Fest Eostre – ihrem Frühlingsfest – warten würden, um ihren Schiffen Zeit zu lassen, übers Meer zu kommen. »Sie werden zweieinhalbtausend Mann haben«, schätzte Arthur, während wir, wenn Meurig sich zu kämpfen weigerte, höchstens zwölfhundert Mann aufbieten könnten. Natürlich konnten wir die Landwehr einberufen, aber keine Landwehr würde gegen gut ausgebildete Krieger standhalten, und unsere

Landwehr aus alten Männern und jungen Knaben würde gegen die *fyrd* der Sachsen stehen.

»Ohne Gwents Speerkämpfer wäre unser Schicksal also besiegelt«, stellte ich niedergeschlagen fest.

Seit Guineveres Verrat hatte ich Arthur kaum jemals lächeln sehen, jetzt aber lächelte er. »Unser Schicksal soll besiegelt sein? Wer sagt das?«

»Ihr, Lord. Die Zahlen sprechen für sich.«

»Habt Ihr noch niemals gegen eine Überzahl gekämpft und gesiegt?«

»Doch, Lord. Das habe ich.«

»Warum also sollten wir nicht abermals gewinnen können?«

»Nur ein Narr sucht den Kampf gegen einen stärkeren Feind, Lord«, gab ich zurück.

»Nur ein Narr sucht den Kampf«, erwiderte er energisch. »Ich bin es nicht, der im Frühjahr kämpfen will. Die Sachsen wollen kämpfen, und uns bleibt einfach keine Wahl. Glaubt mir, Derfel, ich möchte nicht in der Minderzahl sein, und was ich tun kann, um Meurig zum Kampf zu überreden, werde ich tun. Aber wenn Gwent nicht mitmarschieren will, werden wir die Sachsen allein besiegen müssen. Und wir können sie besiegen! Das müßt Ihr mir glauben, Derfel!«

»Ich habe an die Kleinodien geglaubt, Lord.«

Er stieß ein verächtliches Lachen aus. »Dies ist das Kleinod, an das Ihr glauben solltet«, sagte er und tätschelte Excaliburs Heft. »An den Sieg müßt Ihr glauben, Derfel! Wenn wir wie geschlagene Männer gegen die Sachsen marschieren, werden sie unsere Knochen den Wölfen vorwerfen. Wenn wir aber wie Sieger marschieren, werden wir sie heulen hören!«

Das war tapfer gesprochen, doch es fiel mir schwer, an einen Sieg zu glauben. Dumnonia war in tiefer Schwermut versunken. Wir hatten unsere Götter verloren, und das Volk behauptete, es sei Arthur, der sie vertrieben habe. Er war nicht nur der Feind des Christengottes, jetzt war er der Feind aller Götter, und die Sachsen, so sagte man, seien seine Strafe. Selbst das Wetter kündigte eine Katastrophe an, denn am Morgen, nachdem ich mich von Arthur verabschiedet hatte, begann es zu regnen, und der Regen schien nie wieder aufhören zu wollen. Ein Tag um den anderen brachte tiefhängende graue Wolken, kalten Wind und endlos strömenden Regen. Alles war feucht, unsere Kleidung, unser Bettzeug, unser Brennholz, die Binsen auf dem Boden; ja, selbst die Hauswände wirkten schmierig vor Nässe. Die Speere rosteten in den Ständern, das gespeicherte Korn keimte oder verschimmelte, und immer noch strömte vom Westen her unablässig der Regen. Ceinwyn und ich gaben uns die größte Mühe, die Halle von Cun Caric abzudichten. Ihr Bruder hatte ihr Wolfspelze aus Powys mitgebracht, die wir an die Holzwände hängten, aber sogar die Luft unter den Dachbalken wirkte triefnaß. Die Feuer brannten nur träge und schenkten uns widerwillig eine knisternde, rauchige Wärme, die uns die Augen rötete. Unsere Töchter waren in diesem Frühwinter beide widerspenstig. Morwenna, die älteste, sonst immer ein ruhiges und zufriedenes Kind, wurde zänkisch und so penetrant selbstsüchtig, daß Ceinwyn zum Gürtel greifen mußte. »Gwydre fehlt ihr«, erklärte mir Ceinwyn anschließend. Da Arthur erklärt hatte, er werde Gwydre nicht mehr von seiner Seite lassen, war der Junge mit seinem Vater zu König Meurig gezogen. »Die beiden sollten im nächsten Jahr vermählt werden«, ergänzte Ceinwyn. »Das wird sie kurieren.«

»Falls Arthur zuläßt, daß Gwydre sich mit ihr vermählt«, gab ich düster zurück. »Er hat in letzter Zeit nicht besonders viel für uns übrig.« Ich hatte Arthur nach Gwent begleiten wollen, aber er hatte das entschieden abgelehnt. Es hatte eine Zeit gegeben, da ich mich für seinen besten Freund hielt, nun aber schien er mir zu grollen, statt mich freudig willkommen zu heißen. »Er glaubt, ich hätte Gwydres Leben aufs Spiel gesetzt«, erklärte ich.

»Nein«, widersprach Ceinwyn. »Er hält sich seit jener Nacht von dir fern, als er Guinevere überraschte.«

»Warum sollte das etwas an unserer Freundschaft ändern?«

»Weil du bei ihm warst, Liebster«, sagte Ceinwyn geduldig, »und weil er dir gegenüber nicht so tun kann, als hätte sich nichts verändert. Du warst Zeuge seiner Schande. Wenn er dich sieht, denkt er an sie. Außerdem ist er eifersüchtig.«

»Eifersüchtig?«

Sie lächelte. »Er glaubt, du seist glücklich. Er glaubt jetzt sogar, wenn er mich geheiratet hätte, wäre er ebenfalls glücklich geworden.«

»Das wäre er vermutlich«, räumte ich ein.

»Er hat es sogar angedeutet«, sagte Ceinwyn unbedacht.

»Er hat was?« fuhr ich auf.

»Es war nicht ernst gemeint, Derfel«, beschwichtigte sie mich. »Der Ärmste braucht Bestätigung. Er glaubt, weil eine Frau ihn zurückgestoßen hat, müßten ihn alle Frauen zurückstoßen. Nur deswegen hat er mich gefragt.«

Ich berührte Hywelbanes Heft. »Du hast mir nie was davon erzählt.«

»Warum sollte ich? Es gab nichts zu erzählen. Er hat mir eine sehr ungeschickte Frage gestellt, und ich habe ihm erklärt, daß ich vor den Göttern geschworen habe, bei dir zu bleiben. Ich hab's ihm sehr behutsam gesagt, und anschließend hat er sich sehr geschämt. Außerdem habe ich ihm versprochen, daß ich dir nichts davon sagen würde. Dieses Versprechen habe ich nun gebrochen, und das bedeutet, daß mich die Götter strafen werden.« Sie zuckte die Achseln, als wolle sie andeuten, sie habe eine Strafe verdient und akzeptiere sie. »Er braucht eine Gemahlin«, setzte sie ironisch hinzu.

»Oder eine Frau.«

»Nein«, widersprach Ceinwyn. »Er ist kein Mann fürs Flüchtige. Er kann nicht bei einer Frau liegen und anschließend davongehen. Er verwechselt Begehren mit Liebe. Wenn Arthur seine Seele gibt, gibt er alles; er kann nicht nur ein kleines bißchen von sich geben.«

Ich war immer noch zornig. »Was hätte denn ich seiner Ansicht nach tun sollen, wenn er mit dir vermählt ist?«

»Er dachte, du würdest als Mordreds Vormund Dumnonia regieren«, antwortete Ceinwyn. »Er hatte die sonderbare Vorstellung, daß ich mit ihm nach Broceliande gehen würde und wir dort wie die Kinder in der warmen Sonne leben könnten, während du hierbleibst und die Sachsen besiegst.« Sie lachte.

»Wann hat er dich gefragt?«

»An dem Tag, an dem er dir befahl, zu Aelle zu gehen. Ich glaube, er dachte, ich würde mit ihm durchbrennen, während du fort warst.«

»Oder er hoffte, Aelle würde mich töten«, sagte ich grollend und dachte daran, daß der Sachse erklärt hatte, er werde jeden Boten abschlachten.

»Danach hat er sich sehr geschämt«, versicherte mir Ceinwyn ernst. »Und du darfst ihm nicht sagen, daß ich es dir erzählt habe.« Sie nahm mir dieses Versprechen ab, und ich hielt es getreulich. »Es war wirklich nicht von Bedeutung«, setzte sie hinzu, und dann, um das Thema zu beenden: »Wenn ich ja gesagt hätte, ich glaube, er wäre sehr erschrocken gewesen. Er hat mich gefragt, Derfel, weil er einen tiefen Schmerz verspürt, und Männer, die Schmerz leiden, tun verzweifelte Dinge. In Wirklichkeit will er mit Guinevere davonlaufen, aber das kann er nicht, weil sein Stolz das nicht zuläßt und weil er weiß, daß wir ihn alle brauchen, um die Sachsen zu besiegen.«

Und dazu brauchten wir Meurigs Speerkämpfer, aber es gab keine Nachrichten über Arthurs Verhandlungen mit Gwent. Wochen vergingen, und noch immer hörten wir nichts aus dem Norden. Ein Wanderpriester aus Gwent berichtete uns, Arthur, Meurig, Cuneglas und Emrys hätten eine Woche lang in Burrium, Gwents Hauptstadt, verhandelt, wußte aber nicht, was dabei beschlossen worden war. Der Priester war ein kleiner, dunkler Mann mit einem Schielauge und einem schütteren Bart, den er mit Bienenwachs in die Form eines Kreuzes zwängte. Er war nach Dun Caric gekommen, weil es in diesem kleinen Dorf keine Kirche gab und er hier eine errichten wollte. Wie viele dieser umherziehenden Priester hatte er eine Gruppen Frauen im Gefolge, drei schäbige Kreaturen, die sich beschützend um ihn scharten. Ich selbst hörte von seiner Ankunft, als er begann, vor der Schmiede am Bach zu predigen; also schickte ich Issa und zwei Speerkämpfer aus, um diesem Unsinn ein Ende zu machen und ihn in meine Halle zu holen. Wir setzten ihm einen Brei aus Gerstensprossen vor, den er gierig hinunterschlang, indem er sich das heiße Zeug mit einem

Löffel in den Mund schaufelte, um dann zu zischen und zu speien, weil er sich die Zunge verbrannt hatte. Einige Breiklümpchen setzten sich in seinem seltsam geformten Bart fest. Seine Weiber weigerten sich zu essen, bevor er satt war.

»Ich weiß nur, daß Arthur inzwischen westwärts geritten ist, Lord«, beantwortete er unsere ungeduldigen Fragen.

»Wohin?«

»Nach Demetia, Lord. Zu Oengus mac Airem.«

»Warum?«

Er zuckte die Achseln. »Das weiß ich nicht, Lord.«

»Trifft König Meurig Vorbereitungen für den Krieg?« wollte ich wissen.

»Er ist bereit, sein Territorium zu verteidigen, Lord.«

»Und Dumnonia zu verteidigen?«

»Nur wenn Dumnonia den einen Gott, den wahren Gott anerkennt«, erklärte der Priester und bekreuzigte sich mit dem Holzlöffel, wobei er auch noch sein schmutziges Gewand mit Gerstenbrei bekleckerte. »Unser König ist ein inbrünstiger Gefolgsmann des Kreuzes, und seine Speere werden keinem Heiden zur Verfügung gestellt.« Er blickte zu dem Ochsenschädel auf, der an einen unserer Dachbalken genagelt war, und schlug wieder das Kreuz.

»Wenn die Sachsen Dumnonia erobern«, wandte ich ein, »wird Gwent nicht lange danach folgen.«

»Jesus Christus wird Gwent beschützen«, behauptete der Priester. Damit reichte er die Schale an eines seiner Weiber weiter, das mit einem schmutzigen Finger die spärlichen Reste herauswischte. »Und wenn Ihr, Lord«, fuhr der Priester fort, »Euch vor Ihm erniedrigt, wird er auch Euch beschützen. Wenn Ihr Euren Göttern entsagt und Euch taufen laßt, werdet Ihr im neuen Jahr den Sieg davontragen.«

»Warum war Lancelot dann im vergangenen Sommer nicht siegreich?« erkundigte sich Ceinwyn.

Der Priester musterte sie mit seinem gesunden Auge, während der Blick des anderen irgendwo in die Schatten driftete. »König Lancelot, Lady, war nicht der Erwählte. Der ist König Meurig. In unserer Schrift heißt es, daß ein Mann erwählt werden wird, und wie es scheint, war König Lancelot nicht dieser Mann.«

»Erwählt – wozu?« fragte ihn Ceinwyn.

Der Priester starrte sie an; sie war immer noch eine schöne Frau, so golden und ruhig, der Stern von Powys. »Erwählt, Lady«, antwortete er, »die Völker Britanniens unter dem lebendigen Gott zu vereinen, Sachsen und Britannier, Gwentianer und Dumnonier, Iren und Pikten, die alle den einen, wahren Gott verehren und alle in Frieden und Liebe leben.«

»Und wenn wir beschließen, König Meurig nicht zu folgen?« fragte Ceinwyn.

»Dann wird unser Gott euch alle vernichten.«

»Und das«, fragte ich ihn, »ist die Botschaft, die zu predigen Ihr hergekommen seid?«

»Ich kann nicht anders, Lord. Es wurde mir befohlen.«

»Von Meurig?«

»Von Gott.«

»Aber ich bestimme über das Land zu beiden Seiten des Baches«, sagte ich, »und über das Land südwärts bis nach Caer Cadarn und nordwärts nach Aquae Sulis, und ohne meine Genehmigung werdet Ihr hier nicht predigen.«

»Kein Mensch kann Gottes Befehl widerrufen«, behauptete der Priester.

»Das hier schon«, sagte ich und zog Hywelbane.

Seine Weiber zischelten böse. Der Priester starrte das Schwert an und spie dann ins Feuer. »Ihr provoziert Gottes Zorn.«

»Ihr provoziert meinen Zorn«, entgegnete ich, »und wenn Ihr Euch morgen bei Sonnenuntergang noch immer auf dem Land befindet, in dem ich herrsche, werde ich Euch meinen Sklaven zum Sklaven geben. Heute nacht mögt Ihr bei den Tieren schlafen; morgen aber werdet Ihr verschwinden.«

Widerwillig zog er am folgenden Tag ab, und wie zur Strafe für mich fiel bei seinem Abzug der erste Schnee des Winters. Der Schnee kam sehr früh, und das verhieß einen harten Winter. Anfangs fiel er als Schneeregen, gegen Abend aber wurde er zu richtigem, dichtem Schnee, der am Morgen darauf das ganze Land weiß überzogen hatte. Im Verlauf der folgenden Woche wurde es kälter, und als innen an unserem Dach Eiszapfen hingen, begann der winterlange Kampf um Wärme. Im Dorf schliefen die Menschen bei ihren Tieren, während wir die bitterkalte Luft mit großen Feuern bekämpften, woraufhin die Eiszapfen am Dachstroh zu tropfen begannen. Das Wintervieh stellten wir in die Ställe, alle anderen Tiere schlachteten wir und legten das Fleisch in Salz ein, wie Merlin Gawains ausgebluteten Körper in Salz gepökelt hatte. Zwei Tage lang hallte das Dorf vom angstvollen Brüllen der Ochsen wider, die zur Schlachtbank gezerrt wurden. Der Schnee war rot gefleckt, und die Luft stank nach Blut, Salz und Dung. In der Halle loderten die Feuer, gaben uns aber wenig Wärme. Wir erwachten frierend, wir zitterten in unseren Pelzen, und wir warteten vergebens auf Tauwetter. Da sogar der Bach zufror, mußten wir, um unsere tägliche Wasserration zu holen, zuerst das Eis aufhacken.

Dennoch fuhren wir fort, unsere jungen Speerkämpfer auszubilden. Um sie auf den Kampf gegen die Sachsen vorzubereiten, ließen wir sie durch den Schnee marschieren und stählten ihre Muskeln. An den Tagen, an denen es sehr stark schneite und der Wind die Flocken dicht um die schneeverkrusteten Giebel der kleinen Dorfhäuser wirbelte, ließ ich die Männer Schilde aus Weidenholz anfertigen, die mit Leder überzogen wurden. Ich stellte eine Kriegshorde zusammen, doch während ich die Männer bei der Arbeit beobachtete, fürchtete ich um sie und fragte mich, wie viele von ihnen wohl noch die Sommersonne erleben würden.

Unmittelbar vor der Wintersonnenwende kam eine Nachricht von Arthur. Als Bischof Emrys eintraf, waren wir in Dun Caric mit den Vorbereitungen für das große Fest beschäftigt, das während der ganzen Woche des Sterbens der Sonne dauern sollte. Seinem Pferd waren die Hufe mit Leder umhüllt worden, und seine Begleitung bestand aus sechs von Arthurs Speerkämpfern. Der Bischof berichtete uns, er sei in Gwent geblieben, um mit Meurig zu diskutieren, während Arthur nach Demetia weitergeritten sei. »König Meurig hat sich nicht rundweg geweigert, uns zu helfen«, erzählte der Bischof. Er saß kältezitternd vor dem

Feuer, von dem er zwei von unseren Hunden verscheucht hatte. Dankbar hielt er seine molligen, rot aufgesprungenen Hände vor die Flammen. »Doch wie ich fürchte, sind die Bedingungen, die er für seine Hilfe stellt, leider inakzeptabel.« Er nieste. »Liebste Lady, Ihr seid sehr freundlich«, sagte er zu Ceinwyn, die ihm ein Horn mit warmem Met gebracht hatte.

»Welche Bedingungen?« wollte ich wissen.

Emrys schüttelte bedrückt den Kopf. »Er verlangt Dumnonias Thron, Lord.«

»Er verlangt was?« fuhr ich auf.

Um mich zu beschwichtigen, hob Emrys beruhigend die Hand. »Mordred sei unfähig zu regieren, behauptet er, Arthur sei unwillig zu regieren, und Dumnonia brauche einen christlichen König. Dafür bietet er sich an.«

»Bastard!« sagte ich. »Dieser verräterische Feigling von einem kleinen Bastard.«

»Das kann Arthur natürlich nicht akzeptieren«, fuhr Emrys fort. »Daran hindert ihn schon der Eid, den er Uther geschworen hat.« Er trank einen Schluck Met und seufzte anerkennend. »Wunderbar, wieder ein bißchen Wärme zu spüren.«

»Dann wird Meurig uns also nicht helfen, es sei denn, wir geben ihm unser Königreich?« fragte ich zornig.

»Das sagte er jedenfalls. Er behauptet, Gott werde Gwent schützen, und wenn wir ihn nicht zum König ausriefen, müßten wir Dumnonia allein verteidigen.«

Ich ging zur Hallentür und starrte in den Schnee hinaus, der sich auf den Spitzen unserer Holzpalisade türmte. »Habt Ihr mit seinem Vater gesprochen?« fragte ich Emrys.

»Ich war bei Tewdric«, antwortete der Bischof. »Ich bin mit Agricola hingegangen, der Euch seine besten Wünsche sendet.«

Agricola war König Tewdrics Kriegsherr gewesen, ein großer, grimmiger Kämpfer in einer römischen Rüstung. Jetzt aber war Agricola ein alter Mann, und Tewdric, sein Herr, hatte auf den Thron verzichtet, sich eine Priestertonsur scheren lassen und die Macht an seinen Sohn weitergereicht. »Geht es Agricola gut?« fragte ich Emrys.

»Er ist alt, aber voller Tatendrang. Er ist natürlich auf unserer Seite, aber ...« Emrys zuckte die Achseln. »Als Tewdric auf den Thron verzichtete, gab er seine ganze Macht ab. Er kann nichts tun, um seinen Sohn zu einer Sinnesänderung zu bewegen.«

»Will nichts tun«, grollte ich und kehrte ans Feuer zurück.

»Vermutlich will er nicht«, stimmte Emrys mir zu. Er seufzte. »Ich mag Tewdric, aber im Augenblick beschäftigen ihn andere Probleme.«

»Welche Probleme?« fragte ich heftig.

»Er würde gern wissen, ob wir im Himmel genauso essen wie Sterbliche, oder ob uns das Bedürfnis nach irdischer Nahrung erspart bleibt«, antwortete Emrys bedrückt. »Manche glauben, daß Engel überhaupt nichts essen, ja, daß sie aller primitiven weltlichen Bedürfnisse enthoben sind. Und diese Lebensweise versucht der alte König zu imitieren. Er ißt sehr wenig, hat sogar damit geprahlt, daß es ihm einmal gelungen sei, seinen Darm drei Wochen lang nicht zu entleeren, und er sich danach weitaus heiliger gefühlt habe.« Ceinwyn lächelte, schwieg aber, während ich den Bischof ungläubig anstarrte. Emrys leerte sein Methorn. »Tewdric behauptet«, fuhr er ein wenig zweifelnd fort, »er werde sich in den Stand der Gnade hungern. Ich selbst bin, wie ich zugeben muß, nicht überzeugt davon, aber er ist offenbar ein sehr frommer Mann. Könnten wir doch alle so gesegnet sein.«

»Und was sagt Agricola dazu?« fragte ich ihn.

»Der hat damit geprahlt, wie oft er seinen Darm entleert. Vergebung, Lady.«

»Das muß ein freudiges Wiedersehen für die beiden gewesen sein«, sagte Ceinwyn ironisch.

»Es war nicht direkt nützlich«, gab Emrys zu. »Ich hatte gehofft, Tewdric dazu zu überreden, bei seinem Sohn einen Sinneswandel herbeizuführen, aber leider« – er zuckte die Achseln – »können wir jetzt nur noch beten.«

»Und unsere Speere schärfen«, sagte ich matt.

»Das auch«, stimmte mir der Bischof zu. Abermals nieste er und schlug das Kreuz, um das Unglück, das das Niesen brachte, schnell abzuwenden.

»Wird Meurig zulassen, daß die Speerkämpfer aus Powys sein Land durchqueren?« wollte ich wissen.

»Cuneglas hat ihm erklärt, wenn er ihm die Erlaubnis verweigere, werde er dennoch hindurchmarschieren.«

Ich stöhnte. Das letzte, was wir jetzt brauchten, war ein Kampf zwischen zwei britannischen Königreichen. Derartige Kriege hatten Britannien jahrelang geschwächt und letztlich dazu geführt, daß die Sachsen ein Tal nach dem anderen, eine Stadt nach der anderen eroberten, obwohl es in letzter Zeit die Sachsen gewesen waren, die einander bekämpften, während wir uns ihre Feindseligkeit zunutze gemacht hatten, um ihnen Niederlagen aufzuzwingen. Doch Cerdic und Aelle hatten die Lektion gelernt, die Arthur den Britanniern eingehämmert hatte – die Lektion, daß Sieg nur aus der Einigkeit entspringe. Und so waren es jetzt die Sachsen, die vereint, und die Briten, die geteilt waren.

»Ich glaube, Meurig wird Cuneglas durchziehen lassen«, sagte Emrys, »denn er will im Grunde mit niemandem Krieg. Er will nur Frieden.«

»Wir alle wollen Frieden«, antwortete ich, »aber wenn Dumnonia fällt, wird Gwent das nächste Land sein, das den Sachsenklingen zum Opfer fällt.«

»Meurig behauptet, dem sei nicht so«, entgegnete der Bischof. »Deswegen bietet er jedem dumnonischen Christen Asyl, der dem Krieg aus dem Weg gehen will.«

Das war eine schlechte Nachricht, denn es bedeutete, daß sich jeder, der nicht den Mut hatte, gegen Aelle und Cerdic anzutreten, nur zum christlichen Glauben zu bekennen brauchte, um in Meurigs Königreich Zuflucht zu finden. »Glaubt er denn tatsächlich daran, daß ihn sein Gott beschützen wird?« fragte ich Emrys.

»Er muß, Lord, denn wozu soll Gott sonst nütze sein? Aber es ist natürlich möglich, daß Gott ganz anders darüber denkt. Es ist so furchtbar schwer, seinen Willen zu erkennen.« Inzwischen hatte sich der Bischof soweit aufgewärmt, daß er seinen dicken Bärenpelz von den Schultern schüttelte. Darunter trug er ein Lammfellwams. Er schob eine Hand in das Wams, und ich vermutete schon, er wolle eine Laus herauskratzen, doch statt dessen zog er ein gefaltetes Pergament heraus, das mit einem Band verschlossen und mit einem geschmolzenen Wachstropfen versiegelt war. »Das hier hat Arthur mir aus Demetia gesandt«, erklärte er, während er mir das Pergament reichte. »Er bat mich, daß ich Euch auftrage, es der Prinzessin Guinevere zu überbringen.«

»Selbstverständlich.« Damit nahm ich das Pergament entgegen. Ich muß gestehen, daß ich versucht war, das Siegel zu erbrechen und das Dokument zu lesen; aber ich widerstand dieser Versuchung. »Wißt Ihr, was es enthält?« fragte ich den Bischof.

»Leider nein, Lord«, antwortete Emrys, ohne mich anzusehen, so daß ich argwöhnte, der alte Mann habe das Siegel sehr wohl erbrochen und kenne den Inhalt, wolle mir diese läßliche Sünde aber nicht eingestehen. »Sicher nichts Besonderes«, fuhr der Bischof fort, »aber er bestand darauf, daß sie das Schreiben noch vor der Wintersonnenwende erhält. Das heißt also, bevor er zurückkehrt.«

»Warum ist er nach Demetia geritten?« wollte Ceinwyn wissen.

»Um sich zu vergewissern, daß die Schwarzschilde im Frühjahr kämpfen werden, nehme ich an«, antwortete der Bischof, doch wie ich entdeckte, lag ein gewisses Zögern in seiner Stimme. Deswegen vermutete ich, daß dieser Brief den eigentlichen Grund für Arthurs Besuch bei Oengus mac Airem enthielt, Emrys ihn aber nicht verraten wollte, weil er damit zugeben mußte, das Siegel erbrochen zu haben.

Am Tag darauf ritt ich nach Ynys Wydryn. Es war nicht weit, aber die Reise kostete mich den größten Teil des Vormittags, denn immer wieder mußte ich absitzen und Pferd und Muli durch Schneewehen führen. Das Muli war mit einem Dutzend jener Wolfsfelle beladen, die Cuneglas uns mitgebracht hatte und die sich als willkommenes Geschenk erwiesen, denn die Holzwände von Guineveres Gefängnisraum waren von Rissen durchzogen, durch die eiskalt der Winterwind blies. Bei meiner Ankunft kauerte sie vor einem Feuer, das in der Mitte des Raumes brannte. Als ich ihr gemeldet wurde, richtete sie sich auf und schickte ihre Dienerinnen in die Küche. »Ich wäre geneigt, selbst zur Küchenmagd zu werden«, sagte sie. »In der Küche ist es wenigstens warm, aber leider wimmelt es dort von psalmodierenden Christinnen. Kein Ei können die aufschlagen, ohne ihren jämmerlichen Gott zu preisen.« Sie erschauerte vor Kälte und zog sich den Umhang enger um die Schultern. »Die Römer«, sagte sie, »wußten, wie man sich warm hält, wir aber scheinen diese Kunst verlernt zu haben.«

»Die hier schickt Euch Ceinwyn, Lady.« Damit warf ich die Wolfsfelle zu Boden.

»Ihr werdet ihr meinen Dank ausrichten«, antwortete Guinevere. Dann ging sie hinüber und stieß trotz der Kälte die Läden eines Fensters auf, so daß das Tageslicht in den Raum fallen konnte. Das Feuer duckte sich unter dem Ansturm der kalten Luft und schickte wirbelnde Funken zu den rußgeschwärzten Dachbalken hinauf. Guinevere trug ein Übergewand aus dicker brauner Wolle. Sie war blaß, aber das hochmütige Gesicht mit den grünen Augen hatte kein bißchen von seiner Macht und seinem Stolz verloren. »Ich hatte gehofft, Euch eher wiederzusehen«, tadelte sie mich.

»Es war eine schwere Zeit, Lady«, entschuldigte ich meine lange Abwesenheit.

»Ich will wissen, was auf Mai Dun geschehen ist, Derfel«, sagte sie.

»Das werde ich Euch berichten, Lady, aber zuerst muß ich Euch das hier übergeben.« Ich zog Arthurs Pergament aus der Tasche an meinem Gürtel und reichte es ihr. Sie riß das Band ab, löste das Wachssiegel mit einem Fingernagel und entfaltete das Dokument. Dann las sie es im Schein des Lichtes, das vom Schnee vor dem Fenster zurückgeworfen wurde. Ich sah, wie ihre Züge sich spannten, sonst aber zeigte sie keinerlei Reaktion. Sie schien das Schreiben zweimal zu lesen; dann faltete sie es und warf es auf eine Holztruhe. »Also erzählt mir von Mai Dun«, forderte sie mich auf.

»Was habt Ihr inzwischen erfahren?«

»Nur das, was Morgan mir mitzuteilen geruht, und was diese alte Hexe mir mitzuteilen geruht, ist eine Version der Wahrheit ihres jämmerlichen Gottes.« Dies sagte sie so laut, daß niemand, der uns belauschte, es zu überhören vermochte.

»Ich bezweifle, daß Morgans Gott von dem, was geschah, enttäuscht war«, sagte ich, und dann berichtete ich ihr, was an jenem Abend vor Samhain geschehen war. Als ich endete, verhielt sie sich stumm und starrte zum Fenster auf das schneebedeckte Geländer hinaus, wo ein Dutzend abgehärtete Pilger vor dem heiligen Dornbusch knieten, indes ich von einem Holzstoß an der Wand die Flammen speiste.

»Also hat Nimue Gwydre auf den Hügel mitgenommen?« fragte Guinevere.

»Sie hat die Schwarzschilde ausgeschickt, um ihn zu holen. Das heißt, ehrlich gesagt, um ihn zu entführen. Das war nicht weiter schwierig. In der Stadt wimmelte es von Fremden, und alle möglichen Speerkämpfer kamen und gingen im Palast.« Ich hielt inne. »Aber ich glaube nicht, daß er sich in echter Gefahr befand.«

»Natürlich befand er sich in Gefahr!« fuhr sie mich zornig an.

Ich erschrak über ihre Heftigkeit. »Es war das andere Kind, das dort getötet werden sollte«, protestierte ich, »Mordreds Sohn. Er war entkleidet und bereit für das Messer. Gwydre nicht.«

»Und wenn der Tod jenes anderen Kindes nichts bewirkt hätte, was wäre dann geschehen?« fragte mich Guinevere. »Glaubt Ihr denn, Merlin hätte Gwydre nicht bei den Füßen aufgehängt?«

»Das würde Merlin Arthurs Sohn niemals antun«, behauptete ich, obwohl ich gestehen muß, daß keine Überzeugungskraft in meinen Worten lag.

»Aber Nimue!« sagte Guinevere. »Um die Götter zurückzuholen, würde Nimue jedes Kind in Britannien abschlachten, und Merlin würde sich wenigstens versucht fühlen. So dicht davor« – sie hielt Daumen und Zeigefinger nur um die Breite einer Münze voneinander entfernt –, »und nur noch Gwydres Leben zwischen Merlin und der Rückkehr der Götter? O ja, ich bin überzeugt, daß er in Versuchung gewesen wäre.« Sie ging zum Feuer und öffnete ihr Gewand, damit die Wärme hineindringen konnte. Darunter trug sie ein schwarzes Untergewand, doch nirgends war ein Schmuckstück zu sehen. Nicht einmal ein Ring an ihren Händen. »Merlin«, sagte sie leise, »hätte vielleicht ein schlechtes Gewissen gehabt, weil er Gwydre töten mußte, aber nicht Nimue. Die sieht keinen Unterschied zwischen dieser Welt und der Anderwelt. Was spielt es also für eine Rolle, ob ein Kind lebt oder stirbt? Aber das Kind, das eine Rolle spielt, Derfel, ist der Sohn des Herrschers. Um zu erhalten, was man am meisten liebt, muß man etwas aufgeben, was unendlich kostbar ist, und in Dumnonia ist nicht irgendein Bastardsohn von Mordred kostbar. Hier herrscht Arthur, nicht Mordred. Nimue wollte Gwydre töten. Das wußte Merlin, er hoffte nur, daß die geringeren Opfer genügen würden. Aber Nimue ist das gleichgültig. Eines Tages, Derfel, wird sie die Kleinodien wieder zusammenholen, und an dem Tag wird Gwydres Blut in den Kessel fließen.«

»Nicht, solange Arthur lebt.«

»Und auch nicht, solange ich lebe«, verkündete sie hitzig, um dann, als ihr ihre Hilflosigkeit bewußt wurde, resignierend die Achseln zu zucken. Sie wandte sich zum Fenster zurück und ließ das braune Wollgewand fallen. »Ich war keine gute Mutter«, erklärte sie unvermittelt. Da ich nicht wußte, was ich dazu sagen sollte, sagte ich gar nichts. Ich hatte Guinevere nie nahegestanden, ja, sie behandelte mich mit derselben rauhen Mischung aus Zuneigung und höhnischer Verachtung, die sie vielleicht einem dummen, aber willigen Hund gegenüber an den Tag gelegt hätte; jetzt aber – vermutlich da sie keinen anderen Menschen hatte, dem sie ihre Gedanken mitteilen konnte – vertraute sie sich mir an. »Ich bin nicht einmal gern Mutter«, gab sie zu. »Diese Weiber dagegen« – sie zeigte auf Morgans weißgekleidete Frauen, die zwischen den Gebäuden des Schreins durch den tiefen Schnee eilten – »beten zwar alle die Mutterschaft an, sind dabei aber so trocken wie Stroh. Sie weinen um ihre Maria und erzählen mir, daß nur eine Mutter wahre Trauer kennen kann, aber wer will so etwas kennenlernen?« Sie spie diese Frage heraus. »Das alles ist eine solche Verschwendung des Lebens!« Inzwischen war sie bitterböse geworden. »Kühe sind gute Mütter, und Schafe sind im Stillen ihrer Lämmer absolut vollkommen, also was ist schon Verdienstvolles daran an der Mutterschaft? Jedes dumme Mädchen kann Mutter werden! Das ist alles, wozu die meisten von ihnen taugen! Die Mutterschaft ist kein Verdienst, sondern eine Unvermeidbarkeit!« Ich sah, daß sie trotz ihres Zornes weinte. »Aber für Arthur sollte ich nur das eine sein: eine Milch gebende Kuh!«

»Nein, Lady«, widersprach ich.

Aufgebracht, die Augen glänzend von Tränen, fuhr sie zu mir herum. »Wißt Ihr mehr darüber als ich, Derfel?«

»Er war stolz auf Euch, Lady«, sagte ich ungeschickt. »Er hat sich an Eurer Schönheit erfreut.«

»Wenn das alles ist, was er wollte, hätte er eine Statue von mir anfertigen lassen können! Eine Statue mit Milchdrüsen, an die er seine Säuglinge legen konnte!«

»Er hat Euch geliebt«, protestierte ich.

Sie starrte mich an, und ich dachte schon, sie würde einen Wutanfall bekommen, doch dann lächelte sie nur matt. »Er hat mich angebetet, Derfel«, sagte sie müde, »aber das ist nicht dasselbe wie geliebt werden.« Plötzlich sank sie auf eine Bank neben der Holztruhe. »Und angebetet werden, Derfel, ist unendlich ermüdend. Nun aber scheint er eine neue Göttin gefunden zu haben.«

»Wie bitte, Herrin?«

»Das wußtet Ihr nicht?« Sie schien erstaunt zu sein; dann hob sie den Brief auf. »Hier, lest!«

Ich nahm das Pergament entgegen. Es trug kein Datum, nur die Absende-Adresse Moridunum, ein Zeichen dafür, daß es in Oengus mac Airems Hauptstadt ausgefertigt worden war. Der Brief war in Arthurs kräftiger Handschrift gehalten und so kalt wie der Schnee, der dick auf der Fensterbank lag. »Ihr solltet wissen, Lady«, hatte er geschrieben, »daß ich Euch als meine Gemahlin verstoße und statt dessen Argante, Oengus mac Airems Tochter, zur Frau nehme. Gwydre verstoße ich hiermit nicht, nur Euch.« Das war der ganze Text. Er trug nicht mal eine Unterschrift.

»Wußtet Ihr wirklich nichts davon?« fragte mich Guinevere.

»Nein, Lady«, antwortete ich, über den Inhalt sehr viel erstaunter als sie. Ich hatte Männer sagen hören, daß Arthur sich eine neue Gemahlin nehmen sollte, aber er hatte nie etwas zu mir gesagt, und ich fühlte mich gekränkt darüber, daß er kein Vertrauen zu mir gehabt hatte. Ich fühlte mich gekränkt und tief enttäuscht. »Ich habe nichts gewußt«, versicherte ich ihr.

»Irgend jemand hat den Brief geöffnet«, sagte Guinevere ironisch. »Ihr könnt es sehen, er hat einen Schmutzfleck am unteren Rand hinterlassen. Das würde Arthur niemals tun.« Sie lehnte sich zurück, bis ihr widerspenstiges rotes Haar gegen die Wand gedrückt wurde. »Warum vermählt er sich?« wollte sie wissen.

Ich zuckte die Achseln. »Jeder Mann sollte sich vermählen, Lady.«

»Unsinn! Ihr haltet doch nicht weniger von Galahad, nur weil er sich niemals vermählt hat – oder?«

»Jeder Mann braucht ...«, begann ich, dann verstummte ich.

»Ich weiß, was jeder Mann braucht«, erklärte Guinevere belustigt. »Aber warum vermählt sich Arthur jetzt? Glaubt Ihr, daß er dieses Mädchen liebt?«

»Das hoffe ich, Lady.«

Sie lächelte. »Er vermählt sich, Derfel, um zu beweisen, daß er mich nicht liebt.«

Ich glaubte ihr, wagte ihr aber nicht zuzustimmen. »Ich bin sicher, daß es Liebe ist, Lady«, behauptete ich statt dessen.

Sie lachte. »Wie alt ist Argante?«

»Fünfzehn?« schätzte ich. »Vielleicht aber auch erst vierzehn.«

Sie krauste die Stirn, überlegte. »Ich dachte, sie sollte Mordred heiraten!«

»Das dachte ich auch«, antwortete ich, denn ich erinnerte mich genau, daß Oengus sie unserem König als Braut angeboten hatte.

»Aber warum sollte Oengus das Kind mit einem humpelnden Idioten wie Mordred vermählen, wenn er sie in Arthurs Bett legen kann?« sagte Guinevere. »Erst fünfzehn, meint Ihr?«

»Höchstens.«

»Ist sie hübsch?«

»Ich habe sie nie zu Gesicht bekommen, Lady, aber Oengus sagt, daß sie hübsch ist.«

»Die Uí Liathàin bringen hübsche Mädchen hervor«, sagte Guinevere. »War ihre Schwester schön?«

»Iseult? Ja, auf ihre Art.«

»Dieses Kind muß schön sein«, sagte Guinevere belustigt. »Sonst würde Arthur sie nicht ansehen. Alle Männer müssen ihn bewundern. Das verlangt er von seinen Gemahlinnen. Sie müssen schön sein und sich natürlich weit besser benehmen als ich.« Sie lachte und sah mich von der Seite an. »Aber selbst wenn sie schön und brav ist, wird es nicht funktionieren, Derfel.«

»Nein?«

»O ja, die Kleine wird ihm Kinder gebären, falls es das ist, was er will; aber wenn sie nicht klug ist, wird sie ihn sehr schnell langweilen.« Sie richtete den Blick ins Feuer. »Warum, glaubt Ihr, hat er mir diesen Brief geschrieben?«

»Weil er findet, daß Ihr es wissen solltet«, antwortete ich.

Darüber lachte sie. »Ich sollte es wissen? Was kümmert's mich, daß er sich mit irgendeinem irischen Kind ins Bett legt? Ich muß es nicht wissen, aber er mußte es mir unbedingt mitteilen.« Wieder musterte sie mich. »Und er will wissen, wie ich reagiert habe, nicht wahr?«

»Will er das?« fragte ich verwirrt zurück.

»Natürlich will er das. Also sagt ihm, Derfel, daß ich gelacht habe.« Trotzig starrte sie mich an; dann zuckte sie plötzlich die Achseln. »Nein, sagt ihm das nicht. Sagt ihm, daß ich ihm alles Glück auf Erden wünsche. Sagt ihm, was immer Ihr wollt, aber erbittet eine Gefälligkeit von ihm.« Sie hielt inne, und mir fiel ein, wie sehr sie es haßte, Gefälligkeiten zu erbitten. »Ich will nicht sterben, während ich von einer Horde verlauster Sachsenkrieger vergewaltigt werde, Derfel. Wenn Cerdic im nächsten Frühjahr kommt, bittet Arthur, mein Gefängnis an einen sicheren Ort zu verlegen.«

»Ich denke, daß Ihr hier sicher seid, Lady«, gab ich zurück.

»Und warum denkt Ihr das?« forderte sie mich scharf heraus.

Es dauerte einen Moment, bis ich meine Gedanken geordnet hatte. »Wenn die Sachsen kommen«, antwortete ich dann, »werden sie entlang des Themsetals vorrücken. Sie wollen das Severn-Meer erreichen, und das ist für sie die schnellste Route.«

Guinevere schüttelte den Kopf. »Aelles Heer wird an der Themse entlang marschieren, Derfel, aber Cerdic wird im Süden angreifen und dann nach Norden einschwenken, um sich mit Aelle zu vereinigen. Er wird hier durchkommen.«

»Arthur sagt nein«, widersprach ich. »Er glaubt, daß die beiden einander nicht trauen und deswegen dicht zusammenbleiben, um sich vor Verrat zu schützen.«

Guinevere verneinte dies mit einem weiteren heftigen Kopfschütteln. »Aelle und Cerdic sind nicht dumm, Derfel. Sie wissen, daß sie einander so lange vertrauen müssen, bis sie den Sieg davongetragen haben. Danach können sie sich entzweien, aber nicht eher. Wie viele Männer werden sie aufbringen?«

»Wir glauben, zweitausend, vielleicht auch zweieinhalb.«

Sie nickte. »Der erste Angriff wird an der Themse erfolgen, und der wird so gewaltig sein, daß Ihr ihn alle für den Hauptangriff haltet. Und sobald Arthur seine Truppen gegen dieses Heer eingesetzt hat, wird Cerdic unten im Süden losmarschieren. Er wird Amok laufen, Derfel, und Arthur wird seine Männer gegen ihn ausschicken müssen, und wenn er das tut, wird Aelle sofort über den Rest herfallen.«

»Es sei denn, Arthur läßt Cerdic Amok laufen«, entgegnete ich, weil ich ihrer Voraussage keinen Moment glaubte.

»Das könnte er tun«, stimmte sie zu, »aber wenn er das tut, wird Ynys Wydryn den Sachsen in die Hände fallen, und wenn es dazu kommt, will ich nicht hier sein. Wenn er mich nicht freilassen will, dann bittet ihn, mich in Glevum gefangenzusetzen.«

Ich zögerte. Ich sah keinen Grund, ihre Bitte nicht an Arthur weiterzugeben, wollte mich aber vergewissern, daß sie es ernst meinte. »Wenn Cerdic hier entlangkommen sollte, Lady«, sagte ich vorsichtig, »wird er in seinem Heer sicherlich Freunde von Euch mitbringen.«

Sie warf mir einen mordlustigen Blick zu. Eine ganze Weile sah sie mich so an, bevor sie antwortete. »Ich habe keine Freunde in Lloegyr«, sagte sie schließlich mit eisiger Kälte.

Ich zögerte, doch dann beschloß ich weiterzumachen. »Vor knapp zwei Monaten erst habe ich Cerdic gesehen«, sagte ich. »In seiner Gesellschaft befand sich unter anderem Lancelot.«

Noch nie hatte ich es gewagt, in ihrer Gegenwart Lancelots Namen zu erwähnen, und jetzt fuhr ihr Kopf herum, als hätte ich sie geohrfeigt. »Was sagt Ihr da, Derfel?« fragte sie leise.

»Ich sage, daß Lancelot im Frühling herkommen wird, Lady. Damit meine ich, Lady, daß Cerdic ihn zum Herrscher dieses Landes machen wird.«

Sie schloß die Augen, und ein paar Sekunden lang war ich nicht sicher, ob sie lachte oder weinte. Dann sah ich, daß es Gelächter war, was sie so schüttelte. »Ihr seid ein Narr«, sagte sie und sah mich wieder an. »Ihr wollt mir helfen. Glaubt Ihr etwa, daß ich Lancelot liebe?«

»Ihr wolltet, daß er König wird«, entgegnete ich.

»Was hat das mit Liebe zu tun?« fragte sie sarkastisch. »Ich wollte, daß er König wird, weil er ein schwacher Mann ist, und auf dieser Welt kann eine Frau nur durch einen schwachen Mann herrschen. Arthur ist kein schwacher Mann.« Sie atmete tief durch. »Aber Lancelot ist schwach, und vielleicht wird er hier herrschen, wenn die Sachsen kommen, aber ich werde es nicht sein, die Lancelot beherrscht, es wird überhaupt keine Frau sein, sondern Cerdic, und Cerdic ist, wie ich höre, alles andere als schwach.« Sie erhob sich, kam zu mir herüber und nahm mir Arthurs Brief aus den Händen. Sie entfaltete ihn, las ihn ein letztes Mal und warf das Pergament ins Feuer. Es wurde schwarz, rollte sich zusammen und begann dann zu brennen. »Geht«, sagte sie, in die Flammen starrend, »und sagt Arthur, daß ich bei seinen Worten geweint habe. Das ist es, was er hören will, also richtet es ihm aus. Sagt ihm, daß ich geweint hätte.«

Ich ging. In den folgenden Tagen taute der Schnee, aber dann kam wieder Regen, und von den kahlen schwarzen Bäumen tropfte Wasser auf ein Land, das in der alles durchdringenden Nässe zu verrotten schien. Die Wintersonnenwende kam näher, aber die Sonne ließ sich nicht blicken. Die Welt ging unter in schwarzer, nasser Verzweiflung. Ich wartete auf Arthurs Rückkehr, aber er rief mich nicht zu sich. Er ging mit seiner jungen Gemahlin nach Durnovaria, wo er die Wintersonnenwende feierte. Schon möglich, daß er wissen wollte, was Guinevere von seiner neuen Vermählung hielt, aber er fragte mich nicht danach.

Wir gaben das große Festessen für die Wintersonnenwende in Dun Carics Halle, und es gab nicht einen unter den Anwesenden, der nicht fürchtete, daß es unser letztes sein würde. Wir opferten der Mittwintersonne unsere Gaben, wußten aber, wenn sie wieder emporstieg, würde sie dem Land nicht Leben bringen, sondern Tod. Sie würde Sachsenspeere bringen, Sachsenäxte und Sachsenschwerter. Wir beteten, wir tafelten, und wir fürchteten, daß wir dem Untergang geweiht waren. Und noch immer regnete es endlos weiter.

ZWEITER TEIL

Mynydd Baddon

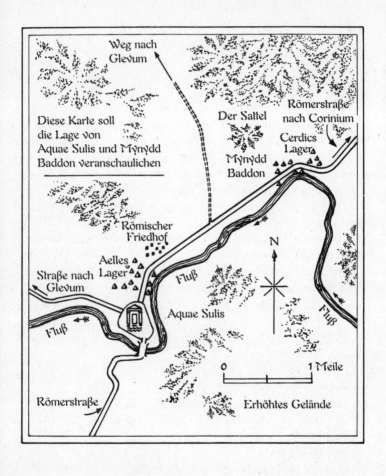

»Wer?« fragte Igraine, sobald sie das erste Blatt des jüngsten Stapels Pergamente gelesen hatte. Sie hat in den letzten Monaten ein wenig Sächsisch gelernt und ist sehr stolz auf diesen Erfolg, obwohl es, ehrlich gesagt, eine barbarische Sprache ist und weit weniger elegant als die britannische.

»Wer?« wiederholte ich ihre Frage.

»Wer war diese Frau, die Britannien in den Untergang geführt hat? Es war Nimue, nicht wahr?«

»Wenn Ihr mir Zeit laßt, die Geschichte niederzuschreiben, Lady, werdet Ihr es erfahren.«

»Ich wußte, daß Ihr das sagen würdet. Ich weiß nicht, warum ich überhaupt gefragt habe.« Sie saß auf der breiten Fensterbank, die eine Hand auf ihrem gewölbten Leib, den Kopf wie lauschend auf die Seite gelegt. Nach einer Weile erschien ein spitzbübisches Lächeln auf ihrem Gsicht. »Das Baby strampelt«, sagte sie. »Wollt Ihr mal fühlen?«

Ich schüttelte mich. »Nein.«

»Warum denn nicht?«

»Ich hab mich noch nie für Babys interessiert.«

Sie schnitt mir eine Grimasse. »Das meine werdet Ihr lieben, Derfel.«

»Werde ich das?«

»Es wird ein bezaubernder Knabe werden.«

»Woher wißt Ihr, daß es ein Knabe wird?« fragte ich.

»Weil kein Mädchen so kräftig treten kann, daher. Seht nur!« Damit spannte meine Königin ihr blaues Gewand fest über ihren Bauch und lachte laut auf, als sich die glatte Wölbung bewegte.

»Erzählt mir von Argante«, verlangte sie, während sie den Stoff wieder losließ.

»Klein, dunkel, mager, hübsch.«

Ob dieser unzulänglichen Beschreibung verzog Igraine das Gesicht. »War sie klug?«

Ich überlegte. »Sie war schlau, ja, also war ihr eine gewisse Klugheit eigen, die aber nicht durch Bildung gefördert wurde.«

Meine Königin tat diese Feststellung mit einem verächtlichen Achselzucken ab. »Ist Bildung so wichtig?«

»Ich finde, ja. Ich habe stets bedauert, daß ich nicht Latein gelernt habe.«

»Warum?« erkundigte sich Igraine.

»Weil ein so großer Teil aller Erfahrungen der Menschheit in dieser Sprache aufgeschrieben wurde, Lady, und eins der wichtigsten Argumente für die Bildung ist, daß sie uns Zugang zu allen Dingen verschafft, die andere Völker gewußt, gefürchtet, erträumt und erreicht haben. Wenn man Probleme hat, ist es eine große Hilfe zu erfahren, daß jemand anders schon einmal vor den gleichen Problemen gestanden hat. Es erklärt vieles.«

»Zum Beispiel?« wollte Igraine wissen.

Ich zuckte die Achseln. »Ich erinnere mich an etwas, was Guinevere einmal zu mir sagte. Ich wußte zunächst nicht, was es bedeutete, weil sie es auf Latein gesagt hatte, aber sie übersetzte es mir, und ich erkannte, daß es eine perfekte Erklärung für Arthur war. Ich habe es nie wieder vergessen.«

»Nun? Nur weiter!«

»*Odi et amo*«, zitierte ich langsam die fremden Wörter, »*excrucior.*«

»Und das heißt?«

»Ich hasse und ich liebe, es schmerzt. Irgendein Dichter hat das geschrieben, wer, habe ich vergessen, aber Guinevere hatte das Gedicht gelesen, und als wir uns eines Tages über Arthur unterhielten, zitierte sie diese Zeile. Denn, wißt Ihr, sie verstand ihn vollkommen.«

»Hat Argante ihn verstanden?«

»Aber nein!«

»Konnte sie lesen?«

»Ich bin mir nicht sicher. Ich erinnere mich nicht. Vermutlich nicht.«

»Wie sah sie aus?«

»Sie hatte eine sehr weiße Haut«, antwortete ich, »denn sie weigerte sich, an die Sonne zu gehen. Argante liebte die Nacht. Und sie hatte tiefschwarzes Haar, so glänzend wie das Gefieder eines Raben.«

»Klein und mager war sie, sagtet Ihr?« fragte Igraine.

»Sehr mager, und sehr klein«, gab ich zurück, »aber das, woran ich mich am besten erinnere, ist die Tatsache, daß Argante nur sehr selten lächelte. Sie beobachtete alles, ihr entging nichts, und es lag ständig ein berechnender Ausdruck auf ihrem Gesicht. Die Leute hielten dies für Klugheit, aber mit Klugheit hatte es nichts zu tun, ganz und gar nicht. Sie war lediglich die jüngste von sieben oder acht Töchtern und fürchtete deswegen stets, übergangen zu werden. Also war sie ständig um ihren Anteil besorgt und ständig der Meinung, daß sie um ihn betrogen wurde.«

Igraine schnitt eine Grimasse. »Das klingt ja gräßlich!«

»Sie war habgierig, verbittert und sehr jung«, sagte ich, »aber sie war auch schön. Sie wirkte so zerbrechlich, daß es rührend war.« Ich hielt inne und seufzte. »Armer Arthur! Er hatte kein Glück bei der Wahl seiner Frauen. Bis auf Ailleann, natürlich, aber die hat er sich nicht selbst ausgesucht. Sie wurde ihm als Sklavin zugeteilt.«

»Was ist aus Ailleann geworden?«

»Sie ist im Sachsenkrieg gestorben.«

»Wurde sie getötet?« Igraine erschauerte.

»Sie starb an der Pest«, berichtigte ich. »Es war ein ganz normaler Tod.«

Jesus Christus.

Der Name wirkt seltsam auf dieser Seite, aber ich werde ihn dort stehen lassen. Gerade als ich mit Igraine von Ailleann sprach, kam Bischof Sansum zu uns in den Raum. Der Heilige kann nicht lesen, und weil er es auf das schärfste mißbilligen würde, daß ich Arthurs Geschichte aufschreibe, tun Igraine und ich so, als übersetze ich ein Evangelium ins Sächsische. Ich sage, daß er nicht lesen kann, aber er ist dennoch fähig, ein paar bestimmte Wörter zu erkennen, und Jesus Christus gehört dazu. Deswegen habe ich es geschrieben. Er sah es, knurrte aber argwöhnisch. Er wirkt sehr alt in letzter Zeit. Er hat fast alle Haare verloren, nur zwei weiße Büschel sind noch vorhanden, die wie die Ohren von Lughtigern, dem Mäuselord, aussehen. Wenn er Wasser läßt, hat er Schmerzen, will seinen Körper aber nicht den weisen Frauen zum Heilen überlassen, denn er behauptet, die seien allesamt Heidinnen. Gott, behauptet der Heilige, werde ihn heilen, obwohl ich manchmal – Gott möge mir vergeben – darum bete, daß der Heilige dem Tode nahe ist, denn wenn er stirbt, bekommt unser kleines Kloster einen neuen Bischof. »Geht es meiner Lady gut?« erkundigte er sich bei Igraine, nachdem er das Pergament ausgiebig gemustert hatte.

»Ja, Bischof. Vielen Dank.«

Sansum stöberte im Raum herum, suchte nach etwas, was er tadeln konnte, obwohl ich nicht sagen kann, was er zu finden hoffte. Der Raum ist sehr einfach: eine Schlafstelle, ein Tisch zum Schreiben, ein Hocker und ein Feuer. Es hätte ihm gefallen, wenn ich ein Feuer entzündet hätte, damit er mich dafür tadeln könnte, aber heute ist ein sehr milder Wintertag und ich spare so viel wie möglich von dem kargen Brennstoff, den mir der Heilige zugesteht. Er wischte ein Staubkörnchen weg, beschloß jedoch, nichts dazu zu sagen, und musterte statt dessen Igraine. »Eure Zeit muß kurz bevorstehen, Lady?«

»Nur noch zwei Monate, sagte man mir, Bischof«, antwortete Igraine und schlug das Kreuz über ihrem blauen Gewand.

»Es ist Euch natürlich bewußt, daß unsere Gebete für Eure Ladyschaft zum Himmel emporsteigen werden«, sagte Sansum, ohne ein einziges Wort davon ernst zu meinen.

»Betet lieber auch noch darum, daß die Sachsen nicht nahe sind«, entgegnete Igraine.

»Sind sie das?« fragte Sansum beunruhigt.

»Wie mein Gemahl hörte, bereiten sie sich zum Sturm auf Ratae vor.«

»Ratae ist weit«, stellte der Bischof wegwerfend fest.

»Anderthalb Tage?« fragte Igraine. »Und wenn Ratae fällt, welche Festung liegt dann zwischen uns und den Sachsen?«

»Gott wird uns beschützen«, behauptete der Bischof und griff damit unbewußt den längst vergangenen Glauben des frommen Königs Meurig von Gwent auf. »Genau wie Gott Eure Ladyschaft in Eurer schweren Stunde beschützen wird.« Danach blieb er noch ein paar Minuten, hatte im Grunde aber nichts mehr mit uns zu besprechen. In letzter Zeit langweilt sich der Heilige. Ihm fehlt ein wenig Unheil, das er stiften könnte. Bruder Maelgwyn, der immer der stärkste von uns war und den größten Teil der körperlichen Arbeit im Kloster verrichtete, ist vor wenigen Wochen gestorben, und der Bischof hat durch seinen Tod eine der bevorzugten Zielscheiben für seine Verachtung verloren. Mich zu quälen macht ihm nur wenig Spaß, denn ich ertrage seine Bosheiten geduldig, und außerdem genieße ich den Schutz Igraines und ihres Gemahls.

Schließlich ging Sansum wieder hinaus. Igraine schnitt hinter seinem Rücken eine Grimasse. »Sagt mir, Derfel«, begann sie, als der Heilige außer Hörweite war, »was soll ich für die Entbindung tun?«

»Warum in aller Welt fragt Ihr das mich?« gab ich verwundert zurück. »Ich habe keine Ahnung von Entbindungen – Gott sei Dank! Ich habe noch nie gesehen, wie ein Kind geboren wird, und will es auch in Zukunft nicht sehen.«

»Aber Ihr habt Kenntnis von den alten Dingen«, drängte sie mich. »Das habe ich gemeint.«

»Die Frauen in Eurem Caer wissen darüber viel mehr als ich«, antwortete ich, »aber jedesmal, wenn Ceinwyn entbunden hat, haben wir dafür gesorgt, daß Eisen im Bett war, Frauenurin auf der Schwelle, Beifuß im Feuer und natürlich ein jungfräuliches Mädchen zur Hand, das das Neugeborene aus dem Entbindungsstroh hebt. Aber vor allem«, fuhr ich streng fort, »darf sich kein Mann im Raum aufhalten. Nichts bringt so großes Unheil wie ein Mann, der bei einer Geburt anwesend ist.« Um das Unheil abzuwenden, das sogar dadurch entstehen konnte, daß eine derartige

Situation auch nur erwähnt wurde, berührte ich hastig den vorstehenden Nagel an meinem Schreibtisch. Wir Christen glauben natürlich nicht, daß das Berühren von Eisen irgendwelchen Einfluß – zum Guten oder Schlechten – auf unser Schicksal hat, aber der Nagelkopf an meinem Schreibtisch glänzt doch sehr von meinen Berührungen. »Stimmt das übrigens mit den Sachsen?« wollte ich wissen.

Igraine nickte. »Sie kommen näher, Derfel.«

Wieder rieb ich den Nagelkopf. »Dann ermahnt Euren Gemahl, daß er die Speere schärfen soll.«

»Dazu braucht er keine Ermahnung«, sagte sie grimmig.

Ich frage mich, ob der Krieg jemals enden wird. Denn solange ich lebe, haben die Britannier gegen die Sachsen gekämpft, und obwohl wir einen großen Sieg über sie errangen, haben wir in den Jahren nach diesem Sieg noch Land verloren, und mit dem Land gingen auch die Geschichten verloren, die mit den Hügeln und Tälern verbunden waren. Denn die Geschichte ist nicht nur eine Erzählung, die Menschen erdacht haben, sondern etwas, was stark mit dem Land verbunden ist. Wir benennen einen Berg nach einem Helden, der dort gefallen ist, einen Fluß nach einer Prinzessin, die an seinen Ufern entlanggeflohen ist, und wenn die alten Namen verschwinden, verschwinden die Geschichten mit ihnen, und die neuen Namen rufen keine Erinnerung an die Vergangenheit mehr wach. Die Sais nehmen uns unser Land und unsere Geschichte. Sie verbreiten sich wie eine Seuche, und wir haben keinen Arthur mehr, der uns beschützt. Arthur, Geißel der Sachsen, Lord von Britannien und der Mann, dessen Liebe ihm selbst größeren Schmerz zugefügt hat als jede Wunde von Schwert oder Speer. Wie sehr vermisse ich doch meinen Arthur!

Anläßlich der Wintersonnenwende beteten wir zu den Göttern, sie möchten die Erde nicht der großen Dunkelheit überlassen. Während der sehr strengen Wintermonate erschienen uns diese Gebete häufig wie ein verzweifeltes Flehen, und das traf niemals so sehr zu wie in dem Jahr, bevor uns die Sachsen angriffen, denn da lag unsere Welt wie tot unter einem Panzer aus Eis und verharschtem Schnee. Für jene von uns, die Jünger des Mithras waren, besaß die Wintersonnenwende eine weitere Bedeutung, denn zu dieser Zeit wurde unser Gott geboren; deswegen besuchte ich mit Issa nach unserem Sonnenwendfestmahl in Dun Caric die Höhlen, in denen wir unsere feierlichsten Zeremonien abhielten, um ihn dort in den Mithraskult einzuweihen. Er meisterte die Prüfungen erfolgreich und wurde im Kreis der Elitekrieger, welche die Mysterien des Gottes bewahren, herzlich willkommen geheißen. Anschließend gab es ein Festmahl. In jenem Jahr tötete ich den Stier, schnitt ihm zunächst die Kniesehnen durch, damit er sich nicht mehr bewegen konnte, und schwang dann in der niedrigen Höhle die Axt, um ihm die Wirbelsäule zu durchtrennen. Wie ich mich erinnere, hatte der Stier eine Schrumpfleber, was als schlechtes Zeichen galt, aber in jenem eisigen Winter gab es nirgendwo gute Zeichen.

Trotz der bitteren Kälte nahmen vierzig Mann an den Riten teil. Arthur kam nicht, obwohl er ein langjähriges Mitglied war, Sagramor und Culhwch jedoch waren von ihren fernen Grenzposten zu den Zeremonien gekommen. Als die meisten Krieger nach dem Festmahl die Auswirkungen des Met ausschliefen, zogen wir drei uns in einen niedrigen Tunnelgang zurück, wo der Rauch nicht ganz so dick war und wir uns ungestört unterhalten konnten.

Sowohl Sagramor als auch Culhwch waren fest davon überzeugt, daß die Sachsen direkt durch das Themsetal angreifen würden. »Nach allem, was ich hörte«, erklärte uns Sagramor, »sammeln sie in London und Pontes Proviant und Nachschub.« Er hielt inne, um ein Stück Fleisch von einem Knochen zu nagen. Ich hatte Sagramor seit Monaten nicht mehr gesehen und fand seine Gesellschaft beruhigend; der Numidier war der härteste und furchteinflößendste von Arthurs Kriegsherren, und seine Tapferkeit spiegelte sich in dem schmalen Gesicht mit den scharfen Zügen. Er war über die Maßen treu, ein zuverlässiger Freund und ein wundervoller Geschichtenerzähler, vor allem aber war er der geborene Krieger, der jeden Feind überlisten und überwinden konnte. Die Sachsen fürchteten Sagramor, weil sie ihn für einen dunklen Dämon aus ihrer Anderwelt hielten. Wir waren froh, daß sie eine so lähmende Furcht zu empfinden vermochten, und es war uns ein Trost, daß wir, selbst wenn wir zahlenmäßig unterlegen waren, sein Schwert und seine erfahrenen Speerkämpfer auf unserer Seite haben würden.

»Meint ihr nicht, daß Cerdic im Süden angreifen wird?« erkundigte ich mich.

Culhwch schüttelte den Kopf. »Er läßt nichts dergleichen erkennen. In ganz Venta rührt sich nichts.«

»Die beiden trauen einander nicht.« Sagramor meinte Cerdic und Aelle. »Sie wagen es nicht, einander aus den Augen zu lassen. Cerdic fürchtete, daß wir Aelle bestechen, und Aelle fürchtete, daß Cerdic ihn um die Beute betrügt, deswegen werden sie dichter zusammenbleiben als Zwillingsbrüder.«

»Und was wird Arthur tun?« fragte ich.

»Wir hatten gehofft, daß Ihr uns das sagen könntet«, antwortete Culhwch.

»Arthur spricht in letzter Zeit nicht mehr mit mir«, sagte ich, ohne meine Bitterkeit zu verbergen.

»Damit wären wir schon zu zweit«, grollte Culhwch.

»Zu dritt«, warf Sagramor ein. »Er kommt zu mir, stellt ein paar Fragen, reitet ein paar Attacken und zieht wieder davon. Er sagt kein Wort.«

»Hoffen wir, daß er wenigstens denkt«, sagte ich.

»Vermutlich ist er zu sehr mit seiner neuen Frau beschäftigt«, riet Culhwch verdrossen.

»Habt ihr sie kennengelernt?« fragte ich ihn neugierig.

»Ein irisches Kätzchen«, sagte er wegwerfend. »Mit scharfen Krallen.« Wie Culhwch uns berichtete, hatte er Arthur und seine neue Frau auf dem Weg nach Norden zu unserer Mithrasfeier besucht. »Hübsch ist sie ja«, räumte er widerwillig ein. »Wenn Ihr sie als Sklavin nähmt, würdet Ihr vermutlich dafür sorgen, daß sie eine Weile in Eurer Küche bliebe. Na ja, ich würde das jedenfalls tun. Ihr wohl weniger, Derfel.« Culhwch spöttelte häufig über meine Treue zu Ceinwyn, obwohl ich damit nicht ganz allein dastand. Sagramor hatte eine gefangene Sächsin zur Gemahlin genommen und war, wie ich, berühmt für seine Treue. »Was taugt ein Stier, wenn er nur eine Kuh bedient?« fragte Culhwch jetzt, aber keiner von uns reagierte auf seinen Witz.

»Arthur hat Angst«, sagte Sagramor statt dessen. Dann hielt er nachdenklich inne. Der Numidier sprach sehr gut Britannisch, wenn auch mit einem gräßlichen Akzent, aber es war nicht seine Muttersprache, deswegen sprach er häufig langsam, um sicherzugehen, daß er seine Gedanken richtig formulierte. »Er hat den Göttern getrotzt, und zwar nicht nur auf Mai Dun, sondern indem er Mordreds Macht übernahm. Die Christen hassen ihn, und nun erklären auch die Heiden, er sei ihr Feind. Begreift Ihr, wie einsam ihn das macht?«

»Das Problem mit Arthur ist, daß er nicht an die Götter glaubt«, behauptete Culhwch wegwerfend.

»Er glaubt an sich selbst«, wandte Sagramor ein, »und als Guinevere ihn hinterging, war das für ihn wie ein Dolchstoß ins Herz. Er schämt sich. Er hat einen großen Teil seines Stolzes verloren, und er ist ein sehr stolzer Mann. Er glaubt, wir alle lachen über ihn, deswegen hält er sich von uns fern.«

»Ich lache nicht über ihn«, protestierte ich sofort.

»Ich schon«, sagte Culhwch und zuckte zusammen, als er sein verwundetes Bein streckte. »Dummer Bastard. Hätte Guineveres Rücken ein paarmal mit seinem Schwertgurt bearbeiten sollen. Damit hätte er diesem Miststück eine Lektion erteilt.«

»Jetzt«, fuhr Sagramor fort, ohne Culhwchs vorhersehbare Meinung zu beachten, »fürchtet er sich vor der Niederlage. Denn was ist er denn, wenn nicht Soldat? Er denkt gern, daß er ein guter Mann ist, daß er regiert, weil er der geborene Herrscher ist, aber es ist das Schwert, das ihn an die Macht gebracht hat. Und im Innern weiß er das auch, und wenn er diesen Krieg jetzt verliert, verliert er das, was ihm am wichtigsten ist – seinen Ruf. Man wird sich an ihn als den Usurpator erinnern, der nicht gut genug war, um das festzuhalten, was er sich angeeignet hatte. Er hat Angst davor, wie sich eine zweite Niederlage auf seinen Ruf auswirken würde.«

»Vielleicht kann ihn Argante für die erste Niederlage entschädigen«, sagte ich.

»Das möchte ich bezweifeln«, sagte Sagramor. »Wie Gelahad

mir berichtet, hat Arthur sich eigentlich gar nicht mit ihr vermählen wollen.«

»Und warum hat er es dann getan?« fragte ich bedrückt.

Sagramor zuckte die Achseln. »Um Guinevere zu trotzen? Um Oengus zu gefallen? Um uns zu zeigen, daß er Guinevere nicht braucht?«

»Um Bauchklatschen mit einem hübschen Mädchen zu spielen«, warf Culhwch ein.

»Falls er das überhaupt tut«, sagte Sagramor.

Aufrichtig entsetzt starrte Culhwch den Numidier an. »Natürlich tut er das!« behauptete er dann.

Sagramor schüttelte den Kopf. »Wie ich gehört habe, tut er es nicht. Das sind natürlich nur Gerüchte, und Gerüchten kann man am wenigsten trauen, wenn es um das Verhältnis von Mann und Weib geht. Doch die Prinzessin ist, glaube ich, zu jung für Arthurs Geschmack.«

»Sie sind niemals zu jung«, brummte Culhwch. Sagramor zuckte nur die Achseln. Er war ein weitaus feinfühligerer Mann als Culhwch und vermochte Arthur daher sehr viel besser zu verstehen, denn Arthur gab sich zwar sehr gerade heraus, doch seine Seele war in Wirklichkeit so kompliziert wie die verschlungenen Spiralen und sich windenden Drachen auf Excaliburs Klinge.

Am frühen Morgen trennten wir uns. Unsere Speer- und Schwertklingen waren noch rot vom Blut des Opferstiers. Issa war begeistert. Wenige Jahre zuvor war er noch ein Bauernjunge gewesen, jetzt war er ein Mithrasjünger, und bald würde er, wie er mir anvertraute, sogar noch Vater sein, denn Scarach, seine Gemahlin, war guter Hoffnung. Issa, der durch seine Einführung in den Mithraskult an Selbstsicherheit gewonnen hatte, war plötzlich überzeugt, daß wir die Sachsen auch ohne Hilfe aus Gwent schlagen würden, ich dagegen konnte nicht daran glauben. Zwar mochte ich Guinevere nicht sehr, aber ich hatte sie noch nie für dumm gehalten und sorgte mich wegen ihrer Vorhersage, daß Cerdic im Süden angreifen würde. Die Alternative dazu klang natürlich logisch: Cerdic und Aelle waren widerwillige Verbündete und würden einander vor Mißtrauen nicht aus den Augen lassen wollen. Ein überlegener Angriff entlang der Themse wäre der kürzeste Weg zum Severn-Meer und würde die britannischen Königreiche spalten, und warum sollten die Sachsen ihren Vorteil der größeren Truppenstärke opfern und ihre Streitkräfte in zwei kleinere Heere teilen, die Arthur möglicherweise nacheinander besiegte? Wenn Arthur andererseits nur einen Angriff erwartete und sich nur gegen diesen Angriff wappnete, waren die Vorteile eines Angriffs im Süden überwältigend. Während Arthur mit dem einen Sachsenheer im Themsetal befaßt war, konnte das andere seine rechte Flanke umgehen und fast ohne Widerstand den Severn erreichen. Issa dagegen machte sich über derartige Probleme keine Gedanken. Er sah sich bereits in einem Schildwall, wo er, gestählt durch die Aufnahme in den Mithrasbund, die Sachsen ummähen würde wie ein Bauer das Heu.

Auch nach der Wintersonnenwende blieb das Wetter kalt. Tag um Tag dämmerte bleich und froststarr herauf, während die Sonne kaum mehr war als eine rötliche Scheibe, die tief in den südlichen Wolken hing. Wölfe drangen auf der Suche nach Schafen, die wir in Hürden eingeschlossen hatten, bis tief in kultiviertes Ackerland hinein, und eines glorreichen Tages erlegten wir sechs dieser grauen Bestien, so daß wir sechs frische Wolfsruten für die Helme meiner Kriegshorde hatten. Als wir damals tief in den Wäldern von Armorica gegen die Franken kämpften, hatten meine Männer begonnen, Wolfsruten als Helmzier zu benutzen, denn unsere Gegner, über die wir wie marodierende Raubtiere herfielen, hatten uns als Wölfe bezeichnet, und wir hatten diese Beleidigung in ein Kompliment verwandelt. Wir waren die Wolfsruten, obwohl wir auf den Schilden Ceinwyn zu Ehren statt des Wolfskopfes einen fünfzackigen weißen Stern trugen.

Ceinwyn bestand noch immer darauf, im Frühling nicht nach Powys fliehen zu wollen. Morwenna und Seren könnten gehen, meinte sie, aber sie selbst werde unbedingt bleiben. Ich war zornig über ihre Hartnäckigkeit. »Dann können die Mädchen also ruhig beide Eltern verlieren?« fragte ich sie.

»Wenn die Götter es so wollen, ja«, gab sie gelassen zurück. »Mag sein, daß das egoistisch klingt, aber so will ich es nun mal.«

»Du willst sterben? Das ist egoistisch?«

»Ich will nicht so weit entfernt sein, Derfel«, erklärte sie mir. »Weißt du, was es heißt, in einem fernen Land zu sein, während der Gemahl Krieg führt? Man kommt fast um vor Angst. Man fürchtet jeden einzelnen Boten. Man hört auf jedes Gerücht. O nein, diesmal werde ich hierbleiben.«

»Um mir eine Sorge mehr aufzubürden?«

»Was für ein arroganter Mann du doch bist«, gab sie ruhig zurück. »Glaubst du, ich könnte mich nicht allein durchschlagen?«

»Der kleine Ring da wird dich auch nicht vor den Sachsen schützen.« Ich deutete auf den Achatsplitter an ihrer Hand.

»Dann werde ich mich eben selber schützen. Keine Sorge, Derfel, ich werde dir nicht im Wege sein, und ich werde mich nicht gefangennehmen lassen.«

Am folgenden Tag wurden in der Schafhürde unmittelbar am Fuß des Hügels von Dun Caric die ersten Lämmer geboren. Es war sehr früh für diese Geburten, aber ich nahm das als ein günstiges Zeichen der Götter. Bevor Ceinwyn es verbieten konnte, wurde das zuerst geborene Lamm geopfert, um sicherzustellen, daß die restliche Lammzeit gut verlaufen werde. Das blutige Fell des kleinen Tierchens wurde neben dem Bach an eine Weide genagelt, und am Tag darauf blühte darunter eine Wolfsblume, wie wir den Huflattich hier nennen. Die kleinen gelben Blüten stellen den ersten Farbfleck nach der Jahreswende dar. Am selben Tag sah ich die leuchtenden Farben von drei Eisvögeln am vereisten Ufer aufblitzen. Überall begann sich Leben zu regen. In der Morgendämmerung hörten wir, nachdem uns die Hähne geweckt hatten, wieder Drosseln, Rotkehlchen, Lerchen, Zaunkönige und Spatzen ihr Lied singen.

Zwei Wochen nach der Geburt der ersten Lämmer schickte Arthur nach uns. Der Schnee war geschmolzen, so daß sich sein Bote über die verschlammten Straßen mühen mußte, um uns die Nachricht zu bringen, die uns in den Palast von Lindinis rief. Wir sollten dort am Imbolc-Fest teilnehmen, dem ersten Fest nach der Wintersonnenwende, das der Göttin der Fruchtbarkeit gewidmet ist. An Imbolc treiben wir neugeborene Lämmer durch brennende

Reifen, und später, wenn sie glauben, daß niemand zusieht, springen auch die jungen Mädchen durch die noch glimmenden Reifen, um anschließend die Finger in die Asche der Imbolc-Feuer zu tauchen und sich den grauen Staub zwischen die Beine zu schmieren. Ein Kind, das im November zur Welt kommt, wird als Imbolc-Kind bezeichnet und hat die Asche zur Mutter und das Feuer zum Vater. Ceinwyn und ich trafen am Nachmittag des Tages vor Imbolc ein, als die Wintersonne lange Schatten über das bleiche Gras warf. Arthurs Speerkämpfer umringten den Palast, um ihn vor der verstockten Feindseligkeit der Menschen zu schützen, die sich an Merlins magische Beschwörung des leuchtenden Mädchens im Palasthof erinnerten.

Zu meiner Überraschung entdeckte ich, daß der Innenhof für Imbolc geschmückt war. Arthur hatte für derartige Dinge nie etwas übrig gehabt, er hatte die Befolgung religiöser Riten stets Guinevere überlassen, und die hatte so primitive Bauernfeste wie Imbolc niemals gefeiert; nun aber stand ein großer Reifen aus geflochtenem Stroh für die Flammen bereit, während eine Handvoll Lämmer mit ihren Mutterschafen in einer kleinen Hürde eingeschlossen war. Culhwch begrüßte uns, indem er schalkhaft zu dem Reifen hinübernickte. »Eine gute Gelegenheit für Euch, ein weiteres Kind zur Welt zu bringen«, sagte er zu Ceinwyn.

»Warum wäre ich sonst wohl hier?« erwiderte sie und gab ihm einen Kuß. »Und wie viele habt Ihr selbst inzwischen?«

»Einundzwanzig«, antwortete er stolz.

»Von wie vielen Müttern?«

»Zehn.« Er grinste und versetzte mir einen Schlag auf den Rücken. »Morgen sollen wir unsere Befehle erhalten.«

»Wir?«

»Ihr, ich, Sagramor, Galahad, Lanval, Balin, Morfans.« Culhwch zuckte die Achseln. »Eben alle.«

»Ist Argante hier?« fragte ich ihn.

»Was glaubt Ihr wohl, wer diesen Reifen aufgestellt hat?« gab er zurück. »Das hier ist alles ihre Idee. Sie hat einen Druiden aus Demetia mitgebracht, und bevor wir heute abend essen, müssen wir alle Nantosuelta anbeten.«

»Wen?« fragte Ceinwyn.

»Eine Göttin«, antwortete Culhwch desinteressiert. Es gab so viele Götter und Göttinnen, daß niemand außer den Druiden all ihre Namen kannte, und weder Ceinwyn noch ich hatten jemals zuvor von Nantosuelta gehört.

Arthur und Argante bekamen wir erst nach Einbruch der Dunkelheit zu sehen, als Hygwydd, Arthurs Schildknappe, uns alle in den Innenhof holte, der von Pechfackeln in Eisenhaltern erleuchtet wurde. Ich mußte an Merlins Abend hier denken, an die ehrfürchtige Menschenmenge, die Olwen, der Silbernen, ihre kranken und verstümmelten Kinder entgegengestreckt hatte. Jetzt wartete eine Gruppe von Lords mit ihren Ladys voll Unbehagen zu beiden Seiten des geflochtenen Reifens, während auf einem Podium am Westende des Hofes drei Sessel mit weißem Leinen verhängt waren. Neben dem Reifen stand ein Druide, in dem ich den Magier vermutete, den Argante aus dem Königreich ihres Vaters herbeigeholt hatte. Er war ein kleiner, untersetzter Mann mit einem wilden schwarzen Bart, in den er Büschel von Fuchshaaren und Bündel von winzigen Knochen geflochten hatte. »Fergal heißt er«, berichtete mir Galahad, »und er haßt Christen. Er hat den ganzen Nachmittag damit verbracht, Flüche über mich zu sprechen; dann erschien Sagramor, und Fergal wäre vor Schreck fast in Ohnmacht gefallen. Er dachte, Crom Dubh höchstpersönlich sei gekommen.« Galahad lachte.

In der Tat hätte Sagramor jener dunkle Gott sein können, denn er war in schwarzes Leder gekleidet und trug an der Hüfte ein Schwert in schwarzer Scheide. Er war mit seiner üppigen, gelassenen sächsischen Gemahlin Malla nach Lindinis gekommen, und nun standen die beiden ein wenig abseits von uns am entfernten Ende des Innenhofs. Sagramor verehrte Mithras, hatte für die britannischen Götter dagegen nur wenig übrig, während Malla noch immer zu Woden, Eostre, Thunor, Fir und Seaxnet betete, den Göttern der Sachsen.

Alle Heerführer Arthurs waren gekommen, obwohl ich, während ich auf Arthur wartete, an die Männer denken mußte, die hier fehlten. Cei, mit Arthur im fernen Gwynedd aufgewachsen, war bei Lancelots Aufstand im dumnonischen Isca gestorben. Christen hatten ihn ermordet. Agravain, seit vielen Jahren Befehlshaber von Arthurs Reitern, war im vergangenen Winter an einem Fieber gestorben. Balin hatte Agravains Aufgaben übernommen und drei Gemahlinnen nach Lindinis mitgebracht sowie einen ganzen Stamm kleiner, untersetzter Kinder, die voll Entsetzen Morfans anstarrten, den häßlichsten Mann von ganz Britannien, dessen Gesicht uns anderen inzwischen so vertraut war, daß wir weder seine Hasenscharte noch seinen riesigen Kropf oder sein schiefes Kinn bemerkten. Bis auf Gwydre, der noch immer ein Knabe war, schien ich der jüngste Mann hier zu sein, und diese Erkenntnis erschreckte mich. Wir brauchten dringend neue Kriegsherren, und sofort beschloß ich, dem jungen Issa, sobald der Sachsenkrieg vorüber war, eine eigene Kriegshorde zu geben. Falls Issa überlebte. Falls ich überlebte.

Gwydre wurde von Galahad begleitet, und die beiden gesellten sich zu Ceinwyn und mir. Galahad war immer schon ein gutaussehender Mann gewesen, doch nun, da er auf die mittleren Jahre zuging, hatte sein gutes Aussehen eine ganze neue Würde gewonnen. Seine früher leuchtend goldblonden Haare waren ergraut, und er trug jetzt einen kleinen Spitzbart. Er und ich hatten uns immer sehr nahegestanden, in jenem schweren Winter stand er Arthur jedoch vermutlich näher als irgendeinem anderen. Galahad war nicht im Seepalast gewesen und hatte Arthurs Schande nicht miterlebt, und dies, in Verbindung mit seinem ruhigen Mitgefühl, machte ihn für Arthur erträglich. Mit gedämpfter Stimme, damit Gwydre es nicht hörte, fragte Ceinwyn, wie es Arthur gehe.

»Ich wünschte, ich wüßte es«, antwortete Galahad.

»Er muß doch sicher glücklich sein«, meine Ceinwyn.

»Warum?«

»Mit einer neuen Gemahlin?« sagte Ceinwyn.

Galahad lächelte. »Wenn ein Mann eine Reise macht, liebste Lady, und ihm auf dieser Reise das Pferd gestohlen wird, kauft er sich oft sehr überstürzt ein Ersatzpferd.«

»Das er anschließend dann nicht reitet, wie ich höre?« warf ich eher grob ein.

»Hörst du dergleichen, Derfel?« antwortete Galahad, das Gerücht weder leugnend noch bestätigend. Er lächelte. »Die Ehe ist mir ein Rätsel«, erklärte er unbestimmt. Galahad hatte sich niemals vermählt. Ja, seit Ynys Trebes, sein Zuhause, an die Franken gefallen war, hatte er sich nirgendwo fest niedergelassen. Seit damals hielt er sich in Dumnonia auf und hatte in dieser Zeit eine ganze Generation von Kindern heranwachsen sehen, aber er wirkte immer noch wie ein Gast. Er hatte Räumlichkeiten im Palast von Durnovaria, die aber kaum möbliert und wenig komfortabel waren. Er übernahm Botenritte für Arthur, zog überall in Britannien umher, um Lösungen für Probleme mit anderen Königreichen zu finden, oder unternahm mit Sagramor Raubzüge über die sächsische Grenze, und schien tatsächlich am glücklichsten zu sein, wenn er sich auf diese Weise beschäftigen konnte. Ich argwöhnte zuweilen, daß er Guinevere liebte, aber Ceinwyn hatte sich über diese Idee stets lustig gemacht. Galahad, behauptete sie, liebe nur die Perfektion und sei viel zu pingelig, um eine Frau aus Fleisch und Blut zu lieben. Er liebe seine Vorstellung von den Frauen, sagte Ceinwyn, könne die Realität voller Krankheit, Blut und Schmerzen dagegen nicht ertragen. In der Schlacht zeigte er keinerlei Aversion gegen all diese Dinge, doch das, sagte Ceinwyn, komme daher, daß es in der Schlacht Männer waren, die bluteten, Männer, die schwach waren, und Männer habe Galahad nie idealisiert, stets nur die Frauen. Möglicherweise hatte sie damit sogar recht. Ich wußte nur, daß mein Freund von Zeit zu Zeit einsam sein mußte, obwohl er sich niemals darüber beklagte. »Arthur ist sehr stolz auf Argante«, sagte er jetzt freundlich, wenn auch in einem Ton, der darauf schließen ließ, daß er etwas unausgesprochen ließ.

»Aber sie ist keine Guinevere?« sagte ich.

»Ganz und gar keine Guinevere«, stimmte mir Galahad zu, offensichtlich dankbar, daß ich dem Gedanken Ausdruck verliehen hatte. »Obwohl sie ihr in mancher Hinsicht nicht unähnlich ist.«

»Zum Beispiel?«

»Sie ist ehrgeizig«, sagte Galahad zweifelnd. »Sie findet, Arthur sollte Siluria an ihren Vater abtreten.«

»Aber er hat nicht das Recht, Siluria abzutreten!« wandte ich ein.

»Nein«, bestätigte Galahad, »aber Argante meint, er könnte es erobern.«

Ich spie aus. Um Siluria zu erobern, müßte Arthur gegen Gwent und selbst gegen Powys kämpfen, da diese Reiche das Territorium gemeinsam beherrschten. »Wahnsinn!« stellte ich fest.

»Ehrgeizig, aber unrealistisch«, berichtigte Galahad.

»Mögt Ihr Argante?« wandte Ceinwyn sich direkt an ihn.

Die Antwort wurde ihm erspart, weil das Palastportal plötzlich aufgestoßen wurde und Arthur erschien – endlich! Er war wie immer in Weiß gekleidet, doch sein Gesicht war im Verlauf der letzten Monate so hager geworden, daß er auf einmal alt aussah. Das war ein grausames Schicksal für ihn, denn an seinem Arm hing, ganz in Gold, seine neue Gemahlin, und diese neue Gemahlin war wirklich kaum mehr als ein Kind.

Es war das erstemal, daß ich Argante sah, Prinzessin der Uí Liatnáin und Iseults Schwester, und sie ähnelte der Ärmsten sehr. Argante war ein zierliches Wesen in der Phase zwischen dem Kindes- und dem Frauenalter, doch an jenem Abend vor Imbolc sah sie eher wie ein Kind als eine Erwachsene aus, denn sie war in einen riesigen Mantel aus steifem Leinen gehüllt, der bestimmt einmal Guinevere gehört hate. Das Kleidungsstück war viel zu groß für Argante, die in den weiten, goldenen Wogen nur schwerfällig zu gehen vermochte. Als ich ihre Schwester damals juwelenbehangen daherkommen sah, hatte ich, wie ich mich erinnerte, bei mir gedacht, daß Iseult aussehe wie ein kleines Mädchen im Schmuck seiner Mutter; Argante vermittelte mir nun ebenfalls den Eindruck, sich als Erwachsene verkleidet zu haben, und bewegte sich, um ihren Mangel an Würde zu kaschieren, mit einer besonders betonten Feierlichkeit. Das glänzendschwarze Haar trug sie zu einem langen Zopf geflochten, den sie sich um den Kopf gelegt und mit einer jettschwarzen Spange festgesteckt hatte, so schwarz wie die Schilde der gefürchteten Krieger ihres Vaters. Diese erwachsene Haartracht thronte unsicher über ihrem jungen Gesicht, genau wie der massive Goldtorques viel zu schwer für ihren schlanken Hals zu sein schien. Arthur führte sie zum Podium um sie mit einer Verneigung in den Sessel linker Hand zu setzen, und ich glaube, es gab keine einzige Seele im ganzen Innenhof, ob Gast, Druide oder Wachtposten, der nicht auffiel, wie sehr sie an einen Vater mit seiner Tochter erinnerten. Eine Pause trat ein. Es war ein peinlicher Augenblick, fast so, als sei ein wichtiger Teil eines Rituals vergessen worden und eine feierliche Zeremonie daher in Gefahr geraten, lächerlich zu wirken; doch dann gab es ein Gescharre am Palastportal, ein lautes Kichern, und Mordred trat in Erscheinung.

Mit verschlagenem Lächeln hinkte unser König mit seinem Klumpfuß auf den Hof heraus. Genau wie Argante spielte er eine Rolle, doch im Gegensatz zu ihr tat er es nicht gern. Er wußte genau, daß jeder einzelne Mann auf dem Hof Arthurs Mann war, daß alle ihn, Mordred, haßten, und daß sie ihn zwar behandelten, als sei er ihr König, er aber dennoch nur durch ihre Duldung lebte. Schwerfällig bestieg er das Podium. Arthur verneigte sich, und wir alle folgten seinem Beispiel. Mordred, dessen drahtiges Haar genauso ungebärdig war wie immer und dessen Bart einen häßlichen Rahmen für sein rundes Gesicht bildete, nickte flüchtig und nahm dann auf dem mittleren Sessel Platz. Argante warf ihm einen überraschend freundlichen Blick zu. Arthur ließ sich auf dem letzten Sessel nieder, und dann saßen die drei vor uns: Imperator, König und Kindgemahlin.

Unwillkürlich mußte ich daran denken, daß Guinevere das alles sehr viel souveräner gehandhabt hätte: Es hätte heißen Met zu trinken gegeben, mehr Feuer gegen die Kälte und Musik, um verlegene Pausen zu überbrücken. An diesem Abend aber schien niemand zu wissen, was eigentlich geschehen sollte, bis Argante den Druiden ihres Vaters plötzlich anzischte. Fergal warf einen unsicheren Blick in die Runde und huschte quer über den Hof, um sich eine der Fackeln aus den Wandhaltern zu holen. Mit dieser Fackel entzündete er den Reifen und murmelte unverständliches Zeug vor sich hin, während das Stroh in Flammen aufging.

Die fünf neugeborenen Lämmer wurden von Sklaven aus der Hürde geholt. Die Mutterschafe blökten verzweifelt nach ihren

Sprößlingen, die in den Armen der Sklaven zappelten. Fergal wartete, bis der Reifen einen perfekten Feuerkreis bildete, dann befahl er, die Lämmer durch die Flammen zu treiben, die keine Ahnung davon hatten, daß die Fruchtbarkeit ganz Dumnonias von ihrem Gehorsam abhing, stoben in alle Himmelsrichtungen davon, nur nicht in Richtung auf den Reifen; auch Balins Kinder schlossen sich der johlenden Jagd an, erreichten dadurch aber nur, daß die Verwirrung noch größer wurde. Schließlich wurden die Lämmer eins nach dem anderen eingefangen und auf den Reifen zugescheucht, und mit der Zeit wurden sie alle dazu gebracht, durch den Feuerkreis zu springen, doch die Feierlichkeit des Augenblicks war inzwischen gründlich gestört worden. Argante, die von ihrem heimatlichen Demetia zweifellos geschicktere Durchführungen derartiger Zeremonien gewohnt war, krauste die Stirn, wir anderen dagegen lachten und plauderten. Fergal stellte die Würde des Abends wieder her, indem er plötzlich einen Schrei ausstieß, der uns alle erstarren ließ. Der Druide stand mit zurückgeworfenem Kopf da und blickte in den bewölkten Himmel empor; in der erhobenen Rechten hielt er ein breites Feuersteinmesser, während in seiner Linken hilflos eines der Lämmer zappelte.

»O nein!« protestierte Ceinwyn und wandte sich ab. Gwydre verzog das Gesicht, während ich ihm den Arm um die Schultern legte.

Fergal brüllte seine Herausforderung in die Nacht hinaus und hob dann Lamm und Messer hoch über seinen Kopf. Abermals schrie er und massakrierte das Lamm, metzelte den kleinen Körper mit seinem ungeschickten, stumpfen Messer, während die Bewegungen des Lammes und seine blökenden Schreie nach der Mutter immer schwächer wurden, weil sein Blut auf Fergals erhobenes Gesicht und seinen wilden, knochen- und fuchshaardurchwirkten Bart herabströmte. »Ich bin froh«, flüsterte mir Galahad ins Ohr, »daß ich nicht in Demetia leben muß.«

Während dieses außergewöhnlichen Opfers blickte ich zu Arthur hinüber und entdeckte einen Ausdruck ausgesprochenen Widerwillens auf seinem Gesicht. Dann bemerkte er, daß ich ihn beobachtete, und seine Miene erstarrte. Argante, deren Mund begierig offenstand, beugte sich vor, um den Druiden besser beobachten zu können. Mordred grinste.

Das Lamm verendete. Plötzlich begann Fergal zu unser aller Entsetzen im Hof herumzustolzieren, während er dabei den kleinen Kadaver schüttelte und wilde Gebete hinausbrüllte. Wir alle wurden mit Blutstropfen besprießt. Als der Druide mit seinem blutüberströmten Gesicht an uns vorbeitanzte, warf ich beschützend meinen Mantel über Ceinwyn. Arthur hatte offensichtlich keine Ahnung, daß diese barbarische Schlachterei sorgfältig arrangiert worden war. Er hatte zweifellos gedacht, seine neue Gemahlin habe zur Einstimmung auf das Fest eine feierliche Zeremonie geplant, aber der Ritus artete zu einer Orgie des Blutvergießens aus. Alle fünf Lämmer wurden geschlachtet, und als die letzte kleine Kehle von dem schwarzen Feuersteinmesser durchschnitten worden war, trat Fergal zurück und deutete auf den Reifen. »Nantosuelta erwartet euch!« rief er uns zu. »Hier ist sie! Kommt zu ihr!« Offenbar erwartete er eine Reaktion, doch keiner von uns rührte sich. Sagramor blickte starr zum Mond empor. Culhwch lauste seinen Bart. Kleine Flämmchen zuckten über die Reifen, brennende Strohreste flogen hinunter zu den zerrissenen, blutigen Kadavern auf den Pflastersteinen des Innenhofs, und immer noch regte sich keiner von uns. »Kommt zu Nantosuelta!« lockte Fergal mit heiserer Stimme.

Auf einmal stand Argante auf. Sie ließ den steifen goldenen Mantel fallen, der ein schlichtes blaues Wollgewand freigab, in dem sie noch kindlicher als sonst aussah. Sie hatte schmale, knabenhafte Hüften, kleine Hände und ein zartes Gesicht, so weiß, wie das Vlies der Lämmer gewesen war, bevor das schwarze Messer ihr junges Leben beendet hatte. »Kommt«, rief Fergal ihr zu, »kommt zu Nantosuelta, Nantosuelta ruft Euch, kommt zu Nantosuelta!« Immer weiter säuselte er, um Argante zu ihrer Göttin zu locken. Argante, die sich fast in Trance befand, trat so langsam vor, als sei jeder Schritt eine neue Anstrengung; sie bewegte sich, hielt inne, bewegte sich, hielt inne, während der Druide fortfuhr, sie zu sich zu locken. »Kommt zu Nantosuelta«, skandierte Fergal, »Nantosuelta ruft Euch, kommt zu Nantosuelta!« Argante hatte die Augen geschlossen. Für sie zumindest war es ein ehrfurchtgebietender Moment, uns anderen dagegen war es, glaube ich, eher peinlich. Arthur zog eine entsetzte, angewiderte Miene, was mich nicht wunderte, denn wie es schien, hatte er Isis gegen Nantosuelta eingetauscht. Mordred, dem Argante früher einmal als Braut versprochen worden war, beobachtete mit einem gierigen Blick, wie sich das Mädchen langsam vorwärtsbewegte. »Kommt zu Nantosuelta, Nantosuelta ruft Euch!« Verführerisch winkte Fergal sie weiter, und jetzt war seine Stimme zu einer Imitation von Frauengekreisch angestiegen.

Langsam erreichte Argante den Reifen. Als ihr die Hitze der letzten Flammen ins Gesicht schlug, öffnete sie die Augen und schien fast überrascht zu sein, daß sie vor dem Feuer der Göttin stand. Sie sah zu Fergal hinüber und schlüpfte flink durch den rauchigen Ring. Sie lächelte triumphierend, und Fergal applaudierte ihr, um uns andere aufzufordern, ihr ebenfalls Beifall zu spenden. Höflich folgten wir seinem Beispiel, doch unser wenig begeisterter Applaus verstummte, als sich Argante neben den toten Lämmern niederkauerte. Schweigend sahen wir zu, als sie einen zierlichen Finger in eine der Messerwunden steckte. Sie zog den Finger wieder heraus und hielt ihn empor, damit wir alle das Blut an seiner Spitze sehen konnten. Dann drehte sie sich so, daß Arthur zusehen konnte. Sie starrte ihn an, öffnete den Mund, zeigte ihre kleinen weißen Zähne, schob den Finger ganz langsam zwischen die Zahnreihen und schloß die Lippen um ihn herum. Sie leckte ihn ab. Gwydre starrte seine Stiefmutter ungläubig an. Sie war nicht viel älter als Gwydre. Ceinwyn, deren Hand die meine umklammerte, erschauerte.

Aber Argante war noch nicht fertig. Wieder drehte sie sich um, näßte den Finger abermals mit Blut und stieß den blutigen Finger in die heiße Asche des Reifens. Dann griff sie, immer noch kauernd, unter den Saum ihres blauen Gewandes, um sich Blut und Asche zwischen die Beine zu schmieren. Sie wollte sicherstellen, daß sie Kinder bekommen werde. Sie benutzte Nantosueltas Macht, um eine eigene Dynastie zu gründen, und wir alle wurden Zeugen dieses Bestrebens. Die Augen hatte sie, fast ekstatisch, wieder geschlossen, und dann war das Ritual urplötzlich vorbei. Sie erhob sich, ihre Hand wurde wieder sichtbar, dann winkte sie Arthur zu sich. Zum erstenmal an jenem Abend lächelte sie, und ich sah, daß sie schön war, aber es war eine strenge Schönheit, auf ihre Art so hart wie Guineveres, doch ohne Guineveres leuchtende Haarfülle, die sie ein wenig hätte abmildern können.

Wieder winkte sie Arthur zu sich, denn wie es schien, verlangte das Ritual, daß auch er durch den Reifen sprang. Sekundenlang zögerte er; dann sah er Gwydre an. Unfähig, noch mehr von diesem Aberglauben zu ertragen, erhob er sich und schüttelte den Kopf. »Wir werden jetzt essen«, erklärte er grob. Gleich darauf glich er seinen harten Ton aus, indem er seinen Gästen zulächelte. In diesem Moment sah ich jedoch zu Argante hinüber und entdeckte einen Ausdruck ungezügelter Wut auf ihrem blassen Gesicht. Einen Herzschlag lang dachte ich, sie würde Arthur anschreien. Ihr zierlicher Körper war steif und gespannt, und sie hatte beide Fäuste geballt, aber Fergal, außer mir der einzige, der ihre Wut bemerkt zu haben schien, flüsterte ihr etwas ins Ohr. Sie erschauerte, und ihre Wut erlosch. Arthur war nichts aufgefallen. »Bringt die Fackeln«, befahl er den Wachen, und sogleich wurden die Flammen in den Palast hineingetragen, um die Festhalle zu erleuchten. »Kommt mit!« rief Arthur uns anderen zu, und wir setzten uns dankbar in Richtung Palastportal in Bewegung. Argante zögerte, doch wieder raunte ihr Fergal etwas ins Ohr, und sie gehorchte Arthurs Aufforderung. Der Druide blieb neben dem rauchenden Reifen zurück.

Ceinwyn und ich waren die letzten Gäste, die den Innenhof verließen. Irgendein Impuls hielt mich zurück, so daß ich Ceinwyns Arm berührte und sie in den Schatten des Säulengangs zog, von wo aus wir sahen, daß noch eine andere Person im Innenhof verweilte. Nun, da der Hof bis auf die blökenden Mutterschafe und den blutbesudelten Druiden leer zu sein schien, trat diese Person aus den Schatten heraus. Es war Mordred. Er hinkte an dem Podium vorbei, über die Steinplatten und blieb vor dem Reifen stehen. Einen Herzschlag lang starrten er und der Druide einander an, dann machte Mordred eine unbeholfene Geste mit der Hand, als erbitte er die Erlaubnis, durch die glimmenden Reste des Feuerreifens zu treten. Fergal zögerte und nickte plötzlich. Mordred duckte sich und trat durch den Reifen. Auf der anderen Seite bückte er sich und benetzte seinen Finger mit Blut, doch länger mochte ich nicht zusehen. Ich zog Ceinwyn in den Palast, wo die rauchenden Flammen die großen Fresken mit römischen Göttern und römischen Jagden beleuchteten. »Wenn die hier Lamm auftischen«, sagte Ceinwyn, »weigere ich mich, etwas zu essen.«

Arthur ließ Lachs, Wildschwein und Wildbret auftragen. Eine Harfenistin spielte. Mordred, dessen Verspätung niemand auffiel, nahm seinen Platz am Kopfende der Tafel ein, wo er mit einem verschlagenen Lächeln auf dem groben Gesicht hockte. Er sprach mit keinem, und niemand sprach mit ihm, zuweilen jedoch blickte er zu der blassen, mageren Argante hinüber, die wohl als einzige in der Halle das Festmahl zu genießen schien. Ich sah, daß sie einmal Mordreds Blick begegnete und daß die beiden ein gelangweiltes Achselzucken tauschten, als wollten sie andeuten, daß sie uns andere verabscheuten. Von diesem einen Blickwechsel einmal abgesehen, beschränkte sie sich darauf zu schmollen, und Arthur schämte sich für sie, während wir anderen so taten, als bemerkten wir ihre schlechte Laune nicht. Mordred genoß ihre Unfreundlichkeit.

Am folgenden Morgen gingen wir auf die Jagd. Wir ritten zu zwölft, allesamt Männer. Ceinwyn machte die Jagd auch Freude, aber Arthur hatte sie gebeten, den Vormittag mit Argante zu verbringen, und Ceinwyn hatte widerwillig zugestimmt.

Wir wählten die westlichen Wälder, allerdings ohne große Hoffnung, denn dort pflegte Mordred häufig zu jagen, und die Jäger bezweifelten, daß wir noch Wild finden würden. Guineveres Jagdhunde, nunmehr in Arthurs Obhut, liefen zwischen den schwarzen Stämmen dahin, bis es ihnen gelang, eine Ricke aufzustöbern, doch als der Jagdreiter sah, daß die Ricke trächtig war, rief er die Hunde sofort zurück. Arthur und ich waren neben der Jagd einhergeritten, um die Beute am Waldrand abzufangen, als wir jedoch die Jagdhörner hörten, zügelten wir die Pferde. Arthur blickte sich suchend um, als erwartete er, daß sich andere zu uns gesellten, doch als er sah, daß er mit mir allein war, knurrte er hilflos. »Seltsame Sache, gestern abend«, sagte er verlegen. »Aber den Frauen gefällt so etwas«, setzte er wegwerfend hinzu.

»Ceinwyn nicht«, wandte ich ein.

Er warf mir einen scharfen Blick zu. Vermutlich fragte er sich, ob sie mir von seinem Heiratsantrag erzählt hatte, doch da meine Miene nichts verriet, muß er sich wohl gedacht haben, daß sie geschwiegen hatte. »Nein«, bestätigte er. Dann zögerte er abermals und lachte verlegen. »Argante findet, ich hätte durch die Flammen steigen sollen, um unsere Vermählung zu besiegeln, aber ich habe zu ihr gesagt, daß ich keine toten Lämmer brauche, um zu wissen, daß ich verheiratet bin.«

»Ich hatte noch keine Gelegenheit, Euch zur Vermählung zu gratulieren«, sagte ich sehr förmlich. »Deswegen möchte ich das jetzt tun. Sie ist ein wunderschönes Mädchen.«

Das freute ihn. »Ist sie«, bestätigte er und wurde rot. »Aber sie ist noch ein Kind.«

»Culhwch sagt, man sollte sie alle so jung nehmen, Lord«, entgegnete ich leichthin.

Er ignorierte meinen Scherz. »Ich hatte mich nicht vermählen wollen«, gestand er dann leise. Ich schwieg. Er sah mich nicht an, sondern starrte über die brachliegenden Felder hinweg. »Aber ein Mann braucht eine Gemahlin«, erklärte er fest, als müsse er sich selbst überzeugen.

»Allerdings«, stimmte ich zu.

»Und Oengus war begeistert. Im Frühjahr, Derfel, wird er uns sein ganzes Heer bringen. Und sie sind wahrscheinlich gute Krieger, diese Schwarzschilde.«

»Es gibt keine besseren, Lord«, versicherte ich, sagte mir aber, daß Oengus seine Krieger auch gebracht hätte, wenn Arthur Argante nicht zu Gemahlin genommen hätte. Was Oengus wirklich wollte, war natürlich Arthurs Hilfe gegen Cuneglas von Powys, auf dessen Gebiet seine Speerkämpfer immer wieder vordrangen, aber der gerissene Irenkönig hatte Arthur vermutlich eingeredet, die Vermählung garantiere das Eintreffen seiner Schwarzschilde für den Frühjahrsfeldzug. Die Vermählung war eindeutig übereilt abgesprochen worden, und ebenso eindeutig schien Arthur sie jetzt zu bereuen.

»Sie will natürlich Kinder«, sagte Arthur. Er dachte wohl immer noch an die gräßlichen Riten, durch die der Innenhof von Lindinis mit Blut besudelt worden war.

»Ihr nicht, Lord?«

»Noch nicht«, antwortete er knapp. »Es ist, glaube ich, besser, wenn wir warten, bis diese Sachsenbedrohung beendet ist.«

»Da wir gerade davon sprechen«, gab ich zurück. »Ich soll Euch von Lady Guinevere eine Bitte vortragen.« Wieder warf Arthur mir einen scharfen Blick zu, sagte aber kein Wort. »Guinevere fürchtet«, fuhr ich fort, »daß sie in Gefahr sein wird, falls die Sachsen im Süden angreifen. Sie bittet Euch, ihren Kerker an einen sicheren Ort zu verlegen.«

Arthur beugte sich vor, um seinem Pferd die Ohren zu streicheln. Ich hatte eigentlich erwartet, daß er verärgert sein würde, weil ich Guineveres Namen erwähnte, aber er zeigte keinerlei Spur von Zorn. »Die Sachsen könnten tatsächlich im Süden angreifen«, sagte er freundlich. »Ich hoffe sogar, daß sie das tun, denn dann müssen sie ihre Streitmacht teilen, und wir können sie nacheinander erledigen. Aber die größere Gefahr, Derfel, besteht darin, daß sie einen einzigen Angriff entlang der Themse führen, und ich muß für die größere Gefahr vorsorgen, nicht für die geringere.«

»Aber die Vorsicht würde doch gebieten, alles, was wertvoll ist, aus dem südlichen Dumnonia zu entfernen«, wandte ich ein.

Er drehte sich um und sah mich an. Sein Blick war spöttisch, als verachtete er mich dafür, daß ich Mitgefühl für Guinevere an den Tag legte. »Ist sie denn wertvoll, Derfel?« fragte er mich. Als ich nicht antwortete, wandte sich Arthur von mir ab und blickte über die fahlen Felder hinweg, auf denen Amseln und Drosseln in den Furchen nach Würmern pickten. »Soll ich sie töten?« fragte er mich plötzlich.

»Wen – Guinevere?« gab ich zurück, entsetzt über diese Frage; dann sagte ich mir, daß vermutlich Argante hinter seinen Worten steckte. Es muß sie sehr gestört haben, daß Guinevere noch lebte, nachdem sie genau dieselbe Tat begangen hatte, für die ihre Schwester gestorben war. »Diese Entscheidung, Lord, steht mir nicht zu«, sagte ich. »Aber wenn sie wirklich den Tod verdient hat, hätte sie ihn schon vor Monaten empfangen müssen, und nicht erst jetzt.«

Er verzog das Gesicht. »Was werden die Sachsen mit ihr machen?« fragte er mich.

»Sie glaubt, daß man sie vergewaltigen wird. Ich vermute eher, daß man sie auf einen Thron setzt.«

Finster starrte er auf die öde Landschaft hinaus. Er wußte, daß ich Lancelots Thron meinte und stellte sich wohl vor, wie peinlich es wäre, wenn sein Todfeind neben Guinevere auf Dumnonias Thron saß, während Cerdic die Zügel in der Hand hielt. Ein unerträglicher Gedanke! »Wenn sie Gefahr läuft, in Gefangenschaft zu geraten, werdet Ihr sie töten«, sagte er barsch.

Ich wollte meinen Ohren nicht trauen. Ich starrte ihn an, er aber weigerte sich, mir in die Augen zu sehen. »Es wäre doch bestimmt einfacher«, wandte ich ein, »sie in Sicherheit zu bringen. Könnte sie nicht nach Glevum verlegt werden?«

»Ich habe genug Probleme!« fuhr er mich an. »Auch ohne einen Gedanken auf die Sicherheit einer Verräterin zu verschwenden.« Ein paar Herzschläge lang war seine Miene so wutverzerrt, wie ich es noch niemals gesehen hatte, dann aber schüttelte er den Kopf und seufzte. »Wißt Ihr, wen ich beneide?« fragte er mich.

»Sagt es mir, Lord.«

»Tewdric.«

Ich lachte. »Tewdric? Ihr beneidet einen Mönch, der an Verstopfung leidet?«

»Er ist glücklich«, erklärte Arthur energisch. »Er hat das Leben gefunden, das er sich immer gewünscht hat. Ich will nicht seine Tonsur, und für seinen Gott habe ich nichts übrig, aber ich beneide ihn trotz allem.« Er verzog das Gesicht. »Ich mache mich kaputt mit den Vorbereitungen auf einen Krieg, von dem außer mir keiner glaubt, daß wir ihn gewinnen können, aber ich will diesen Krieg nicht. Ganz und gar nicht! Mordred sollte der König sein; wir haben einen Eid geschworen, daß wir ihn zum König machen werden, und wenn wir die Sachsen schlagen, Derfel, werde ich ihn regieren lassen.« Er sagte es trotzig, deswegen glaubte ich ihm nicht. »Alles, was ich jemals wollte«, fuhr er fort, »war eine Halle, ein bißchen Land, ein bißchen Vieh, Getreide zum Ernten, Holz zum Verbrennen, einen Schmied, der das Eisen bearbeitet, einen Bachlauf für Wasser. Ist das wirklich zuviel verlangt?« Es geschah selten, daß er sich in Selbstmitleid erging, deswegen wartete ich, bis sich sein Zorn verflüchtigte. Immer wieder hatte er seinem Traum Ausdruck verliehen, einen Hausstand mit einer eigenen Palisade zu haben, durch tiefe Wälder und weite Felder vor der Außenwelt geschützt und bevölkert von seinen eigenen Leuten; nun aber, da Cerdic und Aelle ihre Speere zusammenriefen, mußte er erkannt haben, daß es ein aussichtsloser Traum war. »Ich kann Dumnonia nicht ewig halten«, sagte er, »und wenn wir die Sachsen geschlagen haben, wird es womöglich Zeit, anderen Männern die Aufgabe zu überlassen, Mordred in Schach zu halten. Was mich betrifft, so werde ich Tewdric in die Zufriedenheit folgen.« Er nahm die Zügel auf. »Ich kann mich jetzt nicht mit Guinevere beschäftigen«, sagte er, »aber wenn sie in Gefahr ist, kümmert Ihr euch um sie.« Mit diesem kurzen Befehl spornte er sein Pferd und ritt davon.

Ich blieb, wo ich war. Ich war entsetzt, aber hätte ich über meine Empörung angesichts seines Befehls hinausgedacht, hätte ich wissen müssen, was er meinte. Er wußte, daß ich Guinevere niemals töten würde, und wußte daher, daß sie in Sicherheit war; indem er mir jedoch diesen strengen Befehl gab, war er nicht gezwungen zuzugeben, wie viel ihm noch an ihr lag. *Odi et amo, excrucior.*

An jenem Vormittag erlegten wir kein Wild.

Am Nachmittag versammelten sich die Krieger in der Festhalle. Mordred war auch anwesend; geduckt hockte er in dem Sessel, der ihm hier als Thron diente. Zur Diskussion hatte er nichts beizutragen, denn er war ein König ohne Königreich, doch Arthur erwies ihm dennoch die entsprechenden Höflichkeiten. Arthur begann sogar damit, daß er sagte, wenn die Sachsen kämen, werde Mordred an seiner Seite reiten und das ganze Heer werde unter Mordreds rotem Drachenbanner kämpfen. Mordred nickte bestätigend, aber was hätte er sonst tun sollen? Wie wir alle wußten, bot Arthur Mordred nicht etwa die Gelegenheit, seinen Ruf in der Schlacht zu retten, sondern sorgte auf diese Weise dafür, daß Mordred kein Unheil anrichten konnte. Mordreds beste Chance, wieder an die Macht zu gelangen, bestand darin, sich mit unseren Feinden zu verbünden, indem er sich Cerdic als Marionettenkönig anbot; doch statt dessen würde er ein Gefangener von Arthurs harten Kriegern sein.

Danach bestätigte Arthur, daß König Meurig von Gwent nicht mitkämpfen werde. Diese Nachricht war zwar keine Überraschung, wurde aber dennoch mit haßerfülltem Gemurmel quittiert. Arthur beschwichtigte den Protest. Meurig, sagte er, sei überzeugt, daß der bevorstehende Krieg Gwent nicht betreffe, immerhin habe der König aber widerwillig gestattet, daß Cuneglas sein Heer und Oengus seine Schwarzschilde durch Gwent marschieren ließen. Über Meurigs Bestreben, in Dumnonia zu herrschen, verlor Arthur kein einziges Wort – vielleicht weil er wußte, daß er damit unseren Zorn auf den König von Gwent nur noch weiter schüren würde, denn Arthur hoffte immer noch, Meurig irgendwie überzeugen zu können. Deswegen wollte er möglichst nicht noch mehr Haß zwischen Dumnonia und Gwent säen. Die Streitkräfte von Powys und Demetia, erklärte Arthur, würden sich in Corinium vereinigen, denn diese ummauerte römische Stadt sollte Arthurs Hauptquartier und damit der Ort sein, an dem alle Vorräte an Proviant und Nachschub zusammengetragen wurden. »Morgen werden wir beginnen, in Corinium Vorräte anzulegen«, sagte Arthur. »Ich will, daß es bis unter die Dachbalken mit Proviant vollgestopft ist, denn dort werden wir unsere große Schlacht schlagen.« Er hielt inne. »Eine sehr große Schlacht«, ergänzte er dann, »mit allen Truppen des Feindes gegen jeden Mann, den wir aufbieten können.«

»Eine Belagerung?« fragte Culhwch erstaunt.

»Nein«, antwortete Arthur. Statt dessen beabsichtigte er, wie er uns erläuterte, Corinium als Köder zu benutzen. Die Sachsen würden schon bald erfahren, daß die Stadt von Pökelfleisch, Stockfisch und Getreide überfloß, und da es ihnen, wie jedem Kriegsheer auf dem Marsch, an Furage mangeln würde, stand fest, daß es sie nach Corinium ziehen würde wie den Fuchs zum Hühnerstall. Und genau dort wollte er sie dann vernichten. »Sie werden die Stadt belagern«, sagte er, »und Morfans wird sie verteidigen.« Morfans, von dieser Aufgabe zuvor bereits unterrichtet, nickte bestätigend. »Aber wir anderen«, fuhr Arthur fort, »werden in den Hügeln nördlich der Stadt warten. Cerdic wird erkennen, daß er uns unbedingt besiegen muß, und deswegen die Belagerung abbrechen. Dann werden wir auf einem Gelände unserer Wahl gegen ihn kämpfen.«

Der ganze Plan hing davon ab, daß beide Sachsenheere entlang des Themsetals vorrückten, und alle Zeichen deuteten darauf hin, daß dies tatsächlich die Absicht der Sachsen war. Sie häuften Vorräte in London und Pontes an, während sie an der Südgrenze keinerlei Vorbereitungen trafen. Culhwch, der die Südgrenze bewachte, war bis tief nach Lloegyr hinein vorgedrungen und berichtete uns, er habe weder eine Konzentration von Speerkämpfern noch einen Hinweis darauf vorgefunden, daß Cerdic in Venta oder einer anderen Grenzstadt Getreide oder Fleisch hortete. Alles, behauptete Arthur, deute auf einen simplen, brutalen und übermächtigen Angriff die Themse enlang hin, dessen Ziel die Küste des Severn-Meeres war und dessen Entscheidungsschlacht irgendwo bei Corinium stattfinden würde. Sagramors Männer hatten zu beiden Seiten des Themsetals bereits riesige Warnfeuer auf den Hügeln aufgeschichtet, weitere Warnfeuer befanden sich auf den Hügeln, die sich ins südliche und westliche Dumnonia hineinzogen, und sobald wir den Rauch dieser Feuer sahen, sollten wir alle zu unseren Plätzen marschieren.

»Das wird jedoch frühestens nach Beltane geschehen«, erklärte Arthur. Er hatte seine Spione sowohl in Aelles als auch in Cerdics Halle, und alle hatten gemeldet, die Sachsen würden bis nach dem Fest ihrer Göttin Eostre warten, das eine ganze Woche nach Beltane stattfand. Die Sachsen wollten den Segen der Göttin erbitten, erläuterte Arthur, und außerdem den neuen Schiffen dieses Jahres genügend Zeit lassen, um mit ihren Bäuchen voll weiterer hungriger Krieger übers Meer zu gelangen.

Nach dem Fest der Eostre jedoch, sagte er, würden die Sachsen vorrücken, und er werde sie, ohne sich zur Schlacht zu stellen, tief nach Dumnonia hineindringen lassen, sie aber unterwegs ständig attackieren. Sagramor mit seinen schlachterprobten Speerkämpfern würde sich unmittelbar vor der Kriegshorde der Sachsen zurückziehen und so viel Widerstand leisten, wie es nur ging, ohne einen Schildwall zu bilden, während Arthur das Heer der Verbündeten in Corinium sammelte.

Culhwch und ich hatten andere Befehle. Unsere Aufgabe war es, die Hügel südlich des Themsetals zu verteidigen. Zwar konnten wir nicht hoffen, einen entschlossenen Vorstoß der Sachsen, der durch diese Hügel in Richtung Süden geführt wurde, aufzufangen, doch Arthur erwartete einen solchen Vorstoß nicht. Die Sachsen, erklärte er immer wieder, würden nach Westen marschieren, an der Themse entlang immer nach Westen, bestimmt aber würden sie Überfalltrupps in die südlichen Hügel schicken, um Korn und Vieh zu organisieren. Unsere Aufgabe war es, diese Überfälle zu verhindern und die Marodeure zu zwingen, statt dessen nach Norden auszuweichen. Dadurch würden die Sachsen über die Grenze nach Gwent gedrängt, und das wiederum würde Meurig vielleicht zu einer Kriegserklärung veranlassen. Der unausgesprochene Gedanke, der diese Hoffnung begleitete und den wir in diesem verräucherten Raum alle begriffen, lautete, daß die große Schlacht bei Corinium ohne Gwents gut ausgebildete Speerkämpfer ein wahrhaft verzweifeltes Unterfangen werden würde. »Bekämpft sie alle gut«, ermahnte Arthur Culhwch und mich. »Tötet ihre Beutejäger, macht ihnen angst, aber laßt sie in Ruhe, sobald sie nur noch einen Tagesmarsch von Corinium entfernt sind. Dann marschiert los und schließt euch mir an.« Für diese große Schlacht bei Corinium würde er jeden einzelen Speer brauchen, doch Arthur schien überzeugt zu sein, daß wir gewinnen konnten, solange unsere Truppen von höherem Boden aus kämpften.

Im Grunde war dies ein guter Plan. Die Sachsen sollten tief nach

Dumnonia hineingelockt und dort gezwungen werden, an einem steilen Hügel bergaufwärts zu kämpfen; aber der Plan hing davon ab, daß der Feind genau das tat, was Arthur wollte, und Cerdic, dachte ich bei mir, ist kein sehr entgegenkommender Mann. Dennoch schien Arthur zuversichtlich zu sein, und das wenigstens war beruhigend.

Dann ritten wir alle wieder nach Hause. Dort machte ich mich unbeliebt, weil ich sämtliche Häuser in meinem Herrschaftsbereich durchsuchen und Korn, Pökelfleisch und Stockfisch konfiszieren ließ. Wir ließen genügend Vorräte zurück, um die Leute am Leben zu halten, und schickten den Rest nach Corinium, wo er Arthurs Truppen ernähren sollte. Es war eine unangenehme Aufgabe, denn die Bauern fürchten den Hunger fast so sehr wie die feindlichen Speerkämpfer. Deswegen waren wir gezwungen, nach Verstecken zu suchen und das Geschrei der Weiber zu ignorieren, die uns der Tyrannei beschuldigten. Aber besser unsere Durchsuchungen, erklärte ich ihnen, als die Plünderei der Sachsen.

Außerdem trafen wir Vorbereitungen für die Schlacht. Ich legte meine Kampfausrüstung zurecht, und meine Sklaven ölten das Lederkoller, polierten das Kettenhemd, kämmten die Wolfsruten-Helmzier aus und frischten die Farbe des weißen Sterns auf meinem schweren Schild auf. Das neue Jahr brach mit dem ersten Lied der Amsel an. Misteldrosseln riefen von den obersten Zweigen der Lärchen hinter dem Hügel von Dun Caric, und wir bezahlten die Dorfkinder dafür, daß sie mit Töpfen und Stecken durch die Apfelgärten liefen und die Dompfaffen verjagten, die sonst die winzigen Fruchtknospen stibitzten. Spatzen nisteten, und unser Bach glitzerte von heimkehrenden Lachsen. In der Abenddämmerung lärmten Schwärme von buntgescheckten Bachstelzen. Innerhalb weniger Wochen gab es blühende Haselsträucher, Hundsveilchen im Wald und goldleuchtende Kätzchen an den Weiden. Rammler tanzten auf den Feldern, wo die Lämmer spielten. Im März gab es eine Krötenplage, und ich fragte mich schon, was das bedeutete, aber es gab keinen Merlin, den ich fragen konnte, denn er war mit Nimue zusammen verschwunden, und wie mir schien, mußten wir ohne seine Hilfe kämpfen. Die

Lerchen sangen, und die räuberischen Elstern stöberten in den Hecken, denen noch das schützende Laubkleid fehlte, nach frischen Gelegen.

Endlich knospten auch die Blätter, und mit ihnen kamen Nachrichten von ersten Kriegen, die von Powys aus nach Süden kamen. Es waren nur wenige, denn Cuneglas wollte die Vorräte schonen, die in Corinium angehäuft wurden, ihre Ankunft aber verhieß die Nachfolge des größeren Heers, das Cuneglas nach Beltane gen Süden führen würde. Unsere Kälber wurden geboren, es wurde gebuttert, und Ceinwyn hatte viel damit zu tun, die Halle nach dem langen, verräucherten Winter zu putzen.

Es waren seltsame, bittersüße Tage, denn in diesem Frühling, der plötzlich prachtvoll mit sonnengetränktem Himmel und blumenbunten Wiesen prangte, lauerte drohend ein Krieg. Die Christen predigten von »den letzten Tagen«, womit sie die Zeit vor dem Ende der Welt meinten, und vielleicht werden die Menschen sich dann so fühlen wie wir in jenem milden, bezaubernden Frühling. Dem ganzen Alltagsleben war eine gewisse Unwirklichkeit eigen, die jede kleinste Aufgabe zu etwas Besonderem machte. Vielleicht war dies das letzte Mal, daß wir das Winterstroh aus unseren Betten verbrannten, und vielleicht auch das letzte Mal, daß wir ein blutverschmiertes Kalb aus dem Leib der Mutter ans Licht der Welt zogen. Alles war etwas Besonderes, weil alles bedroht war.

Außerdem wußten wir, daß das kommende Beltanefest möglicherweise das letzte war, das wir je als Familie erleben würden; deswegen versuchten wir es unvergeßlich zu machen. An Beltane begrüßten wir das Leben des neuen Jahres, und am Abend vor dem Fest ließen wir in Dun Caric alle Feuer erlöschen. Die Küchenfeuer, die den ganzen Winter hindurch gebrannt hatten, wurden tagsüber nicht unterhalten, so daß bei Nacht nur noch glühende Asche übrig war. Wir fegten sie aus, putzten den Herd und legten neue Feuer an, während wir auf einem Hügel östlich des Dorfes zwei große Stöße Brennholz aufschichteten, von denen der eine den heiligen Baum umgab, den Pyrlig, unser Barde, ausgewählt hatte. Der Baum wurde mit Stoffetzen behängt, und alle

Häuser wie auch die Halle selbst wurden mit frischen, jungen Haselzweigen geschmückt.

In jener Nacht waren die Feuer in ganz Britannien erloschen. Am Abend vor Beltane regiert die Dunkelheit. Das Festmahl wurde in unserer Halle vorbereitet, aber es gab kein Feuer, auf dem es gekocht werden konnte, und keine Flamme, um bis in die Dachbalken Licht hinaufzuschicken. Es gab nirgendwo Licht, nur in den christlichen Städten, wo die Menschen Scheiterhaufen errichteten, um den Göttern zu trotzen, doch auf dem Land war alles dunkel. Als es dämmerte, erklommen wir den Hügel, eine ganze Schar von Dörflern und Speerkämpfern, die Schafe und Rinder vor sich her trieben, um sie in Hürden aus Weidengeflecht zu sperren. Kinder spielten, sobald jedoch die große Dunkelheit hereinbrach, schliefen die kleinsten Kinder ein und lagen friedlich im Gras, während wir übrigen uns um die noch nicht entzündeten Feuer versammelten und die Klage von Annwn sangen.

Dann, in der dunkelsten Stunde der Nacht, entzündeten wir das Neujahrsfeuer. Pyrlig entfachte die Flamme, indem er zwei Stöckchen aneinanderrieb, während Issa Lärchenholzspäne auf den Funken streute, der ein winziges Rauchwölkchen von sich gab. Die beiden Männer beugten sich tief über die kleine Flamme, bliesen hinein, fügten mehr Späne hinzu, und schließlich sprang eine kräftige Flamme empor, und wir alle stimmten das Lied von Belenus an, während Pyrlig das neue Feuer zu den beiden Brennholzstapeln trug. Die schlafenden Kinder wachten auf und liefen los, um ihre Eltern zu suchen, während die Beltanefeuer hoch und hell zu brennen begannen.

Sobald die Feuer richtig brannten, wurde eine Ziege geopfert. Wie immer wandte sich Ceinwyn ab, als dem Tier die Kehle durchschnitten wurde und Pyrlig das Gras mit dem Blut besprengte. Den Kadaver der Ziege warf er auf das Feuer, wo der heilige Haselstrauch brannte; dann holten die Dörfler ihre Schafe und Rinder und trieben sie zwischen den großen Feuern hindurch. Den Kühen hängten wir geflochtene Strohkränze um den Hals, und dann sahen wir zu, wie die jungen Frauen zwischen den Feuern tanzten, um ihren Leib von den Göttern segnen zu lassen.

Auch beim Imbolc-Fest waren sie durch das Feuer getanzt, aber an Beltane taten sie es noch einmal. Jenes Jahr war das erste, in dem Morwenna alt genug war, um zwischen den Feuern zu tanzen, und ich verspürte einen leichten Stich der Trauer, als ich beobachtete, wie meine Tochter sprang und sich drehte. Sie schien so glücklich zu sein. Sie dachte an Vermählung und träumte von Kindern, doch innerhalb weniger Wochen, dachte ich, könnte sie versklavt oder tot sein. Dieser Gedanke erfüllte mich mit einer mächtigen Wut. Ich wandte mich von unseren Feuern ab und sah verblüfft, daß in der Ferne andere Beltanefeuer hell brannten. In ganz Dumnonia brannten die Feuer, um das neue Jahr zu begrüßen.

Meine Speerkämpfer hatten zwei riesige Eisenkessel auf den Hügel geschleppt, die wir nun mit brennendem Holz füllten. Dann liefen wir schnell mit den flammenden Kesseln den Hang hinab. Unten im Dorf wurde das neue Feuer verteilt, indem sich jede Hütte einen Feuerbrand holte und damit das aufgeschichtete Holz im Herd entzündete. Zuletzt gingen wir in die Halle und trugen das Feuer in die Küchen. Inzwischen graute schon fast der Morgen, und die Dörfler drängten sich innerhalb der Palisade, um die aufgehende Sonne zu begrüßen. In dem Moment, da sich ihr erster Lichtstrahl am östlichen Horizont zeigte, sangen wir das Lied von Lughs Geburt, eine fröhliche, tanzende Hymne der Freude. Ostwärts gewandt, hießen wir singend die Sonne willkommen und sahen dabei rings am Horizont feine, dunkle Rauchwölkchen von Beltanefeuern in den heller werdenden Himmel steigen.

Das große Kochen begann, als die Herdfeuer heiß waren. Ich hatte ein großes Festmahl für das Dorf geplant, weil ich das Gefühl hatte, daß dies für lange Zeit unser letzter sorgenfreier Tag sein würde. Das einfache Volk aß selten Fleisch, an jenem Beltane jedoch gab es fünf Hirsche, zwei Keiler, drei Schweine und sechs Schafe am Spieß; es gab Fässer voll frischgebrautem Met und zehn Körbe voll Brot, das noch auf den Feuern des letzten Jahres gebacken worden war. Es gab Käse, in Honig getauchte Nüsse und Haferkuchen, in deren Kruste das Beltanekreuz gebrannt war. In ungefähr einer Woche würden die Sachsen kommen, also war dies die richtige Zeit, um ein Festmahl zu veranstalten, das unseren Leuten helfen würde, die bevorstehenden Schrecken zu überleben.

Während das Fleisch garte, vergnügten sich die Dörfler mit Spielen. Es gab Wettläufe auf der Straße, Ringkämpfe und einen Wettbewerb, um zu sehen, wer das schwerste Gewicht heben konnte. Die Mädchen flochten sich Blumen ins Haar, und lange bevor das Festmahl begann, sah ich Paare, die sich unauffällig entfernten. Gegessen wurde am Nachmittag, und während wir es uns schmecken ließen, trugen Poeten Gedichte vor, sangen die Dorfbarden, und der Erfolg ihrer Darbietungen wurde an dem Beifall gemessen, den sie jeweils erzielten. Ich selbst belohnte alle Barden und Poeten mit Gold, auch die schlechtesten, und von denen gab es zahlreiche. Die meisten Poeten waren junge Männer, welche errötend holprige Verse deklamierten, die ihren Mädchen gewidmet waren. Die Mädchen zogen verlegene Gesichter, während die Dörfler johlten, lachten und anschließend verlangten, daß jedes Mädchen seinen Poeten mit einem Kuß belohnte, und wenn dieser Kuß zu flüchtig ausfiel, wurde das Pärchen Auge in Auge festgehalten und gezwungen, sich richtig zu küssen. Je länger wir weitertranken, desto besser wurden die Gedichte.

Ich trank zuviel. Tatsächlich aßen wir alle gut und tranken noch besser. Einmal wurde ich vom reichsten Bauern des Dorfes zum Ringkampf gefordert, und die jubelnde Menge verlangte, daß ich die Herausforderung akzeptiere; also umklammerte ich, schon halb betrunken, mit beiden Händen den Körper des Bauern, während er das gleiche mit mir tat. Dabei roch ich den Met in seinem Atem, wie er ihn mit Sicherheit in dem meinen roch. Er versuchte mich zu heben, ich versuchte ihn zu heben, doch keiner von uns vermochte den anderen von der Stelle zu bewegen, also standen wir beide da, Kopf an Kopf wie kämpfende Hirsche, während die Zuschauer sich über unsere traurige Vorstellung lustig machten. Schließlich warf ich ihn auf den Boden, aber nur, weil er noch betrunkener war als ich. Anschließend trank ich weiter, vielleicht auch, weil ich die Zukunft aus meinen Gedanken vertreiben wollte.

Gegen Abend wurde mir übel. Ich ging zu der Kampfstation, die wir auf dem östlichen Wall errichtet hatten, stützte mich auf die Mauer und starrte zum dunkelnden Horizont hinüber. Zwei Rauchwölkchen stiegen von dem Hügel auf, wo wir in der Nacht die Feuer entzündet hatten, obwohl es mir in meinem metbenebelten Kopf so vorkam, als sähe ich mindestens ein Dutzend Rauchwolken. Ceinwyn, die zu mir auf die Plattform geklettert war, lachte über mein bekümmertes Gesicht. »Du bist betrunken«, stellte sie fest.

»Das ist wahr«, stimmte ich ihr zu.

»Du wirst schlafen wie ein Eber«, sagte sie vorwurfsvoll, »und auch so schnarchen.«

»Es ist Beltane«, wandte ich zur Entschuldigung ein und winkte zu den Rauchsäulen hinüber.

Sie lehnte sich neben mir an die Mauer. Sie hatte sich eine Schlehenblüte ins goldene Haar geflochten und sah so schön aus wie immer. »Wir müssen mit Arthur über Gwydre reden«, sagte sie.

»Wegen der Vermählung mit Morwenna?« fragte ich und hielt dann inne, um meine Gedanken zu ordnen. »Arthur scheint mir in letzter Zeit sehr unfreundlich zu sein«, brachte ich schließlich mühsam heraus. »Vielleicht hat er ja vor, Gwydre mit einer anderen zu vermählen.«

»Möglicherweise«, antworte Ceinwyn gelassen. »In diesem Fall sollten wir uns einen anderen für Morwenna suchen.«

»Und wen?«

»Genau darüber solltest du dir Gedanken machen«, sagte Ceinwyn. »Sobald du wieder nüchtern bist. Vielleicht einen von Culhwchs Söhnen?« Sie spähte in die Abendschatten am Fuß des Hügels von Dun Caric hinab. Dort gab es es dichtes Gebüsch, in dem sie ein sehr beschäftiges Pärchen entdeckte. »Das ist Morfudd«, sagte sie.

»Wer?«

»Morfudd«, antwortete Ceinwyn, »unser Milchmädchen. Schon wieder ein neues Baby, vermutlich. Es wird wirklich Zeit, daß sie sich vermählt.« Sie seufzte und blickte zum Horizont hinüber. Eine lange Zeit schwieg sie; dann runzelte sie die Stirn.

»Hast du nicht auch den Eindruck, daß es in diesem Jahr mehr Feuer gibt als im letzten?« fragte sie mich.

Gehorsam blickte ich zum Horizont, konnte aber, ehrlich gesagt, das eine Rauchwölkchen nicht vom anderen unterscheiden. »Möglich«, gab ich ausweichend zurück.

Ihre Stirn war immer noch gekraust. »Aber vielleicht sind das ja gar keine Beltanefeuer.«

»Natürlich sind sie das!« behauptete ich mit der festen Überzeugung eines Betrunkenen.

»Sondern Warnfeuer«, fuhr sie fort.

Es dauerte ein paar Herzschläge, bis mir die Bedeutung ihrer Worte so richtig aufging, und dann fühlte ich mich unversehens überhaupt nicht mehr betrunken. Mir wurde übel, aber ich war nicht betrunken. Ich spähte ostwärts. Etwa zwanzig Rauchsäulen stiegen vor dem Himmel auf, aber zwei von ihnen waren viel dicker als die anderen und viel zu dick, um Reste der Feuer zu sein, die man in der Nacht zuvor entzündet hatte und die bis zum Morgengrauen allmählich verloschen waren.

Und plötzlich, einem Schlag in die Magengrube gleich, wußte ich, daß es Warnfeuer waren. Die Sachsen hatten nicht bis nach ihrem Eostrefest gewartet, sondern waren an Beltane gekommen. Sie wußten, daß wir Warnfeuer vorbereitet hatten, aber sie wußten ebenso, daß in ganz Britannien überall auf den Hügeln Beltanefeuer brennen würden, und mußten erraten haben, daß wir bei den vielen Festtagsfeuern die Warnfeuer nicht bemerken würden. Sie hatten uns übertölpelt. Wir hatten gefeiert, wir hatten uns bis zur Sinnlosigkeit betrunken, und dabei hatten die Sachsen die ganze Zeit ihren Angriff vorgetragen.

Und Dumnonia befand sich im Krieg.

Ich war der Führer von siebzig erfahrenen Kriegern, befehligte darüber hinaus jedoch noch einhundertundzehn Jungmänner, die ich im Winter ausgebildet hatte. Diese einhundertachtzig Mann waren nahezu ein Drittel aller Speerkämpfer von Dumnonia, aber nur sechzehn von ihnen waren bei Morgengrauen marschbereit. Die übrigen waren entweder noch betrunken oder litten so sehr, daß sie meine Flüche und Schläge ignorierten. Issa und ich schleppten jene, die am schlimmsten dran waren, zum Bach und warfen sie ins kalte Wasser, aber auch das half nicht sehr viel. Also konnte ich nur abwarten, während Stunde um Stunde mehr Männer einen klaren Kopf bekamen. An jenem Morgen hätten zwanzig nüchterne Sachsen Dun Caric verwüsten können.

Die Warnfeuer, die uns meldeten, daß die Sachsen kamen, brannten noch immer, und ich hatte ein sehr schlechtes Gewissen, weil ich Arthur so unbedacht im Stich gelassen hatte. Später erfuhr ich, daß nahezu jeder Krieger in Dumnonia an jenem Morgen ähnlich einsatzunfähig gewesen war; nur Sagramors einhundertundzwanzig Mann waren nüchtern geblieben und zogen sich auftragsgemäß vor den nachrückenden Sachsenheeren zurück. Wir anderen jedoch wankten, würgten, rangen nach Luft und soffen Wasser wie durstige Hunde.

Gegen Mittag waren die meisten meiner Männer, wenn auch nicht alle, wieder auf den Beinen, aber nur wenige waren für einen langen Marsch bereit. Meine Rüstung, Schild und Kampfspeere wurden auf ein Packpferd geladen, während zehn Mulis die Körbe mit dem Proviant trugen, die Ceinwyn den ganzen Vormittag über fleißig gefüllt hatte. Sie würde in Dun Caric warten, entweder auf den Sieg oder – eher wahrscheinlich – auf die Nachricht, sie müsse fliehen.

Dann, kurz vor Mittag, änderte sich auf einmal alles.

Von Süden her kam ein Reiter auf einem schwitzenden Pferd. Es war Culhwchs ältester Sohn Einion, der sich und sein Pferd in dem verzweifelten Versuch, uns noch rechtzeitig zu erreichen, fast bis zur Erschöpfung angetrieben hatte. Beim Absitzen fiel er praktisch aus dem Sattel. »Lord«, keuchte er, stolperte, kam wieder auf die Füße und verneigte sich kurz vor mir. Ein paar Herzschläge lang war er zu atemlos, um etwas zu sagen, dann überstürzten sich seine Worte vor heftiger Erregung, aber er hatte es so eilig, seine Nachricht an den Mann zu bringen, und hatte dem dramatischen Augenblick so aufgeregt entgegengefiebert, daß es ihm nicht gelang, sich verständlich zu machen, doch ich vermochte herauszuhören, daß er von Süden komme und daß die Sachsen dort einmarschierten.

Ich führte ihn zu einer Bank vor der Halle und setzte ihn dorthin. »Willkommen auf Dun Caric, Einion ap Culhwch«, sagte ich betont formell. »Und nun fangt noch einmal von vorne an.«

»Die Sachsen, Lord«, antwortete er gehorsam, »haben Dunum angegriffen.«

Also hatte Guinevere recht gehabt, und die Sachsen waren im Süden einmarschiert. Sie waren aus Cerdics Land hinter Venta gekommen und bereits tief nach Dumnonia eingedrungen. Dunum, unsere Festung dicht an der Küste, war gestern im Morgengrauen gefallen. Culhwch hatte das Fort lieber aufgegeben, als seine hundert Mann überwältigen zu lassen, und zog sich nun vor dem Feind zurück. Einion, ein junger Mann mit der gleichen untersetzten Figur wie sein Vater, blickte bedrückt zu mir auf. »Es sind einfach zu viele, Lord.«

Die Sachsen hatten uns düpiert. Zuerst hatten sie uns überzeugt, daß sie nichts Böses im Süden planten, dann hatten sie in unserer Festnacht angegriffen, weil sie wußten, daß wir die fernen Warnfeuer mit den Flammen von Beltane verwechseln würden, und nun marschierten sie an unserer Südflanke. Aelle stieß vermutlich an der Themse entlang vor, während Cerdics Truppen an der Küste wüteten. Einion war sich nicht sicher, ob Cerdic den Südangriff selbst führte, denn er hatte nirgends dessen Banner mit dem rotbemalten Wolfsschädel und der Haut eines Toten entdeckt, aber er hatte Lancelots Standarte, den Seeadler mit dem Fisch in den Fängen, gesehen. Culhwch glaubte, daß Lancelot seine eigenen Gefolgsleute und dazu zwei- bis dreihundert Sachsen anführte.

»Wo waren sie, als Ihr aufgebrochen seid?« fragte ich Einion.
»Noch südlich von Sorviodunum, Lord.«

»Und Euer Vater?«

»Der war in der Stadt, Lord, aber er wagt das Risiko, dort eingeschlossen zu werden, nicht einzugehen.«

Also würde Culhwch die Festung Sorviodunum eher aufgeben, als dort in der Falle zu sitzen. »Will er, daß ich zu ihm stoße?« erkundigte ich mich.

Einion schüttelte den Kopf. »Er hat Nachricht von Durnovaria geschickt, Lord, daß die Leute dort nach Norden kommen sollen. Er meint, Ihr würdet sie beschützen und sie nach Corinium bringen.«

»Wer ist in Durnovaria?« wollte ich wissen.

»Prinzessin Argante, Lord.«

Ich fluchte leise. Arthurs junge Gemahlin durfte ich nicht zurücklassen, und jetzt begriff ich, was Culhwch mir vorschlug. Da er wußte, daß Lancelot nicht aufzuhalten war, wollte er, daß ich alles rettete, was es in Dumnonias Kernland an Wertvollem gab, und mich nordwärts nach Corinium zurückzog, während Culhwch alles tat, um den Feind aufzuhalten. Es war eine verzweifelte, provisorische Strategie, die dazu führen würde, daß wir dem Feind den größten Teil von Dumnonias Territorium überließen, doch es bestand immer noch die Chance, daß wir alle in Corinium zusammenkommen und Arthurs Schlacht schlagen konnten, obwohl ich, indem ich Argante rettete, Arthurs Plan preisgab, Störangriffe gegen die Sachsen in den Hügeln südlich der Themse zu führen. Das war schade, aber ein Krieg verläuft nur selten nach Plan.

»Weiß Arthur davon?« fragte ich Einion.

»Mein Bruder reitet zu ihm«, beruhigte mich Einion, und das bedeutete, daß Arthur noch nichts vom neuesten Stand der Dinge gehört hatte. Es würde Spätnachmittag werden, bis Einions Bruder Corinium erreichte, wo Arthur Beltane verbracht hatte. Inzwischen befand sich Culhwch irgendwo südlich der großen Ebene, und Lancelots Heer war – ja, wo? Aelle marschierte vermutlich immer noch nach Westen, und möglicherweise war Cerdic bei ihm, was wohl bedeutete, daß Lancelot entweder weiterhin an der Küste entlangmarschieren und Durnovaria erobern oder sich nach Norden wenden und Culhwch nach Caer Cadarn und Dun Caric folgen konnte. Wie dem auch sei, überlegte ich, dieser Landstrich hier wird binnen drei bis vier Tagen von sächsischen Speerkämpfern wimmeln.

Ich gab Einion ein frisches Pferd und schickte ihn mit der Botschaft nordwärts zu Arthur, daß ich Argante nach Corinium bringen würde, schlug ihm aber vor, Reiter auszusenden, die uns bis Aquae Sulis entgegenkamen, um sie dann eilends nach Norden zu bringen. Anschließend schickte ich Issa mit fünfzig Mann meiner kräftigsten Männer südwärts nach Durnovaria. Ich befahl ihnen, leicht und schnell zu marschieren und nur ihre Waffen mitzunehmen, und teilte Issa mit, daß er Argante und die anderen Flüchtlinge aus Durnovaria vielleicht schon auf dem Weg von Durnovaria gen Norden treffen werde. Issa sollte sie alle nach Dun Caric bringen. »Mit etwas Glück«, erklärte ich ihm, »könnt ihr morgen gegen Abend wieder hier sein.«

Ceinwyn traf ihre eigenen Vorbereitungen für die Flucht. Es war nicht das erstemal, daß sie im Krieg fliehen mußte, daher wußte sie, daß sie und unsere Töchter nur so viel mitnehmen durften, wie sie selbst tragen konnten. Alles andere mußte zurückgelassen werden. Also gruben zwei Speerkämpfer eine Höhle in der Flanke des Hügels von Dun Caric, in der sie unser Gold und Silber verstecken konnte, dann füllten die beiden Männer das Loch wieder auf und tarnten es mit Grassoden. Die Dörfler taten das gleiche mit ihren Kochtöpfen, Spaten, Wetzsteinen, Spindeln, Sieben, das heißt, mit allem, was zu schwer zum Tragen und zu wertvoll war, um es aufzugeben. In ganz Dumnonia wurden jetzt so die Wertsachen vergraben.

Da es für mich in Dun Caric kaum etwas zu tun gab, außer auf Issas Rückkehr zu warten, ritt ich südwärts nach Caer Cadarn und Lindinis hinüber. Auf Caer Cadarn hielten wir eine kleine Garnison – nicht aus militärischen Gründen, sondern weil es unser Königshügel war und verdiente, bewacht zu werden. Die Garnisonstruppen bestanden aus etwa zwanzig alten Männern, die meisten verkrüppelt, so daß von diesen zwanzig höchstens fünf bis sechs wirklich für einen Schildwall zu gebrauchen waren, doch ich befahl ihnen allen, nordwärts nach Dun Caric zu marschieren, und ritt selbst westwärts nach Lindinis.

Mordred hatte die schreckliche Nachricht schon erahnt. Gerüchte verbreiteten sich auf dem Land mit unvorstellbarer Geschwindigkeit, und obwohl kein Bote den Palast betreten hatte, erriet er, was ich von ihm verlangte. Ich verneigte mich vor ihm und bat ihn höflich, sich darauf vorzubereiten, den Palast mit mir innerhalb einer Stunde zu verlassen.

»Oh, aber das ist unmöglich!« erklärte er, und sein rundes Gesicht spiegelte seinen Genuß an dem Chaos, das Dumnonia bedrohte. Mordred pflegte jedes Unglück zu genießen.

»Unmöglich, Lord König?« erwiderte ich fragend.

Seine Geste umfaßte den Thronsaal, der mit römischen Möbeln ausgestattet war, von denen viele abgestoßen waren oder die Intarsien verloren hatten, die aber dennoch kostbar und schön waren. »Ich muß vieles einpacken«, sagte er. »Mich von Leuten verabschieden. Morgen vielleicht?«

»Ihr reitet in einer Stunde, Lord König. Nordwärts nach Corinium«, sagte ich barsch. Es war wichtig, Mordred aus dem Weg der Sachsen zu räumen, deswegen war ich auch nach Lindinium geritten statt nach Süden, Argante entgegen. Wäre Mordred geblieben, wäre er zweifellos von Aelle und Cerdic benutzt worden, das wußte Mordred. Einen Moment sah es aus, als wollte er widersprechen, doch dann schickte er mich hinaus und rief einen Sklaven, der seine Rüstung herauslegen sollte. Inzwischen suchte ich Lanval auf, den alten Speerkämpfer, den Arthur zum Befehlshaber der königlichen Leibwache gemacht hatte. »Ihr nehmt jedes Pferd aus den Stallungen mit«, wies ich Lanval an, »eskortiert den kleinen Bastard nach Corinium und übergebt ihn Arthur höchstpersönlich!«

Mordred war innerhalb einer Stunde verschwunden. Der König ritt in seiner Rüstung und mit fliegender Standarte. Fast hätte ich ihm befohlen, die Fahne einzurollen, denn der Anblick des Drachens würde nur zu weiteren Gerüchten im Lande führen; aber vielleicht war es gar nicht so schlimm, Unruhe zu verbreiten, denn das Volk brauchte Zeit, um sich vorzubereiten und die Wertsachen zu verstecken. Ich sah zu, wie die Rosse des Königs durchs Tor trappelten und sich gen Norden wandten; dann kehrte ich in den Palast zurück, wo der Haushofmeister, ein lahmer Speerkämpfer namens Dyrrig, den Sklaven zurief, die kostbaren Schätze des Palastes zusammenzutragen. Kerzenständer, Töpfe und Kessel wurden in den Garten geschafft und in einem ausgetrockneten Brunnen verborgen, während Bettdecken, Leinenwäsche und Kleider auf Karren gepackt wurden, um in den nahen Wäldern versteckt zu werden. »Die Möbel können bleiben«, erklärte mir Dyrrig mürrisch. »Mit denen können sich die Sachsen vergnügen.«

Ich wanderte durch die Räume des Palastes und versuchte mir vorzustellen, wie die Sachsen zwischen den Säulen herumtobten, die zierlichen Sessel zerschmetterten und die kostbaren Mosaiken zerstörten. Wer wird hier leben, fragte ich mich. Cerdic? Lancelot? Wenn schon, entschied ich, dann sicher Lancelot, denn die Sachsen schienen den römischen Luxus nicht zu schätzen. Sie ließen Städte wie Lindinis verfallen und bauten daneben ihre eigenen Hallen aus Holz und Reet.

Im Thronsaal zögerte ich, versuchte mir vorzustellen, daß er mit Spiegeln ausgestattet sei, wie Lancelot es so sehr liebte. Er lebte in einer Welt aus poliertem Metall, damit er stets die eigene Schönheit bewundern konnte. Vielleicht aber würde Cerdic den Palast ja auch zerstören, um zu beweisen, daß die alte Welt Britanniens zugrunde gegangen war und die neue, brutale Herrschaft der Sachsen begann. Es war ein melancholischer, nachdenklicher Augenblick, der unterbrochen wurde, als Dyrrig, sein lahmes Bein nachziehend, hereingeschlurft kam. »Wenn ihr wollt, werde ich die Möbel für Euch retten«, knurrte er widerwillig.

»Nein«, gab ich zurück.

Dyrrig zog eine Decke von einer Ruhebank. »Der kleine Bastard hat drei Mädchen hier zurückgelassen, und eine von ihnen ist schwanger. Ich werde ihnen vermutlich Gold geben müssen. Er tut das nicht. He, was ist das?« Er starrte hinter den geschnitzten Sessel, der Mordred als Thron gedient hatte, und als ich zu ihm hinüberging, entdeckte ich ein Loch im Boden. »Das war gestern noch nicht da«, behauptete Dyrrig.

Ich kniete nieder und stellte fest, daß ein ganzes Stück des Mosaikbodens herausgehoben worden war. Es befand sich ganz dicht an der Wand, wo dicke Weintrauben das zentrale Bild eines halb liegenden, von Nymphen bedienten Gottes umrandeten, und eine dieser Trauben war säuberlich aus der Randverzierung gehoben worden. Wie ich sah, waren die winzigen Steinchen auf ein Stück Leder geklebt worden, das man auf die Form der Traube zurechtgeschnitten hatte; darunter kam eine Schicht schmaler römischer Ziegel, die jetzt aber unter dem Sessel verstreut lagen. Es war ein sorgfältig angelegtes Viereck, das Zugang zu den Rohren der alten Heizräume unter dem Fußboden bot.

Auf dem Boden des Heizraums glitzerte etwas. Ich beugte mich hinunter, und als ich in dem Staub und dem Müll herumtastete, brachte ich zwei kleine Goldstücke, einen Fetzen Leder und etwas, das ich mit einer angewiderten Grimasse als Mäusedreck identifzierte, zum Vorschein. Ich wischte mir die Hände ab und gab eins der Goldstücke an Dyrrig weiter. Das andere sah ich mir selbst an. Es zeigte ein bärtiges, kampflustiges, behelmtes Gesicht, eine primitive Arbeit, im Ausdruck und der Intensität aber sehr kraftvoll. »Sächsische Arbeit«, stellte ich fest.

»Das hier auch, Lord«, sagte Dyrrig, und wie ich sah, war sein Goldstück mit dem meinen fast identisch. Neugierig spähte ich in den Heizungsraum hinab, entdeckte aber keine weiteren Goldstücke oder -münzen mehr. Mordred hatte hier eindeutig einen Goldschatz versteckt gehabt, aber die Mäuse hatten den Lederbeutel zernagt, so daß diese beiden Münzen herausfallen konnten, als er ihn sich holen wollte.

»Warum besitzt Mordred sächsisches Gold?« fragte ich.

»Keine Ahnung, Lord«, gab Dyrrig zurück und spie in das Loch.

Ich legte die römischen Ziegel behutsam auf die Steinbögen zurück, die den Fußboden trugen, und setzte den Lederlappen mit den Mosaiksteinchen wieder an seinen Platz. Ich konnte mir denken, warum Mordred dieses Gold besaß, und die Antwort paßte mir ganz und gar nicht. Mordred war zugegen gewesen, als Arthur die Pläne seines Feldzugs gegen die Sachsen besprach, und das war der Grund, sagte ich mir, warum die Sachsen uns hinterrücks überfallen konnten. Da sie gewußt hatten, daß wir unsere Truppen an der Themse konzentrierten, hatten sie uns glauben lassen, daß sie dort angreifen würden, während Cerdic langsam und verstohlen seine Streitmacht im Süden formierte. Mordred hatte uns verraten. Ganz sicher konnte ich natürlich nicht sein, denn zwei Goldstücke waren kein Beweis, aber es klang furchtbar wahrscheinlich. Mordred wollte seine Macht zurück, und obwohl ihm Cerdic bestimmt nicht die ganze Macht gewähren würde, wäre ihm doch die Rache an Arthur sicher, nach der er sich so sehnte. »Wie hätten es die Sachsen fertigbringen können, mit Mordred zu reden?« fragte ich Dyrrig.

»Das konnte nicht schwer sein, Lord. Es kamen ständig Besucher her«, antwortete Dyrrig. »Händler, Barden, Jongleure, Mädchen.«

»Wir hätten ihm den Hals durchschneiden sollen«, sagte ich verbittert und steckte das Goldstück ein.

»Warum habt Ihr es nicht getan?« fragte mich Dyrrig.

»Weil er Uthers Enkel ist«, antwortete ich. »Und weil Arthur das niemals zugelassen hätte.« Arthur hatte geschworen, Mordred zu beschützen, und an diesen Eid war Arthur sein Leben lang gebunden. Außerdem war Mordred unser eigentlicher König, weil in seinen Adern das Blut all unserer Könige bis zurück zu Beli Mawr floß, und obwohl Mordred ein schlechter Mensch war, war uns sein Blut dennoch heilig. Nur deswegen ließ Arthur ihn am Leben. »Mordreds Aufgabe ist es, mit einer rechtmäßigen Gemahlin einen Erben zu zeugen«, erklärte ich Dyrrig. »Aber sobald er uns einen neuen König geschenkt hat, würde er wirklich gut daran tun, einen Eisenkragen zu tragen.«

»Kein Wunder, daß er sich nicht vermählt«, sagte Dyrrig. »Und was passiert, wenn er es nicht tut? Wenn es keinen Erben gibt?«

»Das ist eine gute Frage«, antwortete ich. »Aber zunächst müssen wir die Sachsen schlagen, bevor wir uns darüber den Kopf zerbrechen.«

Als ich ging, war Dyrrig damit beschäftigt, den alten, ausgetrockneten Brunnen mit Gestrüpp zu tarnen. Ich hätte geradewegs nach Dun Caric zurückreiten können, denn die dringendsten Probleme hatte ich vorerst beseitigt: Issa war unterwegs, um Argante in Sicherheit zu bringen, Mordred war unbeschadet gen Norden gezogen. Aber noch hatte ich etwas zu erledigen, also ritt ich auf der alten Römerstraße, die sich an den großen Mooren und Seen um Ynys Wydryn entlangzog nach Norden. Rohrsänger lärmten im Schilf, während sichelflüglige Schwalben ganze Schnäbel voll Schlamm aufnahmen, um sich unter unseren Dachfirsten ein neues Nest zu bauen. In den Weiden und Birken am Marschland rief der Kuckuck. Die Sonne schien auf Dumnonia herab, die Eichen standen im neuen grünen Blätterkleid, und auf den Wiesen östlich von mir leuchteten Schlüsselblumen und Gänseblümchen. Ich ritt nicht schnell, sondern ließ meine Stute gemächlich traben, bis ich einige Meilen nördlich von Lindinis nach Westen auf die Landbrücke abbog, die sich bis Ynys Wydryn erstreckte. Bisher hatte ich in Arthurs Interesse gehandelt, indem ich für Argantes Sicherheit gesorgt hatte, und dafür, daß Mordred weggebracht wurde; nun riskierte ich jedoch seine Mißbilligung. Aber vielleicht tat ich ja auch genau das, was er eigentlich von mir erwartete.

Ich ritt zum Schrein des Heiligen Dornbuschs, wo ich Morgan bei den Vorbereitungen zur Flucht antraf. Sie hatte noch nichts Genaues gehört, doch die Gerüchte hatten ihre Wirkung gezeigt, und sie wußte, daß Ynys Wydryn bedroht war. Ich berichtete ihr das wenige, was ich wußte, und nachdem sie dieses wenige gehört hatte, musterte sie mich hinter ihrer Goldmaske hervor. »Und wo ist mein Gemahl?« fragte sie schrill.

»Ich weiß es nicht, Lady«, antwortete ich. Soweit ich wußte, weilte Sansum noch immer als Gefangener in Bischof Emrys Haus in Durnovaria.

»Ihr wißt es nicht«, fuhr Morgan mich an, »und Euch kümmert es nicht!«

»Ehrlich gesagt, Lady, nein«, antwortete ich ihr. »Aber ich nehme an, daß er wie alle anderen nach Norden fliehen wird.«

»Dann richtet ihm aus, daß wir nach Siluria gegangen sind. Nach Isca.« Natürlich hatte Morgan sich gut auf den Notfall vorbereitet. In Erwartung der sächsischen Invasion hatte sie die

Schätze des Heiligtums verschnürt, und die Bootsleute standen bereit, diese Schätze sowie die Christenfrauen über die Seen von Ynys Wydryn bis an die Küste zu bringen, wo bereits andere Boote warteten, um sie über das Severn-Meer nordwärts nach Siluria zu schaffen. »Und sagt Arthur, daß ich für ihn bete«, setzte Morgan hinzu. »Obwohl er meine Gebete nicht verdient. Und sagt ihm, daß ich seine Hure sicher verwahre.«

»Nein, Lady«, widersprach ich, denn das war der Grund, warum ich nach Ynys Wydran geritten war. Bis heute bin ich mir nicht ganz sicher, warum ich Guinevere nicht mit Morgan ziehen ließ, aber ich glaube, daß mich die Götter geleitet haben. Oder ich wollte Guinevere in der Verwirrung, welche die Sachsen gestiftet hatten, weil sie unsere sorgsamen Vorbereitungen zunichte machten, ein letztes Geschenk machen. Wir waren niemals Freunde gewesen, in Gedanken aber verknüpfte ich sie mit den schönen Zeiten, und obwohl die schlechten Zeiten durch ihre Torheit ausgelöst wurden, hatte ich doch auch erlebt, wie ausgelaugt Arthur seit Guineveres Untergang war. Aber vielleicht wußte ich auch, daß wir in diesen schrecklichen Zeiten jede starke Persönlichkeit brauchten, derer wir habhaft werden konnten, und es gab nur wenige Persönlichkeiten, die so stark waren wie Prinzessin Guinevere von Henis Wyren.

»Sie kommt mit mir!« verlangte Morgan.

»Ich habe eindeutige Beweise von Arthur«, entgegnete ich, und damit war die Diskussion beendet, denn in Wirklichkeit waren die Befehle ihres Bruders schrecklich und vage. Falls Guinevere in Gefahr sei, hatte Arthur mir gesagt, solle ich sie retten oder vielleicht auch töten, ich aber hatte mich entschlossen, sie zu retten und sie, statt sie über das Severn-Meer in Sicherheit zu schicken, noch näher an die Gefahr heranzubringen.

»Es ist fast so, als beobachte man eine Herde Kühe, die von Wölfen bedroht wird«, sagte Guinevere, als ich zu ihr in die Kammer trat. Sie stand am Fenster und beobachtete Morgans Frauen, wie sie zwischen den Gebäuden und den Booten, die hinter der westlichen Palisade des Heiligtums auf sie warteten, hin und her hasteten. »Was ist passiert, Derfel?«

»Ihr hattet recht, Lady. Die Sachsen greifen im Süden an.« Ich beschloß, ihr nichts davon zu erzählen, daß es Lancelot war, der diesen Angriff leitete.

»Meint Ihr, sie werden hierher kommen?« erkundigte sie sich.

»Keine Ahnung. Ich weiß nur, daß wir keinen Ort verteidigen können als den, an dem sich Arthur aufhält, und der ist in Corinium.«

»Mit anderen Worten«, gab sie lächelnd zurück, »es herrscht überall Verwirrung.« Sie lachte, witterte in der Verwirrung eine Chance. Sie war, wie üblich, unscheinbar gekleidet, aber die Sonne, die durch das offene Fenster hereinschien, verlieh ihren prachtvollen roten Haaren eine goldene Aura. »Und was wird Arthur mit mir anfangen?« fragte sie mich.

Sie töten? Nein, entschied er, das hat er niemals wirklich gewollt. Was er wollte, war das, was seine stolze Seele zu nehmen ihm verbot. »Ich habe lediglich Befehl, Euch herauszuholen, Lady«, antwortete ich statt dessen.

»Und wohin, Derfel?«

»Ihr könnt mit Morgan über den Severn segeln«, sagte ich, »oder Ihr könnt mit mir kommen. Ich bringe einige Leute nach Corinium im Norden und möchte meinen, daß Ihr von dort aus nach Glevum gehen solltet. Dort werdet Ihr sicher sein.«

Sie kam vom Fenster zurück und setzte sich in einen Sessel vor dem leeren Herd. »Einige Leute?« wiederholte sie den von mir gebrauchten Ausdruck. »Was für Leute, Derfel?«

Ich errötete. »Argante. Ceinwyn, natürlich.«

Guinevere lachte. »Argante möchte ich gern kennenlernen. Meint Ihr, sie würde mich auch gern kennenlernen?«

»Das möchte ich bezweifeln, Lady.«

»Ich auch. Lieber würde sie sterben, glaube ich. Also kann ich mit Euch nach Corinium reisen oder mit den Christenkühen nach Siluria gehen, wie? Ich finde, ich habe für mein ganzes Leben genug christliche Choräle gehört. Außerdem wartet das größere Abenteuer in Corinium, meint Ihr nicht auch?«

»Ich fürchte, ja, Lady.«

»Ihr fürchtet? Nicht fürchten, Derfel!« Vor Freude lachte sie laut auf. »Ihr alle vergeßt immer wieder, wie gut Arthur ist, wenn alles schiefgeht. Es wird eine Wonne sein, ihn zu beobachten. Also: Wann werden wir aufbrechen?«

»Jetzt«, antwortete ich. »Sobald Ihr bereit seid.«

»Ich bin bereit«, erklärte sie fröhlich. »Ich bin seit einem Jahr bereit, diesen Ort zu verlassen.«

»Eure Dienerinnen?«

»Es gibt überall Dienerinnen«, sagte sie. »Wollen wir gehen?«

Da ich nur das eine Pferd hatte, bot ich es ihr aus Höflichkeit an und schritt, als wir das Gelände des Schreins verließen, neben ihr einher. Ich habe selten eine so strahlende Miene gesehen wie die von Guinevere an jenem Tag. Seit Monaten war sie in den Mauern von Ynys Wydryn gefangengehalten worden, und nun ritt sie plötzlich in der freien Natur auf einem Pferd zwischen frühlingsgrünen Birken und unter einem Himmel dahin, der nicht von Morgans Palisade begrenzt war. Wir erklommen die Landbrücke hinter dem Tor, und sobald wir uns auf dem erhöhten, freien Gelände befanden, lachte sie auf und warf mir einen spöttischen Blick zu. »Was sollte mich daran hindern, jetzt einfach auf und davon zu reiten, Derfel?«

»Gar nichts, Lady.«

Sie stieß einen Schrei aus wie ein junges Mädchen, stieß einmal mit den Fersen zu, und dann noch einmal, um die erschöpfte Stute anzuspornen. Der Wind ließ ihre roten Locken flattern, als sie frei über das Grasland galoppierte. Vor Freude schrie sie laut und jubelnd auf, während sie in einem weiten Kreis um mich herumritt. Ihr Rock wurde hochgewirbelt, aber sie achtete nicht darauf, sondern trieb das Pferd immer weiter an, bis es schnaubte und sie selbst genauso atemlos war wie das Tier. Dann erst zügelte sie die Stute und glitt aus dem Sattel. »Ich habe mich wund geritten«, verkündete sie munter.

»Ihr reitet gut, Lady«, lobte er sie.

»Ich habe davon geträumt, wieder auf einem Pferd zu sitzen. Oder auf die Jagd zu gehen. Ach, von so vielem!« Sie glättete ihren Rock und warf mir einen belustigten Blick zu. »Was genau hat Arthur gesagt? Was genau solltet Ihr mit mir machen?«

Ich zögerte. »Er hat sich nicht genau ausgedrückt, Lady.«
»Solltet Ihr mich töten?« fragte sie rundheraus.
»Nein, Lady!« stieß ich erschrocken hervor. Ich führte die Stute am Zügel, während Guinevere nunmehr neben mir ging.
»Er will mit Sicherheit nicht, daß ich Cerdic in die Hände falle«, sagte sie energisch. »Das würde ihm nur schaden. Wie ich vermute, hat er mit dem Gedanken gespielt, mir die Kehle durchzuschneiden. Argante hat das bestimmt verlangt. Ich an ihrer Stelle hätte das jedenfalls getan. Daran mußte ich denken, als ich eben um Euch herumgeritten bin. Angenommen, dachte ich, Derfel hat Befehl, mich zu töten? Soll ich einfach davonreiten? Dann sagte ich mir, daß Ihr mich vermutlich nicht töten würdet – selbst nicht, wenn Ihr Befehl dazu hättet. Wenn er wollte, daß ich sterbe, hätte er Culhwch geschickt.« Plötzlich begann sie heiser zu knurren und beugte die Knie, um Culhwchs Humpeln nachzuahmen. »Culhwch hätte mir die Kehle durchgeschnitten«, sagte sie, »und es sich sicher nicht zweimal überlegt.« Sie lachte; ihre frisch wiedergewonnene gute Laune kam wieder hervor. »Arthur hat sich also nicht genau ausgedrückt.«

»Nein, Lady.«

»Dann ist dies also Eure Idee, Derfel?« Mit einer Geste umfaßte sie das weite Gelände.

»Ja, Lady«, bekannte ich.

»Hoffentlich finder Arthur, daß Ihr das Richtige getan habt«, sagte sie. »Denn sonst steckt Ihr in Schwierigkeiten.«

»Ich stecke ohnehin schon in zahlreichen Schwierigkeiten, Lady«, räumte ich ein. »Die alte Freundschaft scheint dahin.«

Sie mußte die Trauer in meiner Stimme gehört haben, denn plötzlich schob sie ihren Arm unter den meinen. »Armer Derfel. Ich nehme an, er schämt sich vor Euch.«

Ich wurde verlegen. »Ja, Lady.«

»Ich war sehr böse«, gestand sie reumütig. »Der arme Arthur. Aber wißt Ihr, was ihn wieder aufleben lassen wird? Und Eure Freundschaft?«

»Das wüßte ich gern, Lady.«

Sie zog ihren Arm aus dem meinen. »Wenn Ihr die Sachsen in

Grund und Boden besiegt, Derfel, das würde Euch Arthur zurückbringen. Ein Sieg! Schenkt Arthur den Sieg, und er wird uns seine alte Seele zurückgeben.«

»Die Sachsen, Lady«, warnte ich sie, »sind bereits auf halbem Weg zum Sieg.« Dann erzählte ich ihr, was ich wußte: daß die Sachsen im Osten und Süden frei wüteten, daß unsere Truppen zerstreut waren und daß unsere einzige Hoffnung darin bestand, unser Heer zu sammeln, bevor die Sachsen Corinium erreichten, wo Arthurs kleine Kriegshorde aus zweihundert Speerkämpfern ganz allein auf die anderen wartete. Wie ich vermutete, befand sich Sagramor inzwischen auf dem Rückzug zu Arthur, rückte Culhwch von Süden heran, während ich selbst gen Norden reiten würde, sobald Issa mit Argante zurückkehrte. Aus dem Norden würde zweifellos Cuneglas kommen, und Oengus mac Airem würde von Westen herbeieilen, sobald ihm die Nachricht überbracht wurde, doch wenn die Sachsen Corinium als erste erreichten, war alles vorbei. Und selbst wenn wir dieses Wettrennen gewannen, gab es nur wenig Hoffnung, denn ohne Gwents Speerkämpfer waren wir an Zahl so stark unterlegen, daß nur ein Wunder uns retten konnte.

»Unsinn!« sagte Guinevere, als ich ihr die Lage erklärt hatte. »Arthur hat noch nicht einmal angefangen zu kämpfen! Wir werden siegen, Derfel, wir werden siegen!« Nach dieser trotzigen Erklärung lachte sie auf, vergaß ihre kostbare Würde und machte ein paar Tanzschritte am Wegesrand. Alles schien dem Untergang geweiht zu sein, doch Guinevere war plötzlich befreit und von Licht erfüllt, und noch nie hatte ich sie so sehr gemocht wie in diesem Moment. Plötzlich und zum erstenmal, seit ich im Morgengrauen von Beltane den Rauch der Warnfeuer gesehen hatte, verspürte ich einen winzigen Funken Hoffnung.

Der Hoffnungsfunke verlosch sehr schnell, denn in Dun Caric fanden wir nichts als Chaos und Rätsel vor. Issa war nicht zurückgekehrt, und das kleine Dorf unterhalb der Halle wimmelte von Flüchtlingen, die vor den Gerüchten flohen, obwohl keiner von ihnen wirklich einen Sachsen gesehen hatte. Die Flüchtlinge hatten ihre Rinder mitgebracht, ihre Schafe, Ziegen und Schweine, und alle waren sie in Dun Caric zusammengeströmt, weil meine Speerkämpfer ihnen die Illusion von Sicherheit boten. Also setzte ich meine Dienstboten und Sklaven ein, um ein neues Gerücht auszustreuen: Arthur werde sich nach Westen in das Gebiet an der Grenze von Kernow zurückziehen und ich hätte beschlossen, die Herden der Flüchtlinge zu sichten, um Proviant für meine Männer zu beschlagnahmen. Dieses falsche Gerücht genügte, um die meisten Familien nach der fernen Kernow-Grenze in Marsch zu setzen. Auf den großen Mooren wären sie in relativer Sicherheit, und da sie mit ihren Rindern und Schafen westwärts flohen, würden sie nicht die Straße nach Corinium blockieren. Hätte ich ihnen einfach befohlen, nach Kernow zu ziehen, wären sie mißtrauisch geworden und nur noch länger geblieben, um sich zu vergewissern, daß ich sie nicht hereinlegte.

Auch als es dunkel wurde, war Issa immer noch nicht zurückgekehrt. Dennoch machte ich mir keine unnötigen Sorgen, denn nach Durnovaria war es weit, und die Straße war zweifellos von Flüchtlingen übervölkert. Also bereiteten wir uns in der Halle eine Mahlzeit zu, während Pyrlig uns den Gesang über Uthers großem Sieg über die Sachsen bei Caer Idern vortrug. Als das Lied endete und ich Pyrig eine Goldmünze zuwarf, bemerkte ich nebenbei, daß ich dieses Lied früher einmal von Cynyr von Gwent gehört hatte, und Pyrlig war tief beeindruckt. »Cynyr war der größte aller Barden«, erklärte er wehmütig, »aber manche behaupten auch, daß Amairgin von Gwynedd besser gewesen sei. Ich wünschte, ich hätte alle beide gehört.«

»Mein Bruder sagt«, warf Ceinwyn ein, »daß es in Powys jetzt einen noch größeren Barden gibt. Und der ist sogar ein junger Mann.«

»Wen?« wollte Pyrlig wissen, der einen unliebsamen Rivalen witterte.

»Er heißt Taliesin«, antwortete Ceinwyn.

»Taliesin!« wiederholte Guinevere, der der Name zu gefallen schien. Er bedeutete »leuchtende Stirn«.

»Ich habe nie von ihm gehört«, sagte Pyrlig pikiert.

»Wenn wir die Sachsen geschlagen haben«, sagte ich, »werden wir uns von diesem Taliesin einen Siegesgesang wünschen. Und von Euch ebenfalls, Pyrlig«, setzte ich dann hastig hinzu.

»Ich habe einmal Amairgin singen gehört«, warf Guinevere ein.

»Wirklich, Lady?« Abermals schien Pyrlig beeindruckt zu sein.

»Ich war noch ein Kind«, berichtete sie, »doch ich erinnere mich, daß er einen hohlen, brüllenden Laut ausstoßen konnte. Das war sehr beängstigend. Seine Augen wurden ganz groß, er schluckte Luft, und dann brüllte er wie ein Stier.«

»Ach ja, der alte Stil«, sagte Pyrlig wegwerfend. »Heutzutage, Lady, erstreben wir eher die Harmonie der Worte als nur ein großes Stimmvolumen.«

»Eigentlich solltet Ihr beides erstreben«, gab Guinevere scharf zurück. »Ich habe keinen Zweifel, daß dieser Taliesin sowohl ein Meister des alten Stils als auch im Metrum bewandert ist. Wie wollt Ihr ein Publikum bezaubern, wenn Ihr den Leuten nichts weiter bietet als Geschichten und Rhythmus? Ihr müßt dafür sorgen, daß ihnen das Blut in den Adern gerinnt, Ihr müßt sie zum Weinen bringen, Ihr müßt sie zum Lachen bringen!«

»Jeder Mensch kann Lärm produzieren, Lady«, verteidigte Pyrlig seine Kunst, »doch nur ein wahrer Künstler kann Worte mit Harmonien verbinden.«

»Und bald«, wandte Guinevere ein, »sind dann die einzigen Leute, welche die Feinheiten der Harmonik begreifen, die anderen wahren Künstler, und Ihr werdet immer geschickter darin, Eure Dichterkollegen zu beeindrucken, und vergeßt darüber, daß niemand außerhalb des Handwerks eine Ahnung von dem hat, was Ihr da tut. Barden singen für Barden, während wir anderen uns fragen, was dieser Lärm soll. Eure Aufgabe ist es, Pyrlig, die Geschichten der Menschen am Leben zu erhalten, und dazu darf man nicht allzu kunstvoll sein.«

»Aber Ihr wollt doch wohl nicht, daß wir vulgär werden, Lady!« widersprach Pyrlig und strich zum Protest über die Roßhaarsaiten seiner Harfe.

»Ich würde mir wünschen, daß Ihr für die Vulgären vulgär und für die Kunstverständigen kunstvoll seid«, sagte Guinevere, »und zwar beides gleichzeitig, denn wenn Ihr nur kunstvoll sein könnt, verweigert Ihr den Menschen ihre Geschichten, und wenn Ihr nur vulgär sein könnt, wird Euch kein Lord und keine Lady Gold zuwerfen.«

»Bis auf die vulgären Lords«, warf Ceinwyn listig ein.

Guinevere sah kurz zu mir herüber, und ich erkannte, daß sie im Begriff stand, mich zu beleidigen, aber dann war sie sich klar über ihren Impuls, und lachte laut auf. »Wenn ich Gold hätte, Pyrlig«, sagte sie statt dessen, »würde ich Euch belohnen, denn Ihr singt wunderschön, aber leider habe ich keins.«

»Euer Lob ist mir Belohnung genug, Lady«, erklärte Pyrlig.

Guineveres Gegenwart hatte meine Speerkämpfer in Unruhe versetzt, und den ganzen Abend kamen kleine Gruppen von Männern, um sie zu bestaunen. Sie ignorierte diese Blicke. Ceinwyn hatte sie ohne jede Verwunderung aufgenommen, und Guinevere war so klug, besonders nett zu meinen Töchtern zu sein, so daß Morwenna und Seren beide jetzt neben ihr auf dem Boden lagen und schliefen. Genau wie meine Speerkämpfer waren sie fasziniert von dieser hochgewachsenen, rothaarigen Frau, deren Ruf ebenso beunruhigend war wie ihre Erscheinung. Und Guinevere war einfach glücklich, bei uns zu sein. Wir hatten weder Tische noch Sessel in der Halle, nur den Binsenboden und Wollteppiche, aber sie saß vor dem Feuer und beherrschte mühelos den ganzen Raum. In ihren Augen stand eine Leidenschaft, die einschüchternd wirkte, die Kaskaden ihre gelockten roten Haare leuchteten auffallend, und ihre Freude an der Freiheit wirkte ansteckend.

»Wie lange wird sie in Freiheit bleiben?« fragte mich Ceinwyn später in jener Nacht. Wir hatten Guinevere unser Privatgemach überlassen und befanden uns mit dem Rest unserer Leute in der Halle.

»Ich weiß es nicht.«

»Was weißt du dann?«

»Wir warten auf Issa, dann gehen wir nach Norden.«

»Nach Corinium?«

»Ich gehe nach Corinium, aber dich und die Familien werde ich nach Glevum schicken. Dort bist du dicht genug bei den Kämpfen, und wenn das Schlimmste eintreffen sollte, kannst du nördlich nach Gwent gehen.«

Als Issa am folgenden Tag noch immer nicht auftauchte, begann ich mir Sorgen zu machen. So, wie ich es sah, befanden wir uns im Wettlauf mit den Sachsen nach Corinium, und je länger ich aufgehalten wurde, desto wahrscheinlicher war es, daß ich den Wettlauf verlor. Wenn die Sachsen uns Kriegshorde um Kriegshorde angreifen konnten, würde Dumnonia fallen wie ein verrotteter Baum, und meine Truppe, die zu den stärksten im Land gehörte, saß in Dun Caric fest, weil Issa und Argante nicht kamen.

Gegen Mittag wurde meine Besorgnis noch größer, denn wir entdeckten die ersten fernen Rauchwolken am östlichen und südlichen Himmel. Niemand machte eine Bemerkung über die hohen, dünnen Fahnen, aber wir wußten alle, daß wir brennendes Dachstroh sahen. Wo die Sachsen hinkamen, da zerstörten sie, und inzwischen waren sie uns so nahe gekommen, daß wir den Rauch ihrer Brände sahen.

Ich schickte einen Reiter aus, der Issa im Süden suchen sollte, während wir anderen zwei Meilen weit über die Felder zu der großen Römerstraße marschierten, auf der Issa kommen sollte. Ich hatte vor, auf ihn zu warten, dann auf der Römerstraße weiter nach Aquae Sulis zu ziehen, das etwa fünfundzwanzig Meilen weiter nördlich lag, und anschließend nach Corinium, das noch dreißig Meilen weiter entfernt war. Fünfundfünfzig Meilen Straße. Drei lange, harte Tagesmärsche.

Wir warteten neben der Straße auf einem Feldweg voller Maulwurfshügel. Ich hatte über einhundert Speerkämpfer und mindestens ebenso viele Frauen, Kinder, Sklaven und Dienstboten. Wir hatten Pferde, Mulis und Hunde, und alle warteten. Seren, Morwenna und die anderen Kinder pflückten in einem nahen Wald Glockenblumen, während ich auf den zerbrochenen Pflastersteinen der Straße ungeduldig auf und ab wanderte. Ständig zogen Flüchtende an uns vorbei, aber keiner von ihnen, selbst nicht jene, die aus Durnovaria kamen, hatte etwas von Prinzessin Argante gehört. Ein Priester glaubte, gesehen zu haben, wie Issa mit seinen

Männern in die Stadt einritt, weil ihm der fünfzackige Stern auf den Schilden der Speerkämpfer aufgefallen war, aber er wußte nicht, ob sie noch dort waren oder die Stadt schon wieder verlassen hatten. In einem waren sich alle Flüchtlinge einig: daß die Sachsen in der Nähe von Durnovaria waren, obwohl keiner von ihnen tatsächlich einen sächsischen Speerkämpfer gesehen hatte. Sie hatten lediglich Gerüchte gehört, die im Lauf der Stunden immer wilder geworden waren. Arthur sei tot, hieß es, oder nach Rheged geflohen, während Cerdic ein Pferd reiten sollte, das Feuer spie, und über magische Äxte verfügte, die Eisen durchschneiden sollten, als wäre es Leinen.

Guinevere hatte sich von einem meiner Jäger einen Bogen samt Pfeilen geliehen und schoß auf eine abgestorbene Ulme, die neben der Straße stand. Sie schoß gut, jagte einen Pfeil nach dem anderen in das verrottete Holz, doch als ich sie zu ihrer Kunst beglückwünschte, verzog sie das Gesicht. »Ich bin nicht mehr in Übung«, behauptete sie. »Früher konnte ich einen fliehenden Hirsch auf hundert Schritt Entfernung treffen, aber jetzt würde ich ihn wohl nicht mal im Stehen auf fünfzig schaffen.« Sie zog die Pfeile aus dem Baum. »Doch wenn ich die Gelegenheit hätte – einen Sachsen würde ich wohl immer noch treffen.« Sie gab meinem Jäger den Bogen zurück, der sich verneigte und davonging. »Wenn die Sachsen bei Durnovaria sind«, erkundigte sich Guinevere bei mir, »was werden sie dann als nächstes tun?«

»Direkt diese Straße entlangkommen«, antwortete ich.

»Nicht weiter westlich?«

»Sie kennen unsere Pläne«, sagte ich grimmig und erzählte ihr von den Goldstücken mit den bärtigen Gesichtern, die ich in Mordreds Räumen gefunden hatte. »Aelle marschiert auf Corinium, während die anderen ungeordnet im Süden umherziehen. Und wir sitzen hier fest – wegen Argante.«

»Laßt sie doch einfach«, sagte Guinevere heftig; dann zuckte sie die Achseln. »Ich weiß, das könnt Ihr nicht. Liebt er sie?«

»Das weiß ich nicht, Lady«, gab ich zurück.

»Natürlich wißt Ihr es«, sagte Guinevere scharf. »Arthur gibt gern vor, von der Vernunft gesteuert zu sein, aber er sehnt sich danach, von der Leidenschaft beherrscht zu werden. Für die Liebe würde er die Welt auf den Kopf stellen.«

»Das hat er in letzter Zeit aber nicht getan«, bemerkte ich.

»Für mich hat er es getan«, sagte sie leise und nicht ohne einen Anflug von Stolz. »Und wohin werdet Ihr jetzt gehen?«

Ich war zu meinem Pferd hinübergegangen, das zwischen den Maulwurfshügeln graste. »Nach Süden«, antwortete ich.

»Tut das«, sagte Guinevere«, dann werden wir Euch womöglich auch noch verlieren.«

Sie hatte recht, das wußte ich, doch in mir begann die Unruhe zu brodeln. Warum hatte Issa mir keine Nachricht geschickt? Er hatte fünfzig meiner besten Krieger mitgenommen, und die waren verloren. Ich fluchte über die Zeitverschwendung, ohrfeigte einen harmlosen Knaben, der auf und ab stolzierte und so tat, als sei er ein Speerkämpfer, und trat sinnlos gegen Disteln. »Wir könnten inzwischen nach Norden aufbrechen«, schlug Ceinwyn ruhig vor und zeigte auf die Frauen und Kinder.

»Nein«, widersprach ich, »wir müssen zusammenbleiben.« Dabei spähte ich nach Süden, doch außer immer mehr traurigen Flüchtlingen, die nordwärts stapften, war auf der Straße nichts zu sehen. Die meisten waren Familien mit einer kostbaren Kuh und eventuell einem Kalb, obwohl um diese Jahreszeit viele Kälber noch zu klein zum Umherziehen waren. Manche Kälber, die verlassen neben der Straße standen, riefen jämmerlich nach ihrer Mutter. Andere Flüchtlinge waren Händler, die ihre Waren zu retten versuchten. Ein Mann hatte einen Ochsenkarren voller Körbe mit Bleicherde, ein anderer Häute und Felle, einige Töpferwaren. Im Vorbeiziehen sahen sie uns böse an, weil sie uns vorwarfen, die Sachsen nicht früher aufgehalten zu haben.

Seren und Morwenna, denen es zu langweilig wurde, den Wald all seiner Glockenblumen zu berauben, hatten unter ein paar Farnen und Geißblattpflanzen am Waldrand ein Nest mit jungen Häschen gefunden. Aufgeregt riefen sie Guinevere zu sich herüber und streichelten behutsam die kleinen Fellknäuel, die unter ihrer Berührung zitterten. Ceinwyn beobachtete die drei. »Die Mädchen hat sie für sich gewonnen«, sagte sie zu mir.

»Meine Speerkämpfer auch«, gab ich zurück, und so war es. Vor wenigen Monaten noch hatten meine Männer Guinevere als Hure beschimpft, jetzt aber starrten sie sie bewundernd an. Sie hatte sich vorgenommen, sie zu bezaubern, und wenn Guinevere beschloß, bezaubernd zu sein, konnte sie allen den Kopf verdrehen. »Arthur wird große Mühe haben, sie nach dem hier wieder hinter Schloß und Riegel zu setzen«, stellte ich fest.

»Und das ist wahrscheinlich der Grund, warum er sie in Freiheit sehen wollte«, meinte Ceinwyn. »Ihren Tod hat er bestimmt nicht gewollt.«

»Argante schon.«

»Davon bin ich überzeugt«, stimmte Ceinwyn zu und spähte mit mir zusammen nach Süden, doch auf der langen, geraden Straße war noch immer nichts von meinen Speerkämpfern zu sehen.

Erst als der Abend dämmerte, tauchte Issa endlich auf. Er kam mit seinen fünfzig Speerkämpfern, mit den dreißig Mann, die den Palast von Durnovaria bewacht hatten, mit einem Dutzend Schwarzschilden, die Argantes persönliche Leibwache waren, und mit mindestens zweihundert weiteren Flüchtlingen. Schlimmer noch, sie hatten sechs Ochsenkarren mitgebracht, und diesen schweren Wagen war die Verzögerung zu verdanken. Ein schwerbeladener Ochsenkarren bewegt sich langsamer als ein alter Mann, daher hatte Issa den ganzen Weg nach Norden im Schneckentempo zurücklegen müssen. »Was ist in dich gefahren!« schrie ich ihn an. »Wir haben keine Zeit, Wagen mitzuschleppen!«

»Das weiß ich, Lord«, antwortete er kleinlaut.

»Bist du wahnsinnig?« Ich war wütend. Ich war ihm entgegengeritten und wendete meine Stute am Straßenrand. »Viele Stunden hast du verschwendet!«

»Mir blieb keine Wahl!« protestierte er.

»Du hast einen Speer!« fauchte ich. »Der gibt dir das Recht zu wählen, was du willst.«

Er zuckte nur die Achseln und deutete auf Prinzessin Argante, die hoch oben auf dem ersten Wagen thronte. Die vier Ochsen davor, deren Flanken von den Stachelstöcken bluteten, mit denen sie den ganzen Tag angetrieben worden waren, blieben sie auf der Straße stehen und ließen den Kopf hängen.

»Die Wagen werden nicht weiterfahren!« schrie ich sie an. »Ihr könnt von hier aus reiten oder zu Fuß gehen!«

»Nein!« sagte Argante.

Ich glitt von meiner Stute und schritt an der Wagenreihe entlang. Einer enthielt nur jene römischen Statuen, die den Palasthof von Durnovaria geschmückt hatten, auf einem anderen türmten sich Kleider und Gewänder, während ein dritter mit Kochtöpfen, Fackelhaltern und Kerzenständern aus Bronze beladen war. »Runter von der Straße damit!« befahl ich wütend.

»Nein!« Argante sprang von ihrem Hochsitz herab und rannte auf mich zu. »Arthur hat mir befohlen, die Sachen mitzubringen.«

»Arthur, Lady«, sagte ich zu ihr, meinen Ärger mühsam unterdrückend, »braucht keine Statuen.«

»Sie kommen mit!« schrie Argante. »Oder ich bleibe hier!«

»Dann bleibt hier, Lady«, antwortete ich heftig. »Runter von der Straße!« rief ich den Ochsentreibern zu. »Tempo! Runter von der Straße! Sofort!« Ich hatte Hywelbane gezogen und stieß mit der Klinge den nächsten Ochsen an, um das Tier zum Straßenrand zu dirigieren.

»Das werdet ihr nicht tun!« schrie Argante den Ochsentreibern zu. Sie zerrte an den Hörnern eines Ochsen, um das verwirrte Tier auf die Straße zurückzuzwingen. »Ich werde sie nicht dem Feind überlassen!« fauchte sie mich an.

Guinevere stand am Straßenrand und sah uns zu. Ihre Miene war kühl und belustigend, was kein Wunder war, denn Argante benahm sich wie ein verwöhntes Kind. Fergal, Argantes Druide, war seiner Prinzessin zu Hilfe geeilt und erklärte lautstark protestierend, auf einem der Wagen befänden sich all seine vielen Zauberkessel und Ingredienzen. »Und der Schatz«, setzte er dann noch hinzu.

»Was für ein Schatz?« fragte ich ihn.

»Arthurs Schatz«, antwortete Argante sarkastisch, als habe sie den Streit gewonnen, indem sie die Existenz des Goldes zugab.

»Er will, daß ich ihn nach Corinium bringe.« Damit ging sie zum zweiten Wagen, hob ein paar schwere Gewänder an und klopfte gegen eine Holztruhe, die darunter verborgen war. »Das Gold von Dumnonia! Wollt Ihr das den Sachsen überlassen?«

»Lieber das als Euch und mich, Lady«, sagte ich und schlug mit Hywelbane zu, um das Geschirr des Ochsen zu durchschneiden. Argante zeterte und schwor, daß sie mich bestrafen lassen werde, weil ich ihren Schatz gestohlen habe, während ich am nächsten Geschirr weitersägte und den Ochsentreibern zurief, sie sollten die Tiere freilassen. »Hört zu, Lady«, sagte ich, »wir müssen schneller marschieren, als die Ochsen es können.« Ich zeigte auf den fernen Rauch. »Das sind die Sachsen! In wenigen Stunden werden sie hier sein.«

»Wir dürfen die Wagen nicht zurücklassen!« schrie sie mit Tränen in den Augen. Sie war zwar die Tochter eines Königs, hatte aber immer nur wenig besessen, und nun, da sie mit dem Herrscher von Dumnonia vermählt und reich war, brachte sie es nicht fertig, die neuen Reichtümer aufzugeben. »Nicht das Geschirr abnehmen!« rief sie den Treibern zu, und diese zögerten unsicher. Während ich an einem weiteren Ledergeschirr herumsäbelte, begann Argante mich mit den Fäusten zu bearbeiten und nannte mich einen Dieb und ihren Feind.

Ich schob sie behutsam von mir, aber sie wollte nicht gehen, und ich wagte nicht, allzu hart zuzupacken. Sie hatte jetzt einen richtigen Koller, beschimpfte mich und schlug mit ihren kleinen Fäusten auf mich ein. Wieder versuchte ich sie von mir zu schieben, aber sie spie mich an, schlug mich abermals und schrie ihren Schwarzschild-Leibwachen zu, sie sollten ihr helfen.

Die zwölf Männer zögerten, aber sie waren Krieger ihres Vaters und auf den Dienst an Argante eingeschworen, also kamen sie mit eingelegtem Speer auf mich zu. Sofort kamen meine eigenen Männer, um mich zu verteidigen. Die Schwarzschilde waren ihnen zahlenmäßig weit unterlegen, aber sie wankten und wichen nicht, während ihr Druide mit wippendem, fuchshaardurchwebtem Bart und kleinen, klappernden Knöchelchen in den Zöpfen vor ihnen einhertanzte und ihnen zuschrie, daß sie gesegnet seien und ihre Seelen einem goldenen Lohn entgegengehen würden. »Tötet ihn!« schrie Argante ihren Leibwachen immer wieder zu und zeigte dabei auf mich. »Tötet ihn – sofort!«

»Genug!« rief Guinevere plötzlich scharf. Sie trat in die Mitte der Straße und starrte die Schwarzschilde hoheitsvoll an. »Seid doch nicht töricht, legt eure Speere nieder. Wenn ihr wirklich sterben wollt, nehmt lieber ein paar Sachsen mit statt Dumnonier.« Dann wandte sie sich an Argante. »Kommt her zu mir, Kindchen«, sagte sie, zog das Mädchen an sich und wischte ihm mit einem Zipfel ihres schäbigen Gewandes die Tränen ab. »Ihr habt ganz recht, wenn Ihr versucht, den Schatz zu retten«, erklärte sie Argante, »aber Derfel hat ebenfalls recht. Wenn wir uns nicht beeilen, werden uns die Sachsen einholen.« Sie wandte sich an mich. »Gibt es irgendeine Möglichkeit, das Gold mitzunehmen?« fragte sie mich.

»Keine«, antwortete ich kurz, und das traf zu. Selbst wenn ich Speerkämpfer vor die Wagen gespannt hätte, hätten sie uns noch aufgehalten.

»Das Gold gehört mir!« kreischte Argante.

»Jetzt gehört es den Sachsen«, gab ich zurück und rief Issa zu, die Wagen von der Straße zu schaffen und die Ochsen laufen zu lassen.

Argante schrie einen letzten Protest heraus, doch Guinevere schloß sie tröstend in die Arme. »Es gehört sich nicht für eine Prinzessin, in aller Öffentlichkeit Zorn zu zeigen«, redete ihr Guinevere leise zu. »Seid geheimnisvoll, meine Liebe, und laßt die Männer niemals merken, was Ihr denkt. Eure Macht liegt im Schatten; im Sonnenschein werden die Männer Euch stets überwältigen.«

Argante hatte keine Ahnung, wer diese hochgewachsene, schöne Frau war, ließ sich aber von Guinevere trösten, während Issa und seine Männer die Wagen an den Straßenrand zogen. Ich erlaubte den Frauen, alles an Kleidern und Mänteln mitzunehmen, was sie wollten, die Kessel, die Dreifüße und Kerzenhalter ließen wir jedoch zurück. Nur als Issa eins von Arthurs Kriegsbannern entdeckte, ein riesiges weißes Leinentuch, auf das mit Wolle ein großer schwarzer Bär gestickt war, behielten wir es, damit es den Sachsen nicht in die Hände fiel, aber das Gold konnten wir nicht mitnehmen. Statt dessen trugen wir die Schatztruhen zu einem gefüllten Abzugsgraben in einem nahen Feld und schütteten die Münzen in das stinkende Wasser, wo sie, wie wir hofften, von den Sachsen nicht gefunden wurden.

Argante, die zusah, wie das Gold im schwarzen Wasser verschwand, schluchzte verzweifelt. »Das Gold gehört mir!« protestierte sie ein letztes Mal.

»Und früher hat es mir gehört, Kindchen«, sagte Guinevere entschlossen. »Aber ich habe den Verlust überlebt, genau wie Ihr ihn überleben werdet.«

Unvermittelt riß sich Argante von ihr los, um die weit größere Frau anzustarren. »Euch?« fragte sie erstaunt.

»Habe ich Euch meinen Namen nicht genannt, Kindchen?« fragte Guinevere mit leichter Verachtung. »Ich bin Prinzessin Guinevere.«

Argante schrie auf und floh zur Straße zurück, wo ihre Schwarzschilde auf sie warteten. Ich stöhnte, stieß Hywelbane in die Scheide und wartete, bis das letzte Gold verborgen war. Guinevere hatte einen ihrer alten Mäntel gefunden, einen üppigen goldenen Wollumhang, besetzt mit Bärenfell. Ihr altes, schäbiges Gewand, das sie in ihrem Gefängnis getragen hatte, warf sie fort. »Ihr Gold – also wirklich!« sagte sie zornig zu mir.

»Mir scheint, ich habe eine neue Feindin«, sagte ich und beobachtete Argante, die sich angeregt mit ihrem Druiden unterhielt und ihn zweifellos drängte, mich mit einem Fluch zu belegen.

»Wenn wir einen gemeinsamen Feind haben, Derfel«, sagte Guinevere lächelnd, »dann macht uns das endlich zu Verbündeten. Das gefällt mir.«

»Ich danke Euch, Lady«, sagte ich und stellte fest, daß nicht nur meine Töchter und Speerkämpfer von ihr bezaubert waren.

Das letzte Gold versank im Graben; meine Männer kamen auf die Straße zurück und griffen zu ihren Speeren und Schilden. Die Sonne, die über dem Severn-Meer flammte, füllte den Westen mit tiefroter Glut, als wir endlich nach Norden zogen, dem Krieg entgegen.

Wir schafften nur noch ein paar Meilen, bevor es dunkel wurde und wir die Straße verlassen mußten, um uns einen Unterschlupf zu suchen, aber wenigstens hatten wir die Hügel nördlich von Ynys Wydryn erreicht. An jenem Abend machten wir in einer verlassenen Halle halt, um ein karges Mahl aus hartem Brot und Stockfisch zu uns zu nehmen. Argante suchte sich, beschützt von ihrem Druiden und ihrer Leibwache, einen Platz abseits von uns anderen und ignorierte hartnäckig Ceinwyns Versuche, sie in unser Gespräch einzubeziehen, so daß wir sie schließlich schmollen ließen.

Nachdem wir gegessen hatten, wanderte ich mit Ceinwyn und Guinevere auf die Kuppe eines kleinen Hügels hinter der Halle, wo wir zwei Grabhügel der Alten fanden. Ich bat die Toten um Verzeihung und stieg auf einen der beiden Hügel, wo Ceinwyn und Guinevere sich zu mir gesellten. Zu dritt blickten wir gen Süden. Das Tal unter uns war lieblich und weiß von mondbeglänzten Apfelblüten, wir aber entdeckten am Horizont nichts außer dem trüben Glimmen von Feuern. »Die Sachsen sind schnell«, stellte ich verbittert fest.

Guinevere zog sich den Mantel fester um die Schultern. »Wo ist Merlin?« fragte sie mich.

»Verschwunden«, antwortete ich. Es hatte Berichte gegeben, daß Merlin in Irland oder sonst irgendwo in der nördlichen Wildnis sei, aber vielleicht auch im Ödland von Gwynedd, während ein anderes Gerücht behauptete, er sei tot und Nimue habe für sein Totenfeuer einen ganzen Berghang abgeholzt. Das ist doch nur ein Gerücht, sagte ich mir, nichts weiter als ein Gerücht.

»Niemand weiß, wo Merlin ist«, sagte Ceinwyn leise, »aber er weiß sicher, wo wir sind.«

»Ich bete darum, daß er das weiß«, sagte Guinevere inbrünstig, und ich fragte mich, zu welchem Gott oder welcher Göttin sie jetzt wohl betete. Immer noch zu Isis? Oder hatte sie sich zu den britannischen Göttern bekehrt? Aber vielleicht – ich erschauerte bei dem Gedanken – hatten diese Götter uns ja endgültig verlassen. Ihre Totenfeuer wären dann die Flammen von Mai Dun gewesen, und ihre Rache waren die Kriegshorden, die Dumnonia jetzt verheerten.

Bei Tagesanbruch marschierten wir weiter. Der Himmel hatte sich während der Nacht bezogen, und beim ersten Licht setzte ein feiner Regen ein. Die Römerstraße war voller Flüchtlinge, so daß wir nur unendlich langsam vorwärtskamen, obwohl ich zwanzig bewaffnete Krieger vorausziehen ließ, die Befehl hatten, alle Ochsenwagen und Herden von der Straße zu jagen. Viele Kinder konnten nicht weiter und mußten auf die Packtiere gesetzt werden, die unsere Speere, unsere Rüstungen und unseren Proviant trugen, oder auf die Schultern der jüngeren Speerkämpfer. Argante saß auf meiner Stute, während Guinevere und Ceinwyn zu Fuß gingen und den Kindern abwechselnd Geschichten erzählten. Der Regen wurde dichter, fegte in grauen Schwaden über die Hügel hinweg und gurgelte die flachen Gräben zu beiden Seiten der Römerstraße entlang.

Ich hatte gehofft, zu Mittag in Aquae Sulis zu sein, aber es wurde Nachmittag, bis unsere durchnäßte, übermüdete Schar in das Tal hinabstieg, in dem die Stadt lag. Da der Fluß Hochwasser führte, hatte sich vor den Steinpfeilern der römischen Brücke eine Masse von Treibgut gestaut und bildete einen Damm, durch den die stromaufwärts liegenden Felder auf beiden Ufern überschwemmt worden waren. Zu den Pflichten des Magistrats der Stadt gehörte es, die Abflußkanäle der Brücke von derartigem Treibgut freizuhalten, doch diese Aufgabe hatte er schlicht ignoriert, genau wie er es unterlassen hatte, den Stadtwall instandzuhalten. Der Wall lag nur einhundert Schritt nördlich der Brücke, und da Aquae Sulis keine Festungsstadt war, hatte es nie einen besonders festen Wall besessen, inzwischen aber war er kaum noch ein Hindernis. Ganze Abschnitte der Holzpalisade auf der Krone des Erd- und Steinwalls waren niedergerissen worden, um Brennholz oder Baumaterial zu gewinnen, während der Wall selbst so stark erodiert war, daß die Sachsen die Stadt hätten durchqueren können, ohne ihren Schritt zu verlangsamen. Hier und dort entdeckte ich hektisch arbeitende Männer, die versuchten, einige Stellen der Palisade zu reparieren, doch um diese Verteidigungsanlage wieder aufzubauen, hätten fünfhundert Mann einen ganzen Monat gebraucht.

Als wir durch das herrliche Südtor zogen, entdeckte ich, daß die Stadt zwar weder die Energie besaß, ihre Wälle instandzuhalten, noch die Arbeitskräfte, um die Brücke vor dem Treibgut zu schützen, daß aber dennoch jemand die Zeit gefunden hatte, die wunderschöne Maske der römischen Göttin Minerva zu entstellen, die früher den Torbogen geschmückt hatte. Dort, wo ihr Gesicht gewesen war, gab es jetzt nur noch eine grobe Steinmasse, in die ein primitives Christenkreuz geschlagen worden war. »Ist dies eine christliche Stadt?« fragte mich Ceinwyn.

»Fast alle Städte sind christlich«, antwortete Guinevere an meiner Statt.

Außerdem war es eine schöne Stadt. Das heißt, sie war früher einmal schön gewesen, doch im Lauf der Jahre waren die Ziegeldächer eingestürzt und durch Stroh ersetzt worden, einige Häuser waren sogar ganz in sich zusammengefallen und nur noch ein Steinhaufen, aber die Straßen waren noch immer gepflastert und die hohen Säulen sowie der reich verzierte Giebel von Minervas prächtigem Tempel ragten immer noch hoch über den niedrigen Dächern auf. Meine Vorhut bahnte sich brutal einen Weg durch die vollen Straßen zum Tempel, der im heiligen Herzen der Stadt auf einer abgestuften Erhebung stand. Die Römer hatten eine innere Mauer um den zentralen Schrein gebaut, eine Mauer, die Minervas Tempel sowie das Badehaus umgab, das der Stadt Ruhm und Reichtum eingebracht hatte. Die Römer hatten das Bad überdacht, das von einer heißen Zauberquelle gespeist wurde, inzwischen aber waren einige Dachziegel herabgefallen, und durch die Löcher stiegen Dampfwölkchen wie Rauch auf. Der Tempel selbst, seiner Regenrinnen aus Blei beraubt, war fleckig von Regenwasser und Moosflechten, während der bemalte Putz unter dem hohen Portikus abgeblättert und gedunkelt war; trotz dieses Verfalls jedoch konnte man immer noch auf dem großen, gepflasterten Hof des inneren Heiligtums der Stadt stehen und sich eine Welt ausmalen, in der die Menschen solche Bauwerke schaffen und ohne Furcht vor den Speeren leben konnten, die aus dem barbarischen Osten kamen.

Der Magistrat der Stadt, ein nervöser Mann mittleren Alters

namens Cildydd, der sein wichtiges Amt betonte, indem er eine römische Toga trug, kam aus dem Tempel herbeigeeilt, um mich zu begrüßen. Ich kannte ihn aus den Zeiten des Aufstands, als er, obwohl selber Christ, vor den rasenden Fanatikern floh, die alle Tempel von Aquae Sulis besetzt hatten. Nach dem Aufstand war er wieder in sein Amt eingesetzt worden, viel Autorität aber besaß er, glaube ich, nicht mehr. Er hatte eine Art Schiefertafel bei sich, auf der er eine Aufstellung gemacht hatte, vermutlich die Zahlen der Landwehr, die sich auf dem Gelände des Heiligtums eingefunden hatte. »Die Reparaturen sind in Arbeit!« begrüßte mich Cildydd ohne weitere Höflichkeitsfloskeln. »Meine Männer sind bereits unterwegs, um Holz für die Wälle zu schlagen. Oder waren es vielmehr. Die Überschwemmung ist ein Problem, o ja, aber wenn es aufhört zu regnen?« Er ließ den Satz unbeendet.

»Die Überschwemmung?« fragte ich.

»Wenn der Fluß steigt, Lord«, erklärte er mir, »kommt das Wasser durch die römischen Leitungen nach oben. Es steht bereits in den unteren Vierteln der Stadt. Und leider eben nicht nur Wasser. Der Geruch, wißt Ihr!« Angewidert sog er die Luft durch die Nase ein.

»Das Problem ist, daß die Brückenbogen vom Treibgut verstopft sind«, entgegnete ich. »Es war Eure Aufgabe, sie freizuhalten. Es war außerdem Eure Aufgabe, die Wälle instandzuhalten.« Er öffnete den Mund und schloß ihn wieder, ohne ein Wort zu äußern. Er zückte die Tafel, als wolle er seine Tüchtigkeit demonstrieren; dann jedoch blinzelte er hilflos. »Nicht, daß das jetzt noch wichtig ist«, fuhr ich fort, »die Stadt kann nicht verteidigt werden.«

»Nicht verteidigt?« protestierte Cildydd. »Nicht verteidigt? Sie muß verteidigt werden! Wir können die Stadt doch nicht einfach verlassen!«

»Wenn die Sachsen kommen, wird euch nichts anderes übrigbleiben«, sagte ich brutal.

»Aber wir müssen sie verteidigen, Lord«, behauptete Cildydd.

»Und womit?« fragte ich ihn.

»Mit Euren Männern«, antwortete er und zeigte zu meinen

Speerkämpfern hinüber, die unter dem Portikus Schutz vor dem Regen gesucht hatten.

»Wir können im Höchstfall eine Viertelmeile der Wälle besetzen, oder vielmehr von dem, was von ihnen übrig ist«, sagte ich. »Und wer soll alles übrige verteidigen?«

»Die Landwehr natürlich.« Cildydd schwenkte seine Tafel zu dem traurigen Häufchen von Männern hinüber, das vor dem Badehaus wartete. Nur ein paar von ihnen hatten Waffen, und noch weniger eine Rüstung.

»Habt Ihr jemals gesehen, wie die Sachsen angreifen?« fragte ich Cildydd. »Zuerst schicken sie riesige Kampfhunde vor, erst dann kommen sie mit drei Fuß langen Äxten und Speeren mit acht Fuß langen Schäften. Sie sind betrunken, sie sind rasend, und sie wollen nichts als die Frauen und das Gold in Eurer Stadt. Wie lange, glaubt Ihr, wird die Landwehr dem standhalten können?«

Cildydd starrte mich blinzelnd an. »Wir können doch nicht einfach aufgeben«, sagte er unsicher.

»Hat Eure Landwehr überhaupt richtige Waffen?« erkundigte ich mich und deutete auf die Männer, die mürrisch im Regen warteten. Zwei oder drei von den sechzig Mann hatten Speere mitgebracht, auch ein altes Römerschwert entdeckte ich, und der größte Teil der übrigen hatte Äxte oder Hacken, doch einige Männer besaßen nicht einmal diese primitiven Waffen, sondern trugen im Feuer gehärtete Stangen, deren rußschwarzes Ende scharf zugespitzt worden war.

»Wir durchsuchen die Stadt, Lord«, sagte Cildydd. »Irgendwo muß es Speere geben.«

»Ob mit oder ohne Speere«, entgegnete ich brutal, »wenn ihr hier kämpft, seid ihr allesamt tot.«

Cildydd starrte mich offenen Mundes an. »Und was sollen wir tun?« fragte er mich schließlich.

»Geht nach Glevum«, antwortete ich.

»Aber die Stadt!« Er erbleichte. »Es gibt hier Händler, Goldschmiede, Kirchen, Schätze.« Seine Stimme versagte, als er sich den enormen Verlust vorstellte, wenn die Stadt fiel, doch wenn die Sachsen wirklich kamen, war dieser Fall nicht abzuwenden.

Aquae Sulis war keine Garnisonsstadt, sondern ein wunderschöner Ort in einem Tal zwischen mehreren Höhenzügen. Cildydd blickte in den Regen hinaus. »Glevum«, wiederholte er bedrückt. »Und Ihr werdet uns dorthin eskortieren, Lord?«

Ich schüttelte den Kopf. »Ich gehe nach Corinium«, erklärte ich, »Ihr aber werdet nach Glevum gehen.« Fast war ich versucht, Argante, Guinevere, Ceinwyn und die Familien mitzuschicken, aber ich konnte mich nicht darauf verlassen, daß Cildydd sie beschützte. Besser, sagte ich mir, ich nehme die Frauen und die Familien mit mir nach Norden und schicke sie dann mit einer kleinen Eskorte von Corinium nach Glevum.

Aber wenigstens Argante wurde ich los, denn noch während ich so brutal Cildydds leise Hoffnungen auf Verteidigung zerstörte, ritt ein Trupp gewappneter Krieger in den Vorhof des Tempels ein. Es waren Arthurs Männer mit seinem Bärenbanner, sie wurden angeführt von Balin, der furchtbar auf das Gedränge der Flüchtlinge schimpfte. Als er mich sah, war er erleichtert, staunte aber, als er Guinevere entdeckte. »Habt Ihr die falsche Prinzessin mitgebracht, Derfel?« fragte er mich, als er von seinem erschöpften Pferd stieg.

»Argante ist im Tempel.« Mit dem Kopf deutete ich auf das große Gebäude hinüber, in dem Argante Zuflucht vor dem Regen gesucht hatte. Sie hatte den ganzen Tag kein Wort mit mir gesprochen.

»Ich soll sie zu Arthur bringen«, erklärte Balin. Er war ein bärtiger Mann von rauher Gutmütigkeit mit einem tätowierten Bären auf der Stirn und einer gezackten weißen Narbe auf der linken Wange. Ich erkundigte mich, was es Neues gäbe, und er berichtete mir das wenige, was er wußte, und nichts davon klang gut. »Die Hunde kommen die Themse herunter«, sagte er. »Wir schätzen, daß sie nur noch drei Tagesmärsche von Corinium entfernt sind, und von Cuneglas oder Oengus ist noch keine Spur zu sehen. Es ist das Chaos, Derfel, genau das ist es. Das Chaos.« Unvermittelt erschauerte er. »Was stinkt hier denn so?«

»Die Kloaken laufen über«, antwortete ich.

»In ganz Dumnonia«, ergänzte er grimmig. »Ich muß mich beeilen«, fuhr er fort. »Arthur will seine junge Frau möglichst schon vorgestern in Corinium haben.«

»Habt Ihr noch Befehle für mich?« rief ich ihm nach, während er auf die Stufen des Tempels zuschritt.

»Nach Corinium sollt Ihr marschieren! Und Ihr sollt uns an Proviant schicken, was Ihr könnt!« Den letzten Befehl rief er mir zu, während er durch das große Tempeltor verschwand. Er hatte sechs Ersatzpferde mitgebracht, genug also, um Argante, ihre Dienerinnen und Fergal, den Druiden, mit einem Reittier zu versorgen, und das bedeutete, daß die zwölf Mann von Argantes Schwarzschild-Eskorte bei mir zurückblieben. Ich spürte, daß sie genauso froh waren wie ich, ihre Prinzessin los zu sein.

Am späten Nachmittag brach Balin gen Norden auf. Ich hatte auch unterwegs sein wollen, aber die Kinder waren müde, der Regen wollte nicht aufhören, und Ceinwyn überzeugte mich, daß wir besser vorankommen würden, wenn wir uns diese Nacht unter den Dächern von Aquae Sulis ausruhten und am folgenden Morgen mit frischen Kräften losmarschierten. Ich stellte Wachen im Badehaus auf und ließ die Frauen und Kinder in das riesige, dampfende Becken voll heißem Wasser steigen; dann schickte ich Issa und zwanzig Mann los, um in der Stadt nach Waffen für die Landwehr zu suchen. Anschließend ließ ich Cildydd kommen und fragte ihn, wieviel Proviant noch in der Stadt vorhanden sei. »Kaum noch etwas, Lord«, behauptete er und erklärte, bereits sechzehn Wagen mit Korn, Dörrfleisch und Stockfisch nordwärts geschickt zu haben.

»Habt Ihr die Häuser der Einwohner durchsucht?« fragte ich ihn. »Die Kirchen?«

»Nur die Getreidespeicher der Stadt, Lord.«

»Dann wollen wir mal mit einer richtigen Durchsuchung beginnen«, schlug ich vor, und so hatten wir bis zur Dämmerung sieben weitere Wagenladungen kostbarer Vorräte gesammelt. Trotz der späten Stunde schickte ich die Wagen noch am selben Abend gen Norden. Ochsenkarren sind langsam, darum war es besser, wenn sie die Fahrt noch am Abend begannen, statt bis zum nächsten Morgen zu warten.

Im Tempelhof wartete Issa auf mich. Bei seiner Durchsuchung der Stadt hatte er sieben alte Schwerter und ein Dutzend Saufedern aufgetrieben, während Cildydds Männer mit fünfzehn weiteren Speeren aufwarten konnten, von denen allerdings acht zerbrochen waren. Aber Issa hatte noch andere Nachrichten. »Wie es heißt, sollen im Tempel Waffen versteckt sein, Lord«, berichtete er mir.

»Wer sagt das?«

Issa deutete auf einen jungen, bärtigen Mann, der eine blutige Schlachterschürze trug. »Er schätzt, daß nach dem Aufstand eine Menge Speere im Tempel versteckt wurden, aber der Priester streitet das hartnäckig ab.«

»Wo ist der Priester?«

»Drinnen, Lord. Als ich ihn ausfragen wollte, hat er mich weggeschickt.«

Ich sprang die Tempeltreppe empor durch das riesige Portal. Dies war früher einmal ein Tempel der Minerva und der Sulis gewesen, erstere eine römische, letztere eine britannische Göttin, aber die heidnischen Göttinen waren verjagt und dafür der Christengott eingesetzt worden. Als ich den Tempel das letztemal besucht hatte, war da noch eine große, von flackernden Öllampen beleuchtete Bronzestatue der Minerva gewesen, doch während des Christenaufstands war die Statue zerstört worden, und nur noch der Kopf der Göttin war übriggeblieben, doch der war auf eine Stange gesteckt worden und stand als Trophäe hinter dem christlichen Altar.

»Dies ist ein Gotteshaus!« brüllte der Priester mich herausfordernd an. Umgeben von weinenden Weibern, stand er an seinem Altar und zelebrierte ein Mysterium, brach die Zeremonie aber ab, um sich mir entgegenzustellen. Es war ein junger Mann, von Leidenschaft erfüllt, einer von jenen Priestern, die den Aufruhr in Dumnonia geschürt und denen Arthur das Leben geschenkt hatte, damit die Bitterkeit der fehlgeschlagenen Rebellion nicht weiterschwären konnte. Dieser Priester jedoch hatte nichts von seiner aufständischen Begeisterung verloren. »Ein Gotteshaus«, brüllte er abermals, »und Ihr entweiht es mit Schwert und Speer! Würdet Ihr auch in der Halle Eures Lords Waffen tragen? Warum tragt Ihr sie dann im Hause des Herrn?«

»In einer Woche«, entgegnete ich, »wird dies ein Tempel des Thunor sein, und dort, wo ihr steht, werden eure Kinder geopfert werden. Gibt es hier Speere?«

»Nein!« behauptete er trotzig. Als ich die Altarstufen emporstieg, kreischten die Frauen und wichen zurück. Der Priester streckte mir ein Kreuz entgegen. »Im Namen Gottes«, intonierte er, »und im Namen seines heiligen Sohnes, und im Namen des Heiligen Geistes. Nein!« Der letzte Aufschrei kam, weil ich Hywelbane gezogen hatte und das Schwert benutzte, um ihm das Kreuz aus der Hand zu schlagen. Das Stück Holz schlitterte über den Marmorboden des Tempels, während ich ihm die Klinge auf den verfilzten Bart setzte. »Ich werde dieses Haus Stein für Stein auseinandernehmen, bis ich die Speere finde«, verkündete ich. »Und Euren elenden Kadaver werde ich unter dem Schutt begraben. Also, wo sind sie?«

Sein Trotz brach zusammen. Die Speere, die er gehortet hatte, weil er auf einen weiteren Aufstand hoffte, um einen Christen auf Dumnonias Thorn zu setzen, waren in einer Krypta unter dem Altar versteckt. Der Eingang zur Krypta war verborgen, denn dort waren früher jene Schätze aufbewahrt worden, die von Menschen stammten, welche die Heilkraft der Quellen der Sulis suchten, aber der verängstigte Priester zeigte uns, wie man die Marmorplatte anheben konnte, unter der eine Grube bis obenhin mit Gold und Waffen gefüllt war. Das Gold ließen wir liegen, die Speere trugen wir hinaus und übergaben sie Cildydds Landwehr. Ich bezweifelte zwar, daß uns die sechzig Mann in der Schlacht von Nutzen sein konnten, aber ein Mann mit Speer sah wenigstens aus wie ein Krieger und konnte aus der Ferne die Sachsen ein wenig aufhalten. Ich befahl den Landwehrmännern, am folgenden Morgen abmarschbereit zu sein und so viel Lebensmittel mitzunehmen, wie sie nur finden konnten.

In dieser Nacht schliefen wir im Tempel. Ich befreite den Altar von seinen christlichen Garnierungen und stellte Minervas Kopf zwischen zwei Öllampen, damit sie uns während der Nacht beschütze. Regen tropfte vom Dach herunter und bildete Pfützen auf dem Marmor, doch irgendwann während der ersten Morgenstunden hörte der Regen auf, und die Morgendämmerung brachte uns einen klaren Himmel und einen frischen Wind aus Osten.

Noch ehe die Sonne aufging, hatten wir die Stadt verlassen. Nur vierzig Mann von der Landwehr der Stadt marschierten mit uns, die übrigen hatten sich in der Nacht davongestohlen, aber es war besser, vierzig willige Männer zu haben als sechzig unzuverlässige Verbündete. Unsere Straße war jetzt frei von Flüchtlingen, denn ich hatte das Gerücht verbreitet, daß Sicherheit nicht in Corinium, sondern in Glevum liege; statt dessen war jetzt die westliche Straße von Menschen und Vieh verstopft. Unsere Route führte uns auf der Römerstraße, die hier gerade wie ein Speer zwischen römischen Grabmälern verlief, ostwärts der aufgehenden Sonne entgegen. Guinevere übersetzte mir die Inschriften, staunend darüber, daß hier Männer begraben lagen, die in Griechenland, Ägypten oder Rom geboren waren. Es handelte sich um Veteranen der Legionen, die britannische Ehefrauen genommen und sich bei den Heilquellen von Aquae Sulis niedergelassen hatten; auf ihren moosbedeckten Grabsteinen wurde hier und da Minerva oder Sulis für das Geschenk der Jahre gedankt. Nach einer Stunde ließen wir die Grabmäler hinter uns, während sich das Tal verengte und die steilen Hügel nördlich der Straße näher an die Flußauen heranrückten; bald würde sich die Straße, wie ich wußte, abrupt nach Norden wenden und in die Hügel emporsteigen, die zwischen Aquae Sulis und Corinium lagen.

Wir hatten den schmalen Teil des Tals bereits erreicht, als die vorausgezogenen Ochsentreiber urplötzlich zurückgelaufen kamen. Sie hatten Aquae Sulis am Vortag verlassen, doch ihre langsamen Karren waren nicht weiter gekommen als bis an die Nordwärtsbiegung der Straße, und nun, im Morgengrauen, hatten sie ihre sieben Wagenladungen kostbaren Proviants vor Angst verlassen. »Sais!« rief einer der Männer noch beim Laufen. »Da hinten sind Sais!«

»Narr«, murmelte ich; dann rief ich Issa zu, die fliehenden Männer aufzuhalten. Ich hatte Guinevere mein Pferd überlassen, nun aber glitt sie von ihm herunter. Ich hangelte mich mühsam auf den Rücken des Reittiers und spornte es an.

Nach einer halben Meile machte die Straße einen Knick nach Norden. Genau hier, an der Biegung, standen die verlassenen Ochsen mit ihren Karren. Ich ritt an ihnen vorbei, um den Hang hinaufzuspähen. Einen Moment lang sah ich gar nichts, dann tauchte neben einer Baumgruppe auf der Kuppe eine Abteilung von Reitern auf. Sie waren, deutlich umrissen vor dem heller werdenden Himmel, eine halbe Meile entfernt, daher vermochte ich die Details ihrer Schilde nicht auszumachen, aber ich schätzte, daß es eher Britannier waren als Sachsen, denn unser Feind setzte nicht viele Reiter ein.

Ich trieb die Stute den Hang hinauf. Keiner der Reiter rührte sich. Sie beobachteten mich nur. Doch dann tauchten auf der Hügelkuppe weitere Männer auf, dieses Mal Speerkämpfer, und über ihnen ragte ein Feldzeichen empor, das mir das Schlimmste bestätigte.

Das Feldzeichen bestand aus einem Schädel, an dem ein paar Fetzen herabhingen, die wie Lumpen aussahen, doch ich erinnerte mich an Cerdics Wolfsschädel-Standarte mit ihrem zerfledderten Behang aus Menschenhaut. Diese Männer waren Sachsen und versperrten uns den Weg. Viele Speerkämpfer waren nicht zu sehen, etwa ein Dutzend Reiter und fünfzig bis sechzig Fußsoldaten, aber sie befanden sich auf höherem Gelände, und ich konnte nicht sehen, wie viele Männer hinter der Kuppe verborgen waren. Ich zügelte meine Stute und starrte auf die Speerkämpfer, und dieses Mal sah ich Sonnenlicht auf den breiten Axtklingen glänzen, die einige der Männer trugen. Es mußten also Sachsen sein. Aber woher waren sie gekommen? Da Balin mir berichtet hatte, daß Cerdic und Aelle an der Themse entlang vorrückten, waren die Männer vermutlich von jenem weiten Flußtal hierher nach Süden heruntergekommen, aber vielleicht waren es auch einige von Cerdics Speerkämpfern, die Lancelot dienten. Es spielte allerdings keine große Rolle, wer sie waren – wichtig war nur, daß sie uns die Straße versperrten. Immer mehr von unseren Feinden erschienen, bis ihre Speere auf der gesamten Kuppe in den Himmel ragten.

Als ich meine Stute wendete, sah ich, daß Issa meine erfahrensten Speerkämpfer an der Blockade auf der Straßenbiegung vorbeiführte. »Sachsen!« rief ich ihm zu. »Bildet einen Schildwall!«

Issa sah zu den fernen Speerkämpfern hinüber. »Sollen wir hier gegen sie kämpfen, Lord?« erkundigte er sich.

»Nein.« An einem so ungünstigen Platz wagte ich das nicht. Wir würden gezwungen sein, bergauf zu kämpfen, und würden uns ständig Sorgen um unsere Familien hinter uns machen.

»Sollten wir statt dessen nicht lieber die Straße nach Glevum nehmen?« schlug Issa vor.

Ich schüttelte den Kopf. Die Straße nach Glevum war voller Flüchtlinge, und wäre ich der Befehlshaber der Sachsen gewesen, so wäre mir nichts willkommener gewesen, als einen zahlenmäßig unterlegenen Feind auf so einer Straße zu verfolgen. Schneller als er konnten wir nicht marschieren, denn wir würden von den Flüchtlingen behindert werden, für ihn dagegen würde es ein Leichtes sein, durch die Masse der panisch Flüchtenden vorzustoßen und uns den Tod zu bringen. Es war möglich, ja sogar wahrscheinlich, daß die Sachsen uns nicht verfolgen, sondern statt dessen versucht sein würden, die Stadt zu plündern, aber das war ein Risiko, das ich nicht einzugehen wagte. Ich blickte den langgestreckten Hügel empor und sah, daß sich immer mehr Feinde auf der sonnenbeschienenen Kuppe versammelten. Es war unmöglich, sie zu zählen, aber es war mit Sicherheit keine kleine Kriegshorde. Meine eigenen Männer bildeten einen Schildwall, doch mir war klar, daß sie hier nicht kämpfen konnten. Die Sachsen hatten mehr Männer, und sie befanden sich auf dem höheren Gelände. Hier zu kämpfen bedeutete den Tod.

Ich wandte mich im Sattel um. Eine halbe Meile von hier entfernt, unmittelbar nördlich der Römerstraße, lag eine Festung der Alten, deren uralter Erdwall – inzwischen weitgehend erodiert – auf der Kuppe eines steilen Hügels stand. Ich zeigte zu den grasbewachsenen Wällen empor. »Da hinüber!« sagte ich.

»Da hinüber, Lord?« wiederholte Issa verdutzt.

»Wenn wir versuchen, ihnen zu entkommen«, erklärte ich,

»werden sie uns folgen. Unsere Kinder kommen nur langsam voran, und schließlich werden diese Bastarde uns einholen. Wir werden gezwungen sein, einen Schildwall zu bilden, mit unseren Familien in der Mitte, und die letzten von uns, die sterben, werden die ersten von unseren Frauen schreien hören. Besser, wir suchen uns einen Platz, den sie nur ungern angreifen werden. Dann müssen sie eine Entscheidung treffen. Entweder lassen sie uns in Ruhe und ziehen nach Norden, in welchem Fall wir ihnen folgen werden, oder sie kämpfen, und wenn wir auf einem Hügel sind, haben wir eine Chance, sie zu besiegen. Eine bessere Chance«, ergänzte ich, »weil Culhwch hier entlangkommen wird. Es könnte sogar sein, daß wir in ein, zwei Tagen zahlenmäßig stärker sind als sie.«

»Dann lassen wir also Arthur im Stich?« fragte Issa, den diese Vorstellung erschreckt.

»Wir halten hier eine sächsische Kriegshorde auf, so daß sie nicht nach Corinium marschieren kann«, erklärte ich ihm. Aber auch ich war nicht sehr glücklich über meinen Entschluß, denn Issa hatte recht, ich ließ Arthur im Stich, aber ich wagte es nicht, das Leben von Ceinwyn und meinen Töchtern aufs Spiel zu setzen. Der ganze sorgfältig geplante Feldzug, den Arthur entworfen hatte, war zunichte gemacht worden. Culhwch trieb sich, von uns abgeschnitten, irgendwo im Süden herum, ich saß bei Aquae Sulis in der Falle, während Cuneglas und Oengus mac Airem noch viele Meilen weit entfernt waren.

Ich ritt zurück, um meine Rüstung und meine Waffen zu holen. Die Rüstung anzulegen hatte ich keine Zeit, aber ich setzte den Helm mit der Wolfsrute auf, nahm meinen kräftigsten Speer zur Hand und griff mir meinen Schild. Die Stute gab ich Guinevere zurück und wies sie an, die Familien den Hügel hinaufzuführen. Dann befahl ich den Männern von der Landwehr und meinen jüngeren Speerkämpfern, die sieben Proviantwagen zu wenden und zur Festung hinaufzuschaffen. »Wie ihr das macht, ist mir egal«, sagte ich zu ihnen, »aber ich will diesen Proviant vor dem Feind retten. Und wenn ihr die Wagen eigenhändig hinaufzieht.« Argantes Wagen hatte ich stehen lassen, aber im Krieg ist eine Wagenladung Proviant weit kostbarer als Gold, und ich war fest entschlossen, die Vorräte auf gar keinen Fall dem Feind zu überlassen. Falls nötig, würde ich die Wagen mitsamt ihrer Ladung verbrennen, zunächst aber würde ich versuchen, die Lebensmittel für uns zu retten.

Ich kehrte zu Issa zurück und nahm meinen Platz im Schildwall ein. Da sich die Reihen der Feinde immer mehr verstärkten, erwartete ich jede Minute, daß sie in wildem Angriff den Hügel herunterstürmten. Sie waren uns zwar an Zahl überlegen, aber sie kamen dennoch nicht, und jeder Moment, den sie zögerten, gab unseren Familien und den kostbaren Proviantladungen einen zusätzlichen Moment, um den Gipfel des Hügels zu erreichen. Immer wieder blickte ich mich um und beobachtete die Wagen, und als sie den Hang etwa zur Hälfte erklommen hatten, befahl ich meinen Speerkämpfern den Rückzug.

Dieser Rückzug ermunterte die Sachsen zum Vorrücken. Sie brüllten herausfordernd und kamen sehr schnell den Hügel herab, aber sie hatten den Angriff zu spät begonnen. Meine Männer kehrten auf der Straße zurück, überquerten eine seichte Furt, wo ein Bach aus den Hügeln dem Fluß zueilte, und dann befanden wir uns auf erhöhtem Gelände, denn wir zogen uns den steilen Hang zur Festung empor zurück. Meine Männer hielten ihre gerade Linie, verkeilten die Schilde so, daß sie sich überlappten, hatten die langen Speere gezückt, und dieser Beweis für ihre Ausbildung ließ die uns verfolgenden Sachsen knapp fünfzig Meter von uns entfernt innehalten. Sie benügten sich damit, Herausforderungen und Beleidigungen zu brüllen, während einer ihrer nackten Magier, die Haare mit Kuhmist zu Stacheln geformt, vor ihnen einher tanzte und uns verfluchte. Schweine nannte er uns, Feiglinge und Ziegen. Während er uns beschimpfte, zählte ich unsere Feinde. Sie hatten einhundertundsiebzig Mann in ihrem Schildwall, und es gab noch immer sehr viele, die nicht den Hügel herabgekommen waren. Ich zählte sie, und die Kriegsführer der Sachsen saßen auf ihren Pferden hinter dem Schildwall und zählten uns. Jetzt konnte ich ihr Feldzeichen deutlich sehen: Es war tatsächlich Cerdics Standarte mit dem Wolfsschädel und der abgezogenen Menschenhaut, aber Cerdic persönlich war nicht dabei. Dies mußte eine seiner Kriegshorden sein, die von der Themse aus südwärts gezogen war. Die Kriegshorde war uns an Zahl überlegen, doch ihre Führer waren zu klug, um uns anzugreifen. Sie wußten, daß sie uns schlagen konnten, aber sie wußten auch, einen wie schrecklichen Blutzoll siebzig erfahrene Krieger aus ihren Reihen fordern würden. Es reichte ihnen, uns von der Straße vertrieben zu haben.

Langsam wichen wir hügelaufwärts zurück. Die Sachsen beobachteten uns, doch nur der Magier folgte uns, und der verlor nach einer Weile das Interesse. Er spie in unsere Richtung und wandte sich ab. Wir johlten mächtig über die Zaghaftigkeit der Feinde, in Wirklichkeit aber empfand ich eine ungeheure Erleichterung darüber, daß sie uns nicht angegriffen hatten.

Wir brauchten eine Stunde, um die sieben Wagen mit dem kostbaren Proviant über den uralten Erdwall und auf die sanft gewölbte Kuppe des Hügels zu hieven. Ich schritt über dieses gewölbte Plateau und stellte fest, daß es eine großartige Verteidigungsposition gewährte. Der Gipfel war wie ein Dreieck geformt, der Boden fiel auf allen drei Seiten steil ab, so daß ein Angreifer sich mühsam bis in die Zähne unserer Speere emporarbeiten mußte. Dieser steile Hang würde die Kriegshorde der Sachsen, wie ich hoffte, an einem Angriff hindern; in ein bis zwei Tagen würde der Feind dann abziehen, und wir konnten ungehindert nordwärts nach Corinium reiten. Wir würden zwar verspätet dort eintreffen, und Arthur wäre mit Sicherheit zornig auf mich, vorerst aber hatte ich diesen Teil des dumnonischen Heeres in Sicherheit gebracht. Wir zählten über zweihundert Speerkämpfer und mußten zahlreiche Frauen und Kinder, sieben Wagen und zwei Prinzessinen beschützen, und unsere Zuflucht war eine grasbewachsene Hügelkuppe hoch über einem tiefen Flußtal. Ich holte mir einen Mann aus der Landwehr und fragte ihn nach dem Namen des Hügels.

»Er heißt wie die Stadt, Lord«, antwortete er, offenbar verwundert, daß ich den Namen überhaupt wissen wollte.

»Aquae Sulis?« fragte ich ihn.

»Nein, Lord! Der alte Name! Der Name, bevor die Römer kamen.«

»Baddon«, sagte ich.

»Und das hier ist Mynydd Baddon, Lord«, bestätigte er.

Mynydd Baddon. Im Lauf der Zeit würden die Barden diesen Namen in ganz Britannien verbreiten. In tausend Hallen würde er besungen werden und das Blut noch ungeborener Kinder befeuern, vorerst aber bedeutete er mir einfach gar nichts. Er war nichts weiter als ein günstig gelegener Hügel, eine uralte Festung mit Graswällen und der Platz, an dem ich – widerwillig – meine zwei Banner in die Erde gestoßen hatte. Das eine zeigte Ceinwyns Stern, während das andere, das wir gefunden und von Argantes Wagen gerettet hatten, Arthurs Banner mit dem Bären war.

Also trotzten im Licht des Morgens dort, wo sie im trockenen Wind flatterten, der Bär und der Stern gemeinsam den Sachsen.

Auf Mynydd Baddon.

Die Sachsen waren vorsichtig. Sie hatten uns nicht angegriffen, als sie uns entdeckten, und nun, da wir uns auf der Kuppe von Mynydd Baddon in Sicherheit befanden, begnügten sie sich damit, uns vom südlichen Fuß des Hügels aus zu beobachten. Am Nachmittag marschierte ein großes Kontingent ihrer Speerkämpfer nach Aquae Sulis hinein, wo sie eine fast ausgestorbene Stadt vorgefunden haben mußten. Ich erwartete, gleich darauf die Flammen und den Rauch brennender Strohdächer zu sehen, aber nichts davon geschah, und gegen Abend kamen die Speerkämpfer, schwer mit Beute beladen, aus der Stadt zurück. Die Schatten der einbrechenden Nacht verdunkelten das breite Flußtal, und während wir auf Mynydd Baddons Gipfel noch immer die letzten Strahlen des Tageslichts genossen, betupften die Lagerfeuer unserer Feinde bereits die Dunkelheit hinter uns.

Immer mehr Feuer leuchteten in dem hügeligen Gelände nördlich von uns. Mynydd Baddon lag vor diesen Hügeln wie eine Insel vor der Küste und war durch einen hohen, grasbewachsenen Sattel von ihnen getrennt. Ich hatte gedacht, daß wir dieses Hochtal vielleicht in der Nacht durchqueren, auf den Hügel dahinter klettern und so über die Hügel nach Corinium marschieren könnten; deswegen schickte ich vor Einbruch der Dunkelheit Issa mit zwanzig Mann los, um die Route zu erkunden, doch als sie zurückkehrten, berichteten sie, daß auf der Hügelkette hinter dem Sattel überall berittene Kundschafter der Sachsen umherstreiften. Ich war immer noch geneigt, den Versuch zu wagen und in nördlicher Richtung zu fliehen, aber ich wußte, daß uns die sächsischen Reiter entdecken und wir bei Tagesanbruch ihre gesamte Kriegshorde auf den Fersen haben würden. Bis tief in die Nacht hinein dachte ich über die Wahlmöglichkeiten nach, dann entschied ich mich für das kleinere von zwei Übeln: Wir würden auf Mynydd Baddon bleiben.

Auf die Sachsen mußten wir wie ein mächtiges Heer gewirkt haben. Ich befehligte inzwischen zweihundertachtundsechzig Mann, und der Feind sollte nicht wissen, daß nur weniger als einhundert davon erstklassige Speerkämpfer waren. Vierzig der restlichen Männer gehörten zur Landwehr der Stadt, sechsunddreißig waren zwar schlachtgewohnte Krieger, die Caer Cadarn oder den Palast von Durnovaria bewacht hatten, aber die meisten von ihnen waren alt und langsam geworden, und einhundertundzehn waren unerfahrene Jungmänner. Meine siebzig erfahrenen Speerkämpfer und Argantes zwölf Schwarzschilder gehörten zu den besten Kriegern von Britannien, und wenn ich auch nicht bezweifelte, daß die sechsunddreißig Veteranen noch sehr nützlich waren und die Jungmänner sich durchaus als tüchtig erweisen konnten, war das Ganze immer noch eine erbärmlich kleine Truppe zum Schutz unserer einhundertundvierzehn Frauen und neunundsiebzig Kinder. Aber wenigstens hatten wir reichlich Proviant und Wasser, denn wir besaßen sieben kostbare Wagenladungen, und an den Hügelhängen von Mynydd Baddon gab es drei sprudelnde Quellen.

Am Abend jenes ersten Tages hatten wir die Feinde gezählt. Im Tal befanden sich ungefähr dreihundertsechzig Sachsen und auf dem Gelände nördlich von uns mindestens weitere achtzig Speerkämpfer. Das genügte, um uns auf Mynydd Baddon festzuhalten, doch es genügte vermutlich nicht, um uns anzugreifen. Jede der drei Flanken des flachen, baumlosen Gipfels maß dreihundert Schritt in der Länge, insgesamt also viel zuviel Verteidigungsfläche für meine kleine Truppe, doch wenn der Feind uns tatsächlich angriff, würden wir ihn schon von weitem kommen sehen und ich hätte noch Zeit, die Speerkämpfer für ihren Sturm umzugruppieren. Ich schätzte, daß ich selbst zwei bis drei gleichzeitigen Angriffen standhalten konnte, denn die Sachsen würden einen extrem steilen Hang erklimmen müssen und meine Männer würden ausgeruht sein; doch wenn die Zahl der Feinde noch weiter anwuchs, würde ich bezwungen werden, das war mir klar. Ich betete darum, daß die Sachsen nichts weiter als eine außergewöhnlich starke Furage-Horde waren und daß sie, sobald sie Aquae Sulis und sein Flußtal nach all den Lebensmitteln durchkämmt hatten, die sie finden konnten, zu Aelle und Cerdic zurückkehren würden.

Der folgende Morgen zeigte, daß sich die Sachsen noch immer im Tal aufhielten, wo sich der Rauch ihrer Feuer mit dem Dunst über dem Fluß mischte. Als sich der Dunst lichtete, sahen wir, daß sie Bäume fällten, um Hütten zu bauen – ein niederschmetternder Beweis dafür, daß sie dort zu bleiben gedachten. Meine eigenen Männer waren an den Berghängen damit beschäftigt, all die kleinen Weißdornsträucher und Birkenschößlinge zu schlagen, die einem angreifenden Feind Deckung bieten konnten. Sie schleppten die Büsche und kleinen Bäume auf die Kuppe hinauf und stapelten sie als provisorische Brustwehr auf dem Wall der Alten auf. Weitere fünfzig Mann hatte ich auf den Hügel nördlich des Sattels geschickt, wo sie Brennholz schlugen, das wir mit einem der Ochsenkarren, den wir vorher entladen hatten, zu uns heraufschafften. Jene Männer brachten genügend Holz mit zurück, daß auch wir uns eine langgestreckte Hütte bauen konnten, obwohl unsere Hütte – im Gegensatz zu den Behausungen der Sachsen, die mit Stroh oder Grassoden gedeckt waren – kaum mehr als eine klapprige Konstruktion aus unbehauenen Baumstämmen, die sich zwischen vier unserer Wagen erstreckte und primitiv mit Zweigen gedeckt war. Immerhin bot sie Platz genug für unsere Frauen und Kinder.

Während der ersten Nacht hatte ich zwei meiner Speerkämpfer nach Norden geschickt. Beide waren sie listige, kleine Gauner aus dem Kreis der unerprobten Jungmänner, und jedem befahl ich, sich nach Corinium durchzuschlagen und Arthur von unserer Not zu berichten. Ich bezweifelte, daß er uns helfen konnte, aber wenigstens würde er wissen, was geschehen war. Den ganzen folgenden Tag hindurch fürchtete ich, die beiden jungen Männer wiederzusehen, wie sie als gefesselte Gefangene von einem sächsischen Reiter hinter sich hergeschleppt wurden, aber sie waren verschwunden. Später erfuhr ich, daß sie überlebt und Corinium sicher erreicht hatten.

Die Sachsen bauten ihre Hütten, während wir immer mehr Dornsträucher und Büsche auf unseren flachen Wall schichteten. Kein einziger Feind näherte sich uns, und wir zogen nicht aus, um sie herauszufordern. Ich teilte den Gipfel in Abschnitte ein und ordnete jedem Abschnitt einen Trupp Speerkämpfer zu. Meine siebzig erfahrenen Krieger, die besten meines kleinen Heeres, bewachten jenen Teil der Wälle, der südwärts den Feinden zugewandt lag. Aus meinen Jungmännern bildete ich zwei Gruppen, je eine zu beiden Seiten der erfahrenen Kämpen; dann beauftragte ich die zwölf Schwarzschilde, unterstützt von der Landwehr und den Wachen von Caer Cadarn und Durnovaria, mit der Verteidigung der Nordseite des Hügels. Der Führer der Schwarzschilde war ein narbenbedeckter roher Kerl namens Niall, ein Veteran von hundert Ernteräubereien, dessen Finger voller Kriegerringe steckten, und dieser Niall rammte sein eigenes, provisorisches Banner in den Rasen des Nordwalls. Es war nichts weiter als ein seiner Zweige beraubter Birkenschößling mit einem schwarzen Mantel an seiner Spitze, aber es war etwas Wildes und wunderbar Trotziges an dieser zerlumpten Irenflagge.

Ich hoffte immer noch, entkommen zu können. Die Sachsen mochten im Flußtal Hütten bauen, aber das hochgelegene Gelände im Norden lockte mich auch weiterhin, und so ritt ich am zweiten Nachmittag über den Talsattel unterhalb von Nialls Feldzeichen auf den Gipfel des Hügels gegenüber. Ein weites, leeres Moorgebiet breitete sich unter den dahinjagenden Wolken aus. Eachern, ein erfahrener Krieger, dem ich den Befehl über eine der Jungmann-Gruppen gegeben hatte, die auf dem Gipfel Holz schlugen, kam und blieb neben meiner Stute stehen. Als er sah, daß ich auf das leere Moor hinausstarrte, erriet er, woran ich dachte. Und spie aus. »Diese Bastarde sind da draußen«, erklärte er mir.

»Seid Ihr sicher?«

»Sie kommen und gehen, Lord. Immer nur Reiter.« Er hielt eine Axt in der Rechten und deutete damit auf ein Tal, das nordwestlich des Moores verlief. Das kleine Tal war dicht mit Bäumen bewachsen, von denen wir aber nur die belaubten Wipfel sehen konnten. »Unter den Bäumen da verläuft ein Weg«, erläuterte mir Eachern, »und genau da unten lauern sie.«

»Der Weg muß nach Glevum führen«, sagte ich.

»Zuerst führt er zu den Sachsen«, gab Eachern zurück. »Die sind da unten, diese Bastarde. Ich habe ihre Äxte gehört.«

Das bedeutete vermutlich, daß der Weg im Tal mit gefällten Bäumen blockiert worden war. Ich fühlte mich immer noch versucht. Wenn wir den Proviant vernichteten und alles zurückließen, was unseren Marsch behindern konnte, konnten wir den Belagerungsring der Sachsen vielleicht durchbrechen und Arthurs Heer erreichen. Den ganzen Tag nagte mein Gewissen an mir, denn meine Pflicht lag eindeutig bei Arthur, und je länger ich auf Mynydd Baddon in der Falle saß, desto schwieriger wurde seine Aufgabe. Ich fragte mich, ob wir das Moorgebiet bei Nacht durchqueren konnten. Es war Halbmond, also hell genug für den Weg, und wenn wir uns beeilten, würden wir der Hauptkriegshorde der Sachsen mit Sicherheit entkommen. Wir würden vielleicht von einer Handvoll sächsischer Reiter belästigt werden, aber mit denen wurden meine Speerkämpfer schon fertig. Nur – was lag hinter diesem Moor? Hügelland, das stand fest, und zweifellos von Flüssen durchzogen, die durch die jüngsten Regenfälle Hochwasser führten. Ich brauchte eine Straße, ich brauchte Furten und Brücken, ich brauchte Tempo, sonst würden die Kinder zurückbleiben, die Speerkämpfer würden zurückbleiben, um die Kinder zu beschützen, und plötzlich würden die Sachsen über sie herfallen wie Wölfe, die eine Herde Schafe verfolgen. Ich konnte mir vorstellen, von Mynydd Baddon zu entkommen, aber ich konnte mir nicht vorstellen, wie wir die vielen Meilen zwischen uns und Corinium zurücklegen sollten, ohne den Klingen der Feinde zum Opfer zu fallen.

Gegen Abend wurde mir die Entscheidung aus der Hand genommen. Ich erwog immer noch, nach Norden durchzubrechen, und hoffte, den Feind in dem Glauben lassen zu können, wir seien noch auf Mynydd Baddon, indem wir alle Feuer auf dem Gipfel brennen ließen, doch in der Abenddämmerung dieses zweiten Tages trafen tatsächlich noch mehr Sachsen ein. Sie kamen von Nordosten, von Corinium her, und einhundert von ihnen zogen auf das Moorgebiet, das ich durchqueren wollte, und anschließend nach Süden, um meine Holzfäller aus den Wäldern, über den Sattel und nach Mynydd Baddon zurückzujagen. Jetzt saßen wir endgültig in der Falle.

An jenem Abend saß ich mit Ceinwyn an einem Feuer. »Dies erinnert mich an den Abend auf Ynys Mon«, sagte ich.

»Das dachte ich auch«, bestätigte sie.

Das war der Abend, an dem wir den Kessel von Clyddno Eiddyn entdeckt hatten. Damals hatten wir uns in einem wilden Durcheinander von Felsblöcken zusammengehockt, während Diwrnachs Krieger uns umzingelt hatten. Keiner von uns hatte geglaubt, dieses Abenteuer zu überleben, doch dann war Merlin von den Toten auferstanden und hatte mich auf seine bissige Art verhöhnt. »Umzingelt, oder?« hatte er mich gefragt. »Von einem übermächtigen Feind?« Ich hatte beide Fragen bejaht, aber Merlin hatte nur gelächelt. »Und du willst Krieger befehligen?«

»Du hast uns in diese peinliche Lage gebracht«, sagte Ceinwyn, Merlin zitierend, und lächelte bei der Erinnerung daran. Dann seufzte sie. »Wenn wir« – sie zeigte auf die Frauen und Kinder rings an den Feuern –, »nicht bei euch wären, was würdest du tun?«

»Nach Norden marschieren. Da drüben eine Schlacht austragen.« Ich nickte zu den Sachsenfeuern hinüber, die auf dem erhöhten Gelände hinter dem Sattel brannten. »Und dann nach Norden marschieren.« Ich war nicht wirklich sicher, ob ich das getan hätte, denn eine derartige Flucht hätte bedeutet, jeden Mann zurückzulassen, der in der Schlacht um das höhere Gelände verwundet wurde, aber ohne die Frauen und Kinder hätten wir anderen den uns verfolgenden Sachsen zweifellos entkommen können.

»Angenommen«, sagte Ceinwyn leise, »du bittest die Sachsen, den Frauen und Kindern sicheres Geleit zu gewähren?«

»Dann werden sie ja sagen«, antwortete ich, »und sobald ihr außer Reichweite unserer Speere seid, werden sie euch packen, vergewaltigen, töten und die Kinder versklaven.«

»Also keine sehr gute Idee, wie?« fragte sie leise.

»Nein, keine sehr gute Idee.«

Sie legte den Kopf auf meine Schulter und versuchte dabei, Seren nicht zu stören, die ihren Kopf auf den Schoß der Mutter gebettet hatte und schlief. »Also, wie lange können wir aushalten?« wollte Ceinwyn wissen.

»Solange sie nicht mehr als vierhundert Mann schicken, um uns anzugreifen, könnte ich auf Mynydd Baddon an Altersschwäche sterben«, antwortete ich.

»Und werden sie das tun?«

»Vermutlich nicht«, log ich, und Ceinwyn wußte, daß ich log. Natürlich würden sie mehr als vierhundert Mann schicken. Im Krieg wird der Feind, wie ich gelernt habe, normalerweise immer das tun, was man selbst am meisten fürchtet, und dieser Feind würde mit Sicherheit jeden Speerkämpfer ausschicken, den er hatte.

Ceinwyn schwieg eine Zeitlang. In den fernen Lagern der Sachsen bellten Hunde; ihr Gebell klang klar durch die stille Nacht. Unsere eigenen Hunde begannen zu antworten, und die kleine Seren bewegte sich im Schlaf. Ceinwyn streichelte ihrer Tochter das Haar. »Wenn Arthur in Corinium ist«, fragte sie leise, »warum kommen die Sachsen dann hierher?«

»Ich weiß es nicht.«

»Glaubst du, daß sie schließlich nach Norden ziehen, um sich mit ihrem Hauptheer zu vereinigen?«

Daran hatte ich auch schon gedacht, aber die Ankunft weiterer Sachsen hatte mich doch zweifeln lassen. Inzwischen argwöhnte ich, daß wir es mit einer riesigen Kriegshorde des Feindes zu tun hatten, die versucht hatte, südlich um Corinium herumzumarschieren, einen Bogen bis tief in die Hügel hinein zu schlagen und Arthur bei Glevum in den Rücken zu fallen. Einen anderen Grund, warum sich so viele Sachsen im Tal von Aquae Sulis versammelten, konnte ich mir nicht vorstellen, aber das erklärte natürlich nicht, warum sie nicht weitermarschierten. Statt dessen bauten sie sich Hütten, ein Hinweis darauf, daß sie uns belagern wollten. Womit sie Arthur natürlich einen Dienst erweisen würden, sagte ich mir. Wir hielten eine große Anzahl feindlicher Streitkräfte von Corinium fern, obwohl die Sachsen, wenn unsere Einschätzung der feindlichen Streitmacht zutraf, mehr als genug Truppen hatten, um sowohl Arthur als auch mich zu überwältigen.

Ceinwyn und ich verstummten. Die zwölf Schwarzschilde hatten zu singen begonnen, und als ihr Gesang endete, antworteten meine Männer mit dem Kriegsgesang von Illtydd. Pyrlig, mein Barde, begleitete den Gesang auf seiner Harfe. Er hatte einen Lederpanzer gefunden und sich mit Schild und Speer bewaffnet, doch diese Kriegswehr wirkte seltsam an seiner mageren Gestalt. Ich hoffte, er würde niemals seine Harfe hinlegen und statt dessen den Speer benutzen müssen, denn dann mußten wir wirklich jegliche Hoffnung fahren lassen. Ich stellte mir vor, wie die Sachsen die Hügelkuppe erstürmten, wie sie johlten vor Vergnügen darüber, so viele Frauen und Kinder zu finden; dann drängte ich diesen furchtbaren Gedanken sofort wieder zurück. Wir mußten am Leben bleiben, wir mußten unsere Wälle halten, wir mußten siegen!

Am folgenden Morgen legte ich unter einem Himmel voll grauer Wolken, durch die ein auffrischender Wind von Westen her leichte Regenschauer trieb, meine Kriegsrüstung an. Sie wog schwer, und ich hatte sie bisher absichtlich nicht getragen, doch die Ankunft der sächsischen Verstärkungstruppen hatte mich davon überzeugt, daß wir auf jeden Fall kämpfen mußten, und deswegen versuchte ich meinen Männern Mut zu machen, indem ich mich in meiner schönsten Rüstung zeigte. Zunächst legte ich über meinem Leinenhemd und der wollenen Beinhose das Lederkoller an, das mir bis auf die Knie fiel. Das Leder war so dick, daß es einen Schwertstich, nicht aber einen Speerstoß abzuhalten vermochte. Über das Koller zog ich das kostbare und schwere römische Panzerhemd, das meine Sklaven so blitzblank poliert hatten, daß die winzigen Ringe zu schimmern schienen. Das Panzerhemd war am Saum, an den Ärmeln und am Hals mit goldenen Ringen verziert. Es war ein kostbares Hemd, eins der kostbarsten von Britannien, und so gut geschmiedet, daß es allen außer den wildesten Speerstößen Widerstand bot. Auf meine knielangen Stiefel waren Bronzestreifen genäht, die jene hinterhältigen Klingen abhielten, die unter dem Schildwall hindurchgeführt werden; außerdem hatte ich ellenbogenlange Handschuhe mit Eisenschienen, die meine Unterarme schützten. Mein Helm war mit Silberdrachen verziert, die sich zu seiner vergoldeten Spitze emporreckten, wo die Wolfsruten-Helmzier prangte. Der Helm reichte mir bis über die Ohren, hatte einen Kettenschutz im Nacken und versilberte Wangenstücke, die ich übers Gesicht klappen konnte, so daß ein Feind keinen Mann, sondern einen in Metall gekleideten Todesbringer mit zwei schwarzen Schatten als Augen sah. Es war die kostbare Rüstung eines großen Kriegsherrn und dazu bestimmt, jedem Feind Angst einzuflößen. Ich gürtete Hywelbane über das Panzerhemd, schnürte mir den Mantel um den Hals und nahm meinen größten Kampfspeer zur Hand. So gekleidet für die Schlacht, mit dem Schild auf dem Rücken, schritt ich den Ring von Mynydd Baddons Wällen ab, damit mich all meine Männer und alle Feinde, die uns beobachteten, deutlich sehen und erkennen konnten, daß ein Kriegsherr ihren Angriff erwartete. Ich beendete meinen Rundgang am südlichen Vorsprung unserer Verteidigungsanlagen, und dort, hoch über den Feinden stehend, hob ich den Saum meines Kollers und meines Panzerhemdes und pißte den Hügel hinab den Sachsen entgegen.

Daß Guinevere in der Nähe war, wußte ich nicht; ich merkte es erst, als sie laut auflachte und damit meine grandiose Geste verdarb, denn auf einmal wurde ich verlegen. Sie tat meine Entschuldigung ab. »Ihr seht wundervoll aus, Derfel«, behauptete sie.

Ich klappte die Wangenstücke meines Helmes zurück. »Eigentlich, Lady, hatte ich gehofft, diese Rüstung nie wieder tragen zu müssen«, sagte ich.

»Ihr klingt genau wie Arthur«, sagte sie ironisch; dann trat sie hinter mich, um die Streifen aus gehämmertem Silber zu bewundern, aus denen Ceinwyns Stern auf meinem Schild bestand. Als sie wieder nach vorne kam, sagte sie: »Ich habe niemals begriffen, warum Ihr Euch fast immer wie ein Schweinehirt kleidet, Euch für den Krieg jedoch so glanzvoll rüstet.«

»Ich sehe bestimmt nicht aus wie ein Schweinehirt«, protestierte ich.

»O nein, nicht wie die meinen«, stimmte sie zu. »Denn ich kann es nicht ertragen, schmutzige Menschen um mich zu haben, selbst wenn es sich nur um Schweinehirten handelt. Deswegen sorge ich immer dafür, daß sie anständige Kleider tragen.«

»Ich habe im letzten Jahr gebadet«, verkündete ich.

»Ach ja? Vor so kurzer Zeit?« gab sie zurück und tat, als sei sie tief beeindruckt. Sie hatte ihren Jagdbogen in der Hand und trug einen Köcher mit Pfeilen auf dem Rücken. »Wenn sie kommen«, sagte sie, »werde ich einige ihrer Seelen in die Anderwelt schicken.«

»Wenn sie kommen«, entgegnete ich, wohl wissend, daß sie kommen würden, »werdet Ihr von ihnen nur Helme und Schilde sehen und Eure Pfeile verschwenden. Wartet, bis sie den Kopf heben, um gegen unseren Schildwall zu kämpfen, und dann zielt auf ihre Augen.«

»Ich werde keinen Pfeil verschwenden, Derfel«, versicherte sie mir grimmig.

Die erste Drohung kam aus dem Norden, wo die frisch eingetroffenen Sachsen unter den Bäumen oberhalb des Sattels, der Mynydd Baddon von dem hügeligen Gelände trennte, einen

Schildwall bildeten. In diesem Sattel lag unsere reichste Quelle, also beabsichtigten die Sachsen vermutlich, uns den Zugang zu ihr abzuschneiden, denn kurz nach Mittag rückte ihr Schildwall in das kleine Tal vor. Niall beobachtete sie von unseren Wällen herab. »Achtzig Mann«, berichtete er.

Ich holte Issa und fünfzig Männer auf den nördlichen Wall herüber, mehr als genug Speerkämpfer, um achtzig Sachsen abzuwehren, die mühevoll bergauf kletterten, aber es wurde sehr schnell klar, daß die Sachsen nicht angreifen, sondern uns in den Sattel hinablocken wollten, wo sie unter gleichen Bedingungen gegen uns kämpfen konnten. Und sobald wir unten waren, würden ganz zweifellos noch weitere Sachsen aus den hohen Bäumen hervorbrechen und die Falle schließen. »Ihr bleibt hier«, ermahnte ich meine Männer. »Ihr geht nicht da runter! Ihr bleibt hier!«

Die Sachsen verhöhnten uns. Manche konnten ein paar Wörter Britannisch, genug, um uns als Memmen, alte Weiber oder Würmer zu beschimpfen. Hier und da kam eine kleine Gruppe bis zur Hälfte den Abhang emporgeklettert, damit wir unsere Reihen auflösten und den Hügel hinabeilten, aber Niall, Issa und ich sorgten dafür, daß unsere Männer die Ruhe bewahrten. Ein sächsischer Magier schlurfte mit kurzen, nervösen Schritten, Beschwörungen plappernd, den Hang empor. Unter seinem Umhang aus Wolfsfell war er nackt, die Haare hatte er sich mit Dung zu einer einzelnen, hohen Spitze auf dem Kopf geformt. Schrill stieß er seine Flüche hervor, heulend äußerte er seine Zauberworte, dann schleuderte er unseren Schilden eine Handvoll kleiner Knochen entgegen, und immer noch rührte sich kein einziger von uns. Der Magier spie dreimal aus; dann rannte er kältezitternd bergab zum Sattel zurück, wo ein sächsischer Häuptling nunmehr versuchte, einen von uns zu einem Zweikampf herauszufordern. Es war ein dicker Mann mit einer zerzausten Mähne fettiger, schmutzverklebter Blondhaare, die ihm über eine kostbare goldene Kette fielen. Sein Bart war mit schwarzen Bändern durchflochten, sein Brustpanzer bestand aus Eisen, seine Beinschienen aus verzierter römischer Bronze, und sein Schild war mit der Maske eines fauchenden Wolfes bemalt. Aus seinem Helm ragten seitwärts Stierhörner hervor, und gekrönt war der Helm von einem Wolfsschädel, an den er eine Menge schwarze Bänder geknotet hatte. Um Oberarme und -schenkel hatte er sich Streifen aus schwarzem Pelz gebunden; er trug eine riesige, doppelseitige Kriegsaxt, während an seinem Gurt ein Langschwert sowie eins der kurzen, breiten Messer hing, *seax* genannt, jene Waffe, von denen die Sachsen ihren Namen ableiteten. Eine Zeitlang verlangte er, Arthur persönlich solle herunterkommen und mit ihm kämpfen, und als er dann müde wurde, forderte er mich heraus, nannte mich einen Feigling, einen hasenherzigen Sklaven und Sohn einer aussätzigen Hure. Dabei benutzte er seine Muttersprache, und das bedeutete, daß keiner meiner Männer wußte, was er sagte; deswegen ließ ich die Worte einfach im Wind an mir vorbeistreichen.

Als der Regen Mitte des Nachmittages aufhörte und die Sachsen es leid waren, uns zum Kampf herunterzulocken, brachten sie drei gefangene Kinder an. Die Kinder waren noch sehr klein, höchstens fünf bis sechs Jahre alt, und dennoch hielten sie ihnen ihre Messer an die Kehle. »Kommt herunter«, schrie der dicke Sachsenhäuptling zu uns herauf, »oder sie sterben!«

Issa sah mich an. »Laßt mich gehen, Lord«, bat er mich.

»Dies ist mein Wall«, widersprach Niall, der Schwarzschildführer. »Ich werde den Bastard zu Hackfleisch verarbeiten.«

»Es ist mein Hügel«, behauptete ich. Es war nicht nur mein Hügel, es war darüber hinaus auch meine Pflicht, den ersten Zweikampf der Schlacht zu bestreiten. Ein König hätte seinen Champion kämpfen lassen können, einem Kriegsherrn stand es jedoch nicht zu, Männer dorthin zu schicken, wohin er selbst nicht gehen wollte; also schloß ich die Wangenstücke meines Helms, berührte mit einer behandschuhten Hand die Schweineknöchlein in Hywelbanes Heft und drückte auf mein Panzerhemd, bis ich die kleine Erhebung spürte, die Ceinwyns Brosche bildete. Derart versichert, durchschritt ich die provisorische Holzpalisade und stieg langsam den steilen Hang hinab. »Ihr und ich!« schrie ich dem hochgewachsenen Sachsen in seiner Muttersprache zu. »Um ihr Leben.« Mit dem Speer zeigte ich auf die drei Kinder.

Brüllend taten die Sachsen ihre Genugtuung darüber kund, daß es ihnen gelungen war, wenigstens einen Britannier vom Hügel herunterzulocken. Die Kinder mitschleppend, wichen sie zurück, um ihrem Champion und mir den Sattel allein zu überlassen. Der dicke Sachse wog seine große Axt in der Linken; dann spie er in die Butterblumen. »Ihr sprecht unsere Sprache gut, Britannierschwein!« begrüßte er mich.

»Es ist eine Schweinesprache«, gab ich zurück.

Er schleuderte die Axt hoch in die Luft, wo sie sich drehte, daß ihr Blatt im schwachen Sonnenlicht blitzte, das durch die Wolken zu brechen suchte. Die Axt war lang, ihr doppelseitiges Blatt schwer, aber er fing sie mühelos am Schaft auf. Die meisten Männer hätten Schwierigkeiten gehabt, diese massive Waffe auch nur für kurze Zeit zu schwingen, geschweige denn sie hochzuwerfen und wieder aufzufangen, doch bei diesem Sachsen wirkte das ganz leicht. »Da Arthur es nicht wagt, gegen mich zu kämpfen«, sagte er, »werde ich Euch an seiner Statt töten.«

Seine Anspielung auf Arthur verwirrte mich, aber es war nicht meine Aufgabe, die Feinde aufzuklären, wenn sie glaubten, Arthur befände sich auf Mynydd Baddon. »Arthur hat Besseres zu tun, als Ungeziefer zu vernichten«, antwortete ich. »Deswegen hat er mich gebeten, Euch zu töten und Euren fetten Kadaver mit den Füßen nach Süden einzugraben, damit Ihr auf ewig einsam und voller Schmerzen wandeln müßt, ohne Eure Anderwelt zu finden.«

Er spie aus. »Ihr quiekt wie ein lahmes Schwein.« Diese Beleidigungen gehörten ebenso zum Ritual wie jeder Zweikampf. Arthur mißbilligte beides; auf die Beleidigungen, meinte er, verschwende man nur den Atem, während man auf den Zweikampf Kraft verschwende. Ich allerdings hatte nichts dagegen, mit einem Champion der Feinde zu kämpfen. Ein solcher Zweikampf hatte sogar einen Sinn, denn wenn ich diesen Mann tötete, würde das meine Truppen sehr aufmuntern, während die Sachsen in seinem Tod ein schlimmes Omen sähen. Ich ging natürlich das Risiko ein, den Kampf zu verlieren, aber in jenen Tagen war ich ein zuversichtlicher Mensch. Der Sachse war um eine volle Handbreit größer als ich und um die Schultern sehr viel breiter, doch ich bezweifelte, daß er flink war. Er sah aus wie ein Mann, der sich auf seine Kraft verließ, während ich stolz darauf war, sowohl klug, als auch kraftvoll zu sein. Er blickte zu unserem Wall empor, der jetzt dicht mit Männern und Frauen besetzt war. Ceinwyn vermochte ich dort nicht auszumachen, aber Guinevere stand hoch aufgerichtet und schön zwischen den Bewaffneten. »Ist das Eure Hure?« fragte mich der Sachse und zeigte mit der Axt hinauf.

»Heute abend wird sie mein sein, Wurm.« Er machte zwei Schritte auf mich zu, so daß er jetzt nur noch ein Dutzend Schritte von mir entfernt war; dann schleuderte er wieder die riesige Axt in die Luft. Seine Männer jubelten ihm vom Nordhang aus zu, während die meinen rauhe Aufmunterungen von den Wällen herabriefen.

»Wenn Ihr Angst habt«, sagte ich, »gebe ich Euch gern die Zeit, noch schnell Euren Darm zu entleeren.«

»Den werde ich über Eurem Leichnam entleeren«, fuhr er mich an. Ich überlegte, ob ich ihn mit dem Speer oder mit Hywelbane annehmen sollte, entschied aber, daß der Speer schneller war, solange er ihn nicht parierte. Es war klar, daß er bald angreifen würde, denn er hatte inzwischen begonnen, die Axt in blitzschnellen, komplizierten Kurven zu schwingen, denen das Auge kaum folgen konnte, und ich argwöhnte, daß er beabsichtigte, mit dieser wirbelnden Klinge auf mich loszugehen, meinen Speer mit seinem Schild zur Seite schlagen und seine Axt in meinem Hals zu versenken. »Ich bin Wulfger«, verkündete er förmlich. »Häuptling des Sarnaed-Stammes von Cerdics Volk, und dieses Land wird mein Land sein.«

Ich zog den linken Arm aus den Schlaufen des Schildes, wechselte den Schild an meinen rechten Arm und wog den Speer in meiner Linken. Ich schob den rechten Arm nicht durch die Schlingen des Schildes, sondern packte nur fest den hölzernen Griff. Wulfger von den Sarnaed war Linkshänder, und das bedeutete, daß seine Axt mich auf der ungeschützten Seite angreifen würde, wenn ich den Schild am linken Arm trug. Mit dem Speer in der Linken war ich zwar nicht halb so gut, aber ich hatte eine Idee, wie ich diesen Kampf möglicherweise sehr schnell beenden könnte. »Mein Name ist Derfel«, antwortete ich ebenso formell, »Sohn von Aelle, König der Angeln. Und außerdem bin ich der Mann, der Liofa die Narbe im Gesicht verpaßt hat.«

Mit meiner Prahlerei hatte ich ihn verunsichern wollen, und das hatte ich vielleicht auch geschafft, aber er ließ es sich kaum anmerken. Statt dessen kam er mit einem unvermittelten Gebrüll auf mich zu, während seine Männer ohrenbetäubend johlten. Wulfgers Axt pfiff durch die Luft, er hatte den Schild erhoben, um meinen Speer abzuwehren, und attackierte wie ein Stier; ich aber schleuderte ihm meinen Schild ins Gesicht, und zwar seitlich, so daß er wie ein schwerer Diskus aus metallgerahmtem Holz auf ihn zuwirbelte.

Der unerwartete Anblick des schweren Schildes, der auf sein Gesicht zuflog, zwang ihn, den eigenen Schild zu heben und das heftige Wirbeln seiner Axt einzustellen. Ich hörte, wie mein Schild krachend auf den seinen traf, lag aber bereits, den Speer tief gehalten, auf einem Knie und stach nach oben. Wulfger von den Sarnaed parierte meinen Schild schnell genug, vermochte aber weder in seinem gewichtigen Vorwärtsstürmen innezuhalten, noch seinen Schild rechtzeitig zu senken, so daß er geradewegs in meine lange, schwere, scharf schneidende Speerklinge hineinrannte. Ich hatte auf seinen Bauch gezielt, auf eine Stelle unmittelbar unterhalb seines eisernen Brustpanzers, wo der einzige Schutz ein dickes Lederkoller war, und mein Speer drang mühelos durch das Leder wie eine Nadel durch Leinen. Während die Klinge durch Leder, Haut, Muskeln und Fleisch schnitt, um tief in Wulfgers Unterbauch einzudringen, erhob ich mich. Als ich stand, drehte ich den Schaft und brüllte meine eigene Herausforderung hinaus, während ich sah, wie seine Axtklinge sank. Abermals stieß ich zu, den Speer immer noch tief in seinem Bauch haltend, und drehte die blattförmige Klinge ein zweites Mal. Wulfger von den Sarnaed öffnete den Mund, und als er mich anstarrte, sah ich das Entsetzen in seinem Blick. Er versuchte, die Axt zu heben, aber es gab nur noch diesen gräßlichen Schmerz in seinem Bauch und eine wäßrige Schwäche in seinen Beinen; dann wankte er, rang nach Luft und sank in die Knie.

Ich ließ den Speer los und trat, Hywelbane ziehend, zurück. »Das ist unser Land, Wulfger von den Sarnaed«, erklärte ich so laut, daß seine Männer es vernehmen konnten. »Und es wird unser Land bleiben.« Ich schwang die Klinge ein einziges Mal, schwang sie aber so stark, daß sie durch die verfilzte Masse seiner Haare im Nacken und tief bis in seine Wirbelsäule drang.

Er war auf der Stelle tot und fiel zu Boden.

Ich packte meinen Speerschaft, setzte einen Stiefel auf Wulfgers Bauch und zog die widerstrebende Klinge heraus. Dann bückte ich mich und riß den Wolfsschädel von seinem Helm. Den gelblichen Schädel streckte ich zunächst den Feinden entgegen, dann schleuderte ich ihn zu Boden und zerstampfte ihn mit dem Fuß. Ich löste die goldene Kette des Mannes; dann nahm ich mir seinen Schild, seine Axt und sein Messer und schwenkte die Trophäen in Richtung seiner Männer, die schweigend dastanden und zusahen. Meine Männer tanzten und johlten laut ihre Genugtuung heraus. Schließlich bückte ich mich noch einmal und löste seine schweren Beinschienen aus Bronze, die mit dem Abbild meines Gottes Mithras verziert waren.

Nun stand ich da mit meiner Beute. »Schickt die Kinder zu mir!« rief ich den Sachsen zu.

»Kommt und holt sie Euch«, rief ein Mann zurück und durchschnitt einem der Kinder mit einer schnellen Bewegung die Kehle. Die beiden anderen Kinder schrien; dann wurden auch sie getötet, und die Sachsen spien auf die kleinen Körper. Einen Augenblick lang dachte ich, meine Männer würden die Beherrschung verlieren und über den Sattel hinweg angreifen, aber Issa und Niall hielten sie auf den Wällen zurück. Ich spie auf Wulfgers Leichnam, grinste die hinterhältigen Feinde höhnisch an und stieg mit meinen Trophäen den Hügel hinauf.

Wulfgers Schild gab ich einem Landwehrmann, das Messer schenkte ich Niall, und Issa bekam die Axt. »In der Schlacht solltest du sie lieber nicht benutzen«, riet ich ihm. »Aber zum Holzhacken ist sie bestimmt sehr praktisch.«

Die goldene Kette wollte ich Ceinwyn geben, aber sie schüttelte ablehnend den Kopf. »Ich mag kein Gold von Toten«, erklärte sie mir. Sie hatte unsere Töchter im Arm, und ich konnte sehen, daß sie geweint hatte. Ceinwyn gab nicht leicht ihre Gefühle preis. Schon als Kind hatte sie gelernt, daß sie sich die Zuneigung ihres einschüchternden Vaters sichern konnte, indem sie immer fröhlich war, und irgendwie hatte sich diese Angewohnheit des Fröhlichseins tief in ihre Seele hineingegraben; jetzt aber vermochte sie ihren Kummer nicht zu verbergen. »Du hättest sterben können!« klagte sie. Da ich nicht wußte, was ich dazu sagen sollte, hockte ich mich einfach neben sie, riß eine Handvoll Grashalme aus und rieb damit das Blut von Hywelbanes Klinge. Ceinwyn musterte mich stirnrunzelnd. »Haben sie diese Kinder getötet?«

»Ja«, antwortete ich.

»Wer waren sie?«

Ich zuckte die Achseln. »Wer weiß? Einfach Kinder, die bei einem Überfall gefangengenommen wurden.«

Ceinwyn seufzte und strich über Morwennas Blondhaar. »Mußtest du kämpfen?«

»Meinst du, ich hätte Issa schicken sollen?«

»Nein«, räumte sie ein.

»Nun also«, gab ich zurück, »dann mußte ich kämpfen.« In Wahrheit hatte ich Freude an dem Kampf gehabt. Nur ein Narr wünscht sich den Krieg, aber sobald ein Krieg ausbricht, darf er nicht halbherzig geführt werden. Ja, nicht einmal mit Bedauern darf er geführt werden, sondern mit wilder Freude am Sieg über den Feind, und diese wilde Freude ist es, die unsere Barden dazu inspiriert, ihre großartigen Gesänge über Liebe und Krieg zu schreiben. Wir Krieger kleideten uns für die Schlacht, wie wir uns für die Liebe kleideten, kleideten uns auffallend, trugen all unser Gold, schmückten unsere silberverzierten Helme mit Wappen, stolzierten einher, prahlten, und wenn die todbringenden Klingen kamen, fühlten wir uns, als flösse das Blut der Götter durch unsere Adern. Jeder Mann sollte den Frieden lieben, doch wenn er nicht mit ganzem Herzen kämpfen kann, wird er nie Frieden haben.

»Was hätten wir nur getan, wenn du gestorben wärst?« erkundigte sich Ceinwyn, die zusah, wie ich Wulfgers kostbare Beinschienen über meine eigenen Stiefel schnallte.

»Ihr hättet mich verbrannt, mein Liebling«, antwortete ich, »und meine Seele zu Dian geschickt.« Ich küßte sie, dann ging ich mit der goldenen Kette zu Guinevere, die sich über das Geschenk freute. Mit der Freiheit hatte sie auch allen Schmuck verloren, und obwohl sie für die wuchtigen Goldschmiedearbeiten der Sachsen nicht sehr viel übrig hatte, legte sie sich die Kette um den Hals.

»Ich habe den Kampf sehr genossen«, erklärte sie, während sie die Goldplättchen ordnete. »Ich möchte, daß Ihr mich ein wenig Sächsisch lehrt, Derfel.«

»Aber gern.«

»Beleidigungen. Ich möchte sie kränken.« Sie lachte auf. »Grobe Beleidigungen, Derfel, die gröbsten, die Ihr kennt.«

Und es gab zahlreiche Sachsen, die Guinevere beleidigen konnte, denn immer mehr feindliche Speerkämpfer kamen ins Tal geströmt. Meine Männer an der Südecke riefen Warnungen zu mir herüber. Ich ging zu ihnen, stellte mich unter unseren zwei Bannern auf den Wall und sah, daß sich zwei lange Reihen von Speerkämpfern über die östlichen Hügel in die Flußauen wanden. »Das hat vor ein paar Augenblicken begonnen«, berichtete mir Eachern. »Und jetzt ist kein Ende mehr abzusehen.«

Er hatte recht. Dies war keine Kriegshorde, die einfach kämpfen wollte, sondern ein Heer, ein ganzes Volk, das auf dem Marsch war. Männer, Frauen, Tiere und Kinder – alle kamen sie von den östlichen Hügeln ins Tal von Aquae Sulis herab. Die Speerkämpfer marschierten in ihren langen Kolonnen, doch zwischen den Kolonnen kamen die Rinder- und die Schafherden, die Scharen von Frauen und Kindern. Reiter ritten schützend auf den Flanken, während andere Reiter sich um die beiden Feldzeichen scharten, welche die Ankunft der Sachsenkönige anzeigten. Nein, dies war keineswegs ein Heer, sondern es waren zwei, die vereinten Streitkräfte von Cerdic und Aelle, und statt sich Arthur im Themsetal zu stellen, waren sie hierher gekommen, zu mir, und ihre Klingen waren so zahlreich wie die Sterne der Milchstraße am Himmel.

Eine Stunde lang beobachtete ich sie und stellte fest, daß Eachern recht hatte: Es war kein Ende abzusehen. Also berührte ich die Knochensplitter in Hywelbanes Heft, denn ich wußte,

wußte mit größerer Gewißheit denn jemals zuvor, daß wir dem Untergang geweiht waren. In jener Nacht glichen die Lichter der Sachsenfeuer einem Sternbild, das ins Tal von Aquae Sulis gefallen war: Eine leuchtende Spur von Lagerfeuern, die bis tief in den Süden und weit nach Westen reichte und uns zeigte, wo die Lager der Feinde dem Flußlauf folgten. Weitere Feuer brannten auf den östlichen Hügeln, wo die Nachhut der Sachsenhorde auf hohem Gelände kampierte; aber im Morgengrauen sahen wir, daß diese Männer ins Tal unter uns hinabstiegen.

Es war ein frischer Morgen, der aber einen warmen Tag versprach. Bei Sonnenaufgang, als das Tal noch im Dunkeln lag, mischte sich der Rauch der Sachsenfeuer mit dem Dunst über dem Fluß, so daß es schien, als sei Mynydd Baddon ein grünes, besonntes Schiff, das auf einem düster-grauen Meer dahintrieb. Ich hatte schlecht geschlafen, denn in der Nacht war eine unserer Frauen niedergekommen, und ihre Schreie hatten mich verfolgt. Das Kind war tot geboren, und Ceinwyn berichtete mir, es hätte erst in drei bis vier Monaten zur Welt kommen dürfen. »Ich glaube, das ist ein schlechtes Omen«, setzte Ceinwyn bekümmert hinzu.

Das ist es vermutlich auch, überlegte ich, wagte es aber nicht zuzugeben. Statt dessen gab ich mir Mühe, zuversichtlich zu klingen. »Die Götter verlassen uns nicht«, sagte ich.

»Es war Terfa«, erklärte Ceinwyn und meinte damit die Frau, welche die Nacht mit ihren Schreien malträtiert hatte. »Es wäre ihr erstes Kind gewesen. Ein Junge. Sehr winzig.« Sie zögerte und lächelte mir traurig zu. »Alle fürchten, Derfel, daß die Götter uns an Samhain verlassen haben.«

Sie sprach nur aus, was ich selber befürchtete, und wieder wagte ich es nicht einzugestehen. »Glaubst du das?« fragte ich sie.

»Ich will es nicht glauben«, gab sie zurück. Sie überlegte ein paar Sekunden und wollte gerade noch etwas sagen, als wir durch einen Ruf vom Südwall unterbrochen wurden. Ich rührte mich nicht, aber der Ruf ertönte noch einmal. Ceinwyn berührte meinen Arm. »Geh«, sagte sie.

Als ich zum Südwall hinüberlief, fand ich Issa, der die letzte

Nachtwache hatte. Er starrte aufmerksam in die rauchigen Schatten des Tals hinab. »Etwa ein Dutzend von den Bastarden«, sagte er.

»Wo?«

»Seht Ihr die Hecke?« Er zeigte die kahle Steigung hinab auf eine blühende Weißdornhecke, die das Ende des Hanges und den Beginn der Ackerbauflächen im Tal markierte. »Da unten sind sie. Wir haben gesehen, wie sie das Weizenfeld überquerten.«

»Die beobachten uns nur«, behauptete ich mürrisch, verärgert, weil er mich wegen einer solchen Kleinigkeit von Ceinwyn weggerufen hatte.

»Ich weiß nicht, Lord. Irgend etwas ist seltsam an ihnen. Da!« Wieder deutete er hinunter, und ich sah eine Gruppe Speerkämpfer durch die Hecke steigen. Auf unserer Seite der Hecke duckten sie sich, aber es schien, als blickten sie dabei hinter sich statt zu uns herauf. Sie warteten ein paar Minuten; dann kamen sie plötzlich auf uns zugerannt. »Deserteure?« vermutete Issa. »Eher nicht.«

Und es war tatsächlich seltsam, daß jemand dieses riesige Sachsenheer verlassen sollte, um sich unserer belagerten Truppe anzuschließen, aber Issa hatte recht, denn als die elf Mann den Hang zur Hälfte erklommen hatten, drehten sie ostentativ ihre Schilde um. Nun hatten auch die sächsischen Wachen die Verräter endlich entdeckt, und etwa zwanzig feindliche Speerkämpfer machten sich an die Verfolgung der Flüchtigen, aber die elf hatten genügend Vorsprung, um uns heil und sicher zu erreichen. »Wenn sie hier sind, bringt sie zu mir«, befahl ich Issa; dann kehrte ich ins Zentrum der Hügelkuppe zurück, wo ich mein Panzerhemd anlegte und meine Hüfte mit Hywelbane gürtete. »Deserteure«, berichtete ich Ceinwyn.

Issa kam mit den elf Männern über die grasbewachsene Kuppe zu mir. Die Schilde erkannte ich zuerst, denn sie zeigten Lancelots Seeadler mit dem Fisch in den Klauen, doch gleich darauf erkannte ich Bors, Lancelots Cousin und Champion. Als er mich sah, lächelte er zunächst nervös, doch als ich dann grinste, entspannte er sich. »Lord Derfel«, begrüßte er mich. Sein breites Gesicht war rot vom Klettern, und seine mächtige Brust hob und senkte sich angestrengt.

»Lord Bors«, begrüßte ich ihn formell; dann umarmte ich ihn.

»Wenn ich denn schon sterben soll«, sagte er, »würde ich es vorziehen, auf meiner eigenen Seite zu sterben.« Dann nannte er die Namen seiner Speerkämpfer, allesamt Britannier, die in Lancelots Diensten gestanden hatten, und allesamt Männer, die sich nicht zwingen lassen wollten, ihre Speere für die Sachsen zu tragen. Sie verneigten sich vor Ceinwyn; dann nahmen sie Platz, während ihnen Brot, Met und Pökelfleisch gebracht wurde. Lancelot, sagten sie, sei nordwärts marschiert, um sich Aelle und Cerdic anzuschließen, und nun seien alle sächsischen Streitkräfte in dem Tal unter uns vereint. »Über zweitausend Mann, schätze ich«, sagte Bors.

»Ich habe weniger als dreihundert.«

Bors verzog das Gesicht. »Aber Arthur ist hier, nicht?«

Ich schüttelte den Kopf. »Nein.«

Mit offenem Mund, in dem noch der Bissen steckte, starrte Bors zu mir empor. »Er ist nicht hier?« fragte er mich schließlich.

»Soweit ich weiß, ist er irgendwo oben im Norden.«

Er schluckte seinen Bissen und fluchte leise. »Wer ist denn dann hier?« fragte er mich.

»Nur ich allein.« Ich zeigte auf den Hügel. »Und das, was Ihr hier seht.«

Er hob ein Methorn und trank einen tiefen Schluck. »Dann werden wir wohl sterben, nehme ich an«, sagte er grimmig.

Er hatte gedacht, Arthur befände sich auf Mynydd Baddon. Wie Bors mir sagte, glaubten sogar Cerdic und Aelle, daß Arthur bei uns auf dem Hügel sei, deswegen seien sie von Süden, von der Themse her, nach Aquae Sulis marschiert. Die Sachsen, von denen wir überhaupt erst zu diesem Zufluchtsort getrieben worden waren, hatten Arthurs Banner auf dem Gipfel von Mynydd Baddon gesehen und den Sachsenkönigen, die Arthur am Oberlauf der Themse gesucht hatten, die Nachricht seiner Gegenwart geschickt. »Diese Bastarde kennen Eure Pläne«, warnte mich Bors, »und sie wissen, daß Arthur bei Corinium kämpfen wollte, aber dort konnten sie ihn nicht finden. Und das wollen sie unbedingt, Derfel, sie wollen Arthur finden, bevor Cuneglas ihn erreicht. Töten wir Arthur, sagen sie sich, dann wird der Rest von Britannien den Mut verlieren.« Aber Arthur, der schlaue Arthur, war ihnen entwischt, und dann hatten die Sachsenkönige gehört, daß sein Bärenbanner auf einem Hügel bei Aquae Sulis flattere. Also hatten sie ihr schwerfälliges Heer kehrt machen und gen Süden marschieren lassen und Lancelots Streitmacht die Order geschickt, sich ihnen anzuschließen.

»Habt Ihr etwas von Culhwch gehört?« erkundigte ich mich bei Bors.

»Der treibt sich irgendwo da draußen rum«, antwortete Bors unbestimmt und schwenkte die Hand in Richtung Süden. »Wir haben ihn nirgends finden können.« Unvermittelt erstarrte er, und als ich mich umblickte, sah ich, daß Guinevere uns beobachtete. Sie hatte ihr Gefängnisgewand abgelegt und trug nun ein Lederkoller, wollene Beinkleider und hohe Stiefel – Männerkleider wie jene, die sie bei der Jagd zu tragen pflegte. Später entdeckte ich, daß sie die Kleider in Aquae Sulis gefunden hatte, und obwohl sie von minderer Qualität waren, gelang es ihr, sie elegant erscheinen zu lassen. An ihrem Hals glänzte das Sachsengold, auf ihrem Rücken hing ein Köcher mit Pfeilen, in der Hand hielt sie einen leichten Jagdbogen, und an der Taille trug sie ein kurzes Messer.

»Lord Bors«, begrüßte sie den Champion ihres ehemaligen Liebhabers eisig.

»Lady.« Bors erhob sich und vollführte eine ungeschickte Verbeugung.

Sie musterte seinen Schild, der noch Lancelots Insignien trug, und zog eine Braue hoch. »Habt Ihr auch genug von ihm?« erkundigte sie sich.

»Ich bin Britannier, Lady«, antwortete Bors steif.

»Und zwar ein tapferer«, sagte Guinevere herzlich. »Ich denke, wir können von Glück sagen, Euch hierzuhaben.« Sie hatte genau die richtigen Worte gewählt, und Bors, dem diese Begegnung peinlich gewesen zu sein schien, wirkte plötzlich erfreut und verlegen. Er murmelte etwas, das so klang, als sei er froh, Guinevere zu sehen, aber er war kein Mann, der Komplimente auf elegante Art anzubringen vermochte, und außerdem errötete er stark dabei.

»Darf ich annehmen«, fragte ihn Guinevere, »daß Euer ehemaliger Lord bei den Sachsen ist?«

»Das ist er, Lady.«

»Dann bete ich darum, daß er in Reichweite meines Bogens kommt«, sagte Guinevere.

»Das wird er möglicherweise nicht tun, Lady«, sagte Bors, denn er wußte um Lancelots Unwillen, sich persönlich in Gefahr zu begeben, »aber bevor der heutige Tag vorüber ist, werdet Ihr noch reichlich Gelegenheit haben, Sachsen zu töten. Mehr als genug.«

Er hatte recht, denn unter uns, wo der letzte Rest des Dunstes über dem Fluß von der Sonne vertrieben wurde, sammelte sich die Sachsenhorde. Cerdic und Aelle, die noch immer glaubten, ihr Erzfeind sitze auf Mynydd Baddon in der Falle, planten einen überwältigenden Ansturm. Es würde kein ausgeklügelter Angriff sein, denn es wurden keine Speerkämpfer aufgestellt, die uns von der Flanke her nehmen sollten, sondern ein schlichter, kruder Schlag, der von einer überwältigenden Übermacht direkt den südlichen Hang von Mynydd Baddon emporgeführt werden sollte. Hunderte von Kriegern wurden für diesen Angriff zusammengezogen, und ihre dichtgedrängten Speere glänzten im frühen Tageslicht.

»Wie viele sind es?« fragte mich Guinevere.

»Zu viele, Lady«, antwortete ich bedrückt.

»Ihr halbes Heer«, ergänzte Bors und erklärte ihr, die Sachsenkönige seien der Überzeugung, daß Arthur mit seinen besten Männern hier auf der Hügelkuppe in der Falle säße.

»Dann hat er sie also überlistet?« fragte Guinevere nicht ohne einen Anflug von Stolz.

»Oder wir«, entgegnete ich verdrossen und deutete auf Arthurs Banner, das träge in der leichten Brise wehte.

»Dann werden wir sie jetzt schlagen müssen«, erwiderte Guinevere energisch – aber wie, das konnte ich nicht sagen. Seit ich von Diwrnachs Mannen auf Ynys Mon umzingelt gewesen war, hatte ich mich nicht mehr so hilflos gefühlt, doch damals hatte ich Merlin als Verbündeten gehabt, und seine Magie hatte uns in jener Nacht aus der Falle befreit. Jetzt hatte ich keine Magie mehr auf meiner Seite und sah für uns nur noch den Untergang.

Den ganzen Vormittag beobachtete ich, wie sich die Sachsenkrieger inmitten der Weizenfelder sammelten, und sah, wie ihre Magier an ihren Reihen entlangtanzten und ihre Häuptlinge auf die Speerkämpfer einredeten. Die Männer ganz vorn in der Schlachtreihe der Sachsen waren relativ ruhig, denn sie waren ausgebildete Krieger, die sich ihren Lords mit einem Eid verschworen hatten; aber die übrigen Männer dieses riesigen Heeres schienen das Äquivalent unserer Landwehr zu sein, des *fyrd*, wie die Sachsen es nannten, und diese Männer wanderten immer wieder davon. Manche gingen zum Fluß hinunter, andere kehrten in die Lager zurück, und von unserer Höhe aus wirkte das Ganze wie eine Menge Schafe, die von den Hirten mühsam in die Herde zurückgetrieben wurden: Sobald ein Teil des Heeres versammelt war, brach ein anderer aus, und alles begann wieder von vorn, während die ganze Zeit die sächsischen Trommeln geschlagen wurden. Dafür benutzten sie dicke, ausgehöhlte Baumstämme, die sie mit Holzknüppeln bearbeiteten, so daß ihr tödlicher Schlag weit von dem baumbestandenen Hang auf der anderen Talseite herüberschallte. Die Sachsen tranken wahrscheinlich Ale und holten sich damit den Mut, den sie brauchten, um gegen unsere Speere anzurennen. Einige meiner Männer tranken ebenfalls Met. Ich selbst hatte allerdings einiges dagegen, doch wenn man einem Soldaten das Trinken verbieten wollte, dann war das, als wolle man einem Hund das Bellen verbieten, und viele von meinen Männern brauchten das Feuer, das der Met im Bauch entfacht, denn sie konnten genausogut zählen wie ich: Eintausend Mann waren gekommen, um gegen weniger als dreihundert zu kämpfen.

Bors hatte gebeten, mit seinen Männern in der Mitte unserer Schlachtreihe kämpfen zu dürfen, und ich hatte zugestimmt. Ich hoffte, daß er schnell sterben würde, niedergemacht von einer Axt oder einem Speer, denn wenn er dem Feind lebend in die Hände geriet, würde er eines langen und gräßlichen Todes sterben. Er und seine Männer hatten ihre Schilde bis auf das nackte Holz entblößt, und nun tranken sie Met, und ich konnte es ihnen nicht verdenken.

Issa war nüchtern. »Sie werden uns überrennen, Lord«, prophezeite er besorgt.

»Das werden sie«, stimmte ich ihm zu und wünschte, ich könnte etwas Sinnvolleres sagen; in Wahrheit aber war ich wie erstarrt von den Vorbereitungen der Feinde und hatte keine Ahnung, was ich gegen ihren Angriff unternehmen sollte. Daß meine Männer sich im Kampf gegen die besten Speerkämpfer der Sachsen behaupten konnten, bezweifelte ich keinen Augenblick, aber ich hatte gerade genug Speerkämpfer, um einen Schildwall zu formen, der einhundert Schritt breit war, und wenn die Sachsen angriffen, würden sie das auf mehr als der dreifachen Breite tun. Wir würden in der Mitte kämpfen, wir würden töten, und der Feind würde um unsere Flanken rennen, die Hügelkuppe erobern und uns von hinten abschlachten.

Issa schnitt eine Grimasse. Sein Wolfsrutenhelm war ein alter von mir, in den er ein Muster von Silbersternen gehämmert hatte. Scarach, seine schwangere Frau, hatte irgendwo bei einer der Quellen ein wenig Eisenkraut gefunden, und nun trug Issa ein Zweiglein davon am Helm, das ihn vor Schaden beschützen sollte. Er bot auch mir etwas davon an, aber ich lehnte dankend ab. »Behalte du es«, sagte ich.

»Was werden wir nun tun, Lord?« fragte er mich.

»Weglaufen können wir nicht«, gab ich zurück. Ich hatte zwar erwogen, einen verzweifelten Ausfall nach Norden zu wagen, aber es waren zu viele Sachsen hinter dem nördlichen Sattel, deswegen würden wir uns den Hang hinauf bis direkt vor ihre Speere kämpfen müssen. Die Chance, daß uns das gelang, war winzig klein, wogegen die Chance, im Sattel zwischen zwei Feinden auf höherem Boden in der Falle zu sitzen, bei weitem größer war. »Wir werden sie hier schlagen müssen«, sagte ich und versuchte meine Überzeugung zu kaschieren, daß wir sie überhaupt nicht schlagen würden. Gegen vierhundert Mann hätte ich wohl kämpfen können, vielleicht sogar auch gegen sechshundert; doch niemals gegen die eintausend Sachsen, die sich jetzt am Fuß des Hügelhangs zum Kampf bereit machten.

»Wenn wir einen Druiden hätten«, sagte Issa und ließ alles weitere unausgesprochen, aber ich wußte genau, was ihn beunruhigte. Er dachte, daß es nicht gut sei, ohne Gebete in die Schlacht zu gehen. Die Christen in unseren Reihen beteten, um das Sterben ihres Gottes zu imitieren, mit ausgebreiteten Armen, und außerdem hatten sie mir gesagt, daß sie keinen Priester brauchten, der sich für sie einsetzte, wogegen wir Heiden es gern hatten, wenn ein Druide die Feinde vor dem Kampf mit Flüchen überschüttete. Aber wir hatten keinen Druiden, und diese Tatsache nahm uns nicht nur die Kraft seiner Flüche, sondern ließ außerdem darauf schließen, daß wir von nun an ohne unsere Götter kämpfen mußten, weil diese Götter voller Empörung über die Unterbrechung der Riten auf Mai Dun geflohen waren.

Ich rief Pyrlig zu mir und befahl ihm, Flüche auf den Feind herabregnen zu lassen. Er erbleichte. »Aber ich bin ein Barde, Lord, und kein Druide«, protestierte er heftig.

»Ihr habt die Ausbildung zum Druiden begonnen?«

»Wie alle Barden, Lord, aber ich wurde nie in die Mysterien eingeweiht.«

»Was die Sachsen nicht wissen können«, entgegnete ich. »Steigt den Hügel hinab, hüpft auf einem Bein und verflucht ihre dreckigen Seelen bis in die Dunghaufen von Annwn hinein.«

Pyrlig tat wahrhaftig sein Bestes, doch er konnte das Gleichgewicht nicht halten, und ich spürte, daß mehr Angst als Schelte in seinen Flüchen lag. Als die Sachsen ihn entdeckten, schickten sie sechs ihrer eigenen Zauberer voraus, die seine Magie entkräften sollten. Die nackten Zauberer mit kleinen Talismanen in den Haaren, die mit Kuhdung zu grotesken Spitzen geformt waren, kletterten den Hang hinauf, um Pyrlig anzuspeien und zu verfluchen, der, als er sie kommen sah, voll Nervosität vor ihnen zurückwich. Einer der Sachsenmagier hatte einen menschlichen Oberschenkelknochen mitgebracht, den er benutzte, um den armen Pyrlig noch weiter den Hang emporzuscheuchen, und als er die unübersehbare Angst unseres Barden bemerkte, bewegte der Sachse seinen

Körper in obszönen Gesten. Immer näher kamen die feindlichen Magier – so nahe, daß wir ihre schrillen Stimmen sogar beim dröhnenden Lärm der Trommeln im Tal unten vernehmen konnten.

»Was sagen sie?« Guinevere war zu mir herübergekommen und stellte sich neben mich.

»Sie benutzen Talismane, Lady«, erklärte ich ihr. »Sie beschwören ihre Götter, daß sie uns mit Furcht erfüllen und unsere Knie zu Wasser werden lassen.« Wieder lauschte ich dem Singsang. »Sie bitten, daß unsere Augen blind, unsere Speere zerbrochen und unsere Schwerter stumpf werden mögen.« Der Mann mit dem Oberschenkelknochen entdeckte Guinevere, wandte sich gegen sie und spie eine obszöne Schmähkanonade gegen sie heraus.

»Was sagt er jetzt?« erkundigte sie sich.

»Das wollt Ihr sicher nicht hören, Lady.«

»Aber natürlich, Derfel. Das will ich!«

»Dann möchte ich es Euch nicht mitteilen.«

Sie lachte. Der Magier, inzwischen nur noch dreißig Schritte von uns entfernt, reckte ihr sein tätowiertes Geschlechtsteil entgegen, schüttelte den Kopf, verdrehte die Augen, kreischte, sie sei eine verfluchte Hexe, und verhieß ihr, daß ihr Leib vertrocknen werde und ihre Brüste so bitter wie Galle werden würden. Dann hörte ich plötzlich ein Schwirren dicht neben meinem Ohr, und der Magier verstummte. Ein Pfeil war in seine Gurgel gedrungen und hatte den Hals durchbohrt, so daß die eine Hälfte des Pfeils hinten im Nacken herausgekommen war, während der gefiederte Schaft unter seinem Kinn steckte. Sprachlos starrte er zu Guinevere empor; er gurgelte, dann fiel ihm der Knochen aus der Hand. Noch immer den Blick auf Guinevere gerichtet, befingerte er den Pfeil, dann lief ein Zittern durch seinen Körper, und er brach zusammen.

»Es soll Unglück bringen, den Magier eines Feindes zu töten«, sagte ich mit leisem Vorwurf in der Stimme.

»Diesmal nicht«, gab Guinevere rachsüchtig zurück, »diesmal nicht.« Sie zog einen weiteren Pfeil aus ihrem Köcher und legte ihn auf die Sehne, aber die anderen fünf Magier hatten das Schicksal ihres Kollegen beobachtet und rannten Hals über Kopf den Hügel hinab, bis sie außer Schußweite waren. Sie kreischten zornig und protestierten gegen unseren Mangel an Glauben. Sie hatten das Recht zu protestieren, und ich fürchtete, daß der Tod des einen Magiers die Angreifer nur mit noch heftigerem Zorn erfüllen werde. Guinevere nahm den Pfeil wieder von der Sehne. »Also, was werden sie tun, Derfel?« fragte sie mich.

»In wenigen Minuten«, antwortete ich, »wird die große Masse der Krieger den Hang heraufkommen. Dort könnt Ihr sehen, wie sie kommen werden.« Ich zeigte auf die Sachsentruppe hinunter, die noch immer in die richtige Position geschoben und gezogen wurde. »Einhundert Mann in der ersten Kampfreihe, dahinter gestaffelt jeweils Kolonnen von neun bis zehn Mann, um die ersten gegen unsere Speere zu drängen. Wir können es mit diesen hundert Mann aufnehmen, Lady, doch unsere Reihen werden nur jeweils zwei bis drei Mann tief sein, und wir werden sie nicht wieder den Hang hinabdrängen können. Wir werden sie für eine Weile aufhalten, und die Schildwälle werden aufeinandertreffen, aber wir werden sie nicht zurückdrängen können, und wenn sie sehen, daß all unsere Männer in der Kampflinie stehen, werden sie den hinteren Teil ihrer Kolonnen um uns herumschicken, damit sie uns von hinten angehen.«

Mit ihren grünen Augen und ein wenig spöttischer Miene starrte sie mich an. Sie war die einzige Frau, die ich kannte, die mir direkt in die Augen zu sehen vermochte, und diesen offenen Blick hatte ich immer schon beunruhigend gefunden. Guinevere verstand es, jeden Mann so anzusehen, daß er sich wie ein Tölpel vorkam, obwohl sie mir an jenem Tag, da die Sachsentrommeln dröhnten und die große Horde sich darauf vorbereitete, gegen unsere Klingen anzustürmen, einzig und allein Erfolg wünschte. »Wollt Ihr mir damit sagen, daß wir verloren sind?« fragte sie mich unbekümmert.

»Ich will sagen, daß ich nicht weiß, ob ich gewinnen kann, Lady«, gab ich grimmig zurück. Ich fragte mich, ob ich das Unerwartete tun und mit meinen Männern einen Keil bilden sollte, der den Hang hinab angreifen und tief in die sächsischen Horden vorstoßen würde. Mit einem solchen Angriff konnte man sie möglicherweise überraschen und sogar in Panik versetzen, aber ich lief dabei Gefahr, daß meine Männer am Hang von den Feinden umzingelt wurden, und wenn auch der Letzte von uns tot war, würden die Sachsen den Gipfel erklimmen und sich über unsere wehrlosen Familien hermachen.

Guinevere hängte sich den Bogen über die Schulter. »Wir können siegen«, behauptete sie zuversichtlich, »wir können mit Leichtigkeit siegen.« Einen Moment lang vermochte ich sie nicht ernst zu nehmen. »Ich kann ihnen das Herz herausreißen«, fuhr sie noch energischer fort.

Ich warf ihr einen Blick zu und sah die wilde Freude auf ihrem Gesicht. Wenn sie an jenem Tag jemanden wie einen Tölpel dastehen ließ, dann Cerdic und Aelle, nicht mich. »Wie können wir siegen?« fragte ich sie.

Ein boshafter Ausdruck trat auf ihr Gesicht. »Vertraut Ihr mir, Derfel?«

»Ich vertraue Euch, Lady.«

»Dann gebt mir zwanzig kräftige Männer.«

Ich zögerte. Ich hatte mich gezwungen gesehen, einige Speerkämpfer auf dem Nordwall des Hügels zurückzulassen, um uns vor einem Angriff quer über den Sattel zu schützen, und konnte kaum zwanzig von den restlichen Männern im Süden entbehren, doch selbst wenn ich zweihundert Speerkämpfer mehr gehabt hätte, würde ich diese Schlacht auf dem Hügel verlieren; das war mir klar, und deswegen nickte ich. »Zwanzig Mann aus der Landwehr werde ich Euch geben«, erklärte ich ihr, »und Ihr werdet mir dafür den Sieg schenken.« Sie lächelte, und schritt davon, während ich Issa zurief, zwanzig junge Männer für sie herauszusuchen und zu ihr zu schicken. »Sie wird uns den Sieg bringen!« sagte ich so laut zu ihm, daß meine Männer es hören konnten, woraufhin sie, ein wenig Hoffnung spürend an einem Tag, an dem es eigentlich keine gab, lächelten und lachten.

Doch um zu siegen, sagte ich mir, bedarf es eines Wunders oder des Eintreffens unserer Verbündeten. Wo war Culhwch? Den ganzen Tag hatte ich erwartet, im Süden seine Truppen auftauchen zu sehen, hatte aber keine Spur von ihnen entdecken können und sagte mir, daß sie einen weiten Bogen um Aquae Sulis geschlagen haben mußten, um sich Arthur anzuschließen. Andere Truppen, die uns zu Hilfe kommen könnten, wollten mir nicht einfallen, und selbst wenn Culhwch zu uns kam, würde die Zahl seiner Krieger die der unsrigen nicht ausreichend erhöhen, um dem Ansturm der Sachsen standzuhalten.

Dieser Ansturm stand jetzt dicht bevor. Die Magier hatten ihre Pflicht getan; jetzt löste sich eine Gruppe sächsischer Reiter aus den Reihen und stürmte bergan. Ich rief nach meinem eigenen Pferd, ließ Issa die Hände falten, um mir so in den Sattel zu helfen, und ritt den Hang hinab, den Abgesandten des Feindes entgegen. Bors hätte mich begleiten können, denn er war ein Lord, aber er wollte nicht den Männern gegenübertreten, von denen er gerade erst desertiert war. Also ritt ich allein hinunter.

Neun Sachsen und drei Britannier näherten sich. Einer der Britannier war Lancelot, schön wie immer in seiner weißen Schuppenausrüstung, die im Sonnenlicht gleißte. Sein Helm war silbern und von einem Paar Schwanenschwingen gekrönt, in denen der leichte Wind spielte. Seine beiden Begleiter waren Amhar und Loholt, die unter Cerdics hautbehängtem Schädel und dem zu Ehren dieses neuen Krieges mit frischem Blut besprritzten Stierschädel meines Vaters gegen ihren eigenen Vater ritten. Cerdic und Aelle kamen beide den Hang herauf, begleitet von einem halben Dutzend sächsischer Häuptlinge, riesigen Männern in Pelzumhängen und mit Schnauzbärten, die ihnen bis auf den Schwertgurt hingen. Der letzte Sachse war der Dolmetscher, und auch er ritt ungeschickt wie die anderen Sachsen und ich. Nur Lancelot und die Zwillinge waren gute Reiter.

Wir trafen uns auf halber Höhe des Hanges. Keins der Pferde mochte die Schräge, alle waren unruhig und nervös. Cerdic blickte finster zu unseren Wällen empor, wo er die beiden Banner und ein paar Speerspitzen über der provisorischen Barrikade ausmachen konnte, aber sonst nichts. Aelle schenkte mir ein grimmiges Nicken. Lancelot mied meinen Blick.

»Wo ist Arthur?« richtete Cerdic schließlich das Wort an mich. Mit seinen blassen Augen musterte er mich unter einem goldgerandeten Helm hervor, der grausig von der Hand eines Toten gekrönt war. Zweifellos eine britannische Hand, dachte ich mir. Die Trophäe war im Feuer geräuchert worden, so daß die Haut schwarz aussah und die Finger wie Klauen gekrümmt waren.

»Arthur ruht, Lord König«, antwortete ich. »Er hat es mir überlassen, Euch zu verscheuchen, während er sich überlegt, wie er Britannien vom Gestank Eures Schmutzes befreien kann.« Der Dolmetscher sprach leise in Lancelots Ohr.

»Ist Arthur hier?« wollte Cerdic wissen. Die Konvention bestimmte, daß die Heerführer von der Schlacht miteinander sprachen, daher empfand Cerdic meine Gegenwart als Beleidigung. Er hatte erwartet, daß Arthur persönlich kam, um mit ihm zu sprechen, und nicht irgendein unbedeutender Untergebener.

Cerdic spie aus. Er trug eine unauffällige Rüstung, schmucklos bis auf die grausige Hand auf seinem Helm. Aelle war, wie immer, mit seinem schwarzen Pelz bekleidet, trug Gold an Handgelenken und Hals und ein einziges Stierhorn, das vorn auf seinem Helm prangte. Er war der Ältere, und dennoch übernahm Cerdic, wie immer, die Führung. Mit seinem verschlagenen, verkniffenen Gesicht schenkte er mir einen abschätzigen Blick. »Am besten kommt ihr alle den Hügel herab und legt eure Waffen auf die Straße«, sagte er. »Als Tribut an unsere Götter werden wir dann einige von euch töten und die anderen versklaven, aber ihr müßt uns die Frau ausliefern, die unseren Magier getötet hat. Die muß sterben.«

»Sie hat den Magier auf meinen Befehl hin getötet«, behauptete ich. »Zum Ausgleich für Merlins Bart.« Es war Cerdic persönlich gewesen, der einen Strang von Merlins Bart abgeschnitten hatte, eine Beleidigung, die ich nicht zu vergeben gedachte.

»Dann werden wir Euch töten«, sagte Cerdic.

»Das hat Liofa auch schon einmal versucht«, spöttelte ich. »Und gestern hat Wulfger von den Sarnaed danach getrachtet, mir meine Seele zu nehmen, nun aber ist er es, der im Schweinestall seiner Ahnen gelandet ist.«

Aelle mischte sich ein. »Wir werden Euch nicht töten, Derfel«, grollte er. »Nicht, wenn Ihr Euch ergebt.« Cerdic wollte protestieren, Aelle brachte ihn jedoch mit einer knappen Geste seiner verstümmelten Rechten zum Schweigen. »Wir werden ihn nicht töten«, erklärte er. »Habt Ihr Eurer Gemahlin den Ring gegeben?« fragte er dann wieder mich.

»Sie trägt ihn auch jetzt, Lord König«, sagte ich und zeigte zum Gipfel hinauf.

»Sie ist hier?« Er schien überrascht zu sein.

»Mit Euren Enkelinnen?«

»Ich will sie sehen«, verlangte Aelle. Wieder protestierte Cerdic. Er war hier, um uns auf die Schlacht vorzubereiten, und nicht, um Zeuge eines freudigen Familientreffens zu sein. Aelle jedoch beachtete die Proteste seines Verbündeten nicht. »Ich möchte sie ein einziges Mal sehen«, erklärte er mir; also wandte ich mich um und rief seinen Wunsch zum Gipfel empor.

Kurz darauf erschien Ceinwyn mit Morwenna an der einen und Seren an der anderen Hand. An den Wällen zögerten sie kurz; dann traten sie graziös auf den Grashang hinaus. Ceinwyn war in ein sehr schlichtes Gewand gekleidet, ihre Haare jedoch leuchteten in der Frühlingssonne wie Gold, und wieder dachte ich, wie jedesmal, daß ihre Schönheit zauberhaft sei. Als sie leichtfüßig den Hang herabkam, spürte ich einen Kloß in der Kehle, und Tränen traten mir in die Augen. Seren wirkte nervös, Morwenna jedoch trug eine trotzige Miene zur Schau. Neben meinem Pferd blieben sie stehen und starrten zu den Sachsenkönigen empor. Als Ceinwyn Lancelots Blick begegnete, spie sie bedächtig ins Gras, um das Übel seiner Gegenwart abzuwehren.

Cerdic täuschte Desinteresse vor, Aelle aber ließ sich ungeschickt aus dem abgenutzten Ledersattel gleiten. »Sagt ihnen, daß ich mich freue, sie kennenzulernen«, wies er mich an. »Und nennt mir die Namen der beiden Kinder.«

»Die ältere heißt Morwenna«, antwortete ich, »die jüngere ist Seren. Das bedeutet Stern.« Ich sah meine beiden Töchter an. »Dieser König«, erklärte ich ihnen auf britannisch, »ist euer Großvater.«

Aelle fingerte unter seinem schwarzen Umhang herum und brachte zwei Goldmünzen zum Vorschein. Er verteilte sie an die beiden Mädchen, dann richtete er den Blick schweigend auf Ceinwyn. Sie begriff, was er sich wünschte, ließ die Hände ihrer Töchter los und trat in seine Umarmung. Er muß furchtbar gestunken haben, denn der Pelzumhang war fettig und völlig verdreckt, aber sie zuckte nicht zurück. Nachdem er sie geküßt hatte, trat er zurück, hob ihre Hand an seine Lippen und lächelte, als er den Goldring mit dem blaugrünen Achat an ihrem Finger sah. »Sagt ihr, daß ich ihr Leben verschonen werde, Derfel«, bat er mich.

Ich sagte es ihr, und sie lächelte. »Sag ihm, es wäre besser, wenn er in sein eigenes Land zurückkehre«, wies sie mich an, »und daß es uns eine große Freude machen würde, ihn dort zu besuchen.«

Aelle lächelte, als ich ihm das übersetzte, Cerdic aber zog eine finstere Miene. »Das hier ist unser Land!« behauptete er, und während er sprach, scharrte sein Pferd, so daß meine Töchter vor seiner Gehässigkeit zurückschreckten.

»Sagt ihnen, sie sollen gehen«, befahl mir Aelle, »denn wir müssen jetzt vom Krieg reden.« Er sah zu, wie sie den Hang emporstiegen. »Was schöne Frauen angeht, so habt ihr den Geschmack Eures Vaters geerbt«, stellte er fest.

»Und die Vorliebe der Britannier für den Selbstmord«, fuhr Cerdic auf. »Das Leben wurde Euch versprochen«, fuhr er dann fort, »aber nur, wenn Ihr sofort von Eurem Hügel herabkommt und die Speere auf die Straße legt.«

»Ich werde sie auf die Straße legen, Lord König«, erwiderte ich, »mit Eurem Leichnam auf den Klingen.«

»Ihr miaut wie eine Katze«, gab Cerdic voller Verachtung zurück. Als er dann an mir vorbeiblickte, wurde sein Ausdruck noch grimmiger, und als ich mich umdrehte, entdeckte ich, daß nunmehr Guinevere auf den Wällen stand. So, wie sie dastand, hoch aufgerichtet und langbeinig in ihrer Jagdkleidung, den Kopf gekrönt von ihren roten Haaren, und mit dem geschulterten Bogen, wirkte sie wie eine Kriegsgöttin. Cerdic mußte in ihr die Frau erkannt haben, die seinen Magier getötet hatte. »Wer ist das?« wollte er ingrimmig wissen.

»Fragt Euren Schoßhund«, antwortete ich und zeigte auf Lancelot, und da ich argwöhnte, daß der Dolmetscher meine Worte nicht genau übersetzt hatte, wiederholte ich sie noch einmal auf Britannisch. Lancelot ignorierte mich.

»Guinevere«, sagte Amhar zu Cerdics Dolmetscher. »Sie ist die Hure meines Vaters«, ergänzte er dann mit höhnischem Grinsen.

Ich hatte Guinevere schon mit übleren Schimpfwörtern belegt, jetzt aber wollte ich Amhars Verachtung nicht dulden. Ich hatte nie viel für Guinevere übrig gehabt; sie war zu arrogant, um eine angenehme Gefährtin zu sein, zu eigenwillig, zu intelligent und zu spottlustig. Doch in den letzten paar Tagen hatte ich allmählich begonnen, sie zu bewundern, und nun ertappte ich mich plötzlich dabei, daß ich Amhar mit Beleidigungen überschüttete. Heute erinnere ich mich nicht mehr daran, was ich gesagt habe, nur noch, daß ich einen bösartigen, haßerfüllten Ton in meine Worte legte. Ich muß ihn wohl als Wurm, als verräterisches Stück Unrat, als Mensch ohne Ehre beschimpft haben, als einen Knaben, der es verdiente, noch vor Sonnenuntergang vom Schwert eines Mannes aufgespießt zu werden. Ich spie ihn an, ich verfluchte ihn und trieb ihn zusammen mit seinem Bruder durch meine Beleidigungen den Hügel hinab; dann wandte ich mich an Lancelot. »Euer Cousin Bors läßt Euch grüßen«, sagte ich zu ihm. »Er verspricht, Euch den Bauch aus der Kehle zu ziehen, und Ihr solltet darum beten, daß er das tut, denn wenn ich Euch in die Finger kriege, werde ich Eure Seele wimmern lassen.«

Lancelot spie aus, machte sich aber nicht die Mühe, meine Beleidigungen zu beantworten. Cerdic hatte den Zusammenstoß voller Belustigung beobachtet. »Ihr habt eine Stunde Zeit, zu mir zu kommen und vor mir zu kriechen«, beendete er das Gespräch. »Wenn Ihr das nicht tut, werde ich kommen und Euch töten.« Damit wendete er sein Pferd und trieb es den Hang hinab. Lancelot und die anderen folgten ihm, bis nur noch Aelle bei seinem Pferd stand.

Er schenkte mir ein halbes Lächeln, fast eher schon eine Grimasse. »Wie mir scheint, müssen wir kämpfen, mein Sohn.«

»So scheint es wohl.«

»Ist Arthur wirklich nicht hier?«

»Seid Ihr deswegen gekommen, Lord König?« gab ich zurück, ohne seine Frage zu beantworten.

»Wenn wir Arthur töten, ist der Krieg gewonnen«, erklärte er schlicht.

»Dann müßt Ihr zuvor mich töten, Vater«, sagte ich.

»Meint Ihr, das würde ich nicht tun?« fragte er mich barsch; dann reichte er mir seine verkrüppelte Hand. Ich ergriff sie kurz und sah zu, wie er sein Pferd den Hang hinabführte.

Bei meiner Rückkehr empfing mich Issa mit fragendem Blick. »Die Schlacht der Worte haben wir gewonnen«, sagte ich grimmig.

»Das ist doch ein Anfang, Lord«, gab er leichthin zurück.

»Aber sie werden das Ende diktieren«, sagte ich leise und wandte mich ab, um zu beobachten, wie die feindlichen Könige zu ihren Männern zurückkehrten. Die Trommeln dröhnten immer weiter. Schließlich waren die letzten Sachsen in die dichte Masse der Männer eingegliedert worden, die heraufsteigen würde, um uns abzuschlachten, und falls Guinevere nicht wirklich eine Kriegsgöttin war, wußte ich nicht, wie wir sie zurückschlagen sollten.

Der Vormarsch der Sachsen war anfangs schwerfällig, weil die Hecken rings um die kleinen Felder am Fuß des Hügels ihre sorgfältig aufgestellten Reihen in Unordnung brachten. Im Westen sank die Sonne, denn die Aufstellung für diesen Angriff hatte den ganzen Tag gedauert; nun aber kam er endlich, und wir hörten die Widderhörner ihre heisere Herausforderung blasen, während die feindlichen Speerkämpfer durch die Hecken brachen und die kleinen Felder überquerten.

Meine Männer begannen zu singen. Vor der Schlacht sangen wir immer, und an diesem Tag sangen wir, genau wie vor allen ganz großen Schlachten, den Kriegsgesang von Beli Mawr. Wie dieses schreckliche Heldenlied die Männer aufrütteln kann! Es berichtet vom Töten, von Blut auf dem Weizen, von Leichnamen, denen alle Knochen gebrochen sind, und von Feinden, die wie

Vieh zur Schlachtbank getrieben werden. Es berichtet von Beli Mawrs Stiefeln, die Berge zermalmen, und brüstet sich mit den Witwen, die sein Schwert gemacht hat. Jeder Vers dieser Lieder endet mit einem Triumphgeheul, und mir kamen angesichts der trotzigen Kampfeslust der Sänger die Tränen.

Ich war abgesessen und hatte meinen Platz in der ersten Reihe dicht neben Bors eingenommen, der unter unseren Zwillingsbannern stand. Meine Wangenstücke waren geschlossen, der Schild hing sicher an meinem linken Arm, und der Kampfspeer ruhte fest in meiner Rechten. Rings um mich herum brandeten die kraftvollen Stimmen, ich selbst aber stimmte nicht mit ein, weil mir das Herz von bösen Vorahnungen schwer war. Ich wußte genau, was uns bevorstand. Eine Zeitlang würden wir im Schildwall kämpfen, dann aber würden die Sachsen durch die schwachen Dornenbarrikaden an unseren Flanken brechen, ihre Speere würden von hinten kommen, und wir würden Mann um Mann niedergemacht werden, während der Feind unseren Tod verhöhnte. Die letzten von uns, die starben, würden zusehen, wie die ersten unserer Frauen vergewaltigt wurden, und dennoch konnten wir nichts tun, um sie davor zu bewahren; also sangen die Speerkämpfer, und einige Männer tanzten dort, wo es auf der Wallkrone keine Dornenbarrikade gab, den uralten Schwerttanz. Wir hatten die Mitte des Festungswalls frei von Dornen gelassen, weil wir die leise Hoffnung hegten, das könne den Feind veranlassen, eher gegen unsere Speere anzurennen, als uns an unseren recht schwachen Flanken zu umgehen.

Die Sachsen überquerten die letzten Hecken und begannen den langen Anstieg den leergefegten Hang hinauf. Ihre besten Männer gingen in der ersten Reihe, und mir fiel auf, wie fest ihre Schilde ineinander verkeilt waren, wie dicht ihre Speere standen und wie blank ihre Äxte schimmerten. Von Lancelots Männern war nichts zu sehen; wie es schien, wollte er dieses Schlachtfest allein den Sachsen überlassen. Magier tanzten ihnen voraus, Widderhörner spornten sie an, und über ihnen hingen grausig die blutigen Schädel ihrer Könige. Einige Männer in der ersten Reihe hielten Kampfhunde an der Leine, die dann wenige Meter vor unseren Linien losgelassen werden würden. Mein Vater befand sich ebenfalls in der ersten Reihe, während Cerdic zu Pferde hinter der Sachsenhorde einherritt.

Sie kamen sehr langsam. Der Hügel war steil, die Rüstungen schwer, und außerdem hatten sie es nicht eilig, in diese Schlacht zu marschieren. Sie wußten, daß es eine blutige Schlacht werden würde, und sei sie auch noch so kurz. Sie würden als eine schildbewehrte Schlachtreihe kommen, aber sobald sie unseren Wall erreichten, würden unsere Schilde aufeinandertreffen, und dann würden sie versuchen, uns zurückzudrücken. Ihre Äxte würden über unseren Schildrändern blitzen, ihre Speere würden zustoßen und ihren blutigen Zoll fordern. Es würde Heulen und Schreien geben, Männer, die vor Schmerzen jammerten, und Männer, die starben, aber der Feind verfügte über die größere Anzahl von Kriegern, also würde er uns schließlich an den Flanken umgehen, und meine Wolfsruten würden sterben.

Vorerst aber versuchten meine Wolfsruten den rauhen Klang der Hörner und das unablässige Dröhnen der Trommeln mit ihrem Gesang zu übertönen. Die Sachsen kamen keuchend näher. Jetzt konnten wir die Zeichen auf ihren Rundschilden erkennen: Wolfsmasken für Cerdics Männer, Stiere für Aelles und dazwischen die Schilde ihrer Kriegsherren – Falken, Adler und ein steigendes Roß. Die Hunde zerrten an ihren Leinen, begierig darauf, Löcher in unseren Schildwall zu reißen. Die Magier kreischten uns an. Einer von ihnen rasselte mit einem Bündel Rippenknochen, während ein anderer auf allen vieren kroch wie ein Hund und uns seine Flüche entgegenschleuderte.

Ich wartete an der Südspitze des Festungswalles, die wie ein Schiffsbug über das Tal hinausragte, denn hierher, in die Mitte, würde der erste Vorstoß der Sachsen zielen. Ich hatte mit der Idee gespielt, sie einfach kommen zu lassen, um dann, im allerletzten Augenblick, sehr schnell zurückzuweichen und einen Schildring um unsere Frauen zu bilden. Doch wenn ich zurückwich, machte ich die flache Hügelkuppe zum Schlachtfeld und verzichtete auf den Vorteil des höheren Geländes. Es war besser, meine Männer so viele Feinde wie möglich töten zu lassen, bevor wir überwältigt wurden.

Ich versuchte, nicht an Ceinwyn zu denken. Ich hatte weder ihr noch meinen Töchtern einen Abschiedskuß gegeben, und möglicherweise würden sie überleben. Vielleicht würde einer von Aelles Speerkämpfern inmitten all des Schreckens den kleinen Ring erkennen und sie heil zu seinem König bringen.

Meine Männer begannen mit den Speeren auf ihre Schilde zu schlagen. Noch brauchten sie die Schilde nicht zum Schildwall zu schließen. Das hatte Zeit bis zum letzten Moment. Als der Lärm an ihre Ohren drang, blickten die Sachsen zu uns herauf. Keiner von ihnen lief nach vorn, um einen Speer zu werfen – dafür war der Hang zu steil –, doch einer von ihren Kampfhunden zerriß seine Leine und jagte über das Gras heran. Eirrlyn, einer meiner beiden Jäger, durchbohrte ihn mit einem Pfeil; der Hund begann zu jaulen und mit dem Speer im Bauch im Kreis zu rennen. Beide Jäger fingen nun an, auch auf die anderen Hunde zu schießen, so daß die Sachsen die Tiere hinter den Schutz ihrer Schilde zurückholten. Die Magier, die wußten, daß die Schlacht gleich beginnen würde, begaben sich im Laufschritt zu den Flanken. Ein Jagdpfeil stieß gegen einen Sachsenschild, ein anderer prallte von einem Helm ab. Nicht mehr lange. Einhundert Schritt. Ich leckte mir die trockenen Lippen, blinzelte mir den Schweiß aus den Augen und starrte auf die wilden, bärtigen Gesichter hinab. Die Feinde brüllten, und doch kann ich mich nicht erinnern, den Lärm ihrer Stimmen gehört zu haben. Ich erinnere mich nur an den Klang ihrer Hörner, den Schlag ihrer Trommeln, das Dröhnen ihrer Stiefel auf dem Gras, das Klirren der Schwertscheiden auf den Rüstungen und das laute Krachen von Schilden, die gegeneinanderprallten.

»Platz da!« ertönte hinter uns Guineveres Stimme, und sie klang wie von Freude erfüllt. »Platz da!« rief sie abermals.

Als ich mich umwandte, sah ich, daß ihre zwanzig Mann zwei der Proviantwagen auf die Wälle zuschoben. Die Ochsenwagen waren plumpe, schwerfällige Fahrzeuge mit dicken Holzscheiben als Rädern, und Guinevere hatte ihr Gewicht noch durch zwei weitere Waffen ergänzt. Sie hatte die Deichselstangen von der Vorderseite der Wagen entfernt und statt dessen Speere an ihrer Stelle befestigt, während die Ladefläche der Wagen statt mit Proviant mit lodernden Dornbuschfeuern beladen waren. So hatte sie die Wagen in zwei wuchtige, flammende Geschosse verwandelt, die sie den Hang hinab bis in die dichten Reihen der Feinde rollen zu lassen plante. Den beiden Wagen folgte eine aufgeregte Menge von Frauen und Kindern, die das Chaos mit ansehen wollten.

»Bewegt euch!« rief sie meinen Männern zu. »Bewegt euch, los!« Sie unterbrachen ihren Gesang und stoben auseinander, so daß der gesamte Mittelabschnitt der Wälle unbesetzt war. Die Sachsen waren inzwischen nur noch siebzig bis achtzig Schritte entfernt, doch als sie sahen, daß unser Schildwall auseinanderbrach, witterten sie den Sieg und beschleunigten ihren Schritt.

Guinevere schrie ihren Männer zu, sich zu beeilen, und weitere Speerkämpfer eilten herbei, um sich mit ihrem ganzen Gewicht von hinten gegen die qualmenden Wagen zu stemmen. »Los!« rief sie erregt. »Los!« Und sie schoben und zogen mit aller Kraft, bis die Wagen schneller zu rollen begannen. »Los! Los! Los!« schrie Guinevere ihnen zu, und immer mehr Männer packten hinter den Wagen mit an, um die klobigen Gefährte über die aufgeschüttete Erde der uralten Wälle zu schieben. Einen Herzschlag lang fürchtete ich, der flache Erdwall würde uns besiegen, denn beide Wagen kamen vor ihm zum Stehen, während ihr dichter Rauch um unsere hustenden Männer wallte, doch wieder schrie Guinevere die Männer an, und diese bissen die Zähne zusammen, um eine letzte, übermenschliche Anstrengung zu machen und die Wagen über den Erdwall zu hieven.

»Schiebt!« schrie Guinevere. »Schiebt!« Die Wagen verharrten ein wenig auf dem Wall; dann neigten sie sich, während die Männer von hinten schoben, ganz allmählich nach vorn. »Jetzt!« rief Guinevere, und plötzlich gab es nichts mehr, was die Wagen aufhielt, nur noch den steilen Grashang vor ihnen und den Feind weiter unten. Die Männer, die sie geschoben hatten, wichen erschöpft beiseite, als die beiden flammenden Wagen den Hügel hinabzurollen begannen.

Anfangs bewegten sich die Wagen langsam; dann wurden sie schneller und sprangen holpernd über den unebenen Boden, so daß die lodernden Zweige über die brennenden Wagenseiten geschleudert wurden. Der Hang wurde steiler, und bald rasten die beiden riesigen Wagen hinab, schwergewichtige Geschosse aus Holz und Feuer, die der entsetzten Sachsenfront entgegendonnerten.

Die Sachsen hatten keine Chance. Ihre Reihen waren so dicht gedrängt, daß die Männer den Wagen nicht mehr ausweichen konnten, und die Wagen waren gut gezielt, denn sie rumpelten in Rauch und Flammen genau auf das Herz der feindlichen Truppe zu.

»Reihen schließen!« rief ich meinen Männern zu. »Schildwall bilden! Schildwall bilden!«

Gerade als wir an unsere Plätze zurückeilten, schlugen die Wagen zu. Die Front der Feinde war stehengeblieben, und einige Männer versuchten auszubrechen; für jene aber, die sich direkt im Weg der Wagen befanden, gab es kein Entkommen mehr. Ich hörte einen Schrei, als die langen, an der Vorderseite der Wagen befestigten Speere in die Masse der Männer hineinstießen; dann stellte sich einer der Wagen auf, weil seine Vorderräder gegen die gefallen Körper geprallt waren, aber er fuhr dennoch weiter, und auf seinem Weg zermalmte er weitere Männer, verbrannte und zerbrach sie. Ein Schild zersprang, als er von einem Rad getroffen wurde. Der zweite Wagen schwankte, als er auf die Front der Sachsen traf. Einen Herzschlag lang fuhr er auf zwei Rädern, dann kippte er auf die Seite und überschüttete die Reihen der Sachsen mit einem Schwall von Feuer. Dort, wo zuvor eine feste, disziplinierte Menschenmasse gewesen war, gab es jetzt nur noch Chaos, Angst und Panik. Selbst dort, wo die Reihen nicht von den Wagen getroffen wurden, herrschte Verwirrung, denn der Aufprall der beiden Gefährte hatte bewirkt, daß die sorgfältig aufgestellten Reihen ins Wanken gerieten und zerbrachen.

»Attacke!« rief ich. »Auf, auf!«

Mit lautem Kriegsgeschrei sprang ich vom Wall. Eigentlich hatte ich den Wagen nicht den Hügel hinab folgen wollen, doch die Zerstörung, die sie anrichteten, war so groß, das Entsetzen der Feinde so augenfällig, daß jetzt der Zeitpunkt gekommen war, dieses Entsetzen noch zu verstärken.

Brüllend rannten wir den Hang hinab. Es war ein Siegesgebrüll, dazu bestimmt, einem bereits halb geschlagenen Gegner Entsetzen einzuflößen. Die Sachsen waren uns an Zahl noch immer überlegen, aber ihr Schildwall war zerbrochen, sie waren erschöpft, und wir kamen wie die Rachefurien aus der Höhe auf sie herab. Ich hinterließ meinen Speer im Bauch eines Mannes, riß Hywelbane aus der Scheide und schlug um mich wie ein Schnitter, der das Gras in Schwaden mäht. Bei einem solchen Kampf gibt es keine Berechnung, keine Taktik, nur eine berauschende Freude am Töten, Freude daran, die Feinde zu beherrschen, die Angst in ihren Augen zu sehen und zu beobachten, wie ihre hinteren Reihen zu fliehen beginnen. Vor Lust an der Schlacht stieß ich wahnsinnige, schrille Laute aus, und neben mir hackten und stießen meine Wolfsruten hohnlachend auf Feinde ein, die eigentlich als Sieger auf unseren Leichen hätten tanzen müssen.

Ihre Zahl war so groß, daß sie uns immer noch schlagen konnten, doch es ist schwer, in einem zerbrochenen Schildwall bergauf zu kämpfen, und unsere unerwartete Attacke hatte ihnen den Schwung genommen. Zu viele Sachsen waren außerdem betrunken. Ein betrunkener Mann kämpft, wenn er siegessicher ist, zwar gut, bei einer drohenden Niederlage gerät er jedoch schnell in Panik, und obwohl Cerdic versuchte, sie zu halten, drehten seine Speerkämpfer durch und ergriffen die Flucht. Einige meiner Jungmänner waren versucht, ihnen weiter den Hügel hinab zu folgen, und eine Handvoll von ihnen erlag der Versuchung, ging zu weit und bezahlte teuer für diese Tollkühnheit. Den anderen rief ich zu, sie sollten bleiben, wo sie waren. Die meisten Feinde entkamen, aber wir hatten gesiegt, und zum Beweis für unseren Sieg standen wir im Blut der Sachsen, war unser Hügelabhang dicht mit ihren Toten, Verwundeten und verlorenen Waffen bedeckt. Der umgestürzte Wagen lag brennend am Hang und ein eingeklemmter Sachse schrie unter seinem Gewicht, während der andere Wagen noch weiterrumpelte, bis er ganz unten in der Hecke am Fuß des Hügels steckenblieb.

Einige unserer Frauen kamen herunter, um die Toten zu plündern und die Verwundeten zu töten. Weder Aelle noch Cerdic waren unter den Sachsen, die auf dem Hügel zurückblieben, aber wir fanden einen ihrer großen Häuptlinge, der mit Gold behängt war und ein Schwert mit goldverziertem Heft in einer Scheide aus weichem schwarzen Leder trug, das kreuzweise mit Silber bestickt war. Ich nahm dem Toten Gurt und Schwert ab und ging damit zu Guinevere. Ich kniete vor ihr nieder, was ich noch niemals zuvor getan hatte. »Es ist Euer Sieg, Lady«, sagte ich. »Ganz allein der Eure.« Damit reichte ich ihr das Schwert.

Sie legte es an und hob mich auf. »Ich danke Euch, Derfel«, sagte sie.

»Es ist ein gutes Schwert«, bemerkte ich.

»Nicht für das Schwert danke ich Euch«, entgegnete Guinevere, »sondern für Euer Vertrauen. Ich habe immer gewußt, daß ich zu kämpfen verstehe.«

»Besser als ich, Lady«, bekannte ich reuig. Warum nur hatte ich nicht daran gedacht, die Wagen zu benutzen?

»Besser als sie!« berichtigte Guinevere und deutete auf die geschlagenen Sachsen. Sie lächelte. »Und morgen machen wir das Ganze noch einmal.«

An jenem Abend kamen die Sachsen nicht wieder. Es war eine wundervolle Dämmerung, sanft und glühend. Meine Wachtposten schritten den Wall ab, während die Feuer der Sachsen die sich ausbreitenden Schatten unten durchbrachen. Wir aßen, und nach dem Essen sprach ich mit Issas Gemahlin Scarach. Sie rekrutierte weitere Frauen, und alle trieben irgendwo Nadeln, Messer und Garn auf. Ich hatte ihnen ein paar Mäntel gegeben, die ich den toten Sachsen abgenommen hatte, und die Frauen arbeiteten bis in die Dämmerung und anschließend noch beim Schein der Feuer bis in die tiefe Nacht hinein.

Als Guinevere am folgenden Morgen erwachte, wehten drei Banner auf dem Südwall von Mynydd Baddon: Arthurs Bär, Ceinwyns Stern und in der Mitte, auf dem Ehrenplatz, wie es einem siegreichen Kriegsherrn zusteht, eine Flagge mit Guineveres mondgekröntem Hirsch. Der Morgenwind ließ sie flattern. Sie sah das Zeichen, und ich sah ihr Lächeln.

Während unter uns die Sachsen zu ihren Speeren griffen.

Das Trommeln begann bei Morgengrauen, und innerhalb einer Stunde erschienen fünf Magier auf Mynydd Baddons unteren Hängen. Heute waren Cerdic und Aelle anscheinend entschlossen, Rache für ihre Demütigung zu nehmen.

Raben rissen an den fünfzig toten Sachsen, die dicht bei den verkohlten Resten des Wagens auf dem Hang lagen, und einige meiner Männer wollten diese Toten auf den Wall heraufschleifen und – um den Sachsen einen entsprechenden Empfang zu bereiten – eine grausige Leichenmauer aus ihnen bauen, ich aber verbot es ihnen. Bald würden, wie ich mir sagte, unsere eigenen Leichen der Willkür der Sachsen ausgeliefert sein, und wenn wir ihre Toten entweihten, würden sie das auch mit den unseren tun.

Schon bald war uns klar, daß die Sachsen diesmal keinen Angriff riskieren würden, der von uns durch einen brennenden Wagen in ein Chaos verwandelt werden konnte. Statt dessen bildeten sich zwanzig Marschsäulen, die von Süden, Osten und Westen gegen den Hügel anrennen sollten. Jede Angreifertruppe würde nur siebzig bis achtzig Mann zählen, gemeinsam aber mußten die vielen kleinen Attacken uns überwältigen. Drei bis vier Marschsäulen konnten wir vielleicht noch abwehren, die anderen aber würden mühelos über den Wall gelangen; deswegen konnten wir nur noch wenig anderes tun als beten, singen, essen und – für jene, die das nötig hatten – trinken. Wir versprachen einander einen anständigen Tod, was bedeutete, daß wir bis zum letzten Mann kämpfen und so lange singen würden, wie wir nur konnten, aber ich glaube, wir alle wußten, daß am Ende kein trotziger Gesang, sondern ein Chaos von Demütigung, Schmerz und Entsetzen stehen würde. Für die Frauen würde es sogar noch schlimmer werden. »Soll ich kapitulieren?« fragte ich Ceinwyn.

Erschrocken blickte sie mich an. »Das ist nicht meine Entscheidung«, sagte sie.

»Ich habe noch nie etwas getan, ohne deinen Rat einzuholen«, hielt ich ihr vor.

»Im Krieg«, widersprach sie, »kann ich dir keinen Rat geben. Ich kann dich höchstens fragen, was mit den Frauen geschehen wird, wenn du nicht kapitulierst.«

»Sie werden vergewaltigt, versklavt oder den Männern zu Ehefrauen gegeben werden, die Ehefrauen brauchen.«

»Und wenn du kapitulierst?«

»Dasselbe«, mußte ich zugeben. Nur die Vergewaltigung würde weniger heftig ausfallen.

Sie lächelte. »Dann brauchst du meinen Rat ja doch nicht. Geh hin und kämpfe, Derfel, und wenn ich dich erst in der Anderwelt wiedersehen soll, dann wisse, daß meine Liebe dich auf der Schwerterbrücke begleiten wird.«

Ich umarmte sie; dann küßte ich meine Töchter und kehrte zu dem vorspringenden Südwall zurück, um zu beobachten, wie die Sachsen sich anschickten, den Hang zu erklimmen. Die Vorbereitungen auf den zweiten Angriff nahmen längst nicht so viel Zeit in Anspruch wie auf den ersten, denn da mußte eine große Masse Männer organisiert, eingeteilt und ermuntert werden, während die Feinde heute keiner weiteren Motivation bedurften. Sie kamen, um Rache zu nehmen, und kamen in so kleinen Trupps, daß sie selbst dann, wenn wir wieder einen Wagen den Hang hintergeschickt hätten, diesem mühelos auszuweichen vermochten. Sie ließen sich Zeit, denn es gab für sie keinen Grund zur Eile.

Ich hatte meine Männer in zehn Gruppen eingeteilt, wobei jede für zwei Sachsenkolonnen verantwortlich war, doch ich bezweifelte, daß selbst die besten meiner Speerkämpfer dem Feind mehr als drei bis vier Minuten lang standhalten konnten. Höchstwahrscheinlich werden meine Männer, sobald der Feind sie zu umgehen droht, zu ihren Frauen zurücklaufen, sagte ich mir, und dann würde der Kampf zu einem elenden einseitigen Abschlachten rings um unsere provisorische Hütte und die umliegenden Lagerfeuer ausarten. So sei es denn, dachte ich; dann mischte ich mich unter meine Männer, bedankte mich für ihre treuen Dienste und ermunterte sie, so viele Sachsen zu töten, wie sie nur konnten. Ich erinnerte sie daran, daß die Feinde, die sie in der Schlacht erschlugen, in der Anderwelt ihre Diener sein würden. »Also tötet sie«, forderte ich sie auf, »und sorgt dafür, daß ihre Überlebenden nur mit Schrecken an diesen Kampf zurückdenken werden.« Einige von ihnen begannen den Todesgesang von Werlinna zu intonieren, eine getragene, melancholische Weise, die an den Totenfeuern von Kriegern gesungen wurde. Während ich zusah, wie die Sachsen immer höher heraufkamen, sang ich mit ihnen, und weil ich sang und mein Helm fest über den Ohren saß, hörte ich nicht, daß Niall von den Schwarzschilden mir von der anderen Seite der Hügelkuppe etwas zurief.

Erst als ich die Frauen jubeln hörte, wandte ich mich um. Ich konnte noch immer nichts Außergewöhnliches entdecken, doch dann hörte ich trotz des Trommeldröhnens der Sachsen den schrillen, hohen Ton eines Horns.

Ich hatte diesen Hornruf schon öfter gehört. Zum erstenmal hatte ich ihn gehört, als ich ein junger, frischgebackener Speerkämpfer war und Arthur geritten kam, um mein Leben zu retten. Und nun kam er wieder.

Er kam zu Pferde mit seinen Männern, und Niall hatte mich gerufen, als diese schwer gerüsteten Reiter durch die Sachsen auf dem Hügel hinter dem Sattel fegten und den Hang hinuntersprengten. Die Frauen auf Mynydd Baddon liefen zu den Wällen, um ihn zu beobachten, denn Arthur ritt nicht auf die Kuppe herauf, sondern führte seine Männer rund um den oberen Hang des Hügels herum. Er trug seine polierte Schuppenrüstung mit dem goldverzierten Helm sowie seinen Schild aus gehämmertem Silber. Sein großes Kriegsbanner war voll entfaltet, der schwarze Bär wehte deutlich sichtbar auf dem Leinenfeld, das so weiß war wie die Gänsefedern auf Arthurs Helm. Sein weißer Mantel wehte hinter ihm her, und am unteren Ende der langen Klinge seines Speers flatterten weiße Bänder. Jeder Sachse auf Mynydd Baddons unteren Hängen wußte, wer er war, und jeder wußte, was diese schweren Rosse in ihren kleinen Kolonnen anrichten konnten. Nur vierzig Mann hatte Arthur mitgebracht, denn die meisten seiner riesigen Schlachtrösser waren im vergangenen Jahr von Lancelot gestohlen worden, doch vierzig schwer gewappnete Männer auf vierzig Pferden konnten Angst und Schrecken unter den Fußsoldaten verbreiten.

Hinter der Südecke der Wälle zügelte Arthur seine Pferde. Da nur ein leichter Wind wehte, war Guineveres Banner nur als

Flagge zu sehen, die still an ihrem provisorischen Mast hing. Er hielt nach mir Ausschau und erkannte mich schließlich an Helm und Rüstung. »Etwa eine Meile hinter mir kommen zweihundert Speerkämpfer!« rief er zu mir herauf.

»Gut, Lord!« rief ich zurück. »Und herzlich willkommen!«

»Wir können durchhalten, bis die Speerkämpfer da sind!« rief er; dann winkte er seine Männer weiter. Er ritt nicht den Hügel hinab, sondern fuhr fort, um Mynydd Baddons obere Hänge herumzugaloppieren, als wolle er die Sachsen herausfordern, heraufzukommen und mit ihm zu kämpfen.

Der Anblick seiner Pferde genügte jedoch, die Feinde in Schach zu halten, denn kein Sachse wollte der erste sein, der diesen galoppierenden Speeren in den Weg trat. Wenn die Feinde alle Verbindung miteinander gehabt hätten, wäre es ihnen möglich gewesen, Arthurs Männer zu überwältigen, aber aufgrund der Rundung des Hügels konnten die meisten Sachsen einander nicht sehen, und so hatte vermutlich jede Gruppe gehofft, die anderen würden diesen Angriff auf die Reiter als erste wagen, und deswegen warteten sie alle ab. Dann und wann kletterte eine Gruppe besonders tapferer Männer ein Stück bergauf, doch jedesmal, wenn Arthurs Reiter wieder ins Blickfeld kamen, wichen sie ängstlich zurück. Cerdic selbst kam hinzu, um die Männer unmittelbar unter der Südecke zu sammeln, doch als Arthurs Männer kehrt machten, um sie zu konfrontieren, verloren auch diese Sachsen den Mut. Sie hatten eine leichte Schlacht gegen eine geringe Anzahl von Speerkämpfern erwartet; auf Reiter waren sie nicht gefaßt gewesen. Nicht bergauf, und nicht gegen Arthurs Reiter. Andere Reiter hätten ihnen vielleicht keine Angst eingeflößt, aber sie kannten die Bedeutung des weißen Mantels, der Helmzier aus Gänsefedern und des Schildes, der so hell glänzte wie die Sonne selbst. Sie bedeuteten, daß der Tod zu ihnen gekommen war, und keiner von ihnen war bereit, ihm freiwillig entgegenzuklettern.

Eine halbe Stunde später erreichte Arthurs Fußvolk den Sattel. Die Sachsen, die den Hügel nördlich des Sattels besetzt hielten, flohen vor den Verstärkungstruppen, und die erschöpften Speerkämpfer stiegen unter unserem ohrenbetäubenden Jubel zu den

Wällen herauf. Die Sachsen hörten die Jubelrufe und sahen die neu angekommenen Speere über der Krone des alten Walles, und das bereitete ihrem Ehrgeiz für diesen Tag ein Ende. Die Marschkolonnen zogen ab, und Mynydd Baddon war für einen weiteren Sonnenumlauf sicher.

Während Arthur die müde Llamrei zu unseren Bannern emporspornte, nahm er den Helm vom Kopf. Als er bei einem unerwarteten Windstoß den Kopf hob, sah er, daß Guineveres mondgekrönter Hirsch neben seinem eigenen Bären flatterte, aber das breite Lächeln auf seinem Gesicht blieb bestehen. Und auch, als er von Llamreis Rücken glitt, sagte er kein einziges Wort über das Banner. Er muß gewußt haben, daß Guinevere bei mir war, denn Balin hatte sie in Aquae Sulis gesehen, und auch die beiden Männer, die von mir mit Botschaften zu ihm geschickt worden waren, hätten es ihm berichten können, aber er tat, als wisse er von nichts. Statt dessen kam er wie in alten Tagen zu mir herüber und umarmte mich, als hätte nie distanzierte Kälte zwischen uns geherrscht.

Seine Melancholie war vollständig verschwunden. Es war wieder Leben in seinem Gesicht, und eine Verve, die sich auf meine Männer übertrug, als sie sich um ihn drängten, um die neuesten Nachrichten von ihm zu hören; er aber verlangte zunächst Berichte über uns. Er war zwischen den toten Sachsen auf dem Hang hindurchgeritten und wollte wissen, wie und wann sie gefallen waren. Verständlicherweise übertrieben meine Männer die Zahl jener, die uns am Tag zuvor angegriffen hatten, und als er hörte, daß wir zwei brennende Wagen den Hang hinabgeschickt hatten, lachte er laut auf. »Gut gemacht, Derfel«, lobte er mich, »gut gemacht.«

»Das war nicht ich, Lord«, berichtigte ich, »sondern sie.« Mit dem Kopf deutete ich auf Guineveres Flagge. »Sie hat das alles getan, Lord. Ich war bereit zu sterben, aber sie hatte andere Vorstellungen.«

»Das hatte sie immer«, gab er leise zurück und stellte keine weiteren Fragen. Guinevere selbst war nirgends zu sehen, und er fragte auch nicht, wo sie sei. Er entdeckte Bors und bestand darauf, ihn zu umarmen und zu hören, was er zu berichten hatte, und kletterte erst dann wieder auf den Rasenwall hinauf, um sich die Lager der Sachsen anzusehen. Er blieb ziemlich lange dort stehen und zeigte sich dem entmutigten Feind, nach einer Weile jedoch winkte er Bors und mich zu sich. »Ich hatte nicht vor, hier gegen sie zu kämpfen«, sagte er zu uns, »aber hier kann man das ebensogut tun wie anderswo. Nein, hier ist es sogar günstiger als anderswo. Sind alle da?« fragte er Bors.

Bors hatte in Erwartung des Sachsenangriffs wieder zu trinken begonnen, gab sich jetzt aber größte Mühe, nüchtern zu werden. »Alle, Lord. Bis auf die Garnison von Caer Ambra. Die hatten Befehl, Culhwch zu jagen.« Mit dem Kopf zeigte Bors zum Osthügel hinüber, über den noch immer weitere Sachsen herunterkamen, um sich dem Lager anzuschließen. »Möglicherweise sind sie das, Lord. Aber vielleicht sind es ja auch nur Beutejäger.«

»Die Garnison von Caer Ambra hat Culhwch nicht gefunden«, erklärte Arthur. »Gestern habe ich Nachricht von ihm erhalten. Er ist nicht mehr weit von hier, und Cuneglas ist ebenfalls nicht weit entfernt. Binnen zwei Tagen werden wir fünfhundert Mann mehr hier haben, und dann sind sie nur noch doppelt so viele wie wir.« Er lachte. »Gut gemacht, Derfel!«

»Gut gemacht?« fragte ich ihn erstaunt. Ich hatte Vorwürfe erwartet, weil ich mich so weit von Corinium entfernt in die Falle hatte locken lassen.

»Irgendwo mußten wir gegen sie kämpfen«, sagte er, »und Ihr habt den Ort dafür gewählt. Er gefällt mir. Wir halten das höhere Gelände.« Er sagte es laut, denn er wollte, daß sich seine Worte herumsprachen. »Ich wäre schon früher hier gewesen«, wandte er sich wieder an mich, »ich wußte nur nicht, ob Cerdic den Köder geschluckt hatte.«

»Den Köder, Lord?« Ich war verwirrt.

»Euch, Derfel, Euch.« Lachend sprang er vom Wall herunter. »Im Krieg ist alles Zufall, nicht wahr? Und Ihr habt durch Zufall einen Ort gefunden, an dem wir sie schlagen können.«

»Ihr meint, sie werden ihre Kräfte verschwenden, indem sie diesen Hügel hinaufklettern?« erkundigte ich mich.

»So dumm werden sie nicht sein«, gab er frohgemut zurück. »Nein, ich fürchte, wir werden hinuntergehen und unten im Tal gegen sie kämpfen müssen.«

»Womit denn?« fragte ich ihn bitter, denn selbst mit Cuneglas' Truppen auf unserer Seite würden die Feinde uns an Zahl gefährlich weit überlegen sein.

»Mit jedem Mann, den wir haben«, antwortete Arthur zuversichtlich. »Aber ohne Frauen, denke ich. Es wird Zeit, daß Ihr Eure Familien an einen Ort schafft, an dem sie sicherer sind.«

Unsere Frauen und Kinder brauchten nicht weit fortzugehen; eine Stunde weiter nördlich gab es ein Dorf, in dem die meisten Zuflucht fanden. Und noch während sie Mynydd Baddon verließen, trafen von Norden her weitere von Arthurs Speerkämpfern ein. Das waren die Männer, die Arthur bei Corinium zusammengezogen hatte und die zu den Besten Britanniens gehörten: Sagramor kam mit seinen kampferfahrenen Kriegern und ging, wie Arthur, sofort zu der hochgelegenen Südecke von Mynydd Baddon, um von dort aus auf den Feind hinabblicken zu können, und auch damit die Feinde heraufblicken und vor dem Himmel seine schlanke, schwarzgerüstete Gestalt sehen konnten. Ein Lächeln erschien auf seinem Gesicht, was nur äußerst selten geschah. »Selbstüberschätzung macht sie zu Dummköpfen«, sagte er verächtlich. »Sie haben sich auf dem tieferliegenden Gelände festgesetzt und werden jetzt nicht abziehen.«

»Nicht?«

»Sobald sich ein Sachse eine Unterkunft baut, läßt er sich nur ungern zum Weitermarsch bewegen. Cerdic würde mindestens eine Woche brauchen, um sie aus dem Tal wieder fortzubekommen.« Tatsächlich hatten es sich die Sachsen mit ihren Familien inzwischen recht bequem gemacht, und das Flußtal ähnelte jetzt zwei auseinandergezogenen Dörfern aus kleinen Strohdachhütten. Eins dieser Dörfer lag dicht bei Aquae Sulis, während das andere zwei Meilen weiter östlich am Fluß lag, wo er eine scharfe Biegung nach Süden machte. In diesen östlichen Hütten hausten Cerdics Männer, während Aelles Speerkämpfer sich in der Stadt selbst niedergelassen hatten. Ich hatte mich schon gewundert, daß die Sachsen die Stadt als Unterkunft benutzten, statt sie einfach niederzubrennen, denn jeden Morgen kam eine lange Reihe von Männern aus den Toren und ließ den heimeligen Anblick von rauchenden Kochfeuern hinter sich, der aus Aquae Sulis' mit Stroh oder Ziegeln gedeckten Dächern aufstieg. Die sächsische Invasion war anfangs schnell erfolgt, jetzt aber hatte sie den Schwung verloren. »Und warum haben sie ihr Heer in zwei Hälften geteilt?« fragte mich Sagramor, der ungläubig auf die breite Lücke zwischen Aelles und Cerdics Lager hinunterblickte.

»Um uns nur eine einzige Möglichkeit zum Abstieg zu lassen«, antwortete ich. »Genau dort« – ich zeigte ins Tal hinab –, »wo wir zwischen ihnen in der Falle sitzen würden.«

»Und wo wir sie mühelos geteilt halten können«, bemerkte Sagramor munter. »Und in ein paar Tagen kriegen sie dann da unten die Seuche.« Die Seuche schien sich immer dort zu verbreiten, wo sich ein Heer an einem festen Ort niederließ. Dieselbe Seuche hatte Cerdics letztem Eindringen nach Dumnonia Einhalt geboten, und als wir selbst nach London marschiert waren, hatte eine gefährlich ansteckende Krankheit unser eigenes Heer dezimiert.

Ich hatte gefürchtet, daß uns so eine Seuche heimsuchen würde, aus irgendeinem Grund aber blieben wir verschont, vielleicht weil wir nur wenige waren, vielleicht aber auch, weil Arthur sein Heer auf die drei Meilen lange Höhenlinie verteilt hatte, die sich hinter Mynydd Baddon erstreckte. Ich blieb mit meinen Männern auf der Kuppe, aber die neu eingetroffenen Speerkämpfer hielten die nördliche Hügelkette. Während der ersten beiden Tage nach Arthurs Eintreffen hätten die Feinde diese Hügel noch einnehmen können, denn ihre Kämme waren nur dünn besetzt, doch überall tauchten Arthurs Reiter auf, und außerdem ließ Arthur seine Speerkämpfer durch die waldigen Höhen ziehen, um so den Eindruck zu erwecken, daß ihre Zahl größer sei, als sie eigentlich war. Die Sachsen beobachteten, griffen aber nicht an; und dann, am dritten Tag nach Arthurs Ankunft, traf Cuneglas mit seinen Männern aus Powys ein, und wir konnten den ganzen langen Hügelkamm mit starken Vorposten besetzen, die wir zu Hilfe rufen konnten, falls ein Angriff der Sachsen drohte. An Zahl waren wir immer noch stark unterlegen, aber wir hielten das hohe Gelände besetzt, und jetzt verfügten wir auch über die nötigen Speere für seine Verteidigung.

Die Sachsen hätten aus dem Tal abziehen sollen. Sie hätten zum Severn marschieren und Glevum belagern können, denn dann wären wir gezwungen gewesen, unser hohes Gelände zu verlassen und ihnen zu folgen. Sagramor hatte recht behalten: Männer, die es sich bequem gemacht haben, lassen sich nur ungern in Marsch setzen, deswegen blieben Cerdic und Aelle starrköpfig in dem Flußtal, überzeugt davon, uns zu belagern, während in Wirklichkeit wir sie belagerten. Schließlich wagten sie vereinzelte Attacken den Hügel hinauf, doch keine davon brachte ein Ergebnis. Die Sachsen schwärmten den Hang empor, doch sobald oben ein Schildwall erschien, der bereit war, ihnen Widerstand zu leisten, und eine Gruppe von Arthurs schweren Reitern mit eingelegten Speeren an ihrer Flanke auftauchte, ließ ihre Kampflust spürbar nach, und sie schlichen in ihre Dörfer zurück. Und jeder Fehlschlag der Sachsen stärkte unser Selbstvertrauen.

Dieses Selbstvertrauen war so stark, daß Arthur sich, nach Cuneglas' Ankunft in der Lage sah, uns zu verlassen. Anfangs wunderte ich mich darüber, denn er gab mir keine andere Erklärung dafür als die, er habe im Norden, einen langen Tagesritt entfernt, etwas Wichtiges zu erledigen. Vermutlich hat er mir meine Verwunderung angemerkt, denn er legte mir den Arm um die Schultern. »Noch haben wir nicht gewonnen«, sagte er.

»Das weiß ich, Lord.«

»Aber wenn wir gewinnen, Derfel, möchte ich, daß es ein überwältigender Sieg wird.« Er lächelte. »Vertraut Ihr mir?«

»Selbstverständlich, Lord.«

Er übertrug Cuneglas den Oberbefehl über unser Heer, allerdings mit der strikten Auflage, daß wir keine Ausfälle ins Tal hinab unternähmen. Die Sachsen sollten in dem Glauben gelassen werden, sie hätten uns in der Zange, und um diesen irreführenden Eindruck zu bestärken, gaben einige Freiwillige von uns vor, Deserteure zu sein, und schlichen sich mit der Nachricht in die Lager der Sachsen, unsere Männer seien so entmutigt, daß sie lieber fliehen als kämpfen wollten, und unsere Führer stritten sich heftig darüber, ob sie bleiben und sich einem Angriff der Sachsen stellen oder nach Norden laufen und in Gwent um Zuflucht bitten sollten.

»Ich weiß immer noch nicht, ob ich eine Möglichkeit sehe, dies alles zu beenden«, gestand mir Cuneglas am Tag, nachdem uns Arthur verlassen hatte. »Wir sind stark genug, um sie am Heraufstürmen zu hindern«, fuhr er fort, »aber nicht stark genug, um ins Tal hinabzusteigen und sie zu schlagen.«

»Möglicherweise will Arthur Hilfe holen, Lord König«, gab ich ihm zu bedenken.

»Was für Hilfe?« fragte mich Cuneglas.

»Culhwch vielleicht«, antwortete ich, obwohl das unwahrscheinlich war, denn Culhwch befand sich angeblich östlich der Sachsen, während Arthur gen Norden geritten war. »Oengus mac Airem?« fragte ich. Der König von Demetia hatte uns sein Schwarzschildheer zugesagt, aber bis jetzt hatten die Iren sich noch nicht blicken lassen.

»Oengus – mag sein«, stimmte mit Cuneglas zu. »Aber selbst mit den Schwarzschilden haben wir nicht genügend Männer, um diese Bastarde zu besiegen.« Dabei nickte er ins Tal hinunter. »Wenn wir das wollen, brauchen wir Gwents Speerkämpfer.«

»Und Meurig weigert sich zu marschieren«, sagte ich.

»Meurig weigert sich«, stimmte Cuneglas zu. »Aber es gibt andere Leute in Gwent, die sich nicht weigern. Weil sie sich immer noch an Lugg Vale erinnern.« Er schenkte mir ein schiefes Lächeln, denn bei jener Schlacht war Cuneglas unser Feind gewesen, und die Krieger von Gwent, die unsere Verbündeten waren, hatten nicht gegen das von Cuneglas' Vater geführte Heer marschieren wollen, weil sie Angst hatten. In Gwent gab es immer noch einige, die sich für dieses Versagen schämten, und diese Scham war um so tiefer, als Arthur ohne ihre Hilfe gesiegt hatte. Deswegen hielt ich es für möglich, daß Arthur, falls Meurig einverstanden war, mit einigen dieser Freiwilligen südwärts nach Aquae Sulis kam, aber ich konnte mir immer noch nicht vorstellen, wie er genügend Männer zusammenholen wollte, damit wir in dieses Nest von Sachsen hinabsteigen und sie allesamt abschlachten konnten.

»Vielleicht ist er Merlin suchen gegangen«, meinte Guinevere.

Guinevere hatte sich geweigert, die anderen Frauen und die Kinder zu begleiten, und darauf bestanden, die Schlacht bis zur Niederlage oder zum Sieg durchzustehen. Ich dachte, Arthur würde verlangen, daß sie mitging, doch jedesmal, wenn Arthur auf die Hügelkuppe kam, hatte sich Guinevere vor ihm versteckt, gewöhnlich in der primitiven Hütte, die wir auf dem Plateau errichtet hatten, und kam erst wieder hervor, wenn Arthur gegangen war. Arthur wußte mit Sicherheit, daß sie auf Mynydd Baddon geblieben war, denn er hatte unsere Frauen genau beobachtet, als die den Hügel verließen, und mußte gesehen haben, daß sie sich nicht darunter befand. Aber er hatte kein Wort darüber verloren. Und wenn Guinevere wieder auftauchte, verlor sie genausowenig ein Wort über Arthur, obwohl sie jedesmal lächelte, wenn sie sah, daß er ihr Banner nicht von den Wällen entfernt hatte.

Ursprünglich hatte ich ihr geraten, den Berg zu verlassen, sie aber hatte meinen Vorschlag voller Verachtung abgetan, und von meinen Männern hatte kein einziger verlangt, daß sie ging. Im Gegenteil: Sie schrieben es – und zwar zu Recht – Guinevere zu, daß sie noch am Leben waren, und rüsteten sie zum Dank dafür zum Kampf. Sie hatten einem reichen toten Sachsen ein fein gearbeitetes Kettenhemd abgenommen und es, nachdem sie das Blut von den Kettengliedern gescheuert hatten, Guinevere geschenkt; sie hatten ihr Symbol auf einen erbeuteten Schild gemalt, und einer meiner Männer hatte ihr sogar seinen kostbaren Wolfsrutenhelm überlassen, so daß sie nunmehr gekleidet war wie alle anderen meiner Speerkämpfer – obwohl es ihr, weil sie eben Guinevere war, mühelos gelang, selbst diese provisorische Kriegerrüstung verführerisch aussehen zu lassen. Sie war zu unserem Talisman geworden, und für meine Männer war sie die große Heldin.

»Niemand weiß, wo Merlin ist«, wandte ich gegen ihre Vermutung ein.

»Es wurde gemunkelt, daß er sich in Demetia aufhält«, sagte Cuneglas. »Also kommt er vielleicht zusammen mit Oengus.«

»Aber Euer Druide ist mitgekommen, nicht wahr?« wandte sich Guinevere an Cuneglas.

»Malaine ist hier«, bestätigte Cuneglas, »und kann überaus wirksam verfluchen. Nicht so wie Merlin vielleicht, aber doch sehr gut.«

»Was ist mit Taliesin?« wollte Guinevere wissen.

Cuneglas zeigte sich nicht erstaunt darüber, daß sie von dem jungen Barden gehört hatte, denn Taliesins Ruhm hatte sich wahrhaftig schnell verbreitet. »Der ist auf der Suche nach Merlin«, antwortete er.

»Und ist er wirklich so gut?« erkundigte sich Guinevere.

»Wirklich und wahrhaftig«, antwortete Cuneglas. »Er kann Adler vom Himmel herunter- und Lachse aus den Flüssen heraufsingen.«

»Ich bete darum, daß wir ihn bald hören werden«, sagte Guinevere, und tatsächlich schienen diese seltsamen Tage auf der besonnten Hügelkuppe eher für Gesang denn für den Kampf geeignet. Der Frühling war mit Macht gekommen, der Sommer nicht mehr weit, und wir lagen träge im warmen Gras und beobachteten unsere Feinde, die von einer plötzlichen Hilflosigkeit überfallen zu sein schienen. Sie lieferten ihre erfolglosen Attacken auf den Hügel, zeigten sich aber nicht willens, das Tal zu verlassen. Später hörten wir, daß sie uneins gewesen waren. Aelle hatte alle sächsischen Speerkämpfer vereinen und nördlich in die Hügel vordringen wollen, um somit unser Heer in zwei Hälften zu teilen, die von den Sachsen einzeln vernichtet werden konnten; Cerdic hingegen zog es vor zu warten, bis uns der Proviant ausging und unsere Zuversicht versiegte, obwohl das eine eitle Hoffnung war, denn wir hatten große Mengen an Proviant, und unsere Zuversicht wuchs von Tag zu Tag. Es waren die Sachsen, die hungern mußten, denn Arthurs Reiter attackierten ihre Beutejäger, und die Zuversicht der Sachsen nahm ab, denn nach einer Woche sahen wir frische Erdhügel auf den Wiesen neben ihren Hütten und wußten, daß die Feinde Gräber für ihre Toten schaufelten. Die Krankheit, welche die Eingeweide zu Wasser werden läßt und jeden Mann seiner Kraft beraubt, hatte unsere Feinde befallen, und die Sachsen wurden mit jedem Tag schwächer. Sachsenfrauen stellten Reusen im Flußwasser auf, um für ihre Kinder ein wenig Nahrung zu finden, Sachsenmänner hoben Gräber aus, und wir saßen sicher auf der Höhe und unterhielten uns über Barden.

Am Tag nachdem die ersten Sachsengräber ausgehoben worden waren, kehrte Arthur zu uns zurück. Er spornte sein Pferd so schnell über den Sattel und an Mynydd Baddons steilem Nordhang empor, daß Guinevere gezwungen war, sich ihren neuen Helm auf den Kopf zu setzen und sich mitten in einer Gruppe meiner Männer niederzulassen. Ihr rotes Haar leuchtete unter dem Helmrand wie ein Banner, aber Arthur tat, als nehme er es nicht wahr. Ich war ihm entgegengegangen, um ihn zu begrüßen, auf halbem Weg über die Hügelkuppe machte ich jedoch halt und starrte ihn verwundert an.

Sein Schild bestand aus einer runden Scheibe aus Weidenbrettern, die mit Leder bezogen war, und über dem Leder lag ein dünnes Blech aus gehämmertem Silber, das im Sonnenlicht schimmerte, doch auf dem Schild prangte ein mir ganz und gar neues Symbol: ein Kreuz, ein rotes Kreuz aus Tuchstreifen, die auf das Silber geklebt worden waren. Das Christenkreuz. Als er meine verwunderte Miene sah, grinste er. »Gefällt es Euch, Derfel?«

»Ihr seid Christ geworden, Lord?« fragte ich entgeistert.

»Wir sind alle Christen geworden«, antwortete er, auch Ihr. Ihr solltet eine Speerspitze erhitzen und Euch das Kreuz in die Schilde brennen.«

Um das Böse abzuwenden, spie ich aus. »Wir sollen – *was* tun, Lord?«

»Ihr habt mich gehört, Derfel«, sagte er, glitt von Llamreis Rücken und ging zu den südlichen Wällen hinüber, wo er einen guten Blick auf die Feinde hatte. »Sie sind immer noch da«, stellte er fest. »Gut.«

Cuneglas war zu mir getreten und hatte Arthurs Worte gehört. »Ihr wollt, daß wir ein Kreuz in unsere Schilde brennen?« fragte er.

»Von Euch kann ich nichts verlangen, Lord König«, sagte Arthur. »Doch wenn Ihr es in Euren Schild und in die Schilde Eurer Männer brennen würdet, wäre ich Euch sehr verbunden dafür.«

»Warum?« erkundigte sich Cuneglas heftig. Er war berühmt für den Widerwillen, mit dem er der neuen Religion gegenübertrat.

»Weil das«, sagte Arthur, immer noch zu den Feinden herunterblickend, »der Preis ist, den wir für Gwents Heer bezahlen müssen.«

Cuneglas starrte Arthur an, als traue er seinen eigenen Ohren nicht.

»Meurig kommt?« fragte ich verblüfft.

»Nein.« Arthur wandte sich zu uns um. »Nicht Meurig. König Tewdric kommt. Der gute Tewdric.«

Tewdric war Meurigs Vater, der König, der auf den Thron verzichtet hatte, um Mönch zu werden, und Arthur war nach Gwent geritten, um mit dem alten Mann zu verhandeln. »Ich wußte, daß es möglich sein mußte«, erklärte mir Arthur, »denn Galahad und ich haben den ganzen Winter über mit Tewdric diskutiert.« Anfangs, sagte Arthur, habe der alte König gezögert, sein frommes, entbehrungsreiches Leben aufzugeben, doch andere Männer in Gwent hatten ihre Stimme mit der von Arthur und Galahad vereinigt, und nach nächtelangen Gebeten in seiner kleinen Kapelle hatte Tewdric sich zögernd einverstanden erklärt, vorübergehend den Thron wieder zu besteigen und Gwents Heer gen Süden zu führen. Meurig hatte sich gegen diese Entscheidung gewehrt, die er zu Recht als Vorwurf und Demütigung betrachtete, aber Gwents Heer hatte den alten König unterstützt, und so waren sie jetzt auf dem Marsch nach Süden. »Es war ein Preis dafür festgesetzt worden«, gab Arthur zu. »Ich mußte vor ihrem Gott das Knie beugen und versprechen, ihm den Sieg zuzuschreiben, aber ich werde den Sieg jedem Gott zuschreiben, den Tewdric nennt, solange er uns seine Speerkämpfer bringt.«

»Und was wollen Sie noch?« wollte Cuneglas wissen.

Arthur verzog das Gesicht. »Sie verlangen, daß Ihr Meurig in Powys missionieren laßt.«

»Mehr nicht?«

»Möglicherweise habe ich ihnen den Eindruck vermittelt, daß Ihr die Missionare willkommen heißen werdet«, räumte Arthur ein. »Es tut mir leid, Lord König. Diese Forderung wurde mir erst vor zwei Tagen gestellt, und sie war Meurigs Idee, und Meurigs Gesicht muß gerettet werden.« Cuneglas schnitt eine Grimasse. Er hatte sich die größte Mühe gegeben, das Christentum von seinem Königreich fernzuhalten, weil er sich sagte, Powys könne auf die harten Zeiten verzichten, die diesem neuen Glauben überall folgten, erhob aber keinen Protest. Lieber Christen in Powys als Sachsen, muß er sich wohl gesagt haben.

»Ist das alles, was Ihr Tewdric versprochen habt, Lord?« fragte ich Arthur argwöhnisch. Ich dachte dabei an Meurigs Forderung nach Dumnonias Thron und Arthurs Sehnsucht, dieser Verantwortung ledig zu werden.

»Diese Verträge enthalten immer ein paar Einzelheiten, über die man sich keine Sorgen zu machen braucht«, gab Arthur obenhin zurück. »Aber ich habe versprochen, Sansum freizulassen. Er ist jetzt Bischof von Dumnonia! Und wieder Mitglied des Kronrats. Darauf hat Tewdric bestanden. Jedesmal, wenn ich unseren guten Bischof in Grund und Boden rammte, steckte er die Nase wieder aus dem Dreck.« Er lachte.

»Ist das alles, was Ihr versprochen habt, Lord?« fragte ich abermals, immer noch mißtrauisch.

»Ich habe genug versprochen, um sicherzustellen, daß Gwent uns zu Hilfe kommen wird, Derfel«, erklärte Arthur energisch, »und sie haben sich dafür verpflichtet, in zwei Tagen mit sechshundert erstklassigen Speerkämpfern hier zu sein. Selbst Agricola fand, er sei noch nicht zu alt zum Kämpfen. Erinnert Ihr Euch an Agricola, Derfel?«

»Selbstverständlich erinnere ich mich an ihn, Lord«, gab ich zurück. Agricola, Tewdrics einstiger Kriegsherr, war inzwischen zwar ziemlich alt, gehörte aber immer noch zu den berühmtesten Kriegern von Britannien.

»Sie kommen alle zusammen aus Glevum.« Arthur deutete nach Westen, wo die Straße nach Glevum im Flußtal auftauchte. »Und wenn sie kommen, werde ich mich ihm mit meinen Männern anschließen, und dann werden wir gemeinsam direkt im Tal angreifen.« Er stand auf dem Wall und starrte ins Tal hinab, in Gedanken jedoch sah er weder die Felder, die Straßen und die im Wind wogenden Halme noch die Gräber des römischen Friedhofs, sondern die Schlacht, die sich vor seinen Augen entfaltete. »Anfangs werden die Sachsen verwirrt sein«, fuhr er fort, »doch schließlich wird die Masse der Feinde diese Straße entlanglaufen.« Er zeigte auf die Römerstraße unmittelbar unterhalb von Mynydd Baddon hinab. »Und Ihr, mein Lord König –« er verneigte sich vor Cuneglas –, »und Ihr, Derfel –« er sprang von dem niedrigen Wall herab und stieß mir einen Finger in den Bauch – »werdet sie auf der Flanke angreifen. Direkt den Hang hinab und in ihre Schilde hinein! Wir werden uns mit Euch vereinigen.« Er bog die Hand, um uns zu zeigen, wie seine Truppen sich um die Nordflanke der Sachsen herumziehen würden. »Und dann werden wir sie zum Fluß treiben.«

Arthur würde von Westen kommen, während wir vom Norden her angreifen sollten. »Und die werden nach Osten entkommen«, sagte ich enttäuscht.

Arthur schüttelte den Kopf. »Culhwch wird morgen nordwärts marschieren, um sich mit Oengus mac Airems Schwarzschilden zu vereinigen, die in diesem Moment von Corinium herunterkommen.« Er war hochzufrieden mit sich selbst. Was kein Wunder war, denn wenn alles klappte, würden wir den Feind umzingeln und ihn anschließend abschlachten. Aber der Plan hatte so seine Tücken. Wie ich vermutete, würden wir den Sachsen, nachdem Tewdrics Männer eingetroffen waren und Oengus sich mit seinen Schwarzschilden angeschlossen hatte, an Zahl nicht mehr sehr weit unterlegen sein, doch Arthur beabsichtigte, unser Heer in drei Teile zu teilen, und wenn die Sachsen einen klaren Kopf behielten, würden sie jeden Teil einzeln vernichten können. Sobald sie jedoch in Panik gerieten, wenn unsere Attacken hart und wild zuschlugen, und wenn sie sich von Lärm, Staub und Entsetzen überwältigen ließen, würde es uns vielleicht gelingen, sie vor uns herzutreiben wie eine Rinderherde zur Schlachtbank. »Zwei Tage«, sagte Arthur, »zwei Tage nur. Betet, daß die Sachsen nichts davon erfahren, und betet, daß sie bleiben, wo sie jetzt sind«. Er rief nach Llamrei, warf einen kurzen Blick zu dem rothaarigen Speerkämpfer hinüber und ritt dann los, um sich zu Sagramor auf dem Hügelkamm hinter dem Sattel zu gesellen.

Am Abend vor der Schlacht hatten wir alle Kreuze in unsere Schilde gebrannt. Es war ein geringer Preis für den Sieg, auch wenn es, wie ich wußte, noch nicht der volle Preis war, denn der würde in Blut bezahlt werden müssen. »Lady«, sagte ich an jenem Abend zu Guinevere, »ich glaube, morgen solltet Ihr lieber hier oben bleiben.«

Sie und ich teilten uns ein Horn Met. Wie ich festgestellt hatte, liebte sie es, bis spät in die Nacht hinein zu diskutieren, und so hatte ich es mir angewöhnt, vor dem Schlafengehen bei ihr am Feuer zu sitzen. Jetzt lachte sie über meinen Vorschlag, auf Mynydd Baddon zu bleiben, während wir anderen zum Kampf hinabritten. »Ich habe Euch immer für einen sehr langweiligen Mann gehalten, Derfel«, erklärte sie mir, »langweilig, ungewaschen und schwerfällig. Inzwischen finde ich Gefallen an Euch, also gebt mir bitte keinen Grund zu der Annahme, ich hätte früher recht gehabt.«

»Lady«, sagte ich flehend, »ein Schildwall ist kein Platz für eine Frau!«

»Das Gefängnis auch nicht, Derfel. Außerdem – glaubt Ihr wirklich, daß Ihr ohne mich siegen könnt?« Sie saß im offenen Eingang der Hütte, die wir aus den Wagen und Bäumen gebaut hatten. Wir hatten ihr das gesamte Ende der Hütte als Quartier zugewiesen, und an jenem Abend hatte sie mich zu einem Abendessen aus verbranntem Rindfleisch aus den Flanken eines jener Ochsen eingeladen, welche die Wagen auf Mynydd Baddons Gipfel gezogen hatten. Inzwischen brannte unser Kochfeuer nieder, und eine Rauchsäule stieg zu den hellen Sternen empor, die sich am Himmel zeigten. Die Mondsichel stand tief über den südlichen Hügeln und hob die Silhouetten der Schildwachen aus den Schatten, die auf unseren Wällen patrouillierten. »Ich möchte es bis zum Ende miterleben«, sagte sie mit strahlenden Augen. »Mir hat seit Jahren nichts mehr so viel Freude gemacht, Derfel, seit Jahren!«

»Das, was morgen unten im Tal geschehen wird, Lady«, sagte ich, »wird Euch keine Freude bereiten. Es wird eine schwere und bittere Arbeit sein.«

»Das weiß ich.« Sie hielt inne. »Aber unsere Männer sind überzeugt, daß ich ihnen den Sieg bringen werde. Wollt Ihr ihnen, bei dieser harten Arbeit, meine Gegenwart verweigern?«

»Gewiß nicht, Lady«, lenkte ich ein. »Aber ich bitte Euch, haltet Euch in Sicherheit!«

Sie lächelte über die Eindringlichkeit meiner Worte. »Geht es Euch darum, daß ich überlebe, Derfel, oder eher darum, daß Arthur Euch böse sein wird, wenn mir etwas zustößt?«

Ich zögerte. »Er könnte zornig werden, Lady«, räumte ich ein.

Über diese Antwort dachte Guinevere eine Weile genußvoll nach. »Hat er nach mir gefragt?« wollte sie schließlich wissen.

»Nein«, antwortete ich aufrichtig. »Kein einziges Mal.«

Sie starrte in die glimmenden Reste des Feuers. »Vielleicht liebt er inzwischen ja Argante«, sagte sie bedrückt.

»Ich glaube, er kann nicht mal ihren Anblick ertragen«, antwortete ich. Eine Woche zuvor hätte ich es nicht gewagt, so offen zu sein, aber Guinevere und ich waren uns inzwischen sehr viel näher gekommen. »Sie ist zu jung für ihn«, fuhr ich fort, »und bei weitem nicht klug genug.

Mit einem herausfordernden Blick in ihren vom Feuer glänzenden Augen blickte sie zu mir auf. »Klug«, sagte sie. »Früher dachte ich mal, ich wäre klug. Aber ihr haltet mich alle für eine Törin, nicht wahr?«

»Nein, Lady.«

»Ihr wart schon immer ein miserabler Lügner, Derfel. Deswegen wart Ihr auch nie ein guter Höfling. Ein guter Höfling muß mit einem Lächeln auf den Lippen lügen können.« Sie starrte ins Feuer. Eine sehr lange Zeit schwieg sie, und als sie dann sprach, war der gutmütige Spott völlig aus ihrer Stimme verschwunden. Vielleicht war es die bevorstehende Schlacht, die sie zu einer Wahrhaftigkeit veranlaßte, wie ich sie niemals zuvor bei ihr erlebt hatte. »Ich war eine Törin, Derfel«, sagte sie leise – so leise, daß ich mich vorbeugen mußte, um sie beim Knistern der Flammen und den Liedern meiner Männer verstehen zu können. »Ich rede mir inzwischen ein, daß es Wahnsinn war«, fuhr sie fort, »aber das war es, glaube ich, nicht. Es war nichts weiter als purer Ehrgeiz.« Wieder schwieg sie und beobachtete das flackernde Feuer. »Ich wollte Cäsars Weib werden.«

»Das wart Ihr«, versicherte ich.

Sie schüttelte den Kopf. »Arthur ist kein Cäsar. Er ist kein Tyrann, aber ich glaube, ich wollte, daß er ein Tyrann sei, irgendwie so ähnlich wie Gorfyddyd.« Gorfyddyd war Ceinwyns und Cuneglas' Vater gewesen, ein brutaler König von Powys, Arthurs Feind und, wenn die Gerüchte zutrafen, Guineveres Liebhaber. An diese Gerüchte muß sie gedacht haben, denn sie forderte mich mit einem ruhigen, offenen Blick heraus. »Habe ich Euch jemals erzählt, daß er versucht hat, mich zu vergewaltigen?«

»Ja, Lady«, antwortete ich.

»Das war nicht die Wahrheit. Er hat es nicht nur versucht, er hat es getan. Oder ich habe mir eingeredet, daß es eine Vergewaltigung war.« Ihre Worte kamen in kurzen Stößen, als sei die Wahrheit nur schwer zu formulieren. »Aber vielleicht war es gar keine Vergewaltigung. Ich wollte Gold, Ehren, eine hohe Position.« Sie spielte mit dem Saum ihres Hemdes, zupfte winzige Streifen aus dem ausgefransten Leinenstoff. Ich war verlegen, aber ich unterbrach sie nicht, weil ich wußte, daß sie unbedingt reden wollte. »Aber vom ihm bekam ich das alles nicht. Er wußte genau, was ich wollte, aber er wußte noch besser, was er selber wollte, und beabsichtigte keine Sekunde lang, meinen Preis zu bezahlen. Statt dessen verlobte er mich mit Valerin. Wißt Ihr, was ich mit Valerin vorhatte?« Wieder forderte ihr Blick mich heraus, und dieses Mal glänzten ihre Augen nicht vom Feuerschein, sondern von Tränen.

»Nein, Lady.«

»Ich wollte ihn zum König von Powys machen«, sagte sie rachsüchtig. »Ich wollte Valerin benutzen, um mich an Gorfyddyd zu rächen. Und das hätte ich auch geschafft. Aber dann begegnete ich Arthur.«

»Valerin«, gestand ich vorsichtig, »habe ich im Lugg Vale erschlagen.«

»Das weiß ich.«

»Er trug einen Ring am Finger, Lady«, fuhr ich fort. »Mit Eurem Zeichen darauf.«

Sie starrte mich an. Sie wußte, welchen Ring ich meinte. »Trug er ein Liebeskreuz?« fragte sie mich leise.

»Ja, Lady«, sagte ich und berührte meinen eigenen Liebesring, den Zwilling von Ceinwyns Liebesring. Viele Leute tragen Liebesringe mit einem Kreuz, aber nicht viele trugen, wie Ceinwyn und ich, Ringe mit Kreuzen aus dem Gold des Kessels von Clyddno Eiddyn.

»Was habt Ihr mit dem Ring gemacht?« wollte Guinevere wissen.

»Ich habe ihn in den Fluß geworfen.«

»Habt Ihr irgend jemandem davon erzählt?«

»Nur Ceinwyn«, antwortete ich. »Und Issa weiß davon«, ergänzte ich, »denn er war es, der den Ring gefunden und mir gebracht hat.

»Habt Ihr Arthur davon erzählt?«

»Nein.«

Sie lächelte. »Ich glaube, ich hatte einen besseren Freund an Euch, als ich jemals geahnt habe, Derfel.«

»Es war für Arthur, Lady. Ich wollte Arthur beschützen – nicht Euch.«

»Das kann ich mir vorstellen, ja.« Sie blickte wieder ins Feuer. »Wenn das hier alles vorüber ist«, sagte sie, »werde ich versuchen, Arthur zu geben, was er will.«

»Euch selbst?«

Mein Vorschlag schien sie zu überraschen. »Wünscht er sich das?« fragte sie mich.

»Er liebt Euch«, antwortete ich. »Er mag zwar nicht nach Euch fragen, aber jedesmal, wenn er herkommt, sucht er Euch. Er hat Euch sogar gesucht, als Ihr in Ynys Wydran wart. Mit mir hat er niemals über Euch gesprochen, aber Ceinwyn hat er die Ohren vollgeklagt.«

Guinevere verzog das Gesicht. »Wißt Ihr, wie erstickend Liebe sein kann, Derfel? Ich will nicht verehrt werden. Ich will nicht, daß man mir jede Laune erfüllt. Ich will spüren, daß es jemanden gibt, der zurückbeißt.« Sie sprach leidenschaftlich, doch als ich den Mund aufmachen wollte, um Arthur zu verteidigen, brachte sie mich mit einem Wink zum Schweigen. »Ich weiß, Derfel«, sagte sie, »daß ich heutzutage kein Recht habe, irgend etwas zu verlangen. Ich werde brav sein, das verspreche ich Euch.« Sie lächelte. »Wißt Ihr, warum Arthur mich jetzt ignoriert?«

»Nein, Lady.«

»Weil er mir nicht gegenübertreten will, bis er den Sieg errungen hat.«

Ich sagte mir, daß sie vermutlich recht habe, denn Arthur hatte sich nichts von seiner Zuneigung anmerken lassen; deswegen hielt ich es für das Beste, ihr eine Warnung zuteil werden zu lassen. »Vielleicht ist ein Sieg nicht genug, um ihm Genugtuung zu verschaffen«, sagte ich.

Guinevere schüttelte den Kopf. »Ich kenne ihn besser als Ihr, Derfel. Ich kenne ihn so gut, daß ich ihn mit einem einzigen Wort beschreiben kann.«

Ich versuchte mir dieses Wort vorzustellen. Tapfer? Gewiß, aber das ließ all seine Zuwendung und Hingabe aus. Ich fragte mich, ob Hingabe vielleicht ein besserer Ausdruck wäre, doch der beschrieb nicht seine Rastlosigkeit. Gut? Gewiß, er war gut, doch dieses schlichte Wort vertuschte den Zorn, der ihn zuweilen unberechenbar machte. »Wie lautet dieses Wort, Lady?« fragte ich sie.

»Einsam«, antwortete Guinevere, und mir fiel ein, daß Sagramor in der Mithras-Höhle genau dasselbe Wort benutzt hatte. »Er ist einsam«, sagte Guinevere. »Wie ich. Also geben wir ihm den Sieg, denn dann wird er vielleicht niemals mehr einsam sein.«

»Die Götter mögen Euch beschützen, Lady«, sagte ich.

»Eher die Göttinnen, denke ich mir«, gab sie zurück und sah sofort den Ausdruck des Entsetzens auf meinem Gesicht. Sie lachte. »Nicht Isis, Derfel, bestimmt nicht Isis!« Es war Guineveres Isis-Verehrung gewesen, die sie in Lancelots Bett geführt und Arthur ins Elend gestürzt hatte. »Ich glaube, heute nacht werde ich zu Sulis beten«, fuhr sie fort. »Das scheint mir angemessener zu sein.«

»Ich werde meine Gebete mit den Euren vereinen, Lady.«

Als ich Miene machte, mich zu erheben, streckte sie die Hand aus, um mich zurückzuhalten. »Wir werden siegen, Derfel«, versicherte sie mir ernst. »Wir werden siegen, und alles wird anders werden.«

Dasselbe hatten wir schon so oft gesagt, und niemals wurde etwas anders. Nun aber, bei Mynydd Baddon, wollten wir es von neuem versuchen.

Zuschnappen ließen wir die Falle an einem Tag, der so wunderschön war, daß uns das Herz weh tat. Außerdem versprach es ein langer Tag zu werden, denn die Nächte wurden immer kürzer, und das lange Abendlicht verweilte bis tief in die Schattenstunden hinein.

Am Abend vor der Schlacht hatte Arthur seine eigenen Truppen von der Höhenlinie der Hügel hinter Mynydd Baddon zurückgezogen. Er befahl den Männern, ihre Lagerfeuer brennen zu lassen, damit die Sachsen glaubten, sie befänden sich noch an Ort und Stelle; dann führte er sie gen Westen zu den Kriegern aus Gwent, die auf der Straße von Glevum näher rückten. Cuneglas' Kämpfer verließen ebenfalls die Hügel, stiegen aber auf die Kuppe von Mynydd Baddon, wo sie mit meinen Männern zusammen warteten.

Malaine, der Oberdruide von Powys, begab sich während der Nacht unter die Speerkämpfer. Er verteilte Eisenkraut, Elfensteine und getrocknete Mistelzweige. Die Christen versammelten sich zum Beten, obwohl ich durchaus bemerkte, daß viele von ihnen die Geschenke des Druiden akzeptierten. Ich selbst betete bei den Wällen, flehte Mithras um einen großen Sieg an, und anschließend versuchte ich zu schlafen, aber der ganze Mynydd Baddon war von Stimmengemurmel und dem monotonen Geräusch von Steinen auf Stahl erfüllt.

Ich hatte meinen Speer schon selbst geschliffen und auch Hywelbane frisch geschärft. Vor einer Schlacht ließ ich nicht zu, daß ein Diener meine Waffen schärfte, sondern übernahm diese Aufgabe persönlich und verrichtete sie genauso besessen wie meine Männer. Nachdem ich mich vergewissert hatte, daß die Waffen so scharf waren, wie ich sie zu schleifen vermochte, legte ich mich dicht neben Guineveres Unterkunft nieder. Ich wollte schlafen, konnte die Angst vor dem Kampf in einem Schildwall jedoch nicht abschütteln. Ich hielt nach Zeichen Ausschau, fürchtete mich davor, eine Eule zu sehen, und betete abermals. Zuletzt muß ich wohl doch geschlafen haben, aber es war ein unruhiger, von Träumen zerrissener Schlaf. Es war schon so lange her, daß ich in einem Schildwall gekämpft, geschweige denn einen gegnerischen Schildwall durchbrochen hatte.

Als ich am frühen Morgen erwachte, zitterte ich vor Kälte. Es hatte sehr stark getaut. Die Männer stöhnten und husteten, pißten und rülpsten. Der Hügel stank, denn obwohl wir Latrinen ausgehoben hatten, gab es keinen Bach, der den Schmutz davontrug. »Der Geruch und die Geräusche von Männern«, kam Guineveres ironische Stimme aus dem Dunkel ihrer Unterkunft.

»Habt Ihr geschlafen, Lady?« erkundigte ich mich.

»Ein wenig.« Sie kroch unter dem tiefhängenden Ast hervor, der als Dach und Tür zugleich diente. »Es ist kalt.«

»Es wird bald warm werden.«

In ihren Mantel gewickelt, kauerte sie sich neben mich. Ihr Haar war zerzaust, ihre Augen vom Schlaf geschwollen. »Woran denkt Ihr in der Schlacht?« fragte sie mich.

»Ans Überleben«, antwortete ich, »ans Töten, ans Siegen.«

»Ist das Met?« fragte sie und deutete auf das Horn in meiner Hand.

»Wasser, Lady. Met macht den Mann in der Schlacht langsamer.«

Sie nahm das Wasser, spritzte sich etwas auf die Augen und trank den Rest. Sie war nervös, aber ich wußte, daß ich sie nicht überreden konnte, hier oben auf dem Hügel zu bleiben. »Und Arthur?« wollte sie wissen. »Woran denkt der in der Schlacht?«

Ich lächelte. »An den Frieden, der auf den Kampf folgen wird, Lady. Er glaubt bei jeder Schlacht, daß es die letzte sein wird.«

»Und dennoch«, gab sie verträumt zurück, »wird es niemals ein Ende geben.«

»Vermutlich nicht«, stimmte ich zu, »aber bleibt in dieser Schlacht dicht bei mir, Lady. Sehr dicht.«

»Ja, Lord Derfel«, antwortete sie spöttisch und schenkte mir darauf ein strahlendes Lächeln. »Und vielen Dank, Derfel.«

Als die Sonne hinter den östlichen Hügeln heraufstieg, die Wolkenfetzen scharlachrot färbte und einen tiefen Schatten über das Tal der Sachsen warf, waren wir voll und ganz gerüstet. Feine Dunstschwaden kräuselten sich über dem Fluß und wurden verstärkt vom Rauch der Lagerfeuer, um die herum sich die Feinde mit außergewöhnlicher Energie bewegten.

»Ob sie wohl wissen, daß wir kommen?« fragte ich.

»Das würde ihnen das Leben noch schwerer machen«, antwortete Cuneglas grimmig, obwohl die Sachsen, so sie denn Wind von unseren Plänen bekommen haben sollten, keine sichtbaren Vorbereitungen zu treffen schienen. Kein Schildwall wurde Mynydd Baddon gegenüber errichtet, und keine Truppen marschierten zur Straße nach Glevum. Statt dessen hatte es, als die Sonne hoch genug gestiegen war, um den Dunst von den Flußufern zu vertreiben, den Anschein, als hätten sie sich schließlich entschieden, den Platz zu verlassen, und bereiteten sich auf den Abmarsch vor, wobei vorerst noch schwer zu entscheiden war, ob sie nach Westen, Norden oder Süden ziehen wollten, denn zunächst waren sie damit beschäftigt, ihre Wagen, Packpferde und Herden zusammenzuholen. Von unserem erhöhten Standpunkt aus wirkte es, als habe jemand einen Ameisenhügel mit einem Tritt ins Chaos versetzt, allmählich entwickelte sich jedoch so etwas wie Ordnung. Aelles Männer trugen ihre Bagage unmittelbar vor dem Nordtor von Aquae Sulis zusammen, während Cerdics Männer den Marsch neben ihrem Lager an der Biegung des Flusses organisierten. Eine Handvoll Hütten brannte, also hatten sie zweifellos vor, beide Lager vor dem Abmarsch niederzubrennen. Die ersten, die abzogen, war ein Trupp leicht bewaffneter Reiter, die an Aquae Sulis vorbeiritten und die Straße nach Glevum einschlugen. »Schade«, sagte Cuneglas leise. Diese Reiter erkundeten die Route, die die Sachsen einschlagen wollten, und ritten direkt in Arthurs Überraschungsangriff hinein.

Wir warteten. Wir wollten den Hügel nicht hinabsteigen, bevor Arthurs Streitmacht deutlich in Sicht war, dann jedoch mußten wir sehr schnell marschieren, um die Lücke zwischen Aelles Männern und Cerdics Truppen zu schließen. Aelle wäre Arthurs Kampfeswut ausgeliefert, während Cerdic von meinen Speerkämpfern und Cuneglas' Truppen daran gehindert wurde, seinem Verbündeten beizuspringen. Zahlenmäßig wären wir ihnen fast mit Sicherheit unterlegen, doch Arthur hoffte, Aelles Reihen durchbrechen und uns mit seinen Truppen zu Hilfe eilen zu können. In der Hoffnung, Oengus' Männer auf der Römerstraße zu entdecken, warf ich einen Blick nach links, doch diese ferne Straße war immer noch leer. Wenn die Schwarzschilde nicht kamen, saßen Cuneglas und ich zwischen den beiden Hälften des Sachsenheeres fest. Ich musterte meine Männer, bemerkte, wie nervös sie waren. Sie konnten nicht ins Tal hinabsehen, denn ich hatte darauf bestanden, daß sie sich versteckt hielten, bis wir mit unserem Flankenangriff begannen. Einige hatten die Augen geschlossen, ein paar Christen knieten mit ausgebreiteten Armen auf dem Boden, während andere ihre längst schon rasiermesserscharfen Speerklingen mit Schleifsteinen schärften. Malaine, der Druide, skandierte einen Schutzzauber, Pyrlig betete und Guinevere starrte mich mit großen Augen an, als könnte sie mir vom Gesicht ablesen, was vor uns lag.

Die sächsischen Kundschafter verschwanden im Westen, doch dann kamen sie plötzlich so eilig zurückgaloppiert, daß die Hufe ihrer Pferde Staubwolken aufwirbelten. An ihrem Tempo erkannten wir, daß sie Arthur entdeckt hatten, und nun, dachte ich, wird sich dieses Durcheinander von Sachsen bei den Vorbereitungen sehr schnell zu einem Schildwall aus Schilden und Speeren formieren. Ich packte den langen Eschenschaft meines Speeres, schloß die Augen und schickte ein Gebet ins Blaue hinauf, wo Bel und Mithras mir zuhörten.

»Seht sie Euch an!« rief Cuneglas, während ich noch betete, und als ich die Augen öffnete, entdeckte ich, daß Arthurs Angriff bereits das ganze Westende des Tales, erfüllte. Die Sonne schien ihnen ins Gesicht und glänzte auf Hunderten von blanken Klingen und polierten Helmen. Im Süden, unten am Fluß, sprengten Arthurs Reiter voraus, um die Brücke südlich von Aquae Sulis zu erobern, während die Truppen von Gwent in einer breiten Reihe quer über die Mitte des Tales marschierten. Tewdrics Männer trugen römische Rüstungen, Brustpanzer aus Bronze, rote Mäntel und dicke Federbüsche auf den Helmen, so daß es von Mynydd Baddons Gipfel aus wirkte, als sei eine Phalanx aus leuchtendem Rot und Gold unter einem Wald von Bannern aufmarschiert, die statt des Schwarzen Stiers von Gwent das rote Christenkreuz zeigten. Nördlich von ihnen kamen Arthurs Speerkämpfer, angeführt von Sagramor unter seiner riesigen schwarzen Standarte an einer Stange, die von einem Sachsenschädel gekrönt war. Auch heute noch kann ich, wenn ich die Augen schließe, genau sehen, wie dieses Heer langsam vorrückte, wie der Wind die Flaggen über den schnurgeraden Reihen flattern ließ, wie hinter ihnen der Staub von der Straße aufstieg und wie überall, wo sie zogen, die Frucht auf dem Halm zertrampelt wurde.

Während vor ihnen Panik und Chaos herrschten. Sachsen liefen umher, um ihre Rüstung zu suchen, ihre Frauen zu retten, sich um ihre Häuptlinge zu scharen, oder sich zu Gruppen zusammenzuschließen, die dicht neben ihrem Lager bei Aquae Sulis den ersten Schildwall bildeten, aber es war ein kläglicher Wall, dünn und schlecht besetzt, und wurde, wie ich sah, von einem Reiter zurückgewinkt. Zu unserer Linken konnte ich Cerdics Männer beobachten, die schneller waren beim Zusammenstellen ihrer Reihen, aber sie waren noch über zwei Meilen von Arthurs vorrückenden Truppen entfernt, und das bedeutete, daß Aelles Männer die ganze Wucht der Attacke auffangen mußten. Hinter der Angriffsstreitmacht rückte in der Ferne, dunkel und zerlumpt, unsere Landwehr mit Sensen, Äxten, Hacken und Knüppeln an.

Ich sah Aelles Banner über den Gräbern des römischen Friedhofs wehen, ich sah, wie seine Speerkämpfer zurückeilten, um sich um den blutigen Schädel zu scharen. Aquae Sulis, ihr westliches Lager, und die Bagage, die vor der Stadt zusammengetragen worden war, hatten die Sachsen bereits aufgegeben, und vielleicht hofften sie, daß Arthurs Männer haltmachten, um die Wagen und

Packpferde zu plündern. Arthur hatte diese Gefahr jedoch vorausgesehen und seine Männer im Bogen nördlich um die Stadtmauer herumgeführt. Gwentische Speerkämpfer hatten die Brücke besetzt, damit die schweren Reiter hinter der leuchtend rot-goldenen Kolonne herjagen konnten. Von Mynydd Baddon aus konnten wir alles aus der Vogelperspektive sehen, zum Beispiel, daß die letzten Sachsen über Aquae Sulis' zerfallene Stadtmauer flohen, daß Aelles Schildwall sich endlich festigte und daß Cerdics Männer hastig die Straße herunterliefen, um ihnen als Verstärkung zu Hilfe zu kommen. In Gedanken spornten wir Arthur und Tewdric an, wünschten uns, daß sie Aelles Männer vernichteten, bevor sich Cerdic an der Schlacht beteiligen konnte, doch wie es schien, hatte sich der Angriff zum Schneckentempo verlangsamt. Berittene Boten schossen zwischen den Truppen der Speerkämpfer hin und her, aber sonst schien es niemand besonders eilig zu haben.

Aelles Streitkräfte hatten sich eine halbe Meile von Aquae Sulis zurückgezogen, bevor sie eine Front bildeten, und warteten nun auf Arthurs Angriff. Auf den Feldern zwischen den Heeren hüpften die jeweiligen Magier umher, vor Tewdrics Männern konnte ich jedoch keinen Druiden entdecken. Sie marschierten unter ihrem Christengott, und nachdem sie ihren Schildwall ausgerichtet hatten, gingen sie endlich gegen die Feinde vor. Ich erwartete eine Besprechung zwischen den Linien, bei der die Heerführer die rituellen Beleidigungen austauschten und die beiden Schildwälle einander begutachteten. Ich habe erlebt, daß Schildwälle einander stundenlang anstarrten, während die Männer den Mut zum Angriff sammelten; die Christen von Gwent verhielten jedoch nicht eine Sekunde in ihrem Schritt. Es gab kein Treffen der gegnerischen Führer, es gab keine Zeit für die Flüche der sächsischen Magier, denn die Christen senkten einfach die Speere, packten ihre rechteckigen Schilde mit dem roten Kreuz fester und marschierten quer über die römischen Gräber auf die Feinde zu.

Wir auf dem Hügel hörten, wie die Schilde aufeinanderkrachten. Es war ein dumpfes, mahlendes Geräusch, wie Donner tief unter der Erde: Es war das Geräusch Hunderter von Schilden und Speeren, die aufeinandertrafen, als zwei große Heere einander

Auge in Auge gegenüberstanden. Die Männer aus Gwent wurden gestoppt, aufgehalten durch das Gewicht der Sachsen, die sich gegen sie stemmten, und ich wußte, daß da unten Männer starben. Sie wurden von Speeren durchbohrt, von Äxten niedergemacht, von Füßen zertreten. Männer spien und brüllten über ihren Schildrand hinweg, und das Gedränge wurde so dicht, daß in der Enge kaum ein Schwert gezogen werden konnte.

Dann schlugen Sagramors Krieger auf der Nordflanke zu. Der Numidier hatte wohl gehofft, Aelle von der Seite angreifen zu können, aber der Sachsenkönig hatte die Gefahr vorausgesehen und einige seiner Reservetruppen hinübergeschickt, um dort eine Frontlinie zu bilden, die Sagramors Angriff mit Schild und Speer aufhalten konnte. Wieder ertönte das splitternde Krachen von Schild auf Schild, und dann wurde es für uns, die wir aus der Vogelperspektive hinabblickten, in der Schlacht sonderbar ruhig. Zwei Scharen von Männern waren ineinander verkeilt, und jene, die hinten waren, drängten nach vorn, und jene, die vorn standen, suchten ihre Speere zu lockern und sie wieder vorwärtszustoßen, und währenddessen hasteten Cerdics Männer auf der Römerstraße unter uns vorbei. Wenn diese Männer das Schlachtfeld erreichten, würden sie Sagramor leicht von der Flanke angreifen können. Sie würden ihn umfassen und seinen Schildwall von hinten angreifen, und das war der Grund, warum Arthur uns befohlen hatte, auf dem Hügel zu bleiben.

Cerdic muß erraten haben, daß wir noch dort waren. Vom Tal aus konnte er nichts sehen, denn unsere Männer hatten sich hinter Mynydd Baddons niedrigen Wällen versteckt, aber ich sah, wie er auf seinem Pferd zu einer Gruppe Männer hinübergaloppierte und den Hügelhang hinaufdeutete. Es wird Zeit, daß wir losschlagen, sagte ich mir und sah zu Cuneglas hinüber. Gleichzeitig blickte er zu mir herüber und lächelte. »Die Götter mögen mit Euch sein, Derfel.«

»Und mit Euch, Lord König.« Ich berührte seine dargebotene Hand. Dann legte ich meine Handfläche auf mein Panzerhemd, um nach der kleinen, beruhigenden Erhebung von Ceinwyns Brosche zu tasten.

Cuneglas trat auf den Wall und wandte sich zu uns um. »Ich bin keiner, der große Reden hält«, rief er laut, »aber da unten gibt es Sachsen, und ihr seid die besten Sachsentöter von ganz Britannien. Also kommt mit mir und beweist es! Und vergeßt nicht: Sobald ihr das Tal erreicht, haltet ihr den Schildwall dicht! Haltet ihn dicht! Und jetzt kommt!«

Laut jubelnd brachen wir über die Wälle des Hügels hinab. Cerdics Männer – jene, die er ausgeschickt hatte, um die Hügelkuppe zu erkunden – erstarrten, und als über ihnen dann immer mehr Speerkämpfer auftauchten, zogen sie sich hastig zurück. Fünfhundert Mann stark rannten wir diesen Hang hinab, und wir liefen schnell, nach Westen gewandt, um gegen die ersten von Cerdics Verstärkungstruppen loszuschlagen.

Der Boden war grasbewachsen, steil und uneben. Wir liefen nicht etwa geordnet, sondern rannten, was wir konnten, um ebenen Boden zu erreichen, und nachdem wir über ein zertrampeltes Weizenfeld gelaufen waren und uns durch zwei Dornenhecken gekämpft hatten, formierten wir uns zum Schildwall. Ich übernahm das linke Ende der Reihe, Cuneglas das rechte. Sobald wir gut ausgerichtet waren und unsere Schilde einander berührten, befahl ich meinen Männern, vorwärtszugehen. Auf dem Feld direkt vor uns bildete sich ein Sachsenschildwall, während andere von der Straße herübereilten, um uns aufzuhalten. Beim Vorrücken blickte ich nach rechts und sah, daß es eine riesige Lücke zwischen uns und Sagramors Männern gab, so groß, daß ich nicht einmal sein Banner sehen konnte. Ich haßte den Gedanken an diese Lücke, haßte den Gedanken an den Horror, der durch sie hindurchströmen und uns in den Rücken fallen konnte, doch Arthur war unerbittlich gewesen. Zögert nicht, hatte er gesagt, wartet nicht darauf, daß Sagramor euch erreicht, greift einfach an. Es muß Arthur gewesen sein, dachte ich mir, der die Christen von Gwent überredet hat, ohne Aufenthalt anzugreifen. Er wollte die Sachsen in Panik versetzen, indem er ihnen keine Zeit ließ, und nun war es an uns, möglichst schnell in die Schlacht einzugreifen.

Der sächsische Schildwall war provisorisch und klein, höchstens zweihundert von Cerdics Männern, da sie nicht erwartet hatten, hier kämpfen zu müssen, sondern gedacht hatten, Aelles hinteren Reihen nur Gewicht verleihen zu müssen. Außerdem waren sie nervös. Wir selbst waren ebenso nervös, doch dies war nicht die Zeit, Mut durch Angst einschränken zu lassen. Wir mußten das tun, was Tewdrics Männer getan hatten: Wir mußten angreifen, ohne innezuhalten, um so den Feind aus dem Gleichgewicht zu bringen. Also stieß ich einen Schlachtruf aus und beschleunigte meinen Schritt. Ich hatte Hywelbane gezogen und hielt es mit der Linken oben an der Klinge gepackt, während ich den Schild an seinen Schlaufen an meinen Unterarm gehängt hatte. Der schwere Speer lag in meiner Rechten. Die Feinde rückten eng zusammen, Schild an Schild, Speer gesenkt, und irgendwo zu meiner Linken wurde ein riesiger Kampfhund auf uns losgelassen. Ich hörte das Tier jaulen, und dann ließ mich die Raserei der Schlacht alles bis auf die bärtigen Gesichter direkt vor mir vergessen.

In der Schlacht steigt gewöhnlich furchtbarer Haß auf, ein Haß, der aus der dunkelsten Seele kommt und jeden Mann mit wilder, blutgieriger Wut erfüllt. Und mit jubelnder Freude. Ich wußte, daß der sächsische Schildwall brechen würde. Ich wußte es, lange bevor ich ihn angriff. Der Wall war zu dünn, war in aller Eile zusammengestellt worden, und die Männer waren viel zu nervös. Deswegen brach ich aus unserer Frontreihe hervor und schrie meinen unendlichen Haß hinaus, während ich gegen den Feind anrannte. In diesem Moment wollte ich nur noch töten. Oder nein, ich wollte viel mehr! Ich wollte, daß die Barden von Derfel Cadarn bei Mynydd Baddon sängen. Ich wollte, daß Männer mich ansähen und sagten, das ist der Krieger, der den Wall bei Mynydd Baddon durchbrochen hat, ich wollte die Macht, die aus dem Ruhm entspringt. Ein Dutzend Männer in Britannien verfügten über diese Macht: Arthur, Sagramor, Culhwch gehörten dazu, und es war eine Macht, die jede andere außer dem Königtum überstieg. In unserer Welt bestimmten die Schwerter den Rang, und das Schwert zu mißachten bedeutete, die Ehre zu verlieren, und deswegen stürmte ich voran, die Seele von Raserei erfüllt, und vom Triumph mit eincr unüberwindlichen Macht ausgestattet, während ich mir die Opfer aussuchte. Es waren zwei junge Männer, beide kleiner als ich, beide nervös, beide mit schüchternen Bärten, und beide wichen zurück, bevor ich sie erschlug. Sie durften einen britannischen Kriegsherren in all seiner Pracht sehen, ich durfte zwei tote Sachsen sehen.

Mein Speer traf den einen in die Kehle. Ich ließ meinen Speer zurück, weil eine Axt auf meinen Schild zuwirbelte, aber ich hatte sie kommen sehen und wehrte den Schlag ab; dann rammte ich den zweiten Mann mit dem Schild und warf mich mit der Schulter gegen die Mitte des Schildes, während ich mit der Rechten Hywelbane ergriff. Ich ließ das Schwert herabsausen und sah, daß ein Splitter vom Speerschaft des Sachsen flog; dann spürte ich, wie meine Männer hinter mir herbeischwärmten. Ich wirbelte Hywelbane über meinem Kopf, ließ es abermals herabsausen, schrie noch einmal, schwang es seitwärts, und plötzlich sah ich nur noch weite Grasflächen, Butterblumen, die Straße und dahinter die Flußauen. Ich hatte den Wall durchbrochen und schrie meinen Sieg laut hinaus. Dann fuhr ich herum, rammte Hywelbane einem Mann in den Rücken, zog es heraus, sah Blut von der Spitze tropfen, und plötzlich gab es keine Feinde mehr. Der sächsische Schildwall war verschwunden, das heißt, er hatte sich in einen Wall aus toten und sterbenden Körpern verwandelt, deren Blut den Rasen tränkte. Ich weiß noch, daß ich Schild und Speer der Sonne entgegenreckte und ein Siegesgeheul ausstieß, das ein Dank an Mithras war.

»Schildwall!« hörte ich Issa brüllen, während ich jubelte. Ich bückte mich, um mir meinen Speer zurückzuholen, und als ich mich dann wieder umwandte, sah ich, daß von Osten her weitere Sachsen herbeieilten.

»Schildwall!« wiederholte ich Issas Ruf. Cuneglas formierte seinen eigenen Wall, gen Westen gerichtet, um uns vor Aelles Nachhut zu schützen, während ich meine Reihe nach Osten ausrichtete, der Richtung, aus der Cerdics Männer kamen. Meine Männer schrien und johlten. Sie hatten einen Schildwall niedergemäht und wollten jetzt mehr. Hinter mir, in dem Raum zwischen Cuneglas' und meinen eigenen Männern rührten sich noch ein paar verwundete Sachsen, aber drei meiner Männer machten kurzen Prozeß mit ihnen. Sie schnitten ihnen die Kehlen durch, denn dies war nicht die richtige Zeit, um Gefangene zu machen. Wie ich entdeckte, half Guinevere ihnen eifrig dabei.

»Lord! Lord!« Das war Eachern, der vom rechten Ende unseres kurzen Schildwalls her rief, und als ich hinübersah, zeigte er auf eine große Menge Sachsen, die durch die Lücke zwischen uns und dem Fluß rannten. Diese Lücke war breit, aber die Sachsen bedrohten nicht uns, sondern hatten es nur eilig, Aelle zu Hilfe zu kommen.

»Laßt sie laufen!« rief ich laut. Die Sachsen vor uns bereiteten mir mehr Kopfzerbrechen, denn sie waren stehengeblieben, um sich in Reihen aufzustellen. Da sie Zeugen dessen geworden waren, was wir gerade getan hatten, wollten sie verhindern, daß wir das gleiche mit ihnen machten, deshalb formierten sie sich in vier oder fünf Reihen und brachen in Jubel aus, als einer ihrer Magier hervorstolziert kam, um uns zu verfluchen. Er gehörte zu den verrückten Magiern, denn seine Gesichtszüge zuckten ständig, während er uns seinen Schmutz entgegenspie. Die Sachsen verehrten diese Männer, weil sie glaubten, sie hätten das Ohr der Götter, doch ihre Götter mußten blaß geworden sein, als sie die Flüche dieses Mannes hörten.

»Soll ich ihn töten?« fragte mich Guinevere und hantierte mit ihrem Bogen.

»Mir wäre es lieber, wenn Ihr nicht hier wärt, Lady«, gab ich zurück.

»Dafür ist es jetzt ein bißchen spät, Derfel«, antwortete sie.

»Laßt ihn nur«, sagte ich. Die Flüche des Magiers störten keinen meiner Männer. Sie riefen den Sachsen zu, doch herzukommen und ihre Klingen auszuprobieren, aber die Sachsen hatten keine Lust vorzurücken. Sie warteten auf Verstärkung und die befand sich nicht weit hinter ihnen. »Lord König!« rief ich Cuneglas zu. Er wandte sich um. »Könnt Ihr Sagramor sehen?« fragte ich ihn.

»Noch nicht.«

Auch Oengus mac Airem konnte ich nirgends entdecken. Seine

Schwarzschilde sollten aus den Hügeln herabgeschwärmt kommen, um die Sachsen noch tiefer in ihren Flanken zu treffen. Ich befürchtete allmählich, daß wir zu früh angegriffen hatten und nun zwischen Aelles Truppen, die sich von ihrer Panik erholten, und Cerdics Speerkämpfern, die ihren Schildwall vorsichtshalber verstärkten, bevor sie gegen uns vorrückten, in der Falle saßen.

Dann hörte ich Eachern abermals rufen, und als ich gen Süden blickte, sah ich, daß die Sachsen jetzt nach Osten rannten statt nach Westen. Die Felder zwischen unserem Wall und dem Fluß waren schwarz von angsterfüllten Männern, und einen Herzschlag lang war ich zu verblüfft, um begreifen zu können was ich sah; dann aber hörte ich den Lärm. Ein Lärm wie Donner. Hufschlag.

Arthurs Rosse waren riesig. Sagramor hatte mir einmal erzählt, Arthur habe sie von Clovis, dem König der Franken, erobert, und vor Clovis seien die Pferde für die Römer gezüchtet worden; kein anderes Pferd in Britannien konnte sich an Größe mit ihnen messen, und Arthur wählte aus seinen Männern die größten aus, um sie zu reiten. Er hatte viele von diesen Schlachtrössern an Lancelot verloren, und ich hatte fast erwartet, jene Pferde in den Reihen der Feinde zu sehen, aber Arthur hatte über meine Befürchtungen nur gelacht. Dann hatte er mir erklärt, daß Lancelot fast nur Zuchtstuten und untrainierte Jährlinge gestohlen hatte, und die Ausbildung eines solchen Pferdes dauert mindestens ebensolange, wie einen Mann den Umgang mit der sperrigen Lanze vom Pferd aus zu lehren. Über solche Männer verfügte Lancelot nicht, die hatte nur Arthur. Eben führte er sie vom nördlichen Hang gegen diejenigen von Aelles Männern, die es mit Sagramor zu tun hatten.

Es gab nur sechzig dieser mächtigen Rosse, und sie waren erschöpft, denn sie hatten zunächst geholfen, die Brücke im Süden zu sichern, und waren dann zur entgegengesetzten Flanke der Schlacht geeilt, aber Arthur spornte sie zum Galopp und trieb sie energisch in den Rücken von Aelles Schlachtreihe. Diese Männer im letzten Glied hatten die anderen nach vorn gedrängt, um sie über Sagramors Schildwall hinauszuschieben, und Arthur tauchte so plötzlich auf, daß sie keine Zeit hatten, sich umzudrehen und einen eigenen Schildwall zu bilden. Die Pferde brachen ihre Reihen weit auf, und während die Sachsen auseinanderstoben, drängten Sagramors Krieger die Vorderreihen zurück, und plötzlich war der rechte Flügel von Aelles Herr zersplittert. Manche Sachsen liefen südwärts, suchten beim Rest von Aelles Heer Zuflucht, andere jedoch flohen auf Cerdic zu, und das waren die Männer, die wir in den Flußauen sahen. Diese Flüchtlinge wurden von Arthur und seinen Reitern erbarmungslos niedergeritten. Mit ihren Langschwertern schlugen die Reiter die Fliehenden nieder, bis die Flußauen mit Leichen, weggeworfenen Schilden und Schwertern übersät waren. Ich sah, wie Arthur, dessen weißer Mantel blutbesudelt war, an meiner Reihe vorbeigaloppierte, Excalibur rotverfärbt in der Hand und einen Ausdruck reinster Freude auf dem hageren Gesicht. Hygwydd, sein Schildknappe, trug das Bärenbanner, das nun durch ein rotes Kreuz in der unteren Ecke ergänzt worden war. Hygwydd, normalerweise ein sehr wortkarger Mensch, schenkte mir ein Grinsen; dann war er an mir vorbei und folgte Arthur den Hügel empor, wo die Pferde wieder zu Atem kommen und Cerdics Flanke bedrohen konnten. Morfans, der Häßliche, war bei diesem ersten Angriff auf Aelles Männer gefallen, doch das war Arthurs einziger Verlust.

Arthurs Attacke hatte Aelles rechten Flügel zermalmt, und Sagramor führte seine Männer nun auf der Römerstraße heran, um meine Schilde mit den seinen zu verstärken. Zwar hatten wir Aelles Heer noch nicht umzingelt, aber wir hatten ihn zwischen Straße und Fluß festgenagelt, und durch diesen Korridor rückten nun Tewdircs disziplinierte Christen heran und töteten im Vorübermarschieren. Cerdic befand sich noch außerhalb der Falle; vermutlich war ihm der Gedanke gekommen, Aelle seinem Schicksal zu überlassen, so daß sein sächsischer Rivale vernichtet wurde. Statt dessen entschied er jedoch offenbar, daß ein Sieg noch immer im Bereich des Möglichen lag. Konnte er diesen Tag gewinnen, würde ganz Britannien zu Lleogyr werden.

Cerdic ignorierte die Bedrohung durch Arthurs Pferde. Er muß gewußt haben, daß sie Aelles Männer niedergemacht hatten, als sie am ungeordnetsten waren, und daß disziplinierte Speerkämpfer, fest in ihren Schildwall gefügt, von Reitern nichts zu befürchten hatten, also befahl er seinen Männern, die Schilde ineinander zu verkeilen, die Speere zu versenken und vorzurücken.

»Dichtmachen!« rief ich laut und drängte mich ins vorderste Glied vor, wo ich dafür sorgte, daß mein Schild fest in die meiner beiden Nachbarn geschoben war. Die Sachsen rückten mit schlurfenden Schritten vor, ganz darauf konzentriert, Schild an Schild zu halten, während sie unsere Reihe nach einem schwachen Punkt absuchten. Magier waren nirgends zu sehen, doch in der Mitte ihrer dichten Formation wehte Cerdics Banner. Vage nahm ich Bärte und gehörnte Helme wahr, hörte unaufhörlich ein Widderhorn blasen und beobachtete Speere und Axtklingen. Irgendwo in dieser Masse befand sich auch Cerdic selbst, denn ich hörte seine Stimme. »Schilde dicht! Schilde dicht!« rief der König seinen Männern zu. Zwei große Kampfhunde wurden auf uns losgelassen; ich hörte Rufe und spürte Unruhe irgendwo zu meiner Rechten, als die Hunde auf unsere Schlachtreihe trafen. Die Sachsen mußten gesehen haben, daß mein Schildwall wich, wo die Hunde angriffen, denn sie brachen plötzlich in Jubel aus und drängten vorwärts.

»Dichtmachen!« schrie ich abermals und hob meinen Speer hoch über den Kopf. Schließlich blickten im Vordringen drei Sachsen zu mir herüber. Ich war ein Lord, behängt mit Gold, und wenn sie meine Seele in die Anderwelt schicken konnten, würden sie Ruhm und Reichtum erreichen. Einer von ihnen, auf Ruhm bedacht, eilte seinen Kameraden voraus und zielte mit dem Speer auf meinen Schild, aber ich ahnte, daß er die Spitze im letzten Moment absenken und auf meinen Knöchel zielen würde. Dann hatte ich keine Zeit mehr für derartige Gedanken, sondern nur noch für den Kampf. Ich rammte dem Mann meinen Speer ins Gesicht, während ich meinen Schild vorwärts- und abwärtsstieß, um seinen Stoß abzulenken. Dennoch streifte seine Klinge meinen Knöchel, drang durch das Leder meines rechten Stiefels unter der Beinschiene, die ich Wulfger abgenommen hatte, aber mein Speer steckte blutig in seinem Gesicht, und er fiel schon rückwärts, als ich ihn herauszog und der nächste Mann gerannt kam, um mich zu töten.

Sie kamen, gerade als die Schilde der beiden Schlachtreihen mit einem Lärm aufeinanderprallten, der wie der Zusammenstoß zweier Welten klang. Jetzt konnte ich die Sachsen auch riechen, sie rochen nach Leder, Schweiß und Kot, aber nach Ale rochen sie nicht. Diese Schlacht wurde zu früh am Morgen geschlagen, die Sachsen waren überrascht worden und hatten keine Zeit mehr gehabt, sich Mut anzutrinken. Männer drückten gegen meinen Rücken, preßten mich gegen meinen Schild, der wiederum gegen den Schild eines Sachsen gedrückt wurde. Ich spie in das bärtige Gesicht, zielte mit dem Speer über seine Schulter hinweg und spürte, wie er von feindlicher Hand gepackt wurde. Ich ließ ihn los und befreite mich mit einem mächtigen Stoß so weit, daß ich Hywelbane ziehen konnte. Dann ließ ich das Schwert auf den Mann direkt vor mir niedersausen. Sein Helm war nichts weiter als eine mit Lumpen ausgepolsterte Lederkappe, so daß Hywelbanes sorgfältig geschärfte Klinge bis in sein Gehirn hinabfuhr. Dort blieb sie einen Augenblick stecken, und während ich mich noch gegen das Gewicht des Toten wehrte, schwang schon wieder ein anderer Sachse die Axt gegen meinen Kopf.

Mein Helm fing den Schlag ab. Es gab ein dröhnendes Geräusch, welches das ganze Weltall erfüllte, und in meinem Kopf eine plötzliche, von grellen Lichtblitzen durchzuckte Finsternis. Später sagten mir meine Männer, daß ich minutenlang die Besinnung verloren hätte, aber gefallen bin ich nicht, weil das Gedränge der kämpfenden Körper mich aufrecht hielt. Ich erinnere mich an nichts, aber nur wenige Männer können sich an den Zusammenprall von Schilden erinnern. Man stößt, man flucht, man spuckt, und wenn man kann, schlägt man zu. Einer meiner Schildnachbarn berichtete, ich sei nach dem Axthieb gestolpert und fast über die Leichen der Männer gefallen, die ich getötet hatte, aber der Mann hinter mir habe meinen Schwertgurt gepackt und mich aufrecht gehalten, während meine Wolfsruten sich schützend um mich drängten. Die Feinde, die spürten, daß ich verletzt war, kämpften um so verbissener, zerlegten mit ihren Äxten ramponierte Schilde und fügten den Schwertklingen Scharten zu, doch als ich allmählich aus der Benommenheit herausfand, entdeckte ich, daß ich im zweiten Glied stand und Hywelbane immer noch in der Hand hielt. Mein Kopf schmerzte, aber das merkte ich nicht; mir war nur noch die Notwendigkeit bewußt, zu stoßen, zu schlagen, zu brüllen und zu töten. Issa hielt die Lücke, welche die Hunde gerissen hatten, und machte grimmig alle Sachsen nieder, die in unsere Frontreihe eingedrungen waren. Mit ihren Leichen füllten sie nun die Lücke.

Cerdic war uns zahlenmäßig überlegen, konnte uns im Norden jedoch nicht von der Seite angreifen, weil dort die schweren Reiter standen. Er wollte seine Männer aber auch nicht gegen ihren Angriff bergauf einsetzen, also schickte er die Männer aus, um uns von Süden her anzugreifen. Dort aber wartete schon Sagramor und führte seine Speerkämpfer in die Lücke. Ich weiß noch, daß ich das Aufeinanderkrachen von Schilden hörte. Mein rechter Stiefel war so hoch mit Blut gefüllt, daß es quatschte, wenn ich auftrat; mein Schädel pochte vor Schmerzen, und mein Mund war zu einer bösartigen Fratze verzerrt. Der Mann, der meinen Platz im vordersten Glied eingenommen hatte, wollte ihn mir nicht wieder überlassen. »Sie weichen zurück, Lord«, rief er mir zu. »Sie weichen zurück!« Und tatsächlich, der Druck der Feinde ließ allmählich nach. Sie waren nicht besiegt, sie wichen nur ein wenig zurück, doch dann wurden sie plötzlich durch einen Befehl zurückgerufen, brachten noch einen letzten Speerstoß oder Axthieb an und machten dann kehrt. Wir folgten ihnen nicht. Wir waren zu blutig, zu zerschlagen und zu erschöpft, um sie zu verfolgen, und außerdem wurden wir von dem Leichenhaufen aufgehalten, der die Kampflinie einer Speer- und Schildschlacht markiert. Einige in diesem Haufen waren tot, andere wanden sich in Agonie und flehten leise um den Tod.

Cerdic hatte seine Männer zurückgerufen, um einen neuen Schildwall zu bilden. Er mußte groß genug sein, um zu Aelles Männern durchzubrechen, die inzwischen von Sagramors Truppen abgeriegelt wurden, welche den größten Teil der Lücke zwischen meinen Männern und dem Fluß füllten. Später erfuhr ich, daß Aelles Männer von Tewdrics Speerkämpfern an den Fluß zurückgedrängt worden waren, und Arthur ließ genug Krieger vor Ort, um diese Sachsen eingeschlossen zu halten, während er den Rest ausschickte, damit sie Sagramor unterstützten.

Mein Helm hatte auf der linken Seite eine Delle und am unteren Ende der Delle einen Riß, der durch das Eisen und das Lederfutter ging. Als ich den Helm abnahm, blieb er an dem Blut hängen, das mir die Haare verklebte. Behutsam tastete ich meine Kopfhaut ab, spürte aber keinen gesplitterten Knochen, nur eine Beule und einen pochenden Schmerz. Am linken Unterarm hatte ich eine klaffende Wunde, meine Brust war blaurot angelaufen, und mein rechter Knöchel blutete immer noch. Issa hinkte, behauptete aber, es sei nur ein Kratzer. Niall, der Heerführer der Schwarzschilde, war tot: Ein Speer war durch seinen Brustpanzer gedrungen. Jetzt lag er auf dem Rücken, während der Speer himmelwärts zeigte, und sein offener Mund stand voll Blut. Eachern hatte ein Auge verloren. Er bedeckte die offene Augenhöhle mit einem Stoffstreifen, den er sich um den Kopf knotete; dann stülpte er sich den Helm über den provisorischen Verband und schwor, sein Auge hundertfach zu rächen.

Arthur kam vom Hügel heruntergeritten, um meinen Männern Lob zu spenden. »Haltet sie noch einmal auf!« rief er uns zu. »Haltet sie auf, bis Oengus kommt. Dann werden wir sie für immer besiegen!« Mordred ritt dicht hinter Arthur; sein Banner wehte neben der Bärenflagge. Unser König trug ein blankgezogenes Schwert, und seine weit aufgerissenen Augen glänzten von der Erregung des Tages. Zwei Meilen weit gab es am Flußufer nur noch Staub und Blut, Tote und Sterbende. Eisen gegen Fleisch.

Tewdrics rot-goldene Reihen schlossen sich um Aelles Überlebende. Diese Krieger hörten nicht auf zu kämpfen, und Cerdic machte einen weiteren Versuch, zu ihnen durchzubrechen. Arthur brachte Mordred auf den Hügel zurück, während wir wieder die Schilder ineinanderschoben. »Sie bekommen nicht genug«, bemerkte Cuneglas, als er sah, daß die Reihen der Sachsen von neuem vorrückten.

»Sie sind nicht betrunken«, gab ich zurück. »Das ist der Grund.«

Cuneglas war unverletzt und von der Begeisterung eines Mannes erfüllt, der überzeugt ist, unverwundbar zu sein. Er hatte in vorderster Front der Schlacht gekämpft, er hatte getötet und keinen Kratzer davongetragen. Bisher hatte er als Krieger keinen großen Ruf besessen, nicht wie sein Vater; nun aber glaubte er, seine Krone zu verdienen. »Gebt acht, Lord König«, sagte ich, als er zu seinen Männern zurückkehrte.

»Wir werden siegen, Derfel!« rief er mir zu und eilte davon, um sich dem Angriff entgegenzustellen.

Dieser Angriff würde weitaus größer ausfallen als die erste Attacke der Sachsen, denn Cerdic hatte seine persönliche Leibwache in die Mitte seiner neuen Frontlinie gestellt, und diese Männer ließen riesige Kampfhunde gegen Sagramors Männer los, die in der Mitte unserer Reihe standen. Einen Herzschlag später schlugen die sächsischen Speerkämpfer zu und hackten wild in die Lücken hinein, die die Hunde in unsere Linie gerissen hatten. Ich hörte die Schilde aufeinanderkrachen, doch dann hatte ich keinen Gedanken mehr für Sagramor übrig, denn der rechte Flügel der Sachsen rannte direkt gegen meine Männer an.

Wieder krachten die Schilde aufeinander. Wieder stießen wir mit den Speeren, schlugen wir mit den Schwertern zu, und wieder wurden wir gegeneinandergedrängt. Der Sachse mir gegenüber hatte seinen Speer fallen lassen und versuchte nun, mir seinen Dolch in die Rippen zu rammen. Da das Messer meinen Panzer nicht zu durchdringen vermochte, stieß er keuchend immer wieder zu und zwang die Klinge zähneknirschend gegen die Eisenringe. Da ich nicht genug Platz hatte, um mit dem rechten Arm sein Handgelenk zu packen, hämmerte ich mit Hywelbanes Knauf auf seinen Helm ein und hörte erst auf, als er vor mir zu Boden sank und ich den Fuß auf ihn setzen konnte. Dennoch versuchte er noch immer, mich mit seinem Dolch zu verletzen, aber der Mann hinter mir tötete ihn mit seinem Speer und rammte mir dann seinen Schild in den Rücken, um mich dem Feind entgegenzudrängen. Zu meiner Linken schlug ein Sachse mit seiner Axt rechts und links um sich, um sich einen Weg in unseren Schildwall zu bahnen, doch irgend jemand ließ ihn über einen Speerschaft stolpern, und dann stürzten sich ein halbes Dutzend Männer mit Schwertern und Speeren auf den Gefallenen. Er starb inmitten der Leichen seiner Opfer.

Cerdic ritt hinter seiner Kampflinie auf und ab und befahl seinen Männern laut schreiend, zu schieben und zu töten. Ich rief ihn an, forderte ihn auf, abzusitzen und zu kämpfen wie ein Mann, er aber hörte mich entweder nicht oder ignorierte meine Herausforderung. Statt dessen galoppierte er nach Süden, wo Arthur an Sagramors Seite focht. Arthur hatte den Druck auf Sagramors Männer bemerkt und seine Reiter hinter die Linie geführt, um dem Numidier den Rücken zu stärken; nun drängten unsere Reiter ihre Pferde ins Kampfgetümmel und stachen über die Köpfe der Frontreihe hinweg mit ihren Langspeeren auf die Feinde ein. Mordred war auch dort, und die Männer berichteten später, er habe wie ein Dämon gekämpft. Unserem König fehlte es nie an brutaler Furchtlosigkeit in der Schlacht, nur an Vernunft und Anstand im alltäglichen Leben. Er war kein Reiter, deswegen war er abgesessen und hatte einen Platz in der Frontreihe eingenommen. Als ich ihn später sah, war er von oben bis unten mit Blut besprizt, doch nichts davon stammte von ihm selbst. Guinevere war hinter unserer Linie. Sie hatte Mordreds verlassenes Pferd gesehen, war aufgesessen und verschoß von seinem Rücken aus viele Pfeile. Ich sah, daß einer zitternd in Cerdics Schild steckte, der aber fegte das Ding einfach herunter, als handle es sich um eine lästige Fliege.

Dieses zweite Aufeinandertreffen der Schildwälle endete durch schiere Erschöpfung. Es kam ein Punkt, da waren wir zu müde, um das Schwert noch einmal zu schwingen, da konnten wir uns nur noch gegen den Schild unseres Feindes lehnen und dem Mann über den Rand hinweg Beleidigungen entgegenspeien. Gelegentlich sammelte ein Mann genügend Kraft, um eine Axt zu heben oder einen Speer zu schleudern; dann flammte die Schlachtraserei für einen Moment wieder auf, doch nur, um sofort wieder zu versiegen, weil die Schilde die Wucht des Angriffs abfingen. Wir alle bluteten, wir alle waren grün und blau geschlagen, wir alle hatten einen trockenen Mund, und als sich der Feind endlich zurückzog, waren wir dankbar für die Erholungspause.

Auch wir zogen uns zurück, lösten uns von den Toten, die in einem Haufen an der Stelle lagen, wo die Schildwälle aufeinandergetroffen waren. Unsere Verwundeten nahmen wir mit. Unter unseren Toten befanden sich einige, die auf der Stirn ein Brandmal von einer glühheißen Speerklinge trugen. Man hatte damit jene Männer gezeichnet, die sich im vergangenen Jahr Lancelots Rebellion angeschlossen hatten, jetzt aber waren diese Männer für Arthur gefallen. Außerdem entdeckte ich Bors, der verwundet am Boden lag. Er zitterte und beschwerte sich über die Kälte. Sein Bauch war so weit aufgeschlitzt worden, daß sich seine Därme, als ich ihn anhob, auf den Boden ergossen. Als ich ihn vorsichtig wieder ins Gras bettete und ihm sagte, die Anderwelt erwarte ihn mit lodernden Feuern, guten Kameraden und endlosen Strömen von Met, stieß er leise Schmerzenslaute aus und packte fest meine linke Hand, während ich ihm mit einem schnellen Schwerthieb die Kehle durchschnitt. Inmitten der Toten kroch hilflos und blind ein Sachse herum, dem das Blut aus dem Mund tropfte, bis Issa eine herrenlose Axt auflas und das Rückgrat des Mannes durchtrennte. Ich sah, wie einer meiner Jungmänner sich erbrach und dann ein paar Schritte weitertaumelte, bis ihn ein Freund auffing und stützte. Der Jungmann weinte, weil er seine Därme entleert hatte, und schämte sich furchtbar, aber er war nicht der einzige. Das ganze Feld stank nach Blut und Kot.

Aelles Männer standen weit hinter uns mit dem Rücken zum Fluß in einem festen Schildwall. Ihnen gegenüber standen Tewdrics Männer, begnügten sich aber damit, die Sachsen vorerst in Schach zu halten, statt mit ihnen zu kämpfen, denn in die Enge getriebene Männer können furchterregende Feinde sein. Und immer noch ließ Cerdic seinen Verbündeten nicht im Stich. Er hoffte immer noch, durch Arthurs Speerkämpfer brechen und Aelle zu Hilfe kommen zu können, um dann nordwärts vorzurücken und unsere Truppen in zwei Teile zu spalten. Das hatte er schon zweimal versucht; nun sammelte er die Reste seines Heeres für einen letzten, wuchtigen Schlag. Er hatte immer noch frische Männer, einige davon bezahlte Krieger aus Clovis' fränkischem Heer. Diese Männer wurden nun in die vorderste Schlachtreihe gestellt, und wir sahen zu, wie die Magier sie mit ihren Tiraden überschütteten, um sich dann umzudrehen und uns ihre Flüche entgegenzuspielen. Bei diesem Angriff sollte nichts übereilt werden. Das war nicht nötig, denn der Tag war noch jung, es war noch nicht einmal Mittag, und Cerdic hatte Zeit genug, um seine Männer essen, trinken und sich gründlich vorbereiten zu lassen. Eine ihrer Kriegstrommeln begann mit ihrem dumpfen Rhythmus, während immer mehr Sachsen an den Flanken ihres Heeres Aufstellung nahmen, einige davon mit angeleinten Kampfhunden. Wir waren alle zutiefst erschöpft. Ich schickte Männer an den Fluß, um Wasser zu holen, das wir dann verteilten und aus den Helmen der Toten tranken. Arthur kam zu mir und verzog bei meinem Anblick das Gesicht. »Könnt Ihr sie noch ein drittes Mal aufhalten?« fragte er mich.

»Das müssen wir wohl, Lord«, antwortete ich, obwohl es uns sehr schwerfallen würde. Wir hatten Dutzende von Männern verloren, und unser Schildwall würde dünn ausfallen. Unsere Speere und Schwerter waren inzwischen stumpf geworden und es gab nicht genug Schleifsteine, um sie wieder zu schärfen, während der Feind Verstärkung durch frische Männer erhielt, deren Waffen noch unbenutzt waren. Arthur glitt von Llamreis Rücken, warf Hygwydd die Zügel zu und ging dann mit mir zu der zerrissenen Kampflinie der Toten. Einige der Männer kannte er beim Namen, und als er die toten Jungmänner sah, die noch kaum Zeit gehabt hatten zu leben, bevor sie auf ihre Feinde trafen, runzelte er die Stirn. Er bückte sich, um mit dem Finger Bors' Stirn zu berühren; dann ging er weiter und hielt bei einem Sachsen an, der mit einem Pfeil im offenen Mund dalag. Sekundenlang dachte ich, er wolle etwas sagen; dann aber lächelte er nur. Er wußte, daß Guinevere bei meinen Männern war, mußte sie auf ihrem Pferd, mußte ihr Banner gesehen haben, das jetzt neben meiner Sternenflagge wehte. Noch einmal betrachtete er den Pfeil, und ich entdeckte, daß ein flüchtiger Ausdruck der Freude auf sein Gesicht trat. Er berührte meinen Arm und führte mich zu unseren Männern zurück, die herumsaßen oder auf ihre Speere gestützt dastanden.

Ein Mann in den sich aufbauenden Reihen der Sachsen hatte Arthur erkannt und stolzierte in den weiten Raum zwischen den Heeren, um ihm seine Herausforderung entgegenzuschreien. Es war Liofa, der Schwertkämpfer, dem ich in Thunreslea gegenübergestanden hatte; er nannte Arthur einen Feigling und ein altes Weib. Ich übersetzte seine Worte nicht, und Arthur bat mich nicht darum. Liofa kam näher. Er trug weder Schild noch Rüstung, nicht einmal einen Helm, sondern nur sein Schwert, das er jetzt in die Scheide steckte, um uns zu zeigen, daß er keine Angst vor uns hatte. Ich konnte die Narbe auf seiner Wange sehen und war versucht, kurzerhand kehrt zu machen und ihm eine noch größere zu verpassen, eine, die ihn ins Grab schicken würde, doch Arthur hielt mich zurück. »Laßt ihn«, sagte er leise zu mir.

Liofa fuhr fort, uns zu beschimpfen. Um uns zu zeigen, was wir waren, trippelte er wie eine Frau, dann bot er uns den Rücken, damit ein Mann vortrete und ihn angreife. Und immer noch rührte sich keiner von uns. Er drehte sich wieder zu uns um, schüttelte mitleidig den Kopf über unsere Feigheit und schritt dann die Reihe der Toten ab. Die Sachsen jubelten, während meine Männer schweigend zusahen. Ich gab die Parole an unsere Reihe aus, daß er Cerdics Champion und äußerst gefährlich sei und in Ruhe gelassen werden müsse. Es ärgerte unsere Männer, zusehen zu müssen, wie ein Sachse sich so aufspielte, doch es war besser, Liofa jetzt am Leben zu lassen, als ihm die Chance zu geben, einen unserer erschöpften Speerkämpfer zu demütigen. Arthur versuchte unseren Männern Mut zu machen, indem er Llamrei wieder bestieg und ohne Rücksicht auf Liofas Beleidigungen an der Reihe der Toten entlanggaloppierte. Er scheuchte die nackten Magier der Sachsen auseinander; dann zog er Excalibur und ritt noch dichter an die Sachsenreihe heran, damit sie sein weißes Wappen und seinen blutigen Mantel sehen konnten. Sein Schild mit dem roten Kreuz glitzerte, und meine Männer jubelten ihm zu. Die Sachsen wichen vor ihm zurück, während Liofa, den Arthur einfach hinter sich zurückgelassen hatte, ihn als hasenherzig beschimpfte. Arthur riß sein Pferd herum und trieb es zu mir zurück. Seine Geste bedeutete, daß Liofa kein ebenbürtiger Gegner für ihn sei, und muß den Stolz des sächsischen Champions verletzt haben, denn der kam auf der Suche nach einem Gegner noch näher an unsere Linie heran.

An einem Leichenhaufen machte Liofa halt. Er watete in das vergossene Blut, packte einen zu Boden gefallenen Schild und zerrte ihn heraus. Er hielt ihn empor, so daß wir alle den Adler von Powys sehen konnten, und als er sicher war, daß wir das Symbol gesehen hatten, warf er den Schild zu Boden, öffnete seine Hose und pißte auf die Insignien von Powys. Dabei veränderte er sein Ziel so, daß sein Urin den toten Besitzer des Schildes traf, und diese Beleidigung war zu groß.

Cuneglas brüllte zornig auf und brach aus unserer Reihe hervor.

»Nein!« rief ich entsetzt und wollte Cuneglas nachlaufen. Dann werde schon lieber ich gegen Liofa kämpfen, dachte ich mir, denn ich kannte wenigstens seine Tricks und seine Geschwindigkeit, aber es war zu spät. Cuneglas hatte sein Schwert gezogen und beachtete mich nicht. Er hielt sich an jenem Tag für unverwundbar. Er war der König der Schlacht, ein Mann, der sich unbedingt als Held erweisen mußte, und das hatte er geschafft, also glaubte er, ihm müsse einfach alles gelingen. Er würde diesen unverschämten Sachsen vor den Augen seiner Männer besiegen, und jahrelang noch würden die Barden Lieder von König Cuneglas, dem Mächtigen, König Cuneglas, dem Sachsentöter, König Cuneglas, dem großen Krieger singen.

Ich vermochte ihn nicht zu retten, denn wenn ein anderer Mann seinen Platz einnahm, würde er das Gesicht verlieren, also sah ich voller Entsetzen zu, wie er selbstbewußt auf den zierlichen Sachsen zuschritt, der nicht einmal eine Rüstung trug. Cuneglas steckte in der alten Kriegsrüstung seines Vaters, Eisen mit Gold besetzt, und als Helmzier eine Adlerschwinge. Er lächelte. Erfüllt von den Heldentaten des Tages, schien er in diesem Moment hoch oben in den Wolken zu schweben; er glaubte, von den Göttern berührt zu sein. Er zögerte nicht, sondern schlug auf Liofa ein, und wir alle hätten schwören können, daß der Schlag treffen mußte, aber Liofa glitt unter dem Schlag hindurch, trat flink beiseite, lachte und als Cuneglas' Schwert ein zweites Mal durch die Luft sauste, glitt er abermals leichtfüßig zur Seite.

Beide, unsere Männer und die Sachsen, brüllten und johlten aufmunternd. Nur Arthur und ich blieben stumm. Ich mußte zusehen, wie Ceinwyns Bruder starb, und es gab nichts, was ich tun konnte, um ihm zu helfen. Oder vielmehr nichts, was ich ehrenvoll tun konnte, denn wenn ich Cuneglas rettete, raubte ich ihm die Ehre. Arthur blickte mit beunruhigter Miene von Llamreis Rücken auf mich herab.

Ich konnte Arthur nicht beruhigen. »Ich habe mit ihm gekämpft«, sagte ich bitter, »und er ist mörderisch.«

»Ihr lebt noch.«

»Ich bin ein Krieger, Lord«, antwortete ich. Cuneglas war niemals ein Krieger gewesen, deswegen wollte er sich ja auch jetzt beweisen, aber Liofa hielt ihn buchstäblich zum Narren. Cuneglas attackierte, versuchte Liofa mit seinem Schwert niederzumachen, doch jedesmal duckte sich der Sachse ganz einfach nur, oder er glitt zur Seite und ging kein einziges Mal zum Gegenangriff über; allmählich wurden unsere Männer leiser, denn sie sahen, wie der König langsam ermüdete, während Liofa immer noch mit ihm spielte.

Dann eilten ein paar Männer aus Powys nach vorn, um ihren König zu retten, Liofa trat nur drei flinke Schritte zurück und deutete stumm mit dem Schwert auf sie. Als Cuneglas sich umwandte, entdeckte er seine Männer. »Zurück!« rief er ihnen zu. »Zurück!« wiederholte er, noch zorniger. Er muß gewußt haben, daß er zum Untergang verurteilt war, aber er wollte das Gesicht nicht verlieren. Ehre ist nun einmal alles.

Die Männer aus Powys hielten inne. Cuneglas wandte sich wieder gegen Liofa, doch diesmal stürzte er nicht vor, sondern ging den Kampf ein wenig vorsichtiger an. Zum erstenmal berührte sein Schwert tatsächlich Liofas Klinge, und ich mußte mit ansehen, wie Liofa auf dem Gras ausrutschte, Cuneglas siegessicher jubelte und das Schwert hob, um seinen Quälgeist zu töten; aber Liofa wirbelte herum, weil der Ausrutscher Absicht gewesen war, und ließ beim Herumwirbeln sein Schwert dicht über dem Gras sausen, so daß es sich in Cuneglas' rechtes Bein bohrte. Sekundenlang blieb Cuneglas mit zitterndem Schwert aufrecht stehen, doch während Liofa sich erhob, sank er zu Boden. Der Sachse wartete, bis der König zusammenbrach; dann trat er Cuneglas' Schild beiseite und stieß einmal mit seinem Schwert von oben zu.

Die Sachsen jubelten, bis sie heiser waren, denn Liofas Triumph war ein Zeichen für ihren bevorstehenden Sieg. Liofa selbst hatte nur noch Zeit, sich Cuneglas' Schwert zu greifen, dann lief er behende vor den Männern davon, die ihn rachsüchtig verfolgten. Er ließ sie mühelos hinter sich; dann drehte er sich um und verspottete sie. Er brauchte nicht mit ihnen zu kämpfen, denn er hatte seinen Herausforderungskampf gewonnen. Er hatte einen feindlichen König getötet und zweifelte nicht daran, daß die sächsischen Barden das Lied von Liofa, dem Schrecklichen, sangen, dem Mann, der Könige erschlagen hatte. Er hatte den Sachsen den ersten Sieg des Tages geschenkt.

Arthur saß ab; er und ich bestanden darauf den toten Cuneglas zu seinen Männern zurückzutragen. Wir weinten beide. In all den Jahren hatten wir keinen zuverlässigeren Verbündeten gehabt als Cuneglas ap Gorfyddyd, König von Powys. Niemals hatte er mit Arthur gestritten, niemals hatte er ihn im Stich gelassen, und für mich war er wie ein Bruder gewesen. Er war ein guter Mann, er hatte Gold verschenkt, er hatte die Gerechtigkeit geliebt, und nun war er tot. Die Krieger von Powys nahmen von uns ihren toten König entgegen und trugen ihn hinter unseren Schildwall. »Der Name seines Mörders«, sagte ich zu ihnen, »ist Liofa, und ich werde dem Mann, der mir seinen Kopf bringt, einhundert Goldmünzen geben.«

Dann ertönte ein Ruf, und ich wandte mich um. Die Sachsen hatten, des Sieges gewiß, mit ihrem Angriff begonnen.

Meine Männer standen auf. Sie wischten sich den Schweiß aus den Augen. Ich setzte mir den ramponierten, blutigen Helm auf den Kopf, schloß die Wangenstücke und griff mir einen zu Boden gefallenen Speer.

Es war Zeit weiterzukämpfen.

Es war der stärkste Sachsenangriff des Tages, ausgeführt von einer Woge selbstbewußter Speerkämpfer, die sich von ihrer anfänglichen Überraschung erholt hatten und nun anrückten, um unsere Linien zu sprengen und Aelle zu retten. Beim Vorrücken brüllten sie ihre Kriegsgesänge heraus, schlugen mit den Speeren auf ihre Schilde und versprachen sich gegenseitig mindestens zwanzig britannische Tote pro Kopf. Die Sachsen wußten, daß sie den Sieg davongetragen hatten. Sie hatten das Schlimmste durchgestanden, das Arthur ihnen entgegenzuwerfen vermochte, sie hatten uns bekämpft, bis es zum Stillstand der Schlacht kam, sie hatten gesehen, wie ihr Champion einen König erschlug, und nun kamen sie, die frischen Truppen voran, um uns den Todesstoß zu versetzen. Die Franken legten ihre leichten Wurfspeere ein, um unseren Schildwall mit einem Regen feingeschliffener Eisenklingen zu überschütten.

Als plötzlich von Mynydd Baddon her ein Hornruf ertönte.

Anfangs vernahmen nur wenige von uns das Horn, so laut war das Geschrei, das Getrampel und das Jammern der Sterbenden, doch gleich darauf rief das Horn abermals, und dann ein drittes Mal, und bei diesem dritten Hornruf wandten sich die Männer um und starrten zu Mynydd Baddons verlassenen Wällen empor. Sogar die Franken und Sachsen zögerten. Sie waren nur noch fünfzig Schritt von uns entfernt, als der Hornruf sie innehalten ließ und sie, genau wie wir, kehrt machten, um zu der langgestreckten grünen Hügelflanke hinüberzublicken.

Wo ein einzelner Reiter mit einem Banner zu sehen war.

Nur dieses einzige Banner gab es, das aber war eine riesige, vom Wind ausgebreitete Fläche aus weißer Leinwand, auf die der rote Drache von Dumnonia gestickt war. Dräuend erhob sich die Bestie, nur Klauen, Schwanz und Feuer, auf dieser Standarte, deren Tuch sich im Wind fing und fast den Reiter abgeworfen hätte, der sie trug. Sogar aus dieser Entfernung konnten wir sehen, daß der Mann steif und unbeholfen ritt, als könne er weder mit seinem Rappen fertig werden noch das riesige Banner ruhig halten; dann aber erschienen hinter ihm zwei Speerkämpfer, die das Pferd mit ihren Waffen anspornten, und nun galoppierte das Tier den Hügel hinab, so daß sein Reiter von der plötzlichen Bewegung nach hinten geworfen wurde. Während das Pferd den Hang hinabjagte, wurde er wieder nach vorn geschleudert, und sein schwarzer Mantel wehte hinter ihm; dabei sah ich, daß seine Rüstung unter dem Mantel blendend weiß war, so weiß wie das Leinen der flatternden Fahne. Hinter ihm stürmten – wie wir kurz nach Tagesanbruch – kreischende Männer mit schwarzen Schilden und andere Männer mit wildwütigen Keilern auf den Schilden von Mynydd Baddon herunter: Ongus mac Airem und Culhwch waren gekommen, hatten sich aber, statt die Straße nach Corinium zu benutzen, erst auf die Kuppe von Mynydd Baddon hinaufgekämpft, damit ihre Männer sich den unsrigen anschließen konnten.

Aber es war der Reiter, der mich interessierte. Er ritt ungeschickt, und jetzt vermochte ich auch zu erkennen, daß er auf das Pferd gebunden war. Seine Füße wurden unter dem schwarzen Bauch des Hengstes mit Stricken zusammengehalten, während sein Körper mit Holzbrettern, die am Sattelbaum befestigt waren, im Sattel fixiert zu sein schien. Da er keinen Helm trug, wehte sein langes Haar frei im Wind, doch das Gesicht des Reiters unter dem Haar war nichts als ein grinsender, von einer ausgedörrten gelblichen Haut überzogener Totenschädel. Es war Gawain, der tote Gawain, dessen Lippen und Zahnfleisch von den Zähnen zurückgeschrumpft, dessen Nasenlöcher nur noch zwei schwarze Schlitze und dessen Augen nur noch leere Höhlen waren. Sein Kopf rollte haltlos hin und her, während sein Körper, an dem das Drachenbanner von Britannien befestigt war, von einer Seite zur anderen schwankte.

Es war der Tod auf einem Rappen namens Anbarr, und als die Sachsen diesen Leichnam zu Pferde sahen, der auf sie zukam, verloren sie ihre Selbstsicherheit. Hinter Gawain kamen kreischend die Schwarzschilde, die das Pferd mit dem toten Reiter über die Hecken direkt gegen die Flanke der Sachsen trieben. Die Schwarzschilde griffen nicht in einer Linie an, sondern stürmten in einem heulenden Haufen herab. Das war die irische Art, Krieg zu führen, ein beängstigender Ansturm rasender Krieger, die mit der Begeisterung eines Liebhabers zu diesem Schlachtfest kamen.

Einen Moment lang schwankte die Schlacht. Die Sachsen hatten kurz vor dem Sieg gestanden, doch Arthur bemerkte ihr Zögern und rief uns unerwartet zum Angriff auf. »Los!« schrie er uns zu, und: »Vorwärts!« Und Mordred stimmte mit seinem Befehl in Arthurs Rufen ein. »Vorwärts!«

So begann die Schlacht von Mynydd Baddon. Die Barden erzählen alle davon, und ausnahmsweise übertreiben sie nicht. Wir überschritten die Linie der Toten und trugen unsere Speere dem Heer der Sachsen entgegen, während die Schwarzschilde und Culhwchs Männer gegen ihre Flanken anrannten. Ein paar Herzschläge lang gab es nur noch das Klirren von Schwert auf Schwert, das Dröhnen von Äxten auf Schilden, den grunzenden, schiebenden, schwitzenden Kampf aufeinanderprallender Schildwälle; dann aber brach das Heer der Sachsen zusammen, und wir kämpften inmitten ihrer sich auflösenden Reihen auf Feldern, die glitschig waren von Franken- und Sachsenblut. Die Sachsen flohen, in die Flucht geschlagen von einem wilden, unorganisierten Angriff, der von einem Toten auf einem Rappen angeführt wurde, und wir töteten sie, bis wir an nichts anderes mehr dachten als an das Töten. Unter dem Ansturm der toten Sachsen brach fast die Schwerterbrücke zusammen. Wir töteten sie mit unseren Speeren, wir rissen ihnen die Gedärme aus dem Bauch, und einige ertränkten wir einfach im Fluß. Anfangs machten wir keine Gefangenen, sondern ließen den Zorn von Jahren an unseren verhaßten Feinden aus. Cerdics Heer war unter dem doppelten Angriff zersprengt worden, und nun brachen wir brüllend in ihre Reihen ein und wetteiferten miteinander beim Töten. Es war eine Todesorgie, ein regelrechtes Schlachtfest. Einige Sachsen waren so verängstigt, daß sie sich nicht rühren konnten, sondern mit weit aufgerissenen Augen dastanden und darauf warteten, daß wir sie töteten, während andere sich wie Dämonen wehrten, wieder andere bei der Flucht starben und einige versuchten, zum Fluß hinunter zu entkommen. Wir hatten jede Ähnlichkeit mit einem Schildwall verloren, wir waren nichts als ein Rudel wildgewordener Kampfhunde, die einen Feind in Fetzen rissen. Ich sah Mordred auf seinem Klumpfuß hinken, während er die Sachsen niedermachte, ich sah Arthur Fliehende niederreiten, sah Männer aus Powys tausendfach ihren König rächen. Ich sah Galahad vom Pferderücken aus wüten, während seine Miene so gelassen wie immer war. Ich sah Tewdric, der in seinem Priestergewand, abgemagert bis aufs Skelett und mit tonsuriertem Haar, wütend mit einem riesigen Schwert um sich schlug. Auch der alte Bischof Emrys war da; an seinem Hals hing ein dickes Kreuz, und über sein Gewand hatte er mit Roßhaarschnüren einen alten Brustpanzer gebunden. »Fahrt zur Hölle!« brüllte er, während er mit dem Speer hilflose Sachsen tötete. »Im ewigen Fegefeuer sollt ihr schmoren!« Ich sah Oengus mac Airem, dessen Bart von Sachsenblut getränkt war, immer mehr Sais aufspießen. Ich sah Guinevere auf Mordreds Pferd mit dem Schwert, das wir ihr gegeben hatten, gnadenlos töten. Ich sah Gawain, dessen Kopf heruntergefallen war, zusammengesunken auf seinem blutenden Pferd, das inmitten sächsischer Leichen friedlich graste. Und schließlich sah ich Merlin, denn er war mit Gawains Leichnam gekommen, und obwohl er ein alter Mann war, schlug er mit seinem Stab auf die Sachsen ein und verfluchte sie als elendes Gewürm. Er hatte eine Leibwache aus Schwarzschilden. Als er mich sah, lächelte er und winkte mir, mit dem Schlachten fortzufahren.

Wir überrannten Cerdics Dorf, wo Frauen und Kinder verängstigt in den Hütten hockten. Culhwch und etwa zwanzig Mann schlugen sich unbeirrt einen Totenweg durch die wenigen sächsischen Speerkämpfer, die ihre Familien und Cerdics verlassene Bagage verteidigen wollten. Die Sachsenwachen starben, und das geplünderte Gold wurde verschüttet wie Spreu. Ich erinnere mich noch, daß sich der Staub wie Dunst erhob, ich erinnere mich an die Schreie von Frauen und Männern, Kindern und Hunden, die voll Schrecken davonliefen, an brennende Hütten, die Rauch ausspien, und immer wieder an Arthurs Schlachtrosse, die durch die allgemeine Panik donnerten, während die Speere hinabstießen und die feindlichen Speerkämpfer in den Rücken trafen. Es gibt kein Glück, das der Zerstörung eines feindlichen Heeres gleicht. Der Schildwall bricht, und der Tod regiert, und so töteten wir, bis unsere Arme zu müde waren, um ein Schwert zu heben, und als wir mit dem Töten fertig waren, standen wir in einem Meer von Blut, und das war der Zeitpunkt, da unsere Männer das Ale und den Met in der Bagage der Sachsen fanden und das allgemeine Trinken begann. Manche Sachsenfrauen fanden Schutz bei den wenigen Nüchternen unter unseren Männern, die für unsere Verwundeten Wasser vom Fluß herauftrugen. Wir suchten nach lebenden Freunden und umarmten sie, wir fanden tote Freunde und weinten um sie. Wir erlebten das Delirium eines großen Sieges, wir teilten Tränen und Lachen, und ein paar Männer, genauso müde wie wir anderen, tanzten sogar vor Freude.

Cerdic entkam. Er und seine Leibwachen brachen durch das ganze Chaos und erklommen die östlichen Hügel. Einige Sachsen schwammen südwärts durch den Fluß, während andere Cerdic folgten und einige sogar den Tod vortäuschten, um sich dann in der Nacht davonzuschleichen; die meisten aber blieben im Tal unter Mynydd Baddon und liegen dort bis zum heutigen Tag.

Denn wir hatten den Sieg davongetragen. Wir hatten die Felder am Fluß in ein Schlachthaus verwandelt. Wir hatten Britannien gerettet und Arthurs Traum erfüllt. Wir waren die Könige des Tötens und die Lords der Toten, und wir heulten unseren blutigen Triumph gen Himmel.

Denn wir hatten die Macht der Sachsen gebrochen.

DRITTER TEIL

Nimues Fluch

Königin Igraine saß an meinem Fenster. Sie las die letzten Pergamentbogen, fragte mich gelegentlich nach der Bedeutung eines sächsischen Wortes, machte sonst aber keine Bemerkungen. Sie überflog die Beschreibung der großen Schlacht; dann warf sie die Pergamente angewidert zu Boden. »Was ist aus Aelle geworden?« fragte sie mich ungehalten. »Und aus Lancelot?«

»Auf ihr Schicksal werde ich noch zu sprechen kommen, Lady«, antwortete ich ihr. Mit dem Stumpf meines linken Armes drückte ich eine Feder auf die Schreibtischplatte und schnitt die Spitze mit einem Messer zu. Die Späne blies ich auf den Boden. »Alles zu seiner Zeit.«

»Alles zu seiner Zeit«, spöttelte sie. »Ihr könnt eine Geschichte doch nicht ohne Schluß enden lassen, Derfel!«

»Sie wird einen Schluß bekommen«, versicherte ich ihr.

»Hier und jetzt braucht sie einen«, behauptete meine Königin. »Das ist doch der ganze Sinn von Geschichten. Weil es im wirklichen Leben keine saubere Lösung gibt, müssen die Geschichten eine bekommen.« Ihr Leib ist jetzt sehr stark gewölbt, denn sie steht kurz vor der Entbindung. Ich werde für sie beten, und sie wird meine Gebete brauchen, denn allzu viele Frauen sterben bei der Geburt. Kühen bleibt dieses Schicksal ebenso erspart wie den Katzen, den Hündinnen, den Sauen, den Schafen, den Fähen und allen anderen Kreaturen, nur den Menschen nicht. Sansum behauptet, das sei so, weil Eva in Eden den Apfel gegessen und dadurch unser Paradies verloren hat. Frauen, predigt der Heilige, sind die Strafe Gottes für die Männer, Kinder seine Strafe für die Frauen. »Also, was ist aus Aelle geworden?« fragte Igraine streng.

»Er starb durch einen Speer«, sagte ich. »Genau hier hat er ihn getroffen.« Ich tippte auf meine Rippen unmittelbar über dem Herzen. Die Geschichte war natürlich länger, aber in diesem Moment hatte ich keine Lust, sie ihr zu erzählen, denn ich erinnerte mich nur ungern an den Tod meines Vaters, obwohl ich sie wohl aufschreiben muß, wenn meine Erzählung vollständig sein soll. Arthur hatte es seinen Männern überlassen, Cerdics Lager zu plündern, und war zurückgeritten, um zu sehen, ob Tewdrics Christen Aelles eingeschlossenes Heer endgültig besiegt hatten. Er fand die Reste jener Sachsen geschlagen, blutend und sterbend, aber immer noch trotzig Widerstand leistend. Aelle persönlich war verwundet worden und konnte keinen Schild mehr halten, wollte aber dennoch nicht nachgeben. Statt dessen sammelte er seine Leibwachen sowie die letzten seiner Speerkämpfer um sich und wartete darauf, daß Tewdrics Soldaten kamen, um ihn zu töten.

Die Speerkämpfer von Gwent zögerten, ihn anzugreifen. Ein in die Enge getriebener Feind ist gefährlich, und wenn er, wie Aelles Männer, noch über einen Schildwall verfügt, ist er doppelt und dreifach gefährlich. Zu viele Speerkämpfer von Gwent waren bereits gefallen, darunter der gute, alte Agricola; deswegen wollten die Überlebenden nicht noch einmal gegen die Schilde der Sachsen vordringen. Arthur hatte nicht darauf bestanden, daß sie diesen Versuch wagten, sondern mit Aelle verhandelt, und als Aelle die Kapitulation verweigerte, ließ Arthur mich zu sich rufen. Als ich bei Arthur eintraf, dachte ich, er habe seinen weißen Mantel gegen einen dunkelroten eingetauscht, aber es war noch derselbe Mantel, nur so sehr mit Blut bespritzt, daß er wie rot gefärbt wirkte. Er begrüßte mich mit einer Umarmung und führte mich dann, den Arm um meine Schultern gelegt, in den leeren Raum zwischen den beiden Schildwällen. Ich erinnere mich, daß dort ein verendendes Pferd lag, und überall sah ich tote Männer, weggeworfene Schilde und zerbrochene Waffen. »Euer Vater will sich nicht ergeben«, erklärte mir Arthur, »aber vielleicht hört er auf Euch. Sagt ihm, daß er unser Gefangener sein, daß er aber in allen Ehren leben wird und seine Tage in Ruhe zubringen kann. Auch das Leben seiner Männer garantiere ich ihm. Er braucht nichts weiter zu tun, als mir sein Schwert zu übergeben.« Er betrachtete das kleine Häuflein der geschlagenen, eingeschlossenen Sachsen. Sie verhielten sich still. Wir dagegen hätten an ihrer Stelle gesungen, diese Speerkämpfer jedoch warteten schweigend auf den Tod. »Sagt ihnen, daß genug getötet wurde, Derfel«, verlangte Arthur.

Ich gurtete Hywelbane los, legte es mit Schild und Speer zusammen nieder und machte mich auf, meinem Vater gegenüberzutreten. Aelle wirkte erschöpft, gebrochen und schwer verletzt, aber er hinkte mir hocherhobenen Hauptes entgegen. Er hielt keinen Schild, trug aber ein Schwert in der verstümmelten Rechten. »Ich dachte mir schon, daß sie Euch holen würden«, grollte er. Die Schneide seines Schwertes trug tiefe Scharten, die Klinge war mit Blut verkrustet. Als ich Arthurs Angebot zu erklären begann, machte er eine abrupte Geste mit der Waffe. »Ich weiß, was er von mir will«, fiel er mir ins Wort, »er will mein Schwert. Aber ich bin Aelle, Bretwalda von Britannien. Ich liefere mein Schwert nicht aus.«

»Vater«, begann ich abermals.

»Ihr nennt mich König!« knurrte er.

Ich lächelte über seinen Trotz und neigte den Kopf. »Lord König, wir bieten Euren Männern das Leben an, und wir ...«

Wieder schnitt er mir das Wort ab. »Wenn ein Mann in der Schlacht fällt«, sagte er, »geht er in ein gesegnetes Heim im Himmel ein. Aber wenn er in die große Festhalle eingehen will, muß er auf den Füßen sterben, mit dem Schwert in der Hand und seinen Wunden vorn.« Er hielt inne; als er dann weitersprach, klang seine Stimme weitaus sanfter. »Ihr schuldet mir nichts, mein Sohn, aber ich würde es als Liebesdienst betrachten, wenn Ihr mir meinen Platz in dieser Festhalle verschafft.«

»Lord König«, sagte ich, er aber unterbrach mich zum viertenmal.

»Ich möchte hier begraben werden«, fuhr er fort, als hätte er nichts gehört, »mit den Füßen nach Norden und dem Schwert in der Hand. Weiter verlange ich nichts von Euch.« Er wandte sich zu seinen Männern um, und ich erkannte, daß er sich kaum aufrecht zu halten vermochte. Er mußte schwer verwundet sein, aber sein weiter Bärenfellumhang verbarg seine Wunde. »Hrothgar!« rief er einem seiner Speerkämpfer zu. »Gib meinem Sohn deinen Speer!« Ein hochgewachsener junger Sachse trat aus dem Schildwall heraus und streckte mir gehorsam den Speer entgegen. »Nehmt ihn!« fuhr Aelle mich an, und ich gehorchte. Hrothgar warf mir einen beunruhigten Blick zu und kehrte eilends zu seinen Kameraden zurück.

Als Aelle sekundenlang die Augen schloß, sah ich, daß eine Grimasse sein hartes Gesicht verzerrte. Unter dem Dreck und dem Schweiß war er leichenblaß, und als ihn abermals ein schrecklicher Schmerz durchzuckte, knirschte er mit den Zähnen, aber er widerstand dem Schmerz. Er versuchte sogar zu lächeln, als er vortrat, um mich zu umarmen. Er stützte sich mit seinem ganzen Gewicht auf meine Schultern, so daß ich hören konnte, wie der Atem in seiner Kehle rasselte. »Ich glaube«, flüsterte er mir ins Ohr, »von all meinen Söhnen seid Ihr der Beste. Also macht mir jetzt ein Geschenk. Schenkt mir einen guten Tod, Derfel, denn ich möchte in die Festhalle der echten Krieger einziehen.« Damit trat er schwerfällig zurück, stützte sich mit dem Körper auf sein Schwert und löste mühsam die Lederriemen seines Pelzumhangs. Als dieser sich öffnete, sah ich, daß seine gesamte linke Körperhälfte blutgetränkt war. Er hatte einen Speerstoß unter den Brustpanzer erhalten, während ein anderer Schlag ihn hoch an der Schulter getroffen hatte. Sein linker Arm hing nutzlos herab und er war gezwungen, seine verstümmelte Rechte zu benutzen, um die Lederriemen zu lösen, die seinen Brustpanzer an Taille und Schultern zusammenhielten. Er fingerte an den Schnallen herum, doch als ich vortrat, um ihm zu helfen, winkte er mich zurück. »Ich will es Euch leichter machen«, erklärte er, »doch wenn ich tot bin, legt meinem Leichman den Brustpanzer wieder an. In der Festhalle werde ich die Rüstung brauchen, denn dort wird es viele Kämpfe geben. Kämpfe, gutes Essen und ...« Wieder unterbrach er sich, weil ihn der Schmerz zerriß. Er knirschte mit den Zähnen und stöhnte laut, dann richtete er sich wieder auf und sah mich an. »Und nun tötet mich«, befahl er mir.

»Ich kann Euch nicht töten«, gab ich zurück, aber ich dachte an die Prophezeiung meiner wahnsinnigen Mutter, daß Aelle durch die Hand des eigenen Sohnes getötet werden würde.

»Dann werde ich Euch töten«, sagte er und hob ungeschickt das Schwert gegen mich. Ich wich dem Schlag mit einem Schritt rückwärts aus, so daß er stolperte und fast gefallen wäre, als er mir zu folgen versuchte. Keuchend hielt er inne und sah mich an. »Tut es Eurer Mutter zuliebe, Derfel«, bat er mich. »Wollt Ihr, daß ich auf dem Boden sterbe wie ein Hund? Bringt Ihr es nicht fertig, mir etwas zu schenken?« Wieder schlug er mit dem Schwert nach mir, doch dieses Mal war die Anstrengung zuviel für ihn, und er begann zu wanken; ich entdeckte Tränen in seinen Augen, und da begriff ich, daß die Art seines Todes für ihn keine Bagatelle war. Er zwang sich, aufrecht zu bleiben, und strengte sich mit übermenschlicher Willenskraft an, das Schwert zu heben. Frisches Blut glänzte an seiner linken Seite, seine Augen wurden glasig, aber er hielt den Blick auf mich gerichtet, als er einen letzten Schritt vorwärts trat und einen kraftlosen Ausfall gegen meine Mitte wagte.

Gott vergebe mir, aber da stieß ich mit dem Speer zu. Ich legte mein ganzes Gewicht und meine ganze Kraft in den Stoß, so daß die schwere Klinge das Gewicht seines fallenden Körpers auffing und ihn noch senkrecht hielt, während sie seine Rippen durchstieß und tief bis in sein Herz drang. Ein furchtbarer Schauer durchzuckte ihn, auf sein sterbendes Gesicht trat ein Ausdruck grimmiger Entschlossenheit, und einen Herzschlag lang dachte ich schon, er werde sein Schwert für einen letzten Schlag heben, doch er vergewisserte sich lediglich, daß seine Rechte den Griff seines Schwertes fest umspannte. Dann fiel er zu Boden. Er war tot, bevor er auf der Erde aufschlug, aber das Schwert, sein ramponiertes, blutverkrustetes Schwert, lag immer noch fest in seiner Hand. Ein Stöhnen ging durch die Reihen seiner Männer. Einige von ihnen brachen in Tränen aus.

»Derfel?« sagte Igraine. »Derfel?«

»Lady?«

»Ihr seid eingeschlafen«, warf sie mir vor.

»Das Alter, meine liebe Lady«, gab ich zurück. »Nichts als das Alter.«

»Dann ist Aelle also in der Schlacht gefallen«, sagte sie energisch. »Und Lancelot?«

»Das kommt später«, erklärte ich streng.

»Erzählt es mir jetzt«, verlangte sie.

»Das kommt später, hab ich gesagt«, gab ich zurück, »und ich hasse Geschichten, die ihren Ausgang früher erzählen als ihren Anfang.«

Einen Augenblick dachte ich, sie würde protestieren, statt dessen seufzte sie nur über meine Hartnäckigkeit, und fuhr mit ihrer Liste unbeendeter Fälle fort. »Was ist aus Liofa geworden, dem sächsischen Champion?«

»Er ist eines furchtbaren Todes gestorben«, antwortete ich.

»Gut!« quittierte sie meine Antwort mit interessierter Miene. »Erzählt es mir!«

»Es war eine Krankheit, Lady. Irgend etwas ließ seine Leiste anschwellen, so daß er weder sitzen noch liegen konnte; sogar das Stehen verursachte ihm Qualen. Schließlich wurde er immer magerer, bis er schwitzend und zitternd starb. Jedenfalls haben wir das gehört.«

Igraine war empört. »Dann ist er also nicht bei Mynydd Baddon gefallen?«

»Er ist mit Cerdic zusammen entkommen.«

Igraine zuckte unzufrieden die Achseln, als hätten wir irgendwie versagt, als wir den sächsischen Champion entkommen ließen. »Aber die Barden«, sagte sie dann, und ich stöhnte, denn jedesmal, wenn meine Königin die Barden erwähnt, weiß ich, daß mir sogleich deren Version der Geschichte vorgehalten wird, die Irgaine unweigerlich bevorzugt, obwohl ich dabei war, als diese Geschichte gemacht wurde, während die Barden damals noch nicht mal geboren waren. »Die Barden«, sagte sie energisch, ohne mein protestierendes Stöhnen zu beachten, »sagen alle, daß Cuneglas' Kampf gegen Liofa fast den ganzen Vormittag über gedauert hat und Cuneglas sechs Champions getötet hat, bevor er selbst von hinten erschlagen wurde.«

»Ich habe diese Lieder gehört«, antwortete ich vorsichtig.

»Und?« Aufgebracht funkelte sie mich an. Cuneglas war der Großvater ihres Gemahls, deswegen stand die Familienehre auf dem Spiel. »Nun?«

»Ich war dabei, Lady«, sagte ich schlicht.

»Ihr habt das Erinnerungsvermögen eines alten Mannes, Derfel«, behauptete sie mißbilligend, und ich bin sicher, wenn Dafydd, der Gerichtsschreiber, der die britannische Übersetzung meiner Pergamente niederschreibt, zu der Passage über Cuneglas kommt, wird er sie nach dem Geschmack meiner Lady verändern. Warum auch nicht? Cuneglas war ein Held, und es wird nicht schaden, wenn er als großer Krieger in die Geschichte eingeht, obwohl er in Wirklichkeit alles andere als ein Soldat war. Er war ein anständiger Mensch, sehr vernünftig und über seine Jahre hinaus weise, aber er war kein Mann, dem das Herz in der Brust schwoll, sobald er einen Speerschaft in der Hand hielt. Sein Tod war die Tragödie von Mynydd Baddon, aber eine Tragödie, die im Delirium des Sieges keiner von uns erkannte. Wir verbrannten ihn auf dem Schlachtfeld. Sein Totenfeuer loderte drei Tage und drei Nächte, und bei der letzten Morgenröte, als nur noch die Asche glomm, in der die zerschmolzenen Reste von Cuneglas' Rüstung lagen, versammelten wir uns um den Scheiterhaufen und stimmten den Todesgesang von Werlinna an. Außerdem töteten wir zwanzig sächsische Gefangene, damit ihre Seelen Cuneglas in Ehren in die Anderwelt begleiteten, und ich erinnere mich, daß ich dachte, es sei gut für meinen Liebling Dian, daß ihr Onkel die Schwerterbrücke überschritten hatte, um ihr in Annwns Welt Gesellschaft zu leisten.

»Und Arthur?« fragte Igraine neugierig. »Ist er zu Guinevere zurückgekehrt?«

»Ich habe ihre Versöhnung nicht miterlebt«, antwortete ich.

»Es spielt keine Rolle, ob Ihr es miterlebt habt«, erklärte Igraine ernst, »wir brauchen es hier.« Mit dem Fuß rührte sie in dem Stoß fertiger Pergamente. »Ihr hättet ihr Zusammentreffen schildern sollen, Derfel.«

»Ich habe euch doch gesagt, daß ich es nicht miterlebt habe!«

»Was spielt das für eine Rolle? Es würde ein sehr schönes Ende für die Schlacht abgeben. Nicht jeder möchte von Speeren und Töten hören, Derfel. Berichte von kämpfenden Männern können nach einiger Zeit höchst langweilig werden, doch eine Liebesgeschichte macht alles weit interessanter.« Ganz zweifellos wird die Schlacht, nachdem sie und Dafydd meine Erzählung malträtiert haben, von Romantik überquellen. Manchmal wünschte ich, diese Erzählung in der britannischen Sprache niederschreiben zu können, aber zwei unserer Mönche können lesen, und jeder der beiden könnte mich an Sansum verraten, also muß ich auf Sächsisch schreiben und mich darauf verlassen, daß Igraine die Geschichte nicht verändert, wenn Dafydd ihr die Übersetzung liefert. Ich weiß genau, was Igraine will: Sie will, daß Arthur durch die Leichenberge rennt, daß Guinevere ihn mit offenen Armen erwartet und daß sie sich beide mit Begeisterung begegnen, und möglicherweise ist es auch so geschehen; aber ich fürchte, daß es nicht so war, denn sie war zu stolz, und er war zu zurückhaltend. Ich kann mir vorstellen, daß sie weinten, als sie sich begegneten, aber da mir niemand davon berichtet hat, werde ich auch nichts erfinden. Ich weiß jedoch, daß Arthur nach Mynydd Baddon glücklich wurde und daß es nicht nur der Sieg über die Sachsen war, der ihn so glücklich machte.

»Und was ist mit Argante?« wollte Igraine wissen. »Ihr laßt immer so vieles aus, Derfel!«

»Zu Argante komme ich noch.«

»Aber ihr Vater war doch dort. War Oengus denn nicht ärgerlich darüber, daß Arthur zu Guinevere zurückkehrte?«

»Von Argante werde ich zu gegebener Zeit erzählen«, versprach ich ihr.

»Und Amhar und Loholt? Habt Ihr die beiden ganz vergessen?«

»Die sind entkommen«, antwortete ich. »Sie haben ein Boot gefunden und sind damit über den Fluß gepaddelt. Wir werden ihnen in dieser Geschichte wieder begegnen, fürchte ich.«

Igraine versuchte mir weitere Einzelheiten zu entlocken, doch ich bestand darauf, die Geschichte so zu erzählen, wie es mir richtig erschien – nicht schneller und nicht in anderer Reihenfolge. Schließlich ließ sie von ihren Fragen ab und bückte sich, um die beschriebenen Pergamente in den Lederbeutel zu sammeln, in dem sie die Blätter zum Caer zurückzutragen pflegte. Inzwischen fiel ihr das Bücken schwer, aber sie wollte sich nicht von mir helfen lassen. »Ich bin froh, wenn das Kind erst geboren ist«, gestand sie mir. »Meine Brüste sind entzündet, mir tun Beine und Rücken weh, und ich kann nicht mehr richtig gehen, sondern nur noch watscheln wie eine fette Gans. Brochvael hat das alles auch schon satt.«

»Kein Ehemann mag es, wenn seine Frau schwanger ist«, erklärte ich ihr.«

»Dann sollten sie sich nicht so sehr anstrengen, uns den Bauch zu füllen«, gab Igraine schnippisch zurück. Sie hielt inne, um zu lauschen, als Sansum Bruder Llewellyn beschimpfte, weil dieser seinen Milcheimer im Durchgang stehengelassen hatte. Armer Llewellyn! Er ist Novize in unserem Kloster, und niemand arbeitet schwerer für weniger Dank, und nun wird er wegen dieses Eimers zu einer Strafe verurteilt, die ihm eine Woche lang täglich Prügel vom heiligen Tudwal einträgt, dem jungen Mann – das heißt, eigentlich ist er kaum mehr als ein Kind –, der zu Sansums Nachfolger erzogen wird. Unser ganzes Kloster lebt in Angst vor Tudwal, und nur ich allein vermag dank Igraines Freundschaft den schlimmsten seiner Sticheleien zu entrinnen. Sansum braucht die Protektion ihres Gemahls zu sehr, um Igraines Mißfallen auf sich zu ziehen.

»Heute morgen«, berichtete Igraine, »habe ich einen Hirsch ohne Geweih gesehen. Das ist ein schlechtes Zeichen, Derfel.«

»Wir Christen glauben nicht mehr an Zeichen«, antwortete ich.

»Aber ich sehe doch, wie Ihr den Nagel in Eurem Schreibtisch berührt«, wandte sie ein.

»Wir sind nicht immer gute Christen, Lady.«

Sie schwieg. »Ich habe Angst vor der Geburt«, sagte sie dann.

»Wir alle beten für Euch«, sagte ich und wußte natürlich, daß das eine unzureichende Antwort war. Aber ich hatte mehr getan, als nur in der kleinen Kapelle des Klosters zu beten. Ich hatte einen Adlerstein gesucht, ihren Namen hineingeritzt und ihn unter einer Esche vergraben. Wüßte Sansum, daß ich diesen uralten Zauber gewirkt hatte, würde er sofort vergessen, wie abhängig er von Brochvaels Protektion ist und dem heiligen Tudwal befehlen, mich einen Monat lang blutig zu schlagen. Aber wenn der Heilige wüßte, daß ich diese Geschichte von Arthur aufschreibe, würde er mich auch blutig schlagen lassen.

Aber ich werde sie niederschreiben, und eine Zeitlang wird es mir leicht fallen, denn nun beginnt die glückliche Zeit, beginnen die vielen Jahre des Friedens. Daß sie zugleich Jahre der näher rückenden Finsternis waren, erkannten wir nicht, denn wir sahen nur den Sonnenschein und achteten nicht auf die Schatten. Wir glaubten die Schatten besiegt zu haben und daß von nun an ewig die Sonne in Britannien scheinen würde. Mynydd Baddon war Arthurs größter Sieg, eine einzigartige Leistung, und vielleicht sollte die Geschichte damit enden. Aber Igraine hatte recht, im Leben gibt es keine sauberen Lösungen, und deswegen muß ich fortfahren mit dieser Erzählung von Arthur, meinem Lord, meinem Freund und dem Retter von Britannien.

Arthur schenkte Aelles Männern das Leben. Sie legten ihre Speere nieder und wurden an die Sieger als Sklaven verteilt. Ich ließ mir von einigen helfen, ein Grab für meinen Vater auszuheben. Wir hoben die weiche, feuchte Erde am Fluß möglichst tief aus und betteten Aelle hinein – mit den Füßen nach Norden, dem Schwert in der Hand, dem Brustpanzer über dem durchbohrten Herzen, dem Schild quer über seinem Leib und dem Speer, der ihn getötet hatte, neben seinem Leichnam. Dann füllten wir das Grab, und ich sprach ein Gebet zu Mithras, während die Sachsen zu ihrem Donnergott beteten.

Am Abend brannten die ersten Totenfeuer. Ich half, die Leichen meiner Männer auf die Scheiterhaufen zu legen, und überließ es dann ihren Kameraden, ihre Seelen in die Anderwelt hinüberzusingen, während ich mir mein Pferd holte und durch die langen, sanften Schatten gen Norden ritt. Ich ritt zu dem Dorf, in dem unsere Frauen Unterschlupf gefunden hatten, und je weiter ich in die nördlichen Hügel kam, desto weiter blieb der Lärm der Walstatt hinter mir zurück, das Geräusch von knisternden Flammen, weinenden Frauen, gesungenen Elegien und wild brüllenden Betrunkenen.

Ceinwyn brachte ich die Nachricht von Cuneglas' Tod. Sie starrte mich an, als ich ihr davon berichtete, und zeigte sekundenlang keinerlei Reaktion, doch dann stiegen ihr die Tränen in die Augen, und sie zog sich ihren Umhang über den Kopf. »Der arme Perddel«, sagte sie und meinte damit Cuneglas' Sohn, der jetzt König von Powys war. Nachdem ich ihr erzählt hatte, wie ihr Bruder gestorben war, zog sie sich in die Hütte zurück, in der sie mit unseren Töchtern wohnte. Sie hätte gern meine Kopfwunde verbunden, die viel schlimmer aussah, als sie war, aber das ging nicht, weil sie mit ihren Töchtern um Cuneglas trauern mußte, das heißt, daß sie sich drei Tage und Nächte lang einschließen mußten, ohne die Sonne zu sehen und ohne einen Mann zu sehen oder zu berühren.

Inzwischen war es dunkel geworden. Ich hätte dort im Dorf bleiben können, da ich jedoch keine Ruhe fand, ritt ich im Schein des abnehmenden Mondes wieder nach Süden zurück. Zunächst wandte ich mich nach Aquae Sulis, weil ich Arthur in der Stadt zu finden hoffte, fand aber lediglich die von Fackeln beleuchteten Reste eines Blutbads. Die Männer unserer Landwehr waren über den unzulänglichen Stadtwall eingedrungen und hatten alles abgeschlachtet, was sie drinnen vorfanden, aber sobald Tewdrics Truppen die Stadt besetzten, hatte es mit dem Grauen ein Ende. Die Christen reinigten den Tempel der Minerva, entfernten die Eingeweide von drei geopferten Stieren, die von den Sachsen blutend auf den Fliesen liegen gelassen worden waren, und sobald der Schrein wieder hergestellt war, hielten sie einen Danksagungsritus ab. Als ich ihren Gesang hörte, zog ich los, um Gesänge meiner eigenen Art zu suchen, doch meine Männer waren in Cerdics niedergemachtem Lager geblieben, und in ganz Aquae Sulis gab es nur Fremde. Da ich weder Arthur noch irgendeinen anderen Freund finden konnte außer Culhwch, der sturzbetrunken war, ritt ich in der sanften Dunkelheit ostwärts am Fluß entlang. Es stank nach Blut, und die Luft war voller Geister, doch in meinem verzweifelten Wunsch nach Gesellschaft wagte ich es, den Gespenstern zu trotzen. An einem Feuer fand ich eine Gruppe von Sagramors Männern vor, die Lieder sangen, aber sie wußten nicht, wo ihr Befehlshaber war, und so ritt ich, vom Anblick zahlreicher Männer angelockt, die um ein Feuer tanzten, weiter nach Osten.

Die Tänzer waren Schwarzschilde, und sie hoben die Füße bei ihren Schritten sehr hoch, weil sie über den abgeschlagenen Köpfen ihrer Feinde tanzten. Ich hätte einen Bogen um die springenden Schwarzschilde gemacht, wenn mir nicht zwei weißgekleidete Gestalten aufgefallen wären, die mitten im Kreis der Tanzenden ruhig und gelassen am Feuer saßen. Einer von den beiden war Merlin.

Ich schlang die Zügel meines Pferdes um den Stumpf eines Dornbuschs und schritt quer durch den Tänzerkreis. Merlin und sein Begleiter verzehrten eine Mahlzeit aus Brot, Käse und Ale, und als Merlin mich entdeckte, erkannte er mich anfangs nicht. »Weg mit Euch«, fuhr er mich an, »oder ich verwandle Euch in eine Kröte. Ach so, du bist es, Derfel!« Das klang enttäuscht. »Ich wußte ja, sobald ich was zu essen finde, wird so ein hungriger Bauch ankommen und erwarten, daß ich es mit ihm teile. Ich nehme doch an, daß du hungrig bist.«

»Das bin ich, Lord.«

Er winkte mir, mich neben ihn zu setzen. »Ich vermute, daß dies ein sächsischer Käse ist«, erklärte er zweifelnd, »und außerdem war er, als ich ihn fand, stark blutbesudelt, aber ich habe ihn gründlich gewaschen. Na ja, ich habe das Blut weggewischt, und er hat sich erstaunlicherweise als durchaus eßbar erwiesen. Es wird wohl gerade noch für dich reichen.« In Wirklichkeit hätte es für ein Dutzend Männer gereicht. »Das hier ist Taliesin«, stellte er knapp seinen Begleiter vor. »Er ist so eine Art Barde aus Powys.«

Ich musterte den berühmten Barden und sah einen jungen Mann mit auffallend intelligentem Gesicht. Er hatte sich den vorderen Teil des Schädels kahlrasiert wie ein Druide, trug einen kurzen schwarzen Bart, hatte ein langes Kinn, eingesunkene Wangen und eine schmale Nase. Seine kahlrasierte Stirn war mit einem feinen Silberreif geschmückt. Lächelnd neigte er den Kopf. »Euer Ruhm eilt Euch voraus, Lord Derfel.«

»So wie Euch der Eure«, gab ich zurück.

»O nein!« stöhnte Merlin. »Wenn ihr beiden euch gegenseitig in den Hintern kriechen wollt, geht bitte woanders hin. Derfel kämpft«, wandte er sich an Taliesin, »weil er niemals richtig erwachsen wurde, und Ihr seid berühmt, weil Ihr zufällig eine passable Stimme besitzt.«

»Ich schreibe Lieder und singe sie«, erklärte Taliesin bescheiden.

»Jeder Mann kann ein Lied machen, er muß nur genügend getrunken haben«, behauptete Merlin wegwerfend. Dann musterte er mich eingehend. »Ist das da Blut in deinen Haaren?«

»Ja, Lord.«

»Du solltest dankbar sein, daß du nicht an einer heikleren Stelle verwundet wurdest.« Er lachte über die eigene Bemerkung; dann deutete er auf die Schwarzschilde. »Was hältst du von meiner Leibwache?«

»Sie tanzen recht gut.«

»Sie haben auch guten Grund zu tanzen. Welch ein zufriedenstellender Tag!« sagte Merlin. »Und hat Gawain seine Rolle nicht großartig gespielt? Es ist so angenehm, wenn ein Schwachkopf sich doch noch als nützlich erweist, und was für ein Schwachkopf war dieser Gawain! Ein Langweiler! Ständig wollte er die Welt verbessern. Warum glauben die jungen Leute immer, alles besser zu wissen als die alten? Ihr, Taliesin, krankt zum Glück nicht an diesem ermüdenden Irrtum. Taliesin«, erklärte Merlin nun wieder mir, »ist gekommen, um von meiner Weisheit zu lernen.«

»Ich habe noch sehr viel zu lernen«, sagte Taliesin leise.

»Sehr wahr, sehr wahr«, antwortete Merlin. Er schob mir einen Krug mit Ale hinüber. »Hat dir deine kleine Schlacht Spaß gemacht, Derfel?«

»Nein.« In Wahrheit fühlte ich mich seltsam niedergeschlagen. »Cuneglas ist tot«, erklärte ich ihm.

»Hab' ich gehört«, gab Merlin zurück. »Was für ein Narr! Er hätte die Heldentaten Schwachköpfen wie dir überlassen sollen. Aber es ist ein Jammer, daß er sterben mußte. Er war nicht gerade ein kluger Mann, nicht das, was ich klug nennen würde, aber er war auch kein Schwachkopf, und das gibt es in diesen traurigen Zeiten selten genug. Und er war immer nett zu mir.«

»Zu mir war er die Freundlichkeit in Person«, warf Taliesin ein.

»Und jetzt müßt Ihr Euch einen neuen Gönner suchen«, erklärte Merlin dem Barden, »aber Derfel braucht Ihr dabei nicht anzusehen. Der würde ein anständiges Lied nicht vom Furz eines Ochsen zu unterscheiden wissen. Der Trick eines erfolgreichen Lebens«, belehrte er nun Taliesin, »ist es, als Kind reicher Eltern geboren zu werden. Ich selbst habe sehr bequem von meinen Pachtgeldern leben können, obwohl ich sie, wenn ich recht bedenke, seit Jahren nicht mehr eingetrieben habe. Hast du mir jemals Pachtgeld bezahlt, Derfel?«

»Das hätte ich tun sollen, Lord, aber ich wußte nie, wohin ich es schicken sollte.«

»Spielt jetzt auch keine Rolle mehr« behauptete Merlin. »Ich bin inzwischen alt und schwach, und zweifellos werde ich bald sterben.«

»Unsinn!« widersprach ich. »Ihr seht noch immer recht kräftig aus.« Er wirkte natürlich alt, in seinen Augen funkelte jedoch der Mutwille, und sein uraltes, von Falten durchzogenes Gesicht war äußerst lebendig. Seine Haare und sein Bart waren sorgfältig geflochten und mit schwarzen Bändern versehen, während sein Gewand bis auf die getrockneten Blutflecken makellos sauber war. Außerdem war er glücklich – nicht, weil wir den Sieg errungen hatten, sondern weil er, wie ich glaube, Taliesins Gesellschaft genoß.

»Siege verleihen Lebenskraft«, erklärte er wegwerfend, »aber den Sieg werden wir bald vergessen haben. Wo ist Arthur?«

»Das weiß niemand«, antwortete ich. »Wie ich gehört habe, hat er viel Zeit mit Tewdric verbracht. Jetzt aber ist er nicht mehr bei ihm. Ich glaube, er hat Guinevere gefunden.«

Merlin lachte höhnisch. »Ein Hund kehrt immer zu seiner Kotze zurück.«

»Ich beginne sie zu mögen«, sagte ich trotzig.

»Kann ich mir vorstellen«, sagte er verächtlich. »Und ich möchte meinen, daß sie von jetzt an keinen Schaden mehr anrichten wird. Sie wäre eine gute Gönnerin für Euch«, wandte er sich an Taliesin. »Sie hat einen wahrhaft lächerlichen Respekt vor Poeten. Aber steigt bloß nicht mit ihr ins Bett.«

»Da besteht keine Gefahr, Lord«, versicherte Taliesin.

Merlin lachte. »Unser junger Barde hier ist für das Zölibat«, erklärte er mir. »Eine kastrierte Nachtigall ist er, hat freiwillig auf das größte Vergnügen verzichtet, das es für einen Mann geben kann, nur um seine Gabe nicht zu verlieren.«

Taliesin spürte meine Neugier und lächelte. »Nicht meine Stimme, Lord Derfel, sondern meine Gabe der Weissagung.«

»Und das ist eine echte Gabe!« erklärte Merlin mit aufrichtiger Bewunderung. »Obwohl ich bezweifle, daß es sich dafür lohnt, enthaltsam zu leben. Hätte man mich jemals gebeten, diesen Preis dafür zu bezahlen, hätte ich auf den Druidenstab verzichtet und lieber einen bescheidenen Posten bekleidet, wie etwa den eines Barden oder eines Speerkämpfers.«

»Ihr könnt in die Zukunft sehen?« fragte ich Taliesin.

»Er hat den heutigen Sieg vorausgesagt«, sagte Merlin. »Und von Cuneglas' Tod wußte er schon vor einem Monat, obwohl er nicht vorausgesehen hat, daß ein plumper Sachse kommen und mir all meinen Käse stehlen würde.« Mit flinkem Griff schnappte er mir den Käse aus der Hand. »Und jetzt, Derfel«, sagte er dann, »wirst du vermutlich von ihm verlangen, daß er dir deine Zukunft voraussagt.«

»Nein, Lord.«

»Gut«, sagte Merlin. »Es ist immer besser, wenn man die Zukunft nicht kennt. Alles und jedes endet in Tränen, mehr gibt es dazu nicht zu sagen.«

»Aber die Freude kehrt zurück«, wandte Taliesin leise ein.

»Ach du liebe Zeit, nein!« rief Merlin. »Die Freude kehrt zurück! Der Morgen zieht herauf! Die Bäume schlagen aus! Die Wolken reißen auf! Das Eis schmilzt! Ihr seid doch bestimmt zu klug, um diese Sorte gefühlsduseligen Schmus von Euch zu geben!« Er verstummte. Seine Leibwachen hatten ihren Tanz beendet und waren losgezogen, um sich mit ein paar gefangenen Sachsenfrauen zu verlustieren. Die Frauen hatten Kinder und schrien so laut, daß Merlin verärgert die Stirn runzelte. »Das Schicksal ist unerbittlich«, sagte er mürrisch, »und alles endet letztlich in Tränen.«

»Ist Nimue bei Euch?« fragte ich ihn und las aus Taliesins warnender Grimasse, daß ich die falsche Frage gestellt hatte.

Merlin starrte ins Feuer. Die Flammen spien ihm Funken entgegen, und er spie ins Feuer zurück, um seiner Bosheit zu begegnen. »Komm mir nicht mit Nimue«, sagte er dann. Seine gute Laune war verflogen, so daß es mir peinlich war, ihm diese Frage gestellt zu haben. Er berührte seinen schwarzen Stab und seufzte. »Sie ist böse auf mich«, erklärte er mir.

»Warum, Lord?«

»Weil sie ihren Kopf nicht durchsetzen kann, natürlich. Das ist es doch meistens, was die Menschen erbost.« Wieder knackte ein Holzscheit im Feuer und spie Funken, die er, nachdem er seinerseits in die Flammen gespuckt hatte, gereizt von seiner Robe fegte. »Lärchenholz«, sagte er. »Frisch geschlagene Lärchen lassen sich nicht gern verbrennen.« Finster brütend starrte er mich an. »Nimue war nicht damit einverstanden, daß ich Gawain in die Schlacht geführt habe. Sie hält es für Verschwendung, und ich fürchte, daß sie vermutlich recht damit hat.«

»Aber er hat uns den Sieg gebracht, Lord«, wandte ich ein.

Er schloß die Augen und schien zu seufzen, womit er andeuten wollte, daß meine Dummheit unerträglich sei. »Ich habe«, sagte er nach einer Weile, »mein ganzes Leben einem einzigen Ziel gewidmet: Ich wollte die Götter wieder einsetzen. Ist das wirklich so schwer zu begreifen? Aber wenn man etwas gut machen will, Derfel, braucht man eben ein Leben lang dazu. O ja, für Narren, wie du einer bist, ist das nicht schwer, ihr könnt eure Zeit damit verschwenden, an einem Tag ein Magistrat werden zu wollen und am nächsten ein Schwertkämpfer, aber wenn alles vorüber ist – was habt ihr dann eigentlich erreicht? Gar nichts! Um die Welt zu verändern, Derfel, muß man absolut zielstrebig sein. Arthur kommt dem sehr nahe, das muß man ihm lassen. Er will Britannien von den Sachsen befreien und hat dieses Ziel vermutlich für eine Weile erreicht, aber sie haben nicht aufgehört zu existieren und werden mit Sicherheit zurückkommen. Vielleicht nicht zu meinen Lebzeiten, vielleicht nicht einmal zu deinen, aber deine Kinder und deine Kindeskinder werden diese Schlacht noch einmal von vorn schlagen müssen. Zum endgültigen Sieg gibt es nur einen Weg.«

»Den Weg der Götter«, sagte ich.

»Den Weg der Götter«, stimmte er mir zu, »und genau das war mein Lebenswerk.« Einen Moment blickte er auf seinen schwarzen Druidenstab hinab, während Taliesin still dasaß und ihn beobachtete. »Als Kind hatte ich einen Traum«, fuhr Merlin dann sehr leise fort. »Ich ging in die Höhle von Carn Ingli und träumte, ich hätte Flügel und könnte so hoch fliegen, daß ich die ganze Insel Britannien sah, und sie war so unglaublich schön! Wunderschön, grün und von einem dichten Nebel umgeben, der alle Feinde von ihr fernhielt. Diese gesegnete Insel, Derfel, diese Insel der Götter, dieser einzige Ort auf Erden, der ihrer würdig war, und seit diesem Traum, Derfel, habe ich mir immer nur das gewünscht. Diese gesegnete Insel zurückzuholen. Die Götter zu uns zurückzuholen.«

»Aber ...«, versuchte ich ihn zu unterbrechen.

»Sei nicht albern!« schalt er mich, und Taliesin lächelte. »Denk nach!« bat mich Merlin. »Mein Lebenswerk, Derfel!«

»Mai Dun«, sagte ich leise.

Da nickte er und schwieg eine Weile. In der Ferne sangen Männer, und ringsum brannten Feuer. Die Verwundeten schrien im Dunkeln, wo Hunde und Raubtiere sich an den Toten und Sterbenden gütlich taten. Am Morgen würde dieses Heer betrunken erwachen und sich dem Grauen einer Walstatt nach der Schlacht stellen müssen, jetzt aber sangen sie und schütteten das erbeutete Ale in sich hinein. »Auf Mai Dun«, brach Merlin das Schweigen, »kam ich meinem Ziel nahe. Sehr nahe. Aber ich war zu schwach, Derfel, ich war zu schwach. Ich liebe Arthur zu sehr. Warum? Er ist nicht geistreich, seine Gespräche können ebenso langweilig sein wie Gawains, und er besitzt einen wirklich albernen Hang zur Tugend, aber ich liebe ihn. Genau wie zufällig auch dich. Eine Schwäche, ich weiß. An geistig beweglichen Männern kann ich mich erfreuen, aber lieben kann ich nur aufrichtige Männer. Ich bewundere nämlich die schlichte Kraft, und auf Mai Dun habe ich mich von dieser Liebe schwach machen lassen.«

»Gwydre«, sagte ich.

Er nickte. »Wir hätten ihn töten müssen, doch mir war klar, daß ich das nicht konnte. Nicht Arthurs Sohn. Das war eine ganz schreckliche Schwäche.«

»Nein.«

»Sei nicht albern!« wehrte er müde ab. »Was ist Gwydres Leben gegen das der Götter? Oder gegen die Aussicht, Britannien wiederherzustellen? Gar nichts! Aber ich konnte es einfach nicht tun. O ja, ich hatte Ausreden parat. Caleddins Schriftrolle ist sehr deutlich; da steht, der ›Sohn des Königs eines Landes‹ müsse geopfert werden, und Arthur ist kein König, aber das ist Haarspalterei. Der Ritus erforderte Gwydres Tod, und ich habe es nicht übers Herz bringen können, ihn zu töten. Gawain zu töten war kein Problem; es war mir sogar ein Vergnügen, diesem jungfräulichen Narren das Maul zu stopfen. Aber nicht Gwydre, und deswegen blieb das Ritual unbeendet.« Er wirkte jetzt elend, zusammengesunken und elend. »Ich habe versagt«, ergänzte er bitter.

»Und Nimue will Euch nicht vergeben?« erkundigte ich mich zögernd.

»Vergeben? Sie weiß nicht mal, was dieses Wort bedeutet! Vergebung ist für Nimue eine Schwäche! Und nun wird sie das Ritual ausführen, Derfel, und sie wird dabei nicht versagen. Und wenn sie dafür jeden einzelnen Sohn einer Mutter in Britannien töten müßte – sie wird es tun! Sie wird alle zusammen in den Topf stecken und mit Begeisterung umrühren!« Er lächelte ein wenig schwach; dann zuckte er die Achseln. »Aber jetzt hab' ich das alles natürlich sehr viel schwerer für sie gemacht. Als alter, gefühlsduseliger Narr habe ich Arthur geholfen, diesen Kampf zu gewinnen. Dazu habe ich Gawain benutzt, und deswegen, glaube ich, haßt sie mich jetzt.«

»Wieso?«

Er hob den Blick zum raucherfüllten Himmel, als flehe er die Götter an, mir wenigstens ein winziges Gran Erkenntnis zuteil werden zu lassen. »Glaubst du, du Narr«, fragte er mich, »daß es so einfach ist, den Leichnam eines jungfräulichen Prinzen zu finden? Es hat mich Jahre gekostet, das Hirn dieses Schwachkopfs so mit Unsinn vollzustopfen, daß er bereit war, das Opfer zu bringen! Und was habe ich heute getan? Ich habe Gawain verschwendet! Und zwar nur, um Arthur zu helfen.«

»Aber wir haben gesiegt!«

»Sei nicht albern.« Aufgebracht funkelte er mich an. »Ihr habt gesiegt? Was ist denn dieses abstoßende Zeug da auf deinem Schild?«

Ich wandte mich um und warf einen Blick auf den Schild. »Das Kreuz.«

Merlin rieb sich die Augen. »Es herrscht Krieg zwischen den Göttern, Derfel, und ich habe den Sieg heute Jahwe geschenkt!«

»Wem?«

»Das ist der Name des Christengottes. Manchmal nennen sie ihn auch Jehova. Soweit ich es erkennen kann, ist er nichts weiter als ein kleiner Feuergott aus irgendeinem armseligen Land am Ende der Welt, der es sich in den Kopf gesetzt hat, alle anderen Götter zu verdrängen. Das muß eine äußerst ehrgeizige kleine Kröte sein, denn er siegt immer wieder, und ich war es, der ihm heute diesen Sieg geschenkt hat. Was meinst du wohl, was den Menschen im Zusammenhang mit dieser Schlacht in Erinnerung bleiben wird?«

»Arthurs Sieg«, erklärte ich energisch.

»In hundert Jahren, Derfel«, berichtigte mich Merlin, »werden sie sich nicht einmal mehr daran erinnern, ob es ein Sieg war oder eine Niederlage.«

Ich überlegte. »Cuneglas' Tod?« fragte ich dann.

»Wen kümmert Cuneglas? Auch nur ein vergessener König.«

»Aelles Tod?«

»Ein sterbender Hund würde mehr Aufmerksamkeit erregen.«

»Was denn dann?«

Er quittierte meine Schwerfälligkeit mit einer Grimasse. »Daß ihr das Kreuz auf den Schilden trugt, Derfel, daran werden sie sich erinnern. Heute, du Narr, haben wir den Christen Britannien auf einem Tablett serviert. Ich habe Arthur sein Ziel geschenkt, aber den Preis dafür, Derfel, den habe ich bezahlt. Begreifst du nun?«

»Ja, Lord.«

»Das ist der Grund, warum ich Nimues Aufgabe jetzt um so viel schwieriger gemacht habe. Aber sie wird es versuchen, Derfel, und sie ist nicht wie ich. Sie ist nicht schwach. In Nimue schlummert Härte, Derfel, eine ungeheure Härte.«

Ich lächelte. »Sie wird Gwydre nicht töten«, behauptete ich zuversichtlich, »denn erstens wird Arthur das nicht zulassen, und zweitens wird sie Excalibur nicht bekommen. Wie also sollte sie gewinnen können?«

Er starrte mich an. »Glaubst du etwa, du Idiot, daß du oder auch Arthur stark genug wärt, Nimue Widerstand zu leisten? Sie ist eine Frau, und was eine Frau will, das kriegt sie auch, und wenn die Welt und alles, was sie enthält, dafür in Scherben fallen muß, dann soll das eben so sein. Zuerst wird sie mich zerbrechen; dann wird sie ihr Augenmerk auf dich richten. Trifft das nicht zu, mein junger Prophet?« wandte er sich an Taliesin, aber der Barde hatte die Augen geschlossen. Merlin zuckte die Achseln. »Ich werde ihr Gawains Asche bringen und ihr helfen, so gut ich kann«, erklärte er, »denn das habe ich ihr versprochen. Aber das alles wird in Tränen enden, Derfel, es wird alles in Tränen enden. Furchtbar, was ich da angerichtet habe! Furchtbar!« Er zog sich den Mantel enger um die Schultern. »Und jetzt werde ich schlafen«, verkündete er.

Hinter dem Feuer vergewaltigten die Schwarzschilde ihre weiblichen Gefangenen, während ich dasaß und in die Flammen starrte. Ich hatte geholfen, einen großen Sieg zu erringen, und war dennoch unendlich traurig.

In jener Nacht gelang es mir nicht mehr, Arthur zu finden; erst kurz vor Tagesanbruch begegnete ich ihm im halbdunklen Frühnebel. Er begrüßte mich mit seiner alten Lebhaftigkeit und legte mir den Arm um die Schultern. »Ich möchte Euch danken«, sagte er, »daß Ihr Euch in diesen letzten Wochen um Guinevere gekümmert habt.« Er war in seine Rüstung gekleidet und frühstückte in aller Hast einen verschimmelten Laib Brot.

»Wenn überhaupt«, entgegnete ich, »dann hat sich Guinevere um mich gekümmert.«

»Ach so, Ihr meint die Ochsenkarren! Ich wünschte, ich hätte das miterlebt!« Er ließ das Brot fallen, weil Hygwydd, sein Schildknappe, Llamrei aus dem Nebel herbeiführte. »Vielleicht sehen wir uns ja heute abend, Derfel«, sagte Arthur, während Hygwydd ihm in den Sattel half. »Aber vielleicht auch erst morgen.«

»Was habt Ihr vor, Lord?«

»Cerdic verfolgen, natürlich.« Er setzte sich auf Llamreis Rücken zurecht, ergriff die Zügel und nahm Schild und Speer von Hygwydd entgegen. Er gab dem Pferd die Sporen, um seine Reiter einzuholen, die im Nebel nur dunkle Gestalten waren. Sogar Mordred ritt mit Arthur, und zwar nicht mehr unter Bewachung, sondern von allen als tüchtiger Soldat akzeptiert. Ich sah, wie er sein Pferd zügelte, und dachte an das Sachsengold, das ich in Lindinis gefunden hatte. Hatte Mordred uns verraten? Wenn ja, so konnte ich es nicht beweisen, und der Ausgang der Schlacht sprach gegen einen Verrat; dennoch empfand ich immer noch einen gewissen Haß auf meinen König. Er begegnete meinem finsteren Blick und nahm sein Pferd sofort herum. Arthur feuerte seine Männer zur Verfolgung an, während ich nur noch das Donnern der sich entfernenden Hufe vernahm.

Ich weckte meine schlafenden Männer durch einen Stoß mit dem Speerschaft und befahl ihnen, sächsische Gefangene aufzutreiben, damit sie noch mehr Gräber aushoben und noch mehr Scheiterhaufen errichteten. Ich dachte, daß ich den ganzen Tag mit diesen ermüdenden Aufgaben verbringen mußte, doch mitten am Vormittag schickte mir Sagramor einen Boten mit der Bitte, eine Abteilung Speerkämpfer nach Aquae Sulis abzustellen, wo sich Probleme ergeben hätten. Diese Probleme waren durch das Gerücht unter Tewdrics Speerkämpfern ausgelöst worden, Cerdics Schatz sei gefunden worden und Arthur wolle ihn ganz für sich allein behalten. Als Beweis dafür führten sie an, daß Arthur verschwunden sei, und als Rache drohten sie an, den zentralen Schrein der Stadt niederzureißen, weil er früher ein Heidentempel gewesen war. Es gelang mir, den Aufruhr zu dämpfen, indem ich verkündete, daß in der Tat zwei Truhen voll Gold gefunden worden seien, sie aber unter Bewachung stünden und ihr Inhalt sofort nach Arthurs Rückkehr gerecht verteilt werden würde. Auf Tewdrics Vorschlag schickten wir ein halbes Dutzend seiner Soldaten aus, um bei der Bewachung der Truhen zu helfen, die sich bisher noch in den Überresten von Cerdics Lager befanden.

Die Christen von Gwent beruhigten sich; doch gleich darauf sorgten die Speerkämpfer von Powys für neuen Aufruhr, indem sie Oengus mac Airem für Cunelgas' Tod verantwortlich machten. Die Feindschaft zwischen Powys und Demetia ging auf uralte Zeiten zurück, denn Oengus mac Airem war berüchtigt dafür, daß er nur allzugern die Ernten seiner reicheren Nachbarn raubte; ja, Powys war in Demetia als »unsere Speisekammer« bekannt. Doch diesmal waren es die Männer aus Powys, die mit dem Streit begannen, indem sie behaupteten, Cuneglas hätte nicht sterben müssen, wenn die Schwarzschilde nicht so spät in die Schlacht eingegriffen hätten. Die Iren hatten noch nie gezögert, sich in einen Kampf zu stürzen, und kaum waren Tewdrics Männer besänftigt, da gab es schon außerhalb der Gerichtsräume Schwert- und Speergeklirr, weil Powysier und Schwarzschilde in einem blutigen Kampf aufeinander einschlugen. Sagramor erreichte einen unsicheren Frieden, indem er die Anführer beider Parteien tötete, doch während des ganzen übrigen Tages herrschte Unruhe zwischen den beiden Nationen. Die Probleme nahmen zu, als bekannt wurde, daß Tewdric eine Abteilung Soldaten ausgeschickt hatte, damit sie Lactodurum besetzten, eine Festung im Norden, die seit mehr als einem Menschenalter nicht mehr in britannischen Händen gewesen war, von der die führerlosen Männer aus Powys jedoch behaupteten, sie habe schon immer zu ihrem Gebiet gehört, nicht zu Gwents. Also machte sich eine hastig zusammengestellte Horde powysischer Speerkämpfer auf, um Tewdrics Männer zu verfolgen und ihre Ansprüche durchzusetzen.

Die Schwarzschilde, die nicht das geringste mit dem Kampf um Lactodurum zu tun hatten, bestanden dennoch darauf, daß die Männer aus Gwent recht hatten, und zwar nur, weil sie wußten, daß dieser Standpunkt die Powysier in Wut versetzen würde. Also kam es zu noch mehr Kämpfen, zu blutigen Auseinandersetzungen um eine Stadt, von der die meisten Beteiligten noch nie gehört hatten und die außerdem vermutlich noch immer von den Sachsen besetzt war.

Uns Dumnoniern gelang es, diesen Kämpfen aus dem Weg zu gehen, daher waren es auch unsere Speerkämpfer, die die Straßen bewachten. Deshalb mußten die Auseinandersetzungen in die Tavernen verlegt werden. Am Nachmittag jedoch wurden wir dann auch in einen Streit hineingezogen, als Argante mit etwa zwanzig Dienstboten aus Glevum eintraf und entdeckte, daß Guinevere das Haus des Bischofs hinter dem Tempel der Minerva besetzt hielt. Der Bischofspalast war weder der größte noch der komfortabelste in Aquae Sulis; diese Bezeichnung gebührte dem Palast von Cildydd, dem Magistrat, da aber Lancelot Cildydds Haus benutzt hatte, während er in Aquae Sulis weilte, hatte Guinevere es tunlichst gemieden. Argante jedoch bestand darauf, das Haus des Bischofs zu bewohnen, denn es lag innerhalb des geweihten Bezirks, und so zog eine begeisterte Schar Schwarzschilde los, um Guinevere zu vertreiben. Da sie dort von zwanzig meiner Männer erwartet wurden, die fest entschlossen waren, sie zu verteidigen, mußten zwei Mann sterben, bevor Guinevere erklärte, es sei ihr gleichgültig, in welchem Haus sie unterkomme, und die Gemächer der Priester belegte, die sich an den römischen Bädern entlangzogen. Argante, Siegerin in diesem Streit, erklärte, Guineveres Quartier sei angemessen, denn sie behauptete, die Gemächer der Priester seien früher einmal ein Bordell gewesen, woraufhin Fergal, Argantes Druide, eine Schar Schwarzschilde zum Badehaus führte, wo sie sich amüsierten, indem sie sich nach den Preisen des Bordells erkundigten und Guinevere lautstark aufforderten, ihnen ihren Körper zu zeigen. Ein weiteres Kontingent Schwarzschilde hatte den Tempel besetzt und das hastig errichtete Kreuz hinausgeworfen, das Tewdric über dem Altar aufgerichtet hatte, während Haufen rotgekleideter Speerkämpfer aus Gwent sich zusammenscharten, um sich den Zutritt zu erkämpfen und das Kreuz wieder aufzustellen.

Sagramore und ich brachten Speerkämpfer in den Tempelbereich, wo sich am Spätnachmittag ein Blutbad anzubahnen drohte. Meine Männer beschützten das Tempeltor. Sagramors Männer beschützten Guinevere, aber die betrunkenen Krieger aus Demetia und Gwent waren uns an Zahl überlegen, während die Powysier, froh über die Gelegenheit, die Schwarzschilde zu ärgern, laut ihre Unterstützung für Guinevere hinausbrüllten. Ich schob mich durch die metgetränkte Menge und schlug dabei die wildesten Unruhestifter nieder, aber ich fürchtete die Gewalttätigkeit, die um so bedrohlicher wurde, je tiefer die Sonne sank. Es war Sagramor, der am Abend schließlich für einen unsicheren Frieden sorgte. Er kletterte aufs Dach des Badehauses, stellte sich hochaufgerichtet zwischen zwei Statuen und verlangte lautstark Ruhe. Da er sich bis zur Taille entblößt hatte, bildete seine schwarze Haut einen um so stärkeren Kontrast zu den weißen Marmorkriegern rechts und links von ihm. »Wenn einer von euch Streit sucht«, verkündete er in seinem Britannisch mit dem fremdländischen Akzent, »wird er ihn zuerst gegen mich austragen müssen. Mann gegen Mann! Schwert oder Speer, ihr habt die Wahl.« Damit zog er sein langes Krummschwert und funkelte die aufgebrachten Männer unten wütend an.

»Werft die Hure raus!« rief eine anonyme Stimme aus der Mitte der Schwarzschilde.

»Habt Ihr was gegen Huren?« rief Sagramor zurück. »Was für eine Art Krieger seid Ihr eigentlich? Eine Jungfrau? Wenn Ihr unbedingt tugendhaft sein wollt, kommt hier herauf. Ich werde Euch schon verschneiden.« Das brachte die Männer zum Lachen, und so endete die unmittelbare Gefahr.

Argante schmollte in ihrem Palast. Sie nannte sich jetzt Kaiserin von Dumnonia und verlangte, daß Sagramor und ich ihr dumnonische Leibwachen zur Verfügung stellten, wurde aber schon jetzt so gründlich von den Schwarzschilden ihres Vaters bewacht, daß keiner von uns ihr gehorchte. Statt dessen zogen wir uns beide nackt aus und stiegen in das römische Bad, wo wir uns vor Erschöpfung lang ausstreckten. Das heiße Wasser war wunderbar erholsam. Dampf ringelte sich zu den zerbrochenen Dachziegeln empor. »Wie ich gehört habe«, sagte Sagramor, »soll dies das größte Gebäude von Britannien sein.«

Ich musterte das riesige Dach. »Ist es vermutlich auch.«

»Aber als Kind«, fuhr Sagramor fort, »war ich als Sklave in einem Haus, das noch größer war.«

»In Numidien?«

Er nickte. »Obwohl ich von noch weiter südlich kam. Ich wurde schon als sehr kleines Kind in die Sklaverei verkauft. Ich kann mich nicht mal an meine Eltern erinnern.«

»Wann habt Ihr Numidien verlassen?« wollte ich wissen.

»Nachdem ich meinen ersten Mann getötet hatte. Das war ein Aufseher. Und ich war ... zehn Jahre alt? Elf? Ich lief davon und schloß mich als Steinschleuderer einem Römerheer an. Noch heute treffe ich einen Mann auf fünfzig Schritt zwischen die Augen. Dann lernte ich reiten. Ich habe in Italien, Thrakien und Ägypten gekämpft, dann nahm ich Geld, um mich dem Frankenheer anzuschließen. Damals hat mich Arthur gefangengenommen.« Es geschah selten, daß er so mitteilsam war. Ja, das Schweigen gehörte zu Sagramors wirksamsten Waffen – das, sein Falkengesicht und sein furchterregender Ruf; privat war er jedoch eine sanfte und nachdenkliche Seele. »Auf wessen Seite sind wir eigentlich?« wandte er sich jetzt mit fragendem Blick an mich.

»Was meint Ihr?«

»Auf Guineveres? Oder auf Argantes?«

Ich zuckte die Achseln. »Sagt Ihr es mir.«

Er tauchte mit dem Kopf unter Wasser; dann kam er wieder hoch und rieb sich die Augen klar. »Auf Guineveres, nehme ich an«, sagte er. »Falls die Gerüchte stimmen.«

»Welche Gerüchte?«

»Daß sie gestern abend mit Arthur zusammengewesen ist«, sagte er, »obwohl die beiden, da es sich ja um Arthur handelt, bestimmt die ganze Nacht geredet haben. Seine Zunge wird schon lange vor seinem Schwert abgenutzt sein.«

»Keine Sorge, das wird nicht geschehen.«

»Nein«, sagte er lächelnd, und als er mich ansah, wurde sein Lächeln noch breiter. »Wie ich hörte, Derfel, habt Ihr einen Schildwall durchbrochen.«

»Nur einen schmalen«, gab ich zurück, »und sehr jungen.«

»Ich habe einen breiten durchbrochen«, sagte er grinsend, »einen sehr breiten, und zwar aus alterfahrenen Kriegern.« Zur Strafe tauchte ich ihn unter und platschte davon, bevor er mich ertränken konnte. Es herrschte Dämmerlicht in den Bädern, weil keine Fackeln entzündet worden waren und die allerletzten langen Sonnenstrahlen des Tages nicht durch die Löcher im Dach herabreichten. Dampf vernebelte den großen Raum, und obwohl mir klar war, daß auch andere Leute das riesige Bad benutzten hatte ich bisher keinen von ihnen erkannt; nun aber, als ich quer durch das Becken schwamm, entdeckte ich eine Gestalt in weißem Gewand, die sich zu einem Mann hinabbückte, der auf einer der Unterwasserstufen saß. »Vertraut mir in dieser Angelegenheit, Lord König«, sagte er mit ruhiger Eindringlichkeit, »überlaßt nur alles mir.« In diesem Moment blickte er auf und erkannte mich. Es war Bischof Sansum, aufgrund von Arthurs Versprechungen an Tewdric frisch aus der Gefangenschaft entlassen und wiedereingesetzt in all seine früheren Würden. Er schien überrascht zu sein, mich hier zu finden, brachte jedoch ein kränkliches Lächeln zustande. »Ach, unser Lord Derfel«, sagte er und trat vorsichtshalber vom Beckenrand zurück. »Einer unserer großen Helden!«

»Derfel!« brüllte der Mann auf der Beckentreppe, und ich sah, daß es Oengus mac Airem war, der aufsprang, um mich in seine mächtigen Arme zu schließen. »Das erste Mal, daß ich einen nackten Mann umarme«, sagte der König der Schwarzschilde. »Und ich kann nicht einsehen, was daran so attraktiv sein soll. Das erste Mal auch, daß ich ein Bad nehme. Was meint Ihr, wird es mich umbringen?«

»Nein«, antwortete ich; dann warf ich einen Blick zu Sansum hinüber. »Ihr pflegt eine merkwürdige Gesellschaft, Lord König.«

»Alle Wölfe haben Flöhe, Derfel, alle Wölfe haben Flöhe«, knurrte Oengus.

»Also, in welcher Angelegenheit soll mein Lord König Euch trauen?« fragte ich Sansum.

Sansum antwortete nicht, und auch Oengus wirkte ungewohnt verlegen. »Der Schrein«, antwortete er schließlich. »Der gute Bischof sagte, er könnte es einrichten, daß meine Männer ihn eine Zeitlang als Tempel benutzen. Nicht wahr, Bischof?«

»Ganz richtig, Lord König«, pflichtete ihm Sansum bei.

»Ihr seid beide miserable Lügner«, erklärte ich, und Oengus lachte. Sansum schenkte mir einen feindseligen Blick, dann huschte er über die Steinplatten davon. Erst seit ein paar Stunden war er wieder ein freier Mann, und schon versuchte er wieder Verschwörungen anzuzetteln.

»Was hat er zu Euch gesagt, Lord König?« drängte ich Oengus. Ich mochte ihn. Er war ein schlichter Mann, ein starker Mann, ein Gauner, aber ein sehr guter Freund.

»Was meint Ihr?«

»Er hat von Eurer Tochter gesprochen«, riet ich.

»Hübsches kleines Ding, nicht wahr?« gab Oengus zurück. »Viel zu mager, natürlich, und mit einem Verstand wie eine läufige Wölfin. Die Welt ist sonderbar, Derfel. Ich habe Söhne, so stumpf wie Ochsen, aber Töchter, so scharf wie Wölfinnen.« Er hielt inne, um Sagramor zu begrüßen, der mir quer durchs Becken gefolgt war. »Also, was soll aus Argante werden?« fragte mich Oengus.

»Ich weiß es nicht, Lord.«

»Arthur hat sie doch geheiratet, nicht wahr?«

»Nicht einmal dessen bin ich sicher«, antwortete ich.

Er warf mir einen durchdringenden Blick zu; dann lächelte er, als begreife er mein Ausweichmanöver. »Sie behauptet, richtig verheiratet zu sein, aber das würde sie natürlich immer tun. Ich war mir nicht sicher, ob Arthur sie wirklich heiraten wollte, aber ich habe ihn bedrängt. Ein Maul weniger stopfen, versteht Ihr?« Einen Moment hielt er inne. »Die Sache ist die, Derfel«, fuhr er dann fort. »Arthur kann sie nicht einfach zurückschicken! Das wäre eine Beleidigung, und außerdem will ich sie nicht zurück haben. Ich habe auch ohne sie viel zu viele Töchter. Ich weiß nie so genau, welche nun meine sind und welche nicht. Braucht Ihr vielleicht irgendwann eine Gemahlin? Kommt nach Demetia und sucht Euch eine aus, aber ich warne Euch, sie sind eigentlich alle wie sie. Hübsch, aber mit überaus scharfen Zähnen. Was wird Arthur also tun?«

»Was hat Sansum denn vorgeschlagen?« fragte ich zurück.

Oengus ingnorierte meine Frage, aber ich wußte, daß er sie letztlich doch beantworten würde, denn er war kein Mann, der Geheimnisse bewahren kann. »Er hat mich nur daran erinnert, daß Argante früher einmal Mordred versprochen war«, gestand er schließlich.

»Sie war was?« fragte Sagramor überrascht.

»Es wurde vor längerer Zeit einmal erwähnt«, bestätigte ich. Es war von Oengus persönlich erwähnt worden, als er verzweifelt nach einer Möglichkeit suchte, sein Bündnis mit Dumnonia zu stärken, weil das sein bester Schutz gegen Powys war.

»Und wenn sie nicht richtig mit Arthur verheiratet ist«, fuhr Oengus fort, »wäre Mordred doch ein Ausweg, nicht wahr?«

»Schöner Ausweg«, sagte Sagramor säuerlich.

»Sie wird Königin sein«, sagte Oengus.

»Das stimmt«, gab ich zurück.

»Also ist das gar keine schlechte Idee«, sagte Oengus leichthin, obwohl ich argwöhnte, daß er diese Idee mit Leidenschaft verfechten würde. Eine Vermählung mit Mordred würde Demetias gekränkten Stolz wettmachen, aber sie würde Dumnonia auch dazu verpflichten, das Heimatland seiner Königin zu beschützen. Ich persönlich hielt Sansums Vorschlag für die schlimmste Idee, die ich den ganzen Tag vernommen hatte, denn ich konnte mir nur allzugut vorstellen, welche Unruhe die Kombination von Mordred und Argante stiften würde; aber ich hielt den Mund. »Wißt Ihr, was in diesem Bad fehlt?« fragte mich Oengus.

»Sagt Ihr es mir, Lord König.«

»Weiber.« Er kicherte. »Also, wo ist Eure Gemahlin, Derfel?«

»Sie trauert«, antwortete ich.

»Ach ja, natürlich, um Cuneglas!« Der Schwarzschild-König zuckte die Achseln. »Er hat mich nie gemocht, aber mir hat er ganz gut gefallen. Er war einer der wenigen Menschen, die an Versprechen glaubten!« Oengus lachte, denn bei den Versprechen handelte es sich um jene, die er gemacht hatte, ohne jemals die Absicht zu hegen, sie auch zu halten. »Aber ich kann nicht so tun, als wäre ich traurig, daß er tot ist. Sein Sohn ist noch ein Knabe und liebt seine Mutter viel zu sehr. Also wird sie voerst mit ihren fürchterlichen Tanten zusammen regieren. Drei Hexen!« Wieder lachte er. »Ich könnte mir vorstellen, daß wir den drei Ladys ein paar Stückchen Land entwenden.« Langsam tauchte er das Gesicht ins Wasser. »Ich jage meine Läuse nach oben«, erklärte er dazu; dann zerdrückte er eins dieser kleinen grauen Insekten, das in seinem struppigen Bart emporkletterte, um dem dräuenden Wasser zu entgehen.

Merlin hatte ich den ganzen Tag nicht gesehen, und Galahad berichtete mir an jenem Abend, der Druide habe das Tal bereits verlassen und sei nach Norden gezogen. Galahad hatte ich an Cuneglas' Totenfeuer gefunden. Ich weiß, daß Cuneglas die Christen nicht mochte«, erklärte mir Galahad, »aber ich glaube nicht, daß er gegen das Gebet eines Christen Einwände erheben würde.« Ich lud ihn ein, bei meinen Männern zu schlafen, und er begleitete mich dorthin, wo sie ihr Lager aufgeschlagen hatten. »Merlin hat mir eine Nachricht für dich mitgegeben«, berichtete mir Galahad. »Du würdest das, was du suchst, unter den abgestorbenen Bäumen finden, hat er gesagt.«

»Ich weiß nicht mal, daß ich überhaupt etwas suche«, gab ich zurück.

»Dann such eben unter den abgestorbenen Bäumen«, riet Galahad mir, »und du wirst das finden, wonach du nicht suchst.«

An jenem Abend suchte ich gar nichts, sondern schlief, in meinen Mantel gewickelt, auf dem Schlachtfeld. Am frühen Morgen erwachte ich mit schmerzendem Kopf und steifen Gliedern. Das schöne Wetter hatte sich verzogen; statt dessen kam von Westen ein leichter Sprühregen. Da die Nässe die Totenfeuer zu löschen drohte, sammelten wir Holz, um die Flammen zu nähren, und dabei fiel mir Merlins seltsame Botschaft ein, doch abgestorbene Bäume entdeckte ich nirgends. Mit den sächsischen Streitäxten fällten wir Eichen, Ulmen und Buchen, verschonten lediglich die heiligen Eschen, und sämtliche Bäume, die wir schlugen, waren kerngesund. Ich fragte Issa, ob er irgendwo abgestorbene Bäume gesehen hatte, aber er schüttelte den Kopf. Eachern jedoch sagte, er hätte einige unten an der Flußbiegung gesehen.

»Zeigt sie mir.«

Eachern führte eine ganze Gruppe von uns zum Flußufer hinab, und tatsächlich lag da, wo der Fluß eine scharfe Biegung nach Westen machte, eine riesige Masse abgestorbener Bäume, die an den halb entblößten Wurzeln einer Weide hängengeblieben war. In den Ästen hatte sich ein Wust von anderem Treibgut verfangen, das den Fluß hinabgespült worden war, aber selbst in diesem Durcheinander vermochte ich nichts von Wert zu entdecken. »Wenn Merlin sagt, daß da etwas ist«, mahnte Galahad, »sollten wir genauer hinsehen.«

»Vielleicht hat er gar nicht diese Bäume gemeint«, wandte ich ein.

»Fangen wir erst mal mit denen hier an«, sagte Issa, legte sein Schwert ab, damit es nicht naß wurde, und sprang mitten in das Gewirr hinein. Er brach durch die oberen trockenen Äste und landete platschend im Flußwasser. »Gebt mir einen Speer!« rief er uns zu.

Galahad reichte ihm einen Speer hinunter, mit dem Issa in den Zweigen herumstocherte. An einer Stelle hatte sich ein Teil des ausgefransten und geteerten Netzes einer Frischreuse gefangen und bildete so etwas wie ein Zelt, das von abgestorbenen Blättern bedeckt war. Issa mußte seine ganze Kraft aufwenden, um die verfilzte Masse beiseite zu räumen.

In diesem Moment brach der Flüchtige heraus. Er hatte sich, unbequem auf einem halb versunkenen Baumstamm kauernd, unter dem Netz versteckt; doch nun planschte er wie ein Otter, der von Hunden aufgestöbert wird, vor Issas Speer davon und versuchte flußaufwärts zu entkommen. Da er durch tote Bäume und das Gewicht seiner Rüstung behindert wurde, konnten ihn meine Männer, die johlend am Ufer entlangliefen, mühelos überholen. Hätte der Flüchtige keine Rüstung getragen, hätte er sich in den

Fluß werfen und zum anderen Ufer hinüberschwimmen können, so aber blieb ihm nichts anderes übrig, als sich zu ergeben. Der Mann mußte zwei Nächte und einen Tag damit verbracht haben, sich flußaufwärts zu arbeiten; dann jedoch hatte er dieses Versteck entdeckt und geglaubt, dort aushalten zu können, bis wir alle das Schlachtfeld verlassen hatten. Nun aber war er entdeckt worden.

Es war Lancelot. Ich erkannte ihn erst an seinen langen schwarzen Haaren, auf die er immer so stolz gewesen war; doch dann sah ich durch den Schlamm und die Zweige hindurch das berühmte weiße Email seiner Rüstung. Aus seiner Miene sprach das pure Entsetzen. Er blickte vom Fluß aus zu uns empor, als erwöge er, sich wieder in die Strömung zu stürzen, doch da fiel sein Blick auf seinen Halbbruder. »Galahad!« rief er. »Galahad!«

Ein paar Herzschläge lang sah Galahad mich an, schlug dann das Kreuz, wandte sich ab und ging davon.

»Galahad!« rief Lancelot noch einmal, als sein Bruder von der Uferböschung oben verschwand.

Galahad ging einfach weiter.

»Bring ihn herauf!« befahl ich. Als Issa Lancelot mit dem Speer anstieß, begann der verängstigte Mann verzweifelt durch die Disteln zu klettern, die an der Uferböschung wucherten. Er trug noch immer sein Schwert, das nach dem Aufenthalt im Wasser allerdings ziemlich rostig geworden sein mußte. »Wollt Ihr hier und jetzt gegen mich kämpfen, Lord König?« fragte ich ihn, während ich Hywelbane zog.

»Laßt mich gehen, Derfel! Ich werde Euch mit Gold entlohnen, das verspreche ich Euch!« So plapperte er unentwegt weiter, verhieß mir so viel Gold, daß es meine kühnsten Träume überstieg, aber das Schwert wollte er nicht ziehen, bis ich ihm Hywelbanes Spitze hart auf die Brust setzte. In diesem Moment war ihm klar, daß er sterben mußte. Er spie mich an, trat einen Schritt zurück und zog seine Klinge. Früher einmal hatte sie Tanlladwr geheißen, das heißt Strahlender Töter, aber als er sich von Sansum taufen ließ, hatte er sie in Christusklinge umbenannt. Die Christusklinge war jetzt zwar verrostet, aber noch immer eine furchtbare Waffe, und zu meinem Erstaunen entpuppte sich Lancelot als guter Schwertkämpfer. Ich hatte ihn immer für einen Feigling gehalten, doch an jenem Tag focht er sehr tapfer. Er war verzweifelt, und die Verzweiflung äußerte sich in einer Serie schneller Hiebe, mit denen er mich zurücktrieb. Aber er war auch müde, durchnäßt und verfroren, deswegen erlahmte er so schnell, daß ich mir, als ich seine erste Schlagserie pariert hatte, Zeit nehmen konnte, über die Art seines Todes nachzudenken. Immer verzweifelter wurde er, und seine Schläge wurden immer hektischer, doch ich beendete den Kampf, als ich mich unter einem seiner schweren Hiebe hindurchduckte und Hywelbane so hielt, daß ihn die Spitze am Arm traf und der Schwung seines eigenen Schlags ihm die Adern vom Handgelenk bis zum Ellbogen aufriß. Als das Blut floß, schrie er auf; dann fiel ihm das Schwert aus der kraftlosen Hand, und er wartete in tiefstem Entsetzen auf den tödlichen Hieb.

Ich säuberte Hywelbane mit einer Handvoll Gras, trocknete die Klinge mit meinem Mantel und schob sie in die Scheide zurück. »Ich will mein Schwert nicht mit Eurer Seele belasten«, erklärte ich Lancelot, und einen Herzschlag lang schien er dankbar zu sein; doch zerstörte ich seine Hoffnung. »Eure Männer haben mein Kind getötet«, sagte ich, »dieselben Männer, die Ihr ausgeschickt habt, um Ceinwyn in Euer Bett zu zwingen. Glaubt Ihr etwa, ich könnte Euch auch nur eins von beiden verzeihen?«

»Das hatte ich ihnen nicht befohlen«, versicherte er voller Verzweiflung. »Bitte, glaubt mir!«

Ich spie ihm ins Gesicht. »Soll ich Euch Arthur übergeben, Lord König?«

»Nein, Derfel – bitte!« Er faltete die Hände. Er zitterte. »Bitte!«

»Gebt ihm den Weibertod«, drängte mich Issa und meinte damit, wir sollten ihn entkleiden, entmannen und zwischen den Beinen verbluten lassen.

Ich fühlte mich versucht, fürchtete aber, Lancelots Tod zu sehr zu genießen. Die Rache birgt eine gewisse Lust, und ich hatte Dians Mördern einen gräßlichen Tod bereitet, doch keinerlei Gewissensbisse empfunden, als ich ihre Leiden genoß, aber diesen zitternden, gebrochenen Mann zu quälen, dazu hatte ich keine

Lust. Er wurde so sehr von Angst geschüttelt, daß ich Mitleid mit ihm empfand, und ich ertappte mich bei der Überlegung, ihm das Leben zu schenken. Ich wußte, daß er ein Verräter und Feigling war und daß er den Tod verdient hatte, aber sein Entsetzen war so abgrundtief, daß er mir tatsächlich leid tat. Er war immer mein Feind gewesen, er hatte mich stets verachtet, doch als er sich jetzt vor mir auf die Knie warf und ihm die Tränen über die Wangen liefen, fühlte ich mich versucht, Gnade vor Recht ergehen zu lassen. Ich wußte, daß in dieser Ausübung von Macht genausoviel Lust liegen würde wie in dem Befehl, ihn zu töten. Einen Herzschlag lang wünschte ich mir seine Dankbarkeit; dann aber dachte ich an das Gesicht meiner sterbenden Tochter und wurde von einem Wutanfall geschüttelt. Arthur war berühmt dafür, daß er seinen Feinden vergab, doch diesem Feind konnte ich niemals verzeihen.

»Den Weibertod«, drängte mich Issa abermals.

»Nein«, antwortete ich, und Lancelot blickte mit neuer Hoffnung zu mir auf. »Hängt ihn wie einen gemeinen Verbrecher«, sagte ich.

Lancelot heulte auf, ich aber verhärtete mein Herz. »Hängt ihn«, befahl ich abermals, und das taten wir. Wir suchten uns einen Roßhaarstrick, warfen ihn über den Ast einer Eiche und zogen ihn hoch. Er tanzte, als er da hing, und tanzte weiter, bis Galahad zurückkehrte und an den Beinen seines Stiefbruders zog, um ihn von seinem erstickenden Elend zu erlösen.

Wir entkleideten Lancelots Leichnam. Ich warf sein Schwert und die kostbare Schuppenrüstung in den Fluß, verbrannte seine Kleidung und begann seinen Leichnam dann mit einer sächsischen Streitaxt zu zerteilen. Wir verbrannten ihn nicht, sondern warfen ihn den Fischen vor, damit seine finstere Seele die Anderwelt nicht mit ihrer Gegenwart verseuchte. Wir löschten ihn vom Antlitz der Erde. Nur seinen emaillierten Schwertgurt behielt ich, weil er ein Geschenk von Arthur gewesen war.

Arthur traf ich um Mittag wieder, als er von seiner Verfolgungsjagd nach Cerdic zurückkehrte. Auf müden Rossen ritten seine Männer ins Tal. »Wir haben Cerdic nicht eingeholt«, erklärte er mir, »nur ein paar andere.« Er tätschelte Llamrei den mit weißschäumendem Schweiß bedeckten Hals. »Cerdic lebt noch, Derfel«, sagte er, »aber er ist so geschwächt, daß er uns auf sehr lange Zeit keine Probleme mehr machen wird.« Er lächelte, doch dann sah er, daß ich seine fröhliche Laune nicht teilte. »Was ist?« wollte er wissen.

»Nur das hier, Lord«, antwortete ich und hielt den kostbaren emaillierten Gurt empor.

Einen Moment lang dachte er, ich wolle ihm ein Stück Beute zeigen, dann erkannte er den Schwertgurt, der sein persönliches Geschenk an Lancelot gewesen war. Einen Herzschlag lang nahm sein Gesicht den gleichen Ausdruck an, den es vor Mynydd Baddon so viele Monate lang getragen hatte: den verschlossenen, verhärteten Ausdruck der Bitterkeit. Dann blickte er auf und sah mir in die Augen. »Der Besitzer?«

»Ist tot, Lord. In Schande gehenkt.«

»Gut«, sagte er ruhig. »Und das Ding dort, Derfel, könnt Ihr wegwerfen.« Ich schleuderte den Gurt in den Fluß.

So starb Lancelot, aber die Lieder, für die er bezahlt hatte, lebten weiter, und so wird er bis heute als ebenso großer Held wie Arthur gefeiert. An Arthur erinnert man sich als Herrscher, Lancelot aber wird als tapferer Krieger bezeichnet. In Wirklichkeit war er ein König ohne Land, ein Feigling, der größte Verräter von ganz Britannien; seine Seele wandert bis auf den heutigen Tag in Lloegyr umher und schreit nach ihrem Schattenkörper, der nicht existieren kann, weil wir seinen Leichnam in Stücke geschnitten und den Fischen im Fluß vorgeworfen haben. Wenn die Christen recht haben und es wirklich eine Hölle gibt, mag er dort auf ewig schmoren.

Galahad und ich begleiteten Arthur an Cuneglas' brennendem Totenfeuer vorbei und zwischen den Römergräben hindurch, bei denen so viele von Aelles Männer gefallen waren, bis in die Stadt. Ich hatte Arthur vor dem gewarnt, was ihn dort erwartete, doch als er hörte, daß Argante ebenfalls in die Stadt gekommen war, schien er keineswegs erschrocken zu sein.

Seine Ankunft in Aquae Sulis bewirkte, daß ganze Scharen besorgter Bittsteller lärmend um seine Aufmerksamkeit wetteiferten. Die Bittsteller waren Männer, die Anerkennung für tapfere Taten in der Schlacht verlangten, Männer, die ihren Anteil an Sklaven oder Gold verlangten, und Männer, die Rechtsprechung für Auseinandersetzungen verlangten, die lange vor der sächsischen Invasion stattgefunden hatten. Arthur bat sie alle, ihn im Tempel aufzusuchen, obwohl er die Bittsteller, sobald er dort war, einfach ignorierte. Statt dessen rief er Galahad in einen Vorraum des Tempels und schickte nach einer Weile auch noch nach Sansum. Dem Bischof bereiteten die dumnonischen Speerkämpfer einen höhnischen Empfang, als er durch den Tempelbereich hastete. Er sprach sehr lange mit Arthur, bis schließlich Oengus mac Airem und Mordred zu Arthur gerufen wurden. Die Speerkämpfer auf dem Gelände schlossen Wetten ab, ob Arthur zu Argante in der Bischofsvilla oder zu Guinevere in den Gemächern der Priester gehen würde.

Meinen Rat hatte Arthur nicht eingeholt. Statt dessen bat er mich, als er Oengus und Mordred zu sich befahl, Guinevere auszurichten, er sei zurück. Also ging ich quer durch den Hof zum Quartier der Priester, wo ich Guinevere in einem der oberen Gemächer fand, in dem Taliesin ihr Gesellschaft leistete. Der Barde, in einem sauberen weißen Gewand und mit dem Silberreif im schwarzen Haar, stand auf und verneigte sich, als ich eintrat. Er hatte eine kleine Harfe bei sich, aber ich ahnte, daß die beiden mehr über Musik diskutiert hatten, statt sie zu machen. Lächelnd zog er sich aus dem Gemach zurück und ließ den dicken Vorhang über die Türöffnung fallen. »Ein überaus kluger Mann«, sagte Guinevere und erhob sich, um mich zu begrüßen. Sie trug ein cremefarbenes, an den Säumen mit blauem Band besetztes Gewand, die sächsische Kette, die ich ihr auf Mynydd Baddon geschenkt hatte, und die roten Haare hatte sie mit einer Silberkette am Hinterkopf zusammengefaßt. Sie war zwar nicht ganz so elegant wie die Guinevere, an die ich mich aus der Zeit vor den Unruhen erinnerte, aber sie war bei weitem nicht mehr die kriegsgerüstete Frau, die so begeistert über das Schlachtfeld geritten war. Als ich näher kam, lächelte sie. »Ihr seid sauber, Derfel!«

»Ich habe gebadet, Lady.«

»Und Ihr lebt noch!« spöttelte sie freundlich. Dann küßte sie mich auf die Wange, und nach dem Kuß hielt sie mich einen Moment an den Schultern fest. »Ich stehe tief in Eurer Schuld«, sagte sie leise.

»Nein, Lady, nein«, widersprach ich errötend und löste mich von ihr.

Sie lachte über meine Verlegenheit und setzte sich an das Fenster, das auf das Tempelgelände hinausging. Zwischen den Steinen standen Regenpfützen, und Regen tropfte an der fleckigen Tempelfassade herab, wo Arthurs Pferd an einem in einen Pfeiler eingelassenen Ring festgemacht war. Sie hätte auch ohne mich gewußt, daß Arthur zurückgekommen war, denn sie hatte seine Ankunft offenbar selbst beobachtet. »Wer ist bei ihm?« fragte sie mich.

»Galahad, Sansum, Mordred und Oengus.«

»Und Ihr wurdet nicht zu Arthurs Rat einberufen?« fragte sie mit einem Anflug ihrer frühreren Spottlust.

»Nein, Lady.« Ich versuchte, meine Enttäuschung zu verbergen.

»Vergessen hat er Euch bestimmt nicht, da bin ich sicher.«

»Das hoffe ich, Lady«, sagte ich und berichtete ihr dann unter großem Zögern, daß Lancelot tot war. Wie er gestorben war, erwähnte ich nicht; nur, daß er nicht mehr unter den Lebenden weilte.

»Taliesin hat es mir bereits gesagt.« Sie starrte auf ihre Hände hinab.

»Woher konnte er das wissen?« fragte ich, denn Lancelot war erst vor kurzem gestorben, und Taliesin war nicht dabeigewesen.

»Er hat es letzte Nacht geträumt«, erklärte Guinevere; dann machte sie eine abrupte Geste, als wollte sie das Thema beenden. »Also, worüber wird da drüben so eifrig gesprochen?« fragte sie mich mit einem Blick auf den Tempel. »Über die Kindfrau?«

»Vermutlich ja, Lady«, antwortete ich. Ich erzählte ihr, was Bischof Sansum Oengus mac Airem vorgeschlagen hatte: daß Argante mit Mordred vermählt werden sollte. »Also, das ist wohl die schrecklichste Idee, die mir je untergekommen ist«, protestierte ich entrüstet.

»Findet Ihr das wirklich?«

»Eine absolut absurde Vorstellung«, sagte ich.

»Es war nicht Sansums Idee«, erklärte Guinevere lächelnd, »es war meine.«

Vorübergehend zu entgeistert, um ein Wort zu äußern, starrte ich sie an. »Eure Lady?« fragte ich schließlich.

»Sagt bitte niemandem, daß es meine Idee war«, ermahnte sie mich. »Wenn Argante denken müßte, sie käme von mir, würde sie sie keine Sekunde in Erwägung ziehen. Lieber würde sie einen Schweinehirten heiraten als jemanden, den ich vorschlage. Also ließ ich den kleinen Sansum kommen und bat ihn, mir zu verraten, ob die Gerüchte über Argante und Mordred zuträfen, und dann erzählte ich ihm, wie sehr mir schon der Gedanke daran mißfallen würde, woraufhin er natürlich in größte Begeisterung darüber geriet, obwohl er so tat, als sei er gar nicht sehr erfreut. Ich weinte sogar ein wenig und bat ihn, Argante nur ja nicht zu verraten, wie unangenehm mir diese Vorstellung sei. In diesem Moment, Derfel, waren die beiden so gut wie vermählt.« Sie lächelte triumphierend.

»Aber warum?« fragte ich sie. »Mordred und Argante? Die beiden werden nichts als Unruhe stiften.«

»Sie werden Unruhe stiften, ob sie vermählt sind oder nicht. Und Mordred muß heiraten, Derfel, wenn er einen Erben produzieren soll; und er muß in königlichen Kreisen heiraten.« Sie hielt inne und spielte mit ihrer Halskette. »Ich muß gestehen, daß es mir lieber wäre, wenn er keinen Erben bekäme, denn dann wäre der Thron nach seinem Tod frei.« Sie unterließ es, diesen Gedanken weiterzuspinnen. Ich warf ihr einen neugierigen Blick zu, dem sie mit unschuldiger Miene begegnete. Dachte sie, daß Arthur den Thron von einem kinderlosen Mordred übernehmen würde? Aber Arthur hatte niemals herrschen wollen. Dann wurde mir klar, daß nach Mordreds Tod Gwydre, Guineveres Sohn, einen ziemlich sicheren Anspruch auf den Thron haben würde. Diese Erkenntnis muß sich auf meinem Gesicht abgezeichnet haben, denn Guinevere lächelte. »Nicht, daß wir über die Thronfolge spekulieren müßten«, fuhr sie fort, bevor ich etwas sagen konnte, »denn Arthur besteht darauf, daß Mordred sich nach seinem freien Wunsch vermählen dürfe, und wie es scheint, fühlt dieser unglückselige junge Mann sich zu Argante hingezogen. Eigentlich würden sie ganz gut zueinander passen. Wie zwei Nattern in einem verdreckten Nest.«

»Und Arthur wird zwei Feinde haben, die sich in Bitterkeit vereinen«, sagte ich.

»Nein«, widersprach Guinevere. Dann seufzte sie und blickte zum Fenster hinaus. »Nicht, wenn wir ihnen geben, was sie wollen, und nicht, wenn ich Arthur gebe, was er sich wünscht. Und was das ist, das wißt Ihr doch, nicht wahr?«

Ich überlegte einen Herzschlag lang; dann begriff ich auf einmal alles. Ich begriff, daß sie in der langen Nacht nach der Schlacht eingehend mit Arthur gesprochen haben mußte. Und ich begriff auch, was Arthur jetzt gerade im Minerva-Tempel zu arrangieren versuchte. »Nein!« protestierte ich.

Guinevere lächelte. »Ich will es auch nicht, Derfel, aber ich will Arthur. Und was er sich wünscht, das muß ich ihm geben. Ich schulde ihm schließlich ein bißchen Glück, nicht wahr?« fragte sie mich.

»Er will auf die Macht verzichten?« fragte ich, und sie nickte. Arthur hatte immer von seinem Traum gesprochen, mit Frau und Familie auf einem Stück Land ein einfaches Leben zu führen. Er wünschte sich eine Halle, eine Palisade, eine Schmiede und ein paar Felder. Er sah sich als Landbesitzer ohne andere Probleme als die, daß die Vögel seine Saat wegpickten, das Wild sein Getreide fraß und der Regen seine Ernte verdarb. Diesen Traum hatte er seit Jahren genährt, und jetzt, nachdem er die Sachsen geschlagen hatte, schien es, als wollte er ihn verwirklichen.

»Meurig will auch, daß Arthur auf die Macht verzichtet«, sagte Guinevere.

»Meurig!« Ich spie aus. »Was geht es uns an, was Meurig will?«

»Dies war Meurigs Preis, als er sich einverstanden erklärte, seinen Vater Gwents Heer in den Krieg führen zu lassen«, sagte

Guinevere. »Arthur hat Euch das vor der Schlacht nicht gesagt, weil er wußte, daß Ihr mit ihm streiten würdet.«

»Aber warum sollte Meurig wollen, daß Arthur auf seine Macht verzichtet?«

»Weil er glaubt, daß Mordred ein Christ ist«, antwortete Guinevere achselzuckend, »und weil er will, daß Dumnonia schlecht regiert wird. Auf diese Art, Derfel, hat Meurig die Chance, eines Tages Dumnonias Thron zu erobern. Er ist eine ehrgeizige kleine Kröte.« Als ich ihn etwas härter beschimpfte, lächelte Guinevere. »Das auch«, sagte sie, »doch was er verlangt hat, muß er bekommen, deswegen werden Arthur und ich ins silurische Isca umsiedeln. Das ist besser als ein Leben in irgendeiner zerfallenden Halle. In Isca gibt es ein paar schöne römische Paläste und außerordentlich gute Jagdgründe. Wir werden ein paar Speerkämpfer mitnehmen. Arthur meint zwar, daß wir keine brauchen, aber er hat schließlich Feinde und braucht eine Kriegshorde.«

Ich ging unruhig auf und ab. »Aber Mordred!« klagte ich verbittert. »Soll er denn wirklich an die Macht zurückkehren?«

»Das ist der Preis, den wir für Gwents Heer bezahlen mußten«, erklärte Guinevere. »Und wenn Argante Mordred heiraten soll, muß er an der Macht sein, sonst wird Oengus niemals seine Zustimmung zu der Vermählung geben. Das heißt, wenigstens einen Teil seiner Macht muß Mordred zurückerhalten, und den muß sie dann mit ihm teilen.«

»Und alles, was Arthur erreicht hat, wird zerstört werden!« sagte ich.

»Arthur hat Dumnonia von den Sachsen befreit«, gab Guinevere zu bedenken, »und er will kein König sein. Das wißt Ihr, und das weiß ich. Es ist nicht das, was ich will, Derfel. Ich wollte immer, daß Arthur Großkönig wird und Gwydre ihm nachfolgt, aber er will es nicht, und er wird nicht dafür kämpfen. Er will Ruhe, hat er mir erklärt. Und wenn er Dumnonia nicht regieren will, dann muß es Mordred tun. Das gebieten Gwents Forderungen sowie der Eid, den Arthur Uther geschworen hat.«

»Dann werden wir Dumnonia also ganz einfach der Rechtswillkür und Tyrannei überlassen!« protestierte ich.

»Nein«, widersprach Guinevere, »denn Mordred wird nicht die ganze Macht ausüben.«

Ich starrte sie an; ihrem Ton entnahm ich, daß ich noch nicht alles begriffen hatte. »Nur weiter«, forderte ich sie argwöhnisch auf.

»Sagramor wird bleiben. Die Sachsen sind besiegt, aber es wird immer noch eine Grenze geben, und niemand versteht sich besser darauf, sie zu schützen, als Sagramor. Der Rest von Dumnonias Heer wird allerdings einem anderen den Treueid leisten. Mordred darf regieren, denn er ist der König; aber er wird nicht den Befehl über die Speerkämpfer haben, und ein Mann ohne Speerkämpfer ist ein Mann ohne wirkliche Macht. Diese Macht werdet Ihr und Sagramor Euch teilen.«

»Nein!«

Guinevere lächelte. »Arthur wußte, daß Ihr das sagen würdet, deswegen habe ich gesagt, daß ich Euch überzeugen würde.«

»Lady«, begann ich zu protestieren, doch sie gebot mir mit erhobener Hand Schweigen.

»Ihr werdet Dumnonia regieren, Derfel. Mordred wird König sein, doch Ihr werdet über die Speerkämpfer verfügen, und wer über die Speerkämpfer verfügt, der regiert. Ihr müßt es für Arthur tun, denn nur wenn Ihr Euch einverstanden erklärt, kann er Dumnonia guten Gewissens verlassen. Schenkt ihm also seinen Frieden. Tut es für ihn und« – sie zögerte ein wenig –« vielleicht auch ein wenig für mich, ja? Bitte!«

Merlin hatte recht. Wenn eine Frau etwas will, dann kriegt sie es auch.

Und ich sollte Dumnonia regieren.

Taliesin verfaßte ein Lied über Mynydd Baddon. Er dichtete es bewußt im alten Stil mit einem einfachen Rhythmus, in dem Dramatik, Heldentum und Bombast pulsierten. Es war ein sehr langes Lied, denn es war wichtig, daß jeder Krieger, der gut gekämpft hatte, mindestens eine halbe Zeile Lob erhielt, während unseren Führern ganze Verse gewidmet wurden. Nach der Schlacht wurde Taliesin in Guineveres Haushalt aufgenommen, und so gab er seiner Gönnerin vernünftigerweise das, was ihr zustand, indem er eine wundervolle Schilderung der den Hang hinabpolternden Feuerwagen lieferte, es dagegen tunlichst vermied, den sächsischen Zauberer zu erwähnen, den sie mit Pfeil und Bogen getötet hatte. Ihr rotes Haar fügte er in ein Bild blutgetränkter Gerstenfelder, zwischen denen einige Sachsen starben, und obwohl ich noch nie gesehen hatte, daß auf einem Schlachtfeld Gerste wuchs, war es doch irgendwie ein geschickter Dreh. Aus dem Tod seines alten Gönners Cuneglas machte er eine getragene Klage, in welcher der Name des toten Königs wie dumpfer Trommelschlag wiederholt wurde, und aus Gawains Attacke wurde ein grausiger Bericht über die Geisterseelen unserer toten Speerkämpfer, die von der Schwerterbrücke herbeigeeilt kamen, um die Flanken des Feindes anzugreifen. Er pries Tewdric, gönnte auch mir ein freundliches Wort und ließ Sagramor die ihm gebührende Ehre zuteil werden, vor allem aber feierte er mit seinem Lied Arthur. In Taliesins Lied war es Arthur, der das Tal mit dem Blut der Feinde überschwemmte. Arthur, der den feindlichen König niederstreckte, und Arthur, der ganz Lloegyr in Angst und Schrecken versetzte.

Die Christen haßten Taliesins Lied. Sie machten ihre eigenen Lieder, in denen Tewdric die Sachsen besiegte. Gott, der Allmächtige, behaupteten die Christenlieder, habe Tewdrics Flehen erhört, die himmlischen Heerscharen zusammengetrommelt, und seine Engel hätten sodann die Sais mit Flammenschwertern besiegt. Arthur wurde in diesen Liedern mit keinem Wort erwähnt, ja, den Heiden wurde überhaupt kein Verdienst am Sieg zugestanden, und bis heute gibt es Leute, die behaupten, Arthur sei bei Mynydd Baddon gar nicht zugegen gewesen. Ein Christenlied schrieb Aelles Tod tatsächlich Meurig zu, obwohl Meurig gar nicht auf Mynydd Baddon, sondern vielmehr zu Hause in Gwent gewesen war. Nach der Schlacht wurde Meurig wieder als König eingesetzt, während Tewdric in sein Kloster zurückkehrte, wo er von Gwents Bischöfen zum Heiligen erklärt wurde.

Arthur war in jenem Sommer zu beschäftigt, um sich Gedanken über Lieder und Heilige zu machen. In den Wochen nach der Schlacht holten wir uns weite Teile von Lloegyr zurück, doch leider konnten wir es nicht ganz zurückerobern, denn viele Sachsen wollten unbedingt in Britannien bleiben. Je weiter wir nach Osten kamen, desto härter wurde der Widerstand, im Herbst war der Feind jedoch auf ein Gebiet zurückgedrängt worden, das nur halb so groß war wie jenes, das er zuvor beherrscht hatte. In jenem Jahr zahlte Cerdic uns sogar Tribut und versprach, ihn uns für zehn weitere Jahre zu zahlen, aber gehalten hat er sein Versprechen nicht. Statt dessen begrüßte er freudig jedes Boot, das übers Meer kam, und baute seine zerschlagenen Truppen allmählich wieder auf.

Aelles Königreich war geteilt. Der Süden ging an Cerdic zurück, während der nördliche in drei oder vier kleine Reiche zerfiel, die von Kriegshorden aus Elmet, Powys und Gwent gnadenlos überfallen und ausgeplündert wurden. Tausende von Sachsen gerieten unter britannische Herrschaft, ja, die neuen Gebiete im Osten von Dumnonia wurden fast ganz von ihnen bewohnt. Arthur wollte jenes Land wieder besiedeln, aber nur wenige Britannier waren bereit, dorthin zu ziehen, und so blieben die Sachsen da, beackerten den Boden und träumten von dem Tag, an dem ihre eigenen Könige zurückkehrten. Zum eigentlichen Herrscher über Dumnonias wiedereroberte Gebiete wurde Sagramor. Die Sachsenhäuptlinge wußten zwar, daß Mordred ihr König war, in jenen ersten Jahren nach Mynydd Baddon aber war es Sagramor, dem sie den Treueid leisteten und Steuern bezahlten, und es war sein schlichtes schwarzes Banner, das über der alten Flußfestung bei Pontes flatterte, wohin seine Krieger marschierten, um den Frieden zu bewahren.

Arthur führte den Feldzug an, durch den das gestohlene Land zurückgeholt wurde, aber sobald alles gesichert war und die Sachsen unsere neuen Grenzen akzeptiert hatten, machte er sich aus Dumnonia davon. Bis zur letzten Minute hatten einige von uns gehofft, er werde das Versprechen brechen, das er Meurig und Tewdric gegeben hatte, aber er wollte gar nicht bleiben. Es hatte ihn nie nach Macht gelüstet. Aus reinem Pflichtbewußtsein hatte er sie zu einem Zeitpunkt übernommen, da Dumnonias König ein Knabe war und die Rivalität einer Handvoll ehrgeiziger Kriegsherren das Land in Aufruhr zu stürzen drohte, aber all die darauffolgenden Jahre hindurch hatte er stets an seinem Traum vom einfachen Leben festgehalten, und sobald die Sachsen besiegt waren, fühlte er sich frei genug, um seinen Traum in die Tat umzusetzen. Ich flehte ihn an, seinen Entschluß gründlich zu überdenken, aber er schüttelte den Kopf. »Ich bin alt, Derfel.«

»Nicht viel älter als ich, Lord.«

»Dann seid Ihr alt«, erklärte er lächelnd. »Über vierzig! Wie viele Menschen werden mehr als vierzig Jahre alt?«

Nur sehr wenige, das traf zu. Dennoch glaube ich, daß Arthur in Dumnonia geblieben wäre, wenn er bekommen hätte, was er sich wünschte, und das war Dankbarkeit. Er war ein sehr stolzer Mann und wußte, was er für sein Land getan hatte, aber das Land hatte es ihm mit schmollender Unzufriedenheit gedankt. Die Christen hatten seinen Frieden als erste gebrochen, doch nach den Feuern von Mai Dun hatten sich auch die Heiden gegen ihn gewandt. Er hatte Dumnonia Gerechtigkeit gebracht, er hatte einen großen Teil der verlorenen Gebiete zurückerobert und die neuen Grenzen gesichert, er hatte ehrlich und aufrichtig regiert, und zum Lohn dafür wurde er als Feind Gottes bezeichnet. Außerdem hatte er Meurig versprochen, Dumnonia zu verlassen, und dieses Versprechen bestärkte ihn in dem Eid, den er Uther geleistet hatte, den Eid, Mordred zum König zu machen. Also erklärte er uns jetzt, daß er beabsichtige, beide Eide voll und ganz zu halten. »Solange die Eide nicht erfüllt sind, kann ich nicht glücklich werden«, sagte er zu mir, und von dieser Überzeugung ließ er sich nicht abbringen. Als daher die neue Grenze zu den Sachsen festgelegt und Cerdics erste Tributleistungen eingegangen waren, verließ er das Land.

Er nahm sechzig Reiter und einhundert Speerkämpfer mit und zog in die Stadt Isca in Siluria, die von Dumnonia aus jenseits des Severn-Meeres im Norden lag. Ursprünglich hatte er keine Speerkämpfer mitnehmen wollen, doch Guineveres Rat verhallte nicht ungehört. Arthur, sagte sie, habe Feinde und brauche Schutz, und außerdem gehörten seine Reiter zu den tüchtigsten Kriegern von Britannien, deswegen wollte sie verhindern, daß sie unter Befehl eines anderen gestellt würden. Arthur ließ sich von ihr überzeugen, obwohl ich glaube, daß es im Grunde keiner großen Überzeugungskraft bedurfte. Er träumte vielleicht davon, nichts als ein Grundbesitzer auf einem friedlichen Stückchen Land zu sein, ohne andere Sorgen als die Gesundheit seines Viehs und das Gedeihen seines Getreides, doch ihm war klar, daß der einzige Frieden, den er jemals genießen würde, nur von ihm selbst ausgehen konnte, und daß ein Lord, der ohne Krieger lebt, nicht lange in Frieden existieren kann.

Siluria war ein kleines, armes und unbeschütztes Königreich. Der letzte König seiner alten Dynastie war Gundleus gewesen. Er hatte in Lugg Vale den Tod gefunden, und danach war Lancelot zum König ausgerufen worden, aber dem hatte es in Siluria nicht gefallen, so daß er es freudig gegen den reicheren Thron des Belgenlandes getauscht hatte. In Ermangelung eines anderen Königs war Siluria in zwei Vasallenreiche geteilt worden, die Gwent und Powya unterstellt waren. Cuneglas hatte sich selbst zum König von Westsiluria erklärt, während Meurig zum König von Ostsiluria ausgerufen wurde; in Wirklichkeit hatte jedoch keiner der beiden Monarchen viel Wert in den steilen, engen Tälern gesehen, die von den rauhen, nördlichen Bergen bis ans Meer hinabführten. Cuneglas hatte Speerkämpfer aus den Tälern rekrutiert, während Meurig von Gwent wenig mehr getan hatte, als Missionare ins Land zu schicken. Der einzige König, der sich jemals für Siluria interessiert hatte, war Oengus mac Airem, der die Täler heimsuchte, um Proviant und Sklaven zu rauben, doch alle anderen hatten Siluria ignoriert. Seine Häuptlinge zankten sich untereinander und zahlten widerwillig Steuern an Gwent oder Powys, aber als Arthur kam, wurde das alles ganz anders. Ob er es wollte oder nicht, er wurde zum wichtigsten Bewohner Silurias und damit zum eigentlichen Herrscher, und obwohl er deutlich seine Absicht erklärte, ein einfacher Privatmann zu sein; konnte er es sich nicht verkneifen, seine Speerkämpfer einzusetzen, um die ruinösen Zänkereien der Häuptlinge zu beenden. Als wir Arthur und Guinevere ein Jahr nach Mynydd Baddon in Isca besuchten, nannte er sich ironisch Gouverneur – ein römischer Titel, der ihm zusagte, denn er erinnerte ihn in keiner Hinsicht an ein Königtum.

Isca war eine wunderschöne Stadt. Anfangs hatten die Römer eine Festung gebaut, um die Furt im Fluß zu beschützen, doch als sie ihre Legionen weiter nach Westen und Norden verlegten, brauchten sie die Festung bald nicht mehr, und so machten sie aus Isca eine Stadt, ganz ähnlich wie Aquae Sulis: eine Stadt, welche die Römer aufsuchten, um sich zu amüsieren. Es gab ein Amphitheater, und obwohl Isca nicht über heiße Quellen verfügte, gab es immerhin sechs Badehäuser, drei Paläste und so viele Tempel wie römische Götter. Die Stadt war inzwischen natürlich verfallen, doch Arthur renovierte die Gerichtshäuser und die Paläste, und Aufbauarbeit machte ihn immer glücklich. Der größte Palast, in dem Lancelot gewohnt hatte, wurde Culhwch überlassen, der zum Befehlshaber von Arthurs Leibwache ernannt wurde und der sich den Palast mit dem größten Teil seiner Männer teilte. Der zweitgrößte Palast gehörte nun Emrys, dem früheren Bischof von Dumnonia, inzwischen jedoch Bischof von Isca. »Er konnte nicht in Dumnonia bleiben«, erklärte Arthur, als er mir die Stadt bei unserem ersten Besuch ein Jahr nach Mynydd Baddon zeigte. »In Dumnonia ist kein Platz für Emrys und Sansum«, sagte Arthur, »deswegen will Emrys mir hier helfen. Er hat einen unersättlichen Appetit auf Verwaltungsangelegenheiten, und – besser noch – er hält uns Meurigs Christen vom Hals.«

»Alle?« fragte ich ihn.

»Die meisten«, antwortete er lächelnd. »Und es ist wirklich schön hier, Derfel«, fuhr er mit einem Blick auf Iscas gepflasterte Straßen fort. »Wunderschön!« Er war über die Maßen stolz auf seine neue Heimat, ja, er behauptete sogar, daß es in Isca weniger regne als in seiner Umgebung. »Ich habe gesehen, daß überall auf den Bergen dicke Schneedecken lagen«, versicherte er mir, »hier aber schien die Sonne auf grüne Wiesen.«

»Ja, Lord«, sagte ich mit leichtem Lächeln.

»Es stimmt wirklich, Derfel! Wirklich! Wenn ich zur Stadt hinausreite, nehme ich einen Mantel mit, und dann kommt irgendwann der Moment, da die Hitze nachläßt und ich den Mantel umlegen muß. Wenn wir morgen auf die Jagd gehen, werdet Ihr es selbst erleben.«

»Das klingt wie Magie«, sagte ich ein wenig spöttisch, denn normalerweise weigerte er sich, Magie überhaupt zu erwähnen.

»Das könnte durchaus sein«, sagte er allen Ernstes und ging mit mir durch eine Gasse, die entlang dem großen Christenschrein zu einer Erhebung im Mittelpunkt der Stadt führte. Ein spiralförmiger Pfad verlief bis auf den Gipfel des Hügels, wo die Alten eine flache Grube ausgehoben hatten. Die Grube enthielt zahllose kleine Opfergaben für die Götter: – Bänder, Fellstückchen, Knöpfe – allesamt Beweis dafür, daß es Meurigs Missionaren, so eifrig sie auch sein mochten, nicht ganz gelungen war, die alte Religion auszumerzen. »Wenn es hier Magie gibt«, erklärte mir Arthur, als wir zur Kuppe des Hügels emporgestiegen waren und in die grasbewachsene Grube hinabblickten, »dann dort, wo ihre Ursprünge sind. Die Einheimischen behaupten, es sei der Eingang zur Anderwelt.«

»Und Ihr glaubt ihnen?«

»Ich weiß einfach, daß dies ein gesegneter Ort ist«, sagte er glücklich, und das war Isca an jenem Spätsommertag. Die auflaufende Flut hatte den Fluß anschwellen lassen, so daß er tief zwischen den grünen Ufern dahinfloß, die Sonne schien auf Häuser mit schneeweißen Mauern und auf die dichtbelaubten Bäume in den Höfen, während sich im Norden die sanften Hügel mit ihrem sorgfältig gepflegten Ackerland friedlich bis zu den Bergen hinzogen. Es war schwer zu glauben, daß vor gar nicht so vielen Jahren Angriffstruppen der Sachsen bis zu jenen Hügeln vorgedrungen waren und Bauern abgeschlachtet, Sklaven gefangen und Gehöfte in Brand gesteckt hatten. Der Überfall hatte sich während Uthers Regierungszeit ereignet, und es war Arthurs Verdienst, die Feinde so weit zurückgeschlagen zu haben, daß es uns in jenem Sommer und in vielen weiteren Sommern schien, als würde kein freier Sachse je wieder nach Isca hereinkommen.

Der kleinste Palast des Ortes lag unmittelbar westlich der Erhebung: Dort hatten sich Arthur und Guinevere niedergelassen. Von unserem erhöhten Standpunkt auf dem geheimnisvollen Hügel aus konnten wir in den Hof hinabblicken, wo Guinevere und Ceinwyn auf und ab gingen, wobei eindeutig Guinevere das Gespräch führte. »Sie plant Gwydres Vermählung«, erklärte mir Arthur. »Mit Morwenna, natürlich«, ergänzte er mit einem flüchtigen Lächeln.

»Sie ist soweit«, sagte ich eifrig. Morwenna war ein gutes Mädchen, in letzter Zeit jedoch war sie launisch und reizbar gewesen. Wie Ceinwyn mir versicherte, zeigte Morwenna lediglich die Symptome eines Mädchens, das für die Vermählung bereit ist, und ich jedenfalls wäre für eine Heilung dankbar.

Arthur saß auf dem grasbewachsenen Rand des Hügels und blickte gen Westen. Seine Hände waren, wie ich bemerkte, mit kleinen dunklen Narben übersät, Spuren des Feuers in der Schmiede, die er sich bei den Stallungen des Palastes gebaut hatte. Er war schon immer vom Schmiedehandwerk fasziniert gewesen und konnte stundenlang von dieser Kunst schwärmen. Im Moment hatte er jedoch anderes im Kopf. »Würde es Euch stören, wenn Bischof Emrys die Vermählung segnet?« fragte er mich vorsichtig.

»Ob es mich stört?« gab ich zurück. Ich mochte Emrys.

»Nur Bischof Emrys«, erläuterte Arthur. »Keine Druiden. Vergeßt nicht, Derfel, daß ich nur mit Meurigs Duldung hier leben darf. Denn er ist schließlich König in diesem Land.«

»Lord«, begann ich zu protestieren, doch er gebot mir mit erhobener Hand Einhalt, so daß ich meiner Empörung nicht weiter Ausdruck verlieh. Der junge König Meurig war ein beunruhigender Nachbar, das wußte ich. Er konnte es nicht verwinden, daß sein Vater ihn vorübergehend der Macht enthoben hatte und keinen Anteil an Mynydd Baddons Ruhm hatte, und er war unangenehm eifersüchtig auf Arthur. Meurigs gwentisches Territorium begann nur wenige Meter von dieser Erhebung entfernt am anderen Ende der römischen Brücke, die über den Fluß Usk führte, und dieser östliche Teil Silurias war Meurigs rechtmäßiger Besitz.

»Es war Meurig, der wollte, daß ich hier als Lehnsmann lebe«, erklärte mir Arthur, »doch es war Tewdric, der mir die Rechte an all den alten königlichen Pachtgeldern übertrug. Er wenigstens ist uns dankbar für das, was wir bei Mynydd Baddon erreicht haben; da ich jedoch bezweifle, daß der junge Meurig mit dieser Vereinbarung zufrieden ist, beschwichtige ich ihn, indem ich mich dem Christentum ergeben zeige.« Mit einem verlegenen Grinsen tat er, als schlage er das Kreuz.

»Ihr braucht Meurig nicht zu beschwichtigen«, widersprach ich ihm zornig. »Gebt mir einen einzigen Monat, und ich werde diesen elenden Hund auf den Knien herschleppen.«

Arthur lachte. »Wieder mal Krieg?« Er schüttelte den Kopf. »Meurig mag ja ein Narr sein, aber er hat niemals den Krieg gesucht, deswegen kann ich ihn nicht hassen. Er wird mich hier so lange in Frieden leben lassen, wie ich ihn nicht beleidige. Außerdem habe ich genügend Kämpfe auszufechten, auch ohne mir den Kopf über Gwent zu zerbrechen.«

Es waren eher Bagatellen. Oengus' Schwarzschilde drangen immer noch zu Überfällen über Silurias Westgrenze vor, so daß Arthur zur Abwehr dort kleine Speerkämpfer-Garnisonen stationiert hatte. Er empfand keinen Zorn auf Oengus, sondern betrachtete ihn sogar als Freund, doch Oengus konnte genausowenig von den Ernteüberfällen lassen wie ein Hund vom Flöhekratzen. Silurias Nordgrenze bereitete ihm mehr Sorgen, denn dort lag Powys, und Powys war nach Cuneglas' Tod im Chaos versunken. Perddel, Cuneglas' Sohn, war zwar zum König ausgerufen worden, aber mindestens ein halbes Dutzend mächtige Häuptlinge waren überzeugt, mehr Rechte auf die Krone zu haben als Perddel – oder wenigstens Macht genug, um die Krone an sich zu reißen –, daher war das einstmals so mächtige Königreich Powys zu einem verwahrlosten Schlachtfeld verkommen. Gwynedd, das verarmte Land nördlich von Powys, marodierte nach Lust und Laune, Kriegshorden bekämpften einander, schlossen vorübergehend Bündnisse, brachen sie, massakrierten gegenseitig die jeweiligen Familien, und sobald sie selbst von einem Massaker bedroht wurden, zogen sie sich in die Berge zurück. Noch hielten genügend Speerkämpfer getreulich zu Perddel, um ihm den Thron zu sichern, doch um die aufrührerischen Häuptlinge zu besiegen, waren es zu wenige. »Ich glaube, wir werden eingreifen müssen«, erklärte mir Arthur.

»Wir, Lord?«

»Meurig und ich. O ja, er haßt den Krieg, aber früher oder später werden in Powys ein paar von seinen Missionaren umgebracht werden, und diese Morde werden ihn, glaube ich, davon überzeugen, daß wir Perddel unsere Speerkämpfer zur Unterstützung schicken müssen. Natürlich nur, wenn Perddel sich bereit erklärt, das Christentum in Powys einzuführen, was er zweifellos tun wird, wenn er dadurch sein Reich zurückerhält. Und wenn Meurig in den Krieg zieht, wird er mich vermutlich bitten, das zu übernehmen. Denn ihm ist es lieber, wenn statt seinen meine Männer sterben.«

»Unter dem Christenbanner?« fragte ich verdrossen.

»Ich bezweifle, daß er ein anderes akzeptieren wird«, antwortete Arthur gelassen. »Ich bin sein Steuereinnehmer hier in Siluria, warum sollte ich in Powys nicht auch sein Kriegsherr sein?« Bei dieser Vorstellung lächelte er ironisch und warf mir dann einen verlegenen Blick zu. »Es gibt noch einen anderen Grund, warum ich mir für Gwydre und Morwenna eine christliche Vermählung wünsche«, sagte er nach einer Weile.

»Und der wäre?« Ich mußte ihn drängen, denn dieser weitere Grund brachte ihn eindeutig in Verlegenheit.

»Angenommen, Mordred und Argante bekommen keine Kinder«, sagte er fragend.

Eine Zeitlang schwieg ich. Auch Guinevere hatte diese Möglichkeit erwähnt, als ich in Aquae Sulis mit ihr sprach. Mir aber schien das eine höchst unwahrscheinliche Annahme zu sein, und ich äußerte mich auch dahingehend.

»Aber wenn die beiden kinderlos bleiben«, sagte Arthur eindringlich, »wer hätte dann den sichersten Anspruch auf die Krone von Dumnonia?«

»Ihr natürlich«, antwortete ich. Arthur war Uthers Sohn, auch wenn er als Bastard geboren war, und außer ihm gab es keine Söhne, die das Königreich beanspruchen konnten.

»Nein, nein«, wehrte er hastig ab. »Ich will sie nicht. Ich habe sie nie gewollt!«

Ich starrte auf Guinevere hinab; vermutlich war sie es gewesen, die das Problem von Mordreds Nachfolge aufs Tapet gebracht hatte. »Dann wäre das wohl Gwydre, nicht wahr?« meinte ich.

»Dann wäre das Gwydre«, stimmte er zu.

»Will er sie denn?«

»Ich glaube schon. Er hört mehr auf seine Mutter als auf mich.«

»Und Ihr wollt nicht, daß Gwydre König wird?«

»Ich will, daß Gwydre das tut, was er selbst will«, sagte Arthur, »und wenn Mordred keinen Erben zeugt und Gwydre seinen Anspruch geltend machen will, werde ich ihn unterstützen.« Während er sprach, blickte er zu Guinevere hinab, die, wie ich vermutete, die eigentliche Triebkraft hinter seinen Ambitionen war. Sie hatte schon immer mit einem König vermählt sein wollen, würde es nun aber akzeptieren, die Mutter eines Königs zu sein, wenn Arthur auf den Thron verzichtete. »Doch wie Ihr sagtet«, fuhr Arthur fort, »ist es eine unwahrscheinliche Annahme. Ich hoffe, daß Mordred viele Söhne bekommt, doch wenn das nicht geschehen sollte und Gwydre auf den Thron gerufen wird, dann wird er die Unterstützung der Christen brauchen. Denn in Dumnonia regieren ja jetzt die Christen, nicht wahr?«

»Das tun sie, Lord«, bestätigte ich grimmig.

»Also wäre es klug von uns, bei Gwydres Vermählung die christlichen Riten vollziehen zu lassen«, sagte Arthur und schenkte mir ein verschmitztes Lächeln. »Seht Ihr, wie nahe Eure Tochter daran ist, Königin zu werden?« Ehrlich gesagt, daran hatte ich nie gedacht, und das mußte sich auf meinem Gesicht abgezeichnet haben, denn Arthur lachte. »Eine christliche Vermählung ist wahrhaftig nicht das, was ich mir für Gwydre und Morwenna wünsche«, räumte er ein. »Wenn es nach mir ginge, Derfel, würde ich sie von Merlin zusammengeben lassen.«

»Habt Ihr etwas von ihm gehört, Lord?« erkundigte ich mich eifrig.

»Nein. Ich hatte gehofft, Ihr wüßtet etwas.«

»Nur Gerüchte«, antwortete ich. Seit einem Jahr war Merlin

nicht mehr gesehen worden. Damals hatte er Mynydd Baddon mit Gawains Asche verlassen, oder wenigstens mit einem Bündel, das Gawains verkohlte, brüchige Knochen und ein wenig Asche enthielt, die dem toten Prinzen gehört haben mochte, aber auch einfache Holzasche sein konnte. Seit jenem Tag war Merlin nicht mehr gesehen worden. Gerüchte behaupteten, er sei in der Anderwelt, andere wiederum wollten wissen, daß er in Irland oder irgendwo in den westlichen Bergen sei, aber niemand wußte etwas Genaues. Mir hatte er erklärt, er werde Nimue helfen gehen, doch wo die war, wußte ebenfalls kein Mensch.

Arthur erhob sich und klopfte sich die Grashalme von der Hose. »Zeit fürs Abendessen«, sagte er. »Aber ich muß Euch warnen. Taliesin wird vermutlich ein extrem langweiliges Lied über Mynydd Baddon singen. Schlimmer sogar, es ist immer noch nicht fertig! Dauernd fügt er neue Verse hinzu. Guinevere behauptet, es sei ein Meisterwerk, und wenn sie das sagt, muß es wohl so sein. Aber warum muß ich es bei jeder Abendmahlzeit über mich ergehen lassen?«

Damals hörte ich Taliesin zum erstenmal singen und war begeistert. Es war, wie Guinevere später zu mir sagte, als holte er Sternenmusik auf die Erde herab. Er hatte eine erstaunlich reine Stimme und konnte einen Ton länger halten als jeder andere Barde, den ich jemals gehört hatte. Später erklärte er mir, daß er sich im Atmen übe, obwohl ich niemals gedacht hätte, daß man dazu Übung brauche, doch das bedeutete, daß er einen abklingenden Ton unendlich lange halten konnte, während er ihn bis zum hingehauchten Ersterben mit Akkorden seiner Harfe begleitete; andererseits konnte er ein ganzes Gemach mit seiner triumphierenden Stimme widerhallen und erbeben lassen, und ich schwöre, daß er für mich an jenem Sommerabend in Isca die Schlacht von Mynydd Baddon wieder zum Leben erweckte. Ich habe Taliesin sehr oft singen hören, und jedesmal lauschte ich ihm mit demselben ehrfürchtigen Staunen.

Dennoch war er ein bescheidener Mensch. Er kannte seine große Macht und lebte bequem damit. Es freute ihn, Guinevere als Gönnerin zu haben, denn sie war großzügig, wußte seine

Kunst zu schätzen und gestattete ihm, den Palast wochenlang zu verlassen. Als ich ihn fragte, wohin er sich während seiner Abwesenheit begebe, erzählte er mir, daß es ihm Freude mache, durch die Berge und Täler zu ziehen und für das einfache Volk zu singen. »Und den Leuten nicht nur vorzusingen, sondern ihnen auch zuzuhören«, sagte er. »Ich mag alte Lieder. Manchmal erinnern sie sich nur noch an Bruchstücke davon; dann versuche ich ihnen zu helfen, das Ganze wiederherzustellen.« Es sei wichtig, sagte er, den Liedern der einfachen Leute zu lauschen, denn daraus lerne er, was ihnen gefiel, aber er wolle ihnen auch seine eigenen Lieder vorsingen. »Lords zu unterhalten, ist nicht schwer«, erklärte er, »denn die wollen sich unterhalten lassen; ein Bauer aber braucht Schlaf dringender als Lieder, und wenn ich ihn wachhalten kann, dann weiß ich, daß mein Lied gut ist.« Manchmal, erzählte er mir, singe er auch einfach nur für sich selbst. »Dann sitze ich unter den Sternen und singe«, vertraute er mir mit verlegenem Lächeln an.

»Könnt Ihr wirklich in die Zukunft sehen?« fragte ich ihn während dieses Gesprächs.

»Ich träume sie«, erwiderte er, als sei das nichts Besonderes. »In die Zukunft sehen, das ist, als spähe man durch einen Nebel, und das Ergebnis ist die Mühe kaum wert. Außerdem, Lord, weiß ich nie so recht, ob meine Visionen der Zukunft von den Göttern gesandt werden oder meinen eigenen Ängsten entspringen. Schließlich bin ich ja nur ein Barde.« Nach meiner Meinung versuchte er mir auszuweichen. Merlin hatte mir erzählt, daß Taliesin im Zölibat lebe, um sich die Gabe der Weissagungen zu erhalten, also muß er sie weit höher eingeschätzt haben, als er andeutete, setzte sie aber dennoch herab, damit die Menschen ihn nicht ständig danach fragten. Taliesin sah unsere Zukunft, glaube ich, bevor einer von uns auch nur eine Ahnung davon hatte, und wollte sie uns nicht verraten. Er war ein sehr diskreter Mensch.

»Nur ein Barde?« wiederholte ich fragend seine letzten Worte. »Die Leute sagen, daß Ihr der größte aller Barden seid.«

Meine Schmeichelei zurückweisend, schüttelte er den Kopf. »Nur ein Barde«, bestätigte er nachdrücklich, »obwohl ich tatsächlich die Ausbildung eines Druiden erhalten habe. In Cornovia habe ich bei Celafydd die Mysterien gelernt. Sieben Jahre und drei habe ich gelernt, und am allerletzten Tag, als ich den Druidenstab hätte nehmen können, verließ ich Celafydds Höhle und bezeichnete mich statt dessen als Barde.«

»Warum?«

»Weil ein Druide«, antwortete er nach einer längeren Pause, »Verantwortung trägt, und die wollte ich nicht übernehmen. Ich beobachte gern, Lord Derfel, und erzähle Geschichten. Die Zeit ist eine Geschichte, und die würde ich gern erzählen, nicht gestalten. Merlin wollte diese Geschichte verändern und hat versagt. So hoch wage ich mein Ziel nicht zu stecken.«

»Hat Merlin wirklich versagt?« fragte ich ihn.

»Nicht bei den kleinen Dingen«, erwiderte Taliesin gelassen. »Aber bei den großen? Ja. Die Götter haben sich noch weiter entfernt, und ich vermute, daß sie sich jetzt weder durch meine Lieder noch durch Merlins Feuer zurückholen lassen. Die Welt, Lord, wendet sich neuen Göttern zu, und vielleicht ist das auch gar nicht so schlecht. Ein Gott ist ein Gott, und warum sollte es uns kümmern, welcher von ihnen regiert? Nur der Stolz und die Gewohnheit binden uns an die alten Götter.«

»Wollt Ihr sagen, daß wir alle Christen werden sollten?« fragte ich ihn barsch.

»Welchen Gott Ihr anbetet, ist für mich von keinerlei Bedeutung, Lord«, antwortete er. »Ich bin lediglich hier, um zu beobachten, zu lauschen und zu singen.«

So sang Taliesin also, während Arthur mit Guinevere in Siluria herrschte. Meine Aufgabe war es, Mordreds unheilvolles Wirken in Dumnonia zu bremsen. Merlin war verschwunden, vermutlich zu den geheimnisvollen Nebeln im tiefen Westen. Die Sachsen verhielten sich still, gierten aber immer noch nach unserem Land, und im Himmel, wo ihr unheilvolles Wirken von niemandem gebremst werden konnte, warfen die Götter von neuem die Würfel.

Mordred war glücklich in jenen Jahren nach Mynydd Baddon. Durch die Schlacht hatte er Gefallen am Krieg gefunden, den er nun unersättlich auslebte. Eine Zeitlang begnügte er sich damit, unter Sagramors Führung zu kämpfen, Überfälle ins geschrumpfte Lloegyr hineinzureiten oder die sächsischen Kriegshorden zu jagen, die uns Ernten und Vieh rauben wollten, nach einer Weile jedoch begann er sich über Sagramors Vorsicht zu ärgern. Der Numidier hatte keine Lust, einen richtigen Krieg vom Zaun zu brechen, indem er das Territorium eroberte, das Cerdic gehörte und in dem die Sachsen immer noch stark waren. Mordred dagegen sehnte sich verzweifelt nach einem weiteren Aufeinandertreffen von Schildwällen. Einmal befahl er Sagramors Speerkämpfern, ihm auf Cerdics Gebiet zu folgen, aber die Männer weigerten sich, ohne Sagramors Befehl zu marschieren, und Sagramor verbot die Invasion. Mordred schmollte eine Weile, doch dann kam ein Hilferuf aus Broceliande, dem britannischen Königreich in Armorica, und so führte Mordred eine Kriegshorde von Freiwilligen in den Kampf gegen die Franken, die König Budics Grenzen bedrängten. Anschließend blieb er über fünf Jahre in Armorica und machte sich in dieser Zeit einen Namen. In der Schlacht war er furchtlos, wie mir die Männer berichteten, und seine Siege lockten immer mehr Männer unter sein Drachenbanner. Es waren herrenlose Männer, Strolche und Gesetzlose, die bei ihm durch Beute reich werden wollten, und Mordred erfüllte ihnen all diese Wünsche. Er eroberte ein gutes Stück des alten Königreichs Benoic zurück, und die Barden begannen von ihm als einem wiedergeborenen Uther zu singen, ja sogar als zweitem Arthur, obwohl auch andere Geschichten über das graue Wasser herüberdrangen, die niemals in Lieder gefaßt wurden, und diese Geschichten erzählten von Mord, Vergewaltigung und grausamen Männern, die ungehindert wüten durften.

Arthur selbst kämpfte während dieser Jahre ebenfalls, denn genau wie er vorausgesehen hatte, wurden einige von Meurigs Missionaren in Powys ermordet, und Meurig verlangte Arthurs Hilfe bei der Bestrafung der Rebellen, welche die Priester umgebracht hatten. Also ritt Arthur zu einem seiner größten Feldzüge nach Norden. Ich war nicht dort, um ihn zu unterstützen, denn meine Pflichten hielten mich in Dumnonia, doch die Erzählungen hörten wir alle. Arthur überredete Oengus mac Airem, die Rebellen von Demetia aus anzugreifen, und während Oengus' Schwarzschilde von Westen her attackierten, kamen Arthurs Männer aus dem Süden, und als Meurigs Heer eintraf, das zwei Tage nach Arthur kam, fanden sie, daß die Rebellion unterdrückt war und die meisten Mörder gefangengenommen. Ein paar der Priestermörder hatten jedoch Zuflucht in Gwynedd gesucht, und Byrthig, der König jener Bergregion, weigerte sich, sie auszuliefern. Da Byrthig hoffte, die Rebellen benutzen zu können, um sich mehr Land in Powys anzueignen, zog Arthur trotz Meurigs Mahnungen zur Vorsicht gen Norden. Bei Caer Gei besiegte er Byrthig, um dann, immer noch unter dem Vorwand, einige der Priestermörder seien weiter nach Norden geflohen, seine Kriegshorde über die Dunkle Straße ins gefürchtete Reich Lleyn zu führen. Oengus folgte ihm, und auf dem Sand von Foryd, wo der Fluß Gwyrfair sich ins Meer ergießt, trieben Oengus und Arthur König Diwrnach zwischen ihren Streitkräften in die Enge und vernichteten die Blutschilde von Lleyn. Diwrnach ertrank, über einhundert seiner Speerkämpfer wurden getötet, der Rest floh in Panik. Innerhalb von zwei Sommermonaten hatte Arthur den Aufstand in Powys beendet, Byrthig eingeschüchtert und Diwrnach vernichtet, und durch die letzte Tat hatte er auch den Eid erfüllt, den er Guinevere geschworen hatte: Rache dafür zu üben, daß ihr Vater sein Königreich verloren hatte. Leodegan, ihr Vater, war König von Henis Wyren gewesen, aber Diwrnach war aus Irland herübergekommen, hatte Henis Wyren im Sturm erobert, es in Lleyn umbenannt und Guinevere dadurch zur bettelarmen Exilantin gemacht. Nun, da Diwrnach tot war, dachte ich, daß Guinevere fordern werde, sein gestohlenes Königreich ihrem Sohn zu geben, sie aber protestierte mit keinem Wort, als Arthur Lleyn an Oengus übertrug, weil er hoffte, damit die Schwarzschilde so sehr zu beschäftigen, daß sie keine Überfälle mehr auf Powys verübten. Es sei besser, erklärte mir Arthur später, daß Lleyn einen irischen Herrscher habe, denn die große Mehrheit seiner Bevölkerung seien Iren, die Gwydre würde ihnen fremd sein; also regierte Oengus' ältester Sohn in Lleyn, und Arthur brachte Diwrnachs Schwert als Trophäe für Guinevere nach Hause.

Das alles erlebte ich nicht mit, denn ich herrschte in Dumnonia, wo meine Speerkämpfer Mordreds Steuern eintrieben und Mordreds Gesetze vollstreckten. Den größten Teil der Arbeit erledigte Issa, der inzwischen selbst zum Lord geworden war und dem ich die Hälfte meiner Speerkämpfer überlassen hatte. Außerdem war er jetzt Vater geworden, und Scarach, seine Gemahlin, erwartete ein weiteres Kind. Sie lebte bei uns in Dun Caric, während Issa von dort aus das Land überwachte und ich allmonatlich und immer widerwilliger südwärts zu den Sitzungen des Kronrats nach Durnovaria reiste. Den Vorsitz bei diesen Zusammenkünften hatte Argante, denn Mordred hatte befohlen, daß seine Königin den ihm gebührenden erhöhten Platz im Rat einnehmen müsse. Nicht einmal Guinevere hatte an den Ratssitzungen teilgenommen, aber Mordred bestand darauf, und so berief Argante den Kronrat ein und hatte Bischof Sansum als wichtigsten Verbündeten. Sansum, der Räumlichkeiten im Palast bewohnte, flüsterte Argante ständig etwas ins Ohr, während Fergal, ihr Druide, ihr das andere Ohr vollwisperte. Sansum erklärte zwar immer wieder seinen Haß auf alle Heiden, doch als er erkannte, daß er keine Macht ausüben konnte, solange er sie nicht mit Fergal teilte, unterdrückte er seinen Haß und ließ sich zu einem unheilbringenden Bündnis herbei. Morgan, Sansums Gemahlin, war im Anschluß an Mynyd Baddon nach Ynys Wydryn zurückgekehrt, Sansum hingegen blieb in Durnovaria, weil er die Vertraulichkeiten seiner Königin offenbar der Gesellschaft seiner Gemahlin vorzog.

Argante genoß es, königliche Macht auszuüben. Daß sie für Mordred viel Liebe übrig hatte, glaube ich kaum, aber das Geld liebte sie leidenschaftlich, und indem sie in Dumnonia blieb, stellte sie sicher, daß der größte Teil der Steuern des Landes durch ihre Hände ging. Sie fing nur wenig an mit diesem Reichtum. Sie baute nicht, wie Arthur und Guinevere es getan hatten, sie kümmerte sich nicht um die Wiederherstellung von Brücken oder Festungen, sondern tauschte die Abgaben – ob in Gestalt von Salz, Getreide oder Fellen – gegen Gold. Einiges von diesem Gold schickte sie ihrem Gemahl, der ständig mehr Geld für seine

Kriegshorde verlangte, das meiste aber häufte sie in den Gewölben des Palastes an, bis die Einwohner von Durnovaria das Gefühl hatten, ihre Stadt ruhe auf einem Fundament aus Gold. Den Schatz, den ich neben der alten Römerstraße versteckt hatte, hatte Argante sich schon lange zurückgeholt; nun sammelte sie immer mehr hinzu und wurde dabei von Bischof Sansum unterstützt, der sich außer dem Titel Bischof von ganz Dumnonia nun auch noch die Bezeichnung Oberkronrat und Königlicher Schatzmeister zugelegt hatte. Ich hege keinen Zweifel daran, daß er das letztere Amt dazu benutzte, die Schatzkammern zugunsten seines eigenen Säckels zu plündern. Als ich ihm das eines Tages vorwarf, zog er sofort eine tief gekränkte Miene. »Ich mache mir nichts aus Gold, Lord«, behauptete er fromm. »Hat der Herr uns denn nicht geboten, Schätze nicht auf Erden, sondern im Himmel zu sammeln?«

Ich verzog das Gesicht. »Der könnte befehlen, was immer er will«, entgegnete ich, »Ihr würdet Eure Seele dennoch für Gold verkaufen, Bischof. Und das solltet Ihr auch tun, denn es könnte sich als recht guter Handel erweisen.«

Er schenkte mir einen mißtrauischen Blick. »Als guter Handel? Wieso?«

»Weil das hieße, Dreck gegen Geld einzutauschen, natürlich«, gab ich zurück. Ich brachte es nicht fertig, Zuneigung zu Sansum zu heucheln, genausowenig wie er mir gegenüber. Der Mäuselord beschuldigte mich ständig, die Abgaben der Leute im Austausch gegen Gefälligkeiten zu reduzieren, und führte als Beweis für seine Anschuldigungen die Tatsache an, daß in jedem Jahr weniger Geld in die Schatzkammern floß, doch das war keineswegs meine Schuld. Sansum hatte Mordred überredet, einen Erlaß zu unterzeichnen, durch den alle Christen von Steuern befreit wurden, und ich muß sagen, die Kirche hätte sich keine bessere Möglichkeit zur Missionierung ausdenken können, obwohl Mordred seinen Erlaß sofort widerrief, als ihm bewußt wurde, wie viele Seelen und wie wenig Gold er damit rettete. Dann jedoch redete Sansum dem König ein, die Kirche und nur die Kirche dürfe für das Eintreiben der Steuern von Christen zuständig sein. Dadurch steigerte sich der Ertrag für ein einziges Jahr, fiel dann aber sofort wieder geringer aus, weil die Christen merkten, um wieviel billiger es war, Sansum zu bestechen, als ihren König zu bezahlen. Dann brachte Sansum den Vorschlag ein, die Steuern für alle Heiden zu verdoppeln, doch diese Maßnahme brachten Argante und Fergal zu Fall. Statt dessen schlug nun Argante vor, die Steuern für die Sachsen zu verdoppeln, aber Sagramor weigerte sich, die Steigerung einzutreiben; das werde nur den Aufstand in jenen Teilen Lloegyrs provozieren, die wir besiedelt hatten, behauptete er. So war es kein Wunder, daß ich es haßte, an den Sitzungen des Kronrats teilzunehmen, und nach ein, zwei Jahren fruchtlosen Gezerres ging ich erst gar nicht mehr hin. Issa fuhr fort, die Steuern einzutreiben, doch nur die ehrlichen Männer bezahlten. Von denen schien es allerdings jedes Jahr weniger zu geben, so daß Mordred ständig klagte, über keinerlei Geld zu verfügen, während Sansum und Argante allmählich reich wurden.

Argante wurde zwar reich, blieb aber kinderlos. Manchmal besuchte sie Broceliande, und sehr selten kehrte Mordred nach Dumnonia zurück, doch niemals wurde Argantes Bauch nach diesen Besuchen runder. Sie betete, sie opferte, und sie besuchte heilige Quellen, um schwanger zu werden, aber sie blieb unfruchtbar. Ich erinnere mich an den Geruch bei Ratssitzungen, wenn sie auf dem Bauch einen Umschlag mit den Fäkalien eines neugeborenen Kindes trug: angeblich ein sicheres Mittel gegen Unfruchtbarkeit, aber auch das half nicht mehr als das Gebräu aus Zaunrübenwurzeln und Alraune, das sie tagtäglich zu trinken pflegte. Schließlich redete Sansum ihr ein, daß nur das Christentum ein Wunder für sie bewirken könne; also warf Argante zwei Jahre nach Mordreds Abreise nach Broceliande ihren Druiden Fergal zum Palast hinaus und ließ sich im Fluß Ffraw, der nördlich um Durnovaria herumfließt, öffentlich taufen. Sechs Monate lang nahm sie an den täglichen Andachten in der riesigen Kirche teil, die Sansum in der Stadtmitte hatte erbauen lassen, doch auch nach sechs Monaten war ihr Bauch noch immer so flach wie zu der Zeit, bevor sie in den Fluß gewatet war. Also wurde Fergal in den Palast zurückbefohlen und brachte eine neue Mixtur aus Fledermausdung und Wieselblut mit, die Argante fruchtbar machen sollte.

Gwydre und Morwenna waren inzwischen vermählt und hatten ihr erstes Kind bekommen, einen Knaben, den sie Arthur nannten und der von Anfang an nur Arthur-bach gerufen wurde, Arthur, der Kleine. Das Kind wurde von Bischof Emrys getauft, eine Zeremonie, die Argante als Provokation empfand. Sie wußte, daß weder Arthur noch Guinevere etwas für das Christentum übrig hatten und daß ihr Enkel nur getauft wurde, weil sie sich bei den Christen von Dumnonia beliebt machen wollten, deren Unterstützung sie brauchten, falls Gwydre auf den Thron kommen sollte. Außerdem war Arthur-bachs Existenz allein schon ein Vorwurf für Mordred. Ein König sollte fruchtbar sein, das war seine Pflicht, und Mordred kam dieser Pflicht nicht nach. Daß er in ganz Dumnonia und Armorica kreuz und quer Bastarde zeugte, spielte keine Rolle, er schaffte es nicht, Argante zu schwängern, so daß die Königin dunkel von seinem verkrüppelten Fuß zu sprechen begann, an die bösen Vorzeichen seiner Geburt erinnerte und finster nach Siluria hinüberblickte, wo meine Tochter, ihre Rivalin, Zeugnis davon ablegte, daß sie fähig war, neue Prinzen zur Welt zu bringen. Immer verzweifelter wurde die Königin, sie griff sogar in ihre Schatzkisten, um jeden Schwindler mit Gold zu entlohnen, der ihr einen dicken Bauch verhieß; doch alle Hexen Britanniens konnten ihr nicht zur Empfängnis verhelfen, und wenn die Gerüchte zutrafen, die Hälfte aller Speerkämpfer ihrer Palastwache ebensowenig. Die ganze Zeit über wartete Gwydre in Siluria. Argante wußte, daß Gwydre, falls Mordred starb, in Dumnonia regieren würde, es sei denn, sie brachte einen eigenen Erben zur Welt.

Ich tat mein Bestes, um Dumnonia in jenen frühen Jahren von Mordreds Regierungszeit den Frieden zu erhalten, und eine Zeitlang wurden meine Bemühungen dadurch erleichtert, daß der König abwesend war. Ich ernannte Magistraten und sorgte dafür, daß Arthurs Gerechtigkeit weiterlebte. Arthur war immer für gute Gesetze gewesen – sie hielten das Land zusammen, wie die Weidenbretter eines Schildes vom Lederüberzug zusammengehalten würden, pflegte er zu sagen – und hatte sich enorme Mühe gegeben, Magistraten zu ernennen, auf deren Unparteilichkeit er sich verlassen konnte. Das waren zum größten Teil Grundbesitzer, Kaufleute und Priester, und nahezu alle waren reich genug, um den gefährlichen Lockungen des Goldes zu widerstehen. Wenn die Menschen das Recht kaufen können, hatte Arthur immer gesagt, dann wird das Recht wertlos, und so waren seine Magistraten berühmt für ihre Ehrlichkeit; aber es dauerte nicht lange, bis die Menschen in Dumnonia entdeckten, daß man die Magistraten umgehen konnte. Indem sie Sansum oder Argante Geld gaben, erreichten sie, daß Mordred von Armorica aus den Befehl erteilte, eine Entscheidung zu ändern, und so sah ich mich Jahr für Jahr mit einer steigenden Flut kleiner Ungerechtigkeiten konfrontiert. Die ehrlichen Magistraten traten lieber zurück, als zuzusehen, wie ihre Rechtsprechung immer wieder rückgängig gemacht wurde, während Männer, die ihre Probleme auch einem Gericht hätten vorlegen können, sie lieber mit dem Speer austrugen. Dieser Mißbrauch der Rechtsprechung war ein sehr langsamer Prozeß, den ich aber dennoch nicht aufhalten konnte. Ich hatte Mordreds Launenhaftigkeit Zügel anlegen sollen, aber Argante und Sansum glichen scharfen Sporen, und diese Sporen waren stärker als die Zügel.

Im großen und ganzen war es dennoch eine glückliche Zeit. Nur wenige Menschen wurden vierzig Jahre alt, doch Ceinwyn und ich gehörten dazu, und die Götter hatten uns beide mit guter Gesundheit gesegnet. Morwennas Vermählung war für uns eine große Freude, die Geburt Arthur-bachs eine noch größere, und ein Jahr später vermählte sich unsere Tochter Seren mit Ederyn, dem Edling von Elmet. Es war eine Vermählung aus dynastischen Gründen, denn Seren war eine Cousine von Perddel, dem König von Powys, und die Ehe wurde nicht aus Liebe geschlossen, sondern um das Bündnis zwischen Elmet und Powys zu festigen. Zwar war Ceinwyn gegen diese Vermählung, denn sie sah keine Anzeichen von Zuneigung zwischen Seren und Ederyn, aber Seren hatte es sich in den Kopf gesetzt, Königin zu werden, also heiratete sie ihren Edling und lebte nun weit weg von uns. Die arme

Seren! Sie wurde niemals Königin, denn sie starb bei der Geburt ihres ersten Kindes, einer Tochter, die nur einen halben Tag länger lebte als ihre Mutter. So ging die zweite meiner drei Töchter in die Anderwelt ein.

Wir weinten um Seren, obwohl diese Tränen nicht so bitter waren wie jene, die wir bei Dians Tod vergossen hatten, denn Dian war so furchtbar jung gestorben; doch einen Monat nach Serens Tod brachte Morwenna ihr zweites Kind zur Welt, eine Tochter, die sie und Gwydre Seren nannten. Die beiden Enkelkinder brachten ein immer helleres Licht in unser Leben. Nach Dumnonia kamen sie nicht, denn dort war Argantes Eifersucht eine ständige Gefahr für sie, aber Ceinwyn und ich gingen immer wieder nach Siluria. Ja, unsere Besuche wurden so häufig, daß Guinevere in ihrem Palast Gemächer für uns einrichtete, und nach einer Weile verbrachten wir in Isca mehr Zeit als in Dun Caric. Mein Kopf und mein Bart wurden allmählich grau, und ich begnügte mich damit, Issa mit Argante streiten zu lassen, während ich mit meinen Enkeln spielte. Meiner Mutter baute ich ein Haus an Silurias Küste, inzwischen aber war sie so verrückt geworden, daß sie nicht wußte, was geschah, und immer wieder versuchte, zu ihrer elenden Treibholzhütte auf dem Felsen über dem Meer zurückzukehren. Sie starb bei einer der winterlichen Epidemien, und wie ich Aelle versprochen hatte, begrub ich sie wie eine Sächsin mit den Füßen in Richtung Norden.

Dumnonia ging zugrunde, und ich vermochte seinen Verfall anscheinend nicht aufzuhalten, denn Mordred besaß gerade eben genug Macht, um mich zu umgehen; doch während Ceinwyn und ich immer mehr Zeit in Isca verbrachten, versuchte Issa Recht und Ordnung zu bewahren, so gut es ging. Wie viele schöne Erinnerungen habe ich an Isca! Erinnerungen an sonnige Tage, an denen Taliesin Wiegenlieder sang und Guinevere sich liebevoll über mein Glück lustig machte, während ich Arthur-bach und Seren in einem umgekehrten Schild über den Rasen zog. Arthur gesellte sich bei unseren Spielen zu uns, denn er hatte Kinder stets geliebt, und manchmal war auch Galahad dabei, denn er hatte sich Arthur und Guinevere in ihrem komfortablen Exil angeschlossen.

Galahad hatte sich noch immer nicht vermählt, aber ein Kind hatte er inzwischen dennoch: seinen Neffen Peredur, Lancelots Sohn, den er tränenüberströmt zwischen den Gefallenen von Mynydd Baddon gefunden hatte. Als Peredur heranwuchs, wurde er seinem Vater immer ähnlicher; er hatte die gleiche dunkle Haut, das gleiche schmale, hübsche Gesicht und das gleiche pechschwarze Haar; in seinem Charakter glich er jedoch Galahad, nicht Lancelot. Er war ein intelligenter, nachdenklicher und ernsthafter Knabe, der sich bemühte, ein guter Christ zu sein. Ich weiß nicht, wieviel er über das Leben seines Vaters wußte, doch Peredur hatte immer ein wenig Angst vor Arthur und Guinevere, und sie fanden ihn, glaube ich, etwas beunruhigend. Das war nicht seine Schuld, sondern rührte daher, daß sein Gesicht sie an das erinnerte, was wir alle lieber vergessen wollten, und so waren sie beide dankbar, als Peredur mit zwölf Jahren nach Gwent an Meurigs Hof geschickt wurde, um dort zum Krieger erzogen zu werden. Er war ein guter Junge, nach seiner Abreise jedoch war es, als sei ein Schatten von Isca gewichen. In späteren Jahren, lange nach dem Ende von Arthurs Geschichte, lernte ich Peredur näher kennen und mehr schätzen als viele andere Männer, die ich kannte.

Peredur mag Arthur beunruhigt haben, davon abgesehen gab es jedoch kaum noch andere Schatten, die ihn beunruhigen konnten. Wenn die Menschen in diesen dunklen Zeiten zurückdenken und sich erinnern, was sie verloren, als Arthur fortging, sprechen sie gewöhnlich von Dumnonia, andere jedoch trauern auch um Siluria, denn in jenen Jahren schenkte er jenem ungeschützten Königreich Recht und Frieden. Es gab immer noch Seuchen, es gab immer noch Armut, und nur weil Arthur regierte, hörten die Menschen nicht auf, sich zu betrinken und einander zu töten; aber die Witwen wußten, daß seine Gerichte ihnen Entschädigung zusprechen würden, und die Hungernden wußten, daß seine Kornspeicher Nahrung genug für einen Winter bargen. Kein Feind drang über Silurias Grenze vor, und obwohl sich die Christenreligion sehr schnell durch die Täler verbreitete, duldete Arthur nicht, daß die christlichen Priester die heidnischen Schreine entweihten, genauso wie er verhinderte, daß die Heiden die Kirchen der Christen angriffen. In jenen Jahren machte er Siluria zu dem, was er sich eigentlich von ganz Britannien erträumt hatte: einen sicheren Hafen. Keine Kinder wurden versklavt, keine Ernten wurden auf dem Halm verbrannt, und keine Kriegsherren verwüsteten die Gehöfte.

Doch hinter den Grenzen dieses sicheren Hafens lauerten immer noch finstere Dinge. Dazu gehörte auch Merlins Unauffindbarkeit. Jahr um Jahr verging, und da niemand etwas von ihm gehört hatte, vermuteten die Leute eben, der Druide müsse gestorben sein, denn zweifellos konnte kein Mensch, nicht einmal Merlin, so lange leben. Meurig war ein nörgelnder, reizbarer Nachbar, der ständig höhere Abgaben oder die Vertreibung der Druiden forderte, die in den Tälern von Siluria lebten, obwohl Tewdric, sein Vater, seinen mäßigenden Einfluß ausübte, wenn man ihn aus seinem selbst auferlegten Stadium des Fast-Verhungerns herausreißen konnte. Wie es schien, herrschte allein in Siluria das Glück, so daß Ceinwyn und ich allmählich glaubten, den Rest unserer Tage in Isca verbringen zu können. Wir waren reich, wir hatten Freunde, wir hatten eine Familie, und wir waren glücklich.

Kurz gesagt, wir waren zufrieden, aber das Schicksal war schon immer der Feind der Zufriedenheit, und das Schicksal ist, wie Merlin mir immer wieder gesagt hatte, unerbittlich.

Als ich von Mordreds Problem hörte, war ich mit Guinevere in den Hügeln nördlich von Isca auf der Jagd. Es war Winter, die Bäume waren kahl, und Guineveres berühmte Jagdhunde hatten soeben einen großen Rothirsch gestellt, als mich ein Bote aus Dumnonia fand. Der Mann überreichte mir einen Brief und sah mit aufgerissenen Augen zu, wie Guinevere mitten zwischen die knurrenden Hunde stieg, um das Tier mit einem einzigen Gnadenstoß ihres kurzen Jagdspeers von seinem Elend zu erlösen. Mit ihren Peitschen vertrieben die Jäger die Hunde von dem Kadaver; dann zogen sie ihre Messer, um den Hirsch aufzubrechen. Ich entrollte das Pergament, las die kurz gefaßte Nachricht und sah den Boten fragend an. »Habt Ihr das hier Arthur gezeigt?«

»Nein, Lord«, antwortete der Mann. »Das Schreiben war an Euch adressiert.«

»Bringt es ihm jetzt«, befahl ich und reichte ihm das Pergament zurück.

Blutbesudelt und glücklich trat Guinevere aus dem Gemetzel heraus. »Ihr seht aus, als hättet Ihr schlechte Nachrichten erhalten, Derfel.«

»Ganz im Gegenteil«, antwortete ich. »Gute. Mordred ist verwundet worden.«

»Gut!« jubelte Guinevere. »Hoffentlich sehr schwer!«

»Es scheint so. Ein Axthieb ins Bein.«

»Schade, daß er nicht ins Herz gegangen ist. Wo ist er?«

»Immer noch in Armorica«, sagte ich. Die Nachricht war von Sansum diktiert worden und meldete, daß Mordred von einem Heer unter Clovis, dem Großkönig der Franken, überfallen und geschlagen worden sei und daß unser König im Verlauf dieser Schlacht schwer am Bein verletzt worden sei. Er sei entkommen und werde nun von Clovis in einer der alten Gipfelfestungen des alten Benoic belagert. Ich vermutete, daß Mordred in dem Territorium überwintern wollte, das er von den Franken erobert hatte und das ihm, wie er sich anscheinend dachte, zu einem zweiten Königreich hinter dem Meer verhelfen würde, aber Clovis hatte sein Frankenheer in einem unerwarteten Winterfeldzug westwärts geführt. Mordred war geschlagen worden und saß, obwohl er noch lebte, verwundet in der Falle.

»Wie zuverlässig ist die Nachricht?« erkundigte sich Guinevere.

»Sehr zuverlässig«, antwortete ich. »König Budic hat Argante einen Boten geschickt.«

»Gut«, sagte Guinevere. »Gut! Hoffen wir, daß die Franken ihn umbringen.« Damit kehrte sie zu dem wachsenden Haufen dampfender Eingeweide zurück, um für einen ihrer geliebten Hunde eine Belohnung zu holen. »Sie werden ihn töten, nicht wahr?« fragte sie mich.

»Die Franken sind nicht gerade für ihre Barmherzigkeit bekannt«, gab ich zurück.

»Hoffentlich tanzen sie auf seinen Knochen«, sagte sie. »Sich selbst einen zweiten Uther zu nennen!«

»Eine Zeitlang hat er gut gekämpft, Lady.«

»Ob man gut kämpft, spielt keine Rolle, Derfel. Ob man die letzte Schlacht gewinnt, darauf kommt es an.« Sie warf ihren Hunden die Eingeweide des Hirsches vor, wischte ihr Messer an ihrem Koller ab und schob es in die Scheide zurück. »Aber was will Argante jetzt von Euch?« fragte sie mich. »Daß Ihr ihn rettet?« Genau das forderte nicht nur Argante, sondern auch Sansum, und das war der Grund, warum er mir geschrieben hatte. Mit seinem Brief befahl er mir, mit all meinen Männern an die Südküste zu marschieren, Schiffe zu suchen und Mordred zu Hilfe zu eilen. Als ich Guinevere das erklärte, warf sie mir einen spöttischen Blick zu. »Und Ihr wollt behaupten, daß der Eid, den Ihr dem kleinen Bastard geschworen habt, Euch zwingt, den beiden zu gehorchen?«

»Argante habe ich nichts geschworen«, antwortete ich, »und Sansum schon gar nicht.« Der Mäuselord konnte mir befehlen, soviel er wollte, ich brauchte ihm nicht zu gehorchen und hatte auch keine Lust, Mordred zu retten. Außerdem bezweifelte ich, daß im Winter ein Heer nach Armorica verschifft werden konnte. Und selbst wenn meine Speerkämpfer die rauhe Überfahrt überlebten, würde ihre Zahl zu gering sein, um die Franken zu bekämpfen. Die einzige Hilfe, die Mordred wohl zu erwarten hatte, würde vom alten König Budic von Broceliande kommen, der mit Arthurs älterer Schwester Anna vermählt war; aber selbst wenn Budic vielleicht froh gewesen wäre, wenn Mordred die Franken in dem Land, das früher einmal Benoic gewesen war, getötet hätte, so würde er bestimmt nicht Clovis' Aufmerksamkeit auf sich ziehen wollen, indem er Mordred Speerkämpfer zu Hilfe schickte. Mordred, sagte ich mir, ist dem Untergang geweiht. Wenn seine Wunden ihn nicht umbrachten, würde es Clovis tun.

Während des ganzen restlichen Winters belästigte mich Argante mit Botschaften, in denen sie von mir verlangte, mit meinen Männern übers Meer zu fahren, aber ich blieb in Siluria und beachtete sie nicht. Issa erhielt die gleichen Befehle, weigerte sich aber rundheraus, ihnen zu gehorchen, während Sagramor Argantes Botschaften kurzerhand ins Feuer warf. Als Argante sah, daß mit dem schwindenden Leben ihres Gemahls auch ihr die Macht entglitt, wurde ihre Verzweiflung immer größer, und sie bot den Speerkämpfern, die nach Armorica zu segeln bereit waren, Gold. Zwar nahmen zahlreiche Speerkämpfer dieses Gold, zogen es aber vor, westwärts nach Kernow zu fahren oder nordwärts nach Gwent, statt gen Süden zu segeln, wo sie von Clovis' tödlichem Heer erwartet wurden. Und während Argante verzweifelte, wuchsen unsere Hoffnungen. Mordred saß in der Falle und war krank, also mußte früher oder später die Nachricht von seinem Tod eintreffen, und sobald diese Nachricht kam, hatten wir vor, mit Gwydre als Thronbewerber unter Arthurs Banner nach Dumnonia hineinzureiten. Von der Sachsengrenze würde uns Sagramor zu Hilfe eilen, und in Dumnonia würde es keinen geben, der mächtig genug war, um sich uns in den Weg zu stellen.

Aber auch andere Männer dachten an Dumnonias Thron. Das erfuhr ich Anfang des Frühlings, als der heilige Tewdric starb. Da Arthur unter der Erkältung des letzten Winters litt und nieste und fieberte, bat er Galahad, sich zu den Begräbnisriten des alten Königs nach Burrium zu begeben, der Hauptstadt von Gwent, die von Isca aus nur einen kurzen Marsch stromaufwärts lag, und Galahad bat mich, ihn zu begleiten. Ich trauerte um Tewdric, der uns ein guter Freund gewesen war, hatte aber nicht den Wunsch, an seiner Beerdigung teilzunehmen und mir die endlosen, eintönigen Riten der Christen anzuhören, doch Arthur unterstützte Galahads Bitte. »Wir leben hier, weil Meurig uns duldet«, erinnerte er mich, »deswegen sollten wir ihm Respekt erweisen. Wenn ich könnte, würde ich selbst hingehen.« Er hielt inne, um zu niesen. »Aber Guinevere sagt, das wäre mein Tod.«

Also gingen Galahad und ich an Arthurs Statt, und die Totenriten erschienen mir in der Tat endlos. Ich nahm in einer großen, scheunenartigen Kirche Platz, die Meurig in dem Jahr erbaut hatte, das angeblich den fünfhundertsten Jahrestag der Ankunft des Herrn Jesus Christus auf dieser sündigen Erde markierte, aber nachdem die Gebete in der Kirche alle gesprochen oder skandiert worden waren, mußten wir an Tewdrics Grab noch weitere über uns ergehen lassen. Es gab kein Totenfeuer, keine singenden Speerkämpfer, nur ein kaltes Loch im Boden, zwanzig dienernde Priester und, als Tewdric endlich in die Erde versenkt worden war, einen eher würdelosen Sturm zurück, um möglichst schnell in die Stadt mit ihren Tavernen zu kommen.

Meurig befahl Galahad und mir, das Mittagsmahl mit ihm einzunehmen. Zu uns gesellten sich Peredur, Galahads Neffe sowie Burriums Bischof, ein düsterer Mensch namens Lladarn, der für die langweiligsten Gebete des Tages verantwortlich war und der die Mahlzeit mit einem weiteren langatmigen Gebet begann, um sich anschließend mit ernster Miene nach dem Ergehen meiner Seele zu erkundigen. Als ich ihm versicherte, sie ruhe sicher in Mithras' Hand, war er zutiefst bekümmert. Eine solche Antwort hätte Meurig normalerweise erzürnt, aber er war so abgelenkt, daß er die Provokation nicht bemerkte. Wie ich wußte, war er nicht übermäßig bedrückt vom Tod seines Vaters, denn Meurig nahm es Tewdric immer noch übel, daß er sich bei Mynydd Baddon die Macht zurückgeholt hatte, aber er tat wenigstens so, als sei er traurig, und langweilte uns mit einem aufrichtigen Loblied auf die Frömmigkeit und Weisheit seines Vaters. Ich verlieh der Hoffnung Ausdruck, daß Tewdric einen gnädigen Tod erlitten habe, woraufhin Meurig mir berichtete, sein Vater sei bei dem Versuch, die Engel zu imitieren, verhungert.

»Zum Schluß war fast gar nichts mehr von ihm übrig«, erläuterte Bischof Lladarn, »nur Haut und Knochen, Haut und Knochen! Aber die Mönche sagen, seine Haut habe von einem himmlischen Licht geleuchtet, gelobt sei der Herr!«

»Und nun sitzt der Heilige zur Rechten Gottes«, sagte Meurig und bekreuzigte sich, »wo ich mich eines Tages zu ihm gesellen werde. Probiert doch mal eine Auster, Lord!« Er schob mir eine Silberschüssel zu; dann schenkte er sich selber Wein ein. Er war ein blasser junger Mann mit vorquellenden Augen, schütterem Bart und einer aufreizend pedantischen Art. Wie sein Vater kopierte er die Manieren der Römer. Auf seinen dünnen Haaren trug er einen Kranz aus Bronze, war in eine Toga gekleidet und speiste liegend auf einem Ruhepolster. Diese Polster waren furchtbar unbequem. Er hatte eine traurige Prinzessin von Rheged geheiratet, eine richtige Kuh, die als Heidin in Gwent angekommen war und schon bald männliche Zwillinge geboren hatte; anschließend hatte man ihr das Christentum in die starrköpfige Seele gepeitscht. Sie ließ sich flüchtig in dem matt beleuchteten Speiseraum blicken, beäugte uns, sagte und aß nichts und verschwand dann ebenso unauffällig, wie sie erschienen war.

»Habt Ihr Nachrichten von Mordred?« erkundigte sich Meurig nach dem kurzen Besuch seiner Gemahlin.

»Nichts Neues, Lord König«, antwortete Galahad. »Er wird von Clovis belagert, doch ob er noch lebt oder nicht, ist uns nicht bekannt.«

»Ich habe Nachrichten erhalten«, sagte Meurig, erfreut darüber, daß er sie vor uns bekommen hatte. »Gestern kam ein Händler mit Neuigkeiten aus Broceliande und berichtete uns, daß Mordred dem Tode nahe sei. Seine Wunde schwärt.« Mit einem Elfenbeinstäbchen stocherte der König in seinen Zähnen. »Das muß Gottes Strafe sein, Prinz Galahad, Gottes Strafe.«

»Gelobt sei sein Name«, mischte sich Bischof Lladarn ein. Der Bart des Bischofs war so lang, daß er unter seinem Liegepolster verschwand. Er benutzte den Bart ständig als Handtuch und übertrug das Fett von seinen Händen in die langen, schmutzverkrusteten Strähnen.

»Diese Gerüchte haben wir auch schon gehört, Lord König«, sagte ich.

Meurig zuckte die Achseln. »Der Händler schien ziemlich sicher zu sein«, entgegnete er und kippte sich eine Auster in den Hals. »Wenn Mordred also nicht schon tot ist, wird er es vermutlich sehr bald sein, und zwar, ohne einen Erben zu hinterlassen!« fuhr er dann fort.

»Richtig«, sagte Galahad.

»Und Perddel von Powys hat ebenfalls keine Kinder«, fuhr Meurig fort.

»Perddel ist unvermählt, Lord König«, wandte ich ein.

»Aber sieht er sich nach einer Gemahlin um?« fragte uns Meurig.

»Es wird gemunkelt, daß er eine Prinzessin von Kernow heiraten wird«, antwortete ich, »und einige der irischen Könige haben ihm ebenfalls Töchter angeboten. Doch seine Mutter wünscht, daß er noch ein, zwei Jahre wartet.«

»Er wird von seiner Mutter gegängelt, nicht wahr? Kein Wunder, daß er ein Schwächling ist«, sagte Meurig mit seiner nörgelnden, hohen Stimme. »Ein Schwächling. Wie ich hörte, wimmelt es in den Westhügeln von Powys von Gesetzlosen.«

»Das habe ich auch gehört, Lord König«, sagte ich. Seit Cuneglas' Tod wurden die Berge am Irischen Meer von herrenlosen Männern heimgesucht, und Arthurs Feldzug in Powys, Gwynedd und Lleyn hatte ihre Zahl nur noch vergrößert. Einige von diesen Flüchtlingen waren Speerkämpfer von Dwrnachs Blutschilden und hätten sich, zusammen mit den unzufriedenen Männern aus Powys, zu einer neuen Gefahr für Perddels Thron entwickeln können, doch bisher waren sie kaum mehr als eine lästige Plage. Sie raubten Rinder und Korn, schnappten sich Kinder als Sklaven und zogen sich dann, um der Vergeltung zu entgehen, wieder in ihre Bergfestungen zurück.

»Und Arthur?« wollte Meurig wissen. »Wie geht es ihm bei Eurem Aufbruch?«

»Nicht besonders gut, Lord König«, antwortete Galahad. »Er wäre gerne mitgekommen, aber leider litt er am Winterfieber.«

»Doch wohl nichts Ernstes?« erkundigte sich Meurig mit einer Miene, die darauf schließen ließ, daß er inständig hoffte, Arthurs Erkältung würde sich als tödlich erweisen. »Hoffentlich nicht«, ergänzte er hastig, »aber er ist schließlich alt, und die Alten erliegen auch Geringfügigkeiten, die ein junger Mann einfach abschüttelt.«

»Ich halte Arthur nicht für alt«, widersprach ich.

»Aber er muß fast fünfzig sein!« erklärte Meurig ungehalten.

»Erst in ein oder zwei Jahren«, sagte ich.

»Aber das ist alt«, behauptete Meurig. »Alt.« Dann schwieg er, während ich mich in dem Raum umsah, der von brennenden

Dochten in ölgefüllten Bronzeschalen beleuchtet wurde. Außer den fünf Liegepolstern und dem niedrigen Tisch gab es keine weiteren Möbel, und die einzige Dekoration war ein holzgeschnitzter Christus am Kreuz, der hoch oben an der einen Wand hing. Der Bischof nagte an einem Schweinerippchen, Peredur saß schweigend da, während Galahad den König mit leicht belustigter Miene beobachtete. Wieder stocherte Meurig in seinen Zähnen, dann zeigte er mit dem Elfenbeinstäbchen auf mich. »Was passiert, wenn Mordred stirbt?« Dabei blinzelte er heftig – eine Angewohnheit von ihm, sobald er nervös wurde.

»Dann muß ein neuer König gefunden werden, Lord König«, sagte ich so beiläufig, als hätte die Frage keine große Bedeutung für mich.

»Dieser Punkt ist mir durchaus klar«, sagte er schneidend. »Aber wen?«

»Das werden die Lords von Dumnonia entscheiden«, antwortete ich ausweichend.

»Und Gwydre wählen?« Als er mich mit diesen Worten herausforderte, blinzelte er wieder stärker. »Jedenfalls habe ich gehört, daß sie Gwydre wählen werden. Ist das richtig?«

Da ich schwieg, gab Galahad schließlich dem König Antwort. »Gwydre hat in der Tat einen Anspruch auf den Thron, Lord König«, sagte er vorsichtig.

»Gwydre hat keinen Anspruch, keinen! Keinen!« kreischte Meurig wütend. »Muß ich Euch daran erinnern, daß sein Vater ein Bastard ist?«

»Genau wie ich, Lord König«, warf ich ein.

Das ignorierte Meurig. »›Ein Bastard soll nicht in die Versammlung des Herrn aufgenommen werden!‹« behauptete er. »So steht es in der Heiligen Schrift. Nicht wahr, Bischof?«

»›Bis ins zehnte Glied soll der Bastard nicht in die Versammlung des Herrn aufgenommen werden‹, Lord König«, zitierte Lladarn und bekreuzigte sich. »Gelobt sei der Herr für seine Weisheit und Fürsorge, Lord König.«

»Seht ihr?« sagte Meurig, als sei seine Behauptung damit bewiesen.

Ich lächelte. »Lord König«, sagte ich behutsam, »wenn wir den Abkömmlingen von Bastarden den Thron verweigern wollten, hätten wir überhaupt keine Könige.«

Er starrte mich mit seinen blassen, vorquellenden Augen an, während er zu entscheiden versuchte, ob ich seine eigene Abstammung in Frage stellte, hatte sich aber wohl entschieden, keinen Streit zu provozieren. »Gwydre ist ein junger Mann«, sagte er, »und nicht der Sohn eines Königs. Die Sachsen werden stärker, und Powys wird schlecht regiert. Britannien braucht Führer, Lord Derfel, Britannien braucht starke Könige!«

»Tagtäglich singen wir Hosianna, weil Ihr Euch zum Glück als ein solcher erweist, Lord König«, sagte Lladarn ölig.

Ich hielt die Schmeichelei des Bischofs für nichts weiter als eine höfliche, nichtssagende Erwiderung, wie sie bei Höflingen den Königen gegenüber üblich ist, doch Meurig nahm sie für bare Münze. »Genau!« bestätigte der König begeistert und starrte mich mit aufgerissenen Augen an, als erwarte er, daß ich ins Loblied des Bischofs einstimme.

»Und wen«, fragte ich statt dessen, »würdet Ihr gern auf Dumnonias Thron sehen, Lord König?«

Daß er auf einmal sehr heftig blinzelte, bewies, daß ihm die Frage Unbehagen bereitete. Die Antwort lag auf der Hand: Meurig wollte den Thron für sich selbst. Vor Mynydd Baddon hatte er einen halbherzigen Versuch gemacht, ihn sich zu nehmen, und seine Erklärung, Gwents Heer werde Arthur nicht gegen die Sachsen helfen, wenn Arthur nicht auf die Macht verzichte, war ein listiger Versuch gewesen, Dumnonias Thron zu schwächen, weil er hoffte, daß er eines Tages leer stehen werde; nun aber erkannte er plötzlich seine Chance, obwohl er es nicht wagte, sich offen darum zu bewerben, solange noch keine definitive Bestätigung von Mordreds Tod in Britannien eintraf. »Ich persönlich«, sagte er statt dessen, »werde jeden Kandidaten unterstützen, der sich als Jünger unseres Herrn Jesus Christus erweist.« Er schlug das Kreuzeszeichen. »Etwas anderes zu tun ist mir unmöglich, denn ich diene dem allmächtigen Gott.«

»Er sei gelobt!« sagte der Bischof hastig.

»Übrigens, Lord Derfel«, fuhr Meurig tiefernst fort, »ich weiß aus zuverlässiger Quelle, daß die Christen in Dumnonia nach einem guten, christlichen Herrscher schreien. Schreien!«

»Und wer hat Euch von diesem Schrei informiert, Lord König?« fragte ich ihn mit so schneidender Stimme, daß der arme Peredur ängstlich aufblickte. Meurig antwortete nicht, doch da ich von ihm auch keine Antwort erwartete, gab ich sie selber. »Bischof Sansum?« sagte ich und erkannte an Meurigs empörter Miene, daß ich recht hatte.

»Warum glaubt Ihr, daß Sansum mit dieser Angelegenheit etwas zu tun hat?« fuhr Meurig mich mit hochrotem Kopf an.

»Sansum stammt aus Gwent, nicht wahr, Lord König?« fragte ich ihn, und nun errötete Meurig noch tiefer, für mich der Beweis dafür, daß Sansum tatsächlich versuchte, Meurig auf Dumnonias Thron zu setzen, woraufhin Meurig ihn – darauf konnte sich Sansum verlassen – mit noch mehr Macht belohnen würde. »Ich glaube kaum, daß die Christen von Dumnonia Euren Schutz brauchen, Lord König«, fuhr ich fort. »Und Sansum auch nicht. Denn Gwydre ist, genau wie sein Vater, ein Freund Eures Glaubens.«

»Ein Freund? Arthur – ein Freund Christi?« fuhr Bischof Lladarn mich an. »Es gibt heidnische Schreine in Siluria, Tiere werden den alten Göttern geopfert, Frauen tanzen nackt unter dem Mond, Kinder werden durch Feuer getragen, Druiden plappern!« Bei der Aufzählung all dieser Schändlichkeiten versprühte der Bischof heftig Speichel aus seinem Mund.

Meurig beugte sich zu mir. »Ohne den Segen christlicher Herrschaft kann es keinen Frieden geben.«

»Es kann keinen Frieden geben, Lord König«, gab ich offen zurück, »solange zwei Männer dasselbe Königreich verlangen. Was soll ich also meinem Schwiegersohn sagen?«

Wieder war Meurig durch meine Offenheit aus dem Gleichgewicht gebracht. Während er sich eine Antwort überlegte, spielte er mit einer Austernschale; dann zuckte er die Achseln. »Ihr dürft Gwydre versichern, daß er Land, Ehre, Rang und meinen Schutz haben wird«, sagte er unter heftigem Lidschlagen. »Aber ich werde nicht dulden, daß er zum König von Dumnonia gemacht wird.« Bei diesen letzten Worten errötete er wieder einmal. Er war klug, dieser Meurig, im Herzen aber ein Feigling, und es muß ihn große Überwindung gekostet haben, sich so eindeutig zu äußern.

Vielleicht fürchtete er meinen Zorn, dennoch gab ich ihm eine höfliche Antwort. »Ich werde es ihm ausrichten, Lord König«, sagte ich, obwohl seine Botschaft in Wirklichkeit nicht Gwydre, sondern Arthur galt. Meurig tat damit nicht nur seine eigene Absicht kund, in Dumnonia zu herrschen, sondern warnte Arthur gleichzeitig, daß Gwents beachtliches Heer etwas gegen Gwydres Kandidatur unternehmen werde.

Bischof Lladarn beugte sich zu Meurig hinüber und flüsterte dringlich auf ihn ein. Damit weder Galahad noch ich ihn verstehen konnte, bediente er sich des Lateinischen, doch Galahad beherrschte die Sprache ebenfalls und hörte etwa zur Hälfte mit, was dabei gesagt wurde. »Ihr wollt Arthur in Suluria festnageln?« warf er Lladaran auf britannisch vor.

Lladarn errötete. Über sein Amt als Bischof von Burrium hinaus war Lladarn oberster Berater des Königs und dadurch ein sehr mächtiger Mann. »Mein König«, sagte er und neigte den Kopf in Meurigs Richtung, »kann es nicht dulden, daß Arthur Speerkämpfer durch Gwent marschieren läßt.«

»Trifft das zu, Lord König?« erkundigte sich Galahad höflich.

»Ich bin ein Mann des Friedens«, behauptete Meurig großmäulig, »und eine Möglichkeit, den Frieden zu wahren, besteht darin, die Speerkämpfer in ihrer Heimat festzuhalten.«

Ich sagte nichts, weil ich fürchtete, mein Zorn werde mich dazu verleiten, Beleidigungen auszuteilen, und das würde die Lage nur noch verschlimmern. Wenn Meurig darauf bestand, keine Speerkämpfer auf seinen Straßen zu dulden, würde es ihm dadurch gelingen, die Streitkräfte zu teilen, die zu Gwydres Unterstützung gebraucht wurden. Das bedeutete, daß Arthur sich nicht mit Sagramor und Sagramor sich nicht mit Arthur vereinigen konnte, und wenn Meurig ihre Heere getrennt hielt, würde er höchstwahrscheinlich der nächste König von Dumnonia werden.

»Aber Meurig wird nicht kämpfen«, sagte Galahad verächtlich, als wir am folgenden Tag am Fluß entlang nach Isca zurückritten. Die Weiden trugen den Schleier der ersten Frühlingsknospen, doch der Tag selbst erinnerte mit seinem kalten Wind und den treibenden Nebelschwaden eher noch an den Winter.

»Möglicherweise doch«, gab ich zurück. »Wenn der Preis hoch genug ist.« Und der Preis war ungeheuer, denn wenn Meurig sowohl in Gwent als auch in Dumnonia herrschte, kontrollierte er damit den reichsten Teil Britanniens. »Es kommt darauf an, wie viele Speerkämpfer ihm gegenüberstehen«, sagte ich.

»Deine, Issas, Arthurs und Sagramors«, antwortete Galahad.

»Ungefähr fünfhundert Mann?« entgegnete ich. »Aber Sagramor ist weit entfernt, und Arthurs Männer müßten durch Gwent marschieren, um Dumnonia zu erreichen. Wie viele Männer hat dagegen Meurig? Eintausend?«

»Er wird bestimmt keinen Krieg riskieren«, behauptete Galahad. »Er will den Preis, vor dem Risiko aber fürchtet er sich.« Er hatte sein Pferd gezügelt, um einen Mann zu beobachten, der in der Flußmitte von einem runden Boot aus fischte. Der Fischer warf sein Netz mit lässig geübter Hand aus, doch während Galahad die Geschicklichkeit des Fischers bewunderte, betrachtete ich jeden Netzwurf mit einem Omen. Wenn dieser Wurf einen Lachs einbringt, sagte ich mir, wird Mordred sterben. Der Wurf brachte einen großen, zappelnden Fisch ein. Dann dachte ich, eine solche Voraussage sei Unsinn, denn wir würden alle sterben, und sagte mir, wenn Mordred noch vor Beltane sterben würde, müsse der nächste Wurf einen Fisch einbringen. Als das Netz leer heraufkam, berührte ich das Eisen in Hywelbanes Griff. Der Fischer verkaufte uns einen Teil seines Fanges, wir steckten die Lachse in unsere Satteltaschen und ritten weiter. Ich betete zu Mithras, daß meine törichten Vorzeichen irreführend gewesen seien; dann betete ich, daß Galahad recht hatte und Meurig es niemals wagen würde, seine Truppen einzusetzen. Doch wenn es um Domnonia ging? Das reiche Dumnonia? Das war jeden Einsatz wert, selbst für einen vorsichtigen Mann wie Meurig.

Schwache Könige sind ein Fluch auf Erden, und doch leisten

wir den Königen unseren Eid, und wenn es nicht die Eide gäbe, hätten wir kein Gesetz, und wenn wir kein Gesetz hätten, gäbe es nur noch Chaos, deswegen müssen wir uns durch Gesetze binden und das Gesetz durch unsere Eide wahren, und wenn die Menschen ihre Könige nach Belieben wechseln könnten, könnten sie mit jedem unerwünschten König auch ihre Eide wechseln, also brauchen wir Könige, damit wir ein beständiges Gesetz haben. All das ist richtig, doch als ich mit Galahad durch den Winternebel nach Hause ritt, hätte ich darüber weinen mögen, daß der einzige Mann, der König sein müßte, kein König sein wollte, und daß all jene, die es nie hätten werden dürfen, Könige waren.

Wir fanden Arthur in seinem Schmiedeschuppen. Diesen Schuppen hatte er selbst errichtet, aus römischen Backsteinen eigenhändig eine Esse mit Schmiedefeuer gebaut und anschließend einen Amboß sowie einen Satz Schmiedewerkzeuge gekauft. Er hatte immer gesagt, daß er gern Schmied wäre, obwohl Wünschen und Können keineswegs dasselbe waren, wie Guinevere immer wieder bemerkte. Aber Arthur gab sich Mühe, und wie er sich Mühe gab! Er holte sich einen richtigen Schmied, einen hagerern, schweigsamen Mann namens Morridig, dessen Aufgabe es war, Arthur die Kunst des Schmiedens beizubringen, doch Morridig hatte es schon lange aufgegeben, Arthur irgend etwas zu lehren außer Begeisterung. Inzwischen besaßen wir alle Gegenstände, die Arthur angefertigt hatte: Kerzenständer aus Eisen, die einen Knick hatten, mißgestaltete Kochtöpfe mit schlecht passenden Griffen oder Bratspieße, die sich über den Flammen verbogen. Dennoch machte ihn die Schmiede glücklich, und er verbrachte Stunden an ihrer fauchenden Esse, weil er fest davon überzeugt war, ein kleines bißchen mehr Übung würde ihn genauso souverän und kunstfertig machen wie Morridig.

Als Galahad und ich aus Burrium zurückkehrten, hielt er sich allein in der Schmiede auf. Er knurrte einen zerstreuten Gruß; dann fuhr er fort, auf ein formloses Stück Eisen einzuhämmern, das, wie er behauptete, eine Hufplatte für eins seiner Pferde war. Als wir ihm einen der Lachse überreichten, die wir gekauft hatten, ließ er widerwillig den Hammer fallen; dann unterbrach er unseren Bericht mit der Erklärung, er habe bereits gehört, daß Mordred im Sterben liege. »Gestern ist ein Barde aus Armorica eingetroffen«, erzählte er uns. »Das Bein des Königs verfault an der Hüfte, und er stinkt wie eine tote Kröte, sagt er.«

»Woher will der Barde das wissen?« fragte ich ihn, denn ich hatte gedacht, Mordred sei umzingelt und von allen anderen Britanniern in Armorica abgeschnitten.

»Das wüßten alle in Broceliande, sagte er«, gab Arthur zurück. Er erwarte, daß Dumnonias Thron innerhalb weniger Tage frei sei, setzte er dann munter hinzu, wir aber vergällten ihm die Freude, indem wir ihm berichteten, daß Meurig sich weigere, unsere Speerkämpfer durch Gwent ziehen zu lassen, und ich vertiefte die Mißstimmung noch, indem ich meinem Argwohn Sansum gegenüber Ausdruck verlieh. Einen Moment dachte ich, Arthur werde jetzt fluchen, obwohl er das wirklich selten tat, aber er beherrschte sich und entfernte statt dessen den Lachs vom Feuer. »Damit er nicht jetzt schon kocht«, erklärte er. »Also hat Meurig sämtliche Straßen für uns gesperrt?«

»Er behauptet, daß er Frieden will, Lord«, erklärte ich ihm.

Arthur lachte bitter auf. »Er will sich beweisen, das ist alles. Sein Vater ist tot, und nun will er unbedingt beweisen, daß er ein besserer Herrscher ist als Tewdric. Die beste Möglichkeit wäre, ein Held in der Schlacht zu werden, die zweitbeste, ein Königreich ohne Schlacht an sich zu bringen.« Er nieste kräftig; dann schüttelte er zornig den Kopf. »Ich hasse diese Erkältungen!«

»Ihr solltet Euch ausruhen, Lord«, mahnte ich ihn. »Nicht arbeiten.«

»Das hier ist keine Arbeit; das ist Vergnügen.«

»Ihr müßt Huflattich in Met trinken«, meinte Galahad.

»Ich habe die ganze Woche nichts anderes getrunken. Gegen Erkältungen hilft nur zweierlei: der Tod oder die Zeit.« Er griff zum Hammer, um dem abkühlenden Eisenklumpen einen klingenden Schlag zu versetzen; dann pumpte er den Lederblasebalg, mit dem er Luft ins Schmiedefeuer blies. Der Winter war vorbei, doch obwohl Arthur immer wieder behauptete, das Wetter in Isca sei stets freundlich, war es ein bitterkalter Tag. »Was führt Euer Mäuselord denn jetzt im Schilde?« fragte er mich, während er das Schmiedefeuer zu hellen Flammen anfachte.

»Er ist nicht mein Mäuselord«, widersprach ich.

»Aber er führt Unheil im Schilde, nicht wahr? Will seinen Kandidaten auf dem Thron sehen.«

»Meurig hat kein Recht auf den Thron!« protestierte Galahad.

»Nicht das geringste«, stimmte ihm Arthur zu, »aber er verfügt über eine Menge Speere. Und wenn er die verwitwete Argante heiraten würde, hätte er einen halben Anspruch.«

»Er kann sie nicht heiraten«, sagte Galahad. »Er ist schon verheiratet.«

»Mit einem Fliegenpilz kann man sich unbequeme Königinnen leicht vom Hals schaffen«, sagte Arthur. »So ist auch Uther seine erste Gemahlin losgeworden. Ein Giftpilz in einem Pilzragout.« Er überlegte ein paar Sekunden, dann warf er die Hufplatte ins Feuer. »Holt mir Gwydre«, bat er Galahad.

Während wir warteten, folterte Arthur das rotglühende Eisen. Eine Hufplatte für Pferde war ein recht einfaches Objekt, lediglich eine Platte aus Eisen, die den empfindlichen Huf vor Steinen schützte; man mußte nur einen Eisenbügel anfertigen, den man über den vorderen Teil des Hufes schob, und hinten zwei Ösen, an denen die Lederriemen befestigt wurden, aber Arthur schien das nicht zu gelingen. Sein Bügel war zu eng und zu hoch, die Platte hatte einen Knick, und die Ösen waren zu groß. »Beinah perfekt«, verkündete er, nachdem er eine weitere Minute lang emsig auf das Ding eingehämmert hatte.

»Perfekt – wofür?« fragte ich ihn.

Er warf die Hufplatte auf die Esse, und als Galahad mit Gwydre zurückkehrte, legte er die versengte Schürze ab. Arthur berichtete Gwydre das Neueste von Mordreds bevorstehendem Tod, von Meurigs Verrat und schloß mit einer ganz einfachen Frage: »Willst du König von Dumnonia werden, mein Sohn?«

Gwydre sah ihn erschrocken an. Er war ein großartiger Mann, aber noch jung, sehr jung. Und, glaube ich, auch nicht besonders ehrgeizig, obwohl seine Mutter den Ehrgeiz für ihn gepachtet hatte. Er besaß Arthurs Züge, lang, schmal und knochig, aber mit einem Ausdruck der Wachsamkeit, als sei er ständig auf der Hut vor einem Schicksalsschlag. Er war schlank, aber ich hatte mich oft genug mit ihm im Schwertkampf geübt, um zu wissen, daß in seinem täuschend zierlichen Körper eine sehnige Stärke lauerte. »Ich habe einen Anspruch auf den Thron«, antwortete er vorsichtig.

»Weil dein Großvater mit meiner Mutter geschlafen hat«, sagte Arthur gereizt. »Das ist dein Anspruch, weiter nichts. Was ich wissen will, ist, ob du wirklich König werden willst.«

Gwydre warf mir einen hilfesuchenden Blick zu; dann sah er wieder den Vater an. »Ich glaube schon, ja.«

»Warum?«

Wieder zögerte Gwydre, und ich vermutete, daß ihm eine Flut von Gründen durch den Kopf schoß, schließlich aber wurde seine Miene trotzig. »Weil ich dazu geboren bin. Ich bin genauso Uthers Erbe wie Mordred.«

»Du meinst also, daß du dazu geboren bist, was?« fragte ihn Arthur ironisch. Er bückte sich und pumpte den Blasebalg, bis das Schmiedefeuer loderte und Funken in die Backsteinesse emporschickte. »Jeder Mann in diesem Raum ist der Sohn eines Königs, nur du nicht, Gwydre«, erklärte Arthur grimmig. »Und du willst behaupten, dazu geboren zu sein?«

»Dann werde du König, Vater«, gab Gwydre zurück. »So werde ich wenigstens der Sohn eines Königs sein.«

»Wohl gesprochen«, warf ich ein.

Arthur warf mir einen zornigen Blick zu; dann zupfte er einen Lappen aus einem Lumpenhaufen neben dem Amboß und benutzte ihn, um seine Nase zu säubern. Anschließend warf er den Lappen ins Feuer. Wir anderen reinigten uns die Nase, indem wir einfach die Nasenflügel zwischen Daumen und Zeigefinger nahmen und losbliesen, er aber war schon immer heikel gewesen. »Nehmen wir mal an, Gwydre«, sagte er, »daß du von königlichem Blut bist. Daß du Uthers Enkel bist und daher einen Anspruch auf den Thron von Dumnonia hast. Zufällig habe ich diesen Anspruch auch, aber ich habe es vorgezogen, ihn nicht geltend zu machen. Ich bin zu alt. Doch warum sollten Männer wie Derfel und Galahad kämpfen, nur um dich auf Dumnonias Thron zu setzten? Erkläre mir das.«

»Weil ich ein guter König sein werde«, antwortete Gwydre errötend; dann sah er mich an. »Und Morwenna wird eine gute Königin sein«, ergänzte er.

»Jeder Mann, der jemals König wurde, wollte ein guter König sein«, knurrte Arthur. »Aber die meisten wurden ein schlechter. Warum sollte es bei dir anders sein?«

»Sag du es mir, Vater«, gab Gwydre zurück.

»Ich fragte dich!«

»Aber wenn der Vater den Charakter seines Sohnes nicht kennt«, wandte Gwydre ein, »wer sonst?«

Arthur trat an die Tür der Schmiede, stieß sie auf und starrte auf den Hof der Stallungen hinaus. Da sich dort nichts rührte bis auf das übliche Rudel der Hunde, wandte er sich wieder zu uns zurück. »Du bist ein anständiger Mensch, mein Sohn«, bekannte er widerwillig, »ein anständiger Mensch. Ich bin sehr stolz auf dich. Aber du traust der Welt zuviel Gutes zu. Da draußen gibt es sehr viel Böses, das du leider unterschätzt.«

»Hast du das nicht auch getan, als du in meinem Alter warst?« fragte ihn Gwydre.

Arthur quittierte diese kluge Frage mit einem angedeuteten Lächeln. »Als ich in deinem Alter war«, antwortete er, »hatte ich das Gefühl, ich könnte die Welt erneuern. Alles, was diese Welt brauchte, war meiner Meinung nach Ehrlichkeit und Freundlichkeit. Wenn man die Menschen gut behandelte, glaubte ich, würden sie darauf mit Dankbarkeit reagieren. Ich glaubte, dem Bösen mit Gutem begegnen zu können.« Er hielt inne. »Vermutlich habe ich die Menschen als Hunde gesehen«, fuhr er dann wehmütig fort. »Und geglaubt, daß sie sich ruhig verhalten würden, wenn man ihnen genügend Wohlwollen entgegenbringt. Aber die Menschen sind keine Hunde, Gwydre. Sie sind Wölfe. Ein König muß tausendfachem Ehrgeiz begegnen, und jeder Ehrgeizige ist ein Betrüger. Man wird dir schmeicheln und sich hinter deinem Rücken über dich lustig machen. Männer werden dir mit einem Atemzug ewige Treue schwören und mit dem nächsten deinen Tod planen.

Und wenn du all diese Verschwörungen überlebst, wirst du eines Tages so graubärtig sein wie ich und erkennen, daß du nichts erreicht hast. Überhaupt nichts. Die Säuglinge, die du im Arm ihrer Mütter bewundert hast, werden zu Mördern herangewachsen sein, das Recht, das du eingesetzt hast, wird käuflich, die Menschen, die du beschützt hast, werden immer noch hungrig sein, und die Feinde, die du bekämpft hast, werden deine Grenzen immer noch bedrohen.« Während er sprach, hatte er sich immer mehr in Zorn geredet; nun dämpfte er seinen Zorn mit einem Lächeln. »Ist dies wirklich das, was du willst?«

Gwydre hielt dem Blick seines Vaters stand. Einen Augenblick dachte ich, er werde dem Blick ausweichen oder dem Vater widersprechen, statt dessen gab er Arthur jedoch eine gute Antwort. »Mein Wunsch, Vater, ist es, die Menschen gut zu behandeln, ihnen Frieden zu bringen und Gerechtigkeit zu garantieren«, sagte er.

Als Arthur hörte, wie der Sohn seine eigenen Worte wiederholte, lächelte er. »Dann sollten wir vielleicht versuchen, dich zum König zu machen, Gwydre. Aber wie?« Nachdenklich kehrte er zur Esse zurück. »Durch Gwent dürfen wir keine Speerkämpfer schicken, das wird Meurig auf keinen Fall dulden. Doch wenn wir keine Speerkämpfer haben, haben wir auch keinen Thron.«

»Boote«, sagte Gwydre.

»Boote?« fragte Arthur.

»An unserer Küste muß es mindestens vierzig Fischerboote geben«, sagte Gwydre. »Und jedes faßt ein Dutzend Mann.«

»Aber keine Pferde«, wandte Galahad ein. »Daß sie Pferde aufnehmen können, möchte ich bezweifeln.«

»Dann müssen wir ohne Pferde kämpfen«, sagte Gwydre.

»Vielleicht brauchen wir gar nicht zu kämpfen«, sagte Arthur. »Wenn wir Dumnonia als erste erreichen und Sagramor zu uns stößt, könnte ich mir vorstellen, daß der junge Meurig zögert. Und wenn Oengus mac Airem eine Kriegshorde ostwärts nach Gwent marschieren läßt, wird das Meurig noch mehr Angst einjagen. Indem wir möglichst bedrohlich wirken, können wir Meurig vielleicht den Mut nehmen.«

»Warum sollte Oengus uns im Kampf gegen die eigene Tochter helfen?« fragte ich.

»Weil sie ihm gleichgültig ist, darum«, antwortete Arthur. »Außerdem kämpfen wir nicht gegen seine Tochter, Derfel, sondern gegen Sansum. Argante kann in Dumnonia bleiben, aber sie kann nicht Königin bleiben – jedenfalls nicht, wenn Mordred stirbt.« Abermals nieste er. »Und ich glaube, Ihr solltet schon bald nach Dumnonia gehen, Derfel«, setzte er hinzu.

»Warum, Lord?«

»Um den Mäuselord aufzustöbern, darum. Er schmiedet Ränke, deswegen braucht er eine Katze, die ihm eine Lektion erteilt, und Ihr habt scharfe Krallen. Außerdem könnt Ihr Gwydres Banner zeigen. Ich kann nicht mitgehen, weil das eine zu heftige Provokation für Meurig wäre. Ihr aber könntet über den Severn segeln, ohne Verdacht zu erregen, und wenn die Nachricht von Mordreds Tod eintrifft, proklamiert Ihr Gwydres Namen auf Caer Cadarn und sorgt dafür, daß Sansum und Argante nicht nach Gwent gelangen. Stellt sie beide unter Arrest und erklärt ihnen, daß es zu ihrem eigenen Schutz ist.«

»Ich werde Krieger brauchen«, warnte ich ihn.

»Nehmt eine Bootsladung, und dann setzt Issas Männer ein«, sagte Arthur, neu belebt von der Notwendigkeit, Entscheidungen zu treffen. »Sagramor wird Euch Truppen liefern«, ergänzte er, »und sobald ich höre, daß Mordred tot ist, werde ich Gwydre mit all meinen Speerkämpfern bringen. Das heißt, wenn ich dann noch am Leben bin«, sagte er und nieste heftig.

»Ihr werdet's überleben«, sagte Galahad ohne viel Mitgefühl.

»Nächste Woche.« Mit rotgeränderten Augen blickte Arthur zu mir auf. »Geht nächste Woche, Derfel.«

»Ja, Lord.«

Er bückte sich, um noch eine Handvoll Kohlen auf das flammende Schmiedefeuer zu werfen. »Die Götter wissen, daß ich diesen Thron nie wollte«, sagte er dann, »doch irgendwie scheine ich mein Leben damit zu verbringen, um ihn zu kämpfen.« Er schniefte. »Wir werden sofort anfangen, Boote zu rekrutieren, Derfel; und Ihr werdet die Speerkämpfer bei Caer Cadarn zusammenrufen. Wenn wir stark genug werden, wird Meurig seine Entscheidung noch mal überdenken.«

»Und wenn er das nicht tut?« fragte ich ihn.

»Dann haben wir verloren«, gestand Arthur ein. »Verloren. Es sei denn, wir ziehen in den Krieg, und ich weiß nicht so recht, ob ich das will.«

»Das habt Ihr noch nie gewollt, Lord«, antwortete ich, »aber Ihr habt immer gewonnen.«

»Bis jetzt«, sagte Arthur düster. »Bis jetzt.«

Er nahm die Zange, um die Hufplatte aus dem Feuer zu holen. Ich aber ging davon, um ein Boot zu suchen und anschließend ein Königreich zu erobern.

Am nächsten Morgen schiffte ich mich bei ablaufendem Wasser und Westwind, der den Fluß Usk zu kurzen, steilen Wellen aufpeitschte, im Boot meines Schwagers ein. Balig, ein Fischer, war mit meiner Halbschwester Linna verheiratet und amüsierte sich über die Entdeckung, daß er mit einem Lord von Dumnonia verwandt war. Außerdem hatte er von dieser unerwarteten Verwandtschaft profitiert, doch er verdiente dieses Glück, denn er war ein tüchtiger und anständiger Mann. Nun befahl er sechs von meinen Speerkämpfern, die langen Riemen des Bootes zu nehmen, während die übrigen vier sich in die Bilge kauern sollten. Ich hatte nur ein Dutzend meiner Speerkämpfer in Isca, die anderen waren bei Issa, aber ich dachte, daß diese zehn Mann mich heil und sicher nach Dun Caric bringen würden. Balig forderte mich auf, mich auf eine Holzkiste neben dem Steuerruder zu setzen. »Und speit über den Dollbord, Lord«, setzte er munter hinzu.

»Tu ich das nicht immer?«

»Nein. Das letzte Mal habt Ihr das Speigatt mit Eurem Frühstück gefüllt. Eine Verschwendung von Fischfutter. Vorne ablegen, du wurmzerfressene Kröte!« schrie er seinem Matrosen zu, einem sächsischen Sklaven, der bei Mynydd Baddon gefangengenommen worden war, inzwischen aber über eine britannische Frau, zwei Kinder und eine geräuschvolle Freundschaft mit Balig verfügte. »Kennt seine Boote, muß man ihm lassen«, sagte Balig von dem Sachsen; dann bückte er sich zur Heckleine hinab, die das Boot noch am Ufer festhielt. Gerade wollte er die Leine losmachen, da ertönte ein lauter Ruf, und als wir beide aufblickten, sahen wir, daß vom grasbewachsenen Hügel des Amphitheaters von Isca Taliesin zu uns herübergelaufen kam. Balig behielt die Festmacherleine in der Hand. »Wollt Ihr, daß ich warte, Lord?«

»Ja«, sagte ich und erhob mich, als Taliesin näher kam.

»Ich komme mit Euch«, rief Taliesin. »Wartet!« Er trug nichts bei sich als einen kleinen Ledersack und eine vergoldete Harfe. »Wartet!« rief er abermals, raffte sein weißes Gewand, zog seine Schuhe aus und watete in den zähen Uferschlamm des Usk hinein.

»Wir können nicht ewig warten«, grollte Balig, während sich der Barde durch den tiefen Morast kämpfte. »Das Wasser läuft schnell ab.«

»Einen Moment! Einen Moment!« rief Taliesin. Er warf Harfe, Sack und Schuhe an Bord, raffte seine Röcke noch höher und watete ins Wasser. Balig streckte den Arm aus, packte die Hand des Barden und hievte ihn mit einem Ruck über den Dollbord. Taliesin klatschte aufs Deck, suchte Schuhe, Sack und Harfe zusammen und wrang das Wasser aus seinem Gewand. »Habt Ihr etwas dagegen, wenn ich mitkomme, Lord?« fragte er mich und rückte den Silberreif zurecht, der in seinen schwarzen Haaren verrutscht war.

»Warum sollte ich?«

»Nicht, daß ich Euch begleiten will. Ich möchte nur nach Dumnonia.« Er prüfte, ob der Silberreif richtig saß und musterte dann stirnrunzelnd meine grinsenden Speerkämpfer. »Können diese Männer rudern?«

»Natürlich nicht«, antwortete Balig an meiner Stelle. »Es sind Speerkämpfer, die zu nichts anderem taugen. Alle zusammen, ihr Bastarde! Fertig? Vorwärts drücken! Blätter ins Wasser! Durchziehen!« Vor gespielter Verzweiflung schüttelte er den Kopf. »Eher könnte man Schweinen das Tanzen beibringen.«

Von Isca waren es ungefähr neun Meilen bis zum offenen Meer, neun Meilen, die wir sehr schnell zurücklegten, weil unser Boot von der Ebbe und der wirbelnden Strömung getragen wurde. Der Usk floß zwischen glitzernden Schlammbänken dahin, die sich zu Brachfeldern hinaufzogen, zu kahlen Wäldern und weiten Marschen. Weidenreusen standen an den Ufern, wo Reiher und Möwen auf zappelnde Lachse einpickten, die durch das ablaufende Wasser auf dem Trockenen lagen. Rotschenkel stießen klagend Rufe aus, während Sumpfschnepfen aufstiegen und auf ihre Nester hinabstießen. Die Riemen brauchten wir fast gar nicht, denn Tide und Strömung trugen uns flink dahin, und als wir die breite Mündung erreichten, wo sich der Usk in den Severn ergoß, hißten Balig und sein Matrose ein zerlumptes braunes Segel, das den Westwind einfing und unser Boot vorwärtsschießen ließ.

»Riemen einholen!« befahl er meinen Männern. Er packte das riesige Steuerruder und stand fröhlich im Heck, während das kleine Boot den stumpfen Bug in die ersten großen Wellen tauchte. »Wird ganz schön bewegt, das Wasser heute, Lord«, verkündete er munter. »Wasser pützen!« rief er meinen Speermännern zu. »Das nasse Zeug gehört nach draußen, nicht ins Boot.« Balig grinste über meine drohende Übelkeit. »Drei Stunden, Lord, mehr nicht. Dann habt Ihr wieder Land unter den Füßen.«

»Ihr mögt keine Boote?« erkundigte sich Taliesin.

»Ich hasse sie!«

»Dann dürfte ein Gebet an Manawydan die Seekrankheit heilen«, sagte er ruhig. Er hatte sich einen Haufen Fangnetze neben meine Kiste gezogen, auf denen er Platz nahm. Die heftige Bewegung des Bootes schien ihm nichts auszumachen, ja, er genoß sie offenbar. »Ich habe letzte Nacht im Amphitheater geschlafen«, erzählte er mir. »Das tue ich gern«, fuhr er fort, als er sah, daß mir zu übel war, um ihm zu antworten. »Die Sitzreihen wirken wie ein Traumturm.«

Ich warf ihm einen Blick zu. Irgendwie hatte meine Übelkeit bei seinen letzten Worten abgenommen, denn sie erinnerten mich an Merlin, der früher auf der Kuppe des Tors von Ynys Wydryn einen Traumturm besessen hatte. Merlins Traumturm war ein hohles Bauwerk aus Holz gewesen, das die Botschaften der Götter, wie er behauptete, verstärkte; daher konnte ich vestehen, daß Iscas römisches Amphitheater mit seinen hohen Bankreihen rings um die geharkte Sandarena ungefähr denselben Zweck erfüllte.

»Habt Ihr die Zukunft gesehen?« brachte ich mühsam heraus.

»Einiges davon«, antwortete er, »aber in meinem Traum letzte Nacht bin ich Merlin begegnet.«

Die Erwähnung dieses Namens verscheuchte die letzten Rest von Übelkeit. »Ihr habt mit Merlin gesprochen?« fragte ich ihn.

»Er hat mit mir gesprochen«, berichtigte Taliesin, »aber er konnte mich nicht hören.«

»Was hat er gesagt?«

»Mehr, als ich Euch mitteilen kann, Lord, und nichts, was Ihr gern hören würdet.«

»Was?« stieß ich nach.

Er packte den Achtersteven, weil das Boot eine steile Woge hinabschoß. Vom Bug her kam Sprühwasser zu uns herüber und näßte die Bündel mit unseren Rüstungen. Taliesin vergewisserte sich, daß seine Harfe sicher unter seinem Gewand steckte; dann berührte er den Silberreif, der seinen tonsurierten Kopf schmückte, und vergewisserte sich, daß er noch an Ort und Stelle saß. »Ich glaube, Lord, daß Ihr in Gefahr geraten werdet«, sagte er ruhig.

»Ist das Merlins Botschaft«, fragte ich ihn und berührte das Eisen in Hywelbanes Griff, »oder eine von Euren Visionen?«

»Nur eine Vision«, räumte er ein, »und wie ich Euch schon einmal erklärt habe, Lord, ist es besser, die Gegenwart klar und deutlich zu sehen, als in Zukunftsvisionen eine bestimmte Form hineindeuten zu wollen.« Er hielt inne, offensichtlich, um seine nächsten Worte sorgfältig zu formulieren. »Ihr habt, glaube ich, keine definitive Nachricht von Mordreds Tod erhalten, nicht wahr?«

»Nein.«

»Wenn meine Vision richtig war«, sagte er, »dann ist Euer König keineswegs krank, sondern hat sich gut erholt. Ich kann mich täuschen; ich bete sogar darum, daß ich mich täusche. Aber habt Ihr irgendwelche Zeichen bekommen?«

»Was Mordreds Tod betrifft?« fragte ich ihn.

»Was Eure eigene Zukunft betrifft, Lord«, gab er zurück.

Ich überlegte einen Moment. Es hatte das kleine Omen des Lachsfischernetzes gegeben, doch das schrieb ich eher meinen abergläubischen Ängsten zu als den Göttern. Beunruhigender fand ich, daß der kleine, blaugrüne Achat aus dem Ring, den Aelle Ceinwyn geschenkt hatte, herausgefallen und einer meiner alten Mäntel gestohlen worden war; beide Ereignisse konnte man als böse Vorzeichen deuten, sie konnten aber auch reiner Zufall sein. Es war schwer zu sagen, und keiner dieser Verluste erschien mir bedeutungsvoll genug, um ihn Taliesin gegenüber zu erwähnen. »In letzter Zeit hat mich nichts beunruhigt«, antwortete ich ihm also.

»Gut«, sagte er und paßte seinen Körper dem Schaukeln des Bootes an. Sein langes schwarzes Haar wehte in dem Wind, der unser Segel blähte und seine zerschlissenen Säume flattern ließ. Außerdem packte der Wind die weißen Kämme der Wogen und trieb die Gischt in unser Boot, obwohl nach meiner Meinung mehr Wasser durch die klaffenden Ritzen zwischen den Planken ins Boot geriet als über die Dollbords. Meine Speerkämpfer schöpften eifrig Wasser. »Ich glaube, daß Mordred noch lebt«, fuhr Taliesin fort, ohne die hektische Aktivität in der Bootsmitte zu beachten, »und daß die Nachricht von seinem bevorstehenden Tod eine List ist. Aber beschwören könnte ich das nicht. Manchmal halten wir unsere Ängste für Prophezeiungen. Doch Merlin habe ich mir nicht eingebildet, Lord, und ebensowenig seine Worte in meinem Traum.«

Wieder berührte ich Hywelbanes Heft. Ich hatte immer gedacht, daß jede Erwähnung von Merlins Namen beruhigend wirken wüde, aber Taliesins gelassene Worte jagten mir kalte Schauer über den Rücken.

»Ich habe geträumt, Merlin befinde sich in einem dichten Wald«, fuhr Taliesin mit seiner klaren Stimme fort, »und könnte nicht wieder herausfinden; ja, sobald sich vor ihm ein Weg auftat, stöhnte ein Baum und bewegte sich, als sei er ein riesiges Untier, das ihm den Weg versperrte. Merlin ist in Schwierigkeiten, sagt mir der Traum. Ich habe im Traum mit ihm gesprochen, aber er konnte mich nicht hören. Das sagt mir, glaube ich, daß er nicht zu erreichen ist. Wenn wir Männer ausschicken, um ihn zu suchen, würden sie unverrichteter Dinge umkehren müssen oder sogar sterben. Aber er ruft um Hilfe, soviel weiß ich, denn sonst hätte er mir diesen Traum nicht geschickt.«

»Wo ist dieser Wald?« fragte ich ihn.

Der Barde richtete den Blick seiner dunklen, tiefliegenden Augen auf mich. »Möglich, daß es gar keinen Wald gibt, Lord. Träume sind wie Lieder. Ihre Aufgabe ist es nicht, ein exaktes Abbild der Welt zu zeichnen, sondern die Idee davon. Der Wald sagt mir, glaube ich, daß Merlin gefangen ist.«

»Von Nimue«, sagte ich, denn mir wollte sonst niemand einfallen, der es wagen könnte, den Druiden herauszufordern.

Es fiel mir schwer, jetzt an Merlin und Nimue auch nur zu denken. Seit Jahren lebten wir inzwischen ohne sie, und unsere Welt hatte dadurch zu recht festen Grenzen gefunden. Sie wurde durch Mordreds Existenz begrenzt, durch Meurigs Ambitionen und durch Arthurs Hoffnungen, nicht aber durch die nebelhaften, wirbelnden Ungewißheiten von Merlins Träumen. »Nimue erträumt sich aber doch dasselbe wie Merlin«, wandte ich ein.

»Nein, Lord«, erwiderte Taliesin leise, »das tut sie nicht.«

»Sie will, was er will«, beharrte ich. »Die Götter zurückholen.«

»Aber Merlin«, entgegnete Taliesin, »hat Arthur Excalibur gegeben. Begreift Ihr denn nicht, daß er mit diesem Geschenk einen Teil seiner Macht auf Arthur übertragen hat? Ich habe lange über dieses Geschenk nachgedacht, denn Merlin wollte es mir nie erklären, aber ich glaube, daß ich es jetzt verstehe. Wenn die Götter versagen, könnte es sein, daß Arthur Erfolg hat, das wußte Merlin. Und Arthur hatte Erfolg, aber sein Sieg bei Mynydd Baddon war nicht vollständig. Die Insel Britanniens blieb dadurch zwar in britannischer Hand, aber die Christen wurden nicht besiegt, und das ist eine Niederlage für die alten Götter. Nimue, Lord, wird diesen halben Sieg niemals hinnehmen. Für Nimue heißt es, die Götter oder gar nichts. Es kümmert sie nicht, welche Schrecken über Britannien hereinbrechen, solange die Götter zurückkehren und ihre Feinde schlagen, und um das zu erreichen, Lord, will sie Excalibur. Sie begehrt jeden winzigsten Zipfel der Macht, so daß die Götter, wenn sie die Feuer wieder entzündet, gar keine andere Wahl haben werden, als darauf zu reagieren.«

Nun begriff ich. »Und mit Excalibur«, sagte ich, »will sie Gwydre.«

»Das will sie allerdings, Lord«, bestätigte Taliesin. »Der Sohn eines Herrschers ist eine Quelle der Macht, und Arthur ist, ob er es will oder nicht, noch immer der berühmteste Herrscher Britanniens. Hätte er je zugestimmt, König zu werden, Lord, wäre er zum Großkönig ernannt worden. Und deshalb will sie Gwydre.«

Ich starrte auf Taliesins Profil. Er schien das heftige Schaukeln des Bootes tatsächlich zu genießen. »Warum erzählt Ihr mir dies alles?« fragte ich ihn.

Meine Frage schien ihn zu verwundern. »Warum sollte ich es Euch nicht erzählen?«

»Weil Ihr mich ermahnt, Gwydre zu beschützen«, antwortete ich. »Und wenn ich Gwydre beschütze, verhindere ich die Rückkehr der Götter. Während Ihr, wenn ich mich nicht irre, die Rückkehr der Götter begrüßen würdet.«

»Das stimmt«, räumte er ein, »aber Merlin hat mich gebeten, es Euch zu erzählen.«

»Warum sollte Merlin wollen, daß ich Gwydre beschütze?« begehrte ich zu wissen. »Er will doch, daß die Götter zurückkehren!«

»Ihr vergeßt, Lord, daß Merlin zwei Wege voraussah. Der eine war der Weg der Götter, der andere war der Weg der Menschen, und Arthur ist der zweite Weg. Wenn Arthur vernichtet ist, bleiben uns nur noch die Götter, und Merlin weiß, wie ich glaube, daß die Götter uns nicht mehr hören. Denkt doch an das, was Gawain zugestoßen ist.«

»Er wurde getötet«, sagte ich bedrückt, »aber er hat sein Banner in die Schlacht getragen.«

»Er ist gestorben«, korrigierte Taliesin mich, »und wurde anschließend in den Kessel von Clyddno Eiddyn gelegt. Er hätte ins Leben zurückkehren müssen, Lord, denn das ist die Macht des

Kessels, aber er kehrte nicht zurück. Er begann nicht wieder zu atmen, und das bedeutet zweifellos, daß die alte Magie dahinschwindet. Sie ist nicht tot, und ich vermute, daß sie noch sehr viel Schaden anrichten kann, bevor sie stirbt, doch Merlin will uns, glaube ich, mitteilen, daß wir uns an die Menschen halten sollen, wenn wir glücklich werden wollen. Nicht an die Götter.«

Ich schloß die Augen, weil eine riesige Woge schaumweiß am hohen Bug des Bootes zersplitterte. »Wollt Ihr behaupten, daß Merlin versagt hat?« fragte ich ihn, als die Gischt wieder verschwunden war.

»Merlin wußte, glaube ich, daß er versagt hat, als der Kessel Gawain nicht wieder zum Leben erweckte. Warum hätte er den Leichnam sonst nach Mynydd Baddon bringen sollen? Wenn Merlin auch nur einen Herzschlag lang geglaubt hätte, daß er Gawains Leichnam benutzen könnte, um die Götter zurückzurufen, hätte er diese Magie niemals auf eine Schlacht verschwendet.«

»Aber die Asche hat er Nimue gebracht«, wandte ich ein.

»Gewiß«, antwortete Taliesin, »aber auch nur, weil er versprochen hatte, ihr zu helfen, und selbst Gawains Asche hätte ein wenig von der Macht des Leichnams beinhaltet. Merlin mag gewußt haben, daß er versagt hatte, doch wie alle Menschen gibt auch er seinen Traum nur widerwillig auf, und vielleicht hat er ja auch geglaubt, daß Nimues Kraft sich als wirksam erweisen würde. Was er dagegen nicht vorhersehen konnte, Lord, war das Ausmaß, in dem sie ihn mißbrauchen würde.«

»Ihn bestrafen«, berichtigte ich bitter.

Taliesin nickte. »Sie verachtet ihn, weil er versagt hat, und ist überzeugt, daß er viel Wissen vor ihr verborgen hält; und deshalb, Lord, versucht sie ihm seine Geheimnisse abzupressen. Sie weiß viel, aber sie weiß nicht alles, doch wenn meine Träume zutreffen, zieht sie sein Wissen aus ihm heraus. Es mag Monate, ja Jahre dauern, bis sie alles erfahren hat, was sie braucht, aber sie wird lernen, Lord, und wenn sie gelernt hat, wird sie diese Macht einsetzen. Und Ihr, fürchte ich, werdet sie als erster zu spüren bekommen.« Das Boot schaukelte so heftig, daß er sich an seinen Netzen festhielt. »Merlin hat mir befohlen, Euch zu warnen,

Lord, und das tue ich hiermit. Aber wovor? Das weiß ich nicht.«
Er schenkte mir ein bedauerndes Lächeln.

»Vor dieser Seereise nach Dumnonia?« fragte ich ihn.

Taliesin schüttelte den Kopf. »Die Gefahr, die Euch droht, ist, wie ich glaube, größer als alles, was Eure Feinde in Dumnonia planen. Diese Gefahr ist sogar so groß, Lord, daß Merlin weinte. Außerdem hat er mir gesagt, daß er sterben wolle.« Taliesin blickte zu unserem Segel auf. »Wenn ich wüßte, wo er ist, Lord, und wenn ich die Macht dazu hätte, würde ich Euch aussenden, um ihn zu töten. Statt dessen müssen wir warten, bis Nimue sich zu erkennen gibt.«

Ich packte Hywelbanes eiskalten Griff. »Was würdet Ihr mir also raten?« wollte ich wissen.

»Es ist nicht an mir, einem Lord Ratschläge zu erteilen«, sagte Taliesin. Er wandte sich um und lächelte mir zu, und da entdeckte ich auf einmal, daß seine tiefliegenden Augen kalt waren. »Für mich, Lord, spielt es keine Rolle, ob Ihr lebt oder sterbt, denn ich bin der Sänger, und Ihr seid mein Lied. Vorerst aber – das muß ich zugeben – folge ich Euch, um Eure Melodie zu entdecken und sie, falls nötig, zu verändern. Das hat Merlin von mir verlangt, und das werde ich für ihn tun; aber ich glaube, daß er Euch vor der einen Gefahr rettet, nur um Euch einer weit größeren auszusetzen.«

»Eure Worte ergeben keinen Sinn«, sagte ich rauh.

»Das tun sie doch, Lord, nur kann keiner von uns diesen Sinn begreifen. Ich bin allerdings überzeugt, daß er uns irgendwann klar werden wird.« Er sprach gelassen, doch meine Ängste waren so grau wie die Wolken über uns und so chaotisch wie das Meer unter uns. Ich berührte Hywelbanes beruhigendes Heft, betete zu Manawydan und redete mir ein, Taliesins Warnung sei nur ein Traum, und nichts als ein Traum, und Träume könnten niemanden töten.

Aber sie können es, und sie tun es auch. Und irgendwo in Britannien, an einem finsteren Ort, verbarg Nimue den Kessel von Clyddno Eiddyn und benutzte ihn, um unsere Träume in Alpträume zu verwandeln.

Balig setzte uns an einem Strand irgendwo an der dumnonischen Küste ab. Taliesin entbot mir ein fröhliches Lebwohl, dann schritt er langbeinig durch die Dünen davon. »Wißt Ihr, wohin Ihr geht?« rief ich ihm nach.

»Das werde ich wissen, sobald ich dort bin, Lord«, rief er zurück; dann war er verschwunden.

Wir legten unsere Rüstungen an. Ich hatte nicht meine beste Garnitur mitgenommen, sondern nur einen alten, aber praktischen Brustpanzer und einen ramponierten Helm. Ich hängte mir den Schild auf den Rücken, nahm meinen Speer und folgte Taliesin landeinwärts. »Wißt Ihr, wo wir sind, Lord?« fragte mich Eachern.

»So ungefähr«, antwortete ich. Durch den Regen konnte ich voraus eine Hügelkette ausmachen. »Wenn wir uns südlich davon halten, werden wir nach Dun Caric kommen.«

»Soll ich das Banner fliegen lassen, Lord?« erkundigte sich Eachern. Anstelle meines Banners mit dem Stern hatten wir Gwydres Banner mitgebracht, das Arthurs Bären in enger Verbindung mit Dumnonias Drachen zeigte, aber ich entschied mich dagegen. Ein Banner im Wind ist schwer zu bändigen, und außerdem wirken elf Speerkämpfer, die unter einer riesigen bunten Flagge marschieren, doch eher lächerlich als beeindruckend; deswegen beschloß ich, mit dem Entrollen der Fahne zu warten, bis Issas Männer meine eigene kleine Kriegshorde verstärkten.

Wir fanden einen Pfad in den Dünen und folgten ihm durch ein Gehölz aus kleinen Dorn- und Haselsträuchern bis zu einer winzigen Siedlung mit sechs elenden Hütten. Die Bewohner liefen bei unserem Anblick davon und ließen nur eine alte Frau zurück, die zu verkrümmt und verkrüppelt war, um sich schnell bewegen zu können. Als wir uns näherten, sank sie zu Boden und spie uns trotzig vor die Füße. »Nichts werdet Ihr hier finden«, fauchte sie heiser, »wir haben nichts mehr als Misthaufen. Misthaufen und Hunger, Lords, mehr werdet Ihr bei uns nicht holen können.«

Ich hockte mich neben sie. »Wir wollen nichts«, versicherte ich ihr. »Nur Nachrichten.«

»Nachrichten?« Das Wort schien ihr tatsächlich fremd zu sein.

»Wißt Ihr, wer Euer König ist?« fragte ich sie behutsam.

»Uther, Lord«, antwortete sie. »Ein großmächtiger Mann, Lord. Wie ein Gott!«

Es war klar, daß wir in diesem Dorf keine Informationen bekommen würden, jedenfalls keine, die brauchbar waren; also marschierten wir weiter und machten nur halt, um ein wenig von dem Brot und dem Dörrfleisch zu essen, das wir in unseren Beuteln mitführten. Ich befand mich in meinem Heimatland, und doch hatte ich das seltsame Gefühl, durch Feindesland zu marschieren, und schalt mich selbst, zuviel Gewicht auf Taliesins unbestimmte Warnungen zu legen. Dennoch hielt ich mich an die kleinen, versteckten Pfade, und als es dunkelte, führte ich meine kleine Truppe durch einen Buchenwald auf höheres Gelände hinauf, von wo aus wir andere Speerkämpfer schon von weitem entdecken konnten. Wir sahen keine, doch fern im Süden brach ein einzelner Strahl der sinkenden Sonne durch die Wolkenbank und hob grün und klar Ynys Wydryns Tor aus dem Dunkeln.

Ein Feuer entzündeten wir nicht. Statt dessen schliefen wir unter den Buchen, und als wir am Morgen erwachten, waren wir steif und kalt. Auf dem Marsch nach Osten hielten wir uns unter den kahlen Bäumen, während unter uns, auf den nassen, schweren Feldern, Männer schnurgerade Furchen pflügten, Frauen säten und kleine Kinder kreischend umherliefen, um die Vögel von dem kostbaren Saatgut fernzuhalten. »Das habe ich früher in Irland auch gemacht«, sagte Eachern. »Meine halbe Kindheit hab ich damit verbracht, Vögel zu verscheuchen.«

»Man muß eine Krähe an den Pflug nageln, das hilft«, behauptete einer der anderen Speerkämpfer.

»Man muß an jeden Baum in der Nähe des Feldes Krähen nageln«, erklärte ein anderer.

»Das hält sie nicht auf«, warf ein dritter ein, »aber man fühlt sich dabei besser.«

Wir folgten einem schmalen Pfad zwischen hohen Hecken hindurch. Die Blätter hatten sich noch nicht weit entfaltet, daß sie Nester verbergen konnten, also waren Elstern und Häher eifrig damit beschäftigt, Eier zu stehlen, und kreischten protestierend, als wir uns näherten. »Die Leute werden merken, daß wir hier sind, Lord«, sagte Eachern. »Sie werden uns vielleicht nicht sehen, aber sie werden es merken. Weil sie die Häher hören.«

»Nicht weiter schlimm«, gab ich zurück. Ich war nicht einmal sicher, warum ich mir so große Mühe gab, nicht gesehen zu werden, aber wir waren so wenige, und wie die meisten Krieger sehnte ich mich nach der Sicherheit der großen Zahl. Sobald ich den Rest meiner Männer um mich hatte, würde ich mich wesentlich wohler fühlen, das wußte ich. Bis dahin würden wir uns jedoch so gut verstecken, wie wir nur konnten, obwohl unsere Route uns Mitte des Vormittags aus dem Wald heraus- und auf die offenen Felder hinunterbrachte, die zur großen alten Römerstraße führten. Auf den Wiesen tanzten Rammler, und über uns sangen Feldlerchen. Wir sahen keine Menschenseele, obwohl wir zweifellos von den Bauern gesehen wurden, und zweifellos machte die Nachricht von unserem Durchziehen sofort die Runde durchs Land. Da Bewaffnete immer beunruhigend wirken, hatte ich einigen meiner Männer befohlen, ihre Schilde vorn zu tragen, damit die Embleme den Einheimischen sagten, daß wir Freunde waren. Erst als wir die Römerstraße überquert hatten und uns Dun Caric näherten, entdeckte ich einen fremden Menschen, und zwar eine Frau, die jedoch, als wir noch viel zu weit entfernt waren und sie den Stern auf unseren Schilden nicht erkennen konnte, in den Wald hinter dem Dorf rannte, um sich unter den Bäumen zu verstecken. »Die Menschen sind verängstigt«, sagte ich zu Eachern.

»Sie haben davon gehört, daß Mordred stirbt«, gab er zurück und spie kräftig aus. »Und sie fürchten sich vor dem, was dann geschieht; dabei sollten sie sich freuen, daß dieser Bastard im Sterben liegt.« Als Mordred noch ein Knabe war, hatte Eachern zu seinen Leibwachen gehört, und auf Grund dieser Erfahrung hatte der irische Speerkämpfer einen abgrundtiefen Haß auf den König. Ich mochte Eachern. Er war kein intelligenter Mann, doch er war hartnäckig, treu und gut in der Schlacht. »Sie rechnen damit, daß es Krieg geben wird, Lord«, sagte er.

Unterhalb von Dun Caric wateten wir durch den Bach, umgingen die Häuser und kamen an den steilen Pfad, der zur Palisade rings um den kleinen Hügel führte. Alles war totenstill. Nicht mal die Hunde waren auf der Dorfstraße, und – weitaus beunruhigender – keine Speerkämpfer bewachten die Palisade. »Issa ist nicht hier«, sagte ich und berührte Hywelbanes Heft. Issas Abwesenheit an sich war nicht ungewöhnlich, denn er verbrachte einen großen Teil seiner Zeit in anderen Regionen Dumnonias, doch ich bezweifelte, daß er Dun Caric unbewacht zurückgelassen hatte. Ich betrachtete das Dorf, doch alle Türen waren fest verschlossen. Kein Rauch stieg von den Dächern auf, nicht einmal von der Schmiede.

»Keine Hunde auf dem Hügel«, sagte Eachern mißtrauisch. Normalerweise trieb sich ein ganzes Rudel Hunde um Dun Carics Halle herum, die inzwischen längst den Hang herabgejagt gekommen wären, um uns zu begrüßen. Statt dessen lärmten Raben auf dem Hallendach, und weitere Scharen von Vögeln krächzten auf der Palisade. Ein Vogel, der aus dem Gelände aufstob, trug einen lang herabhängenden, roten, knotigen Bissen im Schnabel.

Keiner von uns sagte etwas, als wir den Hang emporstiegen. Die Stille war das erste Zeichen des Schreckens, danach die Raben, und auf halber Höhe spürten wir den säuerlich-süßen Gestank des Todes, der sich in der Kehle festsetzt, und dieser Gestank war für uns eine weit bedrohlichere Warnung vor dem, was uns hinter dem offenen Tor erwartete, als die Stille, und eine weit deutlichere als die Raben. Es war der Tod, der uns dort erwartete, nichts als der Tod. Dun Caric war eine Walstatt des Todes geworden. Überall auf dem Gelände waren die Leichen von Frauen und Männern verstreut, im Innern der Halle waren sie hoch aufgetürmt. Sechsundvierzig Leichen insgesamt, und keine einzige besaß noch einen Kopf. Der Boden war durch und durch blutgetränkt. Die Halle war geplündert, jeder Korb und jede Truhe umgekippt worden, und alle Ställe waren leer. Sogar die Hunde waren getötet worden, obwohl man ihnen wenigstens den Kopf gelassen hatte. Die einzigen, die noch lebten, waren die Katzen und die Raben, und die ergriffen vor uns die Flucht.

Benommen schritt ich durch dieses Grauen. Erst nach ein paar

Augenblicken wurde mir klar, daß sich unter den Toten nur zehn junge Männer befanden. Vermutlich waren das die Wachen, die Issa zurückgelassen hatte, während die anderen Toten die Familien seiner Männer waren. Pyrlig war da, der arme Pyrlig, der in Dun Caric geblieben war, weil er wußte, daß er nicht mit Taliesin konkurrieren konnte, und nun lag er da, tot, das weiße Gewand blutdurchtränkt, die Harfenistenhände tief zerschnitten, weil er versucht hatte, die Schwerthiebe abzuwehren. Issa war nicht dort, genausowenig wie Scarach, seine Frau, denn in diesem Schlachthaus gab es weder junge Frauen noch Kinder. Die jungen Frauen und Kinder mußten davongeschleppt worden sein, entweder als Spielzeug oder als Sklaven, während die älteren Menschen, die Babys und die Wachen allesamt niedergemetzelt und ihre Köpfe dann als Trophäen mitgenommen worden waren. Das Blutbad konnte noch nicht lange zurückliegen, denn keine der Leichen war aufgedunsen oder faulte. Fliegen krabbelten durch das Blut, bisher aber wanden sich keine Würmer in den von Speeren und Schwertern geschlagenen klaffenden Wunden.

Wie ich sah, war das Tor aus seinen Angeln gerissen worden, doch nirgends fand ich Anzeichen eines Kampfes, daher vermutete ich, daß die Männer, die dieses Gemetzel angerichtet hatten, als Gäste eingelassen worden waren.

»Wer war das, Lord?« fragte mich einer meiner Speerkämpfer.

»Mordred«, antwortete ich bedrückt.

»Aber der ist doch tot! Oder liegt im Sterben!«

»Er wollte, daß wir das denken«, gab ich zurück, weil mir keine andere Erklärung einfallen wollte. Taliesin hatte mich gewarnt, und nun fürchtete ich, daß der Barde recht behielt. Daß Mordred ganz und gar nicht im Sterben lag, sondern zurückgekehrt war und seine Kriegshorde auf das eigene Land losgelassen hatte. Das Gerücht von seinem Tod mußte ausgestreut worden sein, damit sich die Menschen sicher fühlten, dabei hatte er die ganze Zeit vorgehabt, zurückzukehren und jeden Speerkämpfer zu töten, der sich ihm möglicherweise entgegenstellte. Mordred warf seine Zügel ab, und das konnte nichts anderes bedeuten, als daß er nach diesem Blutbad in Dun Caric entweder nach Osten gezogen war, um Sagramor zu suchen, oder nach Süden und Westen, um Issa zu finden. Falls Issa noch am Leben war.

Es war vermutlich unsere Schuld. Als Arthur nach Mynydd Baddon die Macht abgetreten hatte, dachten wir, Dumnonia werde durch die Speere von Männern beschützt werden, die treu zu Arthur und zu seinen Überzeugungen standen, und daß Mordreds Macht eingeschränkt bleiben werde, weil er keine Speerkämpfer hatte. Keiner von uns hatte voraussehen können, daß unser König bei Mynydd Baddon Geschmack am Krieg bekommen und er in der Schlacht so erfolgreich sein würde, daß er Speerkämpfer zu seiner Fahne lockte. Jetzt verfügte Mordred über Speere, und Speere verleihen Macht, und hier sah ich die ersten Folgen der Ausübung dieser neuen Macht. Mordred säuberte das Land von den Menschen, die darauf aus gewesen waren, seine Macht einzuschränken, und die womöglich Gwydres Anspruch auf den Thron unterstützen würden.

»Was werden wir tun, Lord?« fragte mich Eachern.

»Wir kehren heim, Eachern«, antwortete ich. »Wir kehren heim.« Und mit »heim« meinte ich Siluria. Hier konnten wir ohnehin nichts mehr tun. Wir waren nur elf Mann, und ich bezweifelte, daß wir eine Chance hatten, Sagramor zu erreichen, dessen Truppen so weit im Osten lagen. Außerdem brauchte Sagramor unsere Hilfe nicht; der konnte für sich selber sorgen. Dun Carics kleine Garnison mochte leichte Beute für Mordred gewesen sein, der Kopf des Numidiers dagegen würde ihn vor eine weit schwierigere Aufgabe stellen. Aber auch Issa zu finden bestand nicht viel Hoffnung, falls Issa überhaupt noch lebte; also blieb uns nichts anderes übrig, als umgehend nach Hause zurückzukehren, von hilfloser Wut erfüllt. Es ist schwer, diese Wut zu beschreiben. In ihrem Kern steckte ein eiskalter Haß auf Mordred, aber es war ein machtloser, schmerzender Haß, denn ich wußte, daß ich nichts tun konnte, um diese Menschen, die meine Leute gewesen waren, möglichst bald zu rächen. Außerdem hatte ich das Gefühl, sie im Stich gelassen zu haben. Ich empfand Schuldgefühle, Haß, Mitleid und eine unendlich schmerzhafte Trauer.

Ich postierte einen Mann als Wache am offenen Tor, während

wir übrigen die Leichen in die Halle schleppten. Am liebsten hätte ich sie verbrannt, aber es gab nicht genug Brennstoff auf dem Gelände, und wir hatten keine Zeit, das Strohdach der Halle auf die Leichen hinabzuwerfen, deswegen begnügten wir uns damit, sie alle in eine geordnete Reihe zu legen. Dann betete ich zu Mithras, damit er mir die Möglichkeit gewähre, Vergeltung zu üben. An jenem Tag hatten die Götter uns verlassen.

Der Mann am Tor hatte nicht gut aufgepaßt. Ich kann es ihm nicht übelnehmen; keiner von uns konnte einen klaren Gedanken fassen auf jener Hügelkuppe. Vermutlich hatte der Posten auf das blutgetränkte Gelände geblickt, statt nach außen hin Wache zu halten, deswegen entdeckte er die Reiter zu spät. Ich hörte ihn rufen, doch bis ich zur Halle hinauslaufen konnte, war er schon tot, und ein Reiter in dunkler Rüstung zog den Speer aus seinem Leichnam. »Packt ihn!« rief ich und wollte auf den Reiter zulaufen, von dem ich erwartete, daß er sein Pferd wendete und davonritt; statt dessen ließ er jedoch den Speer zurück und kam tiefer in das Gelände hereingeritten, während weitere Reiter ihm folgten.

»Hierher!« rief ich, und meine restlichen neun Mann versammelten sich zu einem kleinen Schildkreis um mich, obwohl die meisten von uns keine Schilde mehr zur Hand hatten, weil wir sie niedergelegt hatten, als wir die Toten in die Halle trugen. Einige von uns verfügten nicht einmal über Speere. Ich zog Hywelbane, wußte aber, daß es keine Hoffnung mehr gab, denn inzwischen befanden sich über zwanzig Reiter auf dem Gelände, und immer mehr kamen noch den Hügel heraufgeritten. Sie mußten im Wald hinter dem Dorf gelauert, vielleicht sogar auf Issas Rückkehr gewartet haben. In Benoic hatte ich es genauso gemacht. Wir töteten die Franken in irgendeinem entlegenen Außenposten, dann lauerten wir im Hinterhalt, bis weitere kamen. Nun war ich selbst in eine ganz ähnliche Falle geraten.

Von diesen Reitern kannte ich keinen einzigen, und keiner trug ein Emblem auf dem Schild. Ein paar hatten den Lederbezug ihrer Schilde mit schwarzem Pech bestrichen, aber es waren nicht Oengus mac Airems Schwarzschilde. Es handelte sich um eine narbige

Truppe von Kriegsveteranen, bärtig, mit zottigen Haaren und grimmigem Selbstvertrauen. Der Führer ritt einen Rappen und trug einen schönen Helm mit gravierten Wangenstücken. Als einer seiner Männer Gwydres Banner entrollte, lachte er; dann wandte er sich um und spornte sein Roß in meine Richtung. »Lord Derfel«, grüßte er mich.

Ein paar Herzschläge lang ignorierte ich ihn und sah mich in der wilden Hoffnung auf irgendeinen Ausweg auf dem blutgetränkten Gelände um, aber wir waren von Reitern umringt, die mit Speeren und Schwertern auf den Befehl warteten, uns zu töten. »Wer seid Ihr?« fragte ich den Mann mit dem verzierten Helm.

Als Antwort schlug er lediglich seine Wangenstücke zurück. Dann lächelte er mir zu.

Es war kein angenehmes Lächeln, aber er war auch kein angenehmer Mann. Vor mir auf dem Rappen saß Amhar, einer von Arthurs Zwillingssöhnen. »Amhar ap Arthur«, grüßte ich ihn. Dann spie ich aus.

»Prinz Amhar«, korrigierte er mich. Genau wie sein Bruder Loholt war Amhar von jeher über seine uneheliche Geburt verbittert gewesen und mußte jetzt beschlossen haben, den Prinzentitel anzunehmen, obwohl sein Vater kein König war. Dies wäre eine erbärmliche Anmaßung gewesen, hätte sich Amhar nicht seit meinem letzten kurzen Blick auf ihn an den Hängen von Mynydd Baddon so sehr verändert. Er wirkte älter und weit einschüchternder als damals. Sein Bart war voller, eine Narbe zierte seine Nase, und sein Brustpanzer war mit einem Dutzend Speerstichen übersät. Amhar, so schien es mir, war auf den Schlachtfeldern Armoricas gereift, aber die Reife hatte seinen mürrischen Groll nicht mindern können. »Ich habe Eure Beleidigungen bei Mynydd Baddon nicht vergessen«, erklärte er mir, »und mich stets nach dem Tag gesehnt, da ich sie endlich erwidern kann. Aber mein Bruder wird, glaube ich, noch erfreuter sein, Euch zu sehen.« Ich hatte Loholts Arm gehalten, als Arthur ihm die Hand abschlug.

»Wo ist Euer Bruder?« erkundigte ich mich.

»Bei unserem König.«

»Und wer ist Euer König?« Ich kannte die Antwort, wollte sie aber bestätigt haben.

»Derselbe wie der Eure, Derfel«, antwortete Amhar. »Mein geliebter Cousin Mordred.« Und wohin sonst hätten Amhor und Loholt nach der Niederlage bei Mynydd Baddon wohl gehen sollen? Wie so viele herrenlose Männer Britanniens hatten sie Zuflucht bei Mordred gesucht, der jeden verzweifelten Schwertkämpfer, der zu seiner Fahne eilte, freudig willkommen hieß. Wie sehr mußte es Mordred genossen haben, Arthurs Söhne auf seiner Seite zu haben!

»Der König lebt?« fragte ich ihn.

»Blüht und gedeiht!« gab Amhar zurück. »Seine Königin hat Clovis Geld zukommen lassen, und Clovis hat es vorgezogen, ihr Gold zu nehmen, statt gegen uns zu kämpfen.« Lächelnd deutete er auf seine Männer. »Da sind wir also, Derfel. Gekommen, um zu beenden, was wir heute morgen begonnen haben.«

»Für das, was Ihr diesen Menschen angetan habt«, entgegnete ich und deutete mit Hywelbane auf das Blut, das noch immer schwärzlich in Dun Carics Hof stand, »werde ich Euch die Seele nehmen.«

»Was Ihr bekommen werdet, Derfel,« sagte Amhar und beugte sich im Sattel vor, »ist das, was ich, mein Bruder und unser Cousin Euch zukommen lassen werden.«

Trotzig blickte ich zu ihm empor. »Ich habe Eurem Cousin treu gedient.«

Amhar lächelte. »Doch ich bezweifle, daß er Eure Dienste jetzt noch braucht.«

»Dann werde ich dieses Land verlassen«, erklärte ich.

»Ich glaube kaum«, widersprach Amhar sanft. »Ich glaube, mein König möchte Euch noch ein letztes Mal sehen, und ich weiß, daß mein Bruder begierig darauf ist, ein paar Worte mit Euch zu wechseln.«

»Ich würde lieber gehen«, sagte ich.

»Nein«, sagte Amhar. »Ihr werdet mit mir kommen. Legt Euer Schwert nieder.«

»Das müßt Ihr Euch schon holen, Amhar.«

»Wenn es sein muß«, gab er zurück und schien kein bißchen beunruhigt von dieser Aussicht. Aber warum hätte er auch beunruhigt sein sollen? Seine Truppe war weit in der Überzahl, und mindestens die Hälfte meiner Männer hatten weder Schild noch Speer.

Ich wandte mich an meine Männer. »Wer von euch sich ergeben will, soll aus dem Ring treten«, sagte ich zu ihnen. »Was mich betrifft, so werde ich jedoch kämpfen.« Zwei meiner unbewaffneten Männer traten zögernd einen Schritt vor, aber als Eachern sie wütend anfauchte, erstarrten sie. Ich winkte sie davon. »Geht nur«, sagte ich traurig. »Ich möchte die Schwerterbrücke nicht mit unwilligen Kameraden betreten.« Die beiden Männer gingen davon, doch Amhar nickte seinen Reitern zu, woraufhin diese die beiden sofort umringten, die Schwerter hoben und dem alten Blut auf Dun Carics Gipfel neues hinzufügten. »Du Bastard!« sagte ich und stürzte mich auf Amhar; aber der riß nur an seinen Zügeln und spornte sein Pferd aus meiner Reichweite. Und während er mir auswich, ritten seine Männer auf meine Speerkämpfer zu.

Es gab neues Gemetzel, und ich konnte nichts tun, um es zu verhindern. Eachern tötete einen von Amhars Männern, doch während sein Speer noch im Bauch des Mannes steckte, machte ein anderer Reiter Eachern von hinten nieder. Meine anderen Männer fanden einen ebenso schnellen Tod. Insofern waren Amhars Speerkämpfer wenigstens barmherzig. Sie ließen die Seelen meiner Männer nicht lange verharren, sondern schlugen und stießen mit ungezügelter Wucht zu.

Ich selbst sah nur sehr wenig davon, denn während ich Amhar nachsetzte, ritt einer seiner Männer hinter mir her und versetzte mir einen kräftigen Schlag auf den Hinterkopf. Ich fiel; in meinem Kopf wirbelte ein schwarzer, von Licht durchzuckter Nebel. Ich weiß noch, daß ich in die Knie brach; dann traf ein zweiter Schlag meinen Helm, und ich dachte, jetzt müsse ich sterben. Aber da Amhar mich lebend wollte, fand ich mich, als ich wieder zu mir kam, auf einem von Dun Carics Dunghaufen, die Hände mit einem Strick gefesselt und ohne Hywelbanes Scheide, die an Amhars Schwertgurt hing. Die Rüstung war mir genommen, ein dünner Goldtorques von meinem Hals gestohlen worden, doch Ceinwyns Brosche, die sicher unter meinem Koller steckte, hatten Amhar und seine Männer nicht gefunden. Inzwischen waren sie damit beschäftigt, meinen Speerkämpfern mit ihren Schwertern den Kopf abzuschlagen. »Bastard!« spie ich Amhar wütend entgegen, aber der grinste nur und widmete sich wieder seiner grausigen Arbeit. Eacherns Hals durchschlug er mit Hywelbane; dann packte er den Kopf bei den Haaren und warf ihn auf den Haufen der Köpfe, die auf einem Mantel gesammelt wurden. »Ein gutes Schwert«, lobte er mich, während er Hywelbane in der Hand wog.

»Dann nehmt es, um mich in die Anderwelt zu schicken!«

»Wenn ich Euch so viel Barmherzigkeit zuteil werden lasse, würde mir das mein Bruder niemals verzeihen«, sagte er. Er säuberte Hywelbanes Klinge mit seinem zerfetzten Mantel und steckte es in die Scheide. Auf seinen Wink hin traten drei seiner Männer vor, worauf er ein kleines Messer aus seinem Gurt zog. »Bei Mynydd Baddon«, sagte er, zu mir gewandt, »habt Ihr mich Bastardköter und einen wurmzerfressenen Welpen genannt. Glaubt Ihr, ich sei ein Mann, der Beleidigungen so schnell vergißt?«

»Die Wahrheit kann man nie vergessen«, gab ich zurück, obwohl ich Mühe hatte, Trotz in meine Stimme zu legen, denn meine Seele zitterte vor Entsetzen.

»Euer Tod wird wahrhaft unvergeßlich sein«, sagte Amhar, »doch für den Augenblick müßt Ihr Euch damit zufriedengeben, daß sich ein Feldscher um Euch kümmert.« Er nickte seinen Männern zu.

Ich wehrte mich gegen sie, doch mit gefesselten Händen und immer noch dröhnendem Kopf vermochte ich ihnen kaum Widerstand zu leisten. Zwei Mann hielten mich auf dem Dunghaufen fest, der dritte packte mich bei den Haaren, während mir Amhar, der mir das rechte Knie auf die Brust setzte, den Bart abschnitt. Er tat es rücksichtslos, schlitzte mir bei jedem Schnitt die Haut auf und warf die Haarsträhnen einem seiner grinsenden Männer zu, der die Stränge teilte und zu einem kurzen Seil flocht. Sobald das Seil fertig war, wurde es zu einer Schlinge geknüpft, die mir über den Kopf gestreift wurde. Es war die tiefste Beleidigung für einen gefangenen Krieger, eine unendliche Demütigung, ihm den Bart abzuschneiden und daraus eine Sklavenleine zu flechten. Als sie fertig waren, lachten sie über mich; dann riß mich Amhar auf die Füße, indem er an der Bartleine zog. »Das gleiche haben wir mit Issa gemacht«, höhnte er.

»Lügner!« gab ich schwächlich zurück.

»Und seine Frau hat dabei zusehen müssen«, ergänzte Amhar mit bösem Lächeln. »Dann mußte er zusehen, wie wir uns seine Frau vornahmen. Inzwischen sind sie beide tot.«

Ich spie ihm ins Gesicht, er aber lachte mich nur aus. Ich hatte ihn einen Lügner genannt, aber ich glaubte ihm. Mordred, dachte ich, hat seine Rückkehr nach Britannien bis ins kleinste Detail geplant. Er hatte das Gerücht von seinem bevorstehenden Tod verbreitet, Argante hatte die ganze Zeit über das gehortete Gold an Clovis geschickt, und Clovis, auf diese Weise gekauft, hatte Mordred laufenlassen. Dann war Mordred nach Dumnonia gesegelt und nunmehr damit beschäftigt, seine Feinde umzubringen. Issa war tot, und ich war fest überzeugt, daß die meisten seiner Speerkämpfer sowie die Speerkämpfer, die ich in Dumnonia zurückgelassen hatte, mit ihm gestorben waren. Ich war ein Gefangener. Nur Sagramor war noch übrig.

Sie knüpften meine Bartleine an den Schwanz von Amhars Pferd, und dann ging es südwärts. Amhars vierzig Speerkämpfer bildeten eine höhnische Eskorte für mich und lachten jedesmal, wenn ich stolperte. Gwydres Banner zogen sie durch den Dung vom Schwanz eines anderen Pferdes.

Sie brachten mich nach Caer Cadarn und warfen mich dort in eine Hütte. Es war nicht die Hütte, in die wir Guinevere so viele Jahre zuvor eingespeert hatten, sondern eine viel kleinere mit einer niedrigen Tür, durch die ich, von den Stiefeln und Speerstäben meiner Häscher unterstützt, auf allen vieren kriechen mußte. Als ich mich im Schatten der Hütte aufrappelte, entdeckte ich dort einen weiteren Gefangenen, einen Mann, der von Durnovaria hergebracht worden und dessen Gesicht vom Weinen gerötet war. Sekundenlang erkannte er mich nicht ohne Bart; dann keuchte er erschrocken auf. »Derfel!«

»Bischof«, gab ich müde zurück, denn es war Sansum, und wir waren beide Mordreds Gefangene.

»Es ist ein Irrtum«, behauptete Sansum. »Ich dürfte nicht hier sein!«

»Dann sagt es denen«, gab ich zurück und deutete mit dem Kopf zu den Wachen vor der Hütte, »nicht mir.«

»Ich habe nichts getan. Ich habe nur Argante gedient! Und nun seht, welchen Lohn ich dafür erhalten habe!«

»Seid still!« befahl ich.

»Oh, du süßer Jesus!« Er fiel auf die Knie, breitete die Arme aus und blickte zu den Spinnweben im Stroh empor. »Schick mir einen deiner Engel! Hol mich zu dir an deinen süßen Busen!«

»Werdet Ihr jetzt still sein?« fuhr ich ihn an, er aber fuhr fort, zu beten und zu weinen, während ich bedrückt auf Caer Cadarns nasse Kuppe hinausblickte, wo ein Haufen abgeschlagener Köpfe aufgetürmt wurde. Ich sah die Köpfe meiner Männer, zusammen mit Dutzenden von anderen, die aus ganz Dumnonia zusammengeholt worden waren. Oben auf den Haufen wurde ein mit blauem Tuch verhangener Sessel gestellt: Mordreds Thron. Frauen und Kinder, die Familien von Mordreds Speerkämpfern, starrten auf den grausigen Haufen, und einige von ihnen kamen herbei, um durch die niedrige Tür unserer Hütte zu spähen und mir ins bartlose Gesicht zu lachen.

»Wo ist Mordred?« fragte ich Sansum.

»Woher soll ich das wissen?« gab er, seine Gebete unterbrechend, zurück.

»Was wißt Ihr denn dann?« fragte ich ihn. Er schlurfte auf die Bank zurück. Inzwischen hatte er mir den kleinen Dienst geleistet, mir das Seil abzunehmen, mit dem meine Hände gefesselt waren, doch diese Freiheit brachte mir kaum einen Trost, denn ich sah, daß sechs Speerkämpfer die Hütte bewachten, und ich zweifelte nicht daran, daß es noch weitere davon gab, die ich nicht zu sehen vermochte. Ein Mann hockte, den Speer in der Hand, vor dem offenen Eingang und flehte mich an, ich möge nur versuchen, durch die niedrige Tür herauszukriechen, damit er mich aufspießen könne. Ich sah keine Möglichkeit, diese Männer zu überwältigen. »Was wißt Ihr?« fragte ich Sansum abermals.

»Der König ist vor zwei Tagen abends zurückgekehrt«, antwortete er. »Mit Hunderten von Männern.«

»Wie viele?«

Er zuckte die Achseln. »Dreihundert? Vierhundert? Es waren so viele, daß ich sie nicht zählen konnte. Issa haben sie in Durnovaria getötet.«

Ich schloß die Augen und sprach ein Gebet für den armen Issa und seine Familie. »Wann haben sie Euch verhaftet?« fragte ich Sansum.

»Gestern«, antwortete er mit empörter Miene. »Und zwar wegen nichts! Ich habe ihn zu Hause willkommen geheißen! Ich wußte nicht, daß er noch lebte, aber ich war erfreut, ihn zu sehen. Gejubelt habe ich! Und dafür haben sie mich verhaftet!«

»Was meint Ihr, warum sie Euch verhaftet haben?« fragte ich ihn.

»Argante behauptet, ich hätte an Meurig geschrieben, Lord, aber das kann doch gar nicht wahr sein! Ich bin doch des Schreibens gar nicht kundig. Das wißt Ihr genau.«

»Ihr habt Schreiber, Bischof.«

Wieder blickte Sansum entrüstet drein. »Und warum sollte ich mit Meurig reden?«

»Weil Ihr geplant hattet, ihm den Thron zu verschaffen, Sansum«, sagte ich. »Ihr braucht es gar nicht abzustreiten. Ich habe vor zwei Wochen mit ihm gesprochen.«

»Ich habe ihm nicht geschrieben«, erklärte er schmollend.

Ich glaubte ihm, denn Sansum war schon immer viel zu schlau gewesen, um seine Pläne auf Papier niederzulegen, doch daß er Boten ausgeschickt hatte, bezweifelte ich keineswegs. Und diese Boten, oder vielleicht auch ein Beamter an Meurigs Hof, hatten ihn an Argante verraten, die zweifellos nach Sansums gehortetem Geld gierte. »Ihr habt verdient, was Ihr bekommen werdet«, sagte ich. »Ihr habt gegen jeden König Verrat geplant, der Euch jemals freundlich gesonnen war.«

»Ich wollte immer nur das Bete für mein Land. Und für Jesus!«

»Eine wurmzerfressene Kröte seid Ihr.« Ich spie auf den Boden. »Macht wolltet Ihr!«

Er schlug das Kreuz und starrte mich voll Abscheu an. »Das ist alles Fergals Schuld«, behauptete er.

»Warum seine?«

»Weil er Schatzmeister werden will!«

»Er will so reich werden wie Ihr, meint Ihr wohl.«

»Ich?« Mit gespielter Überraschung starrte Sansum mich an. »Ich? Reich? Im Namen Gottes, alles was ich je getan habe, war höchstens, ein Scherflein für den Fall beiseite zu legen, daß das Königreich in Gefahr geriet! Das war Vorsorge, Derfel, reine Vorsorge!« So fuhr er fort, sich zu rechtfertigen, während mir allmählich klar wurde, daß er jedes Wort glaubte, das er sagte. Sansum konnte Menschen betrügen, er konnte ihren Tod planen, wie er ja auch versucht hatte, Arthur und mich umbringen zu lassen, als wir auszogen, Ligessac zu verhaften, und er konnte die Schatzkammer ausplündern, und doch gelang es ihm, sich einzureden, daß seine Taten gerechtfertigt seien. Sein einziges Prinzip war der Ehrgeiz, und als sich jener elende Tag dem Ende zuneigte, wurde mir klar, daß die Welt, wenn es keine Menschen wie Arthur und Könige wie Cuneglas mehr gäbe, überall von Kreaturen wie Sansum regiert werden würde. Wenn Taliesin recht hatte, dann verschwanden unsere Götter, und mit ihnen verschwanden die Druiden, und danach die großen Könige, und dann würde ein Stamm von Mäuselords kommen, um über uns zu herrschen.

Der folgende Tag brachte Sonnenschein und einen böigen Wind, der den Gestank der aufgehäuften Köpfe zu unserer Hütte herübertrug. Da wir die Hütte nicht verlassen durften, waren wir gezwungen, uns in einer Ecke zu erleichtern. Zu essen erhielten wir nichts, nur eine Blase voll stinkendem Wasser wurde zu uns hereingeworfen. Die Wachen wurden gewechselt, aber die neuen Männer waren nicht weniger wachsam als die alten. Einmal kam Amhar vor die Hütte, aber nur, um schadenfroh über uns zu lachen. Er zog Hywelbane, küßte die Klinge, polierte sie mit seinem Mantel und befingerte ihre frisch geschärfte Schneide. »Scharf genug, um Euch die Hände abzuschlagen, Derfel«, stellte er fest. »Ich bin sicher, mein Bruder hätte gerne eine davon. Die könnte er auf seinem Helm tragen! Und ich würde mir die andere nehmen. Ich brauche auch eine neue Helmzier.« Ich schwieg dazu und ließ mich nicht provozieren, so daß es ihm nach einiger Zeit zu langweilig wurde. So ging er davon und schlug im Gehen mit Hywelbane auf die Disteln ein.

»Vielleicht wird Sagramor Mordred töten«, flüsterte mir Sansum zu.

»Darum bete ich.«

»Ich glaube, daß Mordred dahin gegangen ist, nein, ich bin sicher. Er kam her, hat Amhar nach Dun Caric geschickt und ist dann nach Osten geritten.«

»Wieviel Mann hat Sagramor?«

»Zweihundert.«

»Das sind nicht viele«, sagte ich.

»Aber vielleicht kommt ja auch Arthur«, meinte Sansum.

»Der hat inzwischen bestimmt gehört, daß Mordred zurückgekehrt ist«, antwortete ich, »aber er kann nicht durch Gwent marschieren, weil Meurig das nicht duldet, und das heißt, daß er seine Männer mit Booten verschiffen müßte. Und daß er das tun wird, bezweifle ich.«

»Warum?«

»Weil Mordred der rechtmäßige König ist, Bischof, und weil Arthur ihm dieses Recht nicht streitig machen wird, so sehr er ihn auch hassen mag. Er wird den Eid, den er Uther geschworen hat, niemals brechen.«

»Wird er nicht wenigstens versuchen, Euch zu retten?«

»Wie denn?« fragte ich ihn. »Im selben Moment, in dem diese Männer Arthur sehen, werden sie uns beiden die Kehle durchschneiden.«

»Gott steh uns bei!« betete Sansum. »Jesus, Maria und alle Heiligen, beschützet uns!«

»Ich würde lieber zu Mithras beten«, sagte ich.

»Heide!« zischte Sansum, versuchte aber nicht, mich bei meinem Gebet zu stören.

Der Tag schleppte sich dahin. Es war ein Frühlingstag von wunderbarer Schönheit, für mich aber so bitter wie Galle. Ich wußte, daß auch mein Kopf auf dem Haufen oben auf der Kuppe von Caer Cadarn landen würde, doch das war nicht der Hauptgrund meines Elends, denn der entsprang dem Bewußtsein, daß ich meine Leute im Stich gelassen hatte. Ich hatte meine Speerkämpfer in eine Falle geführt, ich hatte zugesehen, wie sie starben, ich hatte versagt. Wenn sie mich in der Anderwelt mit Vorwürfen empfingen, so hatte ich es nicht anders verdient; aber ich wußte, daß sie mich mit Jubel willkommen heißen würden, und das verschlimmerte mein schlechtes Gewissen nur noch. Trotzdem war mir die Aussicht auf die Anderwelt ein Trost. Ich hatte Freunde dort, und zwei Töchter, und wenn die Folter vorüber und meine Seele frei war, um sich zu ihrem Schattenkörper zu gesellen, würde ich das Glück der Wiedervereinigung erleben. Sansum vermochte, wie ich sah, in seiner Religion keinerlei Trost zu finden. Den ganzen Tag jammerte er, stöhnte, weinte und klagte, erreichte mit seinem Lärm jedoch überhaupt nichts. Wir konnten nichts tun, als eine weitere Nacht und einen weiteren langen, hungrigen Tag hindurch warten.

Mordred kehrte am Spätnachmittag des zweiten Tages zurück. Er kam aus Südosten geritten und führte eine lange Kolonne marschierender Speerkämpfer an, die Amhars Kriegern Grüße zuriefen. Eine Gruppe Reiter begleitete den König, zu der auch Loholt, der Einhändige, gehörte, und ich muß gestehen, daß dieser Anblick Angst in mir auslöste. Einige von Mordreds Männern trugen Bündel, in denen ich abgeschlagene Köpfe vermutete, und das traf zu, obwohl es weniger Köpfe waren, als ich befürchtet hatte. Zwanzig bis dreißig vielleicht wurden auf den fliegensummenden Haufen geschüttet, und nicht einer davon war schwarz. Ich vermutete, daß Mordred eine von Sagramors Patrouillen überrascht und niedergemetzelt hatte, das Hauptziel seines Beutezugs hatte er jedoch verfehlt. Sagramor war frei, und das war mir ein Trost. Sagramor war ein wundervoller Freund und ein fürchterlicher Feind. Arthur wäre ein guter Feind gewesen, denn er war stets zur Vergebung bereit, Sagramor dagegen war unerbittlich. Der Numidier würde einen Feind bis ans Ende der Welt verfolgen.

Dennoch war Sagramors Entkommen für mich an jenem Abend von geringem Nutzen. Als Mordred von meiner Gefangennahme hörte, jubelte er vor Freude und wollte sofort Gwydres dungverdrecktes Banner sehen. Beim Anblick des Bären und des Drachen lachte er laut auf; dann befahl er, das Banner flach aufs Gras zu breiten, damit er mit seinen Männern draufpissen konnte. Loholt riskierte bei der Nachricht von meiner Gefangennahme sogar ein paar Tanzschrittchen, denn genau hier, auf dieser Hügelkuppe, war ihm die Hand abgeschlagen worden. Seine Verstümmelung war die Strafe dafür gewesen, daß er es gewagt hatte, sich gegen den Vater aufzulehnen, und nun konnte er sich am Freund seines Vaters rächen.

Mordred verlangte mich zu sehen, also kam Amhar, um mich zu holen, und brachte auch gleich die Leine mit, die aus meinem Bart geflochten worden war. Begleitet wurde er von einem riesigen Mann, schieläugig und zahnlos, der sich durch die Hüttentür duckte, mich bei den Haaren packte, auf alle viere zwang und dann brutal durch die niedrige Öffnung stieß. Amhar legte mir die Bartleine um den Hals und zwang mich, als ich aufstehen wollte, wieder auf alle viere zurück. »Kriech!« befahl er. Der zahnlose Rohling drückte mir den Kopf in den Dreck, Amhar zerrte an der Leine, und so wurde ich gezwungen, durch die höhnenden Reihen von Männern, Frauen und Kindern zur Hügelkuppe hinüberzukriechen. Jeder einzelne bespuckte mich, wenn ich an ihm vorüberkam, einige versetzten mir Fußtritte, andere schlugen mit den Enden ihrer Speerstangen zu, doch Amhar sorgte stets dafür, daß man mich nicht verkrüppelte. Er wollte, daß ich heil und ganz war, wenn sein Bruder sich mit mir vergnügte.

Loholt wartete neben dem Kopfhaufen. Der Stumpf seines rechten Armes steckte in einem Futteral aus Silber, an dessen Ende dort, wo früher einmal die Hand gewesen war, zwei Bärenklauen befestigt worden waren. Als ich bis kurz vor seine Füße kroch, grinste er, war aber vor Freude zu erregt, um etwas sagen zu können. Statt dessen plapperte er Unzusammenhängendes vor sich hin und spie mich an, während er mich immer wieder in Bauch und Rippen trat. Es lag viel Kraft in seinen Tritten, aber er war so wütend, daß er mich blindlings angriff und mir daher kaum mehr Schaden zufügte als ein paar blaue Flecken. Mordred beobachtete das Ganze von seinem Thron aus, der auf der Spitze des fliegenumsummten Haufens aus abgeschlagenen Köpfen stand. »Genug!« rief er nach einer Weile. Loholt versetzte mir noch einen letzten Tritt, dann trat er zurück. »Lord Derfel«, begrüßte mich Mordred mit spöttischer Höflichkeit.

»Lord König«, gab ich zurück. Loholt und Amhar standen neben mir, während sich rings um den Kopfhaufen eine sensationsgierige Menge versammelt hatte, um meine Demütigung mit anzusehen.

»Steht auf, Lord Derfel«, befahl mir Mordred.

Ich erhob mich und blickte zu ihm auf, vermochte von seinem Gesicht aber nicht viel zu sehen, denn die Sonne, die hinter ihm im Westen unterging, blendete mich. Ich konnte erkennen, daß Argante auf einer Seite der aufgetürmten Köpfe stand, und neben ihr auch Fergal, ihr Druide. Sie mußten im Lauf des Tages aus Durnovaria nach Norden gekommen sein, denn bisher hatte ich sie noch nicht gesehen. Als sie mein bartloses Gesicht sah, lächelte sie.

»Was ist mit Eurem Bart geschehen, Lord Derfel?« fragte mich Mordred mit vorgetäuschter Sorge.

Ich schwieg.

»Sprecht!« befahl mir Loholt und versetzte mir mit seinem Stumpf einen Schlag auf den Kopf. Die Bärenklauen zerrissen mir das Gesicht.

»Er wurde abgeschnitten, Lord König«, antwortete ich.

»Abgeschnitten!« Er lachte. »Und wißt Ihr auch, warum er abgeschnitten wurde, Lord Derfel?«

»Nein, Lord.«

»Weil Ihr mein Feind seid«, sagte er.

»Das stimmt nicht, Lord König.«

»Ihr seid mein Feind!« schrie er in einem plötzlichen Wutanfall und hämmerte mit der Faust auf eine Armlehne seines Sessels, während er mich beobachtete, um zu sehen, ob ich bei seinem Zorn Angst zeigte. »Als Kind«, wandte er sich an die Menge, »hat diese Kreatur da mich erzogen. Geschlagen hat er mich! Gehaßt hat er mich!« Die Menge brüllte, bis Mordred die Hand hob, um sie zum Schweigen zu bringen. »Und außerdem hat dieser Mann« – um seinen Worten Unheil zu verleihen, zeigte er mit dem Finger auf mich – »Arthur geholfen, Prinz Lohold die Hand abzuschlagen.« Wieder brüllte die Menge zornig. »Und gestern«, fuhr Mordred fort, »wurde Lord Derfel in meinem Königreich mit einem fremden Banner gefunden.« Er winkte mit der Rechten, und sofort eilten zwei Mann mit Gwydres urintriefender Flagge nach vorn. »Wessen Banner ist das, Lord Derfel?« fragte mich Mordred.

»Es gehört Gwydre ap Arthur, Lord.«

»Und warum ist Gwydres Banner hier in Dumnonia?«

Einen Herzschlag lang oder zwei erwog ich zu lügen. Vielleicht konnte ich ja behaupten, ich hätte das Banner als eine Art Tribut an Mordred mitgebracht; aber ich wußte, daß er mir das nicht glauben würde, ja, schlimmer noch, daß ich mich selbst für diese Lüge verachten würde. Also hob ich statt dessen den Kopf. »Weil ich gehofft hatte, es bei der Nachricht von Eurem Tode wehen zu lassen, Lord König.«

Meine Aufrichtigkeit brachte ihn aus dem Gleichgewicht. Die Menge murmelte, aber Mordred trommelte nur mit den Fingern auf der Armlehne seines Sessels. »Ihr erklärt Euch also zum Verräter«, stellte er nach einer Weile fest.

»Nein, Lord König«, gab ich zurück, »ich mag Euren Tod erhofft haben, aber ich habe nichts getan, um ihn herbeizuführen.«

»Ihr seid nicht nach Armorica gekommen, um mich zu retten!« schrie er mich an.

»Stimmt«, sagte ich.

»Warum nicht?« fragte er unheilvoll.

»Weil ich den schlechten gute Männer nachgeworfen hätte«, antwortete ich und zeigte auf seine Krieger. Sie lachten.

»Habt Ihr gehofft, daß Clovis mich töten würde?« erkundigte sich Mordred, als das Gelächter verklungen war.

»Viele haben sich das erhofft, Lord König«, antwortete ich, und wieder schien ihn meine Ehrlichkeit zu überraschen.

»Dann nennt mir einen guten Grund, Lord Derfel, warum ich Euch nicht an Ort und Stelle töten soll«, befahl mir Mordred.

Ich schwieg einen Moment und zuckte dann die Achseln. »Mir will kein Grund einfallen, Lord König.«

Mordred zog sein Schwert und legte es quer über seine Knie; dann legte er beide Hände flach auf die Klinge. »Derfel«, verkündete er, »ich verurteile Euch zum Tode.«

»Dieses Vorrecht gebührt mir, Lord König«, meldete sich Loholt eifrig. »Mir!« Und die Menge bekundete grölend ihre Zustimmung. Meinem langsamen Tod zuzusehen würde ihnen erst so recht Appetit auf das Abendessen machen, das auf der Hügelkuppe vorbereitet wurde.

»Euer Vorrecht ist es, ihm die Hand zu nehmen, Prinz Loholt«, bestimmte Mordred. Dann erhob er sich und stieg hinkend, das gezogene Schwert in der Rechten, vorsichtig von dem Kopfhaufen herunter. »Mein Vorrecht dagegen ist es«, ergänzte er, als er bei mir angekommen war, »ihm das Leben zu nehmen.« Damit hob er die Schwertklinge zwischen meine Beine und sah mich mit schiefem Grinsen an. »Bevor Ihr sterbt, Derfel«, sagte er, »werden wir Euch allerdings mehr nehmen als nur die Hände!«

»Aber nicht heute abend!« rief eine scharfe Stimme aus dem Hintergrund der Zuschauermenge. »Nicht heute abend, Lord König!« In der Menge entstand empörtes Gemurmel. Mordred wirkte ob dieser Unterbrechung eher verwundert als erzürnt und sagte nichts. »Nicht heute abend!« rief der Mann abermals. Als ich mich umwandte, sah ich Taliesin, der gelassen durch die erregte Menge schritt, die ihm freiwillig Durchlaß gewährte. Er hatte seine Harfe und seinen kleinen Ledersack bei sich, trug jedesmal jedoch auch noch einen schwarzen Stab, so daß er tatsächlich wie ein Druide wirkte. »Ich kann Euch einen sehr guten Grund nennen, warum Derfel nicht heute abend sterben sollte, Lord König«, sagte Taliesin, als er den freien Raum neben dem Kopfhaufen erreichte.

»Wer seid Ihr?« wollte Mordred wissen.

Taliesin ignorierte seine Frage. Statt dessen schritt er auf Fergal zu, die beiden Männer umarmten und küßten einander, und erst nach dieser offiziellen Begrüßung wandte sich Taliesin wieder an Mordred. »Ich bin Taliesin, Lord König.«

»Ein Werkzeug Arthurs«, höhnte Mordred.

»Ich bin keines Menschen Werkzeug, Lord König«, gab Taliesin gelassen zurück, »und da Ihr es vorzieht, mich zu beleidigen, werden meine Worte ungesagt bleiben. Mir ist das gleichgültig.« Damit wandte er Mordred den Rücken und begann davonzuschreiten.

»Taliesin!« rief Mordred. Der Barde wandte sich um und sah den König an, sagte aber kein Wort. »Ich wollte Euch nicht beleidigen«, behauptete Mordred, der sich nicht die Feindschaft eines Zauberers zuziehen wollte.

Taliesin zögerte; dann akzeptierte er die Entschuldigung des Königs mit einem Nicken. »Lord König«, sagte er, »ich danke Euch.« Er sprach sehr ernst und, wie es einem Druiden zukam, der mit einem König sprach, ohne Unterwürfigkeit oder Ehrfurcht. Taliesin war als Barde berühmt, nicht als Druide, doch alle dort behandelten ihn, als sei er ein vollgültiger Druide, und er machte sich nicht die Mühe, ihre Fehleinschätzung zu korrigieren. Er trug die Druidentonsur, er trug den schwarzen Stab, er sprach mit ruhiger Autorität, und er hatte Fergal als einen Ebenbürtigen begrüßt. Offensichtlich wollte Taliesin, daß sie ihm die Irreführung glaubten, denn ein Druide darf weder getötet noch malträtiert werden, selbst wenn er der Druide des Feindes ist. Sogar auf dem Schlachtfeld dürfen Druiden sich ungefährdet bewegen, und indem Taliesin den Druiden spielte, gewährleistete er die eigene Sicherheit. Ein Barde erfreute sich dieser Immunität nicht.

»Also sagt mir, warum diese Kreatur« – Mordred deutete mit dem Schwert auf mich – »nicht gleich heute abend sterben soll.«

»Vor einigen Jahren, Lord König«, begann Taliesin, »hat mich Lord Derfel mit Gold bezahlt, um einen Zauber gegen Eure Gemahlin zu sprechen. Der Zauber sollte bewirken, daß sie unfruchtbar bleibt. Um diesen Zauber zu wirken, habe ich die Gebärmutter einer Ricke benutzt, die ich mit der Asche eines toten Kindes füllte.«

Mordred blickte zu Fergal hinüber, der bestätigend nickte.

»Das ist sicher eine Möglichkeit, derartiges zu bewirken, Lord König«, bestätigte der irische Druide.

»Das ist nicht wahr!« rief ich und steckte dafür einen weiteren blutigen Schlag mit den Bärenklauen an Loholts Silberarmstumpf ein.

»Ich könnte diesen Zauber aufheben«, fuhr Taliesin ruhig fort, »aber das muß geschehen, während Lord Derfel noch lebt, denn er war der Initiator dieses Zaubers und wenn ich ihn jetzt aufhebe, während die Sonne untergeht, geschieht es nicht so, wie es sein soll. Ich muß es in der Morgendämmerung tun, Lord König, denn dieser Zauber muß aufgehoben werden, wenn die Sonne aufgeht, oder Eure Königin wird auf ewig kinderlos bleiben.«

Wieder blickte Mordred zu Fergal hinüber, und die Knöchelchen im Barte des Druiden klapperten, als dieser zustimmend nickte. »Er spricht die Wahrheit, Lord König.«

»Er lügt!« protestierte ich.

Mordred stieß sein Schwert in die Scheide zurück. »Warum bietet Ihr mir diesen Dienst an, Taliesin?« wollte er wissen.

Taliesin zuckte die Achseln. »Arthur ist alt, Lord König. Seine Macht schwindet. Druiden und Barden müssen sich ihre Gönner dort suchen, wo die Macht im Aufsteigen begriffen ist.«

»Fergal ist mein Druide«, sagte Mordred. Ich hatte ihn für einen Christen gehalten, war aber keineswegs überrascht, jetzt zu hören, daß er sich wieder zum Heidentum bekannte. Mordred war nie ein guter Christ gewesen, obwohl das, wie ich argwöhnte, die läßlichste seiner Sünden war.

»Es wird mir eine Ehre sein, mehr von meinem Bruder zu lernen«, sagte Taliesin, während er sich vor Fergal verneigte. »Und ich schwöre, daß ich seiner Führung folgen werde. Ich verlange nichts, Lord König, als die Chance, meine geringen Kräfte nutzen zu dürfen, um Euren Ruhm zu mehren.«

Er war gewandt. Er sprach mit Honig auf der Zunge. Ich hatte ihm kein Gold für irgendeinen Zauber gegeben, aber jeder hier glaubte ihm, und niemand vorbehaltloser als Mordred und Argante. So kam es, daß Taliesin, die »leuchtende Stirn«, mir eine zusätzliche Nacht auf Erden kaufte. Loholt war enttäuscht, aber Mordred versprach ihm bei Morgengrauen nicht nur meine Hand, sondern auch meine Seele, und verschaffte ihm damit vorerst Genugtuung.

Man zwang mich, zu unserer Hütte zurückzukriechen. Wieder steckte ich unterwegs Schläge und Fußtritte ein, aber ich war am Leben.

Amhar löste die Bartleine von meinem Hals und beförderte mich mit einem Tritt in die Hütte. »Bei Morgengrauen sehen wir uns wieder, Derfel!« verkündete er.

Mit der Sonne in meinen Augen und einer Klinge an meiner Kehle.

An jenem Abend sang Taliesin für Mordreds Männer. Sie hatten sich in der halbfertigen Kirche versammelt, die Sansum auf Caer Cadarn zu bauen begonnen hatte, die aber jetzt mit ihren zerbrochenen Wänden als unüberdachte Halle diente. Dort bezauberte Taliesin sie mit seiner Musik. Niemals zuvor und niemals danach habe ich ihn schöner singen hören. Anfangs mußte er wie jeder Barde, der Krieger unterhalten will, gegen das Stimmengewirr ankämpfen, allmählich brachte er sie jedoch mit seiner Kunst zum Schweigen. Er begleitete sich selbst auf der Harfe und entschied sich für Klagegesänge, doch Klagegesänge von so großer Schönheit, daß Mordreds Speerkämpfer in ehrfürchtigem Schweigen lauschten. Als Taliesin bis in die Nacht hinein sang, hörten sogar die Hunde auf zu kläffen und lagen still. Sobald er zwischen zwei Liedern zu lange innehielt, verlangten die Speerkämpfer nach mehr, und er sang weiter, ließ seine Stimme zum Ende der Melodie ersterben und dann wieder mit neuen Versen aufsteigen, immer jedoch tröstend, beruhigend. Mordreds Leute tranken und lauschten, bis das Trinken und die Lieder sie zum Weinen brachten, und immer noch sang Taliesin weiter für sie. Sansum und ich lauschten auch, und auch wir weinten über die ätherische Melancholie der Klagegesänge, doch als sich die Nacht längte, begann Taliesin Wiegenlieder zu singen, süße Wiegenlieder, zarte Wiegenlieder, Wiegenlieder, die betrunkene Männer einschlafen ließen, und während er sang, wurde die Luft kälter, und ich sah, daß sich ein Nebel über Caer Cadarn legte.

Der Nebel wurde dichter, und immer noch sang Taliesin. Und wenn die Welt die Regierungszeit von tausend Königen überdauern sollte – ich möchte bezweifeln, daß die Menschen je wieder Lieder hören, die so wunderbar gesungen werden. Und ständig verdichtete sich dabei der Nebel auf der Hügelkuppe, so daß die Feuer in seinem Dunst immer matter leuchteten und die Lieder die Dunkelheit erfüllten wie Elfenklänge, die vom Land der Toten herüberwehten.

Dann, im Dunkeln, endeten die Lieder; ich hörte nichts mehr als die süßen Akkorde, die auf der Harfe angeschlagen wurden, und mir schien, daß diese Akkorde sich immer mehr unserer Hütte mitsamt den Wachen näherten, die draußen auf dem feuchten Gras saßen und der Musik lauschten.

Immer näher kam der Klang der Harfe, und schließlich vermochte ich Taliesin im Nebel auszumachen. »Ich habe Euch Met mitgebracht«, sagte er zu meinen Wachen, »teilt ihn unter Euch.« Damit holte er einen mit einem Stopfen verschlossenen Krug aus seinem Sack und reichte ihn den Wachen, und während diese den Krug kreisen ließen, sang er für sie. Er sang die sanftesten Lieder, ein Wiegenlied, das eine ganze sorgenvolle Welt in den Schlaf gewiegt hätte, und dann schliefen sie tatsächlich ein. Einer nach dem anderen kippten die Wachen seitwärts um, und immer noch Taliesin mit seiner Stimme, welche die ganze Festung verzauberte, und erst als einer der Wachtposten zu schnarchen begann, hörte er auf zu singen und ließ die Hand an der Harfe sinken. »Ich glaube, Lord Derfel, Ihr könnt jetzt herauskommen«, sagte er sehr leise.

»Ich auch!« sagte Sansum und drängte sich an mir vorbei, um als erster durch die Tür zu kriechen.

Als ich auftauchte, lächelte Taliesin. »Merlin hat mir befohlen, Euch zu retten, Lord«, erklärte er, »obwohl er sagt, daß Ihr mir dafür möglicherweise nicht danken werdet.«

»Aber natürlich werde ich das«, widersprach ich.

»Los, los!« keifte Sansum. »Keine Zeit für lange Reden! Los, kommt! Schnell!«

»Wartet, Euer Elendigkeit«, wies ich ihn zurecht. Dann bückte ich mich und nahm einem der schlafenden Wachtposten den Speer ab. »Welchen Zauber habt Ihr angewendet?« erkundigte ich mich bei Taliesin.

»Um Betrunkene einschlafen zu lassen, braucht man kaum einen richtigen Zauber«, antwortete er. »Bei diesen Wachen hier habe ich allerdings einen Aufguß von Alraunenwurzeln benutzt.«

»Wartet hier auf mich«, sagte ich.

»Wir müssen gehen, Derfel!« zischte Sansum aufs höchste besorgt.

»Ihr müßt warten, Bischof«, gab ich zurück. Ich schlüpfte davon, in den Nebel hinein, und hielt auf den verschwommenen Schein der größten Feuer zu. Diese Feuer brannten in der unfertigen Kirche, die aus nichts weiter bestand als aus ein paar halben Wänden mit dicken Lücken zwischen den Holzbohlen. Der Innenraum war voll schlafender Menschen, obwohl einige von ihnen sich jetzt zu regen begannen und stumpf vor sich hinstarrten wie jemand, der aus einem Zauber erwachte. Hunde wühlten zwischen den Schläfern nach Nahrung und weckten mit ihrem erregten Schnobern noch mehr Menschen. Einige der Erwachten beobachteten mich, aber keiner erkannte mich. Für sie war ich einfach nur ein Speerkämpfer, der in der Nacht umherwanderte.

Amhar entdeckte ich an einem der Feuer. Er schlief mit offenem Mund, und genauso starb er. Ich stieß ihm den Speer in den offenen Mund, wartete dann, bis er die Augen öffnete und seine Seele mich erkannte, und als ich merkte, daß er mich erkannte, stieß ich ihm die Klinge durch Hals und Wirbelsäule, so daß er auf dem Boden festgenagelt war. Er zappelte, als ich ihn tötete, und das letzte, was seine Seele auf Erden sah, war mein Lächeln. Dann bückte ich mich, löste die Bartleine von seinem Gurt, zog Hywelbane heraus und verließ die Kirche. Gern hätte ich noch Mordred und Loholt gesucht, inzwischen aber erwachten immer mehr Schläfer, und als einer mich anrief und fragte, wer ich sei, kehrte ich in die nebligen Schatten zurück und hastete bergauf bis dahin, wo Taliesin und Sansum mich erwarteten.

»Wir müssen gehen!« quäkte Sansum.

»Ich habe Zaumzeug bei den Wällen, Lord«, informierte mich Taliesin.

»Ihr denkt an alles«, sagte ich bewundernd. Ich hielt inne, um die Reste meines Bartes in das kleine Feuer zu werfen, das unsere Wachen gewärmt hatte, und als ich sah, daß auch die letzten Strähnen aufflammten und zu Asche verbrannten, folgte ich Taliesin zu den nördlichen Wällen. Er holte das Zaumzeug aus dem dunklen Schatten, dann stiegen wir auf die Kampfplattform, wo wir, durch den Nebel vor den Wachen verborgen, über den Wall kletterten und auf den Hang hinabsprangen. Auf halber Höhe des Abhangs endete der Nebel. Wir liefen zu der Weide hinüber, auf der die meisten von Mordreds Pferden in der Nacht schliefen. Taliesin weckte zwei Rösser, streichelte ihnen sanft die Nüstern und sang ihnen etwas in die Ohren; daraufhin ließen sie ruhig zu, daß er ihnen das Zaumzeug über den Kopf streifte.

»Könnt Ihr ohne Sattel reiten, Lord?« fragte er mich.

»Heute nacht sogar ohne Pferd, falls nötig.«

»Und was ist mit mir?« fragte Sansum, als ich mich auf eins der Pferde schwang.

Ich blickte zu ihm hinunter. Ich war versucht, ihn dort auf der Weide zurückzulassen, denn er war sein Leben lang ein hinterhältiger Verräter gewesen, und ich hatte keine Lust, sein Leben zu verlängern; aber er konnte uns in dieser Nacht auch nützlich sein, deswegen griff ich hinab und hievte ihn hinter mich auf den Rücken des Pferdes. »Ich hätte Euch hierlassen sollen, Bischof«, sagte ich, während er sich zurechtsetzte. Er gab keine Antwort, sondern schlang seine Arme fest um meine Taille. Taliesin führte das zweite Pferd zum Weidentor, das er öffnete. »Hat Merlin Euch auch gesagt, was wir nun tun sollen?« fragte ich den Barden, als ich mein Pferd durch die Öffnung spornte.

»Hat er nicht, Lord, aber die Klugheit gebietet, daß wir zur Küste reiten, um uns dort ein Boot zu suchen. Und daß wir uns beeilen, Lord. Der Schlaf auf dem Hügel wird nicht allzu lange währen, und sobald sie merken, daß Ihr nicht mehr da seid, werden sie Suchtrupps nach uns aussenden.« Taliesin benutzte das Tor als Aufsitzhilfe.

»Was sollen wir tun?« fragte Sansum angsterfüllt und umklammerte mich noch fester.

»Euch töten«, schlug ich vor. »Dann können Taliesin und ich schneller reiten.«

Taliesin blickte zu den dunstverhangenen Sternen empor. »Reiten wir nach Westen?« fragte er mich.

»Ich weiß, wohin wir reiten werden«, gab ich zurück und spornte das Pferd auf den Weg, der nach Lindinis führte.

»Wohin?«

»Zu Eurer liebenden Gemahlin, Bischof«, antwortete ich. »Zu Eurer liebenden Gemahlin.« Deswegen hatte ich in jener Nacht Samsuns Leben gerettet: weil Morgan jetzt unsere beste Hoffnung war. Ich bezweifelte zwar, daß sie mir helfen würde, und Taliesin würde sie ins Gesicht spucken, wenn er sie um Hilfe bat, aber für Sansum würde sie alles tun.

Also ritten wir nach Ynys Wydryn.

Wir weckten Morgan aus dem Schlaf, daher kam sie in sehr schlechter Laune ans Tor ihrer Halle, oder vielmehr, in einer noch schlechteren Laune als sonst. Ohne Bart erkannte sie mich nicht, und ihren Ehemann sah sie nicht, der sich, wundgeritten, ein Stück hinter uns dahinschleppte; statt dessen sah Morgan in Taliesin einen Druiden, der es gewagt hatte, den heiligen Boden ihres Schreins zu betreten. »Sünder!« kreischte sie ihn an, wobei die Tatsache, daß sie soeben aus dem Schlaf kam, der Wucht ihrer Schimpfkanonade keinen Abbruch tat. »Schänder! Götzenanbeter! Im Namen des heiligen Gottes und seiner gesegneten Mutter befehle ich Euch, zu gehen!«

»Morgan!« rief ich, in diesem Moment entdeckte sie jedoch den durchnäßten, verschmutzten, hinkenden Sansum, stieß einen kleinen, miauenden Freudenschrei aus und eilte ihm entgegen. Der Viertelmond glänzte auf der goldenen Maske, hinter der sie ihr vom Feuer zerstörtes Gesicht verbarg.

»Sansum!« rief sie. »Mein Süßer!«

»Meine Teure!« sagte Sansum, und die beiden umarmten sich in der Nacht.

»Liebster«, plapperte Morgan aufgeregt und streichelte sein Gesicht, »was haben sie dir angetan?«

Taliesin lächelte, und sogar ich, der ich doch Sansum haßte und auch Morgan nicht liebte, konnte bei ihrer unübersehbaren Freude ein Lächeln nicht unterdrücken. Von allen Ehen, die ich kannte, war diese die seltsamste. Sansum war unehrlicher, als jemals ein anderer Mensch auf Erden gewesen ist, während Morgan so ehrlich war wie keine andere Frau der Schöpfung, und dennoch beteten sie einander an, oder vielmehr, Morgan betete Sansum an. Sie war als schönes Kind geboren worden, aber das gräßliche Feuer, in dem ihr erster Gemahl gestorben war, hatte ihren Körper entstellt und ihr Gesicht zu einer vernarbten Fratze gemacht. Kein Mann hätte Morgan wegen ihrer Schönheit lieben können, ebensowenig jedoch wegen ihres Charakters, der durch den Brand ebenso verzerrt und bitter geworden war wie ihr Gesicht; wegen ihrer Verbindungen dagegen konnte ein Mann Morgan schon lieben, denn sie war Arthurs Schwester, und das war es, wie ich überzeugt war, was Sansum an ihr so anziehend fand. Doch wenn er sie nicht um ihrer selbst willen liebte, so spielte er diese Liebe jedenfalls so geschickt, daß er sie überzeugte und dadurch glücklich machte, und dafür war ich bereit, sogar dem Mäuselord die Heuchelei zu vergeben. Allerdings bewunderte er sie auch, denn Morgan war eine kluge Frau, während Sansum Klugheit sehr schätzte, und so profitierten sie beide von dieser Ehe: Morgan erhielt Zärtlichkeit, Sansum erhielt Protektion und weisen Rat, und da keiner beim anderen Fleischesfreuden suchte, erwies sich diese Ehe als weitaus besser als die meisten anderen.

»Innerhalb einer Stunde«, unterbrach ich diese glückliche Wiedervereinigung brutal, »werden Mordreds Männer hier eintreffen. Bis dahin müssen wir weit von hier sein, und Eure Frauen, Lady«, wandte ich mich an Morgan, »sollen Zuflucht in den Sümpfen suchen. Mordreds Männer wird es vermutlich gleichgültig sein, ob Eure Frauen fromm sind, sie werden sie allesamt vergewaltigen.«

Morgan musterte mich mit ihrem einzigen Auge, das hinter

dem Loch in der Maske glitzerte. »Ohne Bart seht Ihr besser aus, Derfel«, stellte sie fest.

»Ohne Kopf werde ich schlechter aussehen, Lady, und Mordred baut auf Caer Cardan einen Berg aus Köpfen.«

»Ich weiß nicht, warum Sansum und ich Euer sündiges Leben retten sollen«, grollte sie, »aber Gott gebietet uns, barmherzig zu sein.« Sie löste sich aus Sansums Armen und begann, um ihre Frauen zu wecken, mit ihrer fürchterlichen Stimme zu schreien. Taliesin und ich wurden in die Kirche befohlen und erhielten einen Korb sowie den Befehl, ihn mit dem Gold des Schreins zu füllen, während Morgan Frauen ins Dorf schickte, um die Bootsmänner zu wecken. Sie war eine wunderbar tüchtige Frau. Der Schrein versank in Panik, aber Morgan hatte alles unter Kontrolle, und es dauerte nur Minuten, bis den ersten Frauen in die Flachboote geholfen wurde, die anschließend Kurs in die nebelverhangenen Sümpfe nahmen.

Wir waren die letzten, und ich schwöre, daß ich im Osten Hufschlag hörte, als unser Bootsmann das Punt ins dunkle Wasser hinausstakte. Taliesin, der im Bug saß, begann das Klagelied von Idfael zu singen, aber Morgen fuhr ihn an und verlangte, daß er mit dieser Heidenmusik aufhöre. Er löste die Finger von seiner kleinen Harfe. »Die Musik kennt keine Untertanenpflicht, Lady«, tadelte er sie sanft.

»Die Eure ist Teufelsmusik«, fauchte sie.

»Nicht alles«, widersprach Taliesin und begann abermals zu singen, dieses Mal jedoch ein Lied, das ich noch niemals zuvor gehört hatte. »An den Ufern von Babylon«, sang er, »saßen wir und vergossen bittere Tränen, als wir an unsere Heimat dachten.« Ich sah, wie Morgan verstohlen einen Finger unter ihre Maske schob, als wollte sie Tränen wegwischen. Immer weiter sang der Barde, während der hohe Tor immer weiter zurückblieb, die Sumpfnebel uns einhüllten und unser Bootsmann uns über das schwarze Wasser stakte. Als Taliesin sein Lied beendete, gab es nur noch das Geräusch der Wellen, die leise an unser Boot schlugen, und das Klatschen, mit dem der Bootsmann die Stange ins Wasser stieß, um uns wieder ein Stück weiterzustaken.

»Ihr solltet für Jesus singen«, sagte Sansum vorwurfsvoll.

»Ich singe für alle Götter«, gab Taliesin zurück, »und in den Tagen, die vor uns liegen, werden wir sie alle brauchen.«

»Es gibt nur einen Gott«, erklärte Morgan heftig.

»Wenn Ihr meint, Lady«, lenkte Taliesin sanftmütig ein, »aber ich fürchte, daß er Euch heute nacht übel mitgespielt hat.« Damit deutete er rückwärts auf Ynys Wydryn, und als wir uns umwandten, sahen wir, daß in den Nebeln hinter uns eine fahle Glut ausbreitete. Ich hatte diese Glut schon einmal gesehen, hatte sie durch die gleichen Nebel auf diesem See gesehen. Es war die Glut brennender Gebäude, die Glut brennender Strohdächer. Mordred war uns gefolgt, und der Schrein zum Heiligen Dornbusch, in dem seine Mutter begraben war, wurde in Schutt und Asche gelegt. Aber wir waren sicher in den Sümpfen, in die sich kein Mensch ohne erfahrenen Führer wagte.

Das Böse hatte wieder Macht über Dumnonia gewonnen.

Aber wir waren in Sicherheit. Gegen Morgen fanden wir einen Fischer, der uns gegen Gold nach Siluria bringen würde. So kehrte ich zu Arthur nach Hause zurück.

Und zu neuerlichem Grauen.

Ceinwyn war krank.

Die Krankheit sei sehr schnell gekommen, berichtete mir Guinevere. Ceinwyn habe Schüttelfrost bekommen, dann Schweißausbrüche, und am Abend habe sie nicht mehr stehen können, also habe sie sie zu Bett gebracht, und Morwenna habe sie gepflegt. Eine weise Frau habe ihr einen Trank aus Huflattich und Raute eingeflößt und ihr ein heilendes Amulett zwischen die Brüste gelegt, am anderen Morgen jedoch seien Beulen auf Ceinwyns Haut ausgebrochen. Jedes Gelenk habe ihr weh getan, sie habe nicht mehr schlucken können, und ihr Atem sei rasselnd in der Kehle gegangen. Sie habe zu toben begonnen, dann habe sie im Bett um sich geschlagen und heiser nach Dian gerufen.

Morwenna versuchte, mich auf Ceinwyns Tod vorzubereiten. »Sie glaubt, daß jemand sie mit einem Fluch belegt hat, Vater«, berichtete sie mir. »Denn an dem Tag, da du abgereist bist, kam eine Frau und bat uns um etwas zu essen. Wir haben ihr Gerstenkörner gegeben, doch als sie ging, fanden wir Blut am Türpfosten.«

Ich berührte Hywelbanes Heft. »Flüche können aufgehoben werden.«

»Wir haben den Druiden von Cefu-crib geholt«, sagte Morwenna. »Er hat das Blut vom Türpfosten gekratzt und uns einen Hexenstein gegeben.« Sie hielt inne und blickte unter Tränen auf den durchbohrten Stein, der über Ceinwyns Brust hing. »Aber der Fluch will nicht weichen!« rief sie verzweifelt. »Sie wird sterben!«

»Noch nicht«, beschwichtigte ich sie. »Noch nicht.« Ich konnte nicht an Ceinwyns bevorstehenden Tod glauben, denn sie war immer so kerngesund gewesen. Als ich Isca verließ, war noch kein Haar auf Ceinwyns Kopf grau gewesen, sie hatte noch fast alle Zähne besessen und war so geschmeidig wie ein Mädchen. Und sie litt Schmerzen. Sie konnte uns diese Schmerzen nicht schildern, doch ihre Miene verriet es uns, und die Tränen, die ihr über die Wangen liefen, schrien es uns entgegen.

Taliesin stand eine lange Zeit da und sah sie an; dann bestätigte er, daß ein Fluch auf ihr liege. Morgan spie bei dieser Erklärung aus. »Heidnischer Aberglaube!« krächzte sie und machte sich daran, frische Kräuter zu sammeln, die sie in Met kochte und Ceinwyn mit einem Löffel in den Mund träufelte. Wie ich feststellte, ging Morgan sehr behutsam mit der Kranken um, obwohl sie Ceinwyn beschimpfte und eine heidnische Sünderin nannte.

Ich war hilflos. Ich konnte nichts weiter tun als an Ceinwyns Bett sitzen, ihre Hand halten und weinen. Ihre Haare waren strähnig und begannen zwei Tage nach meiner Rückkehr in dicken Büscheln auszufallen. Ihre Beulen platzten und durchtränkten das Bett mit Eiter und Blut. Morwenna und Morgan richteten ein neues Bett mit frischem Stroh und frischem Leinen her, aber Ceinwyn beschmutzte das Bett Tag um Tag, und das gebrauchte Leinen mußte in einem Bottich ausgekocht werden. Die Schmerzen hörten nicht auf und waren so furchtbar, daß sogar ich nach einer Weile zu wünschen begann, der Tod möge sie von ihren Qualen erlösen, doch Ceinwyn starb nicht. Sie litt weiter, und manchmal schrie sie vor Schmerzen laut auf. Dann umklammerte ihre Hand meine Finger mit furchtbarer Kraft, ich aber konnte ihr nur die Stirn trocknen, ihren Namen flüstern und spüren, wie die Angst vor der Einsamkeit in mir emporstieg.

Ich liebte meine Ceinwyn ja so sehr! Sogar jetzt noch, Jahre später, muß ich bei der Erinnerung an sie lächeln, und manchmal wache ich mitten in der Nacht mit tränennassen Wangen auf und weiß, daß ich um sie geweint habe. Unsere Liebe hatte mit einem Auflodern von Leidenschaft begonnen, und weise Menschen sagen, daß eine so große Leidenschaft bald enden müsse; statt dessen jedoch verwandelte sie sich in eine lange, tiefe Liebe. Ich liebte und bewunderte sie, die Tage wurden schöner, weil sie da war, und nun konnte ich plötzlich nur noch zusehen, wie sie von Dämonen geschüttelt wurde, wie die Schmerzen sie zerrissen, wie die Beulen rot und prall wurden und aufplatzten. Und sie wollte immer noch nicht sterben.

An manchen Tagen lösten mich Galahad oder Arthur am Krankenbett ab. Jedermann versuchte zu helfen. Guinevere ließ die weisesten Frauen aus Silurias Bergen kommen und bezahlte sie mit Gold, damit sie frische Kräuter oder Fläschchen mit Wasser aus einer entlegenen heiligen Quelle mitbrachten. Culhwch, inzwischen kahl, aber noch immer rauh und kriegerisch, weinte um Ceinwyn und schenkte mir einen Donnerkeil, den er in den westlichen Hügeln gefunden hatte; aber als Morgan diesen heidnischen Talismann in Ceinwyns Bett fand, warf sie ihn hinaus, wie sie den Hexenstein des Druiden und den Talisman hinausgeworfen hatte, den sie zwischen Ceinwyns Brüsten entdeckt hatte. Bischof Emrys betete für Ceinwyn, und sogar Sansum vereinte sich vor seiner Abreise nach Gwent mit ihm im Gebet, obwohl ich bezweifle, daß seine Gebete so tief aus dem Herzen kamen wie jene, die Emrys zu seinem Gott emporschickte. Morwenna kümmerte sich hingebungsvoll um ihre Mutter, und niemand kämpfte beharrlicher um ihre Heilung. Sie pflegte sie, wusch sie, betete für sie, weinte mit ihr. Guinevere konnte natürlich weder den Anblick der kranken Ceinwyn noch den Geruch ertragen, der im Krankenzimmer herrschte, aber sie ging stundenlang mit mir spazieren, während Galahad oder Arthur Ceinwyns Hand hielten. Ich erinnere mich an einen Tag, da wir zum Amphitheater gingen und in der Sandarena umherschlenderten; da versuchte Guinevere mich auf ihre ungeschickte Art zu trösten. »Ihr könnt von Glück sagen, Derfel«, sagte sie, »denn Ihr habt etwas sehr Seltenes erlebt. Die große Liebe.«

»Ihr aber auch, Lady«, gab ich zurück.

Sie verzog das Gesicht, und ich wünschte, ich hätte nicht den unausgesprochenen Gedanken heraufbeschworen, daß ihre große Liebe zerstört worden war, obgleich sowohl sie als auch Arthur, alle beide, diese unglückliche Phase überlebt hatten. Ich nehme an, daß er damals noch immer vorhanden war, ein Schatten tief innen, denn manchmal, wenn in jenen Jahren ein Dummkopf Lancelots Namen erwähnte, trat plötzlich eine peinliche Stille ein, und einmal, als ein zu Besuch weilender Barde uns ahnungslos den Klagegesang von Blodeuwedd darbot, ein Lied, das von der Treulosigkeit einer Gemahlin handelt, vibrierte die Luft nach Beendigung des Liedes vor gespanntem Schweigen. Normalerweise aber waren Arthur und Guinevere in jener Zeit wahrhaft glücklich. »Ja«, sagte Guinevere, »ich kann ebenfalls von Glück sagen.« Sie sprach barsch – nicht etwa, weil sie mich nicht mochte, sondern weil sie sich bei sehr persönlichen Gesprächen immer recht unbehaglich fühlte. Nur auf Mynydd Baddon hatte sie diese Reserviertheit überwunden; damals waren wir beiden, sie und ich, nahezu Freunde geworden, seither jedoch hatten wir uns wieder voneinander entfernt – nicht bis zu unserer alten Feindseligkeit, aber bis zu einer wachsamen, wenn auch liebevollen Bekanntschaft. »Ihr seht gut aus ohne Bart«, sagte sie jetzt, das Thema wechselnd. »Es macht Euch jünger.«

»Ich habe geschworen, ihn erst nach Mordreds Tod wieder wachsen zu lassen«, antwortete ich.

»Möge es bald sein. Ich würde nur ungern sterben, bevor dieser Wurm bekommt, was er verdient.« Sie sagte es heftig, wohl aus der realen Angst heraus, das Alter könnte sie töten, bevor Mordred starb. Wir waren inzwischen alle in den Vierzigern, und nur wenige Menschen lebten länger. Merlin hatte natürlich schon zweimal vierzig Jahre und mehr hinter sich, und wir alle kannten andere Menschen, die fünfzig, sechzig oder gar siebzig Jahre alt geworden waren, aber wir hielten uns für alt. Guineveres rote Haare waren mit grauen Strähnen durchzogen, aber sie war immer noch schön, und ihr starkes Gesicht blickte mit seiner alten Kraft und Arroganz in die Welt. Sie hielt inne, um Gwydre zu beobachten, der auf einem Pferd in die Arena geritten kam. Er hob grüßend die Hand, dann ließ er sein Reittier durch die Gänge gehen. Er wollte den Hengst zum Schlachtroß trainieren, damit es steigen, mit den Hufen ausschlagen und seine Beine auch dann noch in Bewegung halten lernte, wenn es stillstand, damit kein Feind ihm die Achillessehnen durchtrennen konnte. Guinevere sah ihm eine Weile zu. »Meint Ihr, daß er jemals König werden wird?« fragte sie mich wehmütig.

»Ja, Lady«, antwortete ich. »Früher oder später wird Mordred einen Fehler machen. Dann schlagen wir zu.«

»Das hoffe ich.« Sie schob ihren Arm unter den meinen. Ich glaube nicht, daß sie mich trösten wollte, sondern eher, daß sie Trost für sich selber suchte. »Hat Arthur mit Euch über Amhar gesprochen?« wollte sie wissen.

»Flüchtig, Lady.«

»Er macht Euch keine Vorwürfe. Das wißt Ihr, nicht wahr?«

»Ich möchte es gern glauben«, sagte ich.

»Das könnt Ihr«, gab sie barsch zurück. »Seine Trauer gilt dem eigenen Versagen als Vater, nicht dem Tod dieses kleinen Bastards.«

Arthur trauerte, wie ich vermute, weit mehr um Dumnonia als um Amhar, denn die Nachricht von den Massakern hatte ihn zutiefst verbittert. Wie ich wollte er Rache, aber Mordred hatte ein ganzes Heer zur Verfügung, Arthur dagegen knapp zweihundert Mann, die alle per Boot über den Severn gebracht werden mußten, wenn sie gegen Mordred kämpfen sollten. Ehrlich gesagt, hatte er keine Ahnung, was nun zu tun sei. Er machte sich sogar

Sorgen über die Rechtmäßigkeit eines derartigen Vergeltungsschlages. »Die Männer, die er umgebracht hat«, erklärte er mir, »waren seine Eidesmänner. Er hatte das Recht, sie umzubringen.«

»Und wir haben das Recht, sie zu rächen«, behauptete ich, aber ich bin nicht sicher, ob Arthur voll und ganz meiner Meinung war. Er versuchte stets, das Recht über die persönlichen Gefühle zu setzen, und nach unserem Eidesrecht, das den König zur Quelle aller Gesetze und somit aller Eide macht, konnte Mordred in seinem eigenen Land tun, was er wollte. So lautete das Gesetz, und da Arthur nun einmal Arthur war, wollte er es unter gar keinen Umständen brechen. Aber er weinte auch um die Männer und Frauen, die sterben mußten, und um die Kinder, die versklavt wurden, und ihm war klar, solange Mordred lebte, würden noch viel mehr Männer und Frauen sterben oder versklavt werden. Das Gesetz, so schien es, mußte ganz einfach gebeugt werden, doch Arthur wußte nicht, wie man es beugt. Wenn wir mit unseren Männern durch Gwent marschieren und sie dann so weit ostwärts hätten führen können, um ins Grenzgebiet von Lloegyr zu gelangen, wo wir unsere Truppen mit Sagramors Kriegern vereinigt hätten, wären wir stark genug gewesen, um Mordreds grausames Heer zu schlagen oder ihm wenigstens zu gleichen Bedingungen zu begegnen, doch König Meurig weigerte sich hartnäckig, uns sein Land durchqueren zu lassen. Wenn wir mit Booten über den Severn setzten, mußten wir die Pferde zurücklassen; dann stand uns ein langer Marsch zu Sagramor bevor, und überdies würden wir durch Mordreds Truppen von ihm getrennt sein. Mordred würde zuerst uns vernichten und anschließend kehrt machen können, um den Numidier zu besiegen.

Bis jetzt lebte Sagramor noch, aber das war ein schwacher Trost. Mordred hatte einige von Sagramors Männern niedergemetzelt, Sagramor selbst hatte er jedoch nicht finden können und seine Männer aus dem Grenzland abgezogen, bevor Sagramor einen harten Gegenschlag starten konnte. Nun hatte Sagramor mit einhundertzwanzig seiner Männer in einer Festung im Süden des Landes Zuflucht gesucht. Mordred zögerte, die Festung anzugreifen, während Sagramor nicht stark genug war, um einen

Ausfall zu wagen und Mordreds Heer zu vernichten; also belauerten die beiden einander, ohne zu kämpfen, während Cerdics Sachsen sich, ermuntert durch Sagramors Machtlosigkeit, wieder nach Westen in unser Land ausbreiteten. Um diese Sachsen aufzuhalten, schickte Mordred Kriegshorden aus, ohne eine Ahnung von den Boten zu haben, die es wagten, sein Land zu durchqueren, um eine Verbindung zwischen Arthur und Sagramor herzustellen. Die Botschaften verrieten, wie hilflos sich Sagramor fühlte: Wie sollte er seine Männer aus dieser Lage befreien und sie nach Siluria bringen? Die Entfernung war beträchtlich, und der viel zu starke Feind verlegte ihm den Weg. Wir hatten offenbar wirklich keine Möglichkeit, die Blutbäder zu rächen, aber dann, drei Wochen nach meiner Rückkehr aus Dumnonia, kamen Nachrichten aus Meurigs Hof.

Die Gerüchte erreichten uns über Sansum. Er war mit mir nach Isca gekommen, hatte Arthurs Gesellschaft jedoch als zu ärgerlich empfunden und war daher, Morgan in der Obhut ihres Brudes zurücklassend, nach Gwent geflohen. Nun schickte er uns – vielleicht, um uns zu beweisen, wie nahe er dem König stand – eine Botschaft des Inhalts, daß Mordred Meurigs Erlaubnis erbitte, mit seinem Heer durch Gwent zu marschieren, um Siluria anzugreifen. Meurig, berichtete Sansum, habe sich noch nicht entschieden.

Arthur informierte mich von Sansums Botschaft. »Plant der Mäuselord wieder Verschwörungen?« fragte er mich.

»Er unterstützt sowohl Euch als auch Meurig, Lord«, antwortete ich erbost. »Damit Ihr ihm beide Dankbarkeit schuldet.«

»Aber ist das auch wahr?« überlegte Arthur. Er hoffte es, denn wenn Mordred Arthur angriff, würde kein Gesetz Arthur dafür verdammen, daß er sich wehrte, und wenn Mordred mit seinem Heer nordwärts nach Gwent hineinmarschierte, konnten wir südwärts über das Severn-Meer segeln und uns irgendwo in Süddumnonia mit Sagramors Truppen vereinigen. Sowohl Galahad als auch Bischof Emrys bezweifelten, daß Sansum ehrlich war, ich aber widersprach ihnen. Mordred haßte Arthur mehr als alle anderen Menschen, deswegen hielt ich es für unwahrscheinlich, daß er der Versuchung widerstehen konnte, Arthur im Kampf zu schlagen.

Also ersannen wir tagelang Pläne. Unsere Männer übten mit Speer und Schwert, und Arthur schickte Boten mit Beschreibungen des Feldzugs, den er durchzuführen hoffte, zu Sagramor, aber entweder versagte Meurig Mordred die gewünschte Erlaubnis, oder Mordred entschied sich gegen einen Angriff auf Siluria, denn es ereignete sich gar nichts. Mordreds Heer stand immer noch zwischen uns und Sagramor. Von Sansum hörten wir keine weiteren Gerüchte mehr, und wir konnten nichts weiter tun als warten.

Warten und Ceinwyns Qualen beobachten. Zusehen, wie ihre Züge immer mehr einfielen. Ihren Schreien zuhören, die furchtbare Angst in ihrem Griff spüren und den Tod riechen, der nicht kommen wollte.

Morgan versuchte es mit anderen Kräutern. Sie legte ein Kreuz auf Ceinwyns nackten Körper, doch bei der Berührung durch das Kreuz schrie Ceinwyn auf. Eines Nachts, als Morgan schlief, wirkte Taliesin einen Gegenzauber, um den Fluch aufzuheben, der, wie er noch immer glaubte, die Ursache von Ceinwyns Krankheit war; aber obwohl wir einen Hasen töteten und Ceinwyns Gesicht mit seinem Blut beschmierten, obwohl wir ihre beulenübersäte Haut mit der verkohlten Spitze eines Eschenstabs berührten, obwohl wir Adlersteine, Donnerkeile und Hexensteine um ihr Bett legten, obwohl wir einen Dornen- und einen Mistelzweig aus einer Linde über ihr Bett hängten und obwohl wir Excalibur, eins der Kleinodien von Britannien, an ihre Seite legten, wurde die Krankheit nicht von ihr genommen. Wir beteten zu Grannos, dem Gott des Heilens, doch unsere Gebete wurden nicht erhört und unsere Opfergaben ignoriert. »Der Zauber ist stark«, räumte Taliesin traurig ein. In der folgenden Nacht, während Morgan schlief, holten wir einen Druiden aus Nordsiluria ins Krankenzimmer. Es war ein Bauern-Druide, nichts als Bart und Gestank. Er sprach einen Zauber und zermahlte die Knochen einer Feldlerche zu Pulver, das er mit einem Aufguß von Beifuß mischte. Dieses Gebräu flößte er Ceinwyn ein, aber es hatte keinerlei Wirkung. Der Druide versuchte, sie bröckchenweise mit dem gebratenen Herzen einer schwarzen Katze zu füttern, aber die spuckte sie aus, und so griff er auf seinen stärksten Zauber zurück, die Berührung mit einer Totenhand. Die Hand, die mich an Cerdics Helmzier erinnerte, war geschwärzt. Der Druide drückte sie auf Ceinwyns Stirn, auf Nase und Kehle; dann drückte er sie, Zaubersprüche murmelnd, auf ihren Kopf, erreichte damit aber nur, daß er seine Läuse von seinem Bart auf ihren Kopf übertrug, und als wir versuchten, die auszukämmen, verlor sie auch noch die letzten Haare. Ich bezahlte den Druiden und folgte ihm in den Hof, um dem Rauch der Feuer zu entgehen, in denen Taliesin Kräuter verbrannte. Morwenna kam mit. »Du mußt dich ausruhen, Vater«, sagte sie mahnend.

»Später werde ich genug Zeit zum Ausruhen haben«, entgegnete ich, während ich zusah, wie der Druide schlurfend im Dunkeln verschwand.

Morwenna nahm mich in den Arm und legte den Kopf an meine Schulter. Ihre Haare waren so golden, wie Ceinwyns gewesen waren, und sie dufteten auch wie die ihrer Mutter. »Vielleicht ist es ja gar keine Magie«, sagte sie.

»Wenn es keine Magie wäre, wäre sie gestorben«, widersprach ich.

»Es gibt eine Frau in Powys, die große Kraft besitzen soll.«

»Dann laß sie kommen«, sagte ich müde, obwohl ich inzwischen all meinen Glauben an Zauberer verloren hatte. Mindestens zwanzig waren gekommen und hatten Gold eingesackt, doch keiner hatte die Krankheit von Ceinwyn nehmen können. Ich hatte dem Mithras geopfert, ich hatte zu Bel und Don gebetet, aber nichts von allem hatte geholfen.

Ceinwyn stöhnte. Das Stöhnen wuchs zu einem Schrei. Ich zuckte zusammen und löste mich sanft von Morwenna. »Ich muß zu ihr.«

»Ruh du dich lieber aus, Vater«, gab Morwenna zurück. »Ich werde zu ihr gehen.«

In diesem Moment erblickte ich mitten im Hof eine von einem Umhang verhüllte Gestalt. Unmöglich zu sagen, ob es ein Mann oder eine Frau war, auch vermochte ich nicht zu erraten, wie lange die Gestalt schon dort stand. Mir schien, daß der Hof noch vor einer Sekunde leer gewesen war, nun aber stand diese verhüllte Gestalt, deren Gesicht vor dem Mond von einer weiten Kapuze bedeckt war, direkt vor mir, und mir lief plötzlich ein Schauer über den Rücken, weil ich fürchtete, daß dies der Tod war, der sich manifestiert hatte. Tapfer trat ich auf die Gestalt zu. »Wer seid Ihr?« fragte ich sie.

»Niemand, den Ihr kennt, Lord Derfel Cadarn.« Es war eine Frau, und während sie sprach, schob sie die Kapuze zurück. Ich sah, daß sie ihr Gesicht weiß angemalt und sich dann Ruß um die Augen geschmiert hatte, damit sie aussah wie ein lebender Totenschädel. Morwenna hielt hörbar den Atem an.

»Wer seid Ihr?« fragte ich abermals.

»Ich bin der Hauch des Westwindes, Lord Derfel«, antwortete sie mit singender Stimme. »Und der Regen, der auf Cadair Idris fällt, und der Frost, der Eryris Gipfel säumt. Ich bin die Botin aus der Zeit vor allen Königen, ich bin die Tänzerin.« Sie lachte, aber ihr Lachen klang in der Nacht wie Wahnsinn. Dieses Lachen lockte Taliesin und Galahad an die Tür des Krankenzimmers, wo sie standen und die weißgesichtige, lachende Frau anstarrten. Galahad bekreuzigte sich, während Taliesin den Eisenriegel der Tür berührte. »Kommt her, Lord Derfel!« befahl mir die Frau. »Kommt mit mir, Lord Derfel!«

»Geht, Lord«, ermunterte mich Taliesin, und plötzlich keimte in mir die Hoffnung, die Zaubersprüche des läuseverseuchten Druiden hätten vielleicht doch noch gewirkt, denn sie hatten Ceinwyn zwar nicht von ihrer Krankheit befreit, aber sie hatten diese Erscheinung zu uns auf den Hof gebracht. Also trat ich ins Mondlicht hinaus und näherte mich der Frau im Umhang.

»Umarmt mich, Lord Derfel«, verlangte die Frau, und irgend etwas in ihrer Stimme erinnerte an Fäulnis und Schmutz; doch ich erschauerte, trat einen weiteren Schritt vor und legte meine Arme um ihre mageren Schultern. Sie roch nach Honig und Asche. »Ihr wollt, daß Ceinwyn am Leben bleibt?« flüsterte sie mir ins Ohr.

»Ja.«

»Dann kommt jetzt mit mir«, flüsterte sie und löste sich aus meiner Umarmung. »Jetzt!« wiederholte sie, als sie sah, daß ich zögerte.

»Wartet, bis ich mir einen Mantel und ein Schwert geholt habe«, verlangte ich.

»Dort, wohin wir gehen, Lord Derfel, werdet Ihr kein Schwert brauchen, und es genügt, wenn Ihr meinen Umhang mit mir teilt. Kommt jetzt, oder laßt Eure Lady weiterleiden.« Mit diesen Worten wandte sie sich ab und ging gemessenen Schrittes zum Hof hinaus.

»Geht!« drängte mich Taliesin. »Geht!«

Galahad machte Anstalten, mich zu begleiten, aber am Tor wandte sich die Frau plötzlich um und befahl ihm, zurückzukehren. »Lord Derfel wird allein mitkommen«, erklärte sie, »oder er kommt überhaupt nicht mit.«

So ging ich also davon und folgte dem Tod in die Nacht hinaus, in Richtung Norden.

Wir wanderten die ganze Nacht hindurch, so daß wir bei Morgengrauen am Fuß der hohen Hügel ankamen, und immer noch drängte sie weiter, wählte Pfade, die fern von jeder menschlichen Siedlung verliefen. Die Frau, die sich »die Tänzerin« nannte, ging barfuß und begann manchmal zu hüpfen, als sei sie von überschäumender Freude erfüllt. Eine Stunde nach Tagesanbruch, als die Sonne die Hügel mit frischem Gold überflutete, machte sie an einem kleinen See halt, spritzte sich Wasser ins Gesicht und scheuerte sich die Wangen mit Händen voll Gras, um die Mischung aus Honig und Asche zu entfernen, mit der sie ihre Haut kalkweiß gefärbt hatte. Bis zu diesem Moment hatte ich nicht gewußt, ob sie jung oder alt war, nun aber entdeckte ich, daß es sich um eine Frau in den Zwanzigern handelte, und zwar um eine sehr schöne. Sie hatte ein zartes, von Leben erfülltes Gesicht mit glücklichen Augen und einem fröhlichen Lächeln. Sie wußte um ihre Schönheit und lachte, als sie merkte, daß ich es ebenfalls erkannte.

»Würdet Ihr mir beiliegen, Lord Derfel?« fragte sie mich.

»Nein«, antwortete ich.

»Wenn Ihr Eure Ceinwyn damit gesund machen könntet«, fragte sie weiter, »würdet Ihr mir dann beiliegen?«

»Ja.«

»Aber das könnt Ihr nicht!« erklärte sie. »Das könnt Ihr nicht!« Dann lachte sie, lief davon und warf dabei den schweren Umhang ab, unter dem ein dünnes Leinengewand zum Vorschein kam, das sich eng an den geschmeidigen Körper schmiegte. »Erinnert Ihr Euch an mich?« erkundigte sie sich und wandte sich mir zu.

»Sollte ich das?«

»Ich erinnere mich an Euch, Lord Derfel. Ihr habt meinen Körper angestarrt wie ein Mann, der hungrig ist; und Ihr wart hungrig, sehr hungrig wart Ihr. Erinnert Ihr Euch?« Damit schloß sie die Augen und kam den Schafpfad herab auf mich zu – mit hohen Schritten, die Zehen zierlich nach außen gewendet. Da erinnerte ich mich an sie. Sie war das Mädchen, dessen nackte Haut in Merlins Dunkelheit geleuchtet hatte. »Ihr seid Olwen«, sagte ich, ein Name, der mir über die Jahre hinweg wieder einfiel. »Olwen, die Silberne.«

»Dann erinnert Ihr Euch also an mich. Ich bin jetzt älter. Die ältere Olwen.« Sie lachte. »Kommt, Lord! Bringt mir den Umhang.«

»Wohin gehen wir?« fragte ich sie.

»Weit, Lord, weit. Bis dahin, wo die Winde entspringen, der Regen beginnt, die Nebel geboren werden und keine Könige herrschen.« Mit scheinbar unerschöpflicher Energie tanzte sie den Pfad entlang. Den ganzen Tag hindurch tanzte sie, und den ganzen Tag lang redete sie unsinniges Zeug. Ich glaube, sie war wahnsinnig. Einmal, als wir durch ein kleines Tal kamen, wo silberblättrige Bäume in der leichten Brise zitterten, zog sie ihr Gewand aus und tanzte nackt über das Gras. Sie tat es, um mich zu erregen und in Versuchung zu führen, doch als ich unbeirrt weitermarschierte und keinen Hunger nach ihr erkennen ließ, lachte sie, warf sich das Gewand über die Schulter und wanderte neben mir einher, als sei das Nacktsein nichts Besonderes. »Ich war es, die den Fluch in Euer Haus getragen hat«, berichtete sie mir voll Stolz.

»Warum?«

»Weil es getan werden mußte, natürlich«, sagte sie ganz ernsthaft. »Genauso wie er jetzt aufgehoben werden muß. Das ist der Grund, warum wir in die Berge gehen, Lord.«

»Zu Nimue?« fragte ich und wußte die Antwort bereits. In dem Moment, da Olwen in unserem Hof auftauchte, hatte ich gewußt, daß wir zu Nimue gingen.

»Zu Nimue«, bestätigte Olwen fröhlich. »Denn seht Ihr, Lord, die Zeit ist gekommen.«

»Welche Zeit?«

»Die Zeit für das Ende aller Dinge, natürlich«, antwortete Olwen und drückte mir ihr Gewand in den Arm, damit sie mit nichts mehr belastet war. So hüpfte sie vor mir her und wandte sich nur zuweilen zurück, um mir einen verschlagenen Blick zuzuwerfen und meine steinerne Miene zu genießen. »Wenn die Sonne scheint«, erklärte sie mir, »bin ich gern nackt.«

»Was ist das Ende aller Dinge?« wollte ich wissen.

»Wir werden Britannien zu einem vollkommenen Ort machen«, sagte Olwen. »Es wird keine Krankheiten mehr geben und keinen Hunger, keine Angst und keine Kriege, keine Stürme und keine Kleider. Alles wird enden, Lord! Die Berge werden einstürzen, die Flüsse werden ihre Richtung wechseln, das Meer wird kochen und die Wölfe werden heulen, aber zuletzt wird das Land grün und golden sein, und es wird keine Jahre mehr geben und keine Zeit, und wir werden alle Götter und Göttinnen sein. Ich werde eine Baumgöttin sein. Ich werde die Lärche und die Hainbuche sein, und am Morgen werde ich tanzen und am Abend goldenen Männern beiliegen.«

»Solltet Ihr nicht Gawain beiliegen?« fragte ich sie. »Wenn er aus dem Kessel aufersteht? Ich dachte, Ihr hättet seine Königin werden sollen.«

»Ich habe ihm beigelegen, Lord, aber er war tot. Tot und trocken. Er schmeckte nach Salz.« Sie lachte. »Tot, trocken und salzig. Eine ganze Nacht lange habe ich ihn gewärmt, aber er regte sich nicht. Ich wollte ihm nicht beiliegen«, setzte sie in vertraulichem Ton hinzu, »aber seit jener Nacht, Lord, bin ich nur noch glücklich gewesen!« Sie vollführte eine graziöse Drehung und tanzte ein paar Schritte auf dem federnden Gras.

Wahnsinnig, dachte ich; wahnsinnig und herzzerreißend schön, so schön wie Ceinwyn einst gewesen war, obwohl dieses Mädchen im Gegensatz zu meiner hellhäutigen, goldhaarigen Ceinwyn schwarze Haare und einen sonnengebräunte Haut hatte. »Warum nennt man Euch Olwen, die Silberne?« fragte ich sie.

»Weil meine Seele silbern ist, Lord. Meine Haare sind dunkel, meine Seele aber ist silbern.« Sie drehte sich auf dem Pfad, dann lief sie leichtfüßig weiter. Kurz darauf machte ich eine Pause, um wieder zu Atem zu kommen, und blickte in ein tiefes Tal hinab, in dem ich einen Mann sah, der Schafe hütete. Der Schäferhund kam den Hang heraufgejagt, um einen Ausreißer zurückzuholen, und unterhalb der Herde entdeckte ich ein Haus, vor dem eine Frau nasse Wäsche zum Trocknen auf die Ginsterbüsche legte. Das da, sagte ich mir, ist real. Während der Marsch durch die Hügel bis hierher purer Wahnsinn war, ein Traum. Ich berührte die Narbe in meiner linken Handfläche, jene Narbe, die mich an Nimue band, und sah, daß sie gerötet war. Seit Jahren war sie weiß gewesen; jetzt glühte sie rot.

»Wir müssen weiter, Lord!« rief Olwen mir zu. »Immer weiter! Bis in die Wolken hinein.« Zu meiner Erleichterung holte sie sich ihr Gewand zurück, zog es sich über den Kopf und ließ es ihren schlanken Körper hinabgleiten. »Es kann kalt werden in den Wolken, Lord«, erklärte sie mir. Dann tanzte sie schon wieder weiter, während ich dem Schäfer und seinem Hund einen letzten, sehnsüchtigen Blick zuwarf, um dann der tanzenden Olwen auf einem schmalen Pfad bergaufwärts zu folgen, der zwischen hohen Felsen einherführte.

Es wurde Nachmittag. Wir unterbrachen die Wanderung in einem Tal mit steilen Seitenwänden, wo Eschen, Vogelbeerbäume und Bergahorn wuchsen und ein langer, schmaler See schwarz unter dem leichten Wind zitterte. Ich lehnte mich gegen einen Felsblock und muß wohl eine Weile geschlafen haben, denn als ich erwachte, entdeckte ich, daß Olwen wieder nackt war, doch dieses Mal schwamm sie im kalten schwarzen Wasser des Sees. Fröstelnd stieg sie heraus, rieb sich mit ihrem Umhang trocken und zog ihr Gewand an. »Nimue hat mir gesagt, wenn Ihr mir beiliegt, wird Ceinwyn sterben«, sagte sie.

»Warum habt Ihr mich dann gebeten, Euch beizuliegen?« fragte ich barsch.

»Um zu sehen, ob Ihr Eure Ceinwyn liebt, natürlich.«

»Das tue ich«, bestätigte ich.

»Dann könnt Ihr sie retten«, sagte Olwen fröhlich.

»Wie hat Nimue sie verflucht?« wollte ich wissen.

»Mit einem Feuerfluch, einem Wasserfluch und dem Fluch des Schwarzdorns«, antwortete Olwen; kauerte sich zu meinen Füßen nieder und blickte mir in die Augen. »Und mit dem dunklen Fluch des Anderkörpers«, ergänzte sie unheilverkündend.

»Warum?« fragte ich sie zornig, aber mein Zorn galt nicht den Einzelheiten der Flüche, sondern der Tatsache, daß meine Ceinwyn überhaupt mit einem Fluch belegt worden war.

»Warum nicht?« entgegnete Olwen. Dann lachte sie, warf sich den nassen Umhang um die Schultern und ging davon. »Kommt mit, Lord! Habt Ihr Hunger?«

»Ja.«

»Ihr werdet essen. Essen, schlafen und reden.« Wieder tanzte sie zierliche Barfußschritte auf dem steinigen Pfad. Ich sah, daß ihre Füße bluteten, aber das schien sie nicht zu kümmern. »Wir gehen rückwärts«, erklärte sie mir.

»Was soll das heißen?«

Sie drehte sich um, so daß sie mir zugewandt war und rückwärts hüpfte. »Rückwärts in der Zeit, Lord. Wir spulen die Jahre zurück. Die vergangenen Jahre fliegen an uns vorbei, aber so schnell, daß Ihr weder die Nächte noch die Tage erkennen könnt. Ihr seid noch nicht geboren, Eure Eltern sind noch nicht geboren, und immer weiter geht es zurück, zurück, bis in die Zeit, bevor es Könige gab. Dahin gehen wir, Lord. In die Zeit vor den Königen.«

»Eure Füße bluten«, warnte ich sie.

»Die heilen wieder.« Damit machte sie kehrt und hüpfte weiter. »Kommt mit!« rief sie mir zu. »Kommt mit in die Zeit vor den Königen.«

»Wartet dort Merlin auf mich?« fragte ich sie.

Dieser Name ließ Olwen innehalten. Sie stand still, abermals rückwärts gewandt, und sah mich stirnrunzelnd an. »Ich habe Merlin einmal beigelegen«, sagte sie nach einer Weile. »Oft«, ergänzte sie dann in einem Anfall von Aufrichtigkeit.

Das überraschte mich keineswegs. Er war ein Bock. »Erwartet er uns?« erkundigte ich mich.

»Er ist im Herzen der Zeit vor den Königen«, erklärte Olwen ernst. »Im innersten Herzen, Lord. Merlin ist die Kälte im Frost, das Wasser im Regen, die Flamme in der Sonne, der Atem im Wind. Und nun kommt.« Unvermittelt zerrte sie mich heftig am Ärmel. »Wir können jetzt nicht reden.«

»Wird Merlin gefangengehalten?« fragte ich sie, aber Olwen wollte mir nicht antworten. Sie lief vor mir her, dann wartete sie ungeduldig darauf, daß ich sie einholte, nur um sogleich wieder vorauszulaufen. Sie bewältigte die steilen Pfade mühelos, während ich atemlos hinter ihr herkeuchte, und dabei kamen wir immer tiefer in die Berge hinein. Inzwischen hatten wir Siluria nach meiner Einschätzung verlassen und befanden uns in Powys, aber in einem Teil dieses unglückseligen Landes, in den die Regierungsgewalt des jungen Perddel nicht hineinreichte. Dies war das Land ohne Gesetze, die Zuflucht der Briganten, doch Olwen hüpfte unbekümmert durch seine Gefahren.

Die Nacht brach herein. Wolken zogen von Westen auf, so daß wir bald von tiefer Dunkelheit umgeben waren. Ich blickte mich um, vermochte aber nichts zu sehen. Keine Lichter, nicht mal den Schimmer einer fernen Flamme. So, dachte ich mir, hat Bel vermutlich die Insel Britannien vorgefunden, als er herkam, um Licht und Leben zu bringen.

Olwen legte ihre Hand in die meine. »Kommt mit, Lord.«

»Ich kann nichts sehen!« protestierte ich.

»Ich sehe dafür alles«, entgegnete sie. »Vertraut mir, Lord.« Damit führte sie mich weiter. Zuweilen warnte sie mich vor einem Hindernis. »Hier müssen wir einen Bach durchwaten, Lord. Seid vorsichtig.«

Ich wußte, daß der Pfad stetig anstieg, sonst aber wußte ich kaum etwas. Wir durchquerten ein Stück unsicheren Schieferboden, doch Olwens Hand lag fest in der meinen, und einmal schienen wir einen hohen Bergrücken entlangzuwandern, wo mir der Wind um die Ohren pfiff und Olwen eine seltsame, kleine Weise über Elfen sang. »Hier in den Bergen gibt es immer noch Elfen«, erklärte sie mir, als das Lied endete. »Überall sonst in Britannien wurden sie getötet, aber nicht hier. Ich habe sie selbst gesehen. Sie haben mich das Tanzen gelehrt.«

»Sie haben es Euch gut gelehrt«, sagte ich. Zwar glaubte ich ihr kein einziges Wort, fühlte mich vom warmen Griff ihrer kleinen Hand aber seltsamerweise beruhigt.

»Sie haben Umhänge aus Sommerfäden«, behauptete sie.

»Sie tanzen nicht nackt?« neckte ich sie.

»Ein Sommerfadenumhang verbirgt nichts, Lord«, antwortete sie tadelnd. »Doch warum sollten wir verbergen, was wunderschön ist?«

»Habt Ihr den Elfen beigelegen?«

»Eines Tages werde ich es tun. Jetzt noch nicht. In der Zeit nach den Königen. Ihnen und den goldenen Männern. Aber zuerst muß ich einem weiteren salzigen Mann beiliegen. Bauch an Bauch mit einem weiteren trockenen Ding aus dem Herzen des Kessels.« Sie lachte, zog an meiner Hand, und wir verließen den Felsgrat, um über einen sanften, grasbewachsenen Hang zum nächsten Grat emporzusteigen. Von dort aus sah ich zum erstenmal, seit die Wolken den Mond verdeckt hatten, ein Licht.

Denn hinter einem dunklen Bergsattel lag ein Berg, und in dem Berg mußte es ein Tal geben, das mit Feuer gefüllt war, so daß der uns zugewandte Bergkamm von seinem Schein umkränzt war. Ich stand da, die Hand ganz unbewußt noch immer in Olwens, und sie lachte vor Freude, als sie sah, wie ich dieses unverhoffte Licht anstarrte. »Das ist das Land vor den Königen, Lord«, erklärte sie mir. »Dort werdet Ihr Freunde finden und etwas zu essen.«

Ich löste meine Hand aus der ihren. »Welcher Freund würde Ceinwyn wohl mit einem Fluch belegen?«

Sie holte sich meine Hand zurück. »Kommt mit, Lord, es ist jetzt nicht mehr weit«, sagte sie und zog mich den Hang hinab.

Sie versuchte, mich zum Laufen zu zwingen, aber ich wollte nicht. Ich ging langsam, denn ich dachte an das, was Taliesin mir in dem magischen Nebel berichtet hatte, der vor ihm über Caer Cadarn gelegt worden war: daß Merlin ihm befohlen hätte, mich zu retten, daß ich ihm dafür aber möglicherweise nicht danken würde. Und während ich mich der Senke des Feuers näherte, fürchtete ich mich davor, die Bedeutung von Merlins Worten zu entdecken. Olwen drängte mich, schneller zu gehen; sie lachte über meine Ängste, und ihre Augen funkelten im Schein des Feuers, ich aber stieg mit schwerem Herzen der glühenden Silhouette zu.

Speerkämpfer bewachten den Saum des Tales. Es waren wild aussehende Männer, in Pelze gehüllt und mit Speeren bewaffnet, deren Schäfte rauh und deren Klingen grob geschmiedet waren. Obwohl Olwen sie fröhlich grüßte, antworteten sie nicht, als wir an ihnen vorbeikamen. Dann führte mich Olwen einen Pfad hinab bis in das raucherfüllte Zentrum des Tales. In der Talsenke lag ein langgestreckter See mit schwarzem Wasser, an dessen Ufer ringsum Feuer brannten. Neben den Feuern standen, von Gruppen verkrüppelter Bäume umgeben, zahlreiche kleine Hütten. Dort lagerte ein ganzes Heer von Menschen, denn es waren mindestens zweihundert Feuer.

»Kommt mit, Lord«, drängte Olwen und zerrte mich den Hang hinab. »Dies hier ist die Vergangenheit«, erklärte sie mir, »und auch die Zukunft. Hier schließt sich der Kreis der Zeit.«

Dies ist ein Tal im oberen Powys, sagte ich mir. Ein Versteck, in dem ein verzweifelter Mensch Zuflucht finden kann. Der Kreis der Zeit tut gar nichts hier, redete ich mir ein, und dennoch lief mir ein Schauer des Unbehagens über den Rücken, als Olwen mich zu den Hütten am See führte, wo das Heer lagerte. Ich hatte gedacht, die Leute schliefen, denn es war mitten in der Nacht, doch als wir zwischen dem See und den Hütten hindurchgingen, schwärmten zahllose Männer und Frauen aus den Hütten, um uns zu beobachten. Es waren seltsame Kreaturen, diese Menschen. Manche lachten ohne Grund, andere plapperten sinnlos vor sich hin, wieder andere hatten Zuckungen. Ich sah Hälse mit Kröpfen, blinde Augen, Hasenscharten, wirres Haargestrüpp und mißgebildete Glieder. »Was sind das für Leute?« erkundigte ich mich bei Olwen.

»Das ist das Heer der Wahnsinnigen, Lord«, antwortete sie.

Um das Unheil abzuwenden, spie ich in Richtung See. Doch diese armen Leute waren nicht alle wahnsinnig oder verkrüppelt, denn einige von ihnen waren Speerkämpfer, und ein paar hatten, wie ich bemerkte, Schilde, die mit Menschenhaut überzogen und mit Menschenblut geschwärzt waren: die Schilde von Diwrnachs besiegten Blutschilden. Andere trugen den Adler von Powys auf ihren Schilden, und ein Mann sogar den Fuchs von Siluria, ein Emblem, das seit Gundleus' Zeiten nicht mehr in einer Schlacht gesehen worden war. Diese Männer waren, genau wie Mordreds Heer, der Abschaum Britanniens: besiegte Männer, landlose Männer, Männer, die nichts zu verlieren und alles zu gewinnen hatten. Das Tal stank nach menschlichem Müll. Es erinnerte mich an die Insel der Toten, jenen Ort, an den Dumnonia seine unheilbar Wahnsinnigen schickte und an den ich mich einst gewagt hatte, um Nimue zu retten. Die Leute hier hatten den gleichen wilden Ausdruck und vermittelten den gleichen beunruhigenden Eindruck wie jene: den Eindruck, daß sie jeden Moment ohne Anlaß aufspringen und mit ihren Klauen zuschlagen konnten.

»Wie ernährt ihr all diese Menschen?« wollte ich wissen.

»Die Soldaten besorgen uns etwas zu essen«, antwortet Olwen, »die richtigen Soldaten. Wir essen viel Hammel. Ich mag Hammel. Da sind wir schon, Lord. Ende der Reise!« Mit diesen fröhlichen Worten löste sie ihre Hand aus der meinen und hüpfte vor mir her. Wir hatten das Ende des Sees erreicht, und nun lag ein Hain mächtiger Bäume vor mir, der sich bis in den Schutz eines hohen Felsens hineinzog.

Unter den Bäumen brannten ein Dutzend Feuer, und wie ich erkannte, bildeten die Baumstämme zwei gerade Reihen, so daß der Hain einer weiten Halle glich. Am anderen Ende dieser Halle standen zwei hoch aufragende graue Steine ähnlich den Felsblöcken, die von den Alten errichtet worden waren, obwohl ich nicht sagen konnte, ob dies Steine der Alten waren oder ob man sie jüngst erst aufgestellt hatte.

Zwischen den Steinen, in einem schweren Holzsessel, thronte Nimue mit Merlins schwarzem Stab in der Hand. Olwen eilte auf sie zu, warf sich Nimue zu Füßen, umarmte Nimues Beine und barg den Kopf auf Nimues Knien. »Ich habe ihn hergebracht, Lady!« verkündete sie.

»Hat er dir beigelegen?« fragte Nimue, die ihre Frage an Olwen richtete, mich dabei aber durchdringend musterte. Zwei Totenschädel krönten die stehenden Steine, jeder dick mit geschmolzenem Wachs bedeckt.

»Nein, Lady«, berichtete Olwen.

»Hast du ihn dazu aufgefordert?« Noch immer starrte mich Nimues Auge an.

»Ja, Lady.«

»Hast du dich ihm gezeigt?«

»Den ganzen Tag habe ich mich ihm gezeigt, Lady.«

»Braves Mädchen«, lobte Nimue und tätschelte Olwen den Kopf. Dabei konnte ich mir fast vorstellen, wie das Mädchen zufrieden schnurrte, so wohlig lag sie zu Nimues Füßen. Nimue starrte mich immer noch an, und ich schritt zwischen diesen hochaufragenden, vom Feuer beleuchteten Baumstämmen einher und erwiderte ihren durchdringenden Blick.

Nimue sah aus, wie sie ausgesehen hatte, als ich sie von der Insel der Toten zurückholte. Sie wirkte, als hätte sie sich seit Jahren nicht mehr gewaschen, nicht mehr gekämmt und nicht mehr gepflegt. Ihre leere Augenhöhle war weder von einer Klappe bedeckt noch mit einem falschen Auge ausgefüllt, sondern lag wie eine eingeschrumpfte Narbe in ihrem hageren Gesicht. Ihre Haut war voll Schmutz, ihre Haare waren eine fettige, verfilzte Masse, die ihr bis zur Taille hinunterfiel. Früher einmal waren ihre Haare schwarz gewesen, jetzt waren sie knochenweiß – bis auf eine einzige schwarze Strähne. Ihr weißes Gewand war verschmutzt; darüber trug sie einen unförmigen, viel zu großen Mantel mit Ärmeln, der, wie mir unvermittelt einfiel, der Mantel von Padarn und damit eins der Kleinodien von Britannien sein mußte, während an einem Finger ihrer linken Hand der schlichte Eisenring von Eluned steckte. Ihre Nägel waren lang, ihre wenigen Zähne schwarz. Sie wirkte viel älter, aber vielleicht betonte ja auch nur der Schmutz die grimmigen Linien ihrer Züge. Sie war nie das gewesen, was die Welt als schön bezeichnete, doch ihr Gesicht hatte eine scharfe Intelligenz besessen, und das hatte sie attraktiv gemacht; jetzt dagegen wirkte sie nur noch abstoßend, und ihr ehedem lebendiges Antlitz war verbittert, obwohl sie mir, als sie die linke Hand hob, den Schatten eines Lächelns schenkte. Sie zeigte mir die Narbe, die gleiche Narbe, wie ich sie in meiner Linken trug, und als ich zur Antwort meine eigene Hand hob, nickte sie voller Genugtuung.

»Du bist gekommen, Derfel.«

»Hatte ich denn eine Wahl?« gab ich bitter zurück und deutete auf die Narbe in meiner Hand. »Bin ich dir dadurch nicht verschworen? Warum Ceinwyn angreifen, damit ich zu dir komme, da du doch schon das hier hast?« Wieder tippte ich auf die Narbe.

»Weil du nicht gekommen wärst«, sagte Nimue. Ihre wahnsinnigen Kreaturen drängten sich um ihren Thron wie Höflinge, andere hüteten die Feuer, und einer schnupperte um ihre Füße herum wie ein Hund. »Du hast niemals geglaubt«, warf Nimue mir vor. »Du betest zu den Göttern, aber du glaubst nicht an sie. Niemand glaubt heutzutage noch richtig – außer uns.« Mit ihrem gestohlenen Stab zeigte sie auf die Lahmen, die Halbblinden, die Verstümmelten und die Wahnsinnigen, die bewundernd zu ihr aufblickten. »Wir glauben, Derfel«, erklärte sie.

»Ich glaube ebenfalls«, widersprach ich.

»Nein!« Nimue brüllte das Wort so laut heraus, daß einige der Kreaturen unter den Bäumen erschreckt aufschrien. Dann zeigte sie mit dem Stab auf mich. »Du warst dabei, als Arthur Gwydre aus den Feuern holte.«

»Du hattest doch wohl nicht erwartet, daß Arthur zusieht, wie sein Sohn umgebracht wird«, gab ich zurück.

»Was ich erwartet hatte, du Narr, war, daß Bel aus dem Himmel herabkäme und die Luft hinter ihm verbrannte und knisterte und die Sterne tanzten wie Blätter im Sturm! Das hatte ich erwartet! Das hatte ich verdient!« Sie warf den Kopf zurück und heulte zu den Wolken hinauf, und alle verkrüppelten Wahnsinnigen heulten mit ihr. Nur Olwen, die Silberne, blieb still. Sie sah mich mit einem halben Lächeln an, als wolle sie andeuten, daß sie und ich in dieser Zuflucht der Wahnsinnigen die einzigen Vernünftigen seien. »Das ist es, was ich mir gewünscht hatte!« schrie Nimue mir über die Kakophonie der Jammernden und Klagenden hinweg zu. »Und das ist es, was ich bekommen werde«, ergänzte sie. Mit diesen Worten erhob sie sich, schüttelte Olwens Arm ab und winkte mir mit ihrem Stab. »Komm mit!«

Ich folgte ihr an den stehenden Steinen vorbei zu einer Höhle in der Felsklippe. Es war keine tiefe Höhle, eben groß genug, um einen Menschen zu beherbergen, der nackt in den dunklen Schatten der Höhle lag. Olwen, die neben mich getreten war, versuchte meine Hand zu ergreifen, ich aber stieß sie von mir, während rings um mich herum die Wahnsinnigen näher drängten, um zu sehen, was auf dem Felsboden der Höhle lag.

Ein kleines Feuerchen glühte in der Höhle; in seinem matten Schein erkannte ich, daß das, was da auf dem Felsboden lag, kein Mensch war, sondern die Lehmfigur einer Frau. Es war eine lebensgroße Frau mit grob geformten Brüsten, gespreizten Beinen und einem rudimentär gehaltenen Gesicht. Nimue schlüpfte in die Höhle, um neben dem Kopf der Lehmfigur niederzukauern. »Derfel Cadarn«, sagte sie, »siehe hier deine Frau.«

Olwen lachte und blickte lächelnd zu mir empor. »Eure Frau, Lord!« wiederholte Olwen für den Fall, daß ich nicht richtig begriffen hatte.

Ich starrte auf die groteske Lehmfigur und sah darauf Nimue an. »Meine Frau?«

»Das ist Ceinwyns Anderkörper, du Narr!« sagte Nimue. »Und ich bin Ceinwyns Verderben.« Im Hintergrund der Höhle stand ein zerfranster Korb, der Korb von Garanhir, ein weiteres Kleinod von Britannien, dem Nimue nun eine Handvoll getrockneter Beeren entnahm. Sie bückte sich und drückte eine davon in den leblosen Lehm der Frauenfigur. »Eine neue Beule, Derfel!« sagte sie, und dann sah ich, daß die Oberfläche des Lehms mit zahllosen anderen Beeren bestückt war. »Und noch eine, und noch eine!« Lachend drückte sie die trockenen Beeren in den roten Lehm. »Sollen wir ihr Schmerzen schicken, Derfel? Sollen wir dafür sorgen, daß sie schreit?« Damit zog sie einen primitiven Dolch aus ihrem Gurt, den Dolch von Laufrodedd, und stieß die schartige Klinge in den Kopf der Lehmfigur. »O ja, jetzt schreit sie!« verkündete Nimue. »Sie versuchen, sie niederzuhalten, aber der Schmerz ist ja so schlimm, so schlimm!« Damit drehte sie die Klinge genußvoll herum, und plötzlich wurde ich so wütend, daß ich ebenfalls die Höhle betrat. Nimue ließ sofort das Messer los und hielt zwei Finger über die Lehmaugen. »Soll ich sie blenden, Derfel?« zischelte sie mir zu. »Ist es das, was du willst?«

»Warum tust du das?« fragte ich sie.

Sie zog den Dolch von Laufrodedd aus dem gemarterten Lehmschädel. »Lassen wir sie schlafen«, sagte sie. »Oder vielleicht auch nicht?« Sie stieß ein wahnsinniges Lachen aus, nahm eine Eisenkelle aus dem Korb von Garanhir, holte ein paar glühende Holzstückchen aus dem rauchenden Feuer und verstreute sie über den Lehmkörper, während ich mir vorstellte, wie Ceinwyn aufschrie und sich wand, wie sie den Körper unter dem plötzlichen Schmerz durchbog. Nimue lachte über meine hilflose Wut. »Warum ich das tue?« fragte sie. »Weil du mich daran gehindert hast, Gwydre zu töten. Und weil du die Götter der Erde zurückholen kannst. Darum.«

Ich starrte sie an. »Du bist ebenfalls wahnsinnig«, sagte ich leise.

»Was weißt du denn schon von Wahnsinn?« Nimue spie mich an. »Du und dein kleiner Verstand, dein erbärmlicher, kleiner Verstand! Glaubst du, du könntest über mich richten? O Schmerz!« Sie stieß das Messer in die Lehmbrüste. »Schmerz! Schmerz!« Die Wahnsinnskreaturen hinter mir stimmten in ihr Geschrei ein. »Schmerz! Schmerz!« johlten sie. Einige klatschten dabei in die Hände, andere lachten laut vor Freude.

»Aufhören!« schrie ich.

Mit gezücktem Dolch kauerte Nimue über der gemarterten Figur. »Willst du sie zurück, Derfel?«

»Ja!« Ich war den Tränen nahe.

»Ist sie das Kostbarste in deinem Leben?«

»Du weißt, daß es so ist.«

»Würdest du lieber dem da« – sie zeigte auf die groteske Lehmfigur – beiliegen als Olwen?«

»Ich werde keiner Frau beiliegen außer Ceinwyn«, erklärte ich.

»Dann werde ich sie dir zurückgeben«, sagte Nimue und strich der Lehmfigur sanft über die Stirn. »Ich werde dir deine Ceinwyn zurückgeben«, versicherte Nimue. »Aber zuvor mußt du mir das geben, was für mich das Kostbarste im Leben ist. Das ist mein Preis.«

»Und was ist für dich das Kostbarste?« erkundigte ich mich, obwohl ich die Antwort kannte, bevor sie sie mir gab.

»Du mußt mir Excalibur bringen, Derfel«, sagte Nimue. »Und du mußt mir Gwydre bringen.«

»Warum Gwydre?« wollte ich wissen. »Er ist nicht der Sohn eines Herrschers.«

»Weil er den Göttern versprochen war und weil die Götter das fordern, was ihnen versprochen wurde. Du mußt ihn mir vor dem nächsten Vollmond bringen. Du wirst mit Gwydre und dem Schwert dorthin kommen, wo sich die Wasser unterhalb von Nant Dduu treffen. Kennst du den Ort?«

»Ich kenne ihn«, antwortete ich grimmig.

»Und wenn du diese beiden nicht mitbringst, Derfel, dann schwöre ich dir, daß Ceinwyns Qualen noch verstärkt werden. Ich werde ihr Würmer in den Bauch schicken, ich werde ihre Augen zu Wasser werden lassen, ich werde dafür sorgen, daß sich ihre Haut abschält und ihr das Fleisch auf den zerfallenden Knochen fault, und so sehr sie auch um den Tod flehen wird, werde ich ihn ihr nicht gewähren, sondern ihr nur noch mehr Qualen schicken. Nichts als Qualen.« Am liebsten wäre ich vorwärtsgestürzt, um Nimue an Ort und Stelle umzubringen. Früher war sie meine Freundin gewesen, und einmal sogar meine Geliebte, nun hatte sie sich zu weit von mir entfernt. Sie befand sich in einer Welt, wo die Geister real werden und das Reale nur Spielwerk. »Bring mir Gwydre, und bring mir Excalibur«, fuhr Nimue fort, deren Auge im Dämmerlicht der Höhle glitzerte, »und ich werde Ceinwyn von ihrem Anderkörper und dich von deinem Eid für mich befreien, und außerdem werde ich dir zweierlei geben.« Sie griff hinter sich und holte ein Stück Tuch hervor. Als sie es entfaltete, erkannte ich den alten Mantel, der mir in Isca gestohlen worden war. Sie fingerte in dem Mantel herum und holte etwas heraus, was sie zwischen Zeigefinger und Daumen emporhielt. Wie ich sah, war es der einzige, fehlende Achatstein aus Ceinwyns Ring. »Ein Schwert und ein Opfer gegen einen Mantel und einen Stein«, sagte sie. »Wirst du es tun, Derfel?« fragte sie mich.

»Ja«, sagte ich, ohne es ernst zu meinen, aber ich wußte nicht, was ich sonst sagen sollte. »Würdest du mich jetzt hier mit ihr allein lassen?« bat ich sie.

»Nein«, antwortete Nimue lächelnd. »Aber wenn du möchtest, daß sie heute nacht Ruhe findet, werde ich sie ihr gewähren – nur für diese eine Nacht, Derfel.« Sie blies die Asche von der Lehmfigur, zupfte die Beeren heraus und nahm die Amulette herunter, mit denen der Körper besteckt war. »Morgen früh«, sagte Nimue, »werde ich sie wieder anbringen.«

»Nein!«

»Nun, nicht alle«, räumte sie ein, »aber jeden Tag ein paar mehr, bis ich höre, daß du dorthin kommst, wo sich die Wasser bei Nant Dduu treffen.« Sie pflückte ein verbranntes Knochenstückchen von dem Lehmkörper. »Und wenn ich das Schwert habe«, fuhr sie fort, »wird mein Heer der Wahnsinnigen so große Feuer entzünden, daß sie die Nacht des Abends vor Samhain zum Tag werden lassen. Und Gwydre wird zu dir zurückkehren, Derfel. Er wird im Kessel ruhen, und die Götter werden ihn ins Leben zurückküssen, Olwen wird ihm beiliegen, und er wird, Excalibur in seiner Hand, in aller Glorie weiterreiten.« Sie nahm einen Krug Wasser zur Hand, goß ein wenig davon auf die Stirn der Figur und massierte es sanft in den glänzenden Lehm. »Geh jetzt«, wies sie mich an. »Deine Ceinwyn wird schlafen, aber Olwen hat dir noch etwas anderes zu zeigen. Bei Morgengrauen werdet ihr beiden aufbrechen.«

Ich stolperte hinter Olwen her, die uns den Weg durch die grinsende Masse der grausigen Kreaturen bahnte, von der die Höhle umdrängt wurde, und folgte dem tanzenden Mädchen an der Felswand entlang zu einer anderen Höhle, in der ich eine zweite

Lehmfigur entdeckte, dieses Mal jedoch einen Mann. Olwen zeigte auf ihn und kicherte. »Bin ich das?« fragte ich sie, denn der Lehm war glatt und ungenarbt; doch als ich mich ein wenig an die Dunkelheit gewöhnt hatte, entdeckte ich, daß dem Lehmmann die Augen herausgerissen worden waren.

»Nein, Lord«, antwortete Olwen, »das seid nicht Ihr.« Sie beugte sich über die Figur und griff nach einer langen Knochennadel, die neben den Lehmbeinen lag. »Seht nur«, sagte sie und stieß der Figur die Nadel in den Fuß. Irgendwo hinter uns schrie ein Mann vor Schmerzen auf. Olwen kicherte. »Noch einmal«, sagte sie, stieß die Nadel in den anderen Fuß, und wieder schrie die Stimme vor Schmerzen auf. Olwen lachte; dann griff sie nach meiner Hand. »Kommt«, sagte sie und führte mich in eine tiefe Spalte in der Felswand. Die Spalte wurde schmaler und schien vor uns auf einmal abrupt zu enden, denn ich vermochte nur noch den matten Widerschein des Feuerlichts auf der hohen Felswand zu sehen; doch dann entdeckte ich, daß am Ende der Schlucht eine Art Käfig gebaut worden war. Die Stämme von zwei großen Schwarzdornbäumen, die dort standen, waren durch roh behauene Bretter miteinander verbunden worden, so daß eine Art primitives Gitter entstand. Olwen ließ meine Hand los und stieß mich vorwärts. »Morgen früh werde ich Euch holen kommen, Lord. Dann gibt es ein wenig zu essen für Euch.« Sie lächelte, machte kehrt und lief davon.

Anfangs hielt ich diesen primitiven Käfig für eine Art Unterstand, doch als ich näher heranging, um einen Eingang zwischen den Gitterstäben zu suchen, fand ich nichts, was einer Tür ähnelte. Der Käfig versperrte die letzten paar Meter der Schlucht, und das versprochene Essen wartete unter einem der Schwarzdornbäume. Ich fand altes Brot, gedörrtes Hammelfleisch und einen Krug Wasser. Ich setzte mich, brach das Brot, und plötzlich rührte sich etwas in dem Käfig. Erschrocken fuhr ich herum, als irgendein Wesen auf mich zugekrochen kam.

Anfangs hielt ich das Wesen für ein Tier, dann entdeckte ich, daß es ein Mann war, und schließlich erkannte ich Merlin.

»Ich werde fügsam sein«, sagte Merlin zu mir, »ich werde fügsam sein.« Da begriff ich, was die zweite Lehmfigur bedeutete, denn Merlin war blind. Er hatte keine Augen mehr. Nur noch zwei grausige Höhlen. »Dornen in meinen Füßen«, sagte er, »in meinen Füßen ...« Dann brach er hinter den Gitterstangen zusammen und wimmerte. »Ich werde fügsam sein, bestimmt!«

Ich hockte mich nieder. »Merlin?« fragte ich.

Er erschauerte. »Ich werde fügsam sein!« wiederholte er verzweifelt, und als ich eine Hand durch die Gitterstangen schob, um seine verfilzten, verdreckten Haare zu streicheln, zuckte er zurück und begann zu zittern.

»Merlin?« fragte ich abermals.

»Blut im Lehm«, sagte er, »Du mußt Blut in den Lehm mischen. Gut vermischen. Kinderblut wirkt am besten, habe ich jedenfalls gehört. Ich selbst habe das nie gemacht, meine Liebe. Tanaburs hat es gemacht, das weiß ich, weil ich einmal mit ihm darüber gesprochen habe. Er war natürlich ein Schwachkopf, aber er kannte ein paar wichtige Dinge. Das Blut eines rothaarigen Kindes, hat er mir mitgeteilt, vorzugsweise eines verkrüppelten Kindes, eines rothaarigen Krüppels. Im Notfall tut es natürlich jedes Kind, aber ein rothaariger Krüppel wirkt am besten.«

»Merlin«, wiederholte ich. »Ich bin's. Derfel!«

Er plapperte weiter, lauter Anweisungen, wie man die Lehmfigur am besten gestalten sollte, damit das Böse von weither geschickt werden konnte. Er sprach von Blut und Tau und der Notwendigkeit, den Lehm während eines Donnergrollens zu formen. Er wollte nicht auf mich hören, und als ich aufstand, um die Gitterstangen von den Baumstämmen wegzuhebeln, kamen zwei Speerkämpfer grinsend aus dem Schatten hinter mir. Es waren Blutschilde, und ihre Speere befahlen mir, meine Bemühungen, den Alten zu befreien, augenblicklich einzustellen. Wieder hockte ich mich nieder. »Merlin!« sagte ich.

Er kroch näher. Schnupperte. »Derfel?« fragte er mich dann.

»Ja, Lord.«

Er tastete nach mir; ich reichte ihm meine Hand, und er umklammerte sie fest. Dann sank er, immer noch meine Hand haltend, zu Boden. »Ich bin wahnsinnig, wußtest du das?« fragte er mich mit ganz normaler Stimme.

»Nein, Lord«, gab ich zurück.

»Ich wurde bestraft.«

»Für gar nichts, Lord.«

»Derfel! Bist das wirklich du?«

»Ich bin es, Lord, Wollt Ihr etwas zu essen?«

»Ich habe dir viel zu sagen, Derfel.«

»Das hoffe ich, Lord«, sagte ich, aber er schien unfähig zu sein, seine Gedanken zu ordnen, denn vorerst redete er wiederum nur von dem Lehm, anschließend von weiterer Magie, und dann vergaß er wieder, wer ich war, denn er nannte mich Arthur. Dann blieb er ziemlich lange still. »Derfel?« fragte er mich schließlich wieder.

»Ja, Lord.«

»Nichts darf niedergeschrieben werden. Verstanden?«

»Das habt Ihr mir immer wieder eingebleut, Lord.«

»All unser Wissen muß im Gedächtnis bewahrt werden. Caleddin hat alles aufschreiben lassen, und daraufhin begannen die Götter sich zurückzuziehen. Aber ich habe alles im Kopf. Hatte. Sie hat es mir genommen. Alles. Oder fast alles.« Die letzten drei Wörter flüsterte er.

»Nimue?« fragte ich. Doch als ich ihren Namen erwähnte, packte er meine Hand fast schmerzhaft fest und verstummte wieder.

»Hat sie Euch geblendet?« wollte ich wissen.

»Oh, aber das mußte sie tun!« antwortete er und runzelte die Stirn über die Mißbilligung in meinem Ton. »Es gab keine andere Möglichkeit, Derfel. Ich dachte, das wäre offensichtlich.«

»Für mich nicht«, gestand ich bitter.

»Ganz und gar offensichtlich! Lächerlich, es anders zu sehen«, sagte er. Dann ließ er meine Hand los und versuchte, Haare und Bart zu ordnen. Seine Tonsur war unter eine Schicht von schmutzverfilzten Haaren verschwunden, sein Bart war schütter und mit abgestorbenem Laub durchsetzt, während sein weißes Gewand inzwischen die Farbe von dunklem Schlamm angenommen hatte. »Sie ist jetzt Druide«, erklärte er mit Staunen in der Stimme.

»Ich dachte, Frauen könnten keine Druiden werden«, gab ich zurück.

»Sei nicht albern, Derfel! Nur weil Frauen niemals Druiden gewesen sind, heißt das noch lange nicht, daß sie keine sein können! Jeder kann ein Druide werden! Man muß lediglich die sechshundertvierundachtzig Flüche von Beli Mawr und die zweihundertneunundsechzig Zaubersprüche von Lleu auswendig lernen sowie etwa tausend weitere nützliche Dinge im Kopf behalten. Und Nimue war, das muß ich sagen, eine ausgezeichnete Schülerin.«

»Aber warum Euch blenden?«

»Wir haben zusammen ein Auge. Ein Auge und einen Verstand.« Er verstummte.

»Erzählt mir von der Lehmfigur, Lord«, bat ich ihn.

»Nein!« Mit Entsetzen in der Stimme wich er schlurfend ein paar Schritte zurück. »Sie hat mir verboten, dir davon zu erzählen«, setzte er dann in heiserem Flüsterton hinzu.

»Wie kann ich den Fluch aufheben?« erkundigte ich mich.

Er lachte. »Du, Derfel? Du willst gegen meine Magie ankämpfen?«

»Sagt mir nur, wie«, antwortete ich hartnäckig.

Er kehrte ans Gitter zurück und drehte seine leeren Augenhöhlen nach links und rechts, als halte er nach einem Feind Ausschau, der uns belauschen könnte. »Siebenmal und drei habe ich auf Carn Ingli geträumt«, sagte er dann. Er hatte sich wieder in seinen Wahnsinn zurückgezogen, und im Laufe dieser Nacht entdeckte ich, daß er, sobald ich versuchte, ihm das Geheimnis von Ceinwyns Krankheit zu entlocken, sofort wieder dasselbe tat. Er plapperte von Träumen, von dem Weizenmädchen, das er an den Wassern von Claerwen geliebt hatte, oder von den Hunden von Trygwylth, die ihn, wie man ihm einredete, ständig jagten. »Deswegen habe ich dieses Gitter, Derfel«, sagte er und schlug gegen die Holzstäbe. »Damit die Hunde mich nicht erreichen können, und keine Augen habe ich, damit sie mich nicht sehen können. Denn wenn man keine Augen hat, weißt du, können die Hunde einen nicht sehen. Daran solltest du immer denken.«

»Nimue«, fragte ich irgendwann einmal. »Wird sie die Götter zurückholen?«

»Deswegen hat sie meinen Verstand übernommen, Derfel«, erklärte Merlin.

»Wird es ihr gelingen?«

»Gute Frage! Ganz ausgezeichnete Frage. Eine Frage, die ich mir selber ständig stelle.« Er setzte sich und umarmte seine knochigen Knie. »Mir hat es an Mut gefehlt, nicht wahr? Ich habe mich selbst verraten. Aber Nimue wird das nicht passieren. Die wird bis zum bitteren Ende gehen, Derfel.«

»Aber wird es ihr gelingen?«

»Ich hätte gerne eine Katze«, sagte er nach einer Weile. »Mir fehlen die Katzen.«

»Erzählt mir etwas über die Beschwörung.«

»Du weißt doch schon alles!« antwortete er gekränkt. »Nimue wird Excalibur finden, sie wird sich den armen Gwydre holen, und die Riten werden richtig ausgeführt werden. Hier auf dem Berg. Aber werden die Götter auch kommen? Das ist die Frage, stimmt's? Du betest Mithras an, nicht wahr?«

»Ja, Lord.«

»Und was weißt du von Mithras?«

»Er ist der Gott der Soldaten«, antwortete ich. »Er ist in einer Höhle geboren. Und er ist der Gott der Sonne.«

Merlin lachte. »Du weißt so wenig! Er ist der Gott der Schwüre. Wußtest du das? Und kennst du die Grade der Mithrasanbetung? Wie viele Grade hast du?« Ich zögerte, die Geheimnisse der Mysterien preiszugeben. »Sei nicht albern, Derfel!« schalt mich Merlin, und seine Stimme klang dabei so normal, wie sie sein Leben lang gewesen war. »Wie viele? Zwei? Drei?«

»Zwei, Lord.«

»Dann hast du die anderen fünf vergessen! Welche sind deine beiden?«

»Soldat und Vater.«

»*Miles* und *Pater* sollten sie genannt werden. Und früher gab es außerdem *Leo*, *Perses*, *Nymphus* und *Heliodromus*. Wie wenig du von deinem elenden Gott weißt! Aber schließlich ist dein

Glauben nichts weiter als ein Schattenglauben. Ersteigt ihr die siebensprossige Leiter?«

»Nein, Lord.«

»Trinkt ihr Wein und eßt ihr Brot?«

»Das machen die Christen, Lord«, protestierte ich.

»Die Christen! Ihr seid doch alle Schwachköpfe! Mithras' Mutter war eine Jungfrau, Schafhirten und weise Männer kamen, um ihr neugeborenes Kind zu sehen, und Mithras wuchs zu einem Heiler und Lehrer heran. Er hatte zwölf Jünger, und am Abend seines Todes tischte er ihnen ein letztes Abendmahl aus Brot und Wein auf. Er wurde in einem Felsengrab beigesetzt und stand wieder auf, und das alles geschah, lange bevor die Christen ihren Gott an einen Baum nagelten. Ihr laßt zu, daß die Christen die Kleider eures Gottes stehlen, Derfel!«

Ich starrte ihn an. »Ist das wahr?« fragte ich ihn.

»Es ist wahr, Derfel«, versicherte Merlin und hob sein zerstörtes Gesicht an die roh behauenen Stangen. »Ihr verehrt einen Schattengott. Er verläßt euch nämlich, genau wie unsere Götter uns verlassen. Sie alle gehen dahin, Derfel, sie alle gehen in den leeren Raum. Sieh nur!« Er zeigte zum wolkenverhangenen Himmel empor. »Die Götter kommen, und die Götter gehen, Derfel, und ich weiß nicht mehr, ob sie uns hören oder uns sehen. Sie kommen am großen Rad des Himmels an uns vorbei, und nun ist es der Christengott, der regiert, und der wird eine ganze Weile regieren, aber das Rad wird auch ihn in den leeren Raum tragen, und die Menschheit wird wieder im Dunkeln zittern und nach neuen Göttern suchen. Und sie finden, denn die Götter kommen und gehen, Derfel, gehen und kommen.«

»Aber wird Nimue das Rad zurückdrehen können?« fragte ich.

»Vielleicht wird sie das«, sagte Merlin bedrückt, »und mir wäre das nur recht, Derfel. Ich hätte gern meine Augen wieder, und meine Jugend, und meine Freude.« Er legte die Stirn an die Käfigstangen. »Ich werde dir nicht helfen, den Zauber zu brechen«, sagte er leise – so leise, daß ich ihn fast nicht verstehen konnte. »Ich liebe Ceinwyn, aber wenn Ceinwyn für die Götter leiden muß, dann tut sie etwas sehr Edelmütiges.«

»Lord«, begann ich ihn anzuflehen.

»Nein!« Er schrie es so laut, daß im Lager hinter uns ein paar Hunde zu jaulen begannen. »Nein«, wiederholte er ein wenig leiser. »Ich habe mich einmal auf einen Kompromiß eingelassen, aber das werde ich nie wieder tun, denn was war der Preis für den Kompromiß? Leid! Aber wenn Nimue die Riten ausführen kann, werden all unsere Leiden vorüber sein. Schon bald. Die Götter werden zu uns zurückkehren, Ceinwyn wird tanzen, und ich werde wieder sehen.«

Er schlief eine Zeitlang, und ich schlief auch; nach einer Weile jedoch weckte er mich, indem er eine Klauenhand durchs Gitter streckte und mich am Arm packte. »Schlafen die Wachen?« fragte er mich.

»Ich glaube schon, Lord.«

»Dann such nach dem Silbernebel«, flüsterte er mir zu.

Einen Herzschlag lang dachte ich, er sei wieder in den Wahnsinn gefallen. »Lord?« fragte ich nach.

»Manchmal denke ich«, sagte er mit ganz normaler Stimme, »daß es nur noch eine bestimmte Menge Magie auf der Erde gibt. Sie verschwindet, genau wie die Götter langsam verschwinden. Aber ich habe Nimue nicht alles gegeben, Derfel. Sie glaubt das zwar, doch einen letzten Zauber habe ich noch zurückbehalten. Den habe ich für dich und für Arthur gewirkt, für euch beide, die ich mehr als alle anderen Menschen liebe. Wenn Nimue versagt, Derfel, dann such Caddwg. Erinnerst du dich an Caddwg?«

Caddwg war der Bootsmann, der uns vor so vielen Jahren aus Ynys Trebes gerettet hatte und auch der Mann, der Merlins Piddocks gesammelt hatte. »Ich erinnere mich an Caddwg«, sagte ich.

»Er lebt jetzt in Camlann«, erklärte mir Merlin flüsternd. »Such ihn, Derfel, und such den Silbernebel. Vergiß das nicht. Wenn Nimue versagt und das Grauen kommt, geh mit Arthur nach Camlann, such Caddwg und such den Silbernebel. Das ist der letzte Zauber. Meine letzte Gabe an jene, die meine Freunde waren.« Seine Finger krampften sich um meinen Arm. »Versprichst du mir, daß du ihn suchen wirst?«

»Das werde ich, Lord«, versicherte ich ihm.

Er schien erleichtert zu sein. Eine Zeitlang saß er da, die Hand an meinem Arm; dann seufzte er. »Ich wünschte, ich könnte mit dir gehen. Aber das kann ich nicht.«

»Doch, das könnt Ihr, Lord«, widersprach ich.

»Sei nicht albern, Derfel. Ich muß hierbleiben, und Nimue wird mich noch ein letztes Mal benutzen. Ich mag alt sein, blind, halb wahnsinnig und fast tot, aber es steckt immer noch Macht in mir. Und die will sie.« Er stieß ein schreckliches, leises Wimmern aus. »Ich kann nicht einmal mehr weinen«, sagte er, »und es gibt Zeiten, da möchte ich nur noch weinen. Aber im Silbernebel, Derfel, in diesem Silbernebel werdet ihr kein Weinen und keine Zeit finden, nur noch Freude.«

Wieder schlief er. Als er aufwachte, graute der Morgen, und Olwen war gekommen, mich abzuholen. Ich streichelte Merlins Haare, aber er hatte sich schon wieder in den Wahnsinn zurückgezogen. Er fiepte wie ein Hund, und Olwen lachte darüber. Ich wünschte, ich hätte etwas, was ich ihm geben konnte, irgend etwas Kleines, was ihm ein wenig Trost spendete, aber ich hatte nichts. Also verließ ich ihn und nahm seine letzte Gabe mit, obwohl ich nicht begriff, was das war: der letzte Zauber.

Olwen brachte mich nicht auf demselben Pfad zurück, auf dem sie mich zu Nimues Lager geführt hatte, sondern durch eine steile Talmulde und dann in einen dunklen Wald, wo ein Bach zwischen den Felsen rauschte. Es hatte angefangen zu regnen, und unser Pfad war unsicher, aber Olwen tanzte in ihrem nassen Umhang vor mir her. »Ich mag den Regen!« rief sie mir einmal zu.

»Ich dachte, Ihr liebt die Sonne«, antwortete ich mürrisch.

»Ich mag beide, Lord«, behauptete sie. Wie immer war sie lebhaft und fröhlich, aber ich hörte kaum auf das, was sie sagte. Ich dachte an Ceinwyn, und an Merlin, an Gwydre und an Excalibur. Ich glaubte in einer Falle zu sitzen und sah keinen Ausweg. Mußte ich zwischen Ceinwyn und Gwydre wählen? Olwen muß erraten haben, woran ich dachte, denn sie kam und schob ihren Arm durch den meinen. »Euer Kummer wird bald vorüber sein, Lord«, tröstete sie mich freundlich.

Ich entzog ihr meinen Arm. »Er fängt gerade erst an«, widersprach ich verbittert.

»Aber Gwydre wird nicht tot bleiben!« versicherte sie mir aufmunternd. »Er wird im Kessel liegen, und der Kessel verleiht Leben.« Sie glaubte daran, ich aber nicht. Ich glaubte zwar immer noch an die Götter, aber ich glaubte nicht mehr daran, daß wir sie unserem Willen beugen konnten. Arthur, dachte ich, hat recht. Auf uns selber müssen wir vertrauen, nicht auf die Götter. Die haben ihre eigenen Belustigungen, und wenn wir nicht ihr Spielzeug sind, sollten wir uns darüber freuen.

An einem Teich unter den Bäumen blieb Olwen stehen. »Hier gibt es Biber«, erklärte sie und starrte angestrengt in das regenbetupfte Wasser. Als ich nicht antwortete, blickte sie lächelnd zu mir auf. »Wenn Ihr an diesem Bach flußabwärts geht, Lord, werdet Ihr auf einen Fußpfad stoßen. Und wenn ihr dem den Berg hinab folgt, kommt Ihr schließlich an eine Straße.«

Ich folgte dem Fußpfad und der Straße und kam in der Nähe der alten römischen Festung Cicucium, die jetzt eine Gruppe verängstigter Familien beherbergte, aus den Bergen. Die Männer, die mich sahen, kamen mit Speeren und Hunden aus dem zerbrochenen Festungstor, ich aber watete durch den Bach und kletterte bergaufwärts, und als sie sahen, daß ich nichts Böses im Schilde führte, keine Waffen bei mir trug und eindeutig kein Späher für einen Überfalltrupp war, begnügten sie sich damit, mich höhnisch zu verlachen. Ich konnte mich nicht erinnern, jemals seit meiner Kinderzeit so lange ohne Schwert gewesen zu sein. Es verlieh mir das Gefühl, nackt zu sein.

Zwei Tage brauchte ich bis nach Hause; zwei Tage voll trübsinniger Gedanken und Fragen ohne Antwort. Gwydre war der erste, der mich sah, als ich Iscas Hauptstraße herunterschritt, und kam mir freudig entgegengelaufen. »Es geht ihr besser, Lord!« rief er mir zu.

»Es verschlechtert sich aber schon wieder«, gab ich zurück.

Er zögerte. »Ja. Aber vor zwei Tagen dachten wir, daß sie sich allmählich erholt.« Beunruhigt von meiner finsteren Miene, musterte er mich aufmerksam.

»Und seitdem«, fuhr ich fort, »ist es von Tag zu Tag wieder ein wenig schlimmer geworden.«

»Aber es gibt Hoffnung«, versuchte Gwydre mir Mut zu machen.

»Mag sein«, antwortete ich, aber auf mich traf das nicht zu. Ich trat an Ceinwyns Bett. Sie erkannte mich und versuchte zu lächeln, aber der Schmerz baute sich wieder in ihr auf, und das Lächeln wirkte wie die Grimasse eines Totenschädels. Sie hatte einen feinen Flaum neuer Haare, aber die waren schneeweiß. Verschmutzt, wie ich war, beugte ich mich zu ihr hinunter und küßte sie auf die Stirn.

Ich wechselte die Kleider, wusch und rasierte mich, gürtete mich mit Hywelbane und suchte Arthur auf. Ich berichtete ihm alles, was Nimue zu mir gesagt hatte, aber Arthur wußte nichts dazu zu sagen, oder er wollte es mir nicht sagen. Er wollte Ceinwyn, aber das konnte er mir nicht ins Gesicht sagen. Statt dessen sah er mich zornig an. »Ich habe jetzt genug von diesem Unsinn, Derfel!«

»Ein Unsinn, der Ceinwyn unerträgliche Schmerzen bereitet, Lord«, hielt ich ihm vor.

»Dann müssen wir sie heilen«, sagte er, doch das Gewissen ließ ihn verstummen. Er krauste die Stirn. »Glaubt Ihr wirklich, daß Gwydre wieder zum Leben erwachen wird, wenn er in den Kessel gelegt wird?«

Ich dachte nach, aber ich konnte ihn nicht belügen. »Nein, Lord.«

»Ich auch nicht«, erklärte er und rief nach Guinevere, aber der einzige Vorschlag, den sie machte, lautete, Taliesin zu befragen.

Taliesin lauschte meinem Bericht. »Nennt mir noch einmal die einzelnen Flüche, Lord«, verlangte er, als ich ausgeredet hatte.

»Der Fluch des Feuers«, sagte ich, »der Fluch des Wassers, der Fluch des Schwarzdorns und der schwarze Fluch des Anderkörpers.«

Bei meinen letzten Worten zuckte er zusammen. »Die ersten drei kann ich aufheben«, sagte er dann. »Aber den letzten? Ich wüßte niemand, der den aufheben kann.«

»Warum nicht?« wollte Guinevere in scharfem Ton wissen.

Taliesin zuckte die Achseln. »Das ist höheres Wissen, Lady. Ein Druide hört auch nach seiner Ausbildung nicht auf zu lernen, sondern vertieft sich in neue Mysterien. Ich habe diesen Weg nicht beschritten. Und, wie ich vermute, in ganz Britannien auch kein anderer als Merlin. Der Anderkörper ist ganz große Magie; um ihr entgegenzuwirken, brauchen wir eine mindestens ebenso große Magie. Über die ich leider nicht verfüge.«

Ich blickte zu den Regenwolken über Iscas Dächern empor. »Wenn ich Ceinwyns Haupt abschlage, Lord«, wandte ich mich an Arthur, »würdet Ihr dann einen Herzschlag später das meine abschlagen?«

»Nein«, antwortete er entrüstet.

»Lord!« sagte ich flehend.

»Nein!« entgegnete er zornig. Dieses Gerede von Magie schien ihn zu verärgern. Er wünschte sich eine Welt, in der die Vernunft regierte und nicht die Magie, jetzt aber konnte uns all seine Vernunft nicht helfen.

Dann sagte Guinevere sehr leise: »Morgan.«

»Was ist mit ihr?« erkundigte sich Arthur.

»Sie war vor Nimue Merlins Priesterin«, erklärte Guinevere. »Wenn irgend jemand Merlins Magie kennt, dann Morgan.«

Also wurde Morgan geholt. Als sie in den Hof humpelte, brachte sie, wie immer, eine Aura des Zornes mit. Ihre Goldmaske glänzte, als sie uns einen nach dem anderen ansah, und als sie erkannte, daß kein Christ anwesend war, schlug sie das Kreuz. Arthur holte ihr einen Sessel, sie aber verzichtete darauf, womit sie andeutete, daß sie nur wenig Zeit für uns erübrigen konnte. Seit ihr Gemahl nach Gwent gegangen war, hatte sich Morgan in einem Christenschrein nördlich von Isca nützlich gemacht, in dem Kranke Zuflucht suchten, um dort zu sterben. Morgan gab ihnen zu essen, pflegte sie und betete für sie. Ihren Gemahl bezeichnen die Menschen bis heute noch als Heiligen, aber ich glaube, daß vor Gott eher seine Frau als Heilige gilt.

Arthur berichtete ihr von meinen Erlebnissen, und bei jeder neuen Erkenntnis stieß Morgan ein leichtes Knurren aus; als Arthur jedoch vom Fluch des Anderkörpers sprach, schlug sie das Kreuz, um dann durch die Mundöffnung ihrer Goldmaske zu spucken. »Und was wolltet Ihr nun von mir?« fragte sie kampflustig.

»Könnt Ihr den Fluch aufheben?« fragte Guinevere.

»Gebete können ihn aufheben!« erklärte Morgan.

»Aber du hast gebetet«, warf Arthur verzweifelt ein, »und Bischof Emrys hat gebetet. Alle Christen von Isca haben gebetet, und Ceinwyn ist noch immer todkrank.«

»Weil sie eine Heidin ist«, sagte Morgan tadelnd. »Warum sollte Gott seine Gnade auf die Heiden verschwenden, wenn er für seine eigene Herde sorgen muß?«

»Ihr habt meine Frage nicht beantwortet«, sagte Guinevere eiskalt. Sie und Morgan haßten einander, wahrten aber um Arthurs willen eine recht kühle Höflichkeit.

Morgan schwieg eine Weile; dann nickte sie plötzlich. »Der Fluch kann aufgehoben werden«, erklärte sie. »Wenn Ihr fest an diesen Aberglauben glaubt.«

»Ich glaube daran«, sagte ich.

»Allein der Gedanke daran ist schon eine Sünde«, rief Morgan empört und schlug wieder das Kreuz.

»Euer Gott wird Euch sicherlich vergeben«, sagte ich.

»Was wißt Ihr von meinem Gott, Derfel?« fragte sie gereizt.

»Ich weiß, Lady«, sagte ich und versuchte mich an all die Dinge zu erinnern, von denen Galahad mir im Lauf der Jahre erzählt hatte, »daß Euer Gott ein liebender Gott ist, ein verzeihender Gott und ein Gott, der seinen eigenen Sohn auf die Erde geschickt hat, damit andere nicht leiden müssen.« Ich hielt inne, aber Morgan reagierte nicht. »Und ich weiß auch«, fuhr ich fort, »daß Nimue in den Bergen eine Menge Böses anrührt.«

Möglich, daß die Erwähnung von Nimues Namen Morgan überzeugt hatte, denn sie war schon immer empört darüber gewesen, daß die Jüngere ihren Platz in Merlins Gefolgschaft eingenommen hatte. »Ist es eine Lehmfigur?« fragte sie mich, »hergestellt mit dem Blut eines Kindes und mit Tau, und gestaltet unter dem Donner?«

»Genau«, bestätigte ich.

Sie erschauerte; dann breitete sie die Arme aus und sprach ein stummes Gebet. Keiner von uns sagte etwas. Ihr Gebet dauerte sehr lange, und vielleicht hoffte sie auch, daß wir sie in Ruhe lassen würden, aber als keiner von uns den Hof verließ, ließ sie die Arme sinken und wandte sich wieder zu uns um. »Welche Zaubermittel benutzt die Hexe?«

»Beeren«, antwortete ich, »Knochensplitter, glühende Asche.«

»Nein, Dummkopf! Welche Zaubermittel? Was benutzt sie, um Ceinwyn zu erreichen?«

»Sie besitzt den Stein aus einem von Ceinwyns Ringen und einen meiner Mäntel.«

»Aha!« sagte Morgan, trotz ihres Abscheus vor dem heidnischen Aberglauben plötzlich interessiert. »Warum einen von Euren Mänteln?«

»Ich weiß es nicht.«

»Sehr einfach, Dummkopf!« fuhr sie mich an. »Das Unheil fließt durch Euch!«

»Durch mich?«

»Versteht Ihr denn gar nichts?« schalt sie mich. »Natürlich fließt es durch Euch. Ihr habt Nimue einmal sehr nahe gestanden, nicht wahr?«

»Ja«, gestand ich und wurde unwillkürlich rot.

»Und was ist das Symbol dafür?« fragte sie mich. »Hat Sie Euch ein Amulett gegeben? Einen Knochensplitter? Irgendeinen heidnischen Unsinn, den Ihr Euch um den Hals hängen solltet?«

»Das hier hat sie mir gegeben«, sagte ich und zeigte ihr die Narbe an meiner linken Hand.

Morgan betrachtete die Narbe und erschauerte. Sie sagte kein Wort.

»Heb den Zauber auf, Morgan«, bat Arthur sie.

Wieder blieb Morgan still. »Es ist verboten, die Hexerei auszuüben«, sagte sie nach einer Weile. »Die Heilige Schrift sagt uns, daß wir keine Hexe am Leben lassen sollen.«

»Dann sagt mir, wie es gemacht wird«, bat Taliesin.

»Euch?« rief Morgan. »Euch? Meint Ihr etwa, Ihr könntet

Merlins Magie aufheben? Wenn es denn getan werden muß, dann soll es auch richtig getan werden.«

»Von dir?« erkundigte sich Arthur. Morgan wimmerte. Mit ihrer gesunden Hand schlug sie das Kreuz; dann schüttelte sie den Kopf, so daß es schien, als bringe sie kein Wort mehr heraus. Arthur runzelte die Stirn. »Was ist es, das Dein Gott verlangt?« fragte er sie.

»Eure Seelen!« rief Morgan.

»Wollt Ihr, daß ich Christ werde?« erkundigte ich mich.

Die Goldmaske mit dem ziselierten Kreuz fuhr empor, um mir in die Augen zu sehen. »Ja«, sagte Morgan schlicht.

»Dann werde ich es tun«, antwortete ich ebenso schlicht.

Mit dem Finger zeigte sie auf mich. »Wollt Ihr getauft werden, Derfel?«

»Ja, Lady.«

»Und wollt Ihr schwören, meinem Gemahl gehorsam zu sein?«

Das ließ mich innehalten. Ich starrte sie an. »Sansum?« fragte ich sie leise.

»Er ist ein Bischof!« beharrte Morgan. »Er besitzt die Autorität Gottes! Wenn Ihr Euch bereit erklärt, ihm Gehorsam zu schwören, wenn Ihr Euch bereit erklärt, Euch taufen zu lassen, werde ich den Fluch aufheben.«

Arthur starrte mich an. Ein paar Herzschläge lang vermochte ich die Demütigung nicht zu schlucken, die Morgans Forderung für mich bedeutete; dann aber dachte ich an Ceinwyn und nickte. »Ich werde es tun«, sagte ich.

Also riskierte Morgan den Zorn ihres Gottes und hob den Zauberfluch auf.

Sie tat es noch am selben Nachmittag. In einem schwarzen Gewand kam sie zu uns in den Hof des Palastes, und ohne Maske, damit das Grauen ihres vom Feuer zerstörten Gesichtes, rot, vernarbt, wulstig und verzerrt, für uns alle sichtbar wurde. Sie war wütend auf sich selbst, hielt sich aber an ihr Versprechen und ging unverzüglich an ihre Aufgabe. Ein Kohlebecken wurde entzündet, und während das Feuer heiß wurde, schleppten Sklaven Körbe voll Töpferlehm herbei, aus dem Morgan eine Frauenfigur formte. Sie benutzte Blut von einem Kind, das am selben Vormittag in der Stadt gestorben war, und Wasser, das ein Sklave vom nassen Gras des Palasthofs streifte; beides vermischte sie mit dem Lehm. Zwar donnerte es nicht, aber Morgan versicherte uns, der Gegenzauber benötige keinen Donner. Vor Entsetzen über das, was sie gemacht hatte, spie sie aus. Es war ein groteskes Abbild, dieses Ding, eine Frau mit riesigen Brüsten, gespreizten Beinen und klaffendem Geburtskanal, und in den Bauch der Figur grub sie ein Loch, das, wie sie sagte, der Mutterleib sei, in dem das Böse ruhen müsse. Wie gebannt beobachteten Arthur, Taliesin und Guinevere, wie sie den Lehm formte und wie sie anschließend dreimal um die obszöne Figur herumschritt. Nach dem dritten Rundgang in Sonnenlaufrichtung blieb sie stehen, hob das Gesicht den Wolken entgegen und klagte. Einen Moment dachte ich, sie leide so große Schmerzen, daß sie nicht weitermachen könne, und daß ihr Gott ihr befehle, die Zeremonie abzubrechen, doch dann wandte sie ihr verunstaltetes Gesicht mir zu. »Jetzt brauche ich das Böse«, sagte sie.

»Und was ist das?« fragte ich sie.

Der Schlitz, der ihr Mund war, schien zu lächeln. »Eure Hand, Derfel.«

»Meine Hand?«

Jetzt sah ich, daß der lippenlose Schlitz tatsächlich lächelte. »Die Hand, die Euch an Nimue bindet«, erklärte Morgan. »Wie sonst, meint Ihr, wäre das Böse kanalisiert worden? Ihr müßt sie abschlagen, Derfel, und mir aushändigen.«

»Aber ...«, begann Arthur zu protestieren.

»Du hast mich zur Sünde gezwungen!« wandte sich Morgan kreischend an ihren Bruder. »Und nun willst du meine Weisheit anzweifeln?«

»Nein«, versicherte Arthur hastig.

»Mir ist es gleichgültig«, sagte sie desinteressiert. »Wenn Derfel seine Hand behalten will, bitte sehr. Soll Ceinwyn leiden.«

»Nein«, rief ich entsetzt, »nein!«

Wir ließen Galahad und Culhwch kommen; dann führte Arthur uns drei zu seiner Schmiede, wo das Feuer Tag und Nacht brannte. Ich zog den Liebesring vom Finger meiner Linken, gab ihn Morridig, Arthurs Schmied, und bat ihn, den Ring um Hywelbanes Schwertknauf zu schmieden. Der Ring, ein gewöhnlicher Kriegerring, bestand aus schlichtem Eisen, war aber mit einem Kreuz aus Gold geschmückt, das ich vom Kessel von Clyddno Eiddyn gestohlen hatte, und war das Gegenstück zu einem Ring, den Ceinwyn an der Hand trug.

Wir legten ein dickes Stück Holz auf den Amboß. Während Galahad mich, beide Arme um mich geschlungen, eisern festhielt, entblößte ich meinen Arm und legte die linke Hand auf das Holz. Culhwch packte meinen Unterarm – nicht, um ihn ruhigzustellen, sondern für hinterher.

Arthur hob Excalibur. »Seid Ihr sicher, Derfel?« fragte er mich.

»Nur zu, Lord«, gab ich zurück.

Mit aufgerissenen Augen sah Morridig zu, wie die blanke Klinge die Balken über dem Amboß berührte. Ganz kurz hielt Arthur inne, dann schlug er einmal zu. Er schlug so hart zu, daß ich sekundenlang keine Schmerzen spürte, überhaupt keine; doch dann packte Culhwch mein blutsprudelndes Handgelenk, um es in die brennenden Kohlen des Schmiedefeuers zu stoßen, und da durchfuhr mich der Schmerz wie der Stoß eines Speers. Ich schrie; dann kann ich mich an nichts mehr erinnern.

Später erfuhr ich, daß Morgan die abgehauene Hand mit der tödlichen Narbe genommen und in der Gebärmutter aus Lehm eingeschlossen hatte. Dann hatte sie die blutige Hand unter uralten heidnischen Gesängen durch den Geburtskanal herausgezogen und auf das Kohlebecken geworfen.

So wurde ich zum Christen.

VIERTER TEIL

Der letzte Zauber

Der Frühling ist nach Dinnewrac gekommen. Im Kloster wird es wärmer, und die Stille unserer Gebete wird durch das Blöken der Lämmer und das Lied der Feldlerchen unterbrochen. Weiße Veilchen und Sternmiere blühen, wo so lange Zeit der Schnee lag, aber das Schönste von allem ist, daß Igraine ein Kind zur Welt gebracht hat. Es ist ein Junge, und beide, Mutter und Sohn, sind am Leben. Gott sei gedankt dafür, und für die Wärme dieser Jahreszeit, aber für sonst kaum etwas. Der Frühling sollte eine glückliche Jahreszeit sein, aber es gibt nur finstere Gerüchte über dräuende Feinde.

Die Sachsen sind zurückgekehrt, obwohl keiner weiß, ob es ihre Speerkämpfer waren, welche die Feuer entzündeten, die wir gestern abend am östlichen Horizont sahen. Aber die Feuer brannten hell, flammten wie die Vorboten der Hölle in den Nachthimmel hinauf. Gegen Morgen kam ein Bauer und brachte uns ein paar gespaltene Blöcke Lindenholz, aus denen wir ein neues Butterfaß machen können, und der berichtete uns, daß die Feuer von brandschatzenden Iren stammten, aber wir bezweifeln das, denn es hat in den letzten paar Wochen viel zu viele Geschichten über sächsische Kriegshorden gegeben. Arthurs Verdienst war es, die Sachsen für eine ganze Generation in Schach gehalten zu haben, und um das zu erreichen, lehrte er unsere Könige Courage; aber wie schwach unsere Herrscher seitdem geworden sind! Und nun kehren die Sachsen zurück wie eine Seuche.

Dafydd, der Gerichtsschreiber, der diese Pergamente ins Britannische überträgt, kam heute, um die neuesten Blätter abzuholen, und erzählte mir, daß die Feuer so gut wie sicher auf sächsische Überfälle zurückzuführen seien; anschließend berichtete er mir dann noch, daß Igraines Sohn den Namen Arthur tragen soll. Arthur ap Brochvael ap Perddel ap Cuneglas – ein guter Name, obwohl Dafyydd damit offensichtlich nicht einverstanden war. Anfangs war ich nicht ganz sicher, warum. Er ist ein kleiner Mann, Sansum nicht unähnlich, mit der gleichen verkniffenen Miene und den gleichen widerborstigen Haaren. Er saß an meinem Fenster, um die fertigen Pergamente zu lesen, schnalzte dabei immer wieder mit der Zunge und schüttelte den Kopf über meine Handschrift. »Warum«, fragte er mich schließlich, »hat Arthur Dumnonia verlassen?«

»Weil Meurig es von ihm verlangte«, erklärte ich ihm, »und weil Arthur selbst niemals regieren wollte.«

»Aber das war verantwortungslos von ihm!« behauptete Dafydd streng.

»Arthur war eben kein König«, sagte ich. »und unsere Gesetze verlangen, daß nur ein König regieren darf.«

»Gesetze sind dehnbar«, sagte Dafydd mit einem Schniefen. »Ich sollte das wissen, und Arthur hätte König sein sollen.«

»Ganz meine Meinung«, gab ich zurück, »aber er war keiner. Er war nicht dazu geboren wie Mordred.«

»Aber Gwydre war auch nicht zum König geboren«, wandte Dafydd ein.

»Richtig«, sagte ich, »aber wenn Mordred gestorben wäre, hätte Gwydre ebensoviel Anspruch darauf gehabt wie jeder andere – bis auf Arthur, natürlich, aber Arthur wollte nicht König sein.« Ich fragte mich, wie oft ich das schon erklärt hatte. »Arthur kam nach Britannien, weil er geschworen hatte, Mordred zu schützen«, sagte ich. »Und als er nach Siluria ging, hatte er alles erreicht, was er sich vorgenommen hatte. Er hatte die Königreiche von Britannien geeint, er hatte Dumnonia Gerechtigkeit gebracht, und er hatte die Sachsen geschlagen. Er hätte Meurigs Forderung, die Macht niederzulegen, ablehnen können, im tiefsten Herzen aber wollte er das gar nicht; also gab er Dumnonia dem rechtmäßigen König zurück und mußte zusehen, wie alles, was er erreicht hatte, zunichte gemacht wurde.«

»Also hätte er an der Macht bleiben müssen«, erklärte Dafydd energisch. Dafydd ist, wie ich finde – ganz ähnlich wie der heilige Sansum – ein Mensch, der immer recht haben muß.

»Ja«, sagte ich, »aber er war müde. Er wollte, daß andere Männer die Last übernahmen. Wenn man jemanden dafür verantwortlich machen will, dann mich! Ich hätte in Dumnonia bleiben sollen, statt mich so oft in Isca aufzuhalten. Aber damals hätte niemand von uns voraussehen können, was geschah. Keiner von uns konnte ahnen, daß Mordred sich als guter Soldat erwies, und als das geschah, redeten wir uns ein, er werde sicher bald sterben, und dann würde Gwydre König sein. Dann würde alles gut werden. Wir lebten mehr in der Hoffnung als in der Realität.«

»Ich finde, daß Arthur uns im Stich gelassen hat«, sagte Dafydd, und sein Ton erklärte, weshalb er von dem Namen des neuen Edlings so enttäuscht war. Wie oft habe ich mir diese Kritik an Arthur schon anhören müssen! Wenn Arthur nur an der Macht geblieben wäre, sagen die Leute, dann würden uns die Sachsen heute noch Tribut leisten, und Britannien würde sich von Meer zu Meer erstrecken; doch als Britannien Arthur hatte, hat es nur über ihn gemurrt. Als er den Menschen gab, was sie sich wünschten, beschweren sie sich, weil es ihnen nicht genug war. Die Christen attackierten ihn, weil er angeblich die Heiden bevorzugte, die Heiden attackierten ihn, weil er die Christen duldete, und die Könige – alle außer Cuneglas und Oengus mac Airem – waren eifersüchtig auf ihn. Die Unterstützung durch Oengus zählte nur wenig, aber als Cuneglas starb, verlor Arthur seinen wichtigsten königlichen Beistand. Außerdem hat Arthur niemals jemanden im Stich gelassen. Britannien hat sich selbst im Stich gelassen. Britannien hat geduldet, daß die Sachsen sich zurückschleichen konnten, die Britannier haben miteinander im Streit gelegen, und dann hat Britannien gejammert, das alles sei nur Arthurs Schuld. Arthurs, der ihnen den Sieg geschenkt hatte!

Dafydd blätterte durch die letzten Seiten. »Ist Ceinwyn gesund geworden?« fragte er mich.

»Gott sei's gelobt, ja«, antwortete ich. »Und sie hat noch viele Jahre gelebt.« Ich war im Begriff, Dafydd von jenen letzten Jahren zu erzählen, doch da ich sah, daß es ihn nicht interessierte, behielt ich meine Erinnerungen für mich. Letztlich ist Ceinwyn an einem Fieber gestorben. Ich war bei ihr, und ich wollte ihren Leichnam verbrennen, aber Sansum bestand darauf, sie nach Art der Christen zu beerdigen. Ich gehorchte ihm, doch einen Monat später holte ich ein paar Männer zusammen, Söhne und Enkel meiner alten Speerkämpfer, um ihren Leichnam auszugraben und auf einem Totenfeuer zu verbrennen, damit ihre Seele sich zu ihren Töchtern in der Anderwelt gesellen konnte, und ich empfinde keine Reue für diese sündige Tat. Ich bezweifle, daß irgend jemand das gleiche für mich tun wird, obwohl Igraine, wenn sie diese Worte liest, möglicherweise ein Totenfeuer für mich entzünden wird. Ich bete darum.

»Ändert Ihr meinen Text, wenn Ihr ihn übersetzt?« fragte ich Dafydd.

»Ändern? fragte er empört. »Meine Königin duldet nicht, daß ich auch nur eine Silbe ändere!«

»Ehrlich?«

»Möglich, daß ich ein paar Grammatikfehler korrigiere«, räumte er ein, während er die Pergamente zusammensuchte, »aber sonst nichts. Wie ich annehme, nähert sich die Geschichte jetzt ihrem Ende?«

»Tut sie.«

»Dann werde ich in einer Woche wiederkommen«, versprach er mir, verstaute die Pergamente in einem Beutel und eilte davon. Einen Augenblick später kam Bischof Sansum in meine Zelle gehuscht. Er trug ein seltsames Bündel bei sich, das zunächst aussah wie ein Stock, der in einen alten Mantel gewickelt ist. »Hat Dafydd neue Nachrichten gebracht?« erkundigte er sich.

»Der Königin geht es gut«, antwortete ich, »und ihrem Sohn ebenfalls.« Ich beschloß, Sansum nichts davon zu sagen, daß das Kind Arthur heißen sollte, denn das würde den Heiligen nur verärgern, und das Leben in Dinnewrac ist leichter, wenn Sansum bei guter Laune ist.

»Ich habe nach neuen Nachrichten gefragt«, fuhr Sansum mich an, »nicht nach Weibergewäsch über ein Kind. Was ist mit den Feuern? Hat Dafydd etwas über die Feuer gesagt?«

»Er weiß nicht mehr als wir, Bischof«, antwortete ich, »aber König Brochvael glaubt, daß es die Sachsen sind.«

»Gott schütze uns!« sagte Sansum und trat an mein Fenster, von dem aus die Rauchsäule im Osten gerade noch zu sehen war. »Gott und seine Heiligen mögen uns schützen«, betete er; dann kam er zu meinem Schreibtisch und legte das seltsame Bündel oben auf das Pergament. Er nahm das Tuch ab, und ich sah zu meinem Erstaunen und fast zu Tränen gerührt, daß es Hywelbane war. Ich wagte meine Rührung jedoch nicht zu zeigen, sondern bekreuzigte mich, als sei ich entsetzt über den Anblick einer Waffe in unserem Kloster. »Es sind Feinde in der Nähe«, verkündete Sansum als Erklärung für das Schwert.

»Ich fürchte, Ihr habt recht, Bischof«, sagte ich.

»Und Feinde schaffen hungrige Menschen in diesen Bergen«, fuhr Sansum fort. »Also werdet Ihr in der Nacht im Kloster Wache stehn.«

»So sei es, Lord«, gab ich demütig zurück. Aber ich? Wache stehen? Ich bin weißhaarig, alt und schwach. Statt sich auf mich zu verlassen, könnte man genausogut ein Krabbelkind als Wachtposten aufstellen. Aber ich protestierte nicht, und sobald Sansum den Raum verlassen hatte, zog ich Hywelbane aus seiner Scheide. Dabei dachte ich mir, wie schwer das Schwert während der langen Jahre geworden sei, die es in der Schatztruhe des Klosters verbringen mußte. Es war schwer und unhandlich, aber es war immer noch mein Schwert. Ich betrachtete die gelblichen Schweineknochen, die in das Heft eingelassen waren, und dann den Liebesring, der um den Knauf geschmiedet war, und auf diesem flachgehämmerten Ring sah ich die winzigen Goldsplitter, die ich vor so langer Zeit vom Kessel gestohlen hatte. Es rief so viele Erinnerungen zurück, dieses Schwert! Auf der Klinge entdeckte ich einen winzigen Rostfleck, den ich mit dem Messer, das ich zum Zuspitzen meiner Federkiele benutzte, sorgfältig abschabte. Dann hielt ich das Schwert lange im Arm und stellte mir dabei vor, ich sei wieder jung und noch stark genug, es zu schwingen.

Aber ich? Wache stehen? In Wirklichkeit wollte Sansum gar nicht, daß ich Wache stand, sondern daß ich dastand wie ein Narr, der geopfert wird, während er mit dem heiligen Tudwal in der einen und dem Klostergold in der anderen Hand durch die Hintertür verschwand. Aber wenn das mein Schicksal sein soll, werde ich mich nicht beklagen. Wie mein Vater sterbe ich lieber mit dem Schwert in der Hand, auch wenn mein Arm schwach und das Schwert stumpf ist. Das wäre zwar nicht das Schicksal, das Merlin sich für mich gewünscht hätte, noch das, was Arthur wollte, aber es ist kein schlechter Tod für einen Soldaten, und obwohl ich so viele Jahre lang schon Mönch und noch längere Jahre Christ gewesen bin, bin ich in der Tiefe meiner sündigen Seele doch immer noch ein Speerkämpfer des Mithras. Also küßte ich Hywelbane und freute mich, es nach all diesen Jahren wiederzusehen.

Und so werde ich nun das Ende dieser Geschichte mit meinem Schwert an meiner Seite niederschreiben und hoffe, daß mir noch Zeit bleibt, diese Geschichte über Arthur, meinen Lord, zu beenden, der hintergangen und geschmäht und, nach seinem Abschied, vermißt wurde, wie kein anderer Mann in der gesamten Geschichte Britanniens jemals vermißt worden ist.

Nachdem ich meine Hand verloren hatte, fiel ich in einen Fieberschlaf, und als ich erwachte, entdeckte ich, daß Ceinwyn an meinem Bett saß. Anfangs erkannte ich sie nicht, denn ihre Haare waren kurz und so weiß wie Asche geworden. Aber es war meine Ceinwyn, sie war am Leben, und ihre Gesundheit kehrte allmählich zurück. Als sie das Licht in meinen Augen sah, beugte sie sich vor und schmiegte ihre Wange an die meine. Ich legte den linken Arm um sie; erst dann merkte ich, daß ich keine Hand mehr hatte, mit der ich ihr den Rücken streicheln konnte, sondern nur einen mit blutigen Tüchern verbundenen Stumpf. Ich fühlte die Hand, ich spürte sogar, wie sie juckte, aber es war keine Hand da. Sie war verbrannt worden.

Eine Woche später wurde ich im Fluß Usk getauft. Bischof Emrys vollzog die Zeremonie, und sobald er mich ins kalte Wasser getaucht hatte, folgte mir Ceinwyn ans schlammige Ufer hinab und bestand darauf, ebenfalls getauft zu werden. »Ich werde meinem Mann überallhin folgen«, erklärte sie Bischof Emrys, und so faltete er ihre Hände über ihren Brüsten und tauchte sie rücklings ins Wasser des Flusses. Während unserer Taufe sang ein Frauenchor, und am selben Abend empfingen wir, ganz in Weiß gekleidet, zum erstenmal das christliche Abendmahl aus Brot und Wein. Nach der Messe zog Morgan ein Pergament hervor, auf dem sie mein Versprechen, ihrem Gemahl im christlichen Glauben zu gehorchen, niedergeschrieben hatte, und verlangte, daß ich meine Unterschrift darunter setze.

»Ich habe Euch bereits mein Wort gegeben«, protestierte ich.

»Ihr werdet unterzeichnen, Derfel«, beharrte Morgan, »und aufs Kruzifix werdet Ihr auch noch schwören.«

Seufzend unterzeichnete ich. Die Christen trauten der älteren Form des Eidleistens nicht, sondern verlangten Pergament und Tinte. Also erkannte ich Sansum als meinen Lord an, und nachdem ich meinen Namen unter das Dokument gesetzt hatte, bestand Ceinwyn darauf, ihren eigenen dazuzusetzen. Damit begann die zweite Hälfte meines Lebens, in der ich zwar den Eid hielt, den ich Sansum geleistet hatte, aber nicht so gewissenhaft, wie Morgan es sich erhofft hatte. Wenn Sansum wüßte, daß ich diese Geschichte aufschreibe, würde er das als Eidbruch betrachten und mich entsprechend bestrafen, aber das kümmert mich längst nicht mehr. Ich habe viele Sünden begangen, doch Eidbruch gehörte nicht dazu.

Nach meiner Taufe erwartete ich fast einen Ruf von Sansum, der sich noch bei König Meurig in Gwent aufhielt, aber der Mäuselord behielt nur die Niederschrift meines Versprechens und verlangte gar nichts, nicht einmal Geld. Zu jener Zeit nicht.

Der Stumpf an meinem Handgelenk heilte nur langsam, und ich förderte die Heilung auch nicht, weil ich darauf bestand, mit einem Schild zu üben. In der Schlacht schiebt der Krieger den linken Arm durch die beiden Schildschlaufen und packt den Holzgriff dahinter mit der Hand, doch da ich keine Finger mehr hatte, um den Griff fest zu packen, ließ ich mir statt Schlaufen Riemen mit Schnallen machen, die ich über meinem Unterarm festzurren konnte. Es war nicht ganz so sicher wie die herkömmliche Methode, aber es war besser, als gar keinen Schild zu haben, und sobald ich mich an die festen Riemen gewöhnt hatte, übte ich mich mit Schwert und Schild gegen Galahad, Culhwch oder Arthur. Ich fand den Schild unbequem, aber ich konnte kämpfen, obwohl der Stumpf nach jedem Übungswaffengang wieder zu bluten begann, so daß Ceinwyn mich besorgt ausschalt, wenn sie mir einen neuen Verband anlegte.

Der Vollmond kam, aber ich brachte weder Schwert noch Menschenopfer nach Nant Dduu. Ich wartete auf Nimues Rache, aber sie kam nicht. Als eine Woche nach Vollmond Beltane gefeiert wurde, gehorchten Ceinwyn und ich Morgans Befehlen und löschten weder unsere Feuer, noch blieben wir wach, um zu sehen, wie die neuen Feuer entzündet wurden, aber am folgenden Morgen kam Culhwch mit einem neuen Feuerbrand, den er auf unseren Herd warf. »Wollt Ihr, daß ich nach Gwent gehe, Derfel?« fragte er mich.

»Nach Gwent?« erkundigte ich mich erstaunt. »Warum?«

»Um diese kleine Kröte Sansum zu töten, natürlich.«

»Er stört mich nicht.«

»Aber das wird er tun«, knurrte Culhwch. »Ich kann mir nicht vorstellen, daß Ihr ein Christ seid. Fühlt man sich anders?«

»Nein.«

Der arme Culhwch. Er freute sich, Ceinwyn gut erholt zu sehen, haßte aber den Handel, den ich mit Morgan geschlossen hatte, damit sie gesund wurde. Genau wie viele andere fragte er sich, warum ich das Versprechen, das ich Sansum gegeben hatte, nicht einfach brach, aber ich fürchtete, wenn ich das tat, würde Ceinwyn wieder krank werden, deswegen blieb ich gehorsam. Mit der Zeit wurde dieser Gehorsam zur Gewohnheit, und als Ceinwyn tot war, stellte ich fest, daß ich nicht mehr die Willenskraft besaß, das Versprechen zu brechen, obwohl ihr Tod die Macht gebrochen hatte, die das Versprechen über mich besaß.

Aber das lag an jenem Tag, da die neuen Feuer die kalten Herde wärmten, noch weit in der unbekannten Zukunft. Es war ein wunderschöner Tag mit Sonnenschein und jungen Blüten. Ich erinnere mich, daß wir an jenem Vormittag auf dem Marktplatz ein paar Gänseküken kauften, weil wir dachten, unsere Enkelkinder würden gern zusehen, wie sie in dem kleinen Teich hinter unseren Gemächern aufwuchsen; anschließend ging ich dann mit Galahad zum Amphitheater, wo ich wieder mit meinem unbequemen Schild übte. Wir waren die einzigen Speerkämpfer dort, denn die meisten anderen hatten sich noch nicht von der nächtlichen Trinkerei erholt. »Gänseküken sind keine besonders gute Idee«, sagte Galahad und erschütterte meinen Schild mit einem Hieb seines Speerschaftes.

»Warum nicht?«

»Wenn sie groß werden, sind sie nur noch schlecht gelaunt.«

»Unsinn!« sagte ich. »Wenn sie groß geworden sind, werden sie eine gute Mahlzeit abgeben.«

Gwydre unterbrach uns mit der Nachricht, sein Vater wolle uns sprechen, doch als wir in die Stadt zurückkehrten, erfuhren wir, daß Arthur sich zu Emrys' Palast begeben hatte. Der Bischof saß, während Arthur in Hemd und Hose an einem großen Tisch lehnte, der mit dünnen Holzspanplatten bedeckt war, auf die der Bischof Listen von Speerkämpfern, Waffen und Booten geschrieben hatte. Arthur blickte zu uns auf. Einen Herzschlag lang sagte er gar nichts, doch ich erinnere mich, daß sein graubärtiges Gesicht einen grimmigen Ausdruck trug. Dann stieß er nur ein einziges Wort hervor. »Krieg.«

Galahad bekreuzigte sich, während ich, immer noch an die alten Dinge gewöhnt, Hywelbanes Heft berührte. »Krieg?« fragte ich.

»Mordred marschiert gegen uns«, erklärte Arthur. »Und er marschiert jetzt, in diesem Moment! Meurig hat ihm die Erlaubnis erteilt, durch Gwent zu ziehen.«

»Mit dreihundertfünfzig Speerkämpfern, wie wir erfuhren«, ergänzte Emrys.

Bis heute bin ich überzeugt, daß es Sansum war, der Meurig überredete, Arthur zu hintergehen. Ich habe keinen Beweis dafür, und Sansum hat es stets abgestritten, aber das Komplott roch nach der Hinterlist des Mäuselords. Gewiß, Sansum hatte uns einmal vor der Möglichkeit eines derartigen Überfalls gewarnt, aber der Mäuselord war immer vorsichtig bei seinen Verrätereien, und wenn Arthur die Schlacht gewonnen hätte, die Sansum zuversichtlich in Isca erwartete, hätte er von Arthur eine Belohnung gefordert. Von Mordred verlangte er bestimmt keine Belohnung, denn Sansums Komplott, wenn es denn eins war, sollte einzig Meurig nützen. Mordred und Arthur sollten sich auf den Tod bekämpfen, dann konnte Meurig Dumnonia übernehmen, und der Mäuselord würde in Meurigs Namen regieren.

Und Meurig wollte Dumnonia. Er wollte seine reichen Ländereien und seine wohlhabenden Städte; deswegen förderte er den Krieg, obwohl er dies heftig abstritt. Wenn Mordred seinen Onkel besuchen wollte, sagte er, wer sollte ihn daran hindern? Und wenn Mordred eine Eskorte von dreihundertfünfzig Speerkämpfern wünschte, wer war Meurig, daß er dem König seine Entourage verweigerte? Also gab er Mordred die gewünschte Erlaubnis, und als wir die erste Nachricht von dem Überfall erhielten, waren die Reiter, die Mordreds Heer voranritten, bereits an Glevum vorbeigezogen und ritten in Eilmärschen nach Westen auf uns zu.

So sollte, durch Verrat und den Ehrgeiz eines schwachen Königs, Arthurs letzter Krieg beginnen.

Wir waren bereit für diesen Krieg. Wir hatten den Angriff schon vor Wochen erwartet, und obwohl Mordreds Zeitpunkt uns überraschte, waren unsere Pläne schon lange fertig. Wir würden südwärts über das Severn-Meer segeln und dann nach Durnovaria marschieren, wo sich uns, wie wir erwarteten, Sagramors Männer anschließen würden. Dann würden wir mit vereinten Streitkräften Arthurs Bären nach Norden folgen, um Mordred zu stellen, wenn er von Siluria zurückkehrte. Wir erwarteten eine Schlacht, wir erwarteten, sie zu gewinnen, und dann würden wir Gwydre auf Caer Cadarn zum König von Dumnonia ausrufen. Es war dieselbe alte Geschichte: noch eine Schlacht, dann würde sich alles, alles ändern.

Boten wurden an die Küste geschickt, um dafür zu sorgen, daß jedes silurische Fischerboot nach Isca gebracht wurde, und während diese Boote mit der Flut den Fluß heraufkamen, bereiteten wir uns auf einen hastigen Aufbruch vor. Schwerter und Speere wurden geschärft, Rüstungen poliert und Proviant in Körben oder Säcken verstaut. Wir packten die Schätze der drei Paläste sowie die Münzen aus der Schatzkammer ein und warnten die Einwohner von Isca, sich darauf vorzubereiten, gen Westen zu fliehen, bevor Mordreds Truppen eintrafen.

Am nächsten Morgen lagen siebenundzwanzig Fischerboote unter der römischen Brücke von Isca im Fluß. Einhundertdreiundsechzig Speerkämpfer waren bereit, an Bord zu gehen, und die meisten dieser Speerkämpfer hatten Familien, doch in den Booten war Platz für alle. Die Pferde mußten wir leider zurücklassen, denn Arthur hatte entdeckt, daß Pferde sehr schlechte Seefahrer sind. Während ich nach Norden gewandert war, um Nimue aufzusuchen, hatte er versucht, ein paar Pferde auf eins der Fischerboote zu laden, aber die Tiere scheuten schon bei den sanftesten Wellen, und eins fuhr mit dem Huf sogar durch den Bootsboden: also trieben wir die Tiere, bevor wir lossegelten, auf die Weiden eines fernen Bauerngehöfts und nahmen uns vor, sie zurückzuholen, sobald Gwydre zum König ernannt worden war. Einzig Morgan weigerte sich, mit uns zu kommen, sondern begab sich lieber zu ihrem Gemahl nach Gwent.

Bei Tagesanbruch begannen wir mit dem Beladen der Boote. Zunächst packten wir das Gold auf den Boden der Boote, dann häuften wir die Rüstungen und Lebensmittel über das Gold, und dann gingen wir unter einem grauen Himmel und bei frischem Wind an Bord. Die meisten Boote faßten zehn bis elf Personen, und jedes Boot fuhr, sobald es voll besetzt war, in die Flußmitte, wo es ankerte, so daß die gesamte Flotte gemeinsam lossegeln konnte.

Die Feinde kamen, als wir gerade das letzte Boot beluden. Es war das größte Boot und gehörte Balig, dem Gemahl meiner Schwester. In ihm saßen Arthur, Guinevere, Gwydre, Morwenna und ihre Kinder, Galahad, Taliesin, Ceinwyn und ich, zusammen mit Culhwch, seiner einzigen noch lebenden Gemahlin und zwei seiner Söhne. Am hohen Bug des Schiffs flatterte Arthurs Banner, am Heck wehte Gwydres Standarte. Wir waren frohen Mutes, denn wir fuhren los, um Gwydre ein Königreich zu erobern, doch als Balig gerade Hygwydd, Arthurs Diener, zurief, er solle sich beeilen und an Bord kommen, tauchten hinter uns die Feinde auf.

Hygwydd brachte ein letztes Bündel aus Arthurs Palast mit und war nur noch fünfzig Schritt vom Flußufer entfernt, als er sich umdrehte und die Reiter sah, die vom Stadttor herüberkamen. Er hatte gerade noch Zeit, das Bündel fallen zu lassen und sein Schwert zur Hälfte aus der Scheide zu ziehen, da waren die Pferde schon über ihm und ein Speer traf ihn in den Hals.

Balig zog die Landungsplanke ein, riß ein Messer aus seinem Gurt und durchschnitt die Heckleine. Sein sächsischer Matrose warf die Bugleine los, und als die Reiter das Ufer erreichten, trieb unser Boot in die Strömung hinaus. Arthur stand aufrecht und beobachtete voller Entsetzen den sterbenden Hygwydd, ich aber blickte zum Amphitheater hinüber, wo eine wilde Horde aufgetaucht war.

Es war nicht Mordreds Heer. Es war ein Schwarm Wahnsinniger, ein krabbelnder Haufen verkrümmter, zerbrochener und verbitterter Kreaturen, die rund um die Steinbogen des Amphitheaters wimmelten und unter kleinen, grellen Schreien zum Flußufer hinabhasteten. Sie waren in Lumpen gehüllt, ihre Haare waren wirr, und in ihren Augen stand fanatische Wut. Es war Nimues Heer der Wahnsinnigen. Die meisten waren mit nichts weiter bewaffnet als mit Stöcken, aber ein paar von ihnen trugen auch Speere. Die Reiter dagegen waren mit Speeren und Schilden bewaffnet und alles andere als wahnsinnig. Es waren Flüchtlinge von Diwrnachs Blutschilden, die immer noch ihre zerfetzten Mäntel sowie ihre von Blut geschwärzten Schilde trugen, und die jetzt die Wahnsinnigen auseinanderstieben ließen, als sie am Ufer entlanggaloppierten, um mit unseren Booten Schritt zu halten.

Ein paar Wahnsinnige gingen unter den Pferdehufen zu Boden, andere sprangen zu Dutzenden einfach in den Fluß und schwammen unbeholfen auf unsere Boote zu. Arthur rief den Bootsmännern zu, sich von den Ankern loszumachen, und so durchschnitten die schwerbeladenen Boote eins nach dem andern die Ankertaue und trieben langsam davon. Da einige Mannschaften zögerten, die schweren Steine zurückzulassen, die ihnen als Anker dienten, und statt dessen versuchten, sie heraufzuhieven, stießen die treibenden Boote gegen die liegenden, und die ganze Zeit planschten die verzweifelten, traurigen, wahnsinnigen Kreaturen schwerfällig auf uns zu. »Speerschaft!« rief Arthur, der seinen eigenen Speer packte, umdrehte und kräftig auf den Kopf eines Schwimmers niedersausen ließ.

»An die Riemen!« schrie Balig, aber niemand hörte auf ihn. Wir waren viel zu beschäftigt, die Schwimmer von unserem Boot fernzuhalten. Ich arbeitete einhändig, stieß immer wieder Angreifer unter Wasser, aber dann packte ein Wahnsinniger meinen Speerschaft und hätte mich fast ins Wasser gezogen. Ich überließ ihm die Waffe, zog Hywelbane und schlug zu. Das erste Blut strömte in den Fluß.

Das Nordufer des Flusses wimmelte von Nimues heulenden, hüpfenden Anhängern. Ein paar Speere wurden nach uns geworfen, die meisten aber brüllten nur ihren Haß hinaus, während andere den Schwimmern in den Fluß folgten. Ein langhaariger Mann mit Hasenscharte versuchte am Bug in unser Boot emporzuklettern, aber der Sachse versetzte ihm einen Tritt ins Gesicht und trat ihn dann so lange, bis er zurückfiel. Taliesin hatte einen Speer gefunden und wehrte mit dessen Spitze andere Schwimmer ab. Stromabwärts von uns driftete ein Boot ans schlammige Ufer, wo seine Mannschaft verzweifelt versuchte, sich mit dem Ruder aus dem Schlamm herauszustaken, aber sie waren zu langsam, und Nimues Speerkämpfer kletterten an Bord. Angeführt wurden sie von Blutschilden, und diese geübten Mörder brüllten laut ihren Trotz heraus, während sie mit ihren Speeren an dem gestrandeten Boot entlangstürmten. Es war Bischof Emrys' Boot. Ich sah, wie der weißhaarige Bischof einen Speer mit dem Schwert abwehrte, dann aber wurde er getötet, und etwa zwanzig Wahnsinnige folgten den Blutschilden auf das schlüpfrige Deck. Die Gemahlin des Bischofs schrie kurz auf, dann wurde sie von einem Speer durchbohrt. Messer hackten, schlitzten und stießen, daß das Blut von den Speigatts ins Wasser rann und in Richtung Meer davontrieb. Ein Mann in Hirschfellwams balancierte auf dem

Heck des gekaperten Bootes und wollte, als wir vorübertrieben, auf unser Dollbord springen. Gwydre hob seinen Speer, und der Mann brüllte, als er von dem langen Schaft aufgespießt wurde. Ich erinnere mich, daß seine Hände den Speer umschlossen, während sein Körper sich auf der Spitze wand; dann ließ Gwydre sowohl den Speer als auch den Mann in den Fluß fallen und zog sein Schwert. Seine Mutter zielte mit dem Speer mitten zwischen die wirbelnden Arme neben dem Boot. Wir zertraten Hände, die sich an unser Dollbord klammerten, oder hieben sie mit dem Schwert ab, und allmählich entfernte sich unser Boot von seinen Angreifern. Inzwischen trieben alle Boote auf dem Wasser, manche seitwärts, manche mit dem Heck voraus, während die Bootsmänner fluchten, einander etwas zuriefen oder den Speerkämpfern zuschrien, sie sollten die Riemen benutzen. Ein Speer vom Ufer fiel in unser Boot, dann kamen die ersten Pfeile geflogen. Es waren Jagdpfeile, die laut sirrten, als sie über unseren Körpern dahinsausten.

»Schilde!« rief Arthur, also bildeten wir am Dollbord des Bootes einen Schildwall, in den die Pfeile einschlugen. Ich kauerte neben Balig, um uns beide gleichzeitig zu schützen, und mein Schild bebte, als die kleinen Pfeile einschlugen.

Gerettet wurden wir von der schnellen Strömung des Flusses und der eintretenden Ebbe, von der die wirre Masse unserer Boote stromabwärts und damit aus der Schußweite der Bogenschützen getragen wurde. Die grölende, tobende Horde folgte uns, doch westlich des Amphitheaters gab es ein Stück sumpfigen Boden, der das Tempo unserer Verfolger verlangsamte und uns genügend Zeit verschaffte, um aus dem Chaos endlich wieder Ordnung zu machen. Das Gebrüll unserer Angreifer folgte uns, während ihre Leichen in der Strömung neben unserer kleinen Flotte einhertrieben, endlich aber hatten wir die Riemen gepackt, mit denen wir den Bug wenden und den anderen Booten in Richtung Meer nachfahren konnten. Unsere Banner waren beide dicht mit Pfeilen gespickt.

»Wer ist das?« fragte Arthur, der die Horde beobachtete.

»Das ist Nimues Heer«, antwortete ich verbittert. Dank Morgans Kunst hatte Nimues Fluch versagt, also hatte sie ihre Anhänger losgelassen, um Excalibur und Gwydre zu holen.

»Warum haben wir sie nicht kommen sehen?« wollte Arthur wissen.

»Ein Tarnzauber, Lord?« versuchte Taliesin zu raten, und ich erinnerte mich, wie oft Nimue einen solchen Zauber angewandt hatte.

Galahad spöttelte über diese heidnische Erklärung. »Sie sind in der Nacht marschiert«, erklärte er, »und haben sich in den Wäldern versteckt, bis sie bereit und wir alle viel zu beschäftigt waren, um nach ihnen Ausschau zu halten.«

»Diese Hexe sollte gegen Mordred kämpfen statt gegen uns«, meinte Culhwch.

»Das wird sie nicht tun«, antwortete ich ihm. »Sie wird sich ihm anschließen.

Aber Nimue war noch nicht mit uns fertig. Eine Gruppe Reiter galoppierte die Straße entlang, die nördlich um den Sumpf herumführte, und eine Horde Menschen folgte diesen Speerkämpfern zu Fuß. Der Fluß strömte nicht in gerader Linie ins Meer, sondern wand sich in weiten Schleifen durch die Küstenebene, und mir war klar, daß wir an jeder Westbiegung von unseren Feinden erwartet werden würden.

Und tatsächlich warteten die Reiter auf uns, aber der Fluß wurde um so breiter, je näher er dem Meer kam, und die Strömung war schnell, so daß wir an jeder Biegung sicher an ihnen vorbeigetragen wurden. Die Reiter überschütteten uns mit Flüchen und galoppierten sofort weiter, um sich die nächste Biegung zu suchen, von der aus sie uns mit Speeren und Pfeilen angreifen konnten. Unmittelbar vor dem Meer kam eine lange, gerade Flußstrecke, wo Nimues Reiter am Ufer mühelos mit uns Schritt halten konnten, und dort sah ich zum erstenmal Nimue selbst. Sie ritt einen Schimmel, war in ein weißes Gewand gekleidet und hatte sich die Haare wie ein Druide zur Tonsur geschoren. Dazu trug sie Merlins Stab und ein Schwert an ihrer Seite. Sie rief uns etwas zu, aber der Wind riß ihr die Worte aus dem Mund; gleich darauf machte der Fluß eine Biegung nach Osten, und wir wurden zwischen den dicht mit Schilf bewachsenen Ufern davongetragen. Nimue wandte sich ab und galoppierte mit ihrem Pferd in Richtung Flußmündung.

»Jetzt sind wir in Sicherheit«, verkündete Arthur. Wir konnten das Meer riechen; über uns schrien Möwen, vor uns hörten wir die endlose Brandung am Strand, und Balig und der Sachse befestigten die Rah mit dem Segel an den Tauen, die es am Mast emportrugen. Wir brauchten nur noch eine große Flußschleife hinter uns zu bringen, eine letzte Begegnung mit Nimues Reitern durchzustehen. Dann würden wir ins Severn-Meer hinausgetragen werden.

»Wie viele Männer haben wir verloren?« wollte Arthur wissen, und so gingen unsere gerufenen Fragen und Antworten zwischen den Booten der Flottille hin und her. Nur zwei Mann waren von Pfeilen getroffen worden, das eine – gestrandete – Boot war gekapert worden, aber der größte Teil unseres kleinen Heeres war in Sicherheit. »Der arme Emrys«, sagte Arthur und schwieg eine Weile, doch dann schob er die traurige Stimmung von sich. »In drei Tagen werden wir bei Sagramor sein«, verkündete er. Er hatte Boten gen Osten gesandt, und nun, da Mordreds Heer Dumnonia verlassen hatte, gab es vermutlich nichts, was Sagramor hindern konnte, sich uns anzuschließen. »Wir werden ein kleines Heer haben«, sagte Arthur, »aber ein gutes. Gut genug, um Mordred zu schlagen. Und dann beginnen wir noch einmal ganz von vorn.«

»Noch einmal von vorn?« fragte ich ihn.

»Wir werden Cerdic noch einmal schlagen und anschließend Meurig zur Vernunft bringen«, sagte er und lachte verbittert. »Es gibt immer wieder noch eine Schlacht mehr. Ist Euch das aufgefallen? Jedesmal, wenn man meint, daß alles geregelt ist, kocht es sofort wieder hoch.« Er berührte Excaliburs Heft. »Der arme Hygwydd. Er wird mir fehlen.«

»Ich werde Euch auch fehlen, Lord«, sagte ich bedrückt. Der Stumpf an meinem linken Arm pochte vor Schmerzen, und meine fehlende Hand juckte seltsamerweise so naturgetreu, daß ich immer wieder versuchte, mich dort zu kratzen.

»Wieso solltet Ihr mir fehlen?« erkundigte sich Arthur mit fragend hochgezogener Braue.

»Wenn Sansum mich zu sich befiehlt.«

»Ach so! Der Mäuselord.« Er schenkte mir ein flüchtiges Lächeln. »Ich glaube, unser Mäuselord wird nach Dumnonia zurückkehren wollen, meint Ihr nicht auch? Ich kann mir nicht vorstellen, daß er in Gwent weiterkommen wird, die haben ohnehin schon zu viele Bischöfe. Nein, der wird wiederkommen wollen, und die arme Morgan wird den Schrein bei Ynys Wydryn zurückhaben wollen, also werde ich einen Handel mit ihnen machen. Eure Seele gegen Gwydres Erlaubnis für sie, in Dumnonia leben zu dürfen. Wir werden Euch von dem Eid befreien, Derfel, keine Angst!« Er klopfte mir auf die Schulter und stieg nach vorn, wo Guinevere unten an den Mast gelehnt saß.

Balig pflückte einen Pfeil aus dem Achtersteven, drehte die Eisenspitze ab und steckte sie sich in die Tasche; dann warf er den gefederten Schaft über Bord. »Gefällt mir nicht, wie das da aussieht«, sagte er zu mir und reckte das Kinn gen Westen. Als ich mich umwandte entdeckte ich, daß weit draußen auf See schwarze Wolken hingen.

»Könnte ziemlich stürmisch werden«, verkündete er düster und spie über Bord, um das Unheil abzuwenden. »Aber wir haben nicht mehr weit. Möglich, daß das Wetter an uns vorbeizieht.« Als das Boot um die letzte große Flußschleife getragen wurde, stemmte er sich gegen das Steuerruder. Wir fuhren jetzt nach Westen, hart im Wind; das Wasser des Flusses war kabbelig, mit kleinen Schaumkronen auf den Wellen, die von unserem Bug geteilt wurden und über unser Deck zurückklatschten. Das Segel war noch immer unten. »Jetzt durchziehen!« rief Balig unseren Rudern zu. Der Sachse hatte einen Riemen, Galahad einen weiteren, Taliesin und Culhwch saßen auf der Mittelbank, und Culhwchs zwei Söhne vervollständigten die Besatzung. Die sechs Männer ruderten kräftig und kämpften tapfer gegen den Wind, doch Ebbe und Strömung halfen uns immer noch weiter. Die Banner am Bug und Heck knatterten im Wind und ließen die in ihrem Tuch gefangenen Pfeile klappern.

Vor uns wandte sich der Fluß nach Süden, und dort würde Balig, wie ich wußte, das Segel aufziehen lassen, damit der Wind uns helfen konnte, die lange Meeresstrecke zu erreichen. Waren wir erst einmal auf dem Meer, würden wir gezwungen sein, uns innerhalb der von Weidenpfählen markierten Fahrrinne zu halten, die zwischen den breiten Untiefen hindurchführte, bis wir ins tiefe Wasser kamen, wo wir uns vom Wind abwenden und zur dumnonischen Küste hinübersegeln konnten. »Die Überfahrt wird nicht lange dauern«, sagte Balig tröstend, mit einem kurzen Blick auf die Wolken. »Nicht sehr lange. Wir müßten vor diesem Sturm herfahren können.«

»Können die Boote zusammenbleiben?« fragte ich ihn.

»Mehr oder weniger.« Mit dem Kopf deutete er auf das Boot unmittelbar vor uns. »Der alte Kahn wird zurückfallen. Segel wie 'ne trächtige Sau hat der, aber es wird reichen, es wird reichen.«

Nimues Reiter erwarteten uns auf einer Landzunge, wo sich der Fluß südwärts zum Meer wandte. Als wir uns näherten, ritt sie aus der Masse der Speerkämpfer hervor und spornte ihr Pferd ins seichte Wasser, und als wir uns noch weiter näherten, sah ich, daß zwei ihrer Speerkämpfer einen Gefangenen ins Seichte neben ihr führten.

Anfangs dachte ich, es handele sich um einen unserer Männer aus dem gestrandeten Boot, dann aber erkannte ich, daß es Merlin war. Man hatte ihm den Bart abgeschnitten, und seine strähnigen weißen Haare wehten zottig im auffrischenden Wind, während er blind zu uns herüberstarrte; aber ich hätte schwören können, daß er lächelte. Sein Gesicht vermochte ich nicht deutlich zu erkennen, dafür war die Entfernung zu groß, aber ich schwöre, daß er lächelte, als er in die leichten Wellen gezerrt wurde. Er wußte, was ihm jetzt bevorstand.

Und plötzlich wußte ich es auch, aber es gab nichts, was ich tun konnte, um es zu verhindern.

Nimue war als Kind aus diesem Meer herausgeholt worden. Sie war in Demetia durch eine Bande von Männern entführt worden, die Sklavenbeute machen wollten; auf der Überfahrt erhob sich jedoch ein Sturm, und alle Schiffe der Angreifer sanken. Die Besatzung und ihre Gefangenen ertranken – bis auf Nimue, die sicher an Ynys Wairs felsiger Küste landete; Merlin, der das Kind rettete, hatte sie Vivien genannt, weil sie ganz eindeutig von Manawydan geliebt wurde, dem Meeresgott, und Vivien ein Name ist, der zu Manawydan gehört. Widerborstig, wie sie war, hatte Nimue sich geweigert, diesen Namen anzunehmen, ich aber erinnerte mich jetzt daran, und ebenfalls daran, daß Manawydan sie liebte. Daher wußte ich, daß sie die Hilfe des Gottes dazu benutzen wollte, um einen starken Fluch gegen uns zu wirken.

»Was macht sie da?« erkundigte sich Arthur.

»Seht nicht hin, Lord«, bat ich ihn.

Die beiden Speerkämpfer waren ans Ufer zurückgewatet und hatten den geblendeten Merlin neben Nimues Schimmel zurückgelassen. Er machte keinen Versuch zu fliehen. Er stand einfach da mit seinem wehenden weißen Haar, während Nimue einen Dolch aus ihrem Schwertgurt zog. Es war der Dolch von Laufrodedd.

»Nein!« rief Arthur, aber der Wind trug seinen Protest in unser Boot zurück, über die Marschen und die Binsen weit, weit zurück ins Nirgendwo. »Nein!« rief er abermals.

Nimue zeigte mit ihrem Druidenstab nach Westen, wandte das Gesicht gen Himmel und heulte. Noch immer rührte sich Merlin nicht. Unsere Flotte wurde an ihnen vorbeigetragen, und jedes Boot geriet dicht an die Untiefe, wo Nimues Schimmel stand, bevor es, als die Besatzung die Segel hißte, nach Süden gezogen wurde. Nimue wartete, bis unser flaggengeschmücktes Boot ganz nahe war; dann senkte sie den Kopf und starrte uns mit ihrem einzigen Auge an. Sie lächelte, und Merlin lächelte ebenfalls. Jetzt war ich so nahe, daß ich ihn deutlich sehen konnte, und er lächelte immer noch, als Nimue sich mit dem Messer aus dem Sattel beugte. Ein einziger kräftiger Hieb, mehr war nicht nötig.

Merlins langes weißes Haar und Merlins langes weißes Gewand färbten sich rot.

Wieder begann Nimue laut zu heulen. Ich hatte dieses Geheul schon oft gehört, aber niemals so wie jetzt, denn in diesem Geheul mischte sich tiefer Schmerz mit Triumph. Sie hatte ihren Zauber gewirkt.

Sie glitt vom Pferd und ließ ihren Stab fallen. Merlin mußte sehr schnell gestorben sein, aber sein Leichnam schlug in den leichten Wellen immer noch um sich, und ein paar Herzschläge lang wirkte es, als ringe Nimue mit dem Toten. Ihr weißes Gewand war rot besprizt, doch dieses Rot wurde sofort vom Seewasser verdünnt, als sie Merlins Leichnam tiefer ins Wasser zu zerren und zu schieben versuchte. Als er endlich aus dem Schlamm befreit war und auf dem Wasser trieb, schob sie ihn als Opfer für ihren Herrn Manawydan mit einem kräftigen Stoß in die Strömung.

Und welch ein Opfer sie ihm brachte! Der Leichnam eines Druiden ist mächtige Magie, so mächtig, daß es auf dieser armen Welt fast keine mächtigere gibt, und Merlin war der letzte und größte aller Druiden. Natürlich kamen andere nach ihm, doch keiner besaß sein Wissen, keiner besaß seine Weisheit, und keiner besaß seine Macht. All diese Macht wurde nun in diesen einen Zauber gelegt, eine Anrufung des Meeresgottes, der Nimue vor so vielen Jahren gerettet hatte.

Sie griff sich den Stab von dort, wo er auf den Wellen trieb, und zeigte damit auf unser Boot; dann lachte sie. Sie legte den Kopf in den Nacken und lachte wie die Wahnsinnigen, die ihr aus den Bergen bis zu diesem Tod im Wasser gefolgt waren. »Ihr werdet überleben!« rief sie zu unserem Boot hinüber. »Und wir werden uns wiedersehen!«

Balig hißte das Segel, der Wind packte es und beförderte uns zum Meer. Keiner von uns sagte ein Wort. Wir blickten nur zu Nimue zurück und dahin, wo uns im weißen Wirbel der grauen Wogen Merlins Leichnam aufs tiefe Meer hinaus folgte.

Wo Manawydan auf uns wartete.

Wir richteten den Bug gen Südosten, damit der Wind den Bauch des zerschlissenen Segels aufblähen konnte, und sofort drehte sich mir bei jeder zuschlagenden Welle der Magen um.

Balig kämpfte mit dem Steuerruder. Die anderen Riemen hatten wir eingezogen, um dem Wind die Arbeit zu überlassen, aber die starke Tide lief gegen uns und drückte den Bug unseres Bootes immer wieder nach Süden, wo der Wind das Segel flattern ließ und das Steuerruder sich bedrohlich durchbog; dann aber kam das Boot ganz langsam wieder zurück, füllte sich mit dem Knall einer riesigen Peitsche, der Bug tauchte ins Wellental, mein Magen kehrte sich um, und die Galle stieg mir in die Kehle.

Der Himmel verfinsterte sich. Balig blickte zu den Wolken auf, spie aus und stemmte sich dann wieder gegen das Steuerruder. Der erste Regen kam, dicke Tropfen platschten auf das Deck und färbten das schmutzige Segel dunkel. »Banner einziehen!« rief Balig, und Galahad rollte die Bugflagge ein, während ich mich bemühte, die Heckfahne loszumachen. Gwydre half mir, sie herunterzuholen, verlor aber das Gleichgewicht, weil sich das Boot auf dem Kamm einer Woge nach vorn neigte. Er fiel gegen das Dollbord, und das Wasser brach über den Bug herein. »Pützen!« schrie Balig. »Pützen!«

Jetzt erhob sich auch der Wind. Ich erbrach mich über das Achterdeck, und als ich wieder aufblickte, sah ich, daß die anderen Boote der Flotille in einem grauen Alptraum von kochendem Wasser und fliegender Gischt umhergeworfen wurden. Über mir hörte ich einen kreischenden Knall, und als ich aufblickte, entdeckte ich, daß unser Segel in der Mitte zerrissen war. Balig fluchte. Die Küste hinter uns war nur noch ein dunkler Strich, hinter dem die Berge von Siluria, von der Sonne beschienen, grün leuchteten, doch rings um uns her war alles dunkel, naß und gefahrdrohend.

»Pützen!« rief Balig abermals, und alle, die im Bauch des Bootes saßen, begannen mit ihren Helmen das Wasser rings um die Bündel mit Schatz, Rüstungen und Proviant herauszuschöpfen.

Dann schlug das Unwetter richtig zu. Bis jetzt hatten wir nur unter den Vorreitern des Sturms zu leiden gehabt, jetzt aber heulte der Wind übers Meer, und der Regen prasselte flach und stechend über die weißschäumenden Wellen. So dicht fiel der Regen, und so dunkel war der Himmel, daß ich die anderen Boote aus den Augen verlor. Die Küste verschwand, und alles, was ich sah, war ein Alptraum aus kurzen, hohen, schaumgekrönten Wogen, die unser Boot überschwemmten. Das Segel peitschte sich selbst zu zerfetzten Lumpen, die wie zerrissene Banner am Mast flatterten.

Donner spaltete den Himmel, das Boot stürzte von einem Wellenkamm ins Tal hinab, und ich sah, wie uns das Wasser, grün und schwarz, entgegenkam, um sich über die Dollborde zu ergießen, doch irgendwie steuerte Balig den Bug in die Woge hinein, das Wasser zögerte am Bootsrand und fiel zurück, während wir zum nächsten windgefolterten Wogenkamm emporstiegen.

»Boot leichtern!« schrie Balig durch das Tosen des Sturmes.

Wir warfen das Gold über Bord. Wir warfen Arthurs Schatz, meinen Schatz, Gwydres Schatz und Culhwchs Schatz ins Wasser. Wir opferten alles Manawydan, fütterten seinen gierigen Rachen mit Münzen, Bechern, Kerzenständern und Goldbarren, und immer noch verlangte er mehr, also schleuderten wir die Körbe mit Proviant und sogar die aufgerollten Banner in die Wellen. Seine Rüstung wollte Arthur jedoch nicht opfern, ebensowenig wie ich die meine, also verstauten wir die Rüstungen und Waffen in der winzigen Kabine unter dem Achterdeck und warfen dem Gold statt dessen einige von den Ballaststeinen des Bootes nach. Von den Wellen herumgeschleudert, torkelten wir wie Betrunkene im Boot durcheinander, glitten in einer schwappenden Mischung aus Erbrochenem und Wasser aus. Morwenna hielt ihre Kinder fest, Ceinwyn und Guinevere beteten, Taliesin pützte mit einem Helm, während Culhwch und Galahad Balig und dem sächsischen Matrosen halfen, die Reste des Segels einzuholen. Sie warfen das Segel mitsamt dem Mast über Bord, vertäuten das Ganze aber mit einem langen Roßhaarseil am Achtersteven, und irgendwie wurde unser Bug durch das nachgeschleppte Tuch samt Mast wieder in den Wind gedreht, so daß wir dem Sturm die Stirn boten und sein Wüten in großen, wiegenden Auf- und Abschwüngen ausreiten konnten.

»Hab' ich noch nie erlebt, daß ein Unwetter so schnell kommt!« rief Balig mir zu. Das wunderte mich nicht, denn dies war kein gewöhnliches Unwetter, sondern ein rasendes Toben, das durch den Tod eines Druiden ausgelöst wurde, und während unser stöhnendes Boot von den Wellen herumgeworfen wurde, schlug uns die Welt wutkreischend Luft und Meerwasser um die Ohren. Durch die Planken des Bootskörpers spritzte Wasser herein, das wir so schnell, wie es eindrang, wieder hinausschöpften.

Dann entdeckte ich auf dem Kamm einer Woge das erste Wrack, und gleich darauf einen schwimmenden Mann. Er versuchte uns etwas zuzurufen, aber das Meer zwang ihn wieder unter Wasser. Arthurs Flotte wurde vernichtet. Manchmal, wenn eine Sturmbö vorüber war und die Luft für kurze Zeit klar wurde, sahen wir Männer, die hektisch Wasser schöpften, sahen, wie tief ihre Boote in dem tosenden Chaos lagen, doch dann wurden wir vom Sturm geblendet, und wenn er abermals nachließ, waren keine Boote mehr zu sehen, nur noch dahintreibende Planken. Arthurs Flotte wurde Boot um Boot versenkt, und all seine Männer und Frauen ertranken. Die Männer, die ihre Rüstung trugen, starben am schnellsten.

Und während der ganzen Zeit wurden wir, gleich hinter dem zerrissenen Segel, das unser schwer arbeitendes Boot hinter sich herzog, von Merlins Leichnam verfolgt. Aufgetaucht war er einige Zeit nachdem wir das Segel über Bord gewuchtet hatten; dann war er ständig bei uns geblieben, so daß ich sein weißes Gewand am Hang einer Woge entdeckte und kurz darauf sah, wie es verschwand, nur um es, während die Wogen rollten, kurz danach wieder auftauchen zu sehen. Einmal schien es, als hebe er den Kopf aus dem Wasser, und ich sah, daß die Wunde an seiner Kehle vom Meer schneeweiß gewaschen worden war und daß er uns aus seinen leeren Augenhöhlen anstarrte; dann aber drückte ihn das Wasser wieder hinab. Ich berührte den Eisennagel im Achtersteven und bat Manawydan, den Druiden zu sich ins Bett des Meeres herabzuholen. Hol ihn zu dir, betete ich, und schicke seine Seele in die Anderwelt; doch jedesmal, wenn ich hinübersah, war er immer noch da mit seinen weißen Haaren, die sich auf dem wirbelnden Wasser wie ein Fächer um seinen Kopf ausbreiteten.

Merlin war da, Boote jedoch keine mehr. Wir spähten durch Regen und fliegende Gischt, doch da war nichts außer einem dunklen, wirbelnden Himmel, dem grauen und schmutzigweißen Meer, den Wracks und Merlin, immer wieder Merlin. Ich glaube, er beschützte uns – nicht weil er uns in Sicherheit wissen wollte, sondern weil Nimue noch immer nicht mit uns fertig war. Unser Boot trug das, was sie am heißesten begehrte, deswegen mußte unser Boot allein sicher durch Manawydans Wasser geleitet werden.

Merlin verschwand erst, als sich das Unwetter gelegt hatte. Ein letztes Mal noch sah ich sein Gesicht, dann ging er einfach lautlos unter. Einen Herzschlag lang war er noch eine weiße Gestalt mit ausgebreiteten Armen im grünen Herzen einer Woge, und dann war er verschwunden. Nach seinem Verschwinden erstarb die Gewalt des Windes, und der Regen legte sich.

Das Meer warf uns immer noch herum, aber die Luft war klarer, die Wolken hellten sich auf von Schwarz zu Grau und dann zu gebrochenem Weiß, und rings um uns her lag das leere Meer. Unser Boot war das einzige, das übriggeblieben war, und als Arthur den Blick über die grauen Wogen schweifen ließ, sah ich Tränen in seinen Augen. Seine Männer waren zu Manawydan eingegangen, allesamt, all seine tapferen Männer, bis auf ein paar. Ein ganzes Heer war untergegangen.

Wir waren allein.

Wir zogen Mast und Segelreste an Bord, dann ruderten wir den ganzen Rest des Tages lang. Jeder Mann außer mir hatte Blasen an den Händen, und sogar ich versuchte zu rudern, mußte aber feststellen, daß eine Hand nicht genügte, um einen Riemen zu bewegen; also setzte ich mich hin und sah zu, wie wir durch die wogende See gen Süden pullten, bis unser Kiel gegen Abend knirschend auf Sand lief und wir mit den wenigen Habseligkeiten, die uns noch geblieben waren, an Land wankten.

Wir schliefen in den Dünen. Am anderen Morgen säuberten wir unsere Waffen vom Salz und zählten die Münzen, die wir noch besaßen. Balig und der Sachse blieben bei ihrem Boot; sie könnten es reparieren, erklärten sie, also gab ich ihm mein letztes Goldstück, umarmte ihn und folgte Arthur sodann nach Süden.

In den Hügeln an der Küste fanden wir eine Halle, deren Lord sich als Arthurs Anhänger erwies. Er gab uns ein Sattelpferd und zwei Mulis. Wir wollten ihn mit Gold entlohnen, das er jedoch verweigerte. »Ich wünschte, ich könnte Euch ein paar Speerkämpfer geben«, sagte er, »aber leider...« Er zuckte die Achseln. Seine Halle war ärmlich, und er hatte uns schon mehr gegeben, als er sich eigentlich leisten konnte. Wir aßen, was er uns vorsetzte, trockneten unsere Kleider an seinem Feuer und saßen dann mit Arthur unter den Apfelblüten im Obstgarten der Halle. »Von nun an können wir nicht mehr gegen Mordred kämpfen«, teilte uns Arthur niedergedrückt mit. Mordreds Truppen zählten mindestens dreihundertfünfzig Speerkämpfer, und Nimues Anhänger würden ihm so lange helfen, wie er uns verfolgte, während Sagramor über nicht einmal ganz zweihundert Mann verfügte. Der Krieg war verloren, bevor er noch richtig begonnen hatte.

»Oengus wird uns zu Hilfe kommen«, meinte Culhwch.

»Das wird er versuchen«, bestätigte Arthur, »aber Meurig wird niemals dulden, daß die Schwarzschilde durch Gwent marschieren.«

»Und Cerdic wird kommen«, sagte Galahad leise. »Sobald er hört, daß Mordred gegen uns kämpft, wird er marschieren. Und wir haben nur zweihundert Mann.«

»Weniger«, warf Arthur ein.

»Gegen wie viele?« fragte Galahad. »Vierhundert? Fünfhundert? Und selbst wenn wir siegen, werden unsere Überlebenden kehrt machen und gegen Cerdic kämpfen müssen.«

»Was sollen wir denn aber tun?« erkundigte sich Guinevere.

Arthur lächelte. »Wir gehen nach Armorica«, sagte er. »Dorthin wird Mordred uns nicht verfolgen.«

»Vielleicht doch«, knurrte Culhwch.

»Dann werden wir das Problem lösen, wenn es sich uns stellt«, entgegnete Arthur gelassen. Er war verbittert an jenem Morgen, aber nicht zornig. Das Schicksal hatte ihm einen schrecklichen Schlag versetzt, deswegen blieb ihm jetzt nichts anderes übrig, als seine Pläne zu ändern und uns ein wenig Hoffnung zu geben. Er erinnerte uns daran, daß König Budic von Broceliande mit seiner Schwester Anna vermählt war; deswegen war Arthur überzeugt, daß uns der König Zuflucht gewähren würde. »Wir werden arm sein.« Er schenkte Guinevere ein Verzeihung heischendes Lächeln. »Aber wir werden Freunde haben, und die werden uns helfen. Und Broceliande wird Sagramors Speerkämpfer willkommen heißen. Verhungern werden wir nicht. Und wer weiß?« Diesmal galt sein Lächeln seinem Sohn. »Vielleicht wird Mordred ja sterben, und wir können endlich heimkehren.«

»Aber Nimue«, wandte ich ein. »Die wird uns bis ans Ende der Welt verfolgen.«

Arthur verzog das Gesicht. »Dann muß Nimue getötet werden«, erklärte er. »Aber auch dieses Problem muß warten, bis der Zeitpunkt dafür gekommen ist. Zunächst müssen wir jetzt einmal entscheiden, wie wir nach Broceliande gelangen.«

»Wir gehen nach Camlann«, sagte ich, »und erkundigen uns nach Caddwg, dem Bootsmann.«

Arthur sah mich verwundert an; die Überzeugung in meiner Stimme erstaunte ihn. »Caddwg?«

»Das hat Merlin arrangiert, Lord«, antwortete ich ihm. »Und er hat mir davon erzählt. Es ist seine letzte Gabe an Euch.«

Arthur schloß die Augen. Er dachte an Merlin, und ein, zwei Herzschläge lang dachte ich, er werde Tränen vergießen; statt dessen jedoch erschauerte er nur. »Also nach Camlann«, sagte er, als er die Augen wieder öffnete.

Einion, Culhwchs Sohn, nahm das Sattelpferd, um auf der Suche nach Sagramor ostwärts zu reiten. Dabei nahm er neue Befehle mit, die Sagramor anwiesen, sich Boote zu beschaffen und übers Meer südwärts nach Armorica zu fahren. Einion sollte dem Numidier mitteilen, daß wir uns in Camlann ebenfalls ein Boot besorgen und versuchen würden, ihn an der Küste von Broceliande zu treffen. Es sollte keine Schlacht gegen Mordred, keine Akklamation auf Caer Cadarn geben, sondern nichts als eine wenig heldenhafte Flucht übers Meer.

Nachdem Einion losgeritten war, setzten wir Arthur-bach und die kleine Seren auf eins der Mulis, packten unsere Rüstungen auf das andere und zogen gen Süden. Inzwischen mußte Mordred entdeckt haben, daß wir aus Siluria geflohen waren, und Dumnonias Heer den Befehl zum Umkehren gegeben haben. Bei seinen Truppen würden sich ganz zweifellos Nimues Männer befinden, und die hatten den Vorteil der festen Römerstraßen, während wir meilenweit querfeldein durch hügeliges Gelände ziehen mußten. Also versuchten wir uns zu beeilen.

Das war nicht so leicht, denn die Hügel waren steil, die Straße war lang, Ceinwyn war noch immer schwach, die Mulis waren langsam, und Culhwch hinkte seit jener längst vergangenen Schlacht, die wir bei London gegen Aelle geschlagen hatten. Wir kamen nur langsam voran, doch Arthur schien sich jetzt in sein Schicksal ergeben zu haben. »Mordred kann unmöglich wissen, wo er uns suchen muß«, behauptete er.

»Aber Nimue wird es wissen«, entgegnete ich. »Wer weiß, was sie Merlin zum Schluß noch an Informationen abgerungen hat?«

Arthur schwieg eine Weile. Wir marschierten durch einen lichten Wald, der von Glockenblumen und dem frischen Grün des neuen Jahres leuchtete. »Wißt Ihr, was ich tun sollte?« fragte er mich nach einer Weile. »Ich sollte mir einen tiefen Brunnen suchen, Excalibur hineinwerfen und es mit dicken Steinen bedecken, damit es von nun an bis ans Ende der Welt von keinem Menschen gefunden werden kann.«

»Und warum tut Ihr das nicht, Lord?«

Lächelnd berührte er das Heft seines Schwertes. »Weil ich mich an dieses Schwert gewöhnt habe. Ich werde es behalten, bis ich es nicht mehr brauche. Doch wenn es sein muß, werde ich es verstecken. Nur jetzt noch nicht.« Nachdenklich ging er weiter. »Seid Ihr zornig auf mich?« fragte er mich nach einer langen Pause.

»Auf Euch? Wieso?«

Mit einer Geste umfaßte er ganz Dumnonia, das ganze, traurige Land, das jetzt, an diesem Frühlingsmorgen von Blüten und frischem Grün leuchtete. »Wenn ich geblieben wäre, Derfel«, sagte er, »wenn ich Mordred die Macht verweigert hätte, wäre dies alles nicht geschehen.« Seine Worte klangen bedauernd.

»Aber wer hätte je gedacht, daß sich Mordred als guter Soldat erweisen würde?« wandte ich ein. »Oder ein Heer aufbringen könnte?«

»Richtig«, räumte er ein. »Und als ich Meurigs Forderung zustimmte, dachte ich, daß Mordred in Durnovaria dahinsiechen würde. Ich dachte, er würde sich selbst ins Grab trinken oder bei einem Streit ein Messer in den Rücken kriegen.« Er schüttelte den Kopf. »Er hätte niemals König werden dürfen. Aber ich hatte keine Wahl. Ich hatte es Uther geschworen.«

Es ging alles auf jenen Schwur zurück, und ich dachte an den Großen Kronrat, den letzten, der in Britannien abgehalten wurde, bei dem Uther den Eid entworfen hatte, durch den Mordred zum König gemacht wurde. Uther war damals ein alter Mann gewesen, dick und krank und dem Tode nahe; ich dagegen ein kleiner Junge, der sich nichts sehnlicher wünschte, als Speerkämpfer zu werden. Das alles war so lange her! Damals war Nimue noch meine Freundin. »Uther hat nicht einmal gewollt, daß Ihr zu den Eidschwörern gehört«, sagte ich.

»Das war mir klar«, gab Arthur zurück, »aber ich habe den Eid abgelegt. Und ein Eid ist ein Eid, und wenn wir diesen Eid absichtlich brechen, dann brechen wir mit Glauben und Vertrauen überhaupt.« Es sind mehr Eide gebrochen als gehalten worden, dachte ich, äußerte aber kein Wort. Arthur hatte versucht, seine Eide zu halten, und das war ihm ein großer Trost. Unvermittelt lächelte er, und ich sah, daß seine Gedanken zu einem angenehmeren Thema abgeschweift waren. »Vor langer Zeit«, erzählte er mir, »habe ich in Broceliande ein Stück Land gesehen. Es war ein Tal, das zur Südküste führte, und ich erinnere mich an einen Bach mit ein paar Birken. Das, dachte ich damals, wäre ein guter Platz, an dem ein Mann seine Halle bauen und sich ein schönes Leben einrichten könnte.«

Ich lachte. Selbst jetzt noch war alles, was er sich wirklich wünschte, eine Halle, ein Stückchen Land und viele Freunde um sich herum – dieselben Dinge, die er sich schon immer gewünscht hatte. Paläste hatte er nie gemocht. Macht hatte ihn nie gereizt; nur die Ausübung der Kriegskunst, die hatte er geliebt. Zwar versuchte er diese Liebe zu verbergen, aber er war gut in der Schlacht und vermochte schnell zu denken, und das machte ihn zum todbringenden Soldaten. Es war das Kriegshandwerk, das ihn berühmt gemacht und dazu geführt hatte, daß er die Britannier einen und die Sachsen besiegen konnte; doch dann hatten seine Aversion gegen die Macht sowie der aberwitzige Glaube an das angeborene Gute im Menschen und sein heftiges Festhalten an der Heiligkeit des Eides bewirkt, daß mindere Männer sein Werk zerstörten.

»Eine Halle aus Holzbalken«, sagte er verträumt, »mit einer Säulenarkade zum Meer hin. Guinevere liebt das Meer. Das Gelände senkt sich nach Süden zu einem Strand hinab, so daß wir unsere Halle oberhalb davon errichten und Tag und Nacht hören können, wie die Wellen an den Strand schlagen. Und hinter der Halle«, ergänzte er, »werde ich eine Schmiede bauen.«

»Damit Ihr noch mehr Eisen mißhandeln könnt?« fragte ich ihn.

»*Ars longa, vita brevis*«, sagte er leichthin.

»Latein?« erkundigte ich mich.

Er nickte. »Die Kunst ist lang, das Leben ist kurz. Ich werde mich bessern, Derfel. Mein großer Fehler ist die Ungeduld. Ich sehe die Form, die das Metall annehmen soll, und arbeite sehr schnell, aber Eisen läßt sich nicht zur Eile treiben.« Er legte mir die Hand auf den bandagierten Arm. »Ihr und ich, Derfel, wir haben noch viele Jahre vor uns.«

»Das hoffe ich, Lord.«

»Viele, viele Jahre«, versicherte er. »Jahre, in denen wir alt werden, Liedern zuhören und Geschichten erzählen werden.«

»Und von Britannien träumen?« warf ich ein.

»Wir haben dem Land gut gedient«, sagte er. »Nun aber muß es sich selber helfen.«

»Und wenn die Sais zurückkommen«, fragte ich ihn, »und die Menschen wieder nach Euch rufen – werdet Ihr dann zurückkehren?«

Er lächelte. »Mag sein, daß ich zurückkehre, um Gwydre auf den Thron zu setzen. Sonst aber werde ich Excalibur an den höchsten Balken des hohen Dachs meiner Halle hängen, Derfel, und zusehen, wie es von Spinnweben umsponnen wird. Ich werde das Meer beobachten, meine Felder beackern und zusehen, wie meine Enkelkinder heranwachsen. Ihr und ich, wir haben unsere Arbeit getan, mein Freund. Wir haben all unsere Eide erfüllt.«

»Bis auf einen«, entgegnete ich.

Er warf mir einen scharfen Blick zu. »Meint Ihr den Eid, den ich Ban geschworen habe?«

Diesen Eid hatte ich völlig vergessen, den einen, den einzigen, den Arthur nicht gehalten hatte, und dieses Versagen hatte ihn seitdem verfolgt. Bans Königreich Benoic war den Franken in die Hände gefallen, und Arthur hatte zwar Krieger hinübergeschickt, war aber selbst nicht nach Benoic gezogen. Das alles aber lag weit in der Vergangenheit, und ich zum Beispiel hatte Arthur nie einen Vorwurf aus seinem Versagen gemacht. Er hatte helfen wollen, wurde aber zu jener Zeit sehr stark von Aelles Sachsen bedrängt, und zwei Kriege gleichzeitig vermochte er nicht zu führen. »Nein, Lord«, antwortete ich ihm, »ich dachte an den Eid, den ich Sansum geschworen habe.«

»Der Mäuselord wird Euch vergessen«, behauptete Arthur wegwerfend.

»Er vergißt niemals etwas, Lord.«

»Dann werden wir ihn zwingen müssen, es sich anders zu überlegen«, sagte Arthur. »Denn ich glaube nicht, daß ich ohne Euch alt werden kann.«

»Und ich nicht ohne Euch, Lord.«

»Dann werden wir uns gut verstecken, Ihr und ich, und die Menschen werden fragen, wo ist Arthur? Und wo ist Derfel? Und wo ist Galahad? Und Ceinwyn? Doch niemand wird es wissen, denn wir verstecken uns unter den Birken am Meer.« Er lachte, aber er sah diesen Traum jetzt ganz nah vor sich, und diese Hoffnung half ihm über die letzten Meilen unseres langen Marsches.

Vier Tage und Nächte brauchten wir, bis wir endlich Dumnonias Südküste erreichten. Wir hatten das große Moor umgangen und kamen, als wir auf dem Kamm eines hohen Hügels entlangmarschierten, ans Meer. Dort oben machten wir eine Pause, während das Abendlicht über unsere Schultern hinweg ins weite Flußtal strömte, das sich unter uns zum Meer hin öffnete, und es beleuchtete. Das war Camlann.

Ich war schon früher einmal dort gewesen, denn dies war das Gebiet südlich des dumnonischen Isca, wo die Einheimischen sich die Gesichter blau tätowierten. Anfangs hatte ich Lord Owain gedient und unter seiner Führung an dem Massaker auf dem Hochmoor teilgenommen. Als ich Jahre später mit Arthur zusammen Tristans Leben zu retten versuchte – obwohl mein Versuch mißlang und Tristan sterben mußte –, war ich wiederum bis dicht an diesen Hügel herangekommen, und nun war ich ein drittes Mal zurückgekehrt. Es war ein liebliches Land, so schön wie kaum ein anderes, das ich in Britannien kannte, aber für mich barg es die Erinnerung an einige Morde, und ich wußte, daß ich froh wäre, wenn ich es hinter Caddwgs Boot in der Ferne verschwinden sah.

Wir blickten auf das Ende unserer Reise hinab. Unter uns strömte der Fluß Exe ins Meer, aber bevor er den Ozean erreichte, bildete er einen großen, breiten Meeres-See, der durch eine schmale, sandige Landzunge vom Ozean getrennt war. Diese Landzunge wurde Camlann genannt. An ihrer Spitze, von unserem hohen Standpunkt aus kaum zu sehen, hatten die Römer eine kleine Festung gebaut. Innerhalb dieser Festung hatten sie einen riesigen Eisenhaken aufgerichtet, an dem früher einmal bei Nacht ein Feuer aufgehängt war, das sich nähernde Galeeren vor der gefährlichen Landzunge warnte.

Nun blickten wir auf den Meeres-See, die Landzunge und die grüne Küste hinab. Kein Feind war in Sicht. Keine Speerspitze reflektierte die Spätnachmittagssonne, kein Reiter ritt auf den Uferpfaden, keine Speerkämpfer verdunkelten die schmale Sandzunge. Wir hätten allein im Universum sein können.

»Kennt Ihr Caddwg?« brach Arthur das Schweigen.

»Ich habe ihn einmal getroffen, Lord. Vor Jahren«, antwortete ich.

»Dann sucht ihn, Derfel, und sagt ihm, daß wir in der Festung auf ihn warten werden.«

Ich spähte südwärts aufs Meer hinaus. Unendlich weit, leer und glitzernd, war es der Weg, der uns aus Britannien fortbringen sollte. Dann ging ich bergab, um unsere Seereise vorzubereiten.

Der letzte Schimmer des Abendrots wies mir den Weg zu Caddwgs Haus. Ich hatte ein paar Leute nach dem Weg gefragt, und die hatten mich zu einer kleinen Hütte gewiesen, die nördlich von Camlann am Wasser lag, doch jetzt, da die Flut erst zur Hälfte aufgelaufen war, blickte die Hütte auf eine leere, glänzende Fläche aus Schlamm hinaus. Caddwgs Boot lag nicht im Wasser, sondern ruhte an Land auf dem Trockenen, wo der Kiel von Rollen und der Bootskörper von Holzstangen gestützt wurde. »*Prydwen* heißt sie«, sagte Caddwg, ohne mich zu begrüßen. Er hatte mich vor seinem Boot stehen sehen und kam nun aus dem Haus heraus. Er war ein alter Mann mit dichtem Bart, tiefer Sonnenbräune und bekleidet mit einem wollenen Wams, das mit Teerflecken und glitzernden Fischschuppen übersät war.

»Merlin schickt mich«, sagte ich.

»Dachte ich mir. Hat er mir gesagt. Kommt er selbst auch?«

»Er ist tot«, antwortete ich.

Caddwg spie aus. »Hätte nicht gedacht, daß ich das jemals hören würde.« Zum zweitenmal spie er aus. »Dachte, der Tod würde ihn übersehen.«

»Er wurde ermordet«, sagte ich.

Caddwg bückte sich und warf ein paar Holzscheite auf ein Feuer, das unter einem brodelnden Topf brannte. Der Topf enthielt Pech, und wie ich sah, hatte er die Ritzen zwischen den Planken der *Prydwen* damit kalfatert. Das Boot war wunderschön. Der Holzkörper war sauber abgezogen worden, und das glänzend neu wirkende Holz hob sich scharf ab vom tiefen Schwarz des geteerten Wergs, das verhinderte, daß zwischen den Planken Wasser eindrang. Es hatte einen hohen Bug, einen hoch aufragenden Achtersteven und einen langen, nagelneuen Mast, der jetzt auf Böcken neben dem Boot lagerte. »Dann werdet Ihr die hier wohl benötigen«, sagte Caddwg.

»Wir sind dreizehn«, erklärte ich ihm. »Wir erwarten Euch in der Festung.«

»Morgen um diese Zeit«, sagte er.

»Nicht früher?« fragte ich besorgt, weil mich diese Verzögerung beunruhigte.

»Ich wußte ja nicht, daß Ihr kommen würdet«, knurrte er, »und außerdem kann ich sie erst bei Flut zu Wasser lassen. Das wird morgen vormittag sein, doch bis ich den Mast aufgerichtet, das Segel befestigt und das Steuerholz an Bord gebracht habe, wird das Wasser wieder ablaufen. Die nächste Flut kommt Mitte des Nachmittags. Dann werde ich so schnell wie möglich zu Euch hinüberfahren, aber bis dahin wird das Tageslicht vermutlich schon nachlassen. Ihr hättet mir Nachricht geben sollen.«

Das war richtig, aber keiner von uns hatte daran gedacht, einen Boten vorauszuschicken, denn keiner von uns verstand etwas von Schiffen. Wir hatten gedacht, daß wir herkommen, das Boot vorfinden und sofort davonsegeln könnten, und nicht mal im Traum wäre uns eingefallen, daß das Boot nicht im Wasser liegen könnte.

»Gibt es hier noch andere Boote?« erkundigte ich mich.

»Nicht für dreizehn Personen«, antwortete er, »und keins, das Euch dorthin bringen könnte, wohin ich Euch bringe.«

»Nach Broceliande«, sagte ich.

»Ich werde Euch bringen, wohin Euch zu bringen mir Merlin befohlen hat«, sagte Caddwg starrköpfig; dann stapfte er zum Bug der *Prydwen* und zeigte zu einem grauen Stein von der ungefähren Größe eines Apfel hinauf. An diesem Stein war nichts Bemerkenswertes, nur daß er höchst geschickt in den Vordersteven des Schiffes eingearbeitet worden war, wo ihn das Eichenholz hielt wie einen in Gold gefaßten Edelstein. »Den Steinbrocken da oben hat er mir gegeben«, erklärte mir Caddwg und meinte Merlin. »Es ist ein Geisterstein.«

»Ein Geisterstein?« fragte ich ihn verwundert, denn davon hatte ich noch nie gehört.

»Er wird Arthur dorthin bringen, wo Merlin ihn haben wollte, und nichts anderes wird ihn dorthin bringen. Und auch kein anderes Boot wird ihn dorthin bringen, nur ein Boot, dem Merlin den Namen gegeben hat«, sagte Caddwg. Der Name Prydwen bedeutete Britannien. »Ist Arthur bei Euch?« erkundigte sich Caddwg auf einmal besorgt.

»Ja.«

»Dann werde ich auch das Gold mitbringen«, sagte Caddwg.

»Gold?«

»Das Gold, das der Alte für Arthur hinterlassen hat. Muß wohl geahnt haben, daß er es brauchen wird. Mir nützt es nichts. Mit Gold kann man keine Fische fangen. Ich hab mir ein neues Segel dafür gekauft, das muß ich zugeben, aber Merlin hat mich angewiesen, das Segel zu kaufen. Deswegen mußte er mir das Gold geben, aber mit Gold kann man keine Fische fangen. Frauen schon.« Er kicherte. »Aber keine Fische.

Ich blickte zu dem trockenliegenden Boot empor. »Braucht Ihr Hilfe?« fragte ich ihn.

Caddwg reagierte mit bitterem Auflachen. »Was für Hilfe könntet Ihr mir schon leisten? Ihr und Euer kurzer Arm? Könnt Ihr ein Boot kalfatern? Könnt ihr einen Mast einsetzen oder ein Segel anstecken?« Er spie aus. »Ich brauche nur zu pfeifen, und schon kommen mir zwanzig Mann zu Hilfe. Ihr werdet uns morgen früh singen hören; das bedeutet, daß wir sie auf den Rollen zu Wasser lassen. Morgen abend werde ich Euch in der Festung abholen.« Damit nickte er mir kurz zu, machte kehrt und verschwand in der Hütte.

Ich kehrte zu Arthur zurück. Inzwischen war es dunkel geworden, und alle Sterne des Himmels funkelten am Firmament. Der Mond schickte eine lange, schimmernde Straße übers Meer und beleuchtete die zerfallenen Mauern der kleinen Festung, in der wir auf die *Prydwen* warten sollten.

Wir haben noch einen letzten Tag in Britannien, dachte ich. Eine letzte Nacht und einen letzten Tag. Dann würden wir mit Arthur auf den Mondpfad hinaussegeln, und Britannien wäre nichts weiter mehr als eine ferne Erinnerung.

In jener Nacht strich der Wind sanft über die zerfallenen Wälle der Festung. Die rostigen Überreste des uralten Leuchtfeuers hingen schief an ihrer ausgebleichten Stange über uns, die kleinen Wellen schlugen an den langgestreckten Strand, der Mond sank langsam in die Arme des Meeres, und die Nacht dunkelte.

Wir schliefen in einem kleinen Unterstand in den Wällen. Die Römer hatten die Wälle der Festung aus Sand gebaut, den sie mit Grassoden belegten, und dann auf der Wallkrone eine hölzerne Palisade errichtet. Der Wall muß schon schwach gewesen sein, als er gebaut wurde, aber die Festung war schließlich nie etwas anderes gewesen als eine Art Ausdruck und ein Ort, an dem eine kleine Abteilung Soldaten vor dem Seewind Schutz suchen konnte, während sie das Leuchtfeuer unterhielt. Die hölzerne Palisade war inzwischen völlig verfault, Regen und Wind hatten einen großen Teil des Sandwalls abgetragen, an einigen Stellen erreichte er jedoch immer noch vier bis fünf Fuß Höhe.

Der Morgen stieg hell und klar auf. Wir beobachteten, wie eine Gruppe kleiner Fischerboote zur Tagesarbeit auf See hinausfuhr. Danach lag nur noch die *Prydwen* am Ufer des Meeres-Sees. Arthur-bach und Seren spielten am Wasser im weißen Sand, wo es keine Brecher gab, während Galahad mit Culhwchs letztem Sohn die Küste entlangwanderte, um nach etwas Eßbarem zu suchen. Sie kamen mit Brot, Klippfisch und einem Holzeimer voll frischer, warmer Milch zurück. Wir waren alle seltsam glücklich an jenem Morgen. Ich erinnere mich, daß wir lachten, als wir beobachteten, wie Seren den Hang einer Düne hinunterrollte, und wie wir jubelten, als Arthur-bach ein dickes Bündel Seetang aus dem seichten Wasser auf den Strand heraufschleppte. Die riesige grüne Masse muß fast ebensoviel gewogen haben wie er selbst, aber er zog und zerrte und schaffte es irgendwie, das schwere Gewirr bis an die zerfallenen Wälle der Festung zu wuchten. Gwydre und ich applaudierten seinem Kraftakt und kamen dann ins Gespräch.

»Wenn es mir nicht bestimmt ist, König zu werden«, sagte Gwydre, »dann hat es eben nicht sein sollen.«

»Das Schicksal ist unerbittlich«, entgegnete ich, und als er mich fragend ansah, lächelte ich. »Das war einer von Merlins Lieblingssprüchen. Das und ›Sei nicht albern, Derfel!‹ Für ihn war ich einfach immer albern.«

»Ich bin sicher, daß Ihr das wart«, beteuerte er gutherzig.

»Wir alle waren albern. Außer vielleicht Nimue und Morgan. Wir anderen waren einfach nicht klug genug. Deine Mutter, vielleicht, aber er und sie sind niemals richtige Freunde geworden.«

»Ich wünschte, ich hätte ihn besser kennengelernt.«

»Wenn du alt bist, Gwydre«, sagte ich, »kannst du immer noch allen Leuten erzählen, daß du Merlin kennengelernt hast.«

»Und keiner wird mir glauben.«

»Nein, vermutlich nicht«, pflichtete ich ihm bei. »Denn bis du alt bist, werden sie neue Geschichten über ihn erfunden haben. Und über deinen Vater.« Ich warf eine zerbrochene Muschel über den Festungswall. Von fern her übers Wasser hörte ich den seltsamen Gesang von Männern und wußte, daß sie die *Prydwen* zu Wasser ließen. Nicht mehr lange, dachte ich, jetzt dauert es nicht mehr lange. »Vielleicht wird ja niemand jemals die Wahrheit erfahren«, sagte ich zu Gwydre.

»Die Wahrheit?«

»Über deinen Vater«, gab ich zurück, »und über Merlin.« Schon jetzt gab es Lieder, die Meurig den Sieg bei Mynydd Baddon zuschrieben – ausgerechnet Meurig –, und viele Gesänge, die Lancelot über Arthur hinaushoben. Ich sah mich suchend nach Taliesin um und fragte mich, ob er diese Lieder berichtigen würde. Am Morgen hatte der Barde uns erklärt, daß er nicht beabsichtige, mit uns zusammen das Meer zu überqueren, sondern nach Siluria oder Powys zurückwandern werde; ich selber glaube, daß Taliesin nur so weit mit uns gekommen war, weil er dadurch mit Arthur sprechen und sich von ihm selbst seine Lebensgeschichte erzählen lassen konnte. Vielleicht hatte Taliesin aber auch in die Zukunft gesehen und war gekommen, um zu beobachten, wie sie sich entwickelte. Was immer auch seine Gründe gewesen sein mochten, der Barde unterhielt sich jetzt mit Arthur. Doch urplötzlich ließ Arthur Taliesin stehen und eilte zum Ufer des Meeres-Sees hinab. Dort blieb er eine ganze Zeit stehen und spähte gen Norden. Dann machte er unvermittelt kehrt und rannte zur nächstgelegenen Düne. Er kletterte hinauf, wandte sich um und spähte wiederum nach Norden.

»Derfel!« rief Arthur. »Derfel!« Ich rutschte den Festungshang hinab, lief quer über den Sand und erklomm die hohe Düne. »Was seht Ihr dort?« fragte mich Arthur aufgeregt.

Über den glitzernden Meeres-See hinweg starrte ich angestrengt nach Norden. Ich sah die *Prydwen* auf halber Höhe ihrer Helling, ich sah die Feuer dort, wo Salz gesiedet und der tägliche Fang geräuchert wurde, und ich sah, daß ein paar Fischernetze an Spanten hingen, die in den Sand gerammt worden waren. Und dann sah ich die Reiter.

Die Sonne glitzerte auf einer Speerspitze, dann auf einer zweiten, und plötzlich sah ich zwanzig Mann, vielleicht auch mehr, die auf einer Straße ein Stück landeinwärts von der Küste des Meeres-Sees einhergaloppierten. »Versteckt euch!« schrie Arthur. Wir glitten hastig die Düne hinab, schnappten uns Seren und Arthur-bach und ducken uns wie schuldbewußte Kreaturen in der Festung hinter die zerbröckelnden Wälle.

»Sie haben uns bestimmt gesehen, Lord«, sagte ich.

»Vielleicht auch nicht.«

»Wie viele?« erkundigte sich Culhwch.

»Zwanzig?« schätzte Arthur. »Dreißig?« Vielleicht auch mehr. Sie kamen aus einem Wäldchen hervor. Es könnten genausogut hundert sein.«

Als ich ein scharrendes Geräusch hörte und mich danach umdrehte, entdeckte ich, daß Culhwch sein Schwert gezogen hatte. Grinsend sah er mir ins Gesicht. »Ist mir egal, und wenn's zweihundert Männer sind, Derfel – mir werden sie den Bart nicht abschneiden!«

»Warum sollten sie Euren Bart wollen?« fragte Galahad. »Ein so stinkendes Gestrüpp voller Läuse?«

Culhwch lachte. Er liebte es, Galahad zu necken und von ihm ebenfalls geneckt zu werden, und sann noch immer auf eine Antwort, als Arthur vorsichtig den Kopf über den Wall steckte und westwärts zu dem Punkt hinüberblickte, wo die sich nähernden Speerkämpfer auftauchen mußten. Er wurde ganz still, und diese Schweigsamkeit beunruhigte uns; doch dann sprang er plötzlich auf und winkte. »Es ist Sagramor!« rief er uns zu, und die Freude in seiner Stimme war nicht zu überhören. »Es ist Sagramor!« wiederholte er, und war so erregt, daß Arthur-bach seinen glücklichen Ruf nachahmte. »Es ist Sagramor!« rief der Kleine, und wir alle kletterten über den Wall, um Sagramors düstere schwarze Flagge zu beobachten, die an ihrer von einem Totenschädel gekrönten Stange flatterte. Sagramor mit seinem konischen schwarzen Helm ritt an der Spitze seiner Truppe, und als er Arthur entdeckte, spornte er sein Pferd durch den Sand. Arthur lief ihm freudig entgegen. Sagramor sprang vom Pferd, fiel stolpernd auf die Knie und packte Arthur um die Taille.

»Lord!« rief Sagramor in einem ihm sonst völlig fremden Gefühlsausbruch. »Lord! Ich dachte schon, ich würde Euch niemals wiedersehen!«

Arthur hob ihn auf und umarmte ihn. »Wir hätten uns in Broceliande wiedergesehen, mein Freund.«

»Broceliande?« fragte Sagramor. Dann spie er aus. »Ich hasse das Meer!« Sein schwarzes Gesicht war tränennaß, und ich erinnere mich, daß er mir einmal erklärt hatte, warum er Arthur folgte. Weil Arthur mir, als ich nichts hatte, alles gegeben hatte, sagte er damals. Sagramor war nicht hierhergekommen, weil er nicht gern an Bord eines Schiffes ging, sondern weil Arthur Hilfe brauchte.

Der Numidier hatte dreiundachtzig Mann mitgebracht, und Einion, Culhwchs Sohn, war mit ihm gekommen. »Ich hatte nur zweiundneunzig Pferde, Lord«, erklärte Sagramor Arthur. »Ich habe sie seit Monaten gesammelt.« Er hatte gehofft, schneller als Mordreds Truppen reiten und seine Männer alle sicher nach Siluria bringen zu können; statt dessen hatte er jedoch so viele Männer wie nur möglich zu dieser trockenen Landzunge zwischen dem Meeres-See und dem Ozean geführt. Ein paar Pferde waren unterwegs zusammengebrochen, doch dreiundachtzig waren durchgekommen.

»Wo sind Eure anderen Männer?« fragte Arthur.

»Die sind gestern mit unseren Familien nach Süden gesegelt«, erklärte Sagramor. Er löste sich aus Arthurs Umarmung und musterte uns. Wir mußten einen trostlosen, ramponierten Eindruck gemacht haben, denn er schenkte uns, was selten vorkam, ein Lächeln, ehe er sich vor Guinevere und Ceinwyn verneigte.

»Es wird nur ein einziges Boot kommen«, verkündete Arthur tief besorgt.

»Dann werdet Ihr dieses einzige Boot nehmen, Lord«, sagte Sagramor ruhig, »und wir anderen werden westlich nach Kernow hineinreiten. Dort werden wir mehr Boote finden und Euch dann nach Süden folgen. Aber ich wollte Euch auf dieser Seite des Wassers aufsuchen, nur für den Fall, daß Eure Feinde Euch ebenfalls finden würden.«

»Bisher haben wir noch keine gesehen«, antwortete Arthur und berührte Excaliburs Heft, »wenigstens nicht diesseits des Severn-Meeres. Und ich bete, daß wir den ganzen Tag lang keine sehen werden. Unser Boot kommt in der Abenddämmerung. Dann werden wir aufbrechen.«

»Dann werde ich Euch bis zur Abenddämmerung bewachen«, erklärte Sagramor. Seine Männer schwangen sich aus dem Sattel, holten ihre Schilde vom Rücken und stießen die Speere in den Sand. Ihre Pferde, schweißnaß und keuchend, blieben erschöpft stehen, wo sie standen, während Sagramors Männer die müden Glieder streckten. Jetzt waren wir eine richtige Kriegshorde, fast sogar ein Heer, und unser Banner war Sagramors schwarze Flagge.

Doch dann, eine knappe Stunde später, tauchte auf Pferden, genauso erschöpft wie Sagramors Tiere, plötzlich der Feind vor Camlann auf.

Ceinwyn half mir beim Anlegen der Rüstung, denn es fiel mir schwer, mit einer Hand das schwere Kettenhemd überzuziehen; völlig unmöglich war es mir sogar, die Bronze-Beinscheiben festzuschnallen, die ich bei Mynydd Baddon erbeutet hatte und die meine Beine vor jenem Speerstoß schützten, der unter dem Schildrand hindurchgeführt wird. Sobald mir Beinschienen und Kettenhemd angelegt sowie der Schwertgurt mit Hywelbane um die Taille geschnallt waren, bat ich Ceinwyn, mir den Schild am linken Arm zu befestigen. »Fester!« wies ich sie an und drückte dabei instinktiv auf mein Kettenhemd, um die kleine Erhebung dort zu spüren, wo ihre Brosche an meinem Hemd steckte. Sie war noch immer da, ein Talisman, der mich durch zahllose Schlachten begleitet hatte.

»Vielleicht greifen sie gar nicht an«, sagte sie, während sie die Schildgurte so fest wie möglich anzog.

»Beten wir, daß sie es nicht tun«, gab ich zurück.

»Beten – zu wem?« fragte sie mich mit grimmigem Lächeln.

»Zu dem Gott, zu dem du das größte Vertrauen hast, mein Liebling«, sagte ich und küßte sie. Ich setzte den Helm auf und befestigte den Gurt unterm Kinn. Die Beule, die mein Helm bei Mynydd Baddon davongetragen hatte, war herausgehämmert und über den Riß eine neue Eisenplatte genietet worden. Abermals küßte ich Ceinwyn; dann schloß ich die Wangenstücke. Der Wind blies mir die Wolfsrute meiner Helmzier vor die Augenschlitze des Helms, und ich warf den Kopf zurück, um den haarigen Schmuck beiseite zu schütteln. Ich war der allerletzte der Wolfsruten. Die anderen waren von Mordred massakriert oder zu Manawydan hinabgezogen worden. Ich war der letzte, genau wie ich der letzte noch lebende Krieger war, der Ceinwyns Stern im Schilde führte. Ich packte meinen Kriegsspeer, dessen Schaft so dick wie Ceinwyns Handgelenk und dessen Klinge aus Morridigs bestem Stahl messerscharf geschliffen worden war. »Caddwg wird bald hier sein«, sagte ich beruhigend. »Wir werden nicht lange warten müssen.«

»Nur noch einen ganzen Tag«, gab Ceinwyn zurück und blickte über den Meeres-See dorthin, wo die *Prydwen* am Rand einer Schlammbank lag. Einige Männer waren damit beschäftigt, ihren Mast aufzurichten, schon bald aber würde sie durch das ablaufende Wasser wieder auf dem Trockenen liegen, und wir würden darauf warten müssen, daß die Flut zurückkehrte. Aber wenigstens hatten die Feinde Caddwg nicht belästigt, und dazu hatten sie auch keinen Grund, denn für sie war er zweifellos nichts weiter als einer von vielen anderen Fischern und damit völlig unwichtig für sie. Wichtig für sie waren dagegen wir.

Die Feinde zählten sechzig bis siebzig Mann, allesamt Reiter, und sie mußten sehr schnell geritten sein, um uns zu erreichen; jetzt aber warteten sie am landseitigen Ende der Landzunge, und wir alle wußten, daß ihnen weitere Speerkämpfer folgen würden. Gegen Abend würden wir einem Heer oder vielleicht auch zweien gegenüberstehen, denn Nimues Männer würden zweifellos mit Mordreds Speerkämpfern mithalten.

Arthur trug seine kostbare Kriegsrüstung. Der Schuppenpanzer mit den Goldplättchen inmitten der Eisenschuppen glänzte in der Sonne. Ich sah zu, wie er den Helm mit der Helmzier aus weißen Gänsefedern aufsetzte. Normalerweise hätte Hygwydd ihn gewappnet, da Hygwydd aber tot war, legte ihm Guinevere den Schwertgurt mit Excaliburs kreuzweise bestickter Scheide an und hängte ihm den weißen Mantel über die Schultern. Er lächelte ihr zu, beugte sich vor, um zu hören, was sie sagte, lachte und schloß dann die Wangenstücke seines Helms. Zwei Mann halfen ihm in den Sattel auf einem von Sagramors Pferden und reichten ihm, sobald er saß, den Speer und den mit Silber überzogenen Schild, von dem das Kreuz schon lange entfernt worden war. Mit der Schildhand ergriff er die Zügel; dann kam er zu uns herübergeritten. »Machen wir ihnen die Hölle heiß!« rief er Sagramor zu, der neben mir stand. Arthur wollte mit dreißig Reitern auf die Feinde zustürmen und dann einen Rückzug vortäuschen. So hoffte er, sie in die Falle zu locken.

Zwanzig Mann ließen wir zum Schutz der Frauen und Kinder in der Festung zurück, die anderen folgten Sagramor zu einer tiefen Mulde hinter einer Düne direkt am Meeresstrand. Die ganze sandige Landzunge westlich der Festung war ein Durcheinander von Dünen und Mulden, die einen Irrgarten von Fallen und Sackgassen bildeten, und nur die letzten zweihundert Schritte der Landzunge, östlich der Festung, boten ebenen Boden zum Kämpfen.

Arthur wartete, bis wir uns versteckt hatten, dann führte er seine dreißig Mann nach Westen den von Wellen geriffelten Strand dicht am Wasser entlang. Wir duckten uns in den Schutz der Düne. Meinen Speer hatte ich in der Festung gelassen, weil ich diese Schlacht lieber mit Hywelbane ausfechten wollte. Auch Sagramor plante, sich einzig auf sein Schwert zu verlassen. Mit einer Handvoll Sand scheuerte er einen Rostfleck von der geschwungenen Klinge. »Ihr habt Euren Bart verloren«, knurrte er mich an.

»Gegen Amhars Leben eingetauscht.«

Ich sah seine weißen Zähne aufblitzen, als er im Schatten seiner Wangenstücke grinste. »Guter Tausch«, lobte er mich. »Und Eure Hand?«

»Gegen Magie.«

»Zum Glück nicht die Schwerthand.« Er hielt die Klinge ins Licht und vergewisserte sich, daß der Rostfleck verschwunden war; dann legte er lauschend den Kopf schief, aber wir hörten nichts als das Schlagen der Wellen. »Ich hätte nicht kommen sollen«, sagte er nach einer Weile.

»Warum nicht?« Ich hatte noch nie gehört, daß Sagramor einem Kampf auswich.

»Weil sie mir gefolgt sein müssen«, sagte er und deutete mit dem Kopf westwärts, in Richtung Feind.

»Sie können auch so gewußt haben, daß wir hierherkommen würden«, sagte ich, um ihn zu trösten, aber wenn Merlin Camlann nicht an Nimue verraten hatte, war es wahrscheinlicher, daß Mordred tatsächlich ein paar leichte Reiter zurückgelassen hatte, um Sagramor zu belauern, und daß diese Kundschafter ihm unser Versteck verraten hatten. Wie dem auch sei, jetzt war es zu spät. Mordreds Männer wußten, wo wir waren, und nun gab es ein Wettrennen zwischen Caddwg und unseren Feinden.

»Hört ihr das?« rief Gwydre herüber. Er war schon gerüstet und führte den Bären des Vaters im Schild. Er war nervös, und das war kein Wunder, denn dies war seine erste richtige Schlacht.

Ich lauschte. Mein ledergepolsterter Helm dämpfte alle Geräusche, schließlich aber vernahm ich dennoch das Klopfen von Pferdehufen auf Sand.

»Unten bleiben!« fuhr Sagramor jene von seinen Männern an, die nicht widerstehen konnten und über den Kamm der Düne zu spähen versuchten.

Die Pferde galoppierten am Meeresrand entlang, so daß die Düne uns vor ihnen verbarg. Das Geräusch näherte sich und schwoll zum Donnern mächtiger Hufe an. Wir packten unsere Speere und Schilde fester. Sagramors Helm war mit der Maske eines fauchenden Fuchses geschmückt. Ich starrte den Fuchs an, hörte aber nur den wachsenden Lärm der Pferde. Es war so warm, daß mir der Schweiß übers Gesicht lief. Das Panzerhemd war schwer, aber das war es immer, bevor der Kampf begann.

Die ersten Hufe waren an uns vorübergepoltert, als Arthur uns vom Strand her etwas zurief. »Los!« schrie er. »Los! Los! Los!

»Los!« rief auch Sagramor, und sofort begannen wir den inneren Hang der Düne zu erklimmen. Unsere Stiefel rutschten im weichen Sand, und mir schien, als würde ich niemals den Kamm erreichen, dann aber hatten wir es geschafft und rannten an den Strand hinunter, wo ein wirbelnder Kreis von Reitern den nassen Sand dicht am Wasser aufwühlte. Arthur hatte kehrtgemacht, und seine dreißig Männer stießen mit ihren Verfolgern zusammen, die Arthur zwei zu eins überlegen waren. Doch jetzt erkannten die Verfolger, daß wir auf ihre Flanke zugestürmt kamen, und die vorsichtigeren unter ihnen machten sofort kehrt und brachten sich in gestrecktem Galopp Richtung Westen in Sicherheit. Die meisten jedoch blieben und kämpften.

Ich schrie eine Herausforderung, wehrte die Speerspitze eines Reiters mit der Mitte meines Schildes ab, zog Hywelbane quer über die Hinterbeine des Pferdes, um ihm die Achillessehnen durchzuschneiden, und zog Hywelbane, als das Pferd in meine Richtung zu stürzen begann, auch noch dem Reiter über den Rücken. Er brüllte vor Schmerz, während ich schnell zurücksprang, weil Pferd und Reiter in einem Wirbel von Hufen, Sand und Blut zu Boden krachten. Ich versetzte dem sich windenden Mann einen Tritt ins Gesicht, stieß mit Hywelbane zu und schwang dann das Schwert mit einem Rückhandschlag gegen einen in Panik geratenen Reiter, der schwächlich mit seinem Speer nach mir stach. Sagramor stieß einen gräßlichen schrillen Kriegsruf aus, und Gwydre trieb seinen Speer in einen Gefallenen am Rand des Wassers. Die Feinde zogen sich aus dem Kampf zurück und galoppierten durchs seichte Wasser, das schon wieder ablief und einen Wirbel von Sand und Blut in die zurückweichenden Wogen riß, der Sicherheit entgegen. Ich sah Culhwch, der einem Feind nachritt und den Mann mit der Hand aus dem Sattel riß. Der Mann wollte aufstehen, aber Culhwch brachte einen Rückhandschlag an, wendete das Pferd und schlug abermals zu. Die wenigen Feinde, die überlebt hatten, waren jetzt zwischen uns und dem Meer gefangen, und wir räumten grimmig unter ihnen auf. Pferde schrien und schlugen im Sterben mit den Hufen um sich. Die kleinen Wellen waren hellrot, während der Sand vom vielen Blut schwarz geworden war.

Wir töteten zwanzig von ihnen und nahmen sechzehn Gefangene, und nachdem die Gefangenen uns alles berichtet hatten, was sie wußten, töteten wir sie ebenfalls. Arthur verzog das Gesicht, als er den Befehl dazu gab, denn er tötete nicht gern wehrlose Männer, aber wir konnten keinen Speerkämpfer zur Bewachung von Gefangenen entbehren, und außerdem hatten wir kein Erbarmen mit diesen Feinden, die aus Stolz auf ihr Wüten ungekennzeichnete Schilde trugen. Wir töteten sie schnell, zwangen sie, auf dem Sand niederzuknien, wo Hywelbane oder Sagramors scharfes Schwert ihnen den Kopf abschlug. Es waren Mordreds Männer, und Mordred persönlich hatte sie zu diesem Strand geführt, aber beim ersten Anzeichen unseres Hinterhalts hatte der König sein Roß herumgerissen und seinen Männern den Rückzug befohlen. »Ich bin ihm ganz nahe gekommen«, berichtete Arthur bedauernd, »leider aber nicht nahe genug.« Mordred war entkommen, aber der erste Sieg war unser, obwohl drei von unseren Männern im Kampf gefallen waren und weitere sieben sehr stark bluteten. »Wie hat Gwydre gekämpft?« fragte mich Arthur.

»Tapfer, Lord, sehr tapfer«, antwortete ich. Mein Schwert war dick mit geronnenem Blut überzogen, das ich mit einer Handvoll Sand zu entfernen versuchte. »Er hat getötet, Lord«, versicherte ich Arthur. »Gut«, sagte er, ging zu seinem Sohn hinüber und legte ihm den Arm um die Schultern. Mit meiner Hand versuchte ich das Blut von Hywelbane zu scheuern, löste dann den Kinnriemen meines Helmes und nahm ihn vom Kopf.

Wir töteten die verwundeten Pferde, führten die unversehrten Tiere in die Festung und sammelten die Waffen und Schilde der Feinde ein. »Die werden bestimmt nicht wiederkommen«, sagte ich zu Ceinwyn, »es sei denn, sie bekommen Verstärkung.« Forschend blickte ich zur Sonne hinauf und sah, daß sie gemächlich am wolkenlosen Himmel emporstieg.

Da wir sehr wenig Wasser hatten – nur das, was Sagramors Männer in ihrer kargen Bagage mitgebracht hatten –, rationierten wir die Wasserschläuche. Es würde ein langer, durstiger Tag werden, vor allem für unsere Verwundeten. Einer von ihnen wurde vom Fieber geschüttelt. Sein Gesicht war blaß, fast gelblich, und als Sagramor versuchte, dem Mann ein wenig Wasser in den Mund zu träufeln, biß dieser im Krampf auf den Rand des Schlauchs. Dann stöhnte er so furchtbar, daß uns der Schmerzenslaut tief in die Herzen schnitt; also bereitete Sagramor den Qualen des Ärmsten mit seinem Schwert ein schnelles Ende. »Wir müssen ein Totenfeuer anzünden«, sagte Sagramor. »Da drüben, am Ende der Landzunge.« Er nickte zu einer flachen Sandstrecke hinüber, wo das Meer einen wirren Haufen von sonnengebleichtem Treibholz zurückgelassen hatte.

Arthur schien seinen Vorschlag nicht gehört zu haben. »Wenn Ihr wollt«, sagte er zu Sagramor, »so könnt Ihr jetzt nach Westen reiten.«

»Und Euch hier zurücklassen?«

»Wenn Ihr bleibt«, antwortete Arthur leise, »wüßte ich nicht, wie Ihr von hier fortkommen solltet. Wir erwarten nur ein einziges Boot. Und zu Mordred werden noch mehr Männer stoßen, zu uns aber kein einziger.«

»Mehr Männer, die man töten kann«, erklärte Sagramor kurz, aber ich glaube, er wußte, daß er seinen eigenen Tod herbeiführte, wenn er blieb. Caddwgs Boot konnte vielleicht zwanzig Personen retten, mit Sicherheit aber keine einzige Seele mehr. »Wir könnten ans andere Ufer schwimmen, Lord«, behauptete er und blickte zum Ostufer der Fahrrinne hinüber, die sich hier tief und schnell um die Spitze der sandigen Landzunge zog. »Jene von uns, die schwimmen können«, ergänzte er.

»Könnt Ihr schwimmen?«

»Es ist nie zu spät, etwas zu lernen«, sagte Sagramor. Dann spie er aus. »Außerdem sind wir ja noch nicht tot.«

Geschlagen waren wir auch noch nicht, und jede Minute, die

verging, brachte uns der Rettung näher. Wie ich erkannte, trugen Caddwgs Männer das Segel zur *Prydwen,* die schräg am Saum des Wassers lag. Ihr Mast stand nun senkrecht, aber noch waren die Männer damit beschäftigt, die Leinen von der Mastspitze zu takeln. In ein bis zwei Stunden würden die Gezeiten wechseln, und dann würden sie wieder schwimmen und für die große Fahrt bereit sein. Wir mußten nur noch bis zum Spätnachmittag warten. Inzwischen beschäftigten wir uns damit, aus dem Treibholz ein riesiges Totenfeuer aufzuhäufen, und als es brannte, legten wir unsere Toten in die Flammen. Ihre Haare loderten hell auf; dann kam der Geruch von verbranntem Fleisch. Immer mehr Holz warfen wir ins Feuer, bis es zu einem brüllenden, weißlodernden Inferno wurde.

»Vielleicht könnte ein Geisterzaun die Feinde aufhalten«, meinte Taliesin, nachdem er das Gebet für die Toten gesungen hatte, deren Seelen mit dem Rauch emporstiegen, um ihre Schattenkörper zu suchen.

Ich hatte seit Jahren keinen Geisterzaun mehr gesehen, aber an jenem Tag bauten wir einen. Es war eine grausige Arbeit. Wir hatten sechsunddreißig tote Feinde, von denen wir allesamt die Köpfe abschlugen und diese auf die Spitzen der eroberten Feindesspeere steckten. Dann rammten wir die Speere quer über die Landzunge in den Boden, und Taliesin, gut zu erkennen in seinem weißen Gewand und mit einem Speerschaft in der Hand, so daß er einem Druiden ähnelte, ging von einem blutigen Kopf zum nächsten, damit die Feinde glaubten, er wirke einen mächtigen Zauber. Nur wenige Männer würden freiwillig einen Geisterzaun durchbrechen, solange nicht ein Druide den Zauber aufhob, also fühlten wir uns nach Fertigstellung des Zauns ein wenig sicherer. Wir nahmen eine frugale Mittagsmahlzeit ein, und ich erinnere mich, daß Arthur beim Essen wehmütig auf den Geisterzaun starrte. »Von Isca zu dem hier«, sagte er leise.

»Von Mynydd Baddon zu dem hier«, berichtigte ich ihn.

Er zuckte die Achseln. »Der arme Uther«, sagte er. Wahrscheinlich dachte er an den Eid, durch den Mordred zum König gemacht worden war, den Eid, der uns zu dieser sonnenwarmen Landzunge am Meer geführt hatte.

Mordreds Verstärkung kam am frühen Nachmittag. Die meisten kamen zu Fuß in einer endlosen Kolonne, die am Westufer des Meeres-Sees entlangstapfte. Über einhundert Mann zählten wir und wußten, daß weitere folgen würden.

»Sie werden müde sein«, beruhigte Arthur uns. »Und außerdem haben wir den Geisterzaun.«

Doch nun hatten die Feinde einen Druiden mitgebracht. Mit der Verstärkung war Fergal gekommen, und eine Stunde nachdem wir die Kolonnen der Speerkämpfer entdeckt hatten, mußten wir zusehen, wie der Druide vorsichtig an den Zaun herankroch und die Nase wie ein Hund schnuppernd in die Salzluft hob. Er bewarf den ihm am nächsten stehenden Kopf mit Händen voll Sand, hüpfte eine Weile auf einem Bein, lief dann zu dem Speer hinüber und stieß ihn um. Als er den Zaun durchbrochen hatte, legte Fergal den Kopf zurück und stieß ein weit hallendes Triumphgeheul aus. Wir dagegen setzten die Helme auf, nahmen unsere Schilde und reichten einander die Schleifsteine weiter.

Die Gezeiten hatten gewechselt, die ersten Fischerboote kehrten heim. Wir riefen sie an, als sie an der Landzunge vorbeikamen, aber die meisten ignorierten unsere Rufe, denn das gemeine Volk hatte nur allzuoft guten Grund, sich vor Speerkämpfern zu fürchten. Doch Galahad winkte mit einer Goldmünze und lockte damit tatsächlich ein Boot an, das sich behutsam näherte und auf dem Sand in der Nähe des lodernden Totenfeuers landete. Die beiden Fischer, die darin saßen – beide mit tätowiertem Gesicht – erklärten sich bereit, Frauen und Kinder zu Caddwgs Boot überzusetzen, das inzwischen fast wieder im Wasser lag. Wir gaben den Fischern Gold, halfen den Frauen und Kindern ins Boot und schickten zu ihrem Schutz einen der verwundeten Speerkämpfer mit. »Sagt den anderen Fischern«, bat Arthur die Tätowierten, »daß es für jeden Mann, der mit seinem Boot zu Caddwg fährt, Gold geben wird.« Er verabschiedete sich ebenso kurz von Guinevere wie ich mich von Ceinwyn. Ein paar Herzschläge lang hielt ich sie an mich gedrückt, mußte aber entdecken, daß mir die Worte fehlten.

»Bleib am Leben«, bat sie mich.

»Nur für dich«, gab ich zurück. Dann half ich, das gelandete Boot ins Wasser zu schieben, und sah zu, wie es langsam in der Fahrrinne davonglitt.

Kurz darauf kam einer unserer berittenen Kundschafter von dem durchbrochenen Geisterzaun zurückgaloppiert. »Sie kommen, Lord!« rief er uns zu.

Ich bat Galahad, mir den Kinnriemen des Helms zu schließen, streckte den Arm aus, damit er den Schild daran befestigen konnte, und ließ mir von ihm meinen Speer geben. »Gott sei mit dir«, sagte er dann und griff nach seinem eigenen Schild, der als Emblem das Christenkreuz trug.

Dieses Mal kämpften wir nicht in den Dünen, denn wir hatten nicht genug Männer, um im hügeligen Teil einen Schildwall zu bilden, der sich quer über die Landzunge zog, und das bedeutete, daß Mordreds Reiter uns an den Flanken umrunden konnten, so daß wir dazu verurteilt wären, in einem immer enger werdenden Ring von Feinden zu sterben. Aber auch in der Festung kämpften wir nicht, denn selbst dort wären wir, wenn Caddwg eintraf, umzingelt und somit vom Wasser abgeschnitten worden. Also zogen wir uns auf die schmale Spitze der Landzunge zurück, wo unser Schildwall von einer Küste zur anderen reichte. Das Totenfeuer loderte noch immer unmittelbar oberhalb der Tanglinie, welche die Fluthöhe markierte, und während wir auf die Feinde warteten, befahl Arthur, immer mehr Treibholz auf die Flammen zu werfen. So fuhren wir fort, das Feuer zu nähren, bis wir entdeckten, daß Mordreds Männer näher rückten. Dann formierten wir unseren Schildwall nur wenige Schritt von den Flammen entfernt. In die Mitte unserer Reihe pflanzten wir Sagramors schwarzes Banner, verkeilten unsere Schilde und warteten.

Wir waren vierundachtzig Mann, während Mordred über hundert zum Angriff auf uns mitgebracht hatte, doch als sie sahen, daß unser Schildwall kampfbereit war, hielten sie auf einmal inne. Einige von Mordreds Reitern galoppierten ins seichte Wasser des Meeres-Sees, um uns von der Flanke anzugreifen, aber dort, wo die Fahrrinne dicht an der südlichen Küst vorüberführte, wurde das Wasser plötzlich so tief, daß sie nicht weiterkamen; also glitten sie aus den Sätteln und reihten sich mit Schilden und Speeren in Mordreds langen Schildwall ein. Als ich aufblickte, sah ich, daß die Sonne endlich auf die hohen, westlichen Hügel zusank. Die *Prydwen* lag schon fast schwimmend im Wasser, obwohl die Männer immer noch mit ihrer Takelung beschäftigt waren. Nicht mehr lange, dachte ich, dann kommt Caddwg, inzwischen aber kamen immer mehr feindliche Speerkämpfer auf der westlichen Straße näher. Immer stärker wurden Mordreds Truppen, während wir nur schwächer werden konnten.

Fergal, der Fuchsfell und kleine Knochen in seinen Bart geflochten hatte, trat auf den Sand vor unserem Schildwall, wo er, eine Hand in die Luft gestreckt und ein Auge geschlossen, auf einem Bein herumhüpfte. Er verfluchte unsere Seelen, versprach sie dem Feuerwurm von Crom Dubh und dem Wolfspack, das Eryris Paß der Pfeile heimsucht. Unsere Frauen würden den Dämonen von Annwn zum Spielen gegeben und unsere Kinder an die Eichen von Arddu genagelt werden. Er verfluchte unsere Speere und unsere Schwerter und wirkte einen Zauber, der unsere Schilde zerschmettern und unsere Eingeweide zu Wasser werden lassen sollte. Er kreischte seine magischen Sprüche hinaus und verhieß uns, daß wir uns in der Anderwelt vom Kot der Hunde von Arawn ernähren und gegen den Durst das Gift von Cefydds Schlangen auflecken würden. »Eure Augen werden bluten«, sang er, »eure Bäuche werden sich mit Würmern füllen, und eure Zungen werden schwarz werden! Ihr werdet zusehen, wie eure Weiber vergewaltigt und eure Kinder ermordet werden!« Einige von uns rief er beim Namen und drohte uns unvorstellbare Folterqualen an. Um seinen Zaubersprüchen zu begegnen, sangen wir den Kriegsgesang von Beli Mawr.

Dieses Lied habe ich bis auf den heutigen Tag nicht mehr gehört, und niemals habe ich erlebt, daß es schöner gesungen wurde als an jenem vom Meer umschlungenen, sonnendurchwärmten Strand. Wir waren nur wenige, aber wir waren die besten Krieger, die Arthur jemals geführt hatte. Nur ein oder zwei junge Männer gab es in jenem Schildwall; alle übrigen waren erfahrene, harte Männer, die Schlachten erlebt und Blutbäder gerochen hatten und wußten, wie man tötet. Wir waren die Herren des Krieges. Es gab keinen einzigen schwachen Mann dort, keinen einzigen Mann, bei dem man sich nicht darauf verlassen konnte, daß er seinen Nebenmann schützte, und keinen einzigen Mann, dessen Mut gebrochen werden konnte. Und wie wir an jenem Tag gesungen haben! Wir übertönten Fergals Flüche, so daß der starke Klang unserer Stimmen bis übers Wasser zur *Prydwen* gedrungen sein muß, wo unsere Frauen auf uns warteten. Wir richteten unser Lied an Beli Mawr, der den Wind vor seinen Streitwagen gespannt hatte, dessen Speerschaft wie ein Baum war und dessen Schwert die Feinde dahinmähte, wie eine Sichel Disteln schneidet. Wir sangen von seinen Opfern, die weit verstreut tot in den Weizenfeldern lagen, und bejubelten die Frauen, die durch seinen Zorn Witwen geworden waren. Wir sangen, daß seine Stiefel Mühlsteinen glichen, sein Schild einer Eisenklippe und daß der Federbusch auf seinem Helm so hoch war, daß er bis an die Sterne reichte. Wir sangen uns selbst Tränen in die Augen und unseren Feinden Angst ins Herz.

Der Gesang endete mit einem barbarischen Geheul, und bevor dieses Geheul endete, war Culhwch aus unserem Schildwall herausgetreten, um den Feinden mit seinem Speer zu drohen. Er verhöhnte sie als Feiglinge, spie auf ihre Abstammung und forderte sie auf, seinen Speer zu kosten. Die Feinde beobachteten ihn, doch keiner machte Miene, die Herausforderung anzunehmen. Sie waren eine zerlumpte, furchtsame Bande, Männer, die zwar genauso ans Töten gewöhnt waren wie wir, aber nicht an den Krieg der Schildwälle. Sie waren der Abschaum von Britannien und Armonica, Briganten, Gesetzlose und Herrenlose, die sich um Mordred geschart hatten, weil er ihnen Plünderung und Vergewaltigung versprach. Mit jeder Minute wurden ihre Reihen dichter, weil immer mehr Männer auf die Landspitze herauskamen, aber die Neuankömmlinge waren fußlahm und erschöpft, und die immer schmaler werdende Landzunge schränkte die Zahl der Männer, die gegen unsere Speere vorrücken konnten, immer mehr ein. Sie konnten uns vielleicht zurückdrängen, doch an den Flanken umgehen konnten sie uns nicht.

Und wie es schien, wollte auch niemand gegen Culhwch antreten. Er nahm Mordred gegenüber Aufstellung, der sich in der Mitte der feindlichen Linie befand. »Du bist der Sohn einer Krötenhure«, rief er dem König zu, »dein Vater ist ein Feigling. Kämpfe mit mir! Ich hinke! Ich bin alt! Ich bin kahl! Aber du wagst es nicht, gegen mich anzutreten!« Er spie in Mordreds Richtung aus, aber noch immer rührte sich keiner von Mordreds Männern. »Kinder!« höhnte Culhwch. Dann kehrte er den Feinden, um ihnen seine tiefe Verachtung zu bekunden, einfach den Rücken.

In diesem Moment eilte ein Jungmann aus den Reihen der Feinde nach vorn. Der Helm war zu groß für seinen bartlosen Kopf, sein Brustpanzer ein armseliges Stück aus Leder und sein Schild wies zwischen zwei Brettern eine breite Lücke auf. Er war ein Jungmann, der einen Champion töten mußte, um zu Wohlstand zu gelangen, und so rannte er, seinen Haß hinausschreiend, auf Culhwch zu, während die übrigen von Mordreds Männern ihn anfeuerten.

Culhwch drehte sich, halb geduckt, zu ihm um und zielte mit dem Speer auf den Schritt seines Feindes. Der Jungmann hob den eigenen Speer, um über Culhwchs tiefgehaltenem Schild hinwegzuzielen; dann stieß er unter Triumphgebrüll abwärts, doch sein Gebrüll verwandelte sich in einen erstickten Schrei, als Culhwchs Speer emporschnellte, um dem Jungmann die Seele aus dem offenen Mund zu reißen. Culhwch, im Krieg alt geworden, trat zurück. Sein eigener Schild war nicht einmal berührt worden. Den Speer in der Kehle, taumelte der Sterbende, drehte sich halb zu Culhwch um und stürzte zu Boden. Culhwch trat dem Jungmann den Speer aus der Hand, zog ihm den eigenen Speer aus der Kehle und stieß noch einmal kraftvoll nach. Dann blickte er lächelnd zu Mordreds Männern hinüber. »Noch jemand?« rief er. Niemand regte sich. Culhwch spie Mordred an und kehrte zu unseren jubelnden Reihen zurück. Als er näher kam, zwinkerte er mir zu. »Habt Ihr gesehen, wie man's macht, Derfel?« rief er mir zu. »Seht her und lernt!« Die Männer in meiner Nähe lachten.

Die *Prydwen* schwamm jetzt; ihr heller Körper schimmerte als

Spiegelbild auf dem Wasser, das von einer leichten westlichen Brise gekräuselt wurde. Der Wind trug den Gestank von Mordreds Männern zu uns herüber, den Geruch nach Leder, Schweiß und Met. Viele unserer Feinde waren vermutlich betrunken, und viele würden es nicht wagen, sich unseren Klingen zu stellen, solange sie nicht betrunken waren. Ich fragte mich, ob der Jungmann, dessen Mund und Kehle inzwischen schwarz von Fliegen waren, sich ebenfalls Mut angetrunken hatte, um Culhwch gegenüberzutreten.

Jetzt redete Mordred auf seine Männer ein und forderte sie auf vorzutreten, und die tapfersten unter ihnen ermunterten auch die Kameraden zum Kampf. Die Sonne schien plötzlich sehr viel tiefer zu stehen, denn wir merkten, daß sie uns blendete; ich hatte gar nicht wahrgenommen, daß so viel Zeit vergangen war, während Fergal uns verfluchte und Culhwch die Feinde herausforderte, aber noch immer fanden die Feinde nicht den Mut zum Angriff. Ein paar rückten vor, der Rest blieb jedoch zurück, und Mordred begann sie zu beschimpfen, während er den Schildwall wieder schloß, um sie abermals zum Vorgehen aufzufordern. Es war immer dasselbe. Es kostete viel Mut, auf einen geschlossenen Schildwall zuzugehen, und der unsere war zwar klein, aber sehr dicht geschlossen, und außerdem bestand er aus berühmten Kriegern. Ich warf einen Blick zur *Prydwen* hinüber und sah, daß ihr Segel von der Rah fiel, und sah auch, daß das neue Segel blutrot gefärbt worden und mit Arthurs schwarzem Bären geschmückt war. Caddwg hatte viel Gold für dieses Segel bezahlt. Dann aber blieb mir keine Zeit mehr, das ferne Schiff zu beobachten, denn Mordreds Männer hatten sich endlich doch entschlossen vorzurücken, und die Tapferen spornten die Zögernden zum Laufschritt an.

»Bereit zur Abwehr!« rief Arthur, und wir beugten die Knie, um den Stoß der Feindschilde aufzufangen. Die Feinde waren etwa ein Dutzend bis zehn Schritt entfernt und drauf und dran, laut brüllend zu attackieren, als Arthurs Stimme abermals ertönte. »Jetzt!« rief er laut, und sein Ruf bremste den Ansturm der Feinde, denn sie wußten nicht, was er bedeutete. Dann befahl

Mordred ihnen schreiend zuzuschlagen, und so kamen sie endlich auf uns zu.

Mein Speer traf einen Schild und wurde heruntergeschlagen. Ich ließ ihn los und schnappte mir Hywelbane, das ich vor mir in den Sand gestoßen hatte. Einen Herzschlag später trafen Mordreds Schilde auf unsere Schilde, und ein Kurzschwert zischte gegen meinen Kopf. Meine Ohren dröhnten von dem Schlag auf den Helm, während ich mit Hywelbane unter meinem Schild hinweg auf das Bein des Angreifers zielte. Ich spürte, wie die Klinge traf, drehte sie kraftvoll um und sah, wie der Mann, den ich verwundet hatte, schwankte. Er zuckte zusammen, blieb aber auf den Beinen. Er hatte lockiges schwarzes Haar, das er unter einen ramponierten Eisenhelm gestopft hatte, und spie mich an, als es mir gelang, Hywelbane hinter meinem Schild hervorzuziehen. Ich parierte einen wilden Schlag mit seinem Kurzschwert, dann zog ich ihm meine schwere Klinge über den Schädel. Er sank in den Sand. »Vor mich!« rief ich dem Mann hinter mir zu, der mit seinem Speer sofort den Verwundeten tötete, weil dieser mich sonst vielleicht zwischen den Beinen getroffen hätte. Ich hörte Männer vor Schmerz oder Angst schreien, und als ich einen kurzen Blick nach links warf, wo meine Sicht von Schwertern und Äxten eingeschränkt war, entdeckte ich, daß dicke, brennende Bündel von Treibholz hoch über unsere Köpfe hinweg zwischen die Reihen der Feinde flogen. Arthur benutzte das Totenfeuer als Waffe, und mit seinem letzten Kommando, bevor die Schildwälle aufeinandertrafen, hatte er den Männern am Feuer befohlen, die Holzknüppel bei ihrem kalten Ende zu packen und auf die Reihen von Mordreds Männern zu schleudern. Die feindlichen Speerkämpfer wichen instinktiv vor den Flammen zurück, und Arthur führte unsere Männer in die so entstandene Lücke.

»Platz da!« rief eine Stimme hinter mir, und als ich mich zur Seite duckte, rannte ein Speerkämpfer mit einem riesigen, brennenden Holzknüppel durch unsere Reihen und stieß ihn den Feinden ins Gesicht, die vor dem glühenden Ende zur Seite wichen, während wir sofort in die entstandene Bresche sprangen. Während wir schlugen und stießen, versengten uns die Flammen die Gesichter. Weitere Brandfackeln flogen über uns hinweg. Der Feind, der mir am nächsten war, hatte sich von der Hitze abgewandt und seine ungeschützte Seite meinem Nebenmann zugekehrt; ich hörte, wie seine Rippen unter dem Speerstoß krachten und sah die Blutblasen auf seinen Lippen, als er fiel. Ich befand mich inzwischen in der zweiten Reihe der Feinde, und das zu Boden gefallene Holz verbrannte mir das Bein, aber ich ließ mich vom Schmerz zu rasender Wut anstacheln, mit deren Kraft ich dem Mann Hywelbane mitten ins Gesicht stieß. Dann warfen die mir nachfolgenden Männer beim Vorwärtsdrängen mit den Füßen Sand auf die Flammen und schoben mich in die dritte Reihe. Jetzt hatte ich keinen Platz mehr, mein Schwert zu benutzen, denn ich wurde Schild an Schild gegen einen fluchenden Mann gepreßt, der mich anspie und versuchte, sein eigenes Schwert am Rand meines Schildes vorbeizuzwängen. Ein Speer, der über meine Schulter kam, traf die Wange des Fluchenden, und der Druck seines Schildes ließ gerade soweit nach, daß ich meinen eigenen Schild vorwärtsdrücken und Hywelbane schwingen konnte. Später, viel später erinnerte ich mich, daß ich einen unartikulierten Wutschrei ausgestoßen haben mußte, als ich den Mann in den Sand streckte. Der Schlachtenwahn hatte uns gepackt, die verzweifelte Raserei von Männern, die auf engem Raum kämpfen müssen, aber es war der Feind, der schließlich nachgab. Die Wut verwandelte sich in Entsetzen, und wir kämpften wie die Götter. Die Sonne flammte unmittelbar über den westlichen Hügeln.

»Schilde! Schilde! Schilde!« brüllte Sagramor, um uns daran zu erinnern, daß der Wall nahtlos gehalten werden mußte; mein rechter Nebenmann verkeilte seinen Schild mit dem meinen, grinste und stieß mit seinem Speer nach vorn. Ich sah, wie ein feindliches Schwert zu einem mächtigen Hieb ausholte, und parierte durch einen Schlag mit Hywelbane auf das Handgelenk des Mannes; die Klinge biß durch die Knochen des Mannes, als seien sie aus Schilf. Das Schwert flog in unsere hinteren Reihen, während die blutige Hand noch den Griff umklammert hielt. Der Mann links von mir fiel mit einem feindlichen Speer im Bauch, aber der Mann in der zweiten Reihe nahm sofort seinen Platz ein und stieß einen brüllenden Fluch aus, als er mit seinem Schild vorwärtsdrängte und mit seinem Schwert zuschlug.

Ein weiteres brennendes Scheit flog tief über unsere Köpfe und fiel auf zwei Feinde, die auseinanderstoben. Sofort sprangen wir in die Bresche, und plötzlich lag nur noch leerer Sand vor uns »Zusammenbleiben!« rief ich laut. »Zusammenbleiben!« Die Feinde begannen zu weichen. Ihre erste Reihe war tot oder verwundet, die zweite Reihe lag im Sterben, und die Männer in der hintersten Reihe waren jene, die am wenigsten geneigt waren zu kämpfen und damit am leichtesten zu töten. Diese letzten Reihen bestanden aus Männern, die zwar im Vergewaltigen geübt und im Plündern erfahren waren, aber noch nie einem Schildwall von harten, zum Töten entschlossenen Kämpfern gegenübergestanden hatten. Und wie wir jetzt zum Töten entschlossen waren! Ihr Wall brach auseinander, aufgeweicht von Feuer und Angst, und wir brüllten den Siegesgesang hinaus. Ich stolperte über einen Toten, fiel vornüber und rollte mich mit meinem Schild über dem Kopf ab. Ein Schwert traf auf meinen Schild – ein ohrenbetäubendes Dröhnen –, dann traten Sagramors Männer über mich hinweg, und ein Speerkämpfer richtete mich auf. »Verwundet?« fragte er mich.

»Nein.«

Er stürmte weiter. Ich versuchte zu entdecken, wo unser Wall Verstärkung brauchte, aber er war überall mindestens drei Mann tief, und diese drei Reihen drängten über das Blutbad des hingemetzelten Feindes hinweg vorwärts. Männer grunzten, als sie draufschlugen, als sie zustießen und als sie Klingen ins Fleisch der Feinde trieben. Dies ist die verführerische Glorie des Krieges, die schiere Begeisterung beim Durchbrechen eines Schildwalls oder beim Schwingen des Schwertes gegen einen verhaßten Feind. Ich beobachtete Arthur, einen Mann, so freundlich und liebevoll wie kein anderer, und sah nichts als Freude in seinem Blick. Galahad, der täglich darum betete, Christi Gebot der Nächstenliebe halten zu können, tötete jetzt mit schrecklicher Gewandtheit. Culhwch brüllte Flüche hinaus. Er hatte seinen Schild weggeworfen, damit er seinen schweren Speer mit beiden Händen schwingen konnte.

Gwydre grinste hinter seinen Wangenstücken, und Taliesin sang lauthals, während er die verwundeten Feinde hinter unserem vordringenden Schildwall tötete. Man gewinnt einen Kampf zweier Schildwälle nicht, indem man vernünftig und gemäßigt ist, sondern im göttergleichen Rasen heulenden Wahnsinns.

Und die Feinde vermochten unserem Rasen nicht standzuhalten; sie machten kehrt und rannten davon. Mordred versuchte sie aufzuhalten, für ihn aber wollten sie nicht bleiben, also floh er mit ihnen auf die Festung zu. Einige von unseren Männern, in denen das Wüten der Schlacht noch kochte, machten sich an die Verfolgung, doch Sagramor befahl sie zurück. Er war an der Schildschulter verwundet worden, wehrte aber jeden unserer Versuche ab, ihm zu helfen, und rief seinen Männern zu, die Verfolgung einzustellen. Obwohl wir sie geschlagen hatten, wagten wir ihnen nicht nachzusetzen, weil wir dann in den breiteren Teil der Landzunge geraten wären: eine Aufforderung an die Feinde, uns zu umzingeln. Statt dessen blieben wir, wo wir gekämpft hatten, und verhöhnten unsere Feinde, indem wir sie als Feiglinge bezeichneten.

Eine Möwe pickte an den Augen eines Toten herum. Ich wandte mich ab und entdeckte, daß die *Prydwen* inzwischen die Leinen losgeworfen und Kurs auf uns genommen hatte, obwohl sich ihr leuchtend rotes Segel in der sanften Brise kaum regte. Aber sie glitt fast unmerklich vorwärts, und die Farbe des Segels zitterte als langes Spiegelbild auf dem glasigen Wasser.

Mordred sah das Boot, erkannte den großen Bären auf dem Segel und wußte, daß seine Feinde drauf und dran waren, auf dem Wasserweg zu entkommen. Also schrie er seinen Männern den Befehl zu, einen neuen Schildwall zu bilden. Immer neue Verstärkungen schlossen sich ihm an, und einige der Neuankömmlinge gehörten zu Nimues Männern, denn ich sah, daß sich in die neue Kampflinie, die sich zum Angriff auf uns formierte, zwei Blutschilde einreihten.

Wir fielen zurück an die Stelle, von der wir ausgegangen waren, und bildeten unseren Schildwall im blutgetränkten Sand unmittelbar vor dem Feuer, das uns geholfen hatte, die erste Attacke abzuwehren. Die Leichen unserer ersten vier Toten waren nur halb verbrannt, so daß ihre verkohlten Gesichter uns grausig durch Lippen angrinsten, die von den geschwärzten Zähnen zurückgeschrumpft waren. Die Toten des Feindes ließen wir als Hindernis für die Lebenden im Sand liegen; unsere eigenen Toten zogen wir jedoch zurück und stapelten sie neben dem Feuer auf. Wir hatten sechzehn Tote und etwa zwanzig Schwerverwundete, aber wir hatten immer noch genügend Männer, um einen Schildwall zu bilden, und wir konnten immer noch kämpfen.

Taliesin sang für uns. Er sang sein eigenes Lied von Mynydd Baddon, und zu diesem harten Rhythmus verkeilten wir wieder unsere Schilde. Unsere Schwerter und Speere waren stumpf und blutig, die Feinde waren ausgeruht, aber wir jubelten, als sie auf uns zukamen. Die *Prydwen* machte so gut wie keine Fahrt. Sie wirkte wie ein Schiff, das auf einem Spiegel liegt; doch dann sah ich, daß sich aus ihrem Leib, wie Flügel, lange Riemen entfalteten.

»Tötet sie!« kreischte Mordred, ihn hatte nun ebenfalls der Blutrausch gepackt, der ihn unserer Reihe entgegenzwang. Eine Handvoll tapferer Männer unterstützten ihn dabei, gefolgt von einigen von Nimues Wahnsinnigen, so daß es eine kunterbunte Schar war, die als erste gegen unseren Schildwall anrannte. Doch da es unter den Männern Neuankömmlinge gab, die sich beweisen wollten, gingen wir abermals in die Knie und duckten uns hinter den Rand unserer Schilde. Die Sonne blendete uns jetzt, doch in der Sekunde, bevor der rasende Ansturm uns traf, entdeckte ich Lichtblitze bei den westlichen Hügeln und wußte, daß immer noch mehr Speerkämpfer auf jenem erhöhten Gelände eintrafen. Ich hatte den Eindruck, ein ganz neues Heer sei auf den Hügelkämmen aufmarschiert, aber von woher, und wer es führte, konnte ich nicht sagen. Dann hatte ich keine Zeit mehr, über die Neuankömmlinge nachzudenken, denn ich stieß meinen Schild nach vorn, und das Aufeinanderprallen der Schilde bewirkte, daß mein Armstumpf vor Schmerzen aufbrüllte und ich meine Qual hinausschrie, während ich blindlings mit Hywelbane dreinhieb. Ein Blutschild nahm mich an, aber ich schlug hart zu und traf ihn in der Lücke zwischen Brustpanzer und Helm, und kaum hatte ich Hywelbane aus seinem Fleisch herausgezogen, da schlug ich schon wieder wild auf den nächsten Feind ein, einen Wahnsinnigen, den ich mit sprudelndem Blut aus Wange, Nase und Auge davonschickte.

Diese ersten Feinde waren Mordreds Schildwall vorausgelaufen, nun aber griff die große Masse der Feinde an. Freudig warfen wir uns in die Attacke und brüllten trotzig, während wir unsere Klingen über den Rand unserer Schilde hinweg sprechen ließen. Ich erinnere mich an Chaos, an das Klirren von Schwert gegen Schwert und das Krachen von Schild auf Schild. Die Schlacht ist eine Frage von Zoll, nicht von Meilen, den wenigen Zoll, welche die Männer von ihren Feinden trennen. Man riecht den Met in ihrem Atem, hört den Atem in ihren Kehlen, hört ihre Grunzlaute, spürt, wie sie ihr Gewicht verlagern, spürt ihren Speichel auf den eigenen Augen, und man hält Ausschau nach der Gefahr, blickt in die Augen des nächsten Mannes, den man töten muß, findet eine Öffnung, nutzt sie, schließt den Schildwall von neuem, tritt vor, spürt das Drängen der Männer weiter hinten, stolpert über die Leichen jener, die man getötet hat, gewinnt das Gleichgewicht zurück, drängt vorwärts, und hinterher erinnert man sich an kaum etwas anderes als an die Schläge, die einen selbst nur haarscharf verfehlt haben. Man schuftet und schiebt und stößt, um den Schildwall der Feinde zu durchbrechen, dann grunzt man und stößt und schlägt, um die Bresche zu erweitern, und erst dann gewinnt die Raserei die Oberhand, wenn der Feind nachgibt und man zu töten beginnen kann wie ein Gott, weil die Feinde verängstigt sind und davonlaufen, oder verängstigt sind und erstarren und nur noch sterben können, während man die Seelen mäht.

Und tatsächlich, wir schlugen sie abermals zurück. Abermals benutzten wir die Flammen von unserem Totenfeuer, und abermals durchbrachen wir ihren Schildwall, lösten den unsrigen dabei jedoch ebenfalls auf. Ich erinnere mich an die Sonne, die gleißend hinter dem hohen westlichen Berg stand, ich erinnere mich, daß ich auf einen offenen Sandstreifen hinausstolperte und den Männern zurief, mir zu helfen, ich erinnere mich, daß ich Hywelbane auf den exponierten Nacken eines Feindes hinabsausen ließ und zusah, wie sein Blut durch das durchschnittene Haar quoll und sein Kopf zurückfiel; dann sah ich, daß sich die beiden Kampflinien gegenseitig aufgelöst hatten und daß wir nur noch kämpfende Gruppen blutbesudelter Männer auf einem blutbesudelten, vom Feuer beleuchteten Schlachtfeld aus Sand waren.

Aber wir hatten gewonnen. Die hintersten Reihen der Feinde liefen lieber davon, als weitere Schläge von unseren Schwertern einzustecken, aber die Mitte, in der Mordred kämpfte, und Arthur kämpfte, lief nicht davon. Im Gegenteil, der Kampf um die beiden Heerführer herum wurde immer grimmiger. Wir versuchten Mordreds Männer zu umgehen, aber sie wehrten sich heftig, und ich sah, wie wenige wir waren, und daß viele von uns nie wieder kämpfen würden, weil wir unser Blut in Camlanns Sand vergossen hatten. Eine Schar Feinde beobachtete uns von den Dünen aus, aber das waren Feiglinge, die ihren Kameraden nicht zu Hilfe kommen würden, und so kämpften die letzten unserer Männer gegen die letzten von Mordreds Männern, und ich sah, daß Arthur mit Excalibur dreinschlug und versuchte, den König zu erreichen, und Sagramor war da, und Gwydre ebenfalls, und ich griff in den Kampf ein, wehrte einen Speer mit meinem Schild ab, stach mit Hywelbane zu, und meine Kehle war so trocken wie Rauch, und meine Stimme klang wie das Krächzen der Raben. Ich schlug so heftig auf einen weiteren Mann ein, daß Hywelbane eine dicke Narbe auf seinem Schild hinterließ; er stolperte zurück und hatte nicht mehr die Kraft, wieder vorzugehen, und da meine eigene Kraft ebenfalls nachließ, starrte ich ihn nur durch schweißbrennende Augen an. Langsam kam er auf mich zu, ich stieß vor, er wankte unter dem Treffer auf seinem Schild zurück und schleuderte seinen Speer nach mir, und nun war ich es, der zurückstolperte. Ich keuchte, und überall auf der Landzunge fochten erschöpfte Männer gegen erschöpfte Männer.

Galahad war verwundet, sein Schwertarm gebrochen, sein Gesicht blutüberströmt. Culhwch war tot. Ich habe es nicht gesehen, aber ich fand seinen Leichnam später mit zwei Speeren in seinem ungeschützten Unterleib. Sagramor hinkte, sein schnelles Schwert war aber immer noch tödlich. Er versuchte Gwydre zu schützen, der aus einem Schnitt in der Wange blutete und an die Seite seines Vaters eilen wollte. Arthurs Helmbusch aus Gänsefedern war rot von Blut, sein weißer Mantel rotgestreift. Ich sah, wie er einen hochgewachsenen Mann niederschlug, den verzweifelten Abwehrstoß des Feindes beiseite trat und Excalibur niedersausen ließ.

In diesem Augenblick griff Loholt an. Bis dahin hatte ich noch nichts von ihm gesehen, er aber entdeckte seinen Vater, gab seinem Pferd die Sporen und holte mit einem Speer in seiner verbliebenen Hand mächtig aus. Als er sich in das Gewirr der erschöpften Männer stürzte, schrie er einen Haßgesang hinaus. Die Augen des Pferdes waren weiß vor Entsetzen, aber die Sporen trieben es weiter, während Loholt seine Klinge gegen Arthur schwang; doch dann griff sich Sagramor einen Speer und warf ihn so, daß die Beine des Pferdes über die schwere Stange stolperten und das Tier im aufwirbelnden Sand niederstürzte. Sagramor trat mitten in die schlagenden Hufe hinein, zog die dunkle Klinge seines Schwertes mit einem mächtigen Hieb seitwärts, und dann sah ich das Blut aus Loholts Hals spritzen; doch gerade als Sagramor Loholts Seele erntete, schoß ein Blutschild herbei und zielte mit einem Speer auf Sagramor. Sagramor führte einen Rückhandschlag mit seinem Schwert, daß Loholts Blut von dessen Spitze sprühte, und der Blutschild starb schreiend. Dann jedoch verkündete ein Ruf, daß Arthur Mordred erreicht hatte, und wir alle wandten uns instinktiv um, weil wir sehen wollten, wie diese beiden Männer, zwischen denen ein lebenslanger Haß schwärte, einander die Stirn boten.

Mordred streckte sein Schwert aus und führte es in flachem Halbkreis zurück, um seinen Männern damit zu zeigen, daß er Arthur für sich allein beanspruchte. Gehorsam wichen die Feinde zurück. Mordred war, genau wie an dem Tag, an dem er auf Caer Cadarn zum König ausgerufen wurde, ganz in Schwarz gekleidet: schwarzer Mantel, schwarzer Brustharnisch, schwarze Hose, schwarze Stiefel und schwarzer Helm. An einigen Stellen trug diese schwarze Rüstung Narben, durch Klingen entstanden, die durch das getrocknete Pech gedrungen waren und das blanke Metall freigelegt hatten. Auch sein Schild war mit Pech überzogen, so daß die einzigen Farbtupfer ein vertrocknetes Zweiglein Eisenkraut war, das an seinem Hals hervorlugte, und die Augenhöhlen des Schädels, der ihm als Helmzier diente. Ein Kinderschädel, dachte ich, denn er war sehr klein, und die Augenhöhlen waren mit roten Tuchfetzen ausgestopft worden. Mit seinem Klumpfuß hinkte er, das Schwert schwingend, nach vorn, während Arthur uns winkte zurückzutreten, damit er Raum genug zum Kämpfen hatte. Er zückte Excalibur und hob seinen Silberschild, der zerfetzt und blutig war. Wie viele von uns waren zu jenem Zeitpunkt noch übrig? Ich weiß es nicht. Vierzig? Vielleicht weniger. Und die *Prydwen* hatte die Biegung in der Fahrrinne erreicht; mit dem Geisterstein im Bug und dem Segel, das sich in der leichten Brise kaum rührte, glitt sie auf uns zu. Die Riemenblätter hoben und senkten sich. Die Flut hatte fast ihren Höhepunkt erreicht.

Mordred fiel aus, Arthur parierte, fiel dann ebenfalls aus, und Mordred trat zurück. Der König war flink, und er war jung, aber sein Klumpfuß und die tiefe Hüftwunde, die er in Armorica erlitten hatte, machten ihn weniger beweglich als Arthur. Er leckte sich die trockenen Lippen, ging abermals vor, und die Schwerter klirrten laut durch die Abendluft. Einer der zuschauenden Feinde schwankte plötzlich, fiel aus keinem ersichtlichen Grund zu Boden und rührte sich auch nicht wieder, als Mordred einen schnellen Ausfall wagte und sein Schwert in hohem, blendenden Bogen schwang. Arthur parierte die Klinge mit Excalibur; dann stieß er seinen Schild nach vorn, um den König aus dem Gleichgewicht zu bringen, und Mordred wich stolpernd zurück. Arthur holte zum nachfolgenden Stoß aus, doch Mordred schaffte es irgendwie, auf den Füßen zu bleiben und in den Kampf zurückzukehren, um dem Ausfall mit seinem Schwert zu begegnen und ihn mit einem schnellen Stoß zu erwidern.

Ich sah, daß Guinevere im Bug der *Prydwen* stand, und unmittelbar hinter ihr auch Ceinwyn. In dem lieblichen Abendlicht schien es, als bestehe der Bootskörper aus Silber und das Segel aus feinstem scharlachrotem Leinen. Die langen Riemen hoben und senkten sich, hoben und senkten sich, und so kam das Boot langsam näher, bis endlich ein warmer Wind den Bären auf dem Segel anschwellen ließ und sich das Wasser schneller an den silbrigen Flanken entlangkräuselte. Genau in diesem Moment stieß Mordred einen Schrei aus und attackierte; die Schwerter klirrten aufeinander, die Schilde krachten und Excalibur fegte den grausigen Schädel von Mordreds Helm. Mordred schlug hart zurück, und ich sah Arthur zusammenzucken, als die Klinge des Feindes traf, aber er stieß den König mit seinem Schild zurück, und die beiden Männer traten auseinander.

Arthur preßte die Schwerthand gegen seine Mitte, wo er getroffen worden war; dann schüttelte er den Kopf, als wolle er den Treffer leugnen. Sagramor war schwer verwundet. Er hatte dem Kampf zugesehen, doch plötzlich krümmte er sich und als ich zu ihm hinüberging, stürzte er zu Boden. »Speer im Bauch«, sagte er, und wie ich sah, hielt er sich mit beiden Händen den Leib, damit sich seine Gedärme nicht in den Sand ergossen. Genau wie er Loholt getötet hatte, so hatte der Blutschild Sagramor mit seinem Speer getroffen und war dabei gestorben. Aber auch Sagramor lag jetzt im Sterben. Ich legte meinen gesunden Arm um ihn und drehte ihn auf den Rücken. Er packte meine Hand. Seine Zähne klapperten, er stöhnte, dann aber zwang er seinen behelmten Kopf empor, um zu sehen, wie Arthur vorsichtig vorwärtsschritt.

Arthurs Mitte war blutüberströmt. Mordreds letzter Schwinger hatte die Rüstung aufgerissen, die schuppenähnlichen Metallplättchen durchschnitten und war tief in Arthurs Seite eingedrungen. Noch während Arthur jetzt wieder vorwärtsging, glänzte frisches Blut und quoll durch den zerrissenen Kettenpanzer heraus; dann jedoch sprang Arthur plötzlich vorwärts und verwandelte seinen drohenden Ausfall in einen nach unten zielenden Hieb, den Mordred mit seinem Schild abfing. Mordred schleuderte Excalibur mit einem weiten Bogen seines Schildes beiseite und stieß mit dem eigenen Schwert zu, doch Arthur parierte den Ausfall mit seinem Schild und holte mit Excalibur aus. In diesem Augenblick sah ich jedoch, daß sein Schild nach hinten kippte und Mordred mit seinem Schwert den zerrissenen Silberüberzug praktisch hinwegschabte. Mordred stieß einen Schrei aus, stieß noch einmal mit der Klinge nach, und Arthur sah die Schwertspitze nicht kommen, bis sie über den Schildrand glitt und sich in den Augenschlitz seines Helmes bohrte.

Ich sah Blut. Aber ich sah auch, daß Excalibur mit einem Hieb vom Himmel herabgesaust kam, so mächtig, wie ich es von jeher bei Arthur gewöhnt war.

Excalibur durchschnitt Mordreds Helm. Er schlitzte das schwarze Eisen auf, als wäre es Pergament; dann durchschlug er den Schädel des Königs und drang bis in sein Gehirn hinab. Arthur, in dessen Augenschlitz Blut glitzerte, schwankte, erholte sich und zog Excalibur in einem Regen von Blutstropfen heraus. Mordred, der im selben Moment tot gewesen war, da Excalibur seinen Helm gespalten hatte, fiel vor Arthurs Füßen zu Boden. Sein Blut ergoß sich in den Sand und auf Arthurs Stiefel, und als seine Männer sahen, daß ihr König tot war, Arthur aber immer noch auf den Füßen stand, stöhnten sie leise auf und wichen zurück.

Ich löste meine Hand aus dem Griff des sterbenden Sagramor. »Schildwall!« schrie ich laut. »Schildwall!« Und die verschreckten Überlebenden unserer kleinen Kriegshorde schlossen vor Arthur ihre Reihen; wir verkeilten unsere ramponierten Schilde und blickten finster zu Mordreds leblosem Körper hinüber. Ich dachte, die Feinde würden zurückkommen, um Rache zu nehmen, statt dessen aber wichen sie weiter zurück. Ihre Anführer waren tot, wir dagegen zeigten immer noch Trotz, und sie hatten an jenem Abend keine Lust mehr auf weitere Tote.

»Hierbleiben!« rief ich dem Schildwall zu; dann kehrte ich zu Arthur zurück.

Mit Galahad zusammen zog ich ihm behutsam den Helm vom Kopf und löste dadurch einen Blutschwall aus. Das Schwert hatte sein rechtes Auge um Fingerbreite verfehlt, den Knochen neben dem Auge jedoch gebrochen, und aus der Wunde strömte im Pulsrhythmus Blut. »Tuch!« rief ich, und ein Verwundeter riß ein Stück Leinen vom Wams eines Toten, das wir benutzten, um die Wunde zu bedecken. Taliesin verband sie anschließend mit einem

Streifen, den er vom Saum seines Gewandes riß. Als Taliesin fertig war, blickte Arthur zu mir auf und wollte etwas sagen.

»Ruhig, Lord«, sagte ich.

»Mordred«, sagte er.

»Ist tot, Lord«, sagte ich. »Er ist tot.«

Ich glaube, er lächelte. Dann scharrte der Bug der *Prydwen* auf dem Sand. Arthurs Antlitz war bleich, und über seine Wange liefen Blutrinnsale.

»Dann könnt Ihr Euch jetzt einen Bart wachsen lassen, Derfel«, sagte er.

»Ja, Lord«, gab ich zurück. »Das werde ich tun. Bitte, sprecht nicht.« Auch an seiner Mitte glänzte Blut, viel zuviel Blut, aber ich konnte ihm den Schuppenpanzer nicht abnehmen, um nach der Wunde zu sehen, obwohl ich fürchtete, daß sie die schlimmere der beiden schweren Verletzungen war.

»Excalibur«, sagte er zu mir.

»Ruhig, Lord«, gab ich zurück.

»Nehmt Excalibur«, sagte er. »Nehmt es und werft es tief ins Meer. Versprecht Ihr mir das?«

»Ich verspreche es, Lord. Ich werde es tun.« Ich nahm ihm das blutige Schwert aus der Hand; dann trat ich zurück, weil vier Unversehrte Arthur aufhoben und zum Boot trugen. Sie reichten ihn übers Dollbord, und Guinevere half dabei, ihn entgegenzunehmen und auf das Deck der *Prydwen* zu betten. Aus seinem blutgetränkten Mantel machte sie ein Kissen; dann kauerte sie sich neben ihn und streichelte ihm das Gesicht. »Kommt Ihr, Derfel?« fragte sie mich.

Ich deutete auf die Männer, die immer noch als Schildwall auf dem Sand standen. »Könnt Ihr sie mitnehmen?« fragte ich zurück. »Könnt Ihr die Verwundeten mitnehmen?«

»Zwölf Mann noch«, rief Caddwg vom Heck herüber. »Nicht mehr als zwölf. Für mehr gibt es keinen Platz.«

Kein einziges Fischerboot war gekommen. Aber warum hätten sie auch kommen sollen? Warum hätten diese Männer sich in das Töten, das Blut und die Raserei hineinziehen lassen sollen, wo es doch ihre Aufgabe war, Nahrung aus dem Meer zu holen? Also hatten wir nur die *Prydwen*, und die würde ohne mich segeln müssen. Ich lächelte Guinevere zu. »Ich kann nicht mitkommen, Lady«, sagte ich, wandte mich um und zeigte zu unserem Schildwall hinüber. »Irgend jemand muß hierbleiben und sie über die Schwerterbrücke begleiten.« Aus dem Stumpf meines linken Armes sickerte Blut, ich hatte Quetschungen an den Rippen, aber ich lebte noch. Sagramor lag im Sterben, Culhwch war tot, Galahad und Arthur waren verwundet. Es gab keinen anderen mehr als mich. Ich war der letzte von Arthurs Kriegsherren.

»Ich kann bleiben!« Galahad hatte unseren Wortwechsel gehört.

»Du kannst mit dem gebrochenen Arm nicht kämpfen«, sagte ich. »Steig endlich ins Boot und nimm Gwydre mit. Aber beeilt euch! Das Wasser beginnt abzulaufen.«

»Ich sollte eigentlich bleiben«, sagte Gwydre unsicher.

Ich packte ihn bei den Schultern und schob ihn ins flache Wasser. »Du gehst mit deinem Vater«, sagte ich. »Mir zuliebe. Und sag ihm, daß ich ihm bis zuletzt treu war.« Unvermittelt hielt ich ihn auf, und als ich ihn zu mir umdrehte, sah ich Tränen auf seinem jungen Gesicht. »Sag deinem Vater, daß ich ihn bis zuletzt geliebt habe«, ergänzte ich.

Er nickte; dann stiegen er und Galahad an Bord. Jetzt war Arthur mit seiner Familie vereint, und ich trat zurück, während Caddwg mit einem der Riemen das Schiff in die Fahrrinne zurückstakte. Ich blickte zu Ceinwyn hinüber und lächelte, aber mir standen Tränen in den Augen, und mir wollte nichts anderes zu sagen einfallen, als daß ich in der Anderwelt unter dem Apfelbaum auf sie warten werde. Doch während ich meine holprigen Worte zu formulieren versuchte und während das Schiff vom Strand ins Wasser glitt, trat sie leichten Fußes auf den Bug und sprang ins seichte Wasser hinab.

»Nein!« schrie ich.

»Doch«, entgegnete sie und streckte die Hand aus, damit ich ihr an Land helfen konnte.

»Weißt du, was sie mit dir machen werden?« fragte ich sie.

Daraufhin zeigte sie mir ein Messer in ihrer Linken und wollte wohl damit sagen, daß sie sich lieber umbringen würde, als von Mordreds Männern vergewaltigt zu werden. »Wir sind schon viel zu lange zusammen, mein Liebster, um uns jetzt trennen zu lassen«, sagte sie. Dann stand sie an meiner Seite, während wir zusahen, wie sich die *Prydwen* ins tiefe Wasser schob. Mit ihr segelte unsere letzte Tochter mit ihren Kindern davon. Die Tide hatte gewechselt, und die einsetzende Ebbe zog das silberne Schiff ins Meer hinaus.

Ich blieb bei Sagramor, bis er starb. Ich hielt seinen Kopf, hielt seine Hand und redete seine Seele über die Brücke der Schwerter. Dann kehrte ich, die Augen voll Tränen, zu unserem kleinen Schildwall zurück und sah, daß Camlann inzwischen von Speerkämpfern wimmelte. Ein ganzes Heer war gekommen, aber sie waren zu spät gekommen, um ihren König zu retten, obwohl sie noch immer Zeit genug hatten, uns zu erledigen. Endlich entdeckte ich auch Nimue in ihrem weißen Gewand und auf ihrem weißen Pferd ein hell leuchtender Fleck in den verschatteten Dünen. Nun war meine ehemalige Freundin und einmalige Geliebte endgültig zu meiner Feindin geworden.

»Bringt mir ein Pferd«, befahl ich einem der Speerkämpfer. Da überall herrenlose Pferde umherirrten, brauchte er nur loszulaufen, um irgendeinen Zügel zu packen und mir eine Stute zu bringen. Ich bat Ceinwyn, mir den Schild vom Arm zu nehmen; dann ließ ich mir von dem Speerkämpfer in den Sattel der Stute helfen und nahm mit der Rechten die Zügel. Ich stieß mit den Hacken zu, die Stute sprang vorwärts, ich spornte sie abermals an, so daß unter ihren Hufen Sand aufstob und Männer aus ihrem Weg sprangen. Jetzt ritt ich mitten unter Mordreds Männern, aber sie besaßen keinen Kampfesmut mehr, denn sie hatten ihren Lord verloren. Sie waren herrenlos, und Nimues Heer der Wahnsinnigen war unmittelbar hinter ihnen. Doch hinter Nimues zerlumpten Truppen gab es noch ein drittes Heer: Ein ganz neues Heer war zu den Sanddünen von Camlann gekommen.

Es war das Heer, das ich auf den westlichen Hügeln gesehen hatte, und mir wurde klar, daß die Truppen hinter Mordred nach Süden marschiert sein mußten, um Dumnonia für sich zu erobern.

Es war ein Heer, das gekommen war, um zuzusehen, wie Arthur und Mordred sich gegenseitig vernichteten, und nachdem die Kämpfe jetzt vorüber waren, konnte das Heer von Gwent hinter seinem Banner mit dem Kreuz in aller Ruhe vorrücken. Sie kamen, um in Dumnonia zu herrschen und Meurig zu ihrem König zu machen. Die roten Mäntel und scharlachfarbenen Federn wirkten im Zwielicht schwarz, und als ich aufblickte, entdeckte ich, daß am Himmel die ersten, matten Sterne blinkten.

Ich ritt auf Nimue zu, machte aber hundert Schritt entfernt von meiner alten Freundin halt. Ich sah, daß Olwen mich beobachtete, ich sah Nimues finsteren Blick, aber ich lächelte sie an und nahm Excalibur in die Rechte, während ich den Stumpf des linken Arms emporhielt, damit sie erkannte, was ich getan hatte. Dann zeigte ich ihr Excalibur.

Da wußte sie, was ich vorhatte. »Nein!« schrie sie hinaus, während das Heer ihrer Wahnsinnigen die Klage aufgriff und mit unartikulierten Schreien den Abendhimmel erzittern ließ.

Ich schob mir Excalibur wieder unter den Arm, ergriff die Zügel und spornte die Stute an, während ich sie herumnahm. Ich trieb sie vorwärts, direkt auf den Sand des Meeresstrandes, und hörte auch, daß Nimue auf ihrem Schimmel hinter mir hergaloppierte. Aber es war zu spät, viel zu spät.

Ich ritt hinter der *Prydwen* her. Die Brise hatte ihre Segel inzwischen gefüllt, so daß sie frei von der Landzunge war und der Geisterstein in ihrem Bug mit den ewigen Wellen des Meeres stieg und fiel. Wieder trieb ich meine Stute zur Eile, bis sie ungehalten den Kopf warf; mit anfeuernden Rufen lenkte ich sie ins dunkelnde Meer und spornte sie an, bis ihr die Wellen kalt gegen die Brust schlugen. Erst dann ließ ich die Zügel fallen. Das Tier erzitterte unter mir, als ich Excalibur in die Rechte nahm.

Mit dem ganzen Arm holte ich aus. Das Schwert war blutig, aber die Klinge schien zu leuchten. Merlin hatte einmal gesagt, am Ende werde das Schwert von Rhydderch aufflammen, und möglicherweise tat es das auch, aber vielleicht ließ ich mich auch durch die Tränen in meinen Augen täuschen.

»Nein!« klagte Nimue.

Aber ich warf Excalibur, warf es kraftvoll und hoch auf das tiefe Wasser zu, wo die Gezeiten die Fahrrinne durch den Sand von Camlann gegraben hatten.

Excalibur drehte sich in der Abendluft. Nie gab es ein schöneres Schwert. Merlin hatte geschworen, es sei von Gofannon in der Schmiede der Anderwelt geschmiedet worden. Es war das Schwert von Rhydderch und ein Kleinod von Britannien. Es war Arthurs Schwert und das Geschenk eines Druiden. Nun wirbelte es vor dem dunkelnden Himmel, und seine Klinge glänzte wie blaues Feuer vor den heller werdenden Sternen. Einen Herzschlag lang war es eine schimmernde blaue Flamme, die am Himmel stand; dann fiel es herab.

Es fiel mitten in die Fahrrinne. Es gab kaum einen Spritzer, nur ein Aufblitzen von weißem Wasser, und es war verschwunden.

Nimue schrie. Ich wendete meine Stute, um zum Strand und durch die Hinterlassenschaften der Schlacht dorthin zurückzureiten, wo meine letzte Kriegshorde wartete. Ich entdeckte, daß sich das Heer der Wahnsinnigen allmählich auflöste. Aber während sie sich entfernten, flohen auch Mordreds Männer – jene, die überlebt hatten – am Strand entlang vor den vorrückenden Truppen König Meurigs. Dumnonia würde fallen, ein schwacher König würde regieren, und die Sachsen würden zurückkehren. Wir aber würden weiterleben.

Ich glitt vom Pferd, ergriff Ceinwyns Arm und führte sie auf den Kamm einer nahen Düne. Der Himmel im Westen loderte tiefrot, denn die Sonne war untergegangen, und so standen wir zusammen im Schatten der Welt und beobachteten, wie die *Prydwen* mit den Wogen stieg und fiel. Ihr Segel war jetzt voll gebläht, denn der Abendwind blies aus dem Westen, und der Bug der *Prydwen* pflügte weiß durch die See, während ihr Heck ein keilförmiges Kielwasser übers Meer zog. Sie segelte voll Süd, dann drehte sie nach West, aber der Wind kam aus Westen, und kein Boot kann direkt in den Wind segeln; und doch schwöre ich, daß dieses Boot genau das tat. Es segelte westwärts, während der Wind aus Westen kam, aber das Segel war voll und der hohe Bug durchschnitt weißschäumend das Wasser. Aber vielleicht wußte ich nicht genau, was ich da sah, denn mir standen die Augen voll Tränen, und immer mehr Tränen liefen mir über die Wangen.

Und während wir hinübersahen, bildete sich auf dem Wasser ein silbriger Dunst.

Ceinwyn packte meinen Arm. Der Dunst war nur ein kleiner Fleck, der sich aber zum Nebel verdichtete und auf einmal zu schimmern begann. Die Sonne war inzwischen gesunken, es schien kein Mond; es gab nur die Sterne, den dämmrigen Himmel, das silbergesprenkelte Meer und das Boot mit dem dunklen Segel, und dennoch schimmerte der Nebel. Schimmerte wie Sternenstaub. Aber vielleicht waren es ja nur die Tränen in meinen Augen.

»Derfel!« fuhr Sansum mich an. Er war offenbar mit Meurig eingetroffen und kam über die Dünen zu uns herüber. »Derfel!« rief er. »Ich brauche Euch! Kommt her! Sofort!«

»Mein geliebter Lord«, sagte ich, doch nicht zu ihm. Ich sprach mit Arthur. Und sah zu, während ich, den Arm um Ceinwyn gelegt, haltlos weinte, wie das bleiche Boot von dem schimmernden Nebel verschluckt wurde.

So entschwand mein geliebter Lord.

Um niemals wieder gesehen zu werden.

Geschichtliche Anmerkung

Gildas, der Historiker, der sein *De Excidio et Conquestu Britanniae* (Fall und Eroberung Britanniens) vermutlich innerhalb einer Generation nach der Arthur-Ära schrieb, berichtet, daß die Schlacht von »Badonici Montis« (heute gewöhnlich mit Mount Badon übersetzt) eine Belagerung war. Leider erwähnt er aber mit keinem Wort, daß Arthur an jenem großen Sieg beteiligt war, der, wie er klagt, »die letzte Niederlage der Bösen« war. Die *Historia Brittonum* (Geschichte der Britannier), die von einem Mann namens Nennius verfaßt worden sein mag oder auch nicht und die mindestens zwei Jahrhunderte nach der Arthur-Ära niedergeschrieben wurde, ist das erste Dokument, in dem behauptet wird, daß Arthur der Befehlshaber der Britannier beim »Mons Badonis« gewesen sei, wo »in einem Tag neunhundertsechzig Mann bei einer von Arthurs Attacken fielen, und kein anderer als er selbst schlug sie nieder«. Im zehnten Jahrhundert trugen ein paar Mönche im westlichen Wales die *Annales Cambriae* (Annalen von Wales) zusammen, in denen sie von »der Schlacht von Badon« berichten, »in der Arthur drei Tage und drei Nächte lang das Kreuz unseres Herrn Jesus Christus auf der Schulter trug und die Britannier siegreich waren«. Der Altehrwürdige Bede, ein Sachse, dessen *Historia Ecclesiastica Gentis Anglorum* (Kirchliche Geschichte der Engländer) im achten Jahrhundert erschien, bestätigt die Niederlage, ohne jedoch Arthur zu erwähnen, obwohl das kaum überraschen kann, denn Bede scheint den größten Teil seiner Informationen von Gildas bezogen zu haben. Diese vier Dokumente sind so etwa unsere einzigen frühen Quellen (und drei von ihnen sind nicht früh genug) für Informationen über diese Schlacht. Hat sie überhaupt stattgefunden?

Die Historiker, die zwar nicht gern zugeben, daß es den legendären Arthur jemals gegeben hat, scheinen sich jedoch darin einig zu sein, daß die Britannier irgendwann um das Jahr 500 an einem Ort namens Mons Badonicus, oder Mons Badonis, oder Badonici Montis, oder Mynydd Baddon, oder Mount Badon oder ganz einfach Badon eine große Schlacht gegen die vorrückenden Sachsen geschlagen und gewonnen haben. Darüber hinaus deuten sie an, daß es sich um eine wichtige Schlacht handelte, weil es scheint, daß dadurch die Eroberung Britanniens durch die Sachsen für eine Generation gestoppt wurde. Außerdem scheint sie, wie Gildas klagt, die »letzte Niederlage der Bösen« gewesen zu sein, denn in den auf diese Niederlage folgenden zweihundert Jahren verbreiten sich die Sachsen über das, was heute England genannt wird, und vertrieben so die eingeborenen Britannier. In der gesamten finsteren Periode des finstersten Zeitalters in der Geschichte Britanniens hebt sich diese eine Schlacht als wichtiges Ereignis hervor, aber leider haben wir keine Ahnung, wo sie stattfand. Es hat viele Vermutungen gegeben. Kandidaten für den Ort sind Liddington Castle in Wiltshire und Badbury Rings in Dorset, während Geoffrey of Monmouth, der im zwölften Jahrhundert schrieb, die Schlacht bei Bath stattfinden läßt, vermutlich, weil Nennius die heißen Quellen bei Bath als *Balnea Badonis* beschreibt. Spätere Historiker haben dann noch Little Solsbury Hill unmittelbar westlich von Batheaston im Avon-Tal bei Bath als Schlachtfeld vermutet, und diese Vermutung habe ich zum Vorbild für die in meinem Roman beschriebene Örtlichkeit genommen. War es eine Belagerung? Das weiß niemand genau, ebensowenig, wie wir wissen können, wer wen belagerte. Man scheint sich nur allgemein einig darin zu sein, daß es beim Mount Badon – wo immer der liegt – wahrscheinlich eine Schlacht gegeben hat, daß es eine Belagerung gewesen sein kann oder auch nicht, daß sie vermutlich um das Jahr 500 stattgefunden hat, obwohl kein Historiker seinen guten Ruf auf diese Behauptung verwetten würde, daß die Sachsen verloren haben und daß möglicherweise Arthur der Urheber dieses großen Sieges gewesen sein könnte.

Nennius – falls er tatsächlich der Autor der *Historia Brittonom* war – schreibt Arthur zwölf Schlachten zu, die meisten davon an unidentifizierbaren Orten, aber Camlann, die Schlacht, die traditionell Arthurs Geschichte beendet, erwähnt er nicht. Für diese Schlacht sind die *Annales Cambriae* unsere früheste Quelle, doch diese Annalen wurden viel zu spät geschrieben, um maßgeblich zu sein. So ist also die Schlacht von Camlann noch geheimnisvoller als Mount Badon, und es ist unmöglich, eine Örtlichkeit zu finden, wo sie stattgefunden haben könnte, falls sie überhaupt stattgefunden hat. Geoffrey of Monmouth berichtete, sie sei am Fluß Camel in Cornwall geschlagen worden, während Sir Thomas Malory sie im fünfzehnten Jahrhundert auf die Ebene von Salisbury verlegte. Andere Autoren haben dann Camlann in Merioneth in Wales gesucht, am Cam-Fluß, der nahe South Cadbury (»Caer Cadarn«) fließt, am Hadrianswall oder sogar an Orten in Irland. Ich habe es nach Dawlish Warren in South Devon verlegt, und zwar aus keinem anderen Grund als dem, daß ich früher einmal ein Boot in der Exe-Mündung liegen hatte und das Meer erreichte, indem ich am Warren vorübersegelte. Der Name Camlann könnte »krummer Fluß« bedeuten, und die Fahrrinne der Exe-Mündung ist so krumm, wie es nur geht, doch meine Wahl entbehrt jeglicher logischen Grundlage.

Die *Anales Cambriae* berichten nur folgendes über Camlann: »die Schlacht von Camlann, in der Arthur und Medraut (Mordred) untergingen«. Gewiß, das taten sie vielleicht, aber die Legende will es, daß Arthur seine Verletzungen überlebte und auf die Zauberinsel Avalon gebracht wurde, wo er bis heute mit seinen Kriegern schläft. Wir haben eindeutig die Grenze überschritten, bis zu der ein Historiker mit Selbstachtung sich wagen würde, es sei denn, er sagte, der Glaube an Arthurs Überleben spiegele eine tiefe, populäre Sehnsucht nach einem verlorenen Helden wider, und auf der ganzen britischen Insel hält sich keine Sage hartnäckiger als die Vorstellung, daß Arthur weiterlebt. »Ein Grab für Mark«, berichtet das *Black Book of Carmarthen*, »ein Grab für Gwythur, ein Grab für Gwgawn vom Roten Schwert, aber – bewahre! – kein Grab für Arthur. »Arthur war vermutlich kein König, womöglich hat er überhaupt nicht gelebt, und dennoch ist er trotz aller Bemühungen der Historiker, seine Existenz zu leugnen, für Millionen Menschen auf der ganzen Welt immer noch das, was ein Kopist ihn im vierzehnten Jahrhundert genannt hat: *Arturus Rex Quondam; Rexque Futurus* – Arthur, unser ehemaliger und zukünftiger König.

BLANVALET

Der zweite Band der großen Artus-Trilogie von

BERNARD CORNWELL

»Seit Marion Zimmer Bradley hat keiner die Geschichte von Arthur poetischer, aufregender und schöner nacherzählt!«
BamS

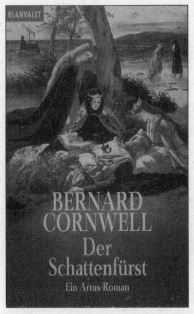

Bernard Cornwell. Der Schattenfürst 35148

BLANVALET

SUZANNE FRANK

Der erste Band einer großen Saga über
eine unsterbliche Liebe jenseits von Zeit und Raum:
Chloe wird während eines Tempelbesuchs in Ägypten in das
Jahr 1452 v. Chr. zurückversetzt – und erwacht in der
exotischen Welt am Hofe der Pharaonin Hatschepsut...

»*Ein exotisches, atemberaubendes und romantisches Feuerwerk der
Ideen. Glänzend geschrieben! Wo bleibt der nächste Band?*«
Barbara Wood

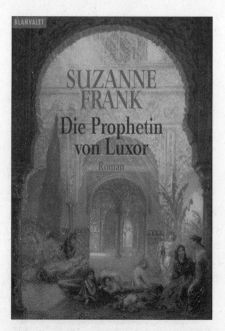

Suzanne Frank. Die Prophetin von Luxor   35188